KB100083

황정견시집주 5
黃庭堅詩集注

Anotations of Hwang Jeong-gyeon's Poems

옮긴이

박종훈 朴鍾勳 Park Chong-hoon
자곡서당(芝谷書堂)에서 한학(漢學)을 연수했으며, 조선대학교 국어국문학부(고전번역전공)에 재직 중이다.

박민정 朴玟貞 Park Min-jung
고려대학교에서 중국고전시 박사학위를, 중국저장대학(浙江大學)에서 대외한어교학 박사학위를 취득했다. 현재 세종사이버대학교 국제학과 교수로 재직 중이다.

이관성 李灌成 Lee Kwan-sung
곡부서당에서 서암 김희진 선생에게 한문을 배웠다. 현재 퇴계학연구원에 재직 중이다.

황정견시집주 5

초판발행 2024년 8월 15일

지은이 황정견
옮긴이 박종훈 · 박민정 · 이관성

펴낸이 박성모
펴낸곳 소명출판
출판등록 제1998-000017호
주소 06641 서울시 서초구 사임당로14길 15 서광빌딩 2층
전화 02-585-7840
팩스 02-585-7848
이메일 somyungbooks@daum.net
홈페이지 www.somyong.co.kr

ISBN 979-11-5905-919-3 94820
979-11-5905-914-8 (전14권)
정가 38,000원

ⓒ 박종훈 · 박민정 · 이관성, 2024

잘못된 책은 구입처에서 바꾸어드립니다.
이 책은 저작권법의 보호를 받는 저작물이므로 무단전재와 복제를 금하며,
이 책의 전부 또는 일부를 이용하려면 반드시 사전에 소명출판의 동의를 받아야 합니다.

이 저서는 2019년 대한민국 교육부와 한국연구재단의 지원을 받아 수행된 연구임 (NRF-2019S1A5A7069036).
This work was supported by the Ministry of Education of the Republic of Korea and the National Research Foundation of Korea (NRF-2019S1A5A7069036).

한 국 연 구 재 단
학술명저번역총서

황정견시집주 5

黃庭堅詩集注

Anotations of Hwang Jeong-gyeon's Poems

황정견 저

박종훈 · 박민정 · 이관성 역

黃庭堅詩集注 第一册
© 2017 by 黃庭堅, 劉尚榮 校點
All Rights reserved.

Korean translation edition © 2024 by The National Research Foundation of Korea
Published by arrangement with Zhonghua Book Company
All rights reserved.

이 책의 한국어 판권은 저작권자와 독점 계약한 (재)한국연구재단에 있습니다.
저작권법에 의해 한국 내에서 보호를 받는 저작물이므로
어떠한 형태로든 무단 전재와 무단 복제를 금합니다.

일러두기

1. 본 번역은 『黃庭堅詩集注』(전5책)(北京 : 中華書局, 2007)를 저본으로 삼았다.
2. 위 저본에 있는 '교감기'는 해당 구절의 원문에 각주로 붙였고 '[교감기]'라고 표시해 두어, 번역자가 붙인 각주와 구별했다.
3. 서명과 작품명이 동시에 나올 때는 '『 』'로 모았고, 작품명만 나올 때는 '「 」'로 처리했다.
4. 번역문과 원문 중에 나오는 소자(小字)는 '【 】'로 표시해 묶어 두었다.
5. 번역문과 원문 중에 나오는 '○'는 저본에 있는 것을 그대로 옮겨온 것으로, 주석 부분에 추가로 주석을 붙인 부분이다.
6. 번역문에는 1차 인용, 2차 인용, 3차 인용까지 된 경우가 있는데, 모두 큰따옴표("")로 처리했다.

1. 황정견은 누구인가?

황정견黃庭堅, 1045~1105은 북송北宋의 대표 시인으로, 자는 노직魯直, 호는 산곡山谷 또는 부옹涪翁이며 홍주洪州 분녕分寧, 지금의 장시江西성 슈수이修水 사람이다. 소식蘇軾, 1036~1101의 문하생 중 가장 핵심적인 인물로, 장뢰張耒·조보지晁補之·진관秦觀 등과 함께 '소문사학사蘇門四學士'로 불린다. 어릴 때부터 총명했던 황정견은 23세에 진사에 급제하여 국사편수관까지 역임했으나 이후 여러 지방관과 유배지를 전전하는 등 벼슬길이 순탄치 않았다. 두보杜甫, 712~770를 존경했고 소식의 시학詩學을 계승했으며, 소식과 함께 소·황蘇·黃으로 불린다.

중국시가의 최고 전성기라 할 수 있는 당대唐代를 뒤이어 등장한 북송의 시인들에게는 당시에서 벗어난 송시만의 특징을 만들어 내야 하는 일종의 숙명이 있었다. 이러한 숙명은 북송 초 서곤체에 의해 시도되었으며 북송 중기에 이르러 비로소 송시다운 시가 시대를 풍미하기에 이르렀다. 황정견이 그 중심에 있었으며 그를 중심으로 진사도陳師道 등 25명의 시인이 황정견의 문학을 계승하며 하나의 유파로 활동했다. 이들을 일컬어 '강서시파江西詩派'라 했는데, 이 명칭은 남송 여본중呂本中, 1084~1145의 『강서시사종파도江西詩社宗派圖』에서 비롯되었다. 25인 모두 강서江西 출신은 아니지만, 여본중은 유파의 시조인 황정견이 강서출신이라는 점에서 강서시파로 붙인 것이다. 시파의 성원들은 모두 두보를 배웠기에 송대 방회方回, 1227~1305는 두보와 황정견, 진사도, 진여의陳與義를 강서시파의 일조삼종一朝三宗이라 칭하였다.

여본중이 『강서종파시집江西宗派詩集』 115권을 편찬했으며, 뒤이어 증굉曾紘, 1022~1068이 『강서속종파시江西續宗派詩』 2권을 편찬했다. 송대 시단에 있어서 황정견의 영향력은 남송南宋에까지도 미쳤는데, 우무尤袤, 양만리楊萬里, 범성대范成大, 육유陸游, 소덕조蕭德藻 같은 남송의 대가들도 모두 그 풍조에 영향을 받았다. 황정견강서시파의 시풍詩風은 송대 뿐만 아니라 원대元代 및 조선의 시단에도 적지 않은 영향을 미쳤다.

2. 북송의 시대 배경과 문학풍조

송나라는 개국開國 왕조인 태조부터 인종조仁宗朝를 거치면서 만당晚唐·오대五代의 장기간 혼란했던 국면이 어느 정도 정리되어 나라가 안정되고 백성들의 생활환경 또한 비교적 안정을 찾게 되었다. 전대前代의 가혹했던 정세가 완화됨에 따라 농업이 급속도로 발달하였고 안정된 농업의 경제적 기초 위에서 상공업이 번창하고 번화한 도시가 등장하는 등 사회 전반에 걸쳐 전대에 비해 상당한 풍요를 구가하게 되었다. 이처럼 사회 전체가 안정되고 발전함에 따라 일반 백성들은 점차 단조로운 것보다는 복잡하고 화려한 것을 추구하게 되었다. 시대적·사회적 환경은 곧 문학 출현의 배경이고, 문학은 사회생활이 반영된 예술이라고 할 만큼 불가분의 관계에 있다. 유협劉勰이 "문학의 변천은 사회 정황에 따르다文變染乎世情, 興廢繫乎時序"고 한 것처럼, 사회의 각종 요인은 문학적 현상을 결정하기 때문에 이러한 요소의 변화는 필연적으로 문학 풍조의 변혁을 동반한다. 송초 시체詩體의 변천은 이러한 사실을 보여주는 객관적인 증거이다. 특히 송대에는 일찍부터 학문이 중시되었다. 이는 주로 군주들의 독서열과 학문 제창으로 하나의 사회적 풍조로 자리잡게 되어 송대의 중문중학重文重學적 분위기가 마련되었다.

중국 시가의 전성기라 할 수 있는 당대唐代가 마무리되고 뒤이어 등장한 북송 초는 중국시가발전사 측면에서 보면 일종의 '답습의 시기'이면서 '개혁의 시기'였다고 할 수 있다. 이 시기 시단에서는 백체白體, 만당체晚唐體, 서곤체西崑體 등 세 시풍이 크게 유행했다. 이중 개국 초 성세기상盛世氣象 및 시대 분위기와 사람들이 추구하던 심미취향에 매우 적합했던 서곤체가 시간상 가장 늦게, 가장 긴 기간 동안 성행했고 결과적으로 이러한 시대적 문학적 요구는 황정견 시를 통해 꽃을 피우며 북송 시단 및 송대 시단을 대표하게 되었다.

3. 황정견 시의 특징과 시사적 위상

황정견은 시를 지을 때 힘써 시의 표현을 다지고 시법을 엄격히 지켜 한 마디 한 글자도 가벼이 쓰지 않았다. 황정견은 수많은 대가들을 본받으려고 했지만, 그중에서도 두보杜甫를 가장 존중했다. 황정견은 두보 시의 예술적인 성취나 사회시社會詩 같은 내용 측면에서의 계승보다는, 엄정한 시율과 교묘巧妙한 표현 등 시의 형식적 측면을 본받으려 했다. 『창랑시화滄浪詩話』·『시인옥설詩人玉屑』·『허언주시화許彦周詩話』·『후산 시화后山詩話』·『왕직방시화王直方詩話』·『초계어은총화苕溪漁隱叢話』 등에 보이는 황정견 시론의 요점을 정리하면 대략 다음과 같다.

첫째, 시의 조구법造句法으로서의 환골법換骨法과 탈태법奪胎法이다. 이에 대해 황정견은 "시의 의미는 무궁한데 사람의 재주는 한계가 있다. 한계가 있는 재주로 무궁한 의미를 좇으려고 하니, 비록 도잠과 두보라고 하더라도 공교롭기 어렵다. 원시의 의미를 바꾸지 않고 그 시어를 짓는 것을 환골법이라고 하고, 원시의 의미를 본떠서 형용하는 것을 탈태법이라고 한다[詩意無窮, 而人才有限. 以有限之才, 追無窮之意, 雖淵明少陵, 不得工也. 不易其意而造其語, 謂之換骨法. 規摹其意而形容之, 謂之奪胎法]"라고 한 바 있다[『시인옥설(詩人玉屑)』에 보인다]. 이로 보건대, 황정견이 언급한 환골법은 의경을 유사하게 하면서 어휘만 조금 바꾼 것을 일컫고, 탈태법은 의경을 변형하여 사용하는 방법이라고 할 수 있다.

예를 들면, 당대唐代 유우석劉禹錫의 "멀리 동정호의 수면을 바라보니, 흰 은쟁반 속에 하나의 푸른 고동 있는 듯[遙望洞庭湖水面, 白銀盤里一靑螺]"를 근거로 황정견이 "아쉬워라, 호수의 수면에 가지 못해, 은빛 물결 속에서 푸른 산을 보지 못한 것[可惜不當湖水面, 銀山堆裏看靑山]"이라 읊은 것은 환골법이고 백거이白居易의 "사람의 한평생 밤이 절반이고, 한 해의 봄철은 많지 않다오[百年夜分半, 一歲春無多]"라 한 것을 기반으로 황정견이 "한평생 절반은 밤으로 나눠 흘러가고, 한 해에도 많지 않노니 봄 잠시 오네[百年中去夜分半, 一歲無多春再來]"라고 읊은 것은 탈태법이다. 황정견이 환골법과 탈태법을 활용한 작품에 대해서는 『시인옥설詩人玉屑』에서 언급한 바 있다.

둘째, 요체拗體의 추구이다. 요체란 근체시의 평측平仄 격식을 반드시 엄정하게 따르지는 않은 것을 말한다. 이를테면, 평성이 들어가야 할 자리에 측성을 두거나 측성의 위치에 평성을 두어 율격적 참신성을 획득하는 방식으로 두보와 한유韓愈도 추구했던 것이다. 황정견은 더욱 특이한 표현을 추구하기 위해 시율에 어긋나는 기자奇字를 자주 사용하면서 강서시파 특징 중 하나가 되었다. 이와 관련하여, 송대 위경지魏慶之가 찬술한 『시인옥설詩人玉屑』에 '촉구환운법促句換韻法'과 '환자대구법換字對句法' 등을 소개하면서, "기세를 떨쳐 평범하지 않으려는 의도에서 비롯되었다. 이전에는 이러한 체제로 시를 지은 사람은 없었는데, 오직 황정견이 그것을 바꾸었다[欲其氣挺然不群, 前此未有人作此體 , 獨魯直變之]"라는 평어가 보인다.

　셋째, 진부한 표현이나 속된 말을 배척하고 특이한 말과 기이한 표현을 추구했다. 구체적으로는 술어를 중심으로 평이한 글자를 기이하게 단련鍛鍊시켰고 조지助字의 사용에 힘을 특히 기울였으며, 매우 궁벽하고 어려운 글자를 사용했고 기이한 풍격을 형성하기 위해 전대前代 시에서 잘 쓰지 않던 비속誹俗한 표현을 시어로 구사하여 참신한 의경을 만들어내곤 했다. 이와 관련해 황정견은 "차라리 음률이 조화롭지 않을지언정 구句를 약하게 만들지 말아야 하며, 차라리 글자 구사가 공교롭지 않을지언정 시어를 속되게 만들어서는 안 된다[寧律不諧, 而不使句弱. 寧用字不工, 不使語俗]"라고 했으며『시인옥설(詩人玉屑)』, 황정견의 시구 중에는 "다른 사람을 따라 계획을 세우는 것은 결국 사람에게 뒤지게 된다[隨人作計終後人]"라는 구절과 "문장에게 가장 피해야 할 것은 다른 사람을 따라 짓는 것이다[文章最忌隨人後]"라는 구절도 있다.
　또한 엄우嚴尤는『창랑시화滄浪詩話』에서 "소식과 황정견에 이르러 비로소 자신의 기법에서 나온 것을 시로 여기며, 당대 시인들의 시풍에서 벗어난 것이다. 황정견은 공교로운 말을 쓰는 것이 더욱 심해졌고, 그 후로 시를 짓는 자리에서 황정견의 시풍이 성행했는데 세상에서는 '강서종파'라 불렀다[至東坡山谷始自出己法以爲詩, 唐人之風變矣. 山谷用工尤深刻, 其後法席盛行, 海內稱爲江西宗派]"라고 했다. 송대 허의許顗의『허언주시화許彦周詩話』에 "시를 지을 때 평이하고 비루한 기운을 제거하지 않으면 매우 잘못된 작품이 된다. 객이 묻기를 "어떻게 하면 그런 것을 제거할 수 있습니까" 라 하였다. 이에 내가 "당의 의산 이상은의 시와 본조 황정견의 시를 숙독하여 깊이 생각하면 제거할 수 있다"라고 대답했다作詩淺易鄙陋之氣不除, 大可惡. 客問, 何從去之. 僕曰, 熟讀唐李義山詩與本朝黃魯直詩而深思之, 則去也"라는 구절이 보인다. 이밖에『후산시화后山詩話』이나『왕직방시화王直方詩話』및『초계 어은총화苕溪漁隱叢話』등에도 황정견이 시어 사용에 있어서의 기이한 측면에 대한 언급이 보인다.

넷째, 전고典故의 정밀한 사용을 추구했다. 이는 황정견 시론의 "한 글자도 유래가 없는 것은 없다[無一字無來處]"와 연관된다. 강서시파는 독서를 중시했는데, 이것은 구법의 차원에서 전대 시의 장점을 수용하기 위한 것이지만, 이는 전고의 교묘巧妙한 활용이라는 결과로 표현되기도 했다. 그러면서 전인의 전고를 그대로 답습하지 않고 자신의 의도에 맞게 변용했다.

이와 같은 황정견의 환골탈태법과 요체와 기이한 표현 및 전고의 활용이라는 창작법에 대해 부정적 평가도 적지 않다.『예원치언』에서는 "시격이 소식과 황정견으로부터 변했다고 한 논의는 옳다. 황정견의 뜻은 소식이 불만스러워 곧바로 능가하려 했는데도 소식보다 못하다. 어째서인가? 교묘하게 하려고 하면 할수록 졸렬해지고 새롭게 하려고 하면 할수록 진부해지며, 가까워지려고 하면 할수록 멀어지기 때문이다[詩格變自蘇黃, 固也. 黃意不滿蘇, 直欲凌其上, 然故不如蘇也. 何者. 愈巧愈拙, 愈新愈陳, 愈近愈遠]", "노직 황정견은 소승이 되기에는 부족하고 다만 외도일 따름이며, 이미 방생 가운데 빠져 있었다[魯直不足小乘, 直是外道耳, 已墮傍生趣中]", "노직 황정견은 생경生硬한 기법을 구사했는데 어떤 경우는 졸렬하고 어떤 경우는 공교로우니, 두보의 가행체에서 본받았다[魯直用生拗句法, 或拙或巧, 從老杜歌行中來]"라고 평가했다. 이러한 부정적 평가는 황정견 시의 파급력에 대한 반증이기도 하다. 황정견을 중심으로 한 강서시파가 당대當代는 물론 후대 및 조선의 문인들에도 적지 않은 영향을 미쳤다.

한국 한시는 중종中宗 연간에 큰 성과를 이루어 이행李荇, 1478~1534, 박상朴祥, 1474~1530, 신광한申光漢, 1484~1555, 김정金淨, 1486~1521, 정사룡鄭士龍, 1491~1570, 박은朴誾, 1479~1504 등의 시인을 배출했고 선조宣祖 연간에는 이를 이어 노수신盧守愼, 1515~1590, 황정욱黃廷彧, 1532~1607, 최경창崔慶昌, 1539~1583, 백광훈白光勳, 1537~1582, 이달李達, 1539~1612 등 걸출한 시인을 배출했다. 이때 우리 한시의 흐름은 고려 이래 지속되어 온 소식을 위주로 한 송시풍宋詩風의 연장선상에 있다가, 황정견과 진사도를 배우게 되었으며, 다시 변해 당시唐詩를 배우게 되었다. 이에 따라 이 시기 시인은 송시를 모범으로 삼는 부류와 당시를 모범으로 삼는 경우로 대별된다. 또한 송시를 모범으로 삼는 경우도 다시 소식을 배우고자 했던 인물과 황정견이나 진사도를 배우고자 했던 인물로 나눌 수 있다. 그만큼 황정견의 영향력이 컸다는 것을 알 수 있다.

황정견과 진사도를 배웠다고 언급되는 시인으로는 박은, 이행, 박상, 정사룡, 노수신, 황정욱 등을 들 수 있다. 이들은 각기 한 시대를 대표하는 시인으로, 우리 한시사韓詩史에서 심도 있게 다루어지고 있다. 이들 시인을 '해동강서시파海東江西詩派'라고 규정하고 있는데, 그 이유는 황정견과 진사도로 대표되는 '강서시파'의 영향력 아래에서 찾아볼 수 있다.

이인로李仁老, 1152~1220는 『보한집補閑集』에서 "소식과 황정견의 문집을 읽는 것이 좋은 시를 짓는 방법이다"라고 했으니, 고려 중기에 황정견의 문집이 유통되고 있었음을 확인할 수 있다. 이후 공민왕恭愍王 때에는 『산곡시집주山谷詩集註』가 간행되었고 조선조에는 황정견을 중심으로 한 강서시파 시인의 작품을 뽑은 시선집이나 문집이 여러 차례 간행되었다. 안평대군安平大君도 황정견 등을 포함한 『팔가시선八家詩選』을 엮었고 황정견 시를 가려 뽑아 『산곡정수山谷精粹』를 엮은 바 있다. 성종成宗 때에도 한 차례 황정견 시집을 간행했고 성종의 명으로 언해諺解를 시도했지만 실행되지는 못했다. 이후 유호인俞好仁, 1445~1494이 『황산곡집黃山谷集』을 발간하였고 중종에서 명종 연간에 황정견의 문집이 인간印刊되었다. 황정견 시문집에 대한 잇닿은 간행은 고려와 조선의 시인들이 지속적으로 강서시파를 배우고자 했다는 당대當代 시단의 흐름을 반영한 것이다.

고려시대부터 조선 초기까지 강서시파의 영향을 확인할 수 있는 시인으로 이인로李仁老, 임춘林椿, ?~?, 이담李湛, ?~?, 이색李穡, 1328~1396, 신숙주申叔舟, 1417~1475, 성삼문成三問, 1418~1456, 조수趙須, ?~?, 김종직金宗直,

1431~1492, 홍귀달洪貴達, 1438~1504, 권오복權五福, 1467~1498, 김극성金克成, 1474~1540, 조신曺伸,1454~1529 등 셀 수 없을 정도이다. 이러한 흐름은 두보의 시를 배우고자 한 것으로 파악되는데, 앞서 보았듯이 황정견이 두시杜詩를 가장 잘 배웠다고 칭송되고 있었기에, 황정견을 통해 두보의 시에 접근해 보려는 노력도 깔려있었다고 할 수 있다. 정사룡도 이달에게 두시를 가르쳤고 노수신은 그의 시가 두시의 법도를 얻은 것으로 평가되고 있으며, 황정욱도 두보의 시를 엿보고 있다는 지적을 받고 있다. 그 밖에 박은, 이행, 박상의 시가 두시의 숙독에서 나온 것을 작품의 도처에서 확인할 수 있다. 이러한 경향으로 볼 때, 두보의 시를 배우는 한 일환으로 강서시파의 핵심인 황정견에 관심을 기울인 것으로 보인다. 이 밖에도 조선 초 화려한 대각臺閣의 시풍에 대한 반발도 강서시파의 작품을 배우고자 하는 한 배경으로 작용했다.

　지속적인 강서시파 관련 서적의 수입과 인간印刊을 바탕으로 강서시파에 대한 학습이 고려에서부터 조선 초까지 지속되었고 이를 배경으로 강서시파를 배우고자하는 움직임이 성종 연간에 집중적으로 나타났으며, 한시사에게 거론되는 주요 시인들이 등장하게 되었다. 이러한 연장선상에서 소위 '해동강서시파'가 출현하게 된다.

　해동강서시파는 강서시파의 영향을 받고 이에 따라 유사한 시풍을 견지했던 일군의 시인을 지칭하는 개념이다. 이 점에서 해동강서시파는 강서시파의 시풍이나 창작방법론을 대거 수용하고 이에서 한 걸음 더 나아가 자신만의 변용을 꾀한 시인들이라 평가할 수 있다. 황정견을 위주로 한 강서시파를 배웠다고 언급되는 해동강서시파의 시인으로는 박은, 이행, 박상, 정사룡, 노수신, 황정욱 등을 들 수 있다. 이들 시인들이 강서시파의 배웠다는 구체적인 기록도 남아 있다.

해동강서시파의 시가 중국 강서시파의 작법을 수용했다는 것은 단순히 자구를 모방하는 차원의 것이 아니라, 시를 쓰는 법을 배워 우리의 정서와 실정에 맞는 시를 쓰기 위해 노력한 것이다. 결국 해동강서시파의 작품에 대한 올바른 접근은 강서시파에 대한 접근에서부터 비롯되어야 한다. 시작법을 어떻게 수용하고 있는지, 또 어떠한 변용이 이루어진 것인지에 대한 입체적인 접근이 있어야만 해동강서시파에 대한 올바른 평가를 내릴 수 있다. 그 출발점이 바로 해동강서시파에 지대한 영향을 미쳤던 황정견 문집에 대한 완역이다.

4. 『황정견시집주黃庭堅詩集注』는?

『황정견시집주』는 북경北京 중화서국中華書局에서 2007년에 출간한 책이다. 전5책으로 『산곡시집주山谷詩集注』 권1~20, 『산곡외집시주山谷外集詩注』 권1~17, 『산곡별집시주山谷別集詩注』 상·하, 『산곡시외집보山谷詩外集補』 권1~4, 『산곡시별집보山谷集別集補』 권1로 구성되어 있다.

『산곡시집주』 권1~20은 송宋 임연任淵이, 『산곡외집시주』 권1~17

은 송宋 사용史容이, 『산곡별집시주』 상·하는 송宋 사계온史季溫이 각각 주석을 붙여놓은 것이다. 『산곡시외집보』 권1~4와 『산곡시별집보』 권1은 청淸 사계곤謝啓崑이 엮은 것이다.

『황정견시집주』의 체계와 구성을 정리하면 다음 표와 같다.

책	권	비고
제1책	집주(集注) 권1~9	임연(任淵) 주(注)
제2책	집주(集注) 권10~20	
제3책	외집시주(外集詩注) 권1~8	사용(史容) 주(注)
제4책	외집시주(外集詩注) 권9~17	사용(史容) 주(注)
제5책	별집시주(別集詩注) 上·下	사계온(史季溫) 주(注)
	외보유(外補遺) 권1~4	사계곤(謝啓崑) 주(注)
	별집보(別集補)	

각 권에 수록된 시작품 수를 일람하면 다음 표와 같다.

권 수	수록 작품 수	권 수	수록 작품 수
山谷詩集注卷第一	22제(題) 30수(首)	山谷外集詩注卷第三	23제(題) 61수(首)
山谷詩集注卷第二	14제(題) 18수(首)	山谷外集詩注卷第四	18제(題) 31수(首)
山谷詩集注卷第三	19제(題) 30수(首)	山谷外集詩注卷第五	13제(題) 43수(首)
山谷詩集注卷第四	8제(題) 30수(首)	山谷外集詩注卷第六	20제(題) 25수(首)
山谷詩集注卷第五	9제(題) 29수(首)	山谷外集詩注卷第七	27제(題) 31수(首)
山谷詩集注卷第六	28제(題) 29수(首)	山谷外集詩注卷第八	27제(題) 40수(首)
山谷詩集注卷第七	25제(題) 40수(首)	山谷外集詩注卷第九	35제(題) 39수(首)
山谷詩集注卷第八	21제(題) 28수(首)	山谷外集詩注卷第十	30제(題) 33수(首)
山谷詩集注卷第九	28제(題) 44수(首)	山谷外集詩注卷第十一	29제(題) 45수(首)
山谷詩集注卷第十	17제(題) 23수(首)	山谷外集詩注卷第十二	28제(題) 50수(首)
山谷詩集注卷第十一	23제(題) 47수(首)	山谷外集詩注卷第十三	34제(題) 48수(首)
山谷詩集注卷第十二	28제(題) 50수(首)	山谷外集詩注卷第十四	23제(題) 46수(首)
山谷詩集注卷第十三	27제(題) 41수(首)	山谷外集詩注卷第十五	34제(題) 40수(首)

권 수	수록 작품 수	권 수	수록 작품 수
山谷詩集注卷第十四	14제(題) 43수(首)	山谷外集詩注卷第十六	35제(題) 47수(首)
山谷詩集注卷第十五	29제(題) 54수(首)	山谷外集詩注卷第十七	27제(題) 44수(首)
山谷詩集注卷第十六	18제(題) 42수(首)	山谷別集詩注卷上	36제(題) 37수(首)
山谷詩集注卷第十七	25제(題) 29수(首)	山谷別集詩注卷下	25제(題) 46수(首)
山谷詩集注卷第十八	17제(題) 27수(首)	山谷詩外集補卷第一	50제(題) 58수(首)
山谷詩集注卷第十九	28제(題) 45수(首)	山谷詩外集補卷第二	70제(題) 93수(首)
山谷詩集注卷第二十	19제(題) 27수(首)	山谷詩外集補卷第三	91제(題) 138수(首)
山谷外集詩注卷第一	24제(題) 29수(首)	山谷詩外集補卷第四	95제(題) 128수(首)
山谷外集詩注卷第二	22제(題) 30수(首)	山谷詩別集補	25제(題) 28수(首)
총 1,260제(題) 1,916수(首)			

『황정견시집주』에는 총 1,260제題 1,916수首의 시작품이 수록되어 있다. 이 거질의 서적에 임연任淵·사용史容·사계온史季溫·사계곤謝啓崑이 주석을 부기했는데, 이를 통해서도 황정견의 박학다식함을 재삼 확인할 수도 있다.

임연·사용·사계온·사계곤은 주석에서 시구의 전체적인 표현이나 단어 및 고사와 관련해 『시경』·『논어』·『장자』·『초사』·『문선』·『한서』·『사기』·『이아』·『좌전』·『세설신어』·『본초강목』·『회남자』·『포박자』·『국어』·『서경잡기』·『전국책』·『법언』·『옥대신영』·『풍토기』·『초학기』·『한시외전』·『모시정의』·『원각경』·『노자』·『명황잡록』·『이원』·『진서』·『제민요술』·『오초춘추』·『신서』·『이문집』·『촉지』·『통전』·『남사』·『전등록』·『초목소』·『당본초』·『왕자년습유기』·『도경본초』·『유마경』·『춘추고이우』·『초일경』·『전심법요』·『여씨춘추』·『부자』·『수훤록』·『박물지』·『당서』·『신어』·『적곡자』·『순자』·『삼보결록』·『담원』·『한서음의』·『공자가어』·『당척언』·『극담록』·『유양잡조』·『운서』·『묘법연화경』·『지도론』·『육도삼략』·『금강경』·『양양기』·『관자』·『보적경』 등의 용례를 들어 자세하게 구절의 의미를 부연 설명했다. 또한 두보를 필두로 ·도잠·소식·한유·백거이·유종원·이백·유몽득·소무·이하·좌사·안연년·송옥·장적·맹교·유신·왕안석·구양수·반악·전기·하손·송기·범중엄·혜강·예형·왕직방·사령운·권덕여·사마상여·매요신·유우석·노동·구준·조하·강엄·장졸 등의 작품에 보이는 구절을 주석으로 부연하여 작품의 전례前例와 전체적인 의미를 상세하게 서술했다. 이밖에도 여타의 시화집에 보이는 황정견의 작품과 관련된 시화를 주석으로 부기하여, 작품의 창작배경이나 자신의 상황 및 의미를 자세하게 설명한 있다.

이처럼 『황정견시집주』 전5책은 황정견 작품의 구절 및 시어詩語 하나하나가 갖는 전례와 창작배경 그리고 구절의 의미 및 전체적인 의미를 상세하게 주석을 통해 소개해 주어, 황정견 작품의 세밀한 이해를 돕고 있다.

5. 향후 연구 전망

황정견과 강서시파에 대한 연구는 지금까지 꾸준히 진행되어 왔다. 그러나 아직까지 황정견 시작품에 대한 전체적인 번역이 이루어지지 않았기에, 구체적인 실상의 일면만을 위주로 하거나 혹은 피상적으로 연구가 진행되었다는 점에서 아쉬움이 남는다. 이에 상세한 주석을 통해 작품에 대한 이해를 돕는『황정견시집주』에 대한 완역은, 부족하나마 후학들에게 실질적으로 황정견 시를 이해하기 위한 토대 내지는 발판의 역할 정도는 할 수 있을 것으로 판단되며, 이를 계기로 유관 연구가 활발하게 진행되기를 기대하는 바이다.

첫째, 중국 문학 연구의 측면에서도 황정견을 중심으로 한 강서시파에 대한 연구가 활발하게 진행 될 것으로 기대한다. 강서시파 시론의 핵심이라고 할 수 있는 시의 조구법造句法으로서의 환골법換骨法과 탈태법奪胎法, 요체拗體의 추구, 진부한 표현이나 속된 말을 배척하고 특이한 말과 기이한 표현을 추구, 전고의 정밀한 사용 등에 대한 실제적인 접근이 이루어질 수 있는 계기가 될 것이며, 이로 인해 황정견뿐만 아니라 강서시파, 그리고 강서시파의 영향을 받았던 원대 시인에 대한 연구가 활발하게 진행 될 것이다.

둘째, 조선 문단에 대한 연구도 활발해질 것으로 기대한다. 고려 이후 지속적인 강서시파 관련 서적의 수입과 인간印刊을 바탕으로 강서시파에 대한 학습이 고려에서부터 조선 초까지 지속되었고 이를 배경으로 강서시파를 배우고자하는 움직임이 성종 연간에 집중적으로 나타났으며, 한시사에게 거론되는 주요 시인들이 등장하게 되었다. 이러한 연장선상에서 소위 '해동강서시파'가 출현했다.

해동강서시파로 지목된 박은朴誾, 이행李荇, 박상朴祥, 정사룡鄭士龍, 노수신盧守愼, 황정욱黃廷彧 등 이외에도 이인로李仁老, 임춘林椿, 이담李湛, 이색李穡, 신숙주申叔舟, 성삼문成三問, 조수趙須, 김종직金宗直, 홍귀달洪貴達, 권오복權五福, 김극성金克成, 조신曺伸 등도 모두 황정견이 주축이 된 강서시파의 영향 하에 있다는 연구 성과도 보고된 바 있다.

이로 보건대, 『황정견시집주』 전5권의 완역은 강서시파의 영향을 받았던, 소위 해동강서시파의 실체를 밝히는데 적지 않은 도움이 될 것으로 보인다. 또한 어떠한 부분에서 적극적으로 수용하려고 했는지, 그 목적이 무엇이었는지에 대한 연구의 초석이 될 것이다. 더불어, 강서시파의 영향 하에서 해동강서시파는 어떠한 변용을 통해, 각 개인의 특장을 살려 나갔는지에 대한 연구도 활발하게 진행될 것이다. 시인 개개인에 대한 접근을 통해, 해동강서시파의 특장을 밝히는데 있어 출발점이 될 것으로 기대한다.

황정견시집의 완역은 황정견 시작품과 중국 강서시파의 실체를 밝힐 수 있는 계기가 될 것이며, 동시에 지속적인 관심을 쏟았던 조선의

해동강서시파의 영향 관계 및 변용에 대한 연구가 본격적으로 진행될
수 있는 초석이 되리라 기대한다.

　대저 시로써 세상에 이름을 날린 자는 한 글자 한 구절을 반드시 달로 분기로 단련하여 일찍이 함부로 드러내지 않고서 반드시 심사숙고한 바가 있다. 옛날 중산中山의 유우석劉禹錫이 일찍이 말하기를 '시에 벽자僻字를 사용할 때는 반드시 근거한 바가 있어야 한다'라고 했다. 공고功 송지문宋之問의 「도중한식塗中寒食」에서 "말 위에서 한식을 맞으니, 봄이 와도 당락을 보지 못하네[馬上逢寒食, 春來不見錫]"라고 하였다. 일찍이 '당석當錫'이란 글자가 벽자임을 의아하게 생각하였는데, 이윽고 『모시毛詩』의 고주瞽注를 읽고 나서 이에 육경 가운데 오직 이 주에서 이 '당석當錫'자에 대한 설명이 있는 것을 알게 되었다. 경문공景文公 송기宋祁 또한 이르기를 "몽득夢得 유우석이 일찍이 「구일九日」이란 시를 지으면서 '고鵝'자를 쓰려고 하였는데 생각해보니 육경에 이 글자가 없어서 결국 쓰지 못하였다"라고 했다. 그러므로 경문공 송기의 「구일식고九日食鵝」에서 "유랑은 기꺼이 '고鵝'자를 쓰지 않았으니, 세상 당대의 호걸을 헛되이 저버렸어라[劉郎不肯題鵝字, 虛負人間一世豪]"라고 했다. 이처럼 전배들의 글자 사용은 엄밀하였으니 이 시주詩注를 짓게 된 까닭이다.

　본조 산곡山谷 노인의 시는 『이소離騷』와 『시경·아雅』의 변체變體를 다하였으며 후신後山 진사도陳師道가 그 뒤를 이어 더욱 그 결정을 맺었다. 그러므로 두 사람의 시는 한 구절 한 글자가 고인古人 예닐곱 명을 합쳐 놓은 것과 같다. 대개 그 학문은 유儒, 불佛, 노老, 장莊의 깊은 이치를 통달하였으며, 아래로 의서醫術, 복서卜筮, 백가百家의 학설에 이르기까지 그 정수를 모두 캐어내어 시로 발하지 않음이 없다.

처음 산곡이 우리 고을에 와서 암곡 사이를 소요할 때 나는 경전經典을 배웠다. 한가한 날에는 인하여 두 사람의 시를 가지고 조금씩 주를 달았는데, 과문하여 그 깊은 의미를 자세히 파악하기 어려운 것이 한스러웠다. 일단 집에 보관하고서 훗날 나와 기호가 같은 군자를 기다려 서로 그 의미를 넓혀 나갔으면 한다.

정화政和 신묘년辛卯年, 1111 중양절重陽節에 쓰다.

大凡以詩名世者, 一字一句, 必月鍛季鍊, 未嘗輕發, 必有所考. 昔中山劉禹錫嘗云, 詩用僻字, 須要有來去處. 宋考功詩云, 馬上逢寒食, 春來不見餳. 嘗疑此字僻, 因讀毛詩有瞽注, 乃知六經中唯此注有此餳字, 而宋景文公亦云, 夢得嘗作九日詩, 欲用餻字. 思六經中無此字, 不復爲. 故景文九日食餻詩云, 劉郞不肯題餻字, 虛負人間一世豪. 前輩用字嚴密如此, 此詩注之所以作也. 本朝山谷老人之詩, 盡極騷雅之變, 後山從其游, 將寒冰焉. 故二家之詩, 一句一字有歷古人六七作者. 蓋其學該通乎儒釋老莊之奧, 下至於毉卜百家之說, 莫不盡摘其英華, 以發之於詩. 始山谷來吾鄕, 徜徉於巖谷之間, 余得以執經焉. 暇日因取二家之詩, 略注其一二. 第恨寡陋, 弗詳其祕. 姑藏於家, 以待後之君子有同好者, 相與廣之. 政和辛卯重陽日書.[1]

---

1   [교감기] 근래 사람 모회신(冒懷辛)이 상단의 문자를 고정(考訂)하면서 "이 편의 서문은 광서(光緖) 26년(1900)에 의녕(義寧) 진씨(陳氏)가 복각(復刻)한『산곡시집주(山谷詩集注)』의 권 머리에 실려 있다. 원문(原文)과 파양(鄱陽) 허윤(許尹)의 서문은 함께 이어져 허윤 서문의 제1단락이 되어버렸다. 현재는 내용에

육경六經은 도道를 실어서 후세에 전해주는 것인데, 『시경』은 예의禮義에 멈추니 도가 존재하는 바이다. 『주시周詩』 305편 가운데 그 뜻은 남아 있지만 그 가사가 없어진 것은 6편이다. 크게는 천지와 해와 별의 변화에서부터 작게는 충조초목蟲鳥草木의 변화까지, 엄한 군신과 부자, 분별이 있는 부부와 남녀, 온순한 형제, 무리의 붕우, 기뻐도 더러움에 이르지 않고 원망하여도 어지러움에 이르지 않으며 간하여도 고자질에 이르지 않고 화를 내어도 사람을 끊지 않으니, 이것이 『시경』의 대략이다. 옛날 청묘淸廟에 올라 노래하며 제후들과 회맹할 때, 계자季子가 본 것과 정인鄭人이 노래한 것, 사대부들이 서로 상대할 때 이것을 제쳐두고 서로 마음을 통할 것이 없다. 공자孔子가 "이 시를 지은 자는 그 도를 아는구나"라고 했으며, 또한 "시를 배우지 말았으면 말을 할 수 없다"라고 했으니, 대개 세상에서 시를 사용하는 것이 이와 같다. 周나라가 쇠하여 관원이 제 임무를 못하고 학교가 폐하여 대아大雅가 지어지지 못한 지 오래되었다. 한나라 이후로 시도詩道가 침체되고 무너져서 진晉, 송宋, 제齊, 양에 이르러서는 음란한 소리가 극심해졌다. 조식, 유정劉楨, 심전기沈佺期, 사령운謝靈運의 시는 공교롭지 않은 것은 아니지만 화려한 비단에 아름답게 장식한 것 같아 귀공자에게 베풀 수는 있지만 백성들에게 쓸 수는 없다. 연명淵明 도잠陶潛과 소주蘇州 위응

근거하여 이것이 임연(任淵)이 손수 쓴 서문임을 확정하고서 인하여 허윤의 서문에서 뽑아내어 기록한다"라고 하였으니 이 말을 『후산시주보전(後山詩注補箋)·부록(附錄)』과 참고하여 볼 것이다.

물위應物의 시는 적막하고 고고枯槁하여 마치 깊은 계수나무 아래 난초 떨기 같아 산림에는 어울리지만 조정에 놓을 수는 없다. 태백太白 이백李白과 마힐摩詰 왕유王維의 시는 어지러운 구름이 허공에 펼쳐지고 차가운 달이 물에 비친 것 같아 비록 천만으로 변화하지만 사물에 미치는 곳은 또한 적었다. 맹교孟郊와 가도賈島의 시는 산한酸寒하고 험루儉陋하여 새우와 조개를 한 번 먹으면 곧 마치니 비록 하루 종일 씹어도 배가 부르지 않는 것과 같다. 다만 두보杜甫의 시는 고금을 드나들어 천하에 두루 퍼져 충의忠義의 기氣가 성대하니 이를 능가하는 후대의 작자는 없다.

송宋나라가 일어나고 이백 년이 흘러 문장의 성대함은 삼대三代를 뒤좇을만한데, 시로 세상에 이름을 날린 자로 예장豫章의 노직魯直 황정견黃庭堅이 있으며 그 후로는 황정견을 배웠으나 그에 약간 미치지 못한 자로 후산後山 무기無己 진사도陳師道가 있다. 두 공의 시는 모두 노두老杜에서 근본 하였으나 그를 직접적으로 따라 하진 않았다. 용사用事는 대단히 치밀한데다 유가와 불가를 두루 섭렵하였으며, 우초虞初의 패관소설稗官小說과 『준영雋永』·『홍보鴻寶』 등의 책에다가 일상생활의 수렵까지 모두 망라하였다. 후대의 학자들이 이 시의 비밀을 보지 못하여 이따금 알기 어려움에 어려움을 느낀다. 삼강三江의 군자 임연任淵은 군서群書에 박학하고 옛사람을 거슬러 올라가 벗하였는데, 한가한 날에 드디어 두 사람의 시에 주해를 내었으며 또한 시를 지은 본의의 시말에 대해 깊이 따져 학자들에게 알려주었다. 그러나 세상의 전주箋注와 같지 않고 다만 출처만을 드러내었을 뿐이다. 이윽고 완성되자 나에게 주면서 그 서문을 지어달라고 하였다.

내가 일찍이 두 시인의 시흥詩興이 고원高遠함에 의탁하여 읽어도 무슨 의미인지 알 수 없는 것을 걱정하였다. 임연 군의 풀이를 얻고서 여러 날에 걸쳐 음미해 보니 마치 꿈에서 깬 것 같고 술에 취했다가 깬 것 같으며, 앉은뱅이가 일어서게 된 것과 같으니 어찌 통쾌하지 않으랴. 비록 그러나 그림을 논하는 자는 형체는 비슷하게 할 수는 있지만 그림을 그려낸 심정을 포착하여 말로 표현하기 어렵고, 거문고 소리를 들은 자는 몇 번째 줄인 줄은 알지만 그 음은 설명하기 어렵다. 천하의 이치 가운데 형명도수形名度數에 관련된 것은 전할 수 있지만, 형명도수를 넘어서는 것은 전할 수 없다. 옛날 후산 진사도가 소장少章 진구秦覯에게 답하기를 "나의 시는 예장豫章의 시이다. 그러나 내가 예장에게 들은 것은 그 자상한 것을 말하고 싶지만, 예장이 나에게 말해주지 않았고 나 또한 그대를 위해 말하고 싶어도 못한다"라고 했다. 오호라, 후산의 말은 아마도 이를 가리킬 것이다. 지금 자연子淵 임연이 이미 두 공에게서 얻은 것을 글로 드러내었다. 정미하여 오묘한 이치는 옛말에 이른바 '맛 너머의 맛'이란 것에 해당한다. 비록 황정견과 진사도가 다시 태어난다 해도 서로 전할 수 없으니, 자연이 어찌 말해줄 수 있으랴. 학자들은 마땅히 스스로 얻는 것이 옳을 것이다.

자연子淵의 이름은 연淵으로 일찍이 문예류시유사文藝類試有司로써 사천四川의 제일이 되었다. 대개 금일의 국중의 선비이며 천하의 선비이다.

소흥紹興 을해년乙亥年, 1155 12월 파양鄱陽 허윤許尹은 삼가 서문을 쓰다.

六經所以載道而之後世,[2] 而詩者, 止乎禮義, 道之所存也. 周詩三百五篇, 有其義而亡其辭者, 六篇而已. 大而天地日星之變, 小而蟲鳥草木之化, 嚴而君臣父子, 別而夫婦男女, 順而兄弟, 羣而朋友, 喜不至瀆, 怨不至亂, 諫不至訐, 怒不至絶, 此詩之大略也. 古者登歌淸廟, 會盟諸侯, 季子之所觀, 鄭人之所賦, 與夫士大夫交接之際, 未有舍此而能達者. 孔子曰, 爲此詩者, 其知道乎! 又曰, 不學詩, 無以言. 蓋詩之用於世如此.

周衰, 官失學廢, 大雅不作久矣. 由漢以來, 詩道浸微陵夷, 至於晉宋齊梁之間, 哇淫甚矣. 曹劉沈謝之詩, 非不工也, 如刻繪染縠, 可施之貴介公子, 而不可用之黎庶. 陶淵明韋蘇州之詩, 寂寞枯槁, 如叢蘭幽桂, 可宜於山林, 而不可置於朝廷之上. 李太白王摩詰之詩, 如亂雲敷空, 寒月照水, 雖千變萬化, 而及物之功亦少. 孟郊賈島之詩, 酸寒儉陋, 如蝦蟆蜆蛤, 一啖便了, 雖咀嚼終日, 而不能飽人. 唯杜少陵之詩, 出入今古, 衣被天下, 藹然有忠義之氣, 後之作者, 未有加焉.

宋興二百年, 文章之盛, 追還三代. 而以詩名世者, 豫章黃庭堅魯直, 其後學黃而不至者, 後山陳師道無已. 二公之詩皆本於老杜而不爲者也. 其用事深密, 雜以儒佛. 虞初稗官之說, 雋永鴻寶之書, 牢籠漁獵, 取諸左右. 後生晚學, 此祕未覩者, 往往苦其難知. 三江任君子淵, 博極羣書, 尙友古人. 暇日遂以二家詩爲之注解, 且爲原本立意始末, 以曉學者. 非若世之箋訓, 但能標題出處而已也. 旣成, 以授僕, 欲以言冠其首.

予嘗患二家詩興寄高遠, 讀之有不可曉者. 得君之解, 玩味累日, 如夢而寤,

2　[교감기] '而'는 전본에는 '傳'으로 되어 있는데, 의미가 더 분명하다.

如醉而醒, 如痿人之獲起也, 豈不快哉. 雖然論畫者可以形似, 而捧心者難言, 聞絃者可以數知, 而至音者難說. 天下之理涉於形名度數者可傳也, 其出於刑名度數之表者, 不可得而傳也. 昔後山答秦少章云, 僕之詩, 豫章之詩也. 然僕所聞於豫章, 願言其詳, 豫章不以語僕, 僕亦不能爲足下道也. 嗚乎, 後山之言, 殆謂是耶, 今子淵旣以所得於二公者筆之乎. 若乃精微要妙, 如古所謂味外味者, 雖使黃陳復生, 不能以相授, 子淵相得而言乎. 學者宜自得之可也.

子淵名淵, 嘗以文藝類試有司, 爲四川第一, 蓋今日之國士天下士也.

紹興乙亥冬十二月, 鄱陽許尹謹叙.

정국 원년 4월 16일이었다. 다음 해인 숭녕 원년 5월 20일, 황정견이 호구에 배를 대자, 이정신이 이 시를 가지고 찾아왔다. 돌은 이미 다시 볼 수가 없었고 동파 소식도 또한 세상을 떠났었다. 이에 감동하고 탄식함을 마지못하여 앞 작품에 차운한다湖口人李正臣蓄異石九峯, 東坡先生名曰壺中九華, 幷爲作詩. 後八年, 自海外歸, 湖口, 石已爲好事者所取, 乃和前篇, 以爲 笑. 實建中靖國元年四月十六日. 明年當崇寧之元五月二十日, 庭堅繫 舟湖口, 李正臣持此詩來. 石旣不可復見, 東坡亦下世矣. 感歎不足, 因 次前韻

황정견시집주 전체 차례

1. 고자면에게 차운하다. 10수

次韻¹高子勉. 十首

고하高荷의 자는 자면子勉으로 강릉江陵 사람이다. 산곡 황정견에게 장편長篇의 경구警句를 올렸는데 "촉나라 하늘은 어디에서 끝나려나, 파땅의 달은 몇 번이나 굽어졌던가"라고 했다. 이 일로 인해 이름이 알려지게 되었다. 뒤에 탁주涿州를 다스리다 죽었다. 스스로 '환환선생還還先生'이라고 불렀다. 고하와 관련된 일이 증조曾慥의 『송백가시선宋百家詩選』에 보인다.

高荷字子勉, 江陵人, 上山谷長篇警句云, 蜀天何處盡, 巴月幾回彎. 因此得名. 後知涿州而死, 自號還還先生. 事見曾慥詩選.

첫 번째 수其一

雪盡虛簷滴	눈 녹아 빈 처마에서 물방울 떨어지고
春從細草回	봄이 가는 풀잎 따라 돌아왔구나.
德人泉下夢	덕인은 지하에서 꿈꾸고 있을 테지만

---

1   [교감기] '韻' 아래에 문집·고본·장지본에는 '答'자가 있다.

俗物眼中埃	속물은 눈 안에 먼지가 끼었다네.
久立我有待	내가 오래 서서 기다리면서
長吟君不來	길이 읊조려도 그대 오지 않네.
重玄鎖關篇²	중현은 빗장과 자물쇠로 잠기었으니
要待³玉匙開	옥시가 열리기를 기다리는 수밖에.

【주석】

雪盡虛簷滴 春從細草回 : 『문선』에 실린 왕원장王元長의 「곡수시서曲水詩序」에서 "빈 처마에 구름 시렁"이라 했다. 살펴보건대, '첨檐'자를 세상에서는 '첨簷'이란 글자로 쓴다. 두보의 「낭수가閬水歌」에서 "다시 봄이 모래톱에서부터 돌아옴을 깨닫네"라고 했다. 『문선』에 실린 현휘사조의 「화서도조출신정저和徐都曹出新亭渚」에서 "풍광이 풀 사이에 떠 있네"라고 했다. 구희범丘希範의 「시연락유원송장서주응조시侍宴樂遊苑送張徐州應詔詩」에서 "가는 풀이 기마병의 말 아래 깔렸어라"라고 했다.

文選王元長曲水詩序曰, 虛檐雲架. 按檐字俗作簷. 老杜詩, 更覺春從沙際歸. 文選謝玄暉詩, 風光草際浮. 丘希範詩, 細草藉龍騎.

德人泉下夢 俗物眼中埃 : '덕인德人'은 마땅히 동파 소식과 소유少游 진관秦觀을 말한다. 『장자』에서 "덕인德人은 가만히 머물러 있을 때는 생

---

2 [교감기] '篇'이 문집·고본·장지본·건륭본에는 '鑰'으로 되어 있다.
3 [교감기] '待'가 문집에는 '是'로 되어 있다.

각함이 없고 돌아다닐 때에도 헤아림이 없으며 옳고 그름과 아름다움과 추악함을 품지 않는다"라고 했다. 이 '덕인'이란 글자를 차용한 것이다. 두보의 「만성漫成」에서 "눈앞에 속물이 없으니, 병이 많아도 몸은 가볍네"라고 했다.

德人當謂東坡少游. 莊子曰, 德人者, 居無思, 行無慮, 不藏是非善惡. 此借用其字. 老杜詩, 眼前無俗物, 多病也身輕.

久立我有待 長吟君不來 : 증조曾慥의 『집선전集仙傳』에 실린 여동빈呂洞賓의 「제변도아미원법당옥산題汴都峨眉院法堂屋山」에서 "밝은 달 기울고 가을바람 차가운데, 오늘밤 친구는 오시나 못 오시나, 오동나무 그림자 다 사라지도록 서 있게 하네"라고 했다. 두보의 「대설對雪」에서 "기다리고 있자니 저녁 까마귀 날아드네"라고 했다. 퇴지 한유의 「봉화병부장시랑수운주마운운奉和兵部張侍郞酬郢州馬云云」에서 "길이 읊조려 내 그리움 달래보네"라고 했다. 살펴보건대, 「낙신부洛神賦」에서 "길이 읊조려 영원히 사모하네"라고 했다. 노동盧仝의 「누상여아곡樓上女兒曲」에서 "앵화가 화려하게 피었는데 그대는 오지 않으시네"라고 했다.

曾慥集仙傳載呂洞賓題汴都峨眉院法堂屋山云, 明月斜, 秋風冷. 今夜故人來不來, 教人立盡梧桐影. 老杜詩, 有待至昏鴉. 退之詩, 長吟慰我思. 按洛神賦曰, 超長吟以永慕. 盧仝詩, 鸎花爛熳君不來.

重玄鎖關篇 要待玉匙開 : 고자면이 고인의 비경祕境을 드러냈다는 말

이다. 『문선』에 실린 육기의 「공신송功臣頌」에서 "중현重玄[4]은 심오하지 못하다"라고 했다. 「두타시비頭陀寺碑」에서 "현관玄關[5]이 깊숙이 잠겨 있지만 감응하면 마침내 통하게 된다"라고 했다. 동안화상同安和尚의 「십현담十玄談」에서 "쇠로 된 자물쇠의 현관에 머물지 않고, 중생들의 세계로 가서 다시 윤회를 한다"라고 했다. 『황정경』에서 "옥시玉匙와 금약金籥[6]을 항상 굳게 간직한다"라고 했다.

言高君可發古人之秘也. 文選陸機功臣頌曰, 重玄非奧. 頭陀寺碑曰, 玄關幽楗, 感而遂通. 同安和尚十玄談曰, 金鎖玄關留不住, 行於異類且輪回. 黃庭經曰, 玉匙[7]金籥常完堅.

두 번째 수其二

掃雪我三日	내가 삼일 동안 내린 눈을 쓸었고
御風君過旬	바람 타고 그대 떠난 지 열흘이네.
言詩今有數	시 짓는 것이 지금의 운수이니
下筆不無神[8]	시 쓰자 신령스럽지 않음이 없네.
行布俉期近	널리 베푸는 것은 심전기와 가깝고

---

4   중현(重玄) : 하늘[天]을 가리킨다.
5   현관(玄關) : 현묘(玄妙)한 도(道)로 들어가는 문이다.
6   옥시(玉匙)와 금약(金籥) : 『황정경』의 주(注)에서 "'옥시'는 이[齒]요, '금약'은 혀다"라고 했다. '옥시가 열린다'는 것은 입을 열어 말을 한다는 의미이다.
7   匙 : 중화서국본에는 '題'로 되어 있는데, '匙'의 오자이다.
8   [교감기] '神'이 원본에는 '成'으로 되어 있다.

飛揚子建親 　　　　　드날림은 자건 조식과 흡사하다오.

可憐金石友 　　　　　가련하구나, 금석의 벗이여

去不待斯人 　　　　　이 사람 기다려주지 않고 떠났으니.

【주석】

掃雪我三日 御風君過旬 : 상구上句는 원안袁安의 일[9]을 이용한 것이다. 퇴지 한유의 「노랑중운우기시송반곡자시양장가이화지盧郎中雲友寄示送盤谷子詩兩章歌以和之」에서 "장안의 삼일 눈에 문 닫았네"라고 했다. 『장자』에서 "열자가 바람을 타고 떠나가서 보름이 지나서야 돌아왔다"라고 했다. 『주역』에서 "양陽이 지나치면[10] 재앙이 된다"라고 했다. ○ 『개원천보유사開元天寶遺事』에서 "왕원보王元寶는 매양 큰 눈이 내리면 자신이 거주하는 곳부터 동네 입구까지 눈을 쓸어 길을 열고서 빈객을 맞이하여 자신의 거처에 와서 술자리를 열었는데, 이것을 '난한회煖寒會'라 한다"라고 했다.

上句用袁安事. 退之詩, 閉門長安三日雪. 莊子曰, 列子御風, 旬有五日而後反. 易曰, 過旬, 災也. ○ 天寶遺事載, 王仁裕王元寶[11]每大雪, 則自所居至

9　원안(袁安)의 일 : 후한(後漢)의 현사(賢士) 원안이 한 길 높이로 폭설이 내린 날, 다른 사람들과는 달리 밖에 나가서 양식을 구하지도 않고 차라리 굶어 죽겠다면서 혼자 집에 누워 있었던 고사가 있다. 『후한서·원안열전(袁安列傳)』에 보인다.

10　양(陽)이 지나치면 : 『주역·풍괘(豐卦)』의 싱(象)에서 나온 말인데, 전문은 "비록 똑같은 양(陽)이나 허물이 없으니, 지나치면 재앙이 있다[雖旬, 无咎, 過旬, 災也]"이다. 이때 '순(旬)'은 양효(陽爻)를 말한 것으로, 초육(初九)과 구사(九四)가 모두 양효이기에 한 말이다.

坊巷口, 埽雪開徑, 迎接賓客, 至所居處飮宴, 謂之煖寒會.

言詩今有數 下筆不無神 : 『노론』에서 "이제야 더불어 시를 말할 수 있겠구나"라고 했다. 두보의 「경간왕명부敬簡王明府」에서 "신선이 될 재주는 운수가 있네"라고 했다. 또한 「봉증위좌승장이십이운奉贈韋左丞丈二十二韻」에서 "신이 들린 듯 글을 지었지요"라고 했다. 또한 「관작교성월야주중유술환정이사마觀作橋成月夜舟中有述還呈李司馬」에서 "즐거움 다하면 슬프지 않음 없다오"라고 했다.

魯論曰, 始可與言詩已矣. 老杜詩, 神仙才有數. 又詩, 下筆如有神. 又詩, 樂罷不無悲.

行布佺期近 飛揚子建親 : '행포行布'라는 글자는 본래 석씨釋氏에게서 나왔는데 산곡 황정견이 서화書畫를 논할 때에 이 표현을 자주 사용했다. 살펴보건대, 석씨가 『화엄경』의 주지主旨에 대해 "행포는 가르침을 서로 베푸는 것이고, 원융圓融은 이에 이치의 성질이 곧 작용하는 것이다"라고 했다. 『능가경』에서 "명신名身과 구신句身 및 자신字身의 차이가 있어 구별된다고 했다. 이를 풀이하는 사람이 "명名이라는 것은 차제次第의 항렬行列이고 구句는 차제次第의 안포安布이다"라 했다"라고 했다.

---

11   王元寶 : 중화서국본에는 '王仁裕'로 되어 있는데, '王元寶'의 오자이다. 『개원천보유사(開元天寶遺事)』를 지은 사람이 '왕유인'이고 이 일화와 관련된 사람은 왕원보이다.

『당서·송지문전宋之問傳』에서 "위魏나라 건안建安 이후 시율詩律이 자주 변했는데, 송지문과 심전기沈佺期에 이르러 더욱 미려靡麗해졌고 배우는 사람들은 이를 종주宗主로 삼아 '심沈'·'송宋'이라 불렀다"라고 했다. 두보의 「증이백贈李白」에서 "드날려 힘차게 요동침은 누굴 위한 웅건함인가"라고 했다. 대개『북사·제기齊紀·고조신무제高祖神武帝』에 실린 말을 차용한 것이다.[12] 두보는 「봉증위좌승장이십이운奉贈韋左丞丈二十二韻」에서 또한 "시를 보니 자건과 흡사했네"라고 했다. 여기에서 자건은 조식曹植을 말한다.

行布字本出釋氏, 而山谷論書畫數用之. 按釋氏言華嚴之旨曰, 行布則教相施說, 圓融乃理性卽用. 楞伽經曰, 名身與句身及字身差別. 解者曰, 名者是次第行列, 句者是次第安布. 唐書宋之問傳曰, 魏建安後, 詩律屢變, 及之問沈佺期加靡麗, 學者宗之, 號爲沈宋. 老杜贈李白詩, 飛揚跋扈爲誰雄. 蓋借用北史齊神武紀中語. 老杜詩又曰, 詩看子建親. 謂曹植也.

可憐金石友 去不待斯人 : '금석우金石友'[13]는 위의 주注에 보이는데, 또한 동파 소식과 소유 진관을 말한다. 소식과 진관은 이때 이미 죽었었고 황정견은 자면을 보지 못한 것을 한스러워했다. ○『남사·왕림전王

---

12 대개 (…중략…) 것이다 :『북사·제기·고조신무제』에서 "후경(侯景)이 하남을 십사 년 다스렸는데, 항상 드날리고 발호하는 뜻이 있었다[景專制河南十四年矣, 常有飛揚跋扈志]"라고 한 부분을 가리킨다.

13 금석우(金石友) :『한서·한신전(韓信傳)』에서 무섭(武涉)이 "그대는 스스로 한왕(漢王)과 금석지교를 맺었다고 여긴다[足下自以爲與漢王爲金石交]"라고 했다. 주(注)에서 "그 견고함을 취한 것이다[取其堅固]"라고 했다.

琳傳』에서 "그 당시에 왕전王銓·왕석王錫[14]을 옥곤금우玉昆金友[15]라고 불렀다"라고 했다.

金石友見上注, 亦謂東坡少游, 于時已死, 恨不見子勉. ○ 南史王琳傳, 時謂銓錫二王, 玉昆金友.

세 번째 수其三

峴南羈旅井	현산 앞에 있는 나그네의 우물
灞上獵歸亭	패수 가의 사냥하고 돌아오던 정자.
日繞分魚市	해 떠오자 어시장이 열리었고
風回落鴈汀	바람 불자 기러기 물가에 내려앉네.
筆由詩客把	붓을 시객 때문에 잡았으며
笛爲故人聽	젓대 소리 벗을 위해 들었노라.
但恐蘇耽鶴	다만 두려워라, 소탐이 학을 타고
歸時或姓丁	돌아올 때 혹 정령위가 되는 게.

【주석】

峴南羈旅井 灞上獵歸亭 日繞分魚市 風回落鴈汀 : 두보의 「일실一室」에

14　왕전(王銓)·왕석(王錫) : 양(梁)나라 사람으로 왕전과 왕석은 형제인데 모두 문명(文名)이 있는 데다 효행 또한 똑같았다고 한다.
15　옥곤금우(玉昆金友) : 훌륭한 형제를 가리킨다.

서 "응당 왕찬의 집과 마찬가지로, 현산 앞에 우물[16]을 남겨 두리"라고 했다. 살펴보건대, 『위지·왕찬전王粲傳』에서 "산양山陽 사람들은 서경西京이 난리로 요란했기에 형주荊州로 가서 유표劉表에게 귀의했다"라고 했다. 『한서·이광전李廣傳』에서 "(이광은 손자와)함께 남전藍田의 남쪽 산에서 사냥을 했다. 어느 날 밤 사람들과 남전 들판에서 술을 마시고 집에 돌아오는 길에 패릉정霸陵亭에 이르렀는데, 패릉위霸陵尉가 술에 취하여 이광을 꾸짖으며 보내주지 않았다"라고 했다.

老杜詩, 應同王粲宅, 留井峴山前. 按魏志王粲傳, 山陽人, 以西京擾亂, 乃之荊州依劉表. 漢書李廣傳, 屏居藍田南山中射獵, 嘗夜從人田間飮, 還至亭, 霸陵尉醉, 呵止廣.

筆由詩客把 笛爲故人聽 : 상구上句는 오랫동안 시를 짓지 않았는데, 고군高君 때문에 이 일에 대해 함께 논의하면서 다시 붓을 잡았다는 말이다. 하구下句는 동파 소식을 추억한다는 말이다. 『진서·향수전向秀傳』에서 "「사구부서思舊賦序」에서 "혜강嵇康과 여안呂安이 옛 살던 집을 지나고 있었는데, 그 집의 이웃사람이 젓대를 불고 있었다. 그런데 그 소리가 대단히 쓸쓸했다. 이에 예전 술자리에서 함께 놀던 즐거움이 떠올라 그 소리에 감응하고 탄식하면서 이 부를 짓는다"라 했다"라고 했다.

上句言久不作詩, 因高君可與論此事, 故復援筆. 下句謂追懷東坡. 晉書向

---

16 현산 앞에 우물 : 왕찬(王粲)의 집은 양양현의 서쪽 20리 현산(峴山)의 언덕 아래에 있고, 집 앞에는 우물이 있는데 사람들이 '중선(仲宣)의 우물'이라고 부른다.

秀傳, 作思舊賦序云, 經稽康呂安舊廬, 隣人有吹笛者, 發聲寥亮. 追想曩昔宴
遊之好, 感音而嘆, 故作賦云.

但恐蘇耽鶴 歸時或姓丁 : 마지막의 상구上句의 의미는 또한 동파 소식
을 가리키는데, 소식을 헤아려 알 수 없다는 말이다. 소탐蘇耽[17]과 정령
위丁令威[18]에 대해서는 위의 주注에 보인다.

終上句之意, 亦指東坡, 言其不可測識也. 蘇耽丁令威, 見上注.

네 번째 수其四

君不居[19]郎省	그대 낭관의 관청에 있지 않지만
還應上諫坡	오히려 간원의 언덕에 올라야 하지.

17　소탐(蘇耽) :『열선전(神仙傳)』에서 "소선공(蘇仙公)이란 자는 계양(桂陽) 사람
　　이다. 수십 마리의 백학이 그의 집 문 앞에 내려앉았다. 그들은 모두 멋진 소년들
　　로 변하였다. 드디어 은하수로 올라가 떠났다. 후에 백학이 고을의 성 동북쪽의
　　누대 위에 내려앉았다. 어떤 사람이 활을 잡고 쏘자, 학은 발톱으로 누대의 편액
　　을 긁어 검게 써 놓은 것 같았다. "성곽은 그대로인데 사람은 아니로다. 삼백 갑자
　　에 한 번 돌아왔으니, 내가 바로 소군이다. 그대는 왜 나를 쏘는가[城郭是, 人民
　　非, 三百甲子一來歸. 吾是蘇君, 彈我何爲]"라 했다"라고 했다. 살펴보건대,『동선
　　전(洞仙傳)』에서 "선공은 즉 소탐이다[仙公卽蘇耽]"라고 했다.
18　정영위(丁令威) : 요동(遼東) 사람 정영위(丁令威)가 신선이 되고 나서 1천 년 만
　　에 학으로 변해 다시 고향을 찾아와서는 요동 성문의 화표주(華表柱) 위에 내려
　　앉았다는데, 소년 하나가 활을 쏘려고 하자 허공으로 날아올라 배회하다가 탄식
　　하면서 떠나갔다는 전설이 전한다.『수신후기(搜神後記)』에 보인다.
19　[교감기] '居'가 문집에는 '登'으로 되어 있다.

才高殊未識	훌륭한 재주에도 알아주는 이 없지만
歲晚喜無它	늘그막에 걱정 없는 걸 기뻐하네.
櫪馬羸難出	마굿간의 말은 여위어 나오기 어렵고
隣雞凍不歌	이웃집 닭은 추위 울부짖지도 않네.
寒爐餘幾火	차가운 화로에는 얼마나 불씨 남았나
灰裏撥陰何[20]	재 속에서 음갱과 하손을 들쳐보네.

【주석】

君不居郎省 還應上諫坡 : 채질蔡質의 『한관전직漢官典職』에서 "상서랑성尙
書郎省 안은 모두 호분胡粉으로 벽을 칠한다"라고 했다. '간파諫坡'[21]는 이
종악李宗諤의 『선공담록先公談錄』에 보이는데, 위의 주注에 갖추어져 있다.

蔡質漢官典職曰, 尙書郎省中, 皆以胡粉塗壁. 諫坡見李宗諤先公談錄, 具
上注.

20　[교감기] 이 작품은 또한 명(明)나라 성화(成化) 연간에 간행된『동파속집(東坡
續集)』권2에도 보인다. 그러나 시어가 다소 다르니, 1구의 '居'가 '登'으로 되어
있고 4구의 '喜'가 '幸'으로 되어 있으며, 6구의 '凍'이 '東'으로 되어 있다.

21　간파(諫坡) : 이종악(李宗諤)의『선공담록(先公談錄)』에서 "당(唐)나라 때 간의
대부(諫議大夫)는 반열이 급사중(給事中)과 중서사인(中書舍人) 위에 있는데,
한 번 좌천되면 급사중이 되고 두 번 좌천되면 중서사인이 된다. 다른 관직에 있
다가 간의대부가 된 사람은 그 반열이 급사중과 중서사인 위에 있게 된다. 그래
서 반중(班中)에서 장난하는 말에 "여유롭게 언덕에 올랐다가 도리어 언덕에서
내려오네[饒他上坡, 却須下坡]"라는 것이 있다. 급사중과 중서사인의 반열로 좌
천되어 다시 아래 있게 되었다는 말이다"라고 했다.

才高殊未識 歲晚喜無它 :『설문해자』에서 "상고 시절에는 풀에서 거주했기에 뱀을 걱정했다. 그래서 서로 "뱀은 없는가"라고 안부를 묻고 했다. '타它'의 음은 '탁託'과 '하何'의 반절법이다"라고 했으며 서현徐鉉는 주注에서 "지금 세상에서는 '사蛇'로 쓰는데, 음은 '식食'과 '차遮'의 반절법이다"라고 했다.

說文曰, 上古草居患它, 故相問無它乎. 音託何切. 徐鉉注云, 今俗作蛇, 音食遮反.

櫪馬羸難出 隣雞凍不歌 : 두보의 「두위택수세杜位宅守歲」에서 "비녀 꽂은 하인에 마구간 말 시끄럽네"라고 했다. 퇴지 한유의 「여인서與人書」에서 "진흙탕에 말이 나약해 감히 나가지 않네"라고 했다. '인계隣雞'[22]는 『맹자』에 보인다. 동파 소식의 「잡설雜說」에서 "내가 황주黃州에 와서는 황주의 사람들이 모여 노래 부르는 것을 들었는데, 그 소리가 자연스러웠으며 높고 낮은 소리를 오가며 반복하니 마치 닭이 우는 소리

---

22 인계(隣雞) :『맹자·등문공(滕文公)』하(下)에 "대영지가 말하기를 "10분의 1의 세법을 실시하고, 관문과 시장의 징세를 폐지하는 것을 지금은 할 수 없으니, 청컨대 경감시켰다가 내년을 기다린 뒤에 폐지하는 것이 어떻겠습니까"라고 했다. 맹자가 말하기를 "지금 날마다 그 이웃의 닭은 훔치는 사람이 있는데, 어떤 사람이 고하여 말하기를 "이것은 군자의 도리가 아닙니다"라고 하자 그 사람이 말하기를 "청컨대 숫자를 줄여서 달마다 한 마리 닭을 훔치다가 내년을 기다린 뒤에 그만두겠습니다"라고 하는 것과 같도다. 만일 의가 아님을 안다면 서둘러 그만두어야 할 것이니, 어찌 내년을 기다리겠는가"라고 했다[戴盈之曰, 什一, 去關市之征, 今玆未能, 請輕之, 以待來年, 然後已, 何如. 孟子曰, 今有人日攘其鄰之雞者, 或告之曰, 是非君子之道. 曰, 請損之, 月攘一雞, 以待來年, 然後已. 如知其非義, 斯速已矣, 何待來年]"라는 구절에 보인다.

같았다. 『한관의』에서 "여남汝南에서는 잘 우는 닭이 생산된다. 위사衛士가 주작문朱雀門 밖에서 지내면서 오로지 닭은 울음소리를 낼 뿐이었다. 그래서 응소應劭가 "이것이 지금의 「계명가雞鳴歌」이다. 내가 지금 들은 것이 어찌 또한 「계명가」의 남은 소리가 아니겠는가"라 했다"라 했다"라고 했다. 두보의 「모한暮寒」에서 "숲의 꾀꼬리는 마침내 노래하지 않네"라고 했다.

老杜詩曰, 盍簪喧櫪馬. 退之書曰, 泥水馬弱, 不敢出. 隣雞見孟子. 東坡雜說曰, 予來黃州, 聞黃人群聚謳歌, 宛轉其聲, 往返高下, 如雞唱爾. 漢官儀, 汝南出長鳴雞, 衛士候朱雀門外, 專傳雞鳴. 應劭曰, 今雞鳴歌也. 余今所聞, 豈亦雞鳴之遺聲乎. 老杜詩, 林鶯遂不歌.

寒爐餘幾火 灰裏撥陰何 : 시를 짓는데 마땅히 깊이 생각하고 고심 속에 얻어야만 고인과 서로 비교해 볼 수 있다는 말이다. 『전등록』에서 "백장회해선사百丈懷海禪師가 위산영우선사潙山靈祐禪師에게 "네가 화로 속을 들추는데 불꽃이 있느냐"라고 물었다. 영우선사가 들추면서 "불꽃이 없습니다"라고 했다. 이에 백장선사가 직접 일어나 깊이 들추어 불꽃을 찾아내고서는 이것을 영우선사에게 보여주며 "이것은 불꽃이 아니냐"라고 했다. 그래서 영우선사가 깨달음을 얻게 되었다"라고 했다. 여몽정呂蒙正의 「익왕손억王孫」에서 "찬 화로의 하룻밤 재를 다 들추네"라고 했다. 두보의 「해민解悶」에서 "시 배우느라 고심한 음하陰何를 배웠노라"라고 했다. '음하'는 음갱陰鏗[23]과 하손何遜[24]을 말한다.

言作詩當深思苦求, 方與古人相見也. 傳燈錄, 百丈謂潙山曰, 汝撥爐中有火否. 師撥云, 無火. 百丈躬起, 深撥得火, 擧以示之云, 此不是火. 師發悟禮謝. 呂蒙正詩, 撥盡寒爐一夜灰. 老杜詩, 試學陰何苦用心. 謂陰鏗何遜.

다섯 번째 수 其五

荊渚樓中賦	형저의 누대에서 읊은 부
南陽壟底吟	남양의 밭두렁에서 읊은 시.
誰言小隱處	누가 소은의 거처를 말하는가
頻屈故人臨	자주 옛 벗의 거처에 간다오.
經笥難窺底	오경의 상자를 헤아리기 어렵지만
詞源幸汲深	다행히 문장만은 깊이 알 수 있다오.
思君眠竹屋	그대 그리며 대나무 집에서 잠을 자니
雪月冰寒衾	눈과 달빛에 이불은 차갑기만 해라.

---

23 음갱(陰鏗) : 『남사(南史)』에서 "음갱의 자는 자학(子堅)이다. 오언시를 잘 지어 동시대 사람들이 존중했다"라고 했다.

24 하손(何遜) : 『양서(梁書)』에서 "하손은 여덟 살에 시를 지었다. 건안왕(建安王)의 수조랑(水曹郎)이 되었으며 참군(參軍)과 기실(記室)을 역임했다. 문장은 유효작(劉孝綽)과 더불어 세상에 인정을 받아, 그들은 하유(何劉)라고 나란히 불렸다. 세조(世祖)가 글을 지어 논하기를, "작품이 많으면서 잘하는 자는 심약(沈約)이며, 적으면서 잘하는 자는 사조(謝朓)와 하손이다"라 했다"라고 했다.

【주석】

荊渚樓中賦 南陽壠底吟 誰言小隱處 頻屈故人臨 : 위의 두 구절은 모두 형주저궁荊州渚宮을 기술한 것으로, 이에 대해서는 앞의 주注에 보인다. 『문선』에 왕찬王粲이 지은 「등루부登樓賦」가 실려 있는데, 이선李善의 주注에서 성홍지盛弘之의 『형주기荊州記』를 인용하면서 "당양현當陽縣의 성루城樓인데, 중선 왕찬이 여기에 올라 작품을 지었다"라고 했다. 『촉지·제갈량전諸葛亮傳』에서 "제갈량이 몸소 밭두렁에서 농사를 지으면서 「양보음梁父吟」[25] 읊기를 좋아했다"라고 했고 그 주注에서는 『한진춘추漢晉春秋』를 인용하면서 "제갈량의 집은 남양南陽의 융중隆中에 있다"라고 했다. 살펴보건대, 『후한서·지志』에서 "남양은 형주에 속한다"라고 했다. 『문선』에 실린 왕강거王康琚의 「반초은反招隱」에서 "작은 은자는 산림에 숨고, 큰 은자는 저자 속에 숨는다"라고 했다. 『한서·관부전灌夫傳』에서 "장군께서는 내일 아침 일찍 오십시오"라고 했다.

上兩句皆述荊州渚宮, 見上注. 文選王粲有登樓賦, 李善注引盛弘之荊州記曰, 當陽縣城樓, 王仲宣登之而作賦. 蜀志諸葛亮傳, 躬耕壠畝, 好爲梁父吟. 注引漢晉春秋曰, 亮家于南陽之隆中. 按後漢志, 南陽屬荊州. 文選王康琚詩

---

25 양보음(梁父吟) : 양보는 산명(山名)으로, 본래는 사람이 죽으면 이 산에 장사를 지냈던 데서, 전하여 양보음은 장가(葬歌)로 알려졌다. 촉한(蜀漢)의 승상 제갈량(諸葛亮)이 일찍이 지어 노래한 가사가 특히 유명한데, 그 내용은 곧 제 경공(齊景公) 때 안영(晏嬰)이 천하무적의 용력(勇力)을 지닌 공손접(公孫接), 전개강(田開疆), 고야자(古冶子) 세 용사(勇士)에게 기계(奇計)를 써서 그들에게 복숭아 두 개를 주어 서로 다투게 하여 끝내 모두 자살하도록 만들었던 일을 몹시 안타깝게 여겨 노래한 것이다.

曰, 小隱隱陵藪, 大隱隱朝市. 漢書灌夫傳曰, 將軍旦日蚤臨.

經笥難窺底 詞源幸汲深 思君眠竹屋 雪月冰寒衾：『후한서·변소전邊韶傳』에서 "배가 불룩한 것은 오경五經의 상자이기 때문이네"라고 했다. 두보의 「취가행醉歌行」에서 "문장의 힘은 삼협을 거꾸로 흐르게 하는 듯"이라고 했다. 유우석의 「함벽도시서涵碧圖詩序」에서 ""푸른 물이 뜰 가운데를 관통하여 차갑게 사람을 쏘네"라고 했고 그 자주自注에서 "빙冰의 음은 거성去聲이다"라 했다"라고 했다. 『집운』에서 "'빙冰'의 음은 '포逋'와 '잉孕'의 반절법으로, 차갑게 닥친다는 것이다"라고 했다. ○『장자』에서 "두레박줄이 짧으면 깊은 곳의 물을 길을 수 없다"라고 했다.

後漢邊韶傳曰, 腹便便, 五經笥. 老杜詩, 詞源倒流三峽水. 劉禹錫涵碧圖詩序曰, 碧流貫于庭中, 冰澈射人. 自注云, 冰音去聲. 集韻, 冰音逋孕反, 冷迫也. ○ 莊子曰, 綆短者, 不可以汲深.

여섯 번째 수其六

驚人得佳句	사람 놀랠 좋은 구절 얻어
或以傲王公	때론 왕공을 업신여기었지.
處世要清節	세상 살아감에는 청절이 필요하니
滑稽安足雄	골계가 어찌 영웅이 될 수 있으랴.

深沉似康樂	침착한 것은 강락과 유사하고
簡遠到安豐	간결하고 고원함은 안풍에 이르렀지.
一點無俗氣	한 점의 속된 기운도 없노니
相期林下風[26]	숲의 바람 속에 서로 만나길 기약하네.

【주석】

驚人得佳句 或以傲王公 : 목지 두목의 「등지주구봉루기장호登池州九峯樓寄張祜」에서 "천수의 시로 만호의 후는 가볍게 보시었네"라고 한 구절의 의미를 이용한 대목이다. 두보의 「강상치수여해세료단술江上值水如海勢聊短述」에서 "사람됨이 편벽되어 아름다운 구절 탐하여, 말이 사람 놀래키지 않으면 죽어도 그치지 않았네"라고 했다. 또한 「봉답잠삼보궐견증奉答岑參補闕見贈」에서 "옛 벗이 좋은 구절 얻어서, 다만 흰머리 노인에게 보내주었네"라고 했다. 『순자』에서 "도의道義가 중하게 되면 왕공王公은 가볍게 된다"라고 했다.

用杜牧之千首詩輕萬戶侯之意. 老杜詩, 爲人性僻耽佳句, 語不驚人死不休. 又詩, 故人得佳句, 獨贈白頭翁. 荀子曰, 道義重則輕王公.

處世要淸節 滑稽安足雄 : 마땅히 백이숙제의 청절淸絶을 사모해야지, 동방삭東方朔 같은 육침陸沉[27]을 사모해서는 안 된다는 말이다. 『법언』에

---

26 [교감기] 이 작품은 또한 『동파속집(東坡續集)』권2에 「答子勉三首」중 제 2수에도 보이는데, 3구의 '要'가 '還'으로 되어 있고 8구의 '風'이 '同'으로 되어 있다.

서 "어떤 사람이 "동방삭의 이름은 회달誠達인데 무엇에 비견할 수 있습니까"라 물으니, "백이는 그르다고 하고 용容을 숭상하면서 은거한 채 세상을 희롱한 것이니 그를 골계의 영웅이라 할 수 있겠는가"라 대답했다"라고 한다. 또한 『법언』에서 "옛날의 고상한 아현餓顯으로 벼슬을 그만두고 은거했다"[28]라고 했다.

言當慕伯夷之淸, 不當如東方朔之陸沉也. 法言, 或問東方朔達惡比, 曰, 非夷尙容, 依隱玩世, 其滑稽之雄乎. 又曰, 古者高餓顯下祿隱.

深沉似康樂 簡遠到安豐 : 『진서』에서 "사현謝玄이 강락현공康樂縣公에 봉해졌는데, 숙부인 사안謝安에게 애지중지 사람을 받았으며 나라를 다스릴 재략이 있었다. 왕융王戎은 안풍현후安豐縣侯에 봉해졌다"라고 했다. 『진서ㆍ배해전裴楷傳』에서 "종회가 "배해는 성품이 맑으면서도 통달했으며, 왕융은 간결하면서도 핵심을 얻었다"라 했다"라고 했다. 『한서ㆍ왕가전王嘉傳』에서 "계책이 대단히 침착하다"라고 했다. 원진元積이 지은 「노두묘명서老杜墓銘序」에서 "소무蘇武와 이릉李陵의 오언시는 시어와 의미가 간결하면서도 고원하다"라고 했다. 사령운은 아버지의 영향으로 강락공康樂公에 봉해졌었다. 그러나 이 시에서는 '심침深沉'이

---

27 육침(陸沈) : 육지에 물이 없는데도 빠졌다는 말로, 은거(隱居)를 비유한 말이다. 여기에서는 세상을 버리고 신선이 된 동방삭의 행위를 비유한 것이다.

28 옛날의 (…중략…) 은거했다 : '아현(餓顯)'은 굶어 죽어서 이름을 날림을 뜻한다. 양웅(揚雄)의 『법언ㆍ연건(淵騫)』에서 어떤 사람이 유하혜(柳下惠)가 은자인가라고 물은 말에 대답한 대목이다.

라고 말을 했으니, 반드시 사령운을 가리키는 말은 아니다.

晉書謝玄封康樂縣公, 爲叔父安所器重, 有經國才略, 王戎封安豐縣侯. 裴
楷傳, 鍾會曰, 裴楷淸通, 王戎簡要. 漢書王嘉傳曰, 計謀深沈. 元稹作老杜墓
銘序[29]曰, 蘇李五言, 辭意簡遠. 謝靈運雖襲封康樂公, 然此詩以深沈言之, 必
非指靈運也.

一點無俗氣 相期林下風 : 승승 관휴의 「제동림시題東林寺」에서 "땅에는
다시 한 점의 티끌도 없어라"라고 했다. 퇴지 한유의 「왕중서묘지王仲舒
墓誌」에서 "공께서 지은 문장에는 세상의 속기가 없다네"라고 했다. 『진
서·왕융전王戎傳』에서 "완적과 죽림에서 놀자고 약속을 했는데, 왕융이
늦게 오자 완적이 "속물俗物이 또 와서 사람의 흥치를 깨뜨리네"라 했
다"라고 했다. 또한 「왕응지처사씨전王凝之妻謝氏傳」에서 "왕부인은 정신
이 시원하고 밝아 숲 아래 불어오는 바람의 기운이 있다네"라고 했다.

僧貫休題東林寺詩, 田地更無塵一點. 退之王仲舒墓誌曰, 公所爲文章, 無
世俗氣. 晉書王戎傳, 與阮籍爲竹林之游, 戎嘗後至. 籍曰, 俗物已復來敗人
意. 又王凝之妻謝氏傳曰, 王夫人神情散朗, 故有林下風氣.[30]

---

29 序 : 중화서국본에는 '敍'로 되어 있는데, '序'의 오자이다.
30 [교감기] '氣'자가 본래 빠져 있는데, 『진서(晉書)』의 기록에 의거해 보충했다.

일곱 번째 수其七

志士難推轂	뜻 있는 선비는 퇴곡하기 어렵나니
將如高子何	고자와 같은 이를 장차 어찌할까.
心期誠不淺	마음 기약 진실로 얕지 않았으니
餘論或相多	여론이 때론 소중하게 여기었다오.
欲向滄州去	창주로 떠나가고자 하지만
還能小艇麽	작은 배를 어찌 구할 수 있을까.
鸕鷀西照處	해 기우는 서녘에 가마우지 있고
相竝曬漁蓑	함께 고기잡이 도롱이 말리리오.

【주석】

志士難推轂　將如高子何　心期誠不淺　餘論或相多 : '지사志士'[31]는 『노론』에 보인다. '퇴곡推轂'[32]은 위의 주注에 보인다. 『문선』에 실린 언승彦昇 임방任昉의 「증곽동려산계구견후贈郭桐廬出溪口見候」에서 "길을 가다 속으로 기약한 것을 만났다네"라고 했다. 개보 왕안석이 지은 「한위공만시韓魏公挽詩」에서 "마음으로 기약한 것은 뭇 사람들과 절로 달랐고, 골상도 천한 장부가 아님을 알았다오"라고 했다. 『남사·사조전謝朓傳』에

31　지사(志士) : 『논어·위령공(衛靈公)』에 보이는 "지사와 인인은 삶을 구해서 인을 해치는 일이 없고, 몸을 죽여서 인을 이루는 일이 있다[志士仁人, 無求生以害仁, 有殺身以成仁]"라는 구절을 말한다.
32　퇴곡(推轂) : 『한서·정당시전(鄭當時傳)』에서 "정당시가 선비들을 천거할 때면 참으로 흥미진진하게 말하였다[其推轂士, 誠有味其言也]"라고 했다.

서 "선비로서 명성이 아직 수립되지 못한 사람에게는 응당 모두 함께 장려해서 성취시켜야 할 터이니, 치아 사이의 여론을 아껴서는 안 된다"[33]라고 했다. 『전국책』에서 "어떤 사람이 장상국에서 유세하면서 "그대는 어찌 조나라 사람을 보잘것없이 여기면서 조나라 사람이 그대를 소중하게 여기기를 바라는가"라 했다"라고 했다. 『한서·하무전何武傳』의 주注에서 "'다多'는 소중히 여긴다는 것이다"라고 했다.

志士見魯論. 推轂見上注. 文選任彦昇詩曰, 中道遇心期. 王介甫作韓魏公挽詩曰, 心期自與衆人殊, 骨相知非淺丈夫. 南史謝朓傳曰, 士子聲名未立, 應共獎成. 無惜齒牙餘論. 戰國策, 或說張相國曰, 君安能少趙人, 而令趙人多君. 漢書何武傳注曰, 多, 重也.

欲向滄州去 還能小艇麽 鸕鷀西照處 相竝曬漁蓑 : 함께 강해로 가고 싶다는 말이다. 『문선』에 실린 사조의 「지선성군출신림포향판교之宣城郡出新林浦向板橋」에서 "다시 창주의 흥취와 합치되네"라고 했다. 두보의 「진정進艇」에서 "한가롭게 아내 불러 작은 배에 태우네"라고 했다. 또한 「전사田舍」에서 "서녘에 해 질 때 가마우지는, 깃 쬐며 어량에 가득하네"라고 했다. 『동파악부』에서 "이에 말을 전해주시게나, 강남땅의 어르신들 때때로 내 고기잡이 도롱이 잘 말려달라고"라고 했다.

言欲與之同往江海也. 選詩, 復恊滄州趣. 老杜詩, 閒引老妻乘小艇. 又云,

---

33 치아 (…중략…) 된다 : '치아여론(齒牙餘論)'은 아낌없이 남을 칭찬해 주는 것을 말한다.

鸕鷀西日照, 曬翅滿漁梁. 東坡樂府曰, 仍傳語, 江南父老, 時與曬漁蓑.

여덟 번째 수其八

鑿開混沌竅	혼돈에게 구멍을 뚫어주었고
窺見伏羲心	복희의 마음을 엿보았다네.
有物先天地	천지보다 먼저 생성된 물건 있노니
含生盡陸沉	생명을 가진 것들이 모두 육침하네.
伐山成大廈	나무 베어 큰 집을 만들었고
鼓橐鑄祥金	풀무 움직여 상서로운 금 주조했네.
三尺無絃木	삼 척의 줄 없는 거문고로
期君發至音	그대가 지음을 연주하길 바라네.

【주석】

鑿開混沌竅 窺見伏羲心 : 복희伏羲가 역易을 만들어 태극太極의 온축된 의미를 드러냈다. 『장자』에서 "숙儵과 홀忽이 혼돈混沌[34]의 덕에 보답할 것을 의논하면서, 하루에 한 개의 구멍을 뚫어주었는데 7일 만에 혼돈은 죽고 말았다"라고 했다. 『주역』에서 "복復에서 천지의 마음을 볼 수 있다"라고 했다.

言伏羲作易, 發太極之蘊也. 莊子曰, 儵與忽謀報混沌之德, 日鑿一竅, 七

---

34   혼돈(混沌): 고대 중국의 전설에 나오는 중앙을 담당한 상제 이름이다.

日而死. 易曰, 復其見天地之心乎.

有物先天地 含生盡陸沉 : 『노자』에서 "어떤 물건이 혼연히 이루어져 있었는데, 그것은 하늘과 땅의 생성보다 먼저 있었다"라고 했다. 중현重顯의 『설두송고雪竇頌古』에서 "조계曹溪의 물결이 비슷한 것 같지만, 수많은 평범한 사람들이 육침陸沉을 입는다"라고 했다. 이 시의 의미는 대도大道는 넓기만 하고 사람들은 절로 미혹하고 그릇되어 평지에 빠져 죽으면서도 절로 알지 못한다는 말이다. '육침陸沉'은 『장자』에 보이는데, 이미 위의 주注에 갖추어져 있으며, 여기에서 차용했다.

老子曰, 有物混成, 先天地生. 雪竇頌曰, 曹溪波浪如相似, 無限平人被陸沉. 詩意謂大道坦然, 人自迷謬, 平地上沒溺而不自知也. 陸沉見莊子, 已具上注, 此借用.

伐山成大厦 鼓橐鑄祥金 : 상구上句는 배움을 쌓아 광대한 규모를 이루고 싶다는 것이다. 하구下句는 단련을 하여 정미한 극치를 다하고자 한다는 것이다. 『한서 · 지리지地理志』에서 "초 지역은 고기를 잡고 산의 나무 베는 것을 업으로 삼는다"라고 했는데, 그 주注에서 "'산벌山伐'은 산의 대나무와 나무를 베어 취하는 것을 말한다"라고 했다. 『문선 · 사자강덕논四子講德論』에서 "큰 집의 재목은 한 언덕의 나무로 되는 것이 아니다"라고 했다. 『회남자』에서 "풀무를 치고 풀무를 분다"라고 했는데, 그 주注에서 "'탁橐'은 대장장이가 화로에 설치한 풀무를 말한다"라

고 했다. 『장자』에서 "지금 위대한 대장장이가 쇠를 녹이는데, 그 쇠가 펄펄 뛰면서 "나는 반드시 막야검鏌鋣劍[35]이 되겠다"라고 한다면, 대장장이는 반드시 이를 상서롭지 못한 쇠로 여길 것이다"라고 했는데, 여기에서는 이 의미를 반대로 사용했다.

上句欲其積學, 以成廣大之規模. 下句欲其鍛煉, 以盡精微之極致. 漢書地理志曰, 楚地以漁獵山伐爲業. 注云, 山伐謂伐山取竹木. 文選四子講德論曰, 大廈之材, 非一丘之木. 淮南子曰, 鼓橐吹埵. 注云, 橐, 冶爐排橐也. 莊子曰, 今大冶鑄金, 金踴躍曰, 我且必爲鏌鋣, 大冶必以爲不祥之金. 此反而用之.

三尺無絃木 期君發至音 : '무현無絃'[36]의 거문고에 대해서는 연명 도잠의 일을 사용했는데, 위의 주注에 보인다. 유우석의 「여유자후서與柳子厚書」에서 "아, 쟁곽사箏郭師가 자신의 기예를 전해주지 못한 채 죽어, 줄과 기러기발만이 그 모습 헛되이 남았구나. 그 가운데 지극한 음악이 있는데 분명하게 다시는 들을 수가 없게 되었다. 아, 사람은 죽고 물건만 남았으니, 글을 써서 남길 뿐이다"라고 했다.

無絃琴用淵明事, 見上注. 劉禹錫與柳子厚書曰, 嗟夫, 箏郭師與不可傳者死矣, 絃張柱差, 枵然貌存, 中有至音, 含糊弗聞. 噫, 人亡而器存, 布方冊者是已.

---

35 막야검(鏌鋣劍) : 춘추(春秋)시대 오(吳)나라의 간장(干將)이 만든 명검이다.
36 무현(無絃) : 『진서·도연명전(陶淵明傳)』에서 "음률을 알지 못하였는데 줄이 없는 거문고를 지니고 있다가 매번 술이 거나하게 취하면 곧 거문고를 어루만지면서 자신의 뜻을 부쳤다[不解音律, 常蓄無絃素琴一張, 每酒酣, 卽撫弄以寄意]"라고 했다.

아홉 번째 수其九

少年基一簣	어린 시절에는 조금은 부족했지만
長歲足三餘	크면서 열심히 공부를 했다오.
忽作飛黃去	갑자기 비황이 되어 날아가서는
頓超同隊魚	어느 순간 한 무리 고기 떼에서 벗어났네.
尊前八采句	어른 앞에서 여덟 구절 뽑히었고
窓下十年書	창 아래에서 십 년 세월 공부했지.
定作牛腰束	진실로 소 허리에 묶을 만큼 지었노니
傳抄聽小胥	지은 시 전해 아전에게 들려주리라.

【주석】

少年基一簣 長歲足三餘 : '일궤一簣'[37]와 '삼여三餘'[38]는 모두 위의 주注
에 보인다.

一簣三餘並見上注.

---

37 일궤(一簣) :『논어』에서 "비유하자면 산을 만들 때 한 삼태기가 부족하면 그친
    것도 내가 그친 것이다[譬如爲山未成一簣, 止吾止也]"라고 했는데, 주(注)에서
    "궤(簣)는 삼태기이다"라고 했다.
38 삼여(三餘) :『위략(魏畧)』에서 "동우(董遇)의 자는 계진(季眞)으로『좌씨전(左
    氏傳)』에 뛰어났다. 그에게 배우는 자가 "책 읽을 겨를이 없습니다"라고 하자,
    동우가 "마땅히 삼여(三餘)를 이용하면 된다"라고 했다. 이에 "삼여가 무엇입니
    까"라고 묻자, 장우가 "겨울은 한 해의 여가이고, 밤은 하루의 여가이고, 장맛비
    는 또한 한 때의 여가이다[冬者歲之餘, 夜者日之餘, 陰雨者又月之餘]"라 했다"라
    고 했다.

忽作飛黃去 頓超同隊魚 : 퇴지 한유의 「부독서성남符讀書城南」에서 "조금 자라 애들끼리 모여 놀 때도, 한 무리의 고기 떼나 다름없었네"라고 했다. 또한 「부독서성남符讀書城南」에서 "비황은 날아올라 달려가서는, 두꺼비 따위는 돌아보지도 않는단다"라고 했다. ○ '비황飛黃'은 옛 명마名馬의 이름이다. 『시경』에서 "황색 말이 끄는 수레는 타네"라고 했다.

退之詩, 少長聚嬉戲, 不殊同隊魚. 又云, 飛黃騰踏去, 不能顧蟾蜍. ○ 飛黃, 古良馬名. 詩曰, 乘彼乘黃.[39]

尊前八采句 窓下十年書 : 『북사・노사도전盧思道傳』에서 "조정의 선비들이 「문선제만가文宣帝挽歌」10수를 지었는데, 잘 지은 것을 뽑아 사용했다. 위수魏收와 양휴楊休 등은 불과 한두 수 정도만 뽑혔고 오직 누사도만이 8수가 뽑혔다. 그래서 당시에 "팔태노랑八采盧郞"이라고 불리었다"라고 했다. 여기에서 차용했다. '십년서十年書'[40]는 『남사・심유지전沈攸之傳』에 보이는데, 앞의 주注에 갖추어져 있다.

北史盧思道傳, 朝士作文宣帝挽歌十首, 擇其善者用之. 魏收楊休之等, 不

---

39 [교감기] '詩曰乘彼乘黃'이라는 주석이 전본에는 없다. 살펴보건대, 통행되는 『시경(詩經)』에는 이러한 구절이 없고 다만 『정풍(鄭風)・숙우전(叔于田)』에 '乘乘黃'이라는 구절이 있고 그 주(注)에서 '四馬皆黃'이라고 했다. 그러니 임주(任注)가 잘못 인용한 것이 아닌가 싶다.

40 십년서(十年書) : 『남사・심유지전(沈攸之傳)』에서 "일찍이 궁달에 천명이 있는 줄 알았는데, 한스럽기는 십 년을 채워 책을 읽지 못한 것이다[早知窮達有命, 恨不十年讀書]"라고 했다.

過得一二篇, 唯盧思道得八篇, 故時號八采盧郞. 此借用. 十年書見南史沈攸
之傳, 具上注.

定作牛腰束 傳抄聽小胥 : 태백 이백의 「취후증왕력양醉後贈王歷陽」에서
"시는 천 마리 토끼털이 닳도록 썼고, 글씨는 두 마리 소 등에 실을 만
큼이네"라고 했다. 두보의 「증이팔필서별삼십운贈李八祕書別三十韻」에서
"시를 지어 아전들에게 들려주네"라고 했다.

太白詩云, 詩禿千兎毫, 書載兩牛腰.[41] 老杜詩云, 抄詩聽小胥.

열 번째 수其十

沙上步微暖	모래 가 걷노니 따듯한 기운 도는데
思君剩欲招	그대 생각에 오히려 부르고 싶어라.
蔞蒿穿雪動	쑥은 눈 쌓인 곳 뚫고 솟아나고
楊柳索春饒	버들은 봄 찾아 넘실거리는구나.
枉駕時逢出	수레 타고 이따금 만나러 오시니
新詩若[42]見撩	새로운 새가 마치 날 흥분시키는 듯.
樽前遠湖樹	술동이는 머언 호수 나무 앞에 있지만

---

41 詩禿千兎毫 書載兩牛腰 : 이백의 문집인 『이태백문집(李太白文集)』에는 "書禿千
    兎毫, 詩裁兩牛腰"로 되어 있다.
42 [교감기] '若'이 문집에는 '苦'로 되어 있다.

| 來飮莫辭遙 | 오는 길 멀다 사양 말고 와서 마시게나. |

【주석】

沙上步微暖 思君剩欲招 蔓菁穿雪動 楊柳索春饒 : 고적의 「증두이습유贈杜二拾遺」에서 "경전 얘기하며 오히려 해석하려고 했네"라고 했다. 육구몽의 「아시鴉詩」에서 "어지럽게 노을과 어울려 춤을 추고, 응당 따듯한 곳 찾아 차례대로 날아가네"라고 했다.

高適詩, 談經剩欲翻. 陸龜蒙鴉詩, 亂和殘照紛紛舞, 應索陽烏次第饒.

枉駕時逢出 新詩若見撩 : '약若'이 다른 판본에는 '고苦'로 되어 있다. 퇴지 한유의 「차동관협次同冠陝」에서 "원숭이와 새는 서로 자극하지 말라"라고 했다. 개보 왕안석의 「남포南浦」에서 "물화物華가 나를 자극하여 새로운 시 지었네"라고 했다.

若一作苦. 退之詩, 猿鳥莫相撩. 王介甫詩, 物華撩我有新詩.

樽前遠湖樹 來飮莫辭遙 : 두보의 「협애峽隘」에서 "물은 머언 호수 나무에 있는데, 그 사람 지금 어느 배에 있는가"라고 했다. 대개 강릉부江陵府를 가리켜 말한 것으로, 산곡 황정견이 이때에 이곳에 우거하고 있었다. 두보의 「왕오십사마제출곽상방겸유영초당자王十五司馬弟出郭相訪兼遺營草堂資」에서 "타향에 오직 외사촌 동생뿐이니, 오가는 길 멀다고 사양하지 말게나"라고 했다.

老杜詩, 水有遠湖樹, 人今何處船. 蓋指江陵府而言, 山谷時寓居于此. 老
杜又有詩, 他鄉惟表弟, 還往莫辭遙.

2. 고자면에게 보내다. 4수

贈高子勉. 四首

첫 번째 수其一

文章瑞世驚人	문장 훌륭해 세상사람 놀래켰고
學行刳心潤身	학행을 갈고 닦아 마음 몸 윤택했네.
沅江求九肋鱉	원강에서 구륵의 거북이를 구했고
荊州見一角麟	형주에서 하나의 뿔인 기린을 보았네.

【주석】

文章瑞世驚人 學行刳心潤身 : 두보의 「강상치수여해세료단술江上値水如海勢聊短述」에서 "말이 사람 놀래키지 않으면 죽어도 그치지 않았네"라고 했다. 『장자』에서 "무릇 도는 만물을 덮어주고 실어주는 것이다. 얼마나 넓고 큰가, 군자가 마음을 도려내지 않아서는 안 된다"라고 했다. 『예기』에서 "부는 집을 윤택하게 하고 덕은 몸을 윤택하게 한다"라고 했다.

老杜詩, 語不驚人死不休. 莊子曰, 夫道, 覆載萬物者也, 洋洋乎大哉, 君子不可以不刳心焉. 禮記曰, 富潤屋, 德潤身.

沅江求九肋鱉 荊州見一角麟 : 『척언』에서 "노조盧肇는 원주袁州 사람이다. 처음 과거를 보러 갔는데, 먼저 과거에 합격한 사람이 "원주에서도

과거에 합격한 사람이 있느냐"라고 물었다. 이에 노조는 "원주에도 과
거에 합격한 사람이 있는데, 또한 원강沅江에서 구륵九肋[43] 거북이가 나
오는 것처럼 드물다"라고 대답했다"라고 했다. '일각린一角麟'[44]은 앞의
주注에 보인다. 또한 『전등록·청원행사전淸原行思傳』에서 "희천希遷이
"뿔난 동물이야 많겠지만 기린 하나면 족하다"라 했다"라고 했다.

撫言曰, 盧肇, 袁州人, 初赴擧, 先達曰, 袁州出擧人耶. 答曰, 袁州擧人,
亦猶沅江出鼈甲九肋者稀. 一角麟見上注. 又傳燈錄淸原行思傳, 希遷曰, 衆
角雖多, 一麟足矣.

두 번째 수其二

張侯海內長句	장후의 장구는 해내에서 제일이오
晁子廟中雅歌	조자의 아정한 노래는 묘중에서 최고네.
高郎少加筆力	고랑은 젊어서부터 필력이 대단하여
我知三傑同科	나는 삼걸과 같은 수준임을 알았다오.

---

43 구륵(九肋) : 전설 중에 원강(沅江) 유여에서 산다고 알려진 신기한 거북을 말한다.
44 일각린(一角麟) :『북사·문원전서(文苑傳序)』에서 "배우는 자들이 소의 털처럼
    많지만, 성취하는 자는 기린의 뿔처럼 드물기만 하다[學者如牛毛, 成者如麟角]"
    라고 했다.『춘추감정부(春秋感精符)』에서 "기린의 한 뿔이 해내를 밝혀 함께 일
    주(一主)가 된다[麟一角, 明海內共一主也]"라고 했다

張侯海內長句 晁子廟中雅歌 : 원주元注에서 "무구無咎 장뢰張耒의 악부가
지금 세상에서 제일이다"라고 했다.

元注云, 無咎樂府, 於今第一.

高郎少加筆力 我知三傑同科 : '장후張侯'는 문잠文潛 장뢰張耒를 말한다.
퇴지 한유의 「조주사표潮州謝表」에서 "가사歌詩를 지어 교묘郊廟에 올렸
습니다"라고 했다. 『후한서·채준전祭遵傳』에서 "투호投壺를 하고 아정
한 시를 노래했다"라고 했다. 간보干寶의 『진기晉紀』에서 "고영顧榮과 육
기陸機의 형제가 함께 낙洛 땅에 들어오자, 당시 사람들이 '삼걸三傑'이
라 불렀다"라고 했다. 『노론』에서 "힘이 동등하지 않기 때문이다"라고
했다. 산곡 황정견의 「여이단숙첩與李端叔帖」에서 "근래 형주荊州의 한 시
인인 고하高荷를 만났는데, 너무도 필력이 대단했다. 그로 하여금 중주
中州로 내달리게 하더라도 조보지晁補之[45]와 장뢰張耒[46]에게 뒤지지 않을
것 같다"라고 있다. 일찍이 어른에게 들으니 "문잠 장뢰의 이 구절을
보았는데, 그리 좋지는 않았다"라고 했다.

張侯謂文潛. 退之潮州謝表曰, 作爲歌詩, 薦之郊廟. 後漢祭遵, 投壺雅歌.

---

45 조보지(晁補之, 1053~1110) : 중국 송(宋)나라 문신이며, 시인이고 학자이다.
소식(蘇軾)의 제자로, 진관(秦觀)·장뢰(張耒)·황정견(黃庭堅)과 함께 소문사
학사(蘇門四學士)로 일컬어졌다.
46 장뢰(張耒, 1052~1112) : 중국 송(宋)나라의 문신이자 학자이다. 시문(詩文)에
능했으며 소식의 제자로, 진관(秦觀)·조보지(晁補之)·황정견(黃庭堅)과 함께
소문사학사(蘇門四學士)로 일컬어졌다.

干寶晉紀曰, 顧榮與陸機兄弟同入洛, 時號三傑. 魯論曰, 爲力不同科. 山谷與李端叔帖曰, 比得荊州一詩人高荷, 極有筆力. 使之凌厲中州, 恐不減晁張. 嘗聞之長老云, 文潛見此句, 殊不樂.

세 번째 수其三

妙在和光同塵	오묘함을 화광동진에 있으며
事須鈎深入神	일은 심원함 찾아 신의 경지 들었지.
聽它下虎口著	타인의 말 들으면 호랑이 입에 있게 되니
我不爲牛後人	나는 소 뒤에 있는 사람 되지 않으리.

【주석】

妙在和光同塵 事須鈎深入神 : 상구上句는 자신의 재능을 감추고 함양하여 세상과 그 흐름을 함께 하고자 한 것이다. 하구下句는 정미한 것을 배워서 일에 나아가 이치를 살피고 싶다는 것이다. 『노자』에서 "그 빛을 부드럽게 하여 그 먼지 같은 것과 함께한다"라고 했다. 『주역』에서 "숨겨진 것을 찾고 심원한 것을 끌어낸다"라고 했다. 또한 『주역』에서 "의리를 정밀히 연구하여 신의 경지에 드는 것은 쓰이기 위함이다"라고 했다.

上句欲其韜晦[47]涵養, 與世同波. 下句欲其學之精微, 卽事觀理. 老子曰, 和

---

47 [교감기] '韜晦'가 본래 '韜脢'로 되어 있는데, 전본에 따라 고쳤다.

其光, 同其塵. 易曰, 探賾索隱, 鉤深致遠. 又曰, 精義入神, 以致用也.

聽它下虎口著 我不爲牛後人 : 상구上句는 세상 사람들처럼 위험을 감수하거나 요행을 바라지 않을 것이니, 그러한 것은 마치 호랑이 입에서 바둑을 두는 것과 같다라는 말이다. 하구下句는 우뚝이 홀로 서서 행하면서 다른 사람들의 뒤에 쳐지고 싶지 않다는 것이다. 『사기·소진전蘇秦傳』에서 "차라리 닭의 주둥이가 될지언정 소의 꼬리는 되지 않으리라"라고 했다.

上句謂無若世人行險僥倖, 如弈碁而置子於虎口. 下句欲其特立獨行, 不落人後也. 史記蘇秦傳曰, 寧爲雞口, 無爲牛後.

네 번째 수其四

拾遺句中有眼	두보는 시 속에 눈이 있노니
彭澤意在無絃	도연명은 줄 없는 거문고에 마음 있는 듯.
顧我今六十老	돌아보니 내 나이 이제 예순
付公以二百年	그대에게 이백년을 주리라.

【주석】

拾遺句中有眼 彭澤意在無絃 : 두보의 시안詩眼은 구절 속에 있는 것이 마치 팽택현령이었던 연명 도잠의 마음이 줄 밖에 있는 것과 같다는

말이다. 두보는 상원上元 2년에 우습유右拾遺에 임명되었는데, 그 일이 『당서』 본전本傳에 갖추어져 있다.

謂老杜之詩眼在句中, 如彭澤之琴意在絃外也. 老杜以上元二年拜右拾遺, 事具唐書本傳.

顧我今六十老 付公以二百年 : 『남사 · 사조전謝朓傳』에서 "사조는 오언 시에 뛰어났다. 그래서 심약沈約이 "이백 년 동안 이런 시는 없을 것이 다"라 했다"라고 했다. 『진서 · 진수전陳壽傳』에서 "장화張華가 "마땅히 『진서晉書』를 맡겨야겠다"라 했다"라고 했다. 이것을 차용하여 "한 시 절의 시를 부탁한다"라고 말한 것이다.

南史謝朓傳, 長五言詩, 沈約云, 二百年無此詩也. 晉書陳壽傳, 張華謂曰, 當以晉書相付. 此借用, 言以一代之詩付之也.

3. 다시 앞의 운자를 써서 자면에게 보내다. 4수

再用前韻贈子勉. 四首

첫 번째 수其一

胷中有度擇人	가슴 속에 원칙 있어 사람 가리고
事上無心活身	일에 마음 두지 않아 몸을 살렸네.
只麼情親⁴⁸魚鳥	다만 물고기 새와 마음 친하니
儻然圖畫麒麟	어느 순간 기린각에 초상 그려지리라.

【주석】

胷中有度擇人 事上無心活身 : 상구는 입으로 다른 사람의 선악을 말하지 않으려고 하기에 가슴 속엔 절로 이 준칙이 있다는 것이다. 퇴지 한유의 「답후계서答侯繼書」에서 "그대는 제가 마음속에서 흑백을 가리지 못할까 봐 걱정하십니다"⁴⁹라고 했다. 『예기』에서 "나가고 물러남에 원칙이 있다"라고 했다. 『좌전』에서 오공자吳公子 계찰季札이 숙손목자叔孫穆子를 보고 "그대는 선을 좋아하지만 능히 사람을 가리지 못한다"라고 했다. 『전등록』에서 덕산德山이 "그대들이 다만 마음에 일이 없고 일에 마음이 없으면 텅 비어 신령스럽고 고요하면서도 오묘하게 된다"라

---

48 [교감기] '情親'이 문집·고본에는 '親情'으로 되어 있다.
49 그대는 (…중략…) 걱정하십니다 : 한유의 「답후계서(答侯繼書)」에 나오는 말인데, 한유의 문집과는 다소 다르다.

고 했다. 낙천 백거이의 「우작遇作」에서 "다른 이의 허황된 말을 믿지
말고, 그대가 맡고 있는 일을 살펴라"라고 했다. 『장자』에서 "열사들은
천하를 위해 선함을 보였지만, 그 몸을 살리는 데는 충분하지 못하다"
라고 했다.

上句欲口不臧否人物, 而胷中自有準則也. 退之書曰, 懼足下以吾不致黑白
於胷中. 禮記曰, 進退有度. 左傳, 吳公子札, 見叔孫穆子曰, 子好善而不能擇
人. 傳燈錄, 德山語曰, 汝但無事於心, 無心於事, 則虛而靈, 空而妙. 樂天詩,
勿信人虛語, 君當事上看. 莊子曰, 烈士爲天下見善矣, 未足以活身.

只麽情親魚鳥 儼然圖畫麒麟 : 본래 마음이 산림에 있었기에, 부귀의
마음에서 간혹 벗어나지 못할까 두려워한다는 말이다. 『전등록』에 실
린 「증도가證道歌」에서 "얻을 수 없는 것 가운데 또 그렇게 얻는다"라고
했다. 『세설신어』에서 "간문제簡文帝가 화림원華林園에 있으면서 좌우의
신하들에게 "마음에 맞는 곳이 반드시 멀리 있는 것은 아니다. 그윽한
숲과 물에서 절로 호복濠濮[50]에 있는 듯한 생각이 든다. 날짐승과 길짐

---

50 호복(濠濮) : 호(濠)와 복(濮)은 두 물 이름으로 『장자』에 보이는 고사를 차용했
다. 장자(莊子)와 혜자(惠子)가 호(濠)라는 강 위의 다리를 거닐다가 장자가, "피
라미가 조용히 노니니 이는 물고기의 즐거움이로다"라고 하니, 혜자가 "그대는
물고기가 아닌데 어찌 물고기의 즐거움을 아는가"라고 했다. 이에 장자가 "그대
는 내가 아닌데 내가 물고기의 즐거움을 모르는 줄 어찌 아는가"라고 하니, 혜자
가 "나는 그대가 아니므로 진실로 그대를 알지 못하니, 그대는 물고기가 아니므
로 그대가 물고기의 즐거움을 모르는 것은 분명하다"라고 했다. 한가롭게 소요하
는 청담(清淡) 무위(無爲)의 뜻을 표현한 것이다.

숭 그리고 물고기가 제 스스로 찾아와 사람과 친하게 되는 것을 깨달으면 된다"라 했다"라고 했다. 『장자』에서 "무심히 사방으로 트인 길에 서 있다"라고 했다. 『한서 · 소무전蘇武傳』에서 "선제宣帝 감로甘露 3년에, 고굉股肱[51]의 아름다움을 그리워하면서 이에 곽광霍光 등 열한 명이 초상화를 기린각麒麟閣에 그렸다"라고 했다.

言本志在於山林, 恐或不免富貴也. 傳燈錄, 證道歌曰, 不可得中只麼得. 世說, 簡文帝在華林園, 謂左右曰, 會心處不必在遠, 翛然林水, 便有濠濮間之趣, 覺鳥獸禽魚, 自來相親. 莊子曰, 儻然立於四虛之道. 漢書蘇武傳, 宣帝甘露三年, 思股肱之美, 乃圖畫霍光等十一人於麒麟閣.

두 번째 수其二

行要爭光日月	행실은 일월과 빛을 다투어야 하고
詩須皆可絃歌	시는 모두 거문고로 연주할 만 해야 하네.
着鞭莫落人後	채찍 잡아 사람들에게 뒤쳐지지 말게
百年風轉蓬科	한평생 풍류는 잡초더미와 같다네.

---

51 고굉(股肱) : 팔과 다리로, 나라의 대신(大臣)을 가리킨다. 『서경 · 군아(君牙)』에서 "지금 그대에게 당부하노니, 그대는 나를 도와 나의 다리와 팔과 심장과 허리가 되어, 옛날에 하던 일을 이어 그대의 조고를 욕되게 하지 말라[今命爾, 予翼, 作股肱心膂, 纘乃舊服, 無忝祖考]"라는 말이 나온다.

【주석】

行要爭光日月 詩須皆可絃歌：『사기·굴원전屈原傳』에서 "비록 해와 달과 빛을 다툰다 해도 괜찮을 것이다"라고 했다. 또한 살펴보건대, 『공자가어』에서 "『시경』의 305편을 공자께서 모두 거문고를 뜯으며 노래하여 소韶·무武·이雅·송頌의 음악에 맞추고자 하였다"라고 했다. ○ 자후 유종원의 「간오무릉簡吳武陵」에서 "애석구나, 음률에 뛰어나 그윽하게 내 시에 연주할 사람 없노니"라고 했다. 두보의 「기잠가주寄岑嘉州」에서 "사조의 모든 작품은 읊조릴 만하네"라고 했다. 동파 소식과 산곡 황정견에 일찍이 거문고로 연주할 만한 시에 대해 논의했었다. 미불米芾이 "내가 지은 「명월당부明月堂賦」면 되지 않겠는가"라 했다. 이에 소식은 응답하지 않았고 황정견은 "대석조大石調[52]에 뒤쳐진다고 할 만하네"라고 했다. 이 이야기가 왕정국王定國의 『문견록聞見錄』에 보인다.

史記屈原傳曰, 雖與日月爭光, 可也. 又按孔子世家曰, 詩三百五篇, 孔子皆絃歌之, 以求合韶武雅頌之音. ○ 柳子厚簡吳武陵詩, 惜無恊律者, 窈眇絃吾詩. 老杜詩, 謝朓每篇堪諷詠. 東坡山谷嘗論詩可絃歌者, 米芾曰, 某明月堂賦便可. 坡未應. 山谷曰, 可謂落大石調也. 見王定國聞見錄云.

着鞭莫落人後 百年風轉蓬科：조급하게 옛 사람을 뒤따르며 세월이 나와 더불지 않을까 두렵다는 말이다. '착편着鞭'[53]은 유곤劉琨의 일을 이

52　대석조(大石調)：상조(商調) 악률(樂律)의 이름이다.
53　착편(着鞭)：『진서·유곤전(劉琨傳)』에서 "항상 조적(祖逖)이 나보다 먼저 채찍

용한 것으로 앞의 주注에 보인다. 태백 이백의 「유야랑증신판관流夜郎贈辛判官」에서 "내 풍류가 어찌 다른 사람에게 뒤처지리"라고 했다. '전봉轉蓬'54은 앞의 주注에 보인다. 태백 이백의 「상유전행上留田行」에서 또한 "잡초에 묻힌 무덤55이 모두 평탄하게 되었네"라고 했다.

言當汲汲追逐古人, 恐年歲之不與吾也. 着鞭用劉琨事, 見上注. 太白詩, 風流肯落他人後. 轉蓬見上注. 太白詩又曰, 蓬科馬鬣皆已平.

세 번째 수其三

句法俊逸淸新	구법은 준일하고 청신하며
詞源廣大精神	문장은 광대하고 정신 깃들었네.
建安才六七子	건안의 재자는 여섯 일곱이요
開元數兩三人	개원의 재자는 두세 사람이라오.

을 잡을까 두렵다"라고 했다.

54 전봉(轉蓬):『회남자』에서 "성인이 굴러가는 쑥대를 보고 수레를 만들었다[聖人觀轉蓬而爲車]"라고 했다.

55 무덤: '마렵(馬鬣)'은 봉분을 도끼 모양으로 만드는 것을 말한다. 자하(子夏)가 말하기를 "예전에 부자(夫子)께서 말씀하기를 "내가 옛날에 보니 봉분을 당(堂)처럼 쌓은 것이 있고, 제방처럼 쌓은 것이 있으며, 하(夏)나라 때의 가옥처럼 쌓은 것이 있고, 도끼처럼 쌓은 것이 있었다. 나는 도끼처럼 하는 것을 따르겠다"라고 했다. 바로 세속에서 이른바 마렵봉(馬鬣封)이라고 하는 것이다"라고 했다.『예기·단궁(檀弓)』에 보인다.

【주석】

句法俊逸淸新 詞源廣大精神 : 두보의 「춘일억이백春日憶李白」에서 "유개부庾開府[56]의 청신함 같고, 포참군鮑參軍[57]의 빼어남 같네"라고 했다. 또한 두보의 「취가행醉歌行」에서 "문장의 힘은 삼협을 거꾸로 흐르게 하는 듯"이라고 했다. 『예기』에서 "넓고 큰 것을 끝까지 추구하면서도 정밀하고 은미한 것을 완전히 파악한다"라고 했다.

老杜詩, 淸新庾開府, 俊逸鮑參軍. 又云, 詞源倒流三峽水. 禮記曰, 致廣大而盡精微.

建安才六七子 開元數兩三人 : 『문선』에 실린 사령운의 「의위태자업중집시擬魏太子鄴中集詩」에 위태자魏太子, 왕찬王粲, 진림陳琳, 서간徐幹, 유정劉楨, 응창應瑒, 완우阮瑀, 평원후식平原侯植 여덟 사람이 있다. 그 「서문序文」에서 "건안建安 말기에 나는 업궁鄴宮을 맡고 있었다"라고 했다. 또한 위문제魏文帝의 「전론典論」에서 "지금 문인으로, 공융孔融, 진림, 왕찬, 서간, 완우, 응창, 유정 이 일곱 사람은 배우지 않은 것이 없었으며 시어를 빌리지 않았다"라고 했다. 『당서·문예전文藝傳』에서 "현종玄宗이 경술經術을 좋아하자, 신하들도 조금씩 문장을 꾸미는 것을 싫어하고 논

---

56 유개부(庾開府) : 북주(北周)의 문장가 유신(庾信)이 표기대장군(驃騎大將軍)과 개부의동삼사(開府儀同三司)를 역임하였으므로 세상에서 '유개부'라고 일컫는다.
57 포참군(鮑參軍) : 남조(南朝) 송(宋)의 저명한 문학가 포조(鮑照)를 말한다. 임해왕(臨海王) 유자욱(劉子頊)이 형주(荊州)를 다스릴 때에 전군참군(前軍參軍)이 되었기에 '포참군'이라고 일컫는다.

리적으로 지었는데 연국공燕國公과 허국공許國公[58]이 당시의 문단을 좌지우지 했다"라고 했다. '육칠인六七人'[59]은 『노론』에 보인다. 두보의 「남린南隣」에서 "들 배는 겨우 두세 사람 태울 수 있네"라고 했다. ○ 퇴지 한유의 「천사시薦士詩」에서 "건안 때에 능숙한 사람이 일곱인데, 우뚝하여 풍격을 바꾸었네"라고 했다.

文選謝靈運擬魏太子鄴中集詩, 有魏太子王粲陳琳[60]徐幹劉楨應瑒阮瑀平原侯植八人. 序曰, 建安末, 予時任鄴宮云云. 又魏文帝典論曰, 今之文人, 孔融陳琳王粲徐幹阮瑀應瑒劉楨, 斯七子者, 於學無所遺, 於辭無所假. 唐書文藝傳曰, 玄宗好經術, 群臣稍厭雕琢, 索理致, 則燕許擅[61]其宗. 六七人見魯論. 老杜詩, 野航纔受兩三人. ○ 韓退之薦士詩, 建安能者七, 卓犖變風操.

네 번째 수其四

| 醉鄕閑處日月 | 취향에서 해와 달에 한가롭게 거처하니 |

---

58 연국공(燕國公)과 허국공(許國公) : '연허(燕許)'는 당 현종(唐玄宗) 때의 명신인 연국공(燕國公) 장열(張說)과 허국공(許國公) 소정(蘇頲)을 가리키는 말로, 두 사람 모두 문장이 뛰어났기 때문에 '연허대수필(燕許大手筆)'로 일컬어졌다.

59 육칠인(六七人) : 『논어·선진(先進)』에 공자의 제자 증점(曾點)이 "늦은 봄에 봄옷이 만들어지면 관을 쓴 벗 대여섯 명과 아이들 예닐곱 명을 데리고 기수에 가서 목욕을 하고 기우제 드리는 무우에서 바람을 쏘인 뒤에 노래하며 돌아오겠다[暮春者, 春服旣成, 冠者五六人, 童子六七人, 浴乎沂, 風乎舞雩, 詠而歸]"라고 한 구절을 말한다.

60 [교감기] '陳琳' 두 글자가 원래 빠져있는데, 지금 전본·『문선(文選)』에 따라 보충한다.

61 擅 : 중화서국본에는 '檀'으로 되어 있는데, '擅'의 오자이다.

鳥語花中管絃　　　꽃 속에서 새는 음악 연주하듯 우네.

有興勤來把酒　　　흥이 나면 부지런히 술 가지고 찾아오니

與君端欲忘年　　　그대와 망년의 친구가 되고 싶어서지.

【주석】

醉鄕閑處日月 鳥語花中管絃 : '취향醉鄕'[62]은 앞의 주注에 보인다. 당唐나라 사람 황보숭皇甫嵩이 지은 소설小說을 『취향일월醉鄕日月』이라 부른다. 낙천 백거이의 「봉화배령공신성오교장록야당즉시奉和裴令公新成午橋庄綠野堂卽事」에서 "한가로움 가운데 해와 달 유장해라"라고 했다. 유우석의 「당시어기유도림악록이사운운唐侍御寄游道林岳麓二寺云云」에서 "넝쿨 속에서 우는 새소리 마치 악기소리 같아라"라고 했다. 『한서』에서 "종과 북, 관악기와 현악기의 음색이 쇠해지지 않았다"라고 했다.

醉鄕見上注. 唐人皇甫嵩所著小說, 號醉鄕日月. 樂天詩, 閑中日月長. 劉禹錫詩, 蘿密鳥韻如簧言. 漢書曰, 鐘鼓管絃之音未衰.

有興勤來把酒 與君端欲忘年 : 『양사·문사전文士傳』에서 "예형禰衡과 공융孔融이 너의 친구가 되었는데, 예형의 나이는 20세였고 공융의 나이는 50세였다. 공융이 예형의 뛰어난 재주를 존경하여 망년의 벗을 삼은 것이다"라고 했다. 또한 『남사·강총전江總傳』에서 "장찬張纘 등은 평

62　취향(醉鄕) : 『당서·왕적전(王績傳)』에서 "왕적이 「취향기(醉鄕記)」를 지었다 [績著醉鄕記]"라고 했다.

소 서로 존중하며 나이를 잊은 사귐을 맺었다"라고 했다.

文士傳, 禰衡與孔融作爾汝交, 衡年二十餘, 融年五十, 敬衡秀才而忘年也.
又南史江總傳, 張纘等雅相推重, 爲忘年友.

4. 형남의 첨판 향화경이 내가 지은 육언시의 운자를 이용해 시를 지어 보내주었기에 다시 차운하여 삼가 드리다. 4수

荊南簽判向和卿用予六言見惠, 次韻奉酬. 四首

첫 번째 수其一

仕宦初不因人	벼슬길 애초 다른 사람 때문 아닌데
富貴方來逼身	부귀함이 그 몸에 닥쳐왔다네.
要是出群拔萃	중요한 건 무리에서 우뚝 빼어나
乃成威鳳祥麟	위엄 있는 봉황 상서로운 기린 되어야지.

【주석】

仕宦初不因人 富貴方來逼身 : 상구上句는 스스로 자신이 벼슬자리에 섰다는 것을 말한다. 유우석의 「연주사표連州謝表」에서 "몸을 세워 벼슬한 것이 다른 사람 때문이 아니었다"라고 했다. 하구下句는 사안謝安이 부귀에서 벗어나지 못할까 두려워한 의미를 이용했다.[63] 증 휴관의 「여전류與錢鏐」에서 "귀함이 몸에 닥쳐와 자유롭지 못했네"라고 했다.

---

63 하구(下句)는 (…중략…) 이용했다 : 『세설신어·배조(排調)』에서 "처음에, 사안(謝安)이 동산(東山)에서 포의(布衣)를 입고 지낼 때, 당시 그의 형제들 중에는 이미 부귀한 자가 많아서, 집안 식구들이 모일 때면, 모두들 그들에게 귀를 기울이곤 했다. 이를 보다 못한 그의 아내 유부인(劉夫人)이 남편 사안에게 농담으로 마음을 털어 놓으며 "대장부라고 한다면 마땅히 그 정도는 되어야 하는 것 아닙니까"라고 했다. 그러자 사안은 코를 매만지면서 응수하길 "나는 다만 그런 부귀영화로부터 벗어나지 못할까 걱정이네[但恐不免耳]"라 했다"라고 했다.

上句言其自樹立. 劉禹錫連州謝表曰, 出身入仕, 竝不因人. 下句用謝安恐不免富貴之意. 僧貫休與錢鏐詩曰, 貴逼身來不自由.

要是出群拔萃 乃成威鳳祥麟 : 『맹자·공손추公孫丑』에서 "유약有若이 "기린이 모든 달리는 짐승과 같은 종류이며, 봉황이 모든 나는 새와 같은 종류이다. 성인도 수많은 인민들과 역시 같은 종류이시니, 같은 종류 중에서 높이 뛰어나며, 뭇사람 중에서 우뚝 빼어나지만, 생민이 있어 온 이래로 공자만큼 훌륭한 분은 있지 않았다"라 했다"라고 했다. 『한서·선제기宣帝紀』에서 "소조詔에서 "위엄 있는 봉황을 보배롭게 여긴다"라 했다"라고 했다. 그 주注에서 "봉황에 위의가 있는 것이다"라고 했다. 『좌전 애공哀公 14년』 주注에서 "기린은 어진 금수로 왕자王者의 아름다운 상서로움이다"라고 했다. 퇴지 한유의 「획린해獲麟解」에서 "기린의 신령함은 비록 부녀자나 어린 아이라 할지라도, 모두가 상서로운 것임을 안다"라고 했다.

孟子公孫丑篇, 有若曰, 麒麟之於走獸, 鳳凰之於飛鳥, 類也. 聖人之於民, 亦類也. 出於其類, 拔乎其萃, 自生民以來, 未有盛於孔子也. 漢書宣帝紀詔曰, 威鳳爲寶. 注云, 鳳之有威儀者. 左傳哀公十四年注曰, 麟者, 仁獸, 王者之嘉瑞. 退之獲麟解曰, 麟之爲靈, 雖婦人小子, 皆知其爲祥也.

두 번째 수其二

向侯賦我菁莪	향후가 나에게 청아를 불러주니
何敢當不類歌	어찌 같은 않은 노래 감당하리오.
顧我乃山林士	나를 돌아보니 이에 산림의 선비요
看君取將相科	그대 보니 장상과에서 취할 것일세.

【주석】

向侯賦我菁莪 何敢當不類歌 : 향화경이 배우고자 하는 뜻을 품고 산곡 황정견을 찾아 뵌 것이다. 『시경』에서 "무성하고 무성한 새발쑥이여"라고 했는데, 인재 기르는 것을 즐거워한 시이다. 『좌전』에서 "진후晉候가 "시詩를 노래하되 반드시 춤과 조화되게 부르라"[64]라고 했는데, 제齊나라 고후高厚의 시는 어울리지 않았다"라고 했다.

向以教育之意, 望於山谷. 詩曰, 菁菁者莪, 樂育材也. 左傳, 晉候曰, 歌詩必類, 齊高厚之詩不類.

顧我乃山林士 看君取將相科 : 『한서·왕길전王吉傳』의 찬贊에서 "산림의 선비는 가서 돌아올 줄 모른다"라고 했다. 『왕기공언행록王沂公言行錄』에서 "공이 정사에 참여하게 되니, 진사로 과거급제한 사람을 당리堂吏[65]로 선발하자고 했다. 이에 공이 "우리 조정에서 이 과科를 설치하

64　시(詩)를 (…중략…) 부르라 : '가시필류(歌詩必類)'는 노래의 가락이 춤의 동작과 조화되어야 한다는 의미이다.

여 장상과將相科라고 했는데, 어찌 이를 굽혀서 아전으로 나아가게 할
수 있겠는가"라 했다. 모든 이들이 그 말에 탄복하며 그만두었다"라고
했다.

漢書王吉傳贊曰, 山林之士, 往而不能反. 王沂公言行錄云, 公爲參政, 或
議以進士登科, 擇堂吏, 公曰, 我朝設此科, 謂之將相科, 豈當屈以趨走吏邪.
衆皆嘆服而止.

세 번째 수其三

覆却萬方無準	뒤집히고 물러나는 온갖 일엔 기준 없고
安排一字有神	한 글자 안배하는데 신이 들린 듯하네.
更能識詩家病	다시 능히 시가의 병통을 알랴
方是我眼中人	이 바로 내 눈 속의 사람일세.

【주석】

覆却萬方無準 安排一字有神 : 외물에 구애받지 않아, 시사詩思에 정신
이 깃들어 있다는 말이다. 『장자』에서 "배가 뒤집히는 것을 마치 수레
가 후진後進하는 정도와 같이 여기기 때문이다. 전복顚覆과 퇴각 등 여
러 가지 일들이 눈앞에 펼쳐지더라도 그것이 그의 마음에 들어가지 못
한다"라고 했다. 『문신』에 실린 좌공佐公 육수陸倕의 「누각명漏刻銘」에서

---

65 당리(堂吏) : 각 관아에 소속된 하급 관리를 지칭한다.

"차고 기우는 정도에 기준이 없네"라고 했다. 당唐나라 노연양盧延讓의 「고음苦吟」에서 "읊조리며 한 글자 안배하네"라고 했다. 두보의 「봉증 위좌승장이십이운奉贈韋左丞丈二十二韻」에서 "신이 들린 듯 글을 지었지요" 라고 했다.

言不爲物役, 詩思乃凝於神也. 莊子曰, 視舟之覆, 猶其車却也. 覆却萬方, 陳乎前而不得入其舍. 文選陸佐公漏刻銘曰, 盈縮之度無準. 前輩詩曰, 吟安 一个字. 老杜詩, 下筆如有神.

更能識詩家病 方是我眼中人 : 이숙李淑의 『시원류격詩苑類格』에서 "양梁 나라 심약沈約이 "시의 병에는 여덟 가지가 있다. 첫째 평두平頭,[66] 둘째 상미上尾,[67] 셋째 봉요蜂腰,[68] 넷째 학슬鶴膝,[69] 다섯째 대운大韻,[70] 여섯째

---

66 평두(平頭) :『시인옥설』에서는 다음과 같이 설명했다. "첫 번째 글자와 두 번째 글자는 여섯 번째, 일곱 번째 글자와 같은 운자를 사용해서는 안 된다. 예를 들면, "금일 좋은 연회지만, 즐거움을 다 갖추진 못하였네[今日良宴會, 謹樂莫具陳]"에 서 '금(今)'과 '환(謹)'은 모두 평성이다"

67 상미(上尾) :『시인옥설』에서는 다음과 같이 설명했다. "다섯 번째 글자는 열 번 째 글자와 같은 운자가 되어서는 안 된다. 예를 들면, "푸르고 푸른 강가의 풀, 무성하고 울창한 정원의 버들[靑靑河畔草, 鬱鬱園中柳]"에서 '초(草)'와 '류(柳)' 는 모두 상성이다"

68 봉요(蜂腰) :『시인옥설』에서는 다음과 같이 설명했다. "두 번째 글자는 다섯 번 째 글자와 같은 운자를 사용해서는 안 된다. 예를 들면, "그대 나를 매우 좋아하냐 고 묻노니, 스스로 잘 꾸미고 싶네[問君愛我甘, 竊欲自修飾]"에서 '군(君)'과 '감 (甘)'은 모두 평성이며, '욕(欲)'과 '식(飾)'은 모두 상성이다"

69 학슬(鶴膝) :『시인옥설』에서는 다음과 같이 설명했다. "다섯 번째 글자는 열다 섯 번째 글자와 같은 운자를 사용해서는 안 된다. 예를 들면, "나그네 먼 곳에서 와서, 나에게 편지 한 통 주네. 먼저 오랜 기간 그리워함을 말하고, 뒤에 오랫동안 이별함을 말하였네[客從遠方來, 遺我一書札. 上言長相思, 下言久離別]"에서 '래

소운小韻,[71] 일곱째 방뉴旁紐, 여덟째 정뉴正紐[72]이다"라 했다"라고 했다. 이것을 차용한 것이다. 『문선』에 실린 사룡士龍 육운陸雲의 「답장사연答張士然」에서 "상재성桑梓城[73]을 느껴 생각하니, 눈 속의 사람[74]과 비슷하여라"라고 했다. 두보의 「왕사직단가행王司直短歌行」에서 "푸른 눈과 높은 소리로 노래하며 나를 바라보니, 눈에 비친 사람인 내가 이미 늙었구나"라고 했다. ○ 정진공丁晉公이 "물속의 해가 하늘의 해이다"라고 했는데, 양문공楊文公이 곧바로 응수하여 "눈 속의 사람이 면전의 사람이다"라고 했다.

李淑詩苑類格云, 梁沈約曰, 詩病有八, 一平頭, 二上尾, 三蜂腰, 四鶴膝, 五大韻, 六小韻, 七旁紐, 八正紐. 此借用. 文選陸士龍答張士然云, 感念桑梓城, 髣髴眼中人. 老杜王司直短歌行曰, 青眼高歌望吾子, 眼中之人吾老矣.

（來)'와 '사(思)'는 모두 평성이다"

70 대운(大韻) : 『시인옥설』에서는 다음과 같이 설명했다. "예를 들어 '성(聲)'이나 '명(鳴)'을 운자로 사용하였다면, 같은 연(聯)의 아홉 글자는 '성(聲)'이나 '명(鳴)'의 같은 운통(韻通)의 글자, 즉 '경(驚)', '경(傾)', '평(平)', '영(榮)'자 등을 사용할 수 없다"

71 소운(小韻) : 『시인옥설』에서는 다음과 같이 설명했다. "한 연(聯)에서 운자를 제외한 나머지 아홉 글자는 같은 운통(韻通)의 글자를 사용할 수 없다. 예를 들면 '요(遙)'와 '조(條)'를 한 연에서 사용할 수 없다"

72 방뉴(旁紐) 정뉴(正紐) : 『시인옥설』에서는 다음과 같이 설명했다. "열 글자 안에서 두 글자가 첩운(疊韻)이 되는 것은 정뉴이다. 만약 같은 뉴(紐)가 아니지만 쌍성(雙聲)이 있는 것이 방뉴이다. 예를 들면, '류(流)'와 '구(久)'는 정뉴이며, '류(流)'와 '류(柳)'는 방뉴가 된다"

73 상재성(桑梓城) : '상재'는 『시경·소반(小弁)』에 "부모가 심은 뽕나무와 가래나무도 반드시 공경한다[維桑與梓, 必恭敬止]"라고 한 데서 온 말로, 부모가 살던 고향 또는 고향의 부모님에 대한 그리움을 뜻한다.

74 눈 속의 사람 : '안중인(眼中人)'은 평소에 잘 아는 사람을 말한다.

○ 丁晉公曰, 水底日爲天上日. 楊文公應口曰, 眼中人是面前人.

네 번째 수 其四

覓句眞成小技	구절 찾아야 진실로 소기 이룰 수 있고
知音定須絶絃	지음은 거문고 줄 끊는 데에 있다오.
景公有馬千駟	경공에게 천사의 말이 있었지만
伯夷垂名萬年	백이숙제 이름은 만고에 전해졌지.

【주석】

覓句眞成小技 知音定須絶絃 : '멱구覓句'[75]는 앞의 주注에 보인다. 두보의 「이화양유소부貽華陽柳少府」에서 "문장은 작은 기예로, 도에 비해 보잘 것 없네"라고 했다. '절현絶絃'[76]은 앞의 주注에 보인다.

覓句見上注. 老杜詩, 文章一小技, 於道未爲尊. 絶絃見上注.

---

75 멱구(覓句) : 두보의 「시종무(示宗武)」에서 "시구를 찾아 새로 음률을 알고[覓句新知律]"라고 했다.
76 절현(絶絃) : 『여씨춘추』에서 "백아(伯牙)가 거문고를 뜯으면서 산에 대해 연주하면 종자기(鍾子期)는 "높고도 높구나'라 하였으며, 강에 대해 연주하면 종자기는 "물이 넘실거리는구나'라 했다. 종자기가 죽자 백아는 마침내 줄을 끊어 버렸으니 세상에 그의 음악을 알아주는 이가 없어졌기 때문이었다[伯牙鼓琴, 意在山, 鍾子期曰, 巍巍乎. 意在水, 子期曰, 湯湯乎. 鍾期死, 白牙遂絶絃, 以世無知音]"라고 했다.

景公有馬千駟 伯夷垂名萬年 : 이 일은 『노론』에 보이는데,[77] 대개 원대하게 되기를 기원한 것이다.

事見魯論, 蓋期之以遠者大者.

77　이 (…중략…) 보이는데 : 천사(千駟)는 말 4,000필을 말하는데, 『논어·계씨(季氏)』에서 "제 경공은 천사의 말을 가졌었으나, 그가 죽은 날에 백성이 그에게 덕이 있었다고 칭하는 자가 없었다. 백이와 숙제는 수양산 아래서 주려 죽었으나 백성들은 오늘에 이르기까지 칭송한다[齊景公有馬千駟, 死之日, 民無德而稱焉. 伯夷叔齊餓于首陽之下, 民到于今稱之]"라고 했다.

5. 의접도
蟻蝶圖

胡蝶雙飛得意	호랑나비 양 날개로 마음대로 날다가
偶然畢命網羅	우연히 거미줄에 걸려 목숨 마쳤구나.
群蟻爭收墜翼	무리지은 개매들 떨어진 날개에
	다투듯 모으니
策勳歸去南柯	책훈은 남가에게로 돌아가리라.

【주석】

胡蝶雙飛得意 偶然畢命網羅 群蟻爭收墜翼 策勳歸去南柯 : 이 작품은 의
도한 바가 있을 것이다. 육구몽의 「두회蠧化」에서 "귤의 좀이 허물을 벗
어 호랑나비가 된다. 추녀가 비면 날아돌면서 꽃가루를 날리니 대단히
사랑스럽다. 그러나 잠깐 사이에 거미줄에 걸려 달라붙으면 거미줄이
온 몸을 칭칭 감는다. 사람들이 비록 매우 불쌍하게 여기지만 거미줄
을 풀어 놓아줄 수가 없다"라고 했다. 『문선』에 실린 조식의 「칠계七啓」
에서 "공숙필公叔畢이 서주西秦의 명을 받았다"라고 했다. '책훈策勳'[78]과

---

78 책훈(策勳) : 『좌전』에서 "돌아와서는 종묘에 보고하고 종묘 안에서 잔치를 베풀
    어, 그것이 끝나면 술잔을 거두고 공훈을 책에다 기록하는 것이 예이다[反行飮
    至, 舍爵策勳焉, 禮也]"라고 했다. 주(注)에서는 "공로(勳勞)를 책에 기록하는 것
    은 공로가 있는 사람을 서둘러 책에 기록한다는 말이다[書勳勞於册, 言速紀有功
    也]"라고 했다.

'남가南柯'⁷⁹는 모두 앞의 주注에 보인다.

此篇蓋有所屬. 陸龜蒙蠹化曰, 橘之蠹, 蛻爲胡蝶. 翩旋軒虛, 曳颺⁸⁰粉拂, 甚可愛也. 須臾犯蛛網而膠之, 引絲環繞, 人雖甚憐, 不可解而縱矣. 文選七啓曰, 公叔畢命於西秦. 策勳及南柯竝見上注.

---

79 남가(南柯):『이문집(異聞集)』에 남가태수(南柯太守) 순우분(淳于棼)의 일이
실려 있는데, 다음과 같다. "순우분이 병이 났는데, 꿈에 두 사자를 보았다. 그
두 사자는 순우분을 데리고 집의 남쪽에 있는 오래된 홰나무 구멍 속으로 들어갔
다. 앞쪽으로 수십 리를 가니 큰 성이 있었고 문루(門樓)에 '대괴안국(大槐安國)'
이라고 쓰여 있었다. 괴안국의 왕은 자신이 딸 요방(瑤芳)을 순우분의 아내로 삼
게 했으며, 순우분을 남가군수로 삼았다. 순우분은 그 고을을 이십 년 동안 다스
렸는데, 단라국(檀蘿國)이 침범해 왔고 왕의 명으로 인해 순우분이 가서 토벌했
으나 패하고 말았다. 순우분의 아내가 병으로 죽자, 왕은 순우분에게 "잠시 고향
으로 돌아가는 것이 좋겠소"라 했다. 이에 순우분이 수레에 올라 길을 갔는데,
잠시후 하나의 구멍을 빠져나오자 고향 마을이 보였다. 그 문으로 들어가 보니
자신의 몸이 처마 아래 누워 있는 것이 보였다. 이에 처음처럼 잠에서 깨어났다.
꿈속에 한 순간이 마치 일생을 보낸 듯하여, 드디어 두 객을 불러, 옛 홰나무 아래
구멍을 찾아보았다. 큰 구멍을 보니 훤히 뚫려 있고 흙이 쌓여 있었는데 성곽이
나 대전의 모습이었다. 개미 몇 곡(斛)이 그 가운데 숨어서 모여 있었다. 가운데
에 작은 누대가 있었고 두 마리의 큰 개미가 거기에 거처했는데, 곧 괴안국의 도
읍이었다. 또 다른 구멍 하나를 파고 들어가 곧장 남쪽 가지 위로 오르니 또한
토성의 작은 누대가 있었으니, 이것이 바로 남가군이다. 집에서 동쪽으로 1리쯤
가니, 계곡 옆에 큰 박달나무가 있었고 등나무 넝쿨이 박달나무를 칭칭 감고 있
었다. 그 옆에는 개미굴이 있었으니, 이것이 단라국이 아니겠는가"
80 [교감기] '曳颺'이『전당문(全唐文)』권801에는 '颺曳'로 되어 있다. 임주(任注)
가 저본으로 삼은 것은 따로 있다.

6. 호장지가 율렵미로 그린 유마를 보내왔기에 사례하다. 2수

謝胡藏之送栗鼠尾畫維摩. 二首[81]

첫 번째 수其一

貂尾珍材可筆	비단 꼬리 진귀해 붓을 만들 수 있고
虎頭墨妙疑[82]神	호두의 오묘한 그림에 정신 깃들었네.
頗知君塵外物	자못 그대는 티끌 밖 인물임 알겠거니
眞是我眼中人	진실로 내 눈 속의 사람일세.

【주석】

貂尾珍材可筆 虎頭墨妙疑神 : 『후한서 · 여복지與服志』에서 "무관武冠은 담비 꼬리로 장식한다"라고 했다. 그 주注에서는 응소應劭의 『한관의』를 인용하여 "담비는 안은 굳세지만 밖은 따듯하고 윤기가 있다"라고 했다. 두보의 「송허팔습유귀강녕근성운운送許八拾遺歸江寧覲省云云」에서 "고개지가 그린 금속여래의 모습,[83] 신묘하여 유독 잊기 어렵네"라고

81　[교감기] '謝胡藏之'가 문집·고본·장지본에는 '謝人'으로 되어 있다. 문집에는 시 제목 아래 작은 글씨로 '謝胡藏之'라는 주(注)가 있다.

82　[교감기] '疑'가 문집·전본에는 '凝'으로 되어 있다.

83　고개지가 (…중략…) 모습 : '호두(虎頭)'는 중국 동진(東晉)의 화가(畫家) 고개지(顧愷之)의 소자(小字)이다. 『당와관사유마힐화상비(唐瓦棺寺維摩詰畫像碑)』에서 "와관사의 모습이 변하는 그림은 진나라 호두 장군 고개지가 그린 것이다"라고 했다. 어떤 사람이 말하기를 "고개지의 어렸을 때 자는 호두이다"라 했다. 『역대명화기(歷代名畫記)』에서 "고개지는 단청에 뛰어났다. 형상을 그릴 때 대단히 절묘하였다. 일찍이 와관사 불전에 유마힐을 그렸는데, 그림을 다 그리자 달빛보

산곡시집주권제십육(山谷詩集注卷第十六)　**95**

했는데, 고개지顧愷之가 그린 유마維摩를 말한다. 『장자』에서 "마음을 쓰기를 분산하지 않아야 비로소 정신이 집중된다"라고 했다. 동파 소식은 일찍이 "고본古本에는 '응凝'이 '의疑'로 되어 있다"라고 했다.

後漢書輿服志曰, 武冠貂尾爲飾. 注引應劭漢官曰, 貂內勁悍而外溫潤. 老杜詩, 虎頭金粟影, 神妙獨難忘. 謂顧愷之所畵維摩也. 莊子曰, 用志不分, 乃凝於神. 東坡嘗言, 古本凝作疑.

頗知君塵外物 眞是我眼中人 : 앞의 두 구를 나누어 이었다. 『문선』에 실린 은중문殷仲文의 「남주환공구정작南州桓公九井作」에서 "숙신肅愼은 티끌 밖에서 수레 모네"라고 했다. 『진서・왕융전王戎傳』에서 "왕연王衍은 옥으로 만든 숲과 구슬로 만든 나무 같아서, 자연스럽게 풍진세상 밖의 인물이다"라고 했다. '안중인眼中人'[84]은 앞의 주注에 보인다.

分屬前兩句. 選詩, 肅此塵外軫. 晉書王戎傳曰, 王衍如瑤林瓊樹, 自然是風塵表物. 眼中人見上注.

다 환한 빛이 비쳤다"라고 했다. 『정명경의초(淨名經義鈔)』에서 "범어인 유마힐은 바로 정명(淨名)을 말한다. 나제(郍提)의 아들로 과거불(過去佛)인데 금속여래라 부른다"라고 했다.

84 안중인(眼中人) : 『문선』에 실린 사룡(士龍) 육운(陸雲)의 「답장사연(答張士然)」에서 "상재성(桑梓城)을 느껴 생각하니, 눈 속의 사람과 비슷하여라[感念桑梓城, 髣髴眼中人]"라고 했다. 두보의 「왕사직단가행(王司直短歌行)」에서 "푸른 눈과 높은 소리로 노래하며 나를 바라보니, 눈에 비친 사람인 내가 이미 늙었구나[靑眼高歌望吾子, 眼中之人吾老矣]"라고 했다. 정진공(丁晉公)이 "물속의 해가 하늘의 해이다[水底日爲天上日]"라고 했는데, 양문공(楊文公)이 곧바로 응수하여 "눈 속의 사람이 면전의 사람이다[眼中人是面前人]"라고 했다.

두 번째 수其二

丹靑貌⁸⁵金粟影	단청은 금속여래의 모습이요
毛物宜管城公	털은 관성공에 합당하여라.
只今爲君落筆	다만 지금 그대 위해 붓을 드니
他日聽我談空	다른 날 나의 공의 담론 들으시게.

【주석】

丹靑貌金粟影 毛物宜管城公 : 두보가 지은 「단청인丹靑引」⁸⁶이란 작품이 있다. 또한 「단청인丹靑引」에서 "화가가 산처럼 많았지만 그린 모습이 닮지 않았네"라고 했다. '금속영金粟影'⁸⁷은 앞의 주注에 보인다. 『문선』에 왕건王巾의 「두타사비頭陁寺碑」가 실려 있는데, 이선李善의 주注에

---

85 [교감기] '貌'가 원본·부교본·장지본에는 '邈'으로 되어 있다. 또한 문집·고본의 작품 끝에는 "다른 판본에는 '畵圖見金粟佛'로 되어 있다"라고 했다.

86 두보가 지은 「단청인(丹靑引)」: 두보의 「단청인」은 다음과 같다. "將軍魏武之子孫, 於今爲庶爲淸門. 英雄割據雖已矣, 文采風流今尙存. 學書初學衛夫人, 但恨無過王右軍. 丹靑不知老將至, 富貴於我如浮雲. 開元之中常引見, 承恩數上南薰殿. 凌烟功臣少顔色, 將軍下筆開生面. 良相頭上進賢冠, 猛將腰間大羽箭. 褒公鄂公毛髮動, 英姿颯爽來酣戰. 先帝御馬玉花驄, 畫工如山貌不同. 是日牽來赤墀下, 迥立閶闔生長風. 詔謂將軍拂絹素, 意匠慘澹經營中. 須臾九重眞龍出, 一洗萬古凡馬空. 玉花卻在御榻上, 榻上庭前屹相向. 至尊含笑催賜金, 圉人太僕皆惆悵. 弟子韓幹早入室, 亦能畫馬窮殊相. 幹惟畫肉不畫骨, 忍使驊騮氣凋喪. 將軍善畫蓋有神, 偶逢佳士亦寫眞. 卽今飄泊干戈際, 屢貌尋常行路人. 途窮反遭俗眼白, 世上未有如公貧. 但看古來盛名下, 終日坎壈纏其身."

87 금속영(金粟影) : 두보의 「송허팔습유귀강녕근성운운(送許八拾遺歸江寧覲省云云)」에서 "고개지가 그린 금속여래의 모습, 신묘하여 유독 잊기 어렵네[虎頭金粟影, 神妙獨難忘]"라고 했는데, 고개지(顧愷之)가 그린 유마(維摩)를 말한다.

서 "『발적경發迹經』에서 "정명대사浄名大士가 옛날의 금속여래金粟如來이다"라 했다"라고 했다. 또한 살펴보건대, 『조정사원祖庭事苑』에서 "『십문변혹론十門辨惑論』에서 "유마維摩는 금속여래이다"라 했고 길장법사吉藏法師의 『사유삼매경思惟三昧經』에서 나왔다고 했으며, 그 자주自注에서 "그 책을 보지 못했다"라 했다"라고 했다. 지금 여러 불경의 목록을 살펴보니, 이러한 불경의 이름은 없다. 『주례』에서 "그 동물에는 그에 맞는 털이 있다"라고 했다. '광성공管城公'[88]은 앞의 주注에 보인다. ○ 양웅의 『법언』에서 "단청이 처음에는 선명하지만 오래되면 변한다"라고 했다.

老杜有丹青引. 又詩, 畫工如山貌不同. 金粟影見上注. 文選頭陁寺碑, 李善注, 發迹經曰, 浄名大士是往古金粟如來. 又按祖庭事苑曰, 十門辨惑論云, 維摩是金粟如來. 吉藏法師謂出思惟三昧經, 自云, 未見其本. 今據諸經目錄, 無此經名. 周禮曰, 其動物宜毛物. 管城公見上注. ○ 楊子, 丹青初則炳, 久則渝.

只今爲君落筆 他日聽我談空 : 또한 위의 두 구를 나누어 이은 것이다. 『문선』에 실린 공치규孔稚圭의 「북산이문北山移文」에서 "불교의 일체개공一切皆空의 논리를 담론한다"라고 했다. 유몽득의 「송홍거유강서送鴻擧游江西」에서 "스님과 서로 만나면 곧 공에 대해 말했네"라고 했다.

亦分屬上兩句. 文選北山移文云, 談空空於釋部. 劉夢得詩, 與師相見便談空.

---

88 관성공(管城公) : 한유의 「모영전(毛穎傳)」에서 "관성에 봉해져 관성자라 불리었다[封諸管城, 號管城子]"라고 했다.

7. 향화경이 송자현에 갔다가 추천석과 밤에 남극정에 대해 말한 작품에 차운하다. 2수

次韻向和卿行松滋縣, 與鄒天錫夜語南極亭. 二首

첫 번째 수 其一

雪泥滑滑到山郭	눈에 미끄러운 진흙 길로 산곽에 도착하니
提壺勸沽亦不惡	제호가 술 권하는 것도 또한 나쁘지 않네.
林中解道不如歸	숲 속에서 불여귀라고 울부짖노니
家人應念思歸樂	집안사람 응당 사귀락을 생각하겠지.

【주석】

雪泥滑滑到山郭 提壺勸沽亦不惡 林中解道不如歸 家人應念思歸樂 : 성유 매요신의 「사금언四禽言」에서 "미끄러운 진흙탕 길,[89] 대나무 우거진 언덕 오르기 힘드네. 빗소리 쓸쓸한데, 말 위의 남자여"라고 했다. '제호提壺'[90]와 '자규子規'[91]는 모두 앞의 주注에 보인다. 낙천 백거이의 「화사귀

---

89 미끄러운 진흙탕 길 : 울음소리가 원활(圓滑)하다 하여 '니활활(泥滑滑)'이라 명명된 새로, 자고새와 비슷한 죽계(竹鷄)의 울음소리를 형용한 말이라 한다.

90 제호(提壺) : '제호(提壺)'는 새 이름이다. 성유 매요신의 「사금언(四禽言)」에서 "직박구리가 좋은 술을 파네. 바람이 손이 되고 나무가 벗이 되네. 산꽃은 요란하게 눈앞에 피니, 오늘 아침 너에게 권커니 천만 수 누리게[提壺蘆, 沽美酒, 風爲賓, 樹爲友. 山花撩亂目前開, 勸爾今朝千萬壽]"라고 했다.

91 자규(子規) : 성유 매요신의 「사금언(四禽言)·자규(子規)」에서 "돌아가는 것만 못하니, 봄 산이 이미 저물었다네. 온갖 나무는 구름에 닿는데, 촉의 하늘은 어디에 있는가. 사람들은 날개가 있으니 날아갈 수 있다고들 하는데, 어찌 높은 나무

락和思歸樂」에서 "산중에 새 깃들지 않았는데, 한밤중 우는 소리 들리네. 마치 사귀락思歸樂이라 말하는 것 같으니, 나그네는 문득 울며 듣네"라고 했다. 도악陶岳의 「영릉기零陵記」에서 "'사귀락思歸樂'이라는 새는 그 모습이 비둘기와 같지만 그 색깔이 더욱 어둡고, 3월이면 우는데, 그 소리가 "돌아가는 것만 못하네[不如歸去]"처럼 들린다고 한다"라고 했다.

梅聖俞四禽言曰, 泥滑滑, 苦竹岡. 雨蕭蕭, 馬上郎. 提壺子規竝見上注. 樂天詩曰, 山中不栖烏, 半夜聲嚶嚶. 似道思歸樂, 行人掩泣聽. 陶岳零陵記曰, 思歸樂, 狀如鳩而慘色, 三月則鳴, 其音云, 不如歸去.

두 번째 수 其二

衝風衝雨走七縣	눈비 맞으며 칠현으로 달려오니
唯有白鷗盟未寒	백구와의 맹세만은 아직 식지 않았어라.
坐中更得[92]江南客	좌중에 다시 강남의 길손 있노니
開盡南窓借月看	남창 활짝 열어두고 달빛 빌려 바라보네.

【주석】

衝風衝雨走七縣 唯有白鷗盟未寒 : 퇴지 한유의 「광선상인빈견과廣宣上

에 올라 부질없이 우는가[不如歸去, 春山云暮, 萬木兮參雲, 蜀天兮何處. 人言有翼可歸飛, 安用空啼向高樹]"라고 했다.

92 [교감기] '得'이 원본·부교본·명대전본에는 '有'로 되어 있다.

人頻見過」에서 "비바람 피하자마자 먼지 뒤집어쓰네"라고 했다. '한맹寒盟'[93]은 위의 주注에 보인다.

退之詩, 不衝風雨卽衝埃. 寒盟見上注.

坐中更得江南客 開盡南窓借月看 : 정곡의 「석상이가자席上貽歌者」에서 "좌중에 또한 강남의 길손 있노니, 봄바람 향해 자고를 부르지 말라"라고 했다. 맹교의 「야집여주군재청륙승변탄금夜集汝州郡齋聽陸僧辯彈琴」에서 "북산 밖으로 문인들 불러, 남루 가운데서 달빛 빌리네"라고 했다.

鄭谷詩, 坐中亦有江南客, 莫向春風唱鷓鴣. 孟郊詩, 徵文北山外, 借月南樓中.

---

93 한맹(寒盟) : 『좌전』에서 "맹약을 만약 굳게 할 수 있다면, 역시 그 맹약을 식게 할 수도 있다[盟若可尋, 亦可寒也]"라고 했다.

8. 형주 왕충도가 끓인 차를 보내왔기에 장난스레 답하다. 4수
【구본에서 "거사는 술꾼이라서 차 마시는 것을 좋아하지 않는다. 그래서 장난스레 지은 구절이 많다"라고 했다】

戲答荊州王充道烹茶. 四首【舊本云, 居士酒徒, 不喜茗飮, 故多戲句】

첫 번째 수其一

三徑雖鋤客自稀	세 길 호미질 했지만 오는 길손 드물고
醉鄕安穩更[94]何之	취향이 안온하니 다시 어디로 갈 것인가.
老翁更把春風椀	늙은이는 다시 봄바람에 잔을 들어
靈府淸寒要作詩	마음 맑고 시원해져 시 짓길 요청했네.

【주석】

三徑雖鋤客自稀 醉鄕安穩更何之 老翁更把春風椀 靈府淸寒要作詩 : 두보 의 「봉수엄공기제야정지작奉酬嚴公寄題野亭之作」에서 "풀이 얽어 길 뒤덮으니 호미질 시켜야지"라고 했다. 또한 「투간재주막부겸간위십랑관投簡梓州幕府兼簡韋十郞官」에서 "막하의 낭관은 안녕하신가"라고 했다. 또한 「후유後遊」에서 "이곳 버리고 어디로 가나"라고 했다. '영부靈府'[95]는 마

---

94 [교감기] '更'이 원본·부교본·명대전본에는 '勸'으로 되어 있다.
95 영부(靈府):『장자』에서 "영부에 들어오게 해서는 안 됩니다[不可入于靈府]"라 고 했는데, 주에서 "영부란 정신이 안주하는 집이다[靈府者, 精神之宅]"라고 했 다. 도잠의 「우화(遇火)」에서 "몸은 변화 따라 가지만 마음은 언제나 다만 한가 롭네[形迹憑化往, 靈府長獨閑]"라고 했다.

음[心]을 말하는데, 앞의 주注에 있다. 퇴지 한유의 「이화李花」에서 "맑고
찬 기운 뼈에 스며 간담을 깨우니, 한평생 생각에 사악함이 없었다네"
라고 했다.

老杜詩, 草茅無徑欲教鋤. 又詩, 幕下郎官安穩無. 又詩, 舍此復何之. 靈府
謂心也, 見上注. 退之李花詩曰, 淸寒瑩骨肝膽醒, 一生思慮無由邪.

두 번째 수其二

茗椀難加酒椀醇	찻잔에 진한 술을 더하기 어려워서
暫時扶起藉糟人	잠시 일어나서 술지게미에 기댄 사람.
何須忍垢不濯足	어찌 때 뒤덮인 발 차마 씻지 않는가
苦學梁州陰子春	양주의 음자춘을 힘들게 배웠구나.

【주석】

茗椀難加酒椀醇 暫時扶起藉糟人 何須忍垢不濯足 苦學梁州陰子春 : '명
완茗椀'[96]은 앞의 주注에 보인다. 『세설신어』에서 "강로노江盧奴는 곧바
로 사람을 불러 술을 가져오게 하고서는 자기만 한 사발을 들이켰다"
라고 했다. 두보의 「희달행재소喜達行在所」에서 "도망치는 도중에는 잠
시만 사람이었지"[97]라고 했다. 『진서·유영전劉伶傳』에 실린 「주덕송酒德

---

96 명완(茗椀) : 한유와 맹호연의 연구(聯句)에서 "찻잔에 가늘고 곱게 담아[茗椀纖
    纖捧]"라고 했다.

頌」에서 "누룩을 베개 삼고 술 찌게미를 깔개 삼았다"라고 했다. 왕충도가 차 마시는 것을 좋아하지 않아 혼탁한 세상의 먼지를 씻을 수가 없었다. 그래서 음자춘陰子春의 일을 가져와 장난친 것이다. 살펴보건대,『남사·음자춘전陰子春傳』에서 "몸을 더러운 먼지가 뒤덮더라도, 발은 몇 년에 한 번 씻으면서 "매양 씻으면 재물을 잃게 되고 일을 그르치게 된다"라 했다. 양주梁州에 있을 때에 발을 씻어 양주의 싸움에서 패배했다고 했다"라고 했다. 자건 조식의「책궁시표責躬詩表」에서 "더러움 참고 진실로 온전해진다면, 시인들이 말한 "무슨 얼굴로"라고 기롱한 것을 범하게 된다"라고 했다.

茗椀見上注. 世說, 江盧奴直喚人取酒, 自飮一椀. 老杜詩, 間道暫時人. 晉書劉伶傳, 酒德頌曰, 枕麴藉糟. 充道不喜茗飮, 無從洗濯塵昏, 故以陰子春戲之. 按南史陰子春傳, 身服垢汙, 脚數年一洗, 言每洗則失財敗事, 云在梁州, 以洗足致梁州敗. 曹子建責躬詩表曰, 忍垢苟全, 則犯詩人胡顔之譏.

세 번째 수 其三

香從靈堅礱上發	향기는 영견 옥롱에게서 시작되고
味自白石源中生	맛은 백석의 근원 중에서 생겨나네.
爲公喚覺[98]荊州夢	공을 위해 불러 형주의 꿈 깨게 하리니

97   도망치는 (…중략…) 사람이었지 : 도망치는 당시에는 사람이 될지 귀신이 될지 알지 못했다는 말이다.

可待南柯一夢成　　　　남가의 일장춘몽 꿈 이루길 기다리리.

【주석】

香從靈堅壟上發 味自白石源中生 爲公喚覺荊州夢 可待南柯一夢成 : 『황정내경경』에서 "코의 신 옥롱玉壟의 자는 영견靈堅이다"라고 했다. 또한 "원기를 호흡하여 신선되기를 구한다. 붉은 새가 진액 끌어들여 백석으로 흘러든다"[99]라고 했다"라고 했다. 대개 혀[舌]와 이[齒]를 말한 것이다. 목지 두목의 「견회遣懷」에서 "십 년 만에 한 번 양주의 꿈[100]을 깨고 나니, 미인에게 무정하단 이름만 실컷 얻었네"라고 했다. '남가南柯'[101]

98　[교감기] '喚覺'이 장지본에는 '喚醒'으로 되어 있다.

99　붉은 (…중략…) 흘러든다 : '주조(朱鳥)'는 사람의 혀의 모습이고 '백석(白石)'은 이의 모습이다. '토축(吐縮)'은 진액을 끌어들인다는 것이다. 음양의 끊임없이 흘러들기에 '원(源)'이라 한 것이다.

100　양주의 꿈 : '양주몽(揚州夢)'은 중국의 가장 번화한 양주(揚州)에서 호화롭게 놀던 옛 추억이라는 뜻이다. 당(唐)나라 때의 시인(詩人) 두목(杜牧)이 일찍이 양주 자사(揚州刺史)로 있으면서 청루(靑樓)의 많은 미인들과 사귄 적이 있었기에 한 말이다.

101　남가(南柯) : 『이문집(異聞集)』에 남가태수(南柯太守) 순우분(淳于棼)의 일이 실려 있는데, 다음과 같다. "순우분이 병이 났는데, 꿈에 두 사자를 보았다. 그 두 사자는 순우분을 데리고 집의 남쪽에 있는 오래된 회나무 구멍 속으로 들어갔다. 앞쪽으로 수십 리를 가니 큰 성이 있었고 문루(門樓)에 '대괴안국(大槐安國)'이라고 쓰여 있었다. 괴안국의 왕은 자신이 딸 요방(瑤芳)을 순우분의 아내로 삼게 했으며, 순우분을 남가군수로 삼았다. 순우분은 그 고을을 이십 년 동안 다스렸는데, 단라국(檀蘿國)이 침범해 왔고 왕의 명으로 인해 순우분이 가서 토벌했으나 패하고 말았다. 순우분의 아내가 병으로 죽자, 왕은 순우분에게 "잠시 고향으로 돌아가는 것이 좋겠소"라 했다. 이에 순우분이 수레에 올라 길을 갔는데, 잠시후 하나의 구멍을 빠져나오자 고향 마을이 보였다. 그 문으로 들어가 보니 자신의 몸이 처마 아래 누워 있는 것이 보였다. 이에 처음처럼 잠에서 깨어났다.

는 앞의 주注에 보인다.

黃庭內景經曰, 鼻神玉壟字靈堅. 又曰, 呼吸元氣以求仙, 朱鳥吐縮白石源.
蓋言舌與齒也. 杜牧之詩, 十年一覺揚州夢, 贏得靑樓薄倖名. 南柯見上注.

네 번째 수其四

龍焙東風魚眼湯	봄바람 속에 차[茶][102]와 어안탕[103]
箇中卽是白雲鄕	이 가운데가 바로 백운향이라오.
更煎雙井蒼鷹爪	다시 쌍정과 창응조[104]를 끓이고선
始耐落花春日長	비로소 진 꽃잎에 긴 봄날을 참아보네.

꿈속에 한 순간이 마치 일생을 보낸 듯하여, 드디어 두 객을 불러, 옛 홰나무 아래
구멍을 찾아보았다. 큰 구멍을 보니 훤히 뚫려 있고 흙이 쌓여 있었는데 성곽이
나 대전의 모습이었다. 개미 몇 곡(斛)이 그 가운데 숨어서 모여 있었다. 가운데
에 작은 누대가 있었고 두 마리의 큰 개미가 거기에 거처했는데, 곧 괴안국의 도
읍이었다. 또 다른 구멍 하나를 파고 들어가 곧장 남쪽 가지 위로 오르니 또한
토성의 작은 누대가 있었으니, 이것이 바로 남가군이다. 집에서 동쪽으로 1리쯤
가니, 계곡 옆에 큰 박달나무가 있었고 등나무 넝쿨이 박달나무를 칭칭 감고 있
었다. 그 옆에는 개미굴이 있었으니, 이것이 단라국이 아니겠는가"
102 차[茶] : '용배(龍焙)'는 송대(宋代)에 다엽(茶葉)의 정품(精品)으로 이름이 높
았던 소룡단(小龍團), 소봉단(小鳳團)으로, 이 차들은 불에 쬐였기에 '배(焙)'라
한 것이다.
103 어안탕 : 차를 마시기 위해 찻물을 끓일 때, 거품이 올라오는 모습이 마시 물고기
의 눈과 같다고 해서 붙여진 이름이다.
104 쌍정과 창응조 : 모두 차의 이름으로 보인다.

【주석】

龍焙東風魚眼湯 箇中卽是白雲鄕 更煎雙井蒼鷹爪 始耐落花春日長 : 『조비연외전趙飛燕外傳』에서 "성제成帝가 "능히 무황제武皇帝를 본받아 백운향을 구하지 못했다"라 했다"라고 했다. 봄날 낮에 잠이 많았기에 마지막 구에서 이렇게 말한 것이다. 왕수王隨의 「궁사宮詞」에서 "새소리 한 울음에 금문은 고요하고, 땅 가득한 떨어진 꽃에 봄날은 길기만 해라"라고 했다.

趙飛燕外傳, 成帝曰, 不能倣武皇帝, 求白雲鄕也. 春晝多睡, 故末句云爾. 王隨詩, 一聲啼鳥禁門靜, 滿地落花春日長.

9. 빗속에 악양루에 올라 군산을 바라보다. 2수
雨中登岳陽樓望君山. 二首[105]

악양루는 악주성岳州城 서문西門이다. 『도경圖經』에 의하면 "장연공張燕公이 처음 지었고 경력慶歷 연중에 등종량滕宗諒이 폄적되어 파릉군의 태수가 되어 비로소 다시 수리하면서 옛 규모보다 더 크게 만들었다"라고 했다.

岳陽樓卽岳州城西門. 據圖經, 經始於張燕公. 慶歷中, 滕宗諒謫守, 始加增飾, 規制[106]宏敞.

첫 번째 수其一

投荒萬死鬢毛斑	변방에 던져져 만 번 죽다 살쩍 희어졌고
生出[107]瞿塘灩澦關	살아서 구당협의 염예퇴를 나서네.
未到江南先一笑	강남에 도착하기 전 미리 한 번 웃으려
岳陽樓上對君山	악양루 위에 올라 군산을 대하네.

---

105 [교감기] 부교본에는 작품의 제목 아래 '是時維荊南經岳鄂歸分寧'이라는 주석이 더 있다. '雨中'이 문집에는 '雨去'로 되어 있다.
106 [교감기] '規制'가 부교본에는 '規模'로 되어 있다.
107 [교감기] '生出'이 문집·고본에는 '生入'으로 되어 있다.

　荒萬死鬢毛斑　生出瞿塘灩澦關　未到江南先一笑　岳陽樓上對君山：자후 유종원의 「별사제종일別舍弟宗一」에서 "변방 던져져 만 번 죽을 이십 년"이라고 했다. 두보의 「부강범주송위반귀경득산자涪江泛舟送韋班歸京得山字」에서 "다시 흰머리 기억나는구나"라고 했다. 『후한서·반초전班超傳』에서 "소장을 올려 "신이 감히 주천군酒泉郡에 이르기는 바라지 않습니다. 다만 살아서 옥문관玉門關에 들어가고 싶습니다"라 했다"라고 했다. 구당협瞿塘峽의 염예퇴灩澦堆는 지금의 기주夔州에 있다. '염예퇴'에 대해 『수경주』에서 "음예석淫預石인데, 겨울에는 물 위로 이십 여 장이나 솟아 있지만 여름에는 물속에 잠겨 사라진다"라고 했다. 『수경주』에서 또한 "산골짜기에 '구당'과 '황감黃龕'이라는 두 여울이 있는데, 여름에는 물이 거슬러 올라오기에 물길을 따라 올라가는 것을 꺼린다"라고 했다. 또한 『수경주』에서 "동정호 가운데 군산이 있다. 상군湘君이 놀던 곳이기에 '군산'이라고 했다"라고 했다.

　柳子厚詩曰, 萬死投荒十二年. 老杜詩, 更憶鬢毛斑. 後漢班超傳, 上疏曰, 臣不敢望到酒泉郡, 但願生入玉門關. 瞿塘峽灩澦堆, 在今夔州. 灩澦卽水經注所謂淫預石也, 冬出水二十餘丈, 夏則沒. 水經注又曰, 峽中有瞿塘黃龕二灘, 夏水洄洑, 沿泝所忌. 又曰, 洞庭湖中有君山. 湘君之所游處, 故曰君山.

두 번째 수其二

滿川風雨獨憑欄　비바람 시내 가득한데 홀로 난간 기대니

縮結[108]湘娥十二鬟　상아가 열두 갈래로 머리 쪽진 것 같아라.

可惜不當湖水面　아쉬워라, 호수의 수면에 가지 못해

銀山[109]堆裏看靑山　은산 쌓인 곳에서 청산을 보지 못하니.

【주석】

滿川風雨獨憑欄 縮結湘娥十二鬟 可惜不當湖水面 銀山堆裏看靑山 : 『산해경』에서 "동정의 산은 순제舜帝의 두 딸이 거주했던 곳이다"라고 했다. 왕일王逸이 주注한 『구가九歌』에서 "요의 두 딸인 아황娥皇과 여영女英이 순을 따라갔지만 만나지 못해 상강의 물가에 빠져죽었다. 그래서 부인夫人인 된 것이다. 군산의 모습은 마치 머리를 열두 갈래로 쪽진 것 같다"라고 했다. 『북몽쇄언』에서 "상강이 북쪽으로 흘러 악양이 이르러 촉강과 합류한다. 여름 장마가 내린 이후에는 촉강의 물결이 높아서 상강의 흐름을 가로막아 상강의 물결이 뒤로 물러나 동정호가 넘치게 되어 동정호가 수백 리가 되는데, 군산이 완연히 그 물 속에 잠기게 된다. 가을에 물이 계곡으로 들어가면 이 산은 다시 육지처럼 솟아나 오직 한줄기 상강의 흐름만 있게 된다"라고 했다. 유우석의 「망동정望

---

108 [교감기] '結'에 대해 문집의 작품 말미에는 "다른 판본에는 '髻'로 되어 있다"라는 원주(原注)가 있다.

109 [교감기] '銀山'에 대해 건륭본 옹 씨(翁氏)의 원교(原校)에서 "『정화록(精華錄)』에는 '銀盤'으로 되어 있다"라고 했다.

洞庭」에서 "멀리 보이는 동정호의 산과 푸른 물은, 흰 쟁반에 담긴 파란 소라 하나로세"라고 했다. 관휴의 「고의古意」에서 "오호五湖의 큰 물결은 은빛 산과 같네"라고 했다.

山海經曰, 洞庭之山, 帝之二女居焉. 王逸注九歌曰, 堯二女, 娥皇女英, 隨舜不及, 沒於湘水之渚, 因爲夫人. 按君山狀如十二螺髻. 北夢瑣言曰, 湘江北流, 至岳陽, 達蜀江. 夏潦後, 蜀江漲勢高, 遏住湘江, 讓而退, 溢爲洞庭湖, 凡數百里, 而君山宛在水中. 秋水歸壑, 此山復居于[110]陸, 惟一條湘川而已. 劉禹錫詩, 遙望洞庭山水翠,[111] 白銀盤裏一靑螺. 貫休詩, 五湖大浪如銀山.

---

110 于 : 중화서국본에는 '干'으로 되어 있는데, '于'의 오자이다.
111 [교감기] '山水翠'가 송소정본에는 '湖翠水'로 되어 있고 원본·건륭본에는 '湖水聚'로 되어 있으며, 전본에는 '山翠色'으로 되어 있다.

10. 파릉 약평강으로부터 상강에 다달아 통성으로
    들어갔는데 하루도 비가 내리지 않은 날이 없었다.
    황룡에 이르러 삼가 청선사를 배알했고 이어 저물녘 날이
    개이자 선객 대도순을 만나 정겹게 말을 나누었다. 장구의
    작품을 지어 도순에게 드리다

自巴陵略平江臨湘入通城, 無日不雨. 至黃龍, 奉謁淸禪師, 繼而晚晴, 邂逅
禪客戴道純欵語, 作長句呈道純

山行十日雨霑衣	산길 열흘 동안 비에 옷 젖었는데
幕阜峯前對落暉	막부봉 앞에서 지는 햇살을 대하누나.
野水自添田水滿	들물 절로 불어나 밭에는 물 가득하고
晴鳩却喚雨鳩歸	개인 날 비둘기 비에 헤어진 암비둘기 부르네.
靈源大士人天眼	영원대사는 인천의 안목 지녔고
雙塔老師諸佛機	쌍탑의 늙은 선사는 제불의 근기 알았지.
白髮蒼顔重到此	백발의 늙은 얼굴로 거듭 이곳에 와
問君還是昔人非	묻노니, 그대는 오히려 옛날 사람인가.

【주석】

山行十日雨霑衣　幕阜峯前對落暉 : 『사기·우본기禹本紀』에서 "산길을
갈 때는 바닥에 징을 박은 신발을 신었다"라고 했다. 『예기』에서 "비옷
이 비에 젖어 용모가 단정하지 못할 때는 상견례를 그만두었다"라고

했다. 『설원』에서 "유자는 이슬에 옷이 젖는 줄도 몰랐다"라고 했다. '막부幕阜'는 황룡산黃龍山의 다른 봉우리이다. 『여지광기』에서 "홍주洪州 무녕현武寧縣에 있다"라고 했다. 동파 소식의 「송촉인장사후부전시送蜀 人張師厚赴殿試」에서 "방학정放鶴亭 앞에서 지는 햇살 보내네"라고 했다.

史記禹本紀曰, 山行乘橇. 禮記曰, 雨霑服失容則廢. 說苑曰, 孺子不覺露 之霑衣. 幕阜卽黃龍山之別峯. 輿地廣記曰, 在洪州武寧縣. 東坡詩, 放鶴亭前 送落暉.

野水自添田水滿 晴鳩却喚雨鳩歸 : 구양수의 「제조啼鳥」에서 "성곽을 둘 러싼 비탈진 밭에는 맑은 물이 가득하다"라고 했다. 또한 「명구鳴鳩」에 서 "하늘에서 비가 그치자 비둘기 암비둘기 부르며 돌아가 또한 기뻐 하네"라고 했다.

歐陽公詩, 陂田遶郭白水滿. 又詩, 天雨止鳩呼, 婦歸鳴且喜.

靈源大士人天眼 雙塔老師諸佛機 : 유청선사惟淸禪師의 자호自號는 영원 수靈源叟이니, 상탑雙塔의 법통法統을 이어 받은 제자이다. 이것과 관련해 서는 이미 「증정교시贈鄭交詩」의 주注에 갖추어져 있다. 이보다 앞서 회 당조심선사晦堂祖心禪師가 불법佛法을 황룡산黃龍山의 혜남惠南에게서 전수 받았고 혜남이 죽자 산 속에 탑을 세웠었다. 그 뒤에 회당조심신사가 죽자 또한 혜남의 탑 동쪽에 매장하여 쌍탑이라고 부르게 되었다. 이 일이 홍각범洪覺範의 『승보전僧寶傳』에 갖추어져 있다. 산곡 황정견이 일

찍이 회당선사에게 도道에 대해 물었기에, 회당선사를 위해 탑명을 지은 것이다. 영원대사를 같은 스승을 모신 벗으로 대하면서, 일찍이 「여서사천서與徐師川書」에서 "평생 만나 본 사대주 중에, 인품이 이 사람보다 나은 자를 보지 못했다"라고 했다. 『전등록』에서 실린 「영수여민선사서일첩靈樹如敏禪師書一帖」에서 "인천人天의 안목眼目[112]은 법당法中의 상좌上座입니다"라고 했다. 대개 운문산雲門山의 문언화상文偃和尙을 말한다. 불교의 게偈에서 "사람이 태어나 백 년을 살아도 모든 부처님의 근기根機를 알지 못하면, 하루를 살더라도 분명히 아는 것만 못하다"라고 했다.

惟淸禪師自號靈源叟, 卽雙塔之法嗣, 已具贈鄭交詩注. 初, 晦堂祖心禪師得法於黃龍山惠南, 南死, 塔於山中. 其後心亦葬南公塔東, 號雙塔. 事具洪覺範僧寶傳. 山谷嘗參問晦堂, 爲之塔銘, 其於靈源, 待以師友, 嘗與徐師川書曰, 平生所見士大夫, 人品未有出此公之右者. 傳燈錄, 靈樹如敏禪師書一帖云, 人天眼目, 堂中上座. 蓋謂雲門文偃和尙也. 佛偈曰, 若人生百歲, 不善諸佛機, 未若生一日, 而得決了之.

白髮蒼顔重到此 問君還是昔人非 : 구양수의 「취옹정기醉翁亭記」에서 "나이 들고 머리가 하얀 사람이 술에 취해 사람들 속에 있는데, 태수가 취한 것이다"라고 했다. 조법사肇法師의 「물불천론物不遷論」에서 "바라문이 출가를 해서 흰머리가 되어서 고향에 돌아왔다. 이웃 사람들은 그

---

112 인천(人天)의 안목(眼目): '인천안목(人天眼目)'은 불가(佛家)의 용어로, 인간과 천상의 일을 환히 꿰뚫어 보는 지혜나 그러한 지혜를 갖춘 사람을 이른다.

를 보고 "옛날 그 사람이 아직도 살아 있었구나"라고 한다. 바라문은 "내가 옛날의 그 사람 같지만 사실은 옛날의 내가 아니다"라고 한다. 이웃 사람들은 모두 놀랐다. 이른바 "힘이 있는 사람이 짊어지고 도망가는데 우매한 사람은 깨닫지 못한다"는 것이 이러한 사람을 이르는 말이구나"라고 했다.

歐公醉翁亭記曰, 蒼顔白髮, 頹然其間者, 太守醉也. 肇法師物不遷論云, 梵志出家, 白首而歸. 隣人見之曰, 昔人尙存乎. 梵志曰, 吾猶昔人, 非昔人也. 隣人皆愕然. 所謂有力者, 負之而趨, 昧者不覺, 其斯人之謂歟.

11. 서 씨의 서원에 쓰다
題徐氏書院

원주元注에서 "덕점德占의 선어정羨魚亭 옛 터이다"라고 했다. ○ 서희徐禧의 자는 덕점德占으로 홍주洪州 분녕分寧 사람이다. 산곡 황정견의 사촌 누이동생을 처로 맞이했다.

元注云, 德占羨魚亭故基也. ○ 徐禧, 字德占, 洪州分寧人, 娶山谷從妹.

學書但學溪老[113]鵝	글씨는 다만 계곡의 늙은 거위에게 배우고
讀書可觀樵父歌[114]	책 읽노라니 초부가 볼 만 하여라.
紫髥將軍不復見	자염 장군을 다시 볼 수가 없는데
空餘巖桂綠婆娑	헛되이 암계에서는 푸르름 넘실거리네.

【주석】

學書但學溪老鵝 讀書可觀樵父歌 : 반드시 공명을 이룰 생각을 할 필요는 없다는 말이다. 산곡 황정견의 예전에 지은 「제화아안題畫鵝鴈」에서 "거위 타고 고개 빼고 돌아보니, 마치 내 가슴 속의 글자 같구나. 우군右軍[115]이 여러 차례 능히 오니, 구복의 일 하지 않으리라"라고 했다.

---

113 [교감기] 문집·고본의 작품 끝에 "'老'가 다른 판본에는 '姥'로 되어 있다"라는 원주(原注)가 있다.
114 [교감기] 문집·고본의 작품 끝에 "'歌'가 다른 판본에는 '柯'로 되어 있다"라는 원주(原注)가 있다.

'초부가樵父歌'는 땔감을 지고서도 왕도王道에 대해 말할 수 있다는 말이다. 두보의 「각야閣夜」에서 "이곳에서 어부나 목동에게 민요를 듣네"라고 했다.

言不必作功名之想也. 山谷舊有詩云, 駕鵝引頸回, 似我胃中字. 右軍數能來, 不爲口腹事. 樵父歌謂負薪能談王道. 老杜詩, 夷歌是處起漁樵.

紫髥將軍不復見 空餘巖桂綠婆娑 : '자염紫髥'[116]은 손권孫權의 일을 이용한 것이고 '암계巖桂'[117]는 회남왕淮南王의 소산초은小山招隱의 일을 이용한 것인데 모두 앞의 주注에 보인다. 『진서·은중문전殷仲文傳』에서 "대사마의 관청에 있는 늙은 홰나무를 돌아보며 탄식하길 "이 나무는 무성하긴 하나 다시 살려는 기운이 없구나"라 했다"라고 했다. 『실록實錄』을 살펴보건대, 원풍元豊 5년에 서희徐禧가 직용도각直龍圖閣과 절도서사節制西師로 심괄沈括 등과 영락성永樂城을 쌓았는데, 하夏 땅 사람들이 공

---

115 우군(右軍) : 왕희지(王羲之)를 말한다.
116 자염(紫髥) : 『오지·손권전(孫權傳)』의 주(注)에서 "『헌제춘추(獻帝春秋)』에서 "장료(張遼)가 오강(吳降) 사람에게 묻길 "저번 붉은 수염을 한 장군은 누구인가[向有紫髥將軍是誰]"라 하니 "손회계(孫會稽)입니다[是孫會稽]"라고 대답했다"고 했다"라고 했다.
117 암계(巖桂) : 『문선』에 실린 유안(劉安)의 「초은사(招隱士)」 첫 번째 수(首)의 주(注)에서 "회남(淮南)의 소산(小山)이 지은 것이다. 대산(大山)·소산(小山)이라고 칭하는 것은 『시경』에서 대아(大雅)·소아(小雅)가 있는 것과 같다[淮南小山之所作也. 稱大山小山, 猶詩有大雅小雅]"라고 했다. 『초사』에는 회남왕(淮南王) 유안(劉安)이 지은 「초은사(招隱士)」가 있는데, 그 서에서 "회남 소산이 지은 것이다[淮南小山之所作也]"라고 했다. 그 가사에서 "계수나무 가지 부여잡고 애로라지 오래 머무르네[攀援桂枝兮聊淹留]"라고 했다.

격해 와서 성이 함락 당했다. 이때에 서희와 내시內侍 이순거李舜擧 및
전운사轉運使 이직李稷이 모두 죽었다.

紫髯借用孫權事. 巖桂用淮南小山招隱事, 竝見上注. 晉書殷仲文傳, 顧大
司馬府中老槐樹而嘆曰, 此樹婆娑, 無復生意. 按實錄, 元豊五年, 禧以直龍圖
閣節制西師, 與沈括等城永樂, 夏人來攻, 城陷, 禧與內侍李舜擧, 轉運使李稷
皆死.

12. 석민약에게 보내다【석무의 자는 민약이다】

贈石敏若【石118戀字敏若】

才似謫仙惟欠酒	적선 같은 재주지만 술을 못 마시고
情如宋玉更逢秋	송옥 같은 마음으로 다시 가을 만났네.
相看領會一談勝	서로 만나면 영회의 대화 너무 좋으니
注目119長江天際流	하늘 끝으로 흘러가는 긴 강 바라보네.

【주석】

似謫仙惟欠酒 情如宋玉更逢秋 相看領會一談勝 注目長江天際流:『문선』에 실린 향수向秀의 「사구부」에서 "운명에 맡겨 영회를 만나네"라고 했는데, 그 주注에서 "'영회領會'는 그윽한 이치가 서로 만나는 것이다"라고 했다. 두보의 「박계행縛雞行」에서 "가을 누각에 기대 차가운 강물 바라본다네"라고 했다.

文選向秀思舊賦曰, 託運遇於領會. 注云, 領會, 冥理相會也. 老杜詩, 注目寒江依秋閣.

---

118 [교감기] '石'이 원본·부교본에는 '名'으로 되어 있다.
119 [교감기] '目'이 장지본에는 '入'으로 되어 있다.

13. 호일로의 치허암에 쓰다

題胡逸老致虛庵

藏書萬卷可敎子	장서 만권은 자식 가르칠 만하니
遺金滿籯常作災	금 가득 남겨주면 늘 재앙만 인다오.
能與貧人共年穀	능히 빈민에게 주어 곡식을 함께 하면
必有明月生蚌胎	반드시 맑은 달이 방태에서 생겨나리라.
山隨宴坐畫圖[120]出	산에서 편히 앉으니 그림에서 나온 듯
水作夜窓風雨來	밤 창가에 물소리 나는 것은 비바람 때문.
觀水觀山[121]皆得妙	산수를 보며 모두 오묘함을 얻었노니
更將何物[122]汚靈臺	다시 무슨 물건이 영대 더럽히랴.

【주석】

藏書萬卷可敎子 遺金滿籯常作災 : 『한서·위현전韋賢傳』에서 "위현韋賢은 승상소자丞相少子가 되었고 아들 현성玄成은 명경과明經科에 합격하여 차례차례 지위를 밟아 승상이 되었다. 그래서 추鄒와 노魯 땅의 속담에서 "황금이 가득한 상자를 자식에게 물려주기보다는 경서 한 권을 제대로 가르치는 것이 훨씬 낫다"라 했다"고 했다. 『노자』에서 "금과 옥이 집아

---

120 [교감기] '畫圖'가 전본에는 '圖畫'로 되어 있다.
121 [교감기] '觀水觀山'이 문집·고본·원본·장지본·건륭본에는 '觀山觀水'로 되어 있다.
122 [교감기] '何物'이 건륭본에는 '何事'로 되어 있다.

가득해도 능히 지키기 못한다. 부귀하면 교만해져서 절로 허물을 남기게 된다"라고 했다.

漢書韋賢傳曰, 賢爲丞相少子, 玄成以明經歷位至丞相. 故鄒魯諺曰, 遺子黃金滿籯, 不如一經. 老子曰, 金玉滿堂, 莫之能守. 富貴而驕, 自遺其咎.

能與貧人共年穀 必有明月生蚌胎：『동관한기』에서 "양상梁商이 흉년이 들어 곡식이 귀하게 되어 굶주리는 사람이 많게 되자, 곧바로 하인에게 소 수레에 쌀과 소금, 야채와 돈을 싣고 네 성문 밖으로 옮기라고 하고서는 가난한 백성에게 나누어주면서도 자신의 성명을 말하지 않았다"라고 했다. 『장자』에서 "만물로 하여금 재앙이 없게 하고 해의 곡식이 풍년들게 한다"라고 했다. '방태蚌胎'[123]는 위탄韋誕의 일을 이용한 것으로 앞의 주注에 보인다.

東觀漢記, 梁商因年穀貴, 多有飢者, 輒令蒼頭以牛車致米鹽菜錢於四城門外, 給貧民, 不告主姓名. 莊子曰, 使物不疵癘, 而年穀熟. 蚌胎用韋誕事, 見上注.

山隨宴坐畫圖出 水作夜窓風雨來 觀水觀山皆得妙 更將何物汚靈臺：다른

---

123 방태(蚌胎)：『삼보결록(三輔決錄)』에서 "공융(孔融)이 위원장(韋元將)과 중장 (仲將) 형제를 보고 그의 아버지에게 편지를 보내 "두 구슬이 늙은 조개에서 나올 줄을 생각도 못했다[不意雙珠出于老蚌]"라 했다"라고 했다. 『회남자』에서 "명월 주는 조개의 아픈 곳인데 나에게는 이로운 것이다[明月之珠, 蚌之病而我之利]"라 고 했다.

판본에는 "세상일이 양 귀밑머리 침입하지 못하게, 작은 암자에서 고요함 속에 영대를 닫으라[莫將世事侵兩鬢, 小庵觀靜鎖靈臺]"고 되어 있다. ○ 태백 이백의 「배족숙형부시랑엽급중서가사인지유동정陪族叔刑部侍郎曄及中書賈舍人至游洞庭」에서 "붉고 푸르게 그려낸 것이 바로 군산이구나"라고 했다. 두보의 「즉사卽事」에서 "비각에 주렴 걷으니 그림 속에 있는 듯"이라고 했다. 개보 왕안석의 「신주회거관중작信州迴車館中作」에서 "파초 베니 서창에 비가 내려, 당시 빗물이 책상 두른 일인 듯"이라고 했다. 『노자』에서 "항상 무욕無欲이면 그 오묘함을 볼 것이다"라고 했다. '영대靈臺'[124]는 앞의 주注에 보인다.

一作莫將世事侵兩鬢, 小庵觀靜鎖靈臺. ○ 太白詩, 丹靑畫出是君山. 老杜詩, 飛閣捲簾圖畫裏. 王介甫詩, 芭蕉一枕西窗雨, 復似當年水遶牀. 老子曰, 常無欲以觀其妙. 靈臺見上注.

---

124 영대(靈臺) : 『장자』에서 "영대에 들어갈 수 없다[不可內於靈臺]"라고 했는데, 그 주(注)에서 "영대는 마음이다[心也]"라고 했다.

14. 연화사에 쓰다

題蓮華寺

狂卒猝起金坑西	금갱 서쪽에서 미친 듯 갑자기 일어나
脅從數百馬百蹄	수백 필을 말 몰고 와서 위협했다네.
所過州縣不敢誰	지나온 주현에서 그 누가 감당 하리오
肩輿虜¹²⁵載三十妻	수레에 잡혀간 아낙 삼십 명이어라.
伍¹²⁶生有膽無智略	그 무리는 담력 있지만 지략이 없으니
謂河可馮虎可搏	누가 하수 건너고 호랑이 잡는다 말하랴.
身膏白刃浮屠前	부도의 앞에서 온 몸에 칼을 맞았으니
此鄕父老至今憐	이 마을 노인들 지금까지 애처로워하네.

【주석】

狂卒猝起金坑西 脅從數百馬百蹄 :『한서·곡영전谷永傳』에서 "장차 교만한 신하와 사나운 첩들이 술에 취해 미친 짓을 하고 도리에 어긋난 행위를 하여 갑자기 일어나는 패망함이 있을 것이다"라고 했다. 그 주注에서 "'졸卒'은 '졸猝'로 읽어야 한다"라고 했다. 『서경』에서 "협박에 따른 사람들은 다스리지 말라"라고 했다. 『사기·화식전貨殖傳』에서 "말 이백 마리"라고 했다.

---

125 [교감기] '虜'가 전본에는 '搛'로 되어 있다.
126 [교감기] '伍'가 문집·고본에는 '作'으로 되어 있다.

漢書谷永傳曰, 將有驕臣悍妾, 醉酒狂悖, 卒起之敗. 注云, 卒讀曰猝. 書曰, 脅從罔治. 史記貨殖傳曰, 牧馬二百蹄.

所過州縣不敢誰 肩輿虜載三十妻 : 가의의 「과진론過秦論」에서 "날카로운 무기를 펼치니 누가 어찌하리오"라고 했다. 그 주注에서 "누구인지를 물은 것이다"라고 했다.

賈誼過秦論曰, 陳利兵而誰何. 注云, 問之爲誰.

伍生有膽無智略 謂河可馮虎可搏 : 퇴지 한유의 「송장도사병인送張道士幷引」에서 "신에겐 담력과 기개 있다오"라고 했다. 『사기 · 전숙전田叔傳』에서 "저선생褚先生이 "지금 부유한 집안의 자식을 취했는데 또한 지략이 없다"라 했다"라고 했다. 『노론』에서 "맨손으로 호랑이를 잡고 맨몸으로 하수를 건너면서 죽어도 후회하지 않는 자와는 나는 함께 하지 않겠다"라고 했다. 『맹자』에서 "풍부馮婦는 맨손으로 호랑이를 잘 때려잡았다"라고 했다.

退之詩, 臣有膽與氣. 史記田叔傳, 褚先生曰, 今取富人子, 又無智略. 魯論曰, 暴虎馮河, 死而無悔者, 吾不與也. 孟子曰, 馮婦善搏虎.

身膏白刃浮屠前 此鄕父老至今憐 :『문선』에 실린 안인 반악의 「관중關中」에서 "장수의 명령에 많은 사람 순절했고 몸은 도끼로 베임을 당했네"라고 했다. 두보의 「병귤病橘」에서 "지금까지도 노인들이 슬퍼한다

네"라고 했다. 살펴보건대, 『한서 · 항적전項籍傳』에서 "초나라 사람들 지금까지도 애처롭게 여긴다"라고 했다.

文選潘安仁關中詩曰, 周殉師令, 身膏氏斧. 老杜詩, 到今耆舊悲. 按漢書 項籍傳曰, 楚人憐之至今.

15. 비를 맞고 만재로 가는 도중에 이리저리 둘러보다가 마침내 장난스레 쓰다

衝雨向萬載道中, 得逍遙觀, 遂戲題[127]

逍遙近道邊	가까운 길 주변을 소요하고
憩息慰儃懦	쉬면서 고단함을 위로하노라.
晴暉時晦明	개인 햇살은 비쳤다 안 비쳤다 하니
謔語諧讜論	우스갯소리 당론과 조화 이뤘구나.
草萊荒蒙蘢	풀과 명아주가 황폐하게 뒤덮었고
室屋壅塵坌	가옥들은 먼지에 휩싸여 있구나.
僕僮侍偪仄[128]	동복들이 가까이에서 따르는데
涇渭淸濁混	탁한 경수 맑은 위수 섞여 있구나.

【주석】

逍遙近道邊 憩息慰儃懦 晴暉時晦明 謔語諧讜論 : '도변道邊'[129]은 앞의

---

127 [교감기] 문집·고본에는 '遂' 아래 '託宿' 두 글자가 있고 전본·건륭본에는 '遂' 위에 '託宿' 두 글자가 있다.

128 [교감기] '侍偪仄'이 전본에는 '偪側泌'로 되어 있다.

129 도변(道邊) : 『진서·왕융전(王戎傳)』에서 "왕융이 여러 어린아이들과 길가에서 장난을 치다가 오얏나무에 열매가 많이 열린 것을 보았다. 아이들이 앞 다퉈 달려가는데 왕융만 가지 않고서 "나무가 길가에 있는데 열매가 많은 걸 보니 반드시 쓴 오얏일 것이다"라 했다"라고 했다. 『세설신어』에서는 '도변(道邊)'이 '도방(道傍)'으로 되어 있다.

주注에 보인다. 두보의 「객당客堂」에서 "남은 인생 안식할 곳"이라고 했다. 『운서』에서 "'만懣'은 '민悶'과 같다"라고 했다. 「동도부東都賦」에서 "곧은 말과 광대한 말"이라고 했는데, 이선李善의 주注에서 『자림字林』을 인용하여 "'당讜'은 아름다운 말이다. 음은 '당黨'이다"라고 했다.

道邊見上注. 老杜詩, 平生憩息地. 韻書, 懣與悶同. 東都賦曰, 讜言宏說. 李善注引字林曰, 讜, 美言也, 音黨.

草萊荒蒙蘢 室屋雍塵坌 : 『한서·조착전晁錯傳』에서 "초목이 뒤덮었고 가지와 잎이 무성하게 이어졌네"라고 했다. 『운서』에서 "'분坌'은 먼지이다. '포蒲'와 '민悶'의 반절법이다"라고 했다. 『법화경』에서 "거름과 흙먼지가 더럽혀 깨끗하지 않구나"라고 했다.

漢書晁錯傳曰, 草木蒙蘢, 枝葉茂接.[130] 韻書云, 坌, 塵也, 蒲悶反. 法華經云, 糞土塵坌, 汚穢不淨.

僕僮侍偪仄 涇渭清濁混 : 사마상여의 「상림부上林賦」에서 "서로 가까이에서 흘러가네"라고 했는데, 그 주注에서 "서로 좇는 것이다"라고 했다. 두보의 「핍측행偪仄行」[131]이란 작품이 있고 또한 「추우탄秋雨歎」에서 "탁

---

130 [교감기] '接'이 원래 '按'으로 되어 있는데, 지금 부교본과 『한서(漢書)』에 의거하여 교정한다.

131 두보의 「핍측행(偪仄行)」: 두보의 「핍측행」은 다음과 같다. "偪側何偪側, 我居巷南子巷北. 可恨鄰里間, 十日不一見顔色. 自從官馬送還官, 行路難行澀如棘. 我貧無乘非無足, 昔者相過今不得. 實不是愛微軀, 又非關足無力. 徒步翻愁官長怒, 此心炯炯君應識. 曉來急雨春風顚, 睡美不聞鐘鼓傳. 東家蹇驢許借我, 泥滑不敢騎朝天. 已

한 경수 맑은 위수 어떻게 구별할까"라고 했다.

上林賦曰, 偪側泌瀄. 注云, 相追也. 老杜詩有偪仄行, 又詩, 濁涇淸渭何當分.

令請急會通籍, 男兒性命絶可憐. 焉能終日心拳拳, 憶君誦詩神憬然. 辛夷始花亦已
落, 況我與子非壯年. 街頭酒價常苦貴, 方外酒徒稀醉眠. 徑須相就飮一斗, 恰有三百
靑銅錢"

16. 죽존자의 집에 쓰다

題132竹尊者軒

平生脊骨硬如鐵	한평생 등뼈가 쇠처럼 강인했고
聽風聽雨隨宜說	비바람 소리 들으며 상황 맞게 말하네.
百尺竿頭放步行	백척간두에서 한 걸음 더 나가서
更向脚跟參一節	다시 발꿈치에 일절을 더해야 하리.

【주석】

平生脊骨硬如鐵 聽風聽雨隨宜說 : 『전등록』에서 "암두巖頭가 "덕산노인德山老人의 한 줄기 등뼈는 쇠처럼 강해서 휘어도 꺾이지 않는다. 교문敎門 중에서도 오히려 이와 같을 뿐이다"라 했다"라고 했다. 『법화경』에서 "제불諸佛의 마땅함에 따라 설법한 것은 의취意趣를 이해하기 어렵다"라고 했다. ○ 왕건의 「궁사宮詞」에서 "비바람 소리 들으며 무지개 치마 만드네"라고 했다.

傳燈錄, 巖頭云, 德山老人一條脊骨, 硬如鐵, 拗不折, 於唱敎門中猶較些子. 法華經曰, 諸佛隨宜說法, 意趣難解. ○ 王建宮詞曰, 聽風聽雨作霓裳

百尺竿頭放步行 更向脚跟參一節 : 『전등록』에서 "장사長沙의 경잠선사景岑禪師의 게偈에서 "백 길의 장대 끝에서 움직이지 않는 사람을, 비록

---

132 [교감기] 송소정본에는 '題' 아래 '崇勝寺'라는 3글자가 있다.

깨달았다고 하지만 아직 참되지 못했네. 백 길의 장대 끝에서 모름지기 걸어 나가야, 비로소 시방세계가 온몸이리라"라 했다"라고 했다. 「현사전玄沙傳」에서 "늙은 화상和尙은 발꿈치가 오히려 땅에 닿지 않는다"라고 했다. 총림叢林[133]에서 전인前人의 한 마디 말을 거론하는 것을 '일칙一則'이라 하는데, '일절一節'은 일칙과 같은 말이다. '죽존자竹尊者'은 마땅히 대나무 뿌리인데, 그 모습이 이와 같다.

傳燈錄, 長沙景岑禪師偈曰, 百丈竿頭不動人, 雖然得入未爲眞. 百丈竿頭須進步, 十方世界是全身. 玄沙傳[134]曰, 老和尙脚跟猶未點地. 叢林擧前人一段語謂之一則, 一節與一則同. 竹尊者, 當是竹根, 形狀如此.

---

133 총림(叢林) : 많은 중들이 모여 사는 큰 절을 말한다. 여기에서는 불가(佛家)를 의미한다.
134 [교감기] '玄沙傳'이 송소정본·부교본에는 '玄妙傳'이라고 잘못 되어 있다. 살펴 보건대, 『우등회원(五燈會元)』권7에 '玄沙傳'이란 말이 있다.

17. 밀로가 오봉에 거주하려 가기에 헤어지다

【밀로는 대개 법창의 후손이다】

送密老住五峯【密老蓋法昌之嗣】

我穿高安過萍鄕	내가 고안을 지나 평향을 지나면서
七十二渡遶羊腸	양장처럼 두른 물을 일흔두 번 건넜네.
水邊林下逢衲子	물 주변 숲 아래에서 중을 만나니
南北東西古道場	동서남북에 옛 도장이 있구나.
五峯秀出雲雨上	오봉은 구름과 비 위로 우뚝 솟아 있고
中有寶坊如側掌	그 가운데 보방이 손바닥 눕힌 것처럼 있네.
去與靑山作主人	청산으로 들어가 주인이 되었으며
不負法昌老禪將	법창산의 늙은 선사를 등지지 않았네.
栽松種竹是家風	소나무와 대나무 심은 것은 가풍이니
莫嫌斗絶無來往	외떨어져 오가는 이 없다고 꺼려 마소.
但得螺師吞大象	다만 나사가 큰 코끼리 삼키는 것 얻으리니
從來美酒無深巷[135]	예로부터 좋은 술은
	궁벽한 골목에도 있었다네.

---

135 [교감기] 장지본에는 이 아래에 '去時擷茗春風香, 歸來秧稻夏日長'이라는 두 구절
이 있다. 다른 판본에는 '羊腸' 아래의 원교(原校) 글자가 같은 않은 부분도 있다.

【주석】

我穿高安過萍鄉 七十二渡遶羊腸 : 다른 판본에는 이 구절 아래 "갈 땐 찻잎 따는 봄바람 향기로웠고, 올 땐 모심는 봄날 유장했지[去時擷茗春風香, 歸來秧稻春日長]"라는 두 구절이 있다. '고안高安'은 균주筠州에 속해 있고 '평향萍鄉'은 원주袁州에 속해 있다. '양장羊腸'[136]은 앞의 주注에 보인다. 산곡 황정견의 「서평향현청벽書萍鄉縣廳壁」에서 "내가 형강을 건너는데, 동정호를 대략 둘러보고 긴 강물을 건너며 일흔두 번이나 강물을 건넜다. 만재萬載로 길을 들어섰다가 의춘宜春으로 길을 나와 백씨伯氏 원명元明을 평향에서 찾아뵈었다"라고 했다. 살펴보건대, 원명이 이때에 평향의 수령으로 있었다.

一本此下有二句云, 去時擷茗春風香, 歸來秧稻春[137]日長. ○ 高安屬筠川, 萍鄉屬袁州. 羊腸見上注. 山谷書萍鄉縣廳壁曰, 庭堅杭荊江, 略洞庭, 涉脩水, 徑七十二渡, 出萬載, 來宜春, 省伯氏元明於萍鄉. 按元明時爲萍鄉令.

水邊林下逢衲子 南北東西古道場 : 자유 소철의 「균주성수원법당기筠州

---

136 양장(羊腸) : 『문선』에 실린 위무제(魏武帝)의 「고한행(苦寒行)」에서 "양의 창자 같은 언덕길 굽이굽이 돌자면, 수레바퀴가 부러지고 만다네[羊腸阪詰曲, 車輪爲之摧]"라고 했는데, 주(注)에서 『여씨춘추 · 구산(九山)』을 인용하여 "태항산의 양장판(羊腸阪)은 구불구불 도는 것이 양의 창자와 같다. 태원 진양의 북쪽에 있다[太行羊腸, 其山盤紆如羊腸, 在太原晋陽北]"라고 했다. 백거이의 「초동월야득(初冬月夜得)」에서 "꿈에서 오는 길을 찾는데 양의 창자처럼 구불구불하니[夢尋來路繞羊腸]"라고 했다.
137 [교감기] '春'이 문집 · 고본에는 '夏'로 되어 있다.

聖壽院法堂記」에서 "동산洞山에는 양개良价 법사가 있고 황벽산黃檗山에는 희운希運 법사가 있고 진여사眞如寺에는 대우大愚 법사가 있고 구봉九峯에는 도건道虔 법사가 있고 오봉五峯에는 상관常觀 법사가 있다. 고안이 비록 작은 고을이지만 다섯 도장道場이 있다"라고 했다. 『전한서·남월전南粤傳』에서 "동서남북 수천 리이다"라고 했다.

蘇子由筠州聖壽院法堂記曰, 洞山有价,[138] 黃檗有運, 眞如有愚. 九峯有虔, 五峯有觀, 高安雖小邦, 而五道場在焉. 前漢書南粤傳曰, 南北東西數千里.

五峯秀出雲雨上 中有寶坊如側掌 :『문선』에 실린 경양景陽 장협張協의 「칠명七命」에서 "높은 누대 바람 맞으며, 하늘 가운데 우뚝 솟아 있네"라고 했다. 이선李善이 주注에서 『국어』를 인용하여 "여러 가운데 우뚝 솟아 있다"라고 했다. 『열자』에서 "화인化人의 궁전은, 구름과 비 위로 솟아 있다"라고 했다. '보방寶坊'[139]은 위의 주注에 보인다. 두보의 「낙유원가樂遊園歌」에서 "술잔 들고 마주 본 진천은 손바닥처럼 평평하네"라고 했는데, 여기에서는 그 시어를 변용하여 활용했다.

文選張景陽七命曰, 嶢榭迎風, 秀出中天. 李善注引國語曰, 秀出於衆. 列子曰, 化人之宮, 出雲雨之上. 寶坊見上注. 老杜詩, 秦川對酒平如掌. 此變其語用之.

---

138 价 : 중화서국본에는 '價'로 되어 있는데, '价'의 오자이다.
139 보방(寶坊) : 『화엄론』에서 "욕계 이상과 색계 이하에서 보방(寶坊, 도량)을 세우고 모든 인천(人天)의 대중을 모으고 있다[安立寶坊, 集詩人天]"라고 했다.

去與靑山作主人 不負法昌老禪將 : 의우선사倚遇禪師는 30년 동안 홀로 법창산法昌山에 머물고 있었다. 법창산은 홍주洪州의 분녕分寧 북쪽에 있는데, 그 일이 모두 홍각범의 『승보전』에 기록되어 있다. 『법화경』에서 "부처가 마귀魔鬼와 현성제장賢聖諸將들이 싸울 때에 선정禪定·해탈解脫·무루無漏·근력根力 등 제불諸佛의 재산을 주었다"라고 했다.

倚遇禪師三十年單丁住法昌山. 法昌在洪州分寧之北, 事具洪覺範僧寶傳. 法華經曰, 佛賜戰魔賢聖諸將, 以禪定解脫無漏根力, 諸佛之財.

栽松種竹是家風 莫嫌斗絶無來往 : 『승보전』에서 또한 "남선사南禪師가 이르자, 우방遇方이 소나무 심는 것을 그만두었다. 이에 남선사가 "작은 뜰에 그대가 심은 소나무가 어찌 그리 많은가"라고 했다. 우방이 "도를 구하려고 했습니다"라 했다. 남선사가 돌을 가리키며 "저 속에는 어찌 심지 않았느냐"라 묻자, 우방이 "힘을 쓸데없이 베풀고 싶지 않았습니다"라고 했다. 남선사가 "손을 쓸 수가 없는 곳임을 알았구나"라고 했다. 이에 우방이 돌 위의 소나무를 가리키며 "어디에서 얻을 수 있겠습니까"라고 하자, 남선사가 크게 웃으면서 "푸른 하늘이여, 푸른 하늘이여"라 했다"라고 했다. 『한서·흉노전匈奴傳』에서 "흉노匈奴의 땅이 떨어져 한漢나라 지역 안으로 들어와 장액군張掖郡과 맞닿아 있습니다"라고 했고 그 주注에서 "'두斗'는 끊어진 것이다"라고 했다. 『후한서·두융전竇融傳』에서 "하서河西 지역은 강족羌族과 호족胡族 가운데 두절되어 있다"라고 했다. 오봉이 높고 험하기에 한 말이다.

僧寶傳又載, 南禪師至, 止遇方栽松. 南公曰, 小院子栽許多松作麽. 遇曰, 臨濟道底. 南公指石曰, 這裏何不栽. 遇曰, 功不浪施. 南公曰, 也知無下手處. 遇却指石上松曰, 從什麽處得來. 南公大笑曰, 蒼天, 蒼天. 漢書匈奴傳曰, 匈奴有斗入漢地, 直張掖郡. 注云, 斗, 絶也. 後漢書竇融傳曰, 河西斗絶在羌胡中. 五峯高峻, 故云.

但得螺師吞大象 從來美酒無深巷 : 법창이 지은 「법신송法身頌」에서 "나사螺師는 큰 코끼리를 삼키었고, 석호石虎는 많은 말을 씹었네. 놀라 단가령段家嶺의 용이 일어나고, 운옥雲屋[140]의 기와 밟아 깨뜨리네"라고 했다. 옛말에 '미주무곡항美酒無曲巷'이란 말이 있는데, 좋은 술은 비록 깊고 궁벽한 곳에 사는 사람이라도 반드시 사서 마신다는 말이다. 오봉이 비록 험한 지역에 있지만 법창의 종지宗旨를 이해할 것이니 어찌 다른 사람들이 알아주지 않는다고 근심하겠는가.

法昌有法身頌云, 螺師吞大象, 石虎咬蕃馬. 驚起段家龍, 踏落雲屋瓦. 古語曰, 美酒無曲巷. 言酒之美者, 雖在深僻之地, 人必就沽. 五峯雖險絶, 但解法昌宗旨, 何患不爲人之所知哉.

---

140 운옥(雲屋) : 은자의 거처를 말한다.

18. 신유 가는 길에 원명에게 '상'자의 운자로 시를 써서 보내다

新喻道中, 寄元明用觴字韻

中年畏病不擧酒	중년에 병 무서워 술 마시지 않았기에
孤負東來數百觴	동쪽에서 온 수많은 술 마시지 않았다네.
喚客煎茶山店遠	손님 불러 차 끓이니 산 속 여관은 멀고
看人穫稻[141]午風涼	벼 거두는 사람 보니 한낮 바람 시원하네.
但知家裏俱無恙	다만 집안사람 모두 무고함을 알았으니
不用書來細作行	작은 글씨로 편지 써서 보낼 필요 없다네.
一百八盤携手上	일백 여덟 구비 손잡고 올랐으니
至今猶夢遶羊腸	지금은 양장처럼 굽은 길 꿈에 보이네.

【주석】

中年畏病不擧酒 孤負東來數百觴 喚客煎茶山店遠 看人秧稻午風涼 : 『진서·고영전顧榮傳』에서 "오직 술이 근심을 잊게 해 주지만, 다만 병이 되는 것은 어쩔 수 없네"라고 했다. 『문선』에 실린 이릉李陵의 「답소무서答蘇武書」에서 "저는 나라의 은혜에 보답하고자 하는 구구한 마음도 저버렸습니다"라고 했다. 구양수의 「독반도시기자미讀蟠桃詩寄子美」에서 "좋구나, 천하의 즐거움이여, 한 번 들이키면 의당 백 잔이라네"라고 했다. 두보의 「추일기부영회봉기정감심이빈객지방일백운秋日夔府詠懷奉

---

141 [교감기] '穫稻'가 문집·장지본·명대전본에는 '秧稻'로 되어 있다.

_{寄鄭監審李賓客之芳一百韻}」에서 "들판의 가게는 산의 물을 끌어오네"라고 했다. 낙천 백거이의 「맹하사위촌구거기사제_{孟夏思渭村舊居寄舍弟}」에서 "물 담긴 밭두둑의 진흙에서 벼 심네"라고 했다.

晉書顧榮傳曰, 惟酒可以忘憂, 但無如作病何. 文選李陵書曰, 孤負陵心區區之意. 歐公詩, 快哉天下樂, 一醨宜百觴. 老杜詩, 野店引山泉. 樂天詩, 泥秧水畦稻.

但知家裏俱無恙 不用書來細作行 : 다른 판본에서는 "'불용서래세작행_{不用書來細作行}'에서 이병문李炳文과 너무도 절친했다는 것을 상상해 볼 수 있다"라고 했다. ○『풍속통風俗通』에서 "'고恙'는 독이 있는 해충으로 사람을 해치기를 좋아한다. 옛사람들은 풀로 엮은 집에서 살고 노숙을 했기 때문에 서로 위로할 때에는 반드시 '무고無恙'라 했다"라고 했다. 두보의 「별상징군別常徵君」에서 "가늘게 줄지어 쓴 편지가 왔네"라고 했다. 살펴보건대, 『후한서・순리전서循吏傳序』에서 "광무光武가 직접 쓴 간찰을 사방의 나라에 하사할 때에는 모두 한 장에 열 줄을 써서 작은 글씨로 글을 적었다"라고 했다.

別本云, 不用書來細作行. 想李炳文極相肯也. ○ 風俗通曰, 恙, 毒蟲也, 喜傷人. 古人草居露宿, 故相勞問, 必曰, 無恙. 老杜詩, 來書細作行. 按後漢書循吏傳序曰, 光武以手迹賜方國, 皆一札十行細書成文.

一百八盤携手上 至今猶夢遶羊腸 : '일백팔반로一百八盤路'는 원명元明이

검중黔中으로 유배 갈 때 송별했던 때를 말한다. 낙천 백거이의 「초동월야득황보택주수찰병시수편인견보서우初冬月夜得皇甫澤州手札竝詩數篇因遣報書偶」에서 "꿈속에 찾아가는 길 양장처럼 구불구불해라"라고 했다. '양장羊腸'[142]은 위의 주注에 보인다.

一百八盤路, 謂元明相送黔中時. 樂天詩, 夢尋來路遶羊腸. 羊腸見上注.

---

142 양장(羊腸): 『문선』에 실린 위무제(魏武帝)의 「고한행(苦寒行)」에서 "양의 창자 같은 언덕길 굽이굽이 돌자면, 수레바퀴가 부러지고 만다네[羊腸阪詰曲, 車輪爲之摧]"라고 했는데, 주(注)에서 『여씨춘추·구산(九山)』을 인용하여 "태항산의 양장판(羊腸阪)은 구불구불 도는 것이 양의 창자와 같다. 태원 진양의 북쪽에 있다[太行羊腸, 其山盤紆如羊腸, 在太原晉陽北]"라고 했다.

1. 유응지의 화상을 배알하다
拜劉凝之畫像

弃官淸潁[1]尾	관직 버리고 맑은 영수 가의
買田落星灣	별 떨어진 물가에 밭을 샀네.
身在菰蒲中	몸은 부들 속에 있었지만
名滿天地間	명성은 천지에 가득했네.
誰能四十年	누가 사십 년 동안
保此淸靜[2]退	이 맑음 지켜 조용히 물러날 수 있나.
往來澗谷中	개울 골짜기 속 왕래하니
神光射牛背	신령스러운 빛이 소 등을 쏘노라.

【주석】

弃官淸潁尾 買田落星灣 : 진순유의 『여산기廬山記』에서 "유환劉渙의 자

---

1 [교감기] '潁'이 원본에는 '穎'으로 잘못 되어 있다. 지금 문집·고본·원본·전본·
   건륭본에 의거하여 고친다.
2 [교감기] '靜'이 문집·고본·장지본에는 '淨'으로 되어 있다. 건륭본의 원교(原
   校)에서 "방강(方綱)이 살펴보건대, '靜'이 다른 판본에는 '淨'으로 되어 있다"라
   고 했다.

는 응지凝之로 균주筠州 사람이다. 천성天聖 8년에 진사시進士試에 급제했다. 벼슬살이 하는 동안 강직한 기개가 있어, 벼슬을 달갑게 여기지 않고 곧바로 벼슬을 버리고 별이 떨어졌다는 물가에서 살았다. 일찍이 누런 송아지를 타고 여산을 오갔다"라고 했다. 문잠 장뢰의 「수옥당기水玉堂記」에서 "응지는 나이 오십 즈음에 영상령潁上令이 되자 곧바로 벼슬을 내려놓고 여산으로 들어가 은거했다. 나이 여든 하나에 죽었다"라고 했다. '청영미淸潁尾'[3]는 앞의 주注에 보인다. 『환우기』에서 "낙성석落星石은 강주江州 여산廬山의 동쪽에 있는데, 둘레가 백 다섯 걸음 정도이고 높이는 한 장 남짓이다"라고 했다. 『도경圖經』에서 "예전 물에 떨어진 별이 있었는데, 그것이 변해서 돌이 되었다. 팽려彭蠡의 물굽이 가운데 있는데, 세상에서는 낙성만落星灣이라 부른다"라고 했다.

陳舜俞廬山記曰, 劉渙字凝之, 筠州人, 天聖八年擢進士第. 居官有直氣, 不屑輒弃去, 卜居落星渚. 嘗乘黃犢往來廬山中. 張文潛水玉堂記云, 凝之年五十餘, 爲潁上令. 卽致仕, 歸隱於廬山. 年八十一卒. 淸潁尾見上注. 寰宇記云, 落星石在江州廬山東, 周回一百五步, 高丈許. 圖經云, 昔有星墜水, 化爲石, 當彭蠡灣中, 俗呼爲落星灣.

身在菰蒲中 名滿天地間 : 『건강실록建康實錄』에서 "은례殷禮와 장온張溫

---

3 청영미(淸潁尾) : 『한서·관부전(灌夫傳)』에서 "영수가 맑으니 관씨가 편안하다[潁水淸, 灌氏寧]"라고 했다. 『좌전』에서 "초나라 임금이 영미에 묵었다[楚子次于潁尾]"라고 했는데, 두예(杜預)의 주(注)에서 "영수의 끝이다[潁水之尾]"라고 했다. 살펴보건대, 지금의 영주에 서호가 있다.

이 촉 땅으로 사신 갔는데, 제갈량이 이들을 보고 찬미하면서 "강동의 부들 속에서 이처럼 대단히 재주 있는 사람이 살고 있었구나"라고 했다"라고 했다. 사령운의 「종근죽간월령계행從斤竹澗越嶺溪行」에서 "부들은 얕은 물에 뿌리 내리고 자라네"라고 했다. 두보의 「송공소보사병귀유강동겸정이백送孔巢父謝病歸游江東兼呈李白」에서 "시권을 천지 사이에 남겨 두었네"라고 했다.

建康實錄云, 殷禮與張溫使蜀, 諸葛亮見而嘆曰, 江東菰蘆中生此奇才. 謝靈運詩, 菰蒲冒淸淺. 老杜詩, 詩卷長留天地間.

誰能四十年 保此淸靜退 : 『노자』에서 "이 도리를 보존하는 사람은 채워지기를 바라지 않는다"라고 했다. 『한서』에 실린 양웅의 「해조解嘲」에서 "맑고 고요한 곳은 신들이 노니는 정원이네"라고 했다. 『문선』에 실린 자량子諒 노심盧諶의 서序에서 "편안함 속에 조용히 물러났네"라고 했다.

老子曰, 保此道者, 不欲盈. 漢書揚雄解嘲曰, 爰淸爰靜, 游神之庭. 文選盧子諒序曰, 用安靜退.

往來澗谷中 神光射牛背 : 수구首句의 주注에 보인다. 『진서』에서 왕연王衍이 왕도王導를 데리고 함께 수레를 타고 떠나면서 "내 눈빛이 소 등 위에 있구나"라고 했다.

見首句注. 晉書, 王衍引王導共載而去, 曰, 吾目光乃在牛背上矣.

2. 호구 사람 이정신이 기이한 돌로 아홉 봉우리를
   만들었는데, 동파 소식 선생이 '호중구화'라고 이름
   붙이고 더불어 이를 위해 시를 썼다. 8년이 지난 뒤에
   해외로부터 돌아와 호구를 지났는데, 그 돌은 이미
   호사가들이 가져갔기에 이전에 지은 작품에 화운하면서
   웃어넘기었다. 그때가 건중정국 원년 4월 16일이었다.
   다음 해인 숭녕 원년 5월 20일, 황정견이 호구에 배를 대자,
   이정신이 이 시를 가지고 찾아왔다. 돌은 이미 다시 볼
   수가 없었고 동파 소식도 또한 세상을 떠났었다.
   이에 감동하고 탄식함을 마지못하여 앞 작품에 차운한다

湖口人李正臣蓄異石九峯, 東坡先生名曰壺中九華, 幷爲作詩. 後八年, 自海

外歸,[4] 湖口, 石已爲好事者所取, 乃和前篇, 以爲笑. 實建中靖國元年四月十

六日. 明年當崇寧之元五月二十日, 庭堅繫舟湖口, 李正臣持此詩來. 石旣不

可復見, 東玻亦下世矣. 感歎不足, 因次前韻[5]

有人夜半持山去	어떤 이가 한밤중 이 산 가지고 떠나가
頓覺浮嵐暝翠空	허공에 장람 난기 떠 있는 걸 깨달았네.
試問安排華屋處	묻노니, 화려한 집에 장식되어 있더니

---

4   [교감기] 문집·고본·장지본·건륭본에는 '歸' 아래 '過'자가 있다.
5   [교감기] 전본에서는 이 제목으로 시서(詩序)를 삼았고 별도로 제목을 '追和東坡
    壺中九華幷序'라고 했다.

何如零落亂雲中　　　어찌하여 어지러운 구름 속에 쓸쓸한가.

能回趙璧人安在　　　조나라로 옥 돌려준 사람은 어디 있는가

已入南柯夢不通　　　이미 죽어 꿈에서도 볼 수 없구나.

賴有霜鍾難席卷　　　상종으로는 석권하기가 쉽지 않노니

袖椎來聽響玲瓏　　　소매 속에 넣어 와 들으니 영롱해라.

【주석】

有人夜半持山去 頓覺浮嵐暎翠空 : 『장자』에서 "계곡에 배를 감추고 못속에 산을 감추면 안전하다고 할 만하다. 그러나 밤중에 힘센 사람이 짊어지고 도망가는데도, 어리석은 사람을 알지 못한다"라고 했다. 아래 구는 이 돌의 청한淸寒함을 잃어버려, 마침내 장람瘴嵐[6]과 난기暎氣가 허공에 붕 떠 있는 것을 깨달았다는 의미이다. 『비창』에서 "남嵐은 산바람이다"라고 했다. 『척언』에 실린 조하趙嘏의 「연집필자청담서차봉하宴集必資淸談書此奉賀」에서 "어찌 청루가 푸른 허공에 기대 있으리오"라고 했다.

莊子曰, 藏舟於壑, 藏山於澤, 謂之固矣. 然而夜半有力者負之而走, 昧者不知也. 下句謂失此石之淸寒, 遂覺瘴嵐暎氣浮動於太虛耳. 埤蒼曰, 嵐, 山風也. 摭言載趙嘏詩云, 何必靑樓倚翠空.

6　장람(瘴嵐) : 열대 지방의 독기를 품은 듯이 습하고 어둠침침한 산과 바다의 기운을 말한다.

試問安排華屋處 何如零落亂雲中 : 자건 조식의 「공후인箜篌引」에서 "살아서는 화려한 집에 살더니, 죽어서는 산언덕으로 돌아갔네"라고 했다. 이 구절에서는 이 글자를 차용했다.

曹子建詩曰, 生存華屋處, 零落歸山丘. 此借用其字.

能回趙璧人安在 已入南柯夢不通 : 『사기·인상여전藺相如傳』에서 "인상여는 진나라 왕이 약속을 저버리고 성을 내어주지 않을 것을 헤아리고서는 따르던 사람을 시켜 그 옥을 품에 품고 지름길로 도망가게 하여, 조나라로 옥을 돌려보냈다"라고 했다. '남가南柯'[7]는 앞의 주注에 보이

---

7 남가(南柯) : 『이문집(異聞集)』에 남가태수(南柯太守) 순우분(淳于棼)의 일이 실려 있는데, 다음과 같다. "순우분이 병이 났는데, 꿈에 두 사자를 보았다. 그 두 사자는 순우분을 데리고 집의 남쪽에 있는 오래된 홰나무 구멍 속으로 들어갔다. 앞쪽으로 수십 리를 가니 큰 성이 있었고 문루(門樓)에 '대괴안국(大槐安國)'이라고 쓰여 있었다. 괴안국의 왕은 자신이 딸 요방(瑤芳)을 순우분의 아내로 삼게 했으며, 순우분을 남가군수로 삼았다. 순우분은 그 고을을 이십 년 동안 다스렸는데, 단라국(檀蘿國)이 침범해 왔고 왕의 명으로 인해 순우분이 가서 토벌했으나 패하고 말았다. 순우분의 아내가 병으로 죽자, 왕은 순우분에게 "잠시 고향으로 돌아가는 것이 좋겠소"라 했다. 이에 순우분이 수레에 올라 길을 갔는데, 잠시후 하나의 구멍을 빠져나오자 고향 마을이 보였다. 그 문으로 들어가 보니 자신의 몸이 처마 아래 누워 있는 것이 보였다. 이에 처음처럼 잠에서 깨어났다. 꿈속에 한 순간이 마치 일생을 보낸 듯하여, 드디어 두 객을 불러, 옛 홰나무 아래 구멍을 찾아보았다. 큰 구멍을 보니 훤히 뚫려 있고 흙이 쌓여 있었는데 성곽이나 대전의 모습이었다. 개미 몇 곡(斛)이 그 가운데 숨어서 모여 있었다. 가운데에 작은 누대가 있었고 두 마리의 큰 개미가 거기에 거처했는데, 곧 괴안국의 도읍이었다. 또 다른 구멍 하나를 파고 들어가 곧장 남쪽 가지 위로 오르니 또한 토성의 작은 누대가 있었으니, 이것이 바로 남가군이다. 집에서 동쪽으로 1리쯤 가니, 계곡 옆에 큰 박달나무가 있었고 등나무 넝쿨이 박달나무를 칭칭 감고 있었다. 그 옆에는 개미굴이 있었으니, 이것이 단라국이 아니겠는가"

는데, 동파 소식이 이미 죽었다는 말이다. 이 구절은 옛 자취가 모두 헛된 것이 되어 다시 찾을 수 없다는 의미이다.

史記藺相如傳, 度秦王負約, 不償城, 使從者懷其璧, 從徑[8]道亡, 歸璧于趙. 南柯見上注, 謂東坡已死, 此段陳迹遂成幻境, 不可復追尋也.

賴有霜鍾難席卷 袖椎來聽響玲瓏：『진서·석륵재기石勒載記』에서 "여기에 의지할 뿐이다"라고 했다. '상종霜鍾'은 석종산石鍾山을 말한다. 『수경지』에서 "팽려彭蠡의 입구에 석종산이 있다"라고 했다. 동파 소식은 「석종산기石鍾山記」를 지었는데, 그 작품에서 당나라 이발李渤의 기문記文에서 말한 "못가에서 한 쌍의 바위를 찾아내어, 두드려 들어보니 남쪽에 있는 돌은 둔한 소리를 냈고 북쪽에 있는 돌은 맑은 소리를 냈다. 북채로 두들기는 것을 그쳤는데도 계속 울리다가, 여음이 서서히 끊어졌다"라는 구절을 실었었다. 『산해경』에서 "풍산豐山에 종이 있는데, 9월에 서리가 내리면 울린다"라고 했다. 이 구절은 이 글자를 이용한 것이다. 『한서』에 실린 가의의 「과진론過秦論」에서 "천하를 석권席卷하고자 하는 마음이 있었다"라고 했다. 『사기·신릉군전信陵君傳』에서 "주해朱亥가 40근의 철추鐵椎를 소매에 숨겼다"라고 했다. 양웅의 「감천부甘泉賦」에서 "화씨和氏[9]가 영롱하다"라고 했다.

8　徑 : 중화서국본에는 '間'으로 되어 있으나 『사기』에 따라 '徑'으로 바로잡는다.
9　화씨(和氏) : 화씨벽(和氏璧)을 말한다. 춘추시대 변화(卞和)가 초(楚)나라 여왕(厲王)과 무왕(武王)에게 계속 옥돌을 바쳤으나 임금을 기만한다는 이유로 두 발이 잘렸다가, 문왕(文王) 대에 이르러서 옥돌을 품에 안고 사흘 낮밤을 통곡한

晉書石勒載記曰, 賴有此耳. 霜鍾謂石鍾山也. 水經曰, 彭蠡之口, 有石鍾山焉. 東坡作石鍾山記, 載唐李渤記曰, 得雙石於潭上, 扣而聆之, 南聲函胡, 北音淸越, 枹止響騰, 餘韻自歇. 山海經曰, 豐山有鍾, 九月霜降則鳴. 此用其字. 漢書賈誼過秦論曰, 有席卷天下之心. 史記信陵君傳, 朱亥袖四十斤鐵椎. 揚雄甘泉賦曰, 和氏玲瓏.

끝에 비로소 보옥(寶玉)으로 인정을 받았다는 화씨벽의 고사가 있다.

3. 고숙성을 떠나면서 원명元明에게 '상'자 운을 써서 보내다

【『통전』에서 "당도현은 곧 진땅 고숙성이다"라고 했다. 살펴보건대,
당도는 지금 태평주가 되었다】

罷姑熟, 寄元明用觴字韻【通典曰, 當塗縣卽晉姑熟城. 按當塗今爲太平州】

追隨富貴勞[10]牽尾	소꼬리 잡은 것처럼 부귀 좇음 고달파
準擬田園略濫觴	전원에서 남상이 되고자 했다오.
本與江鷗成保社[11]	본래 강 갈매기와 이웃 되어
聊隨海燕度炎涼	애오라지 바다 제비 따라 더위 추위 보내리.
未栽姑熟桃李徑	고숙성에 도리의 길 있지 않아
却入江西鴻雁行	도리어 강서의 홍안 길로 들어간다네.
別後常同千里月	헤어진 뒤 늘 천 리의 달빛 함께 하리니
書來莫寄九回腸	애간장 아홉 번 뒤틀린다는 편지 보내지 마오.

【주석】

追隨富貴勞牽尾 準擬田園略濫觴 : 위 구는 세상 사람들이 부귀에 힘을
쏟는 것이 마치 소꼬리를 부여잡고 끌면서 한갓 스스로 힘들게 하는
것과 같음을 말한 것이다. 『문선』에 실린 자건 조식의 「낙양곡洛陽曲」에

---

10 [교감기] '勞'가 문집·고본에는 '𤱄'으로 되어 있고 이 작품의 끝에서 교정하기를
"'𤱄'이 다른 판본에는 '牢'로 되어 있다"라고 했다. 장지본에는 '苦'로 되어 있다.
11 [교감기] '保社'가 원본·부교·명대전본에는 '社保'로 되어 있다.

서 "관과 수레 덮개 서로 따르네"라고 했다. 세상에 전해지는 본本에는 '노勞'가 간혹 '영榮'으로 되어 있는데 옳지 않다. 살펴보건대, 『태현경』에서 근수勤首가 "힘들게 끄는데 코로 하지 않고 꼬리로 하면 고달파진다"라고 했고 범망范望이 주注에서 "소를 끄는데 코로 하지 않고 꼬리로 하기 때문에 고달프다"라고 했다. 두보의 「십이월일일삼수十二月一日三首」에서 "봄이 오면 회포 풀리라 오래전에 생각했다네"라고 했다. 『한서・급암전汲黯傳』에서 "전원에 은거했네"라고 했다. '남상濫觴'[12]은 위의 주注에 보인다.

上句言世人用力於富貴之地, 如曳牛尾, 徒自苦也. 文選曹子建詩, 冠蓋相追隨. 俗本勞或作榮, 非是. 按太玄經, 勤首曰, 勞牽, 不其鼻, 于尾, 弊. 范望注曰, 牽牛不其鼻而尾, 故勞弊也. 老杜詩, 春來準擬開懷久. 漢書汲黯傳, 隱於田園. 濫觴見上注云云.

本與江鷗成保社 聊隨海燕度炎涼 : 『남월지』에서 "강구江鷗의 다른 이름은 해구海鷗이고 보사保社[13]는 보오동사保伍同社를 말한다"라고 했다. 『전

---

12 남상(濫觴) : 명황(明皇)의 『효경서(孝經序)』에서 "한나라에서 시작하였다[濫觴於漢]"라고 했다. 살펴보건대 『공자가어』에서 "장강은 민산에서 시작하여 나오는데, 처음 나올 때 수원은 겨우 잔을 넘칠 정도이다. 그러나 강나루에 도달하면 배를 나란히 늘어놓지 않거나 바람을 피하지 않으면 건널 수 없게 된다. 이것은 아래로 흐르면서 물이 불어났기 때문이 아니겠는가[夫江始出於岷山, 其源可以濫觴. 及其至江津, 不舫舟, 不避風, 不可以涉. 非惟下流多故耶]"라고 했다.
13 보사(保社) : 옛날 향촌(鄕村)에 존재하던 일종의 민간 조직인데, 서로 돕고 보호하는 목적으로 설립하였기 때문에 그렇게 일컬은 것이다. 금(金)나라 원호문(元好問)의 「유광보내경신거시(劉光甫內卿新居詩)」에서 "부로는 점점 찾아와 보사

등록・홍화존장선사전興化存獎禪師傳』에서 극빈克賓이 "나는 너희들의 보사에 들어가지 않겠다"라고 했다. '해연海燕'은 오가는데 정해진 것이 없음을 말한다. 양梁나라 오균吳均의 「영연詠燕」에서 "제비 한 마리 바닷가로 날아왔고, 제비 한 마리는 고당에서 쉬노라"라고 했다. 두보의 「쌍연雙燕」에서 "응당 나와 함께 더위와 습기 피하며, 또한 다시 더위 추위 보내리"라고 했다.

南越志曰, 江鷗一名海鷗, 保社謂保伍同社. 傳燈錄興化存獎禪師傳, 克賓曰, 我不入女保社. 海燕以言去來無定. 梁吳均詠燕詩曰, 一燕海上來, 一燕高堂息. 老杜雙燕詩, 應同避燥濕, 且復過炎涼.

未栽姑熟桃李徑 却入江西鴻雁行 別後常同千里月 書來莫寄九回腸: '강서江西'는 홍주洪州로 산곡 황정견의 고향이다. 사장謝莊의 「월부月賦」에서 "천리 떨어져 있어도 밝은 달빛 함께 하네"라고 했다. 사마천이 편지에서 "하루에 애간장이 아홉 번이나 뒤틀린다"라고 했다.

江西謂洪州, 山谷鄉里. 謝莊月賦曰, 隔千里兮共明月. 司馬遷書曰, 腸一日而九回.

를 같이 하고, 아동은 예전부터 문장을 좋아했네[父老漸來同保社, 兒童久已愛文章]"라고 했다.

4. 자첨 소식이 태백 이백의 「심양자극궁감추」라는 시의 운자에 화운한 작품에 차운하여, 이백과 소식을 회억하다
次蘇子瞻14和李太白潯陽紫極宮感秋詩韻, 追懷太白子瞻

원풍元豐 7년 동파 소식이 황이녀黃移汝로부터 균주筠州에 와서 자유子由 소철蘇轍을 보았다. 강주江州를 지나는데 도사道士 호동미胡洞微가 태백 이백 시의 석본石本을 보여주었는데, 그 스승인 탁기卓玘가 판각한 것이었다. 인하여 그 운자에 차운했고 또한 "왕지玉芝의 다른 이름은 경전초瓊田草이고 호동미가 이를 심은 지 7~8년이 되었다"라고 했다.

元豐七年, 東坡自黃移汝, 往筠州, 見子由. 過江州, 道士胡洞微, 示以太白詩石本, 蓋其師卓玘之所刻. 因和其韻, 且云, 玉芝一名瓊田草, 洞微種之七八年矣.

不見兩謫仙	두 적선을 보지 못하여
長懷倚修竹	길이 그리며 긴 대나무에 기대노라.
行遶紫極宮	자극궁을 두루 돌아다니며
明珠得盈掬	밝은 구슬 한 움큼 얻었네.
平生人欲殺	평생 다른 사람이 죽이고자 했으니
耿介受命獨	경개함은 하늘에서 홀로 받은 것이네.

14　[교감기] '次蘇子瞻'이 장지본에는 '次韻子瞻'으로 되어 있다. 살펴보건대, 자첨 소식의 작품은 「和李太白并敍」로, 중화서국판 『蘇軾詩集』 권23에 보인다.

往者如可作	죽은 사람이 만약 살아온다면
抱被來同宿	이불 껴안고 가서 함께 자리라.
砥柱閱頹波	지주산 되어 무너지는 물결 겪었노니
不疑更何卜	의심 없는데 다시 어찌 점을 치리까.
但觀草木秋	다만 초목에 가을 듦을 살펴보노니
葉落根自復	진 잎은 뿌리로 다시 돌아가누나.
我病二十年	나는 이십여 년 동안 병 앓고 있어서
大斗久不覆	큰 국자를 오래도록 뒤집지 않았네.
因之酌蘇李	인하여 소식과 이백에게 술 따르니
蟹肥社醅熟	게 살쪄 있고 가을 술은 익었어라.

【주석】

不見兩謫仙 長懷倚修竹 : 『당서·이백전李白傳』에서 하지장이 탄식하며 "그대는 인간세상으로 귀양 온 신선이구나"라고 했다. '양적선兩謫仙'은 소식과 이백을 말한다. 두보의 「가인佳人」에서 "해질녘에 긴 대나무에 기대누나"라고 했다. ○『남사』에서 "회계산會稽山에 채씨蔡氏 성姓을 갖은 사람이 있는데, 그 이름은 알지 못한다. 당시 사람들은 적선謫仙이라고 여겼다"라고 했다.

　唐書李白傳, 賀知章歎口, 了謫仙人也. 兩謫仙謂蘇李. 老杜詩, 日暮倚修竹. ○ 南史云, 會稽山有人姓蔡, 不知名, 時人謂之謫仙.

行遠紫極宮 明珠得盈掬 : 두보의 「모추왕배도주수찰솔이견흥기체정소환시어暮秋枉裴道州手札率爾遣興寄遞呈蘇渙侍御」에서 "도주에서 편지가 마침 거듭 이르니, 종이의 길이가 세 번 읽어야 할 정도이네. 어찌 창해의 구슬을 움켜잡으랴, 마음은 본디 곤산의 옥 품고 있는데"라고 했다. 『예기』에서 "주옥珠玉을 받을 때에는 두 손으로 움켜잡는다"라고 했다. 『시경·채록采綠』에서 "한 움큼도 채주지 못했네"라고 했다.

老杜詩, 道州手札適復至, 紙長要自三過讀. 盈把那須滄海珠, 入懷本倚崑山玉. 禮記曰, 受珠玉者以掬. 詩曰, 不盈一掬.

平生人欲殺 耿介受命獨 : 두보의 「무이백소식無李白消息」에서 "세상 사람이 모두 죽이려 하는데, 나만 홀로 재주 가련타 여기네"라고 했다. 『이소』에서 "저 요 임금과 순 임금은 광명하고 광대하게, 정도를 따라 바른 길을 얻었네"라고 했다. 『장자』에서 "땅에서 명命을 받은 것 중 오직 소나무와 잣나무만이 홀로 겨울과 여름 내내 푸르다. 하늘에서 명을 받은 사람 중에는 오직 순 임금만이 홀로 바르다"라고 했다. ○ 산곡 황정견의 「발동파화도시跋東坡和陶詩」에서 "자첨 소식이 영남으로 유배를 간 것은, 당시의 재상이 그를 죽이고자 했기 때문이네"라고 했는데, 또한 이 의미이다.

老杜無李白消息詩曰, 世人皆欲殺, 吾意獨憐才. 離騷曰, 彼堯舜之耿介兮, 旣遵道而得路. 莊子曰, 受命於地, 惟松柏獨也在, 冬夏靑靑, 受命於天, 惟舜獨也正. ○ 山谷跋東坡和陶詩云, 子瞻謫嶺南, 時宰欲殺之. 亦此意也.[15]

往者如可作 抱被來同宿 : 『예기·단궁檀弓』에서 조문자趙文子가 "죽은 자를 살아 돌아오게 할 수 있다면, 나는 누구와 함께 돌아갈까"라고 했는데, 그 주注에서 "'작作'은 '기起'이다"라고 했다. 퇴지 한유의 「송은유서送殷侑序」에서 "이불을 안고 숙직에 들어가다"라고 했다. 낙천 백거이의 「사마청독숙司馬廳獨宿」에서 "관청이 물처럼 싸늘하니, 누가 감히 와서 함께 자리오"라고 했다.

禮記檀弓, 趙文子曰, 死者如可作也, 吾誰與歸. 注云, 作, 起也. 退之送殷侑序曰, 抱被入直. 樂天詩, 官曹冷似水, 誰肯來同宿.

砥柱閱頹波 不疑更何卜 : 유우석의 「영시詠史」에서 "세상의 도道가 떨어져 내리는 물결보다 심하다고 해도, 내 마음은 지주산砥柱山 같이 꿋꿋하네"라고 했는데, 자세한 것은 위의 주注에 보인다.[16] 시의 의미는 소식과 이백은 절조를 스스로 믿었다는 것이다. 살펴보건대, 『초사』에 실린 굴원의 「복거卜居」에서 "가서 태복太卜 정첨윤鄭詹尹을 보고서는 "나는 의심되는 바가 있으니, 원컨대 선생께서 그것을 풀어주시오"라고 했다. 이에 굴원이 "차라리 우뚝 서서 천리마처럼 살 것인가, 물속의 들오리처럼 물에 둥둥 떠다닐까, 물결 따라 넘실대며 구차하게 내 한 몸을 지킬까"라 했다. 이에 정첨윤이 점풀을 내려놓고 "당신의 의도

---

15 [교감기] '山谷 (…중략…) 意也'라는 구절이 원본·부교에는 없다.
16 지주(砥柱) : 『서경·우공(禹貢)』의 주(注)에서 "'지주(砥柱)'는 산 이름으로 황하가 나누어져 흐르다가 산을 휘감고 지나가니, 그 산이 물 가운데 있어 마치 기둥과도 같다"라고 했다.

대로 하시오, 거북과 점풀인들 진실로 세상일을 다 알 수는 없도다"라고 했다"라고 했다. 이 시는 이 의미를 이용했다. 『좌전』에서 투렴鬪廉이 "점은 의심나는 것을 풀어주는 것인데, 의심이 없는데 어찌 점을 치리오"라고 했는데, 이 시에서는 이 말을 이용했다. 왕유의 「귀산가歸山歌」에서 또한 "애오라지 벼슬 버리고 서로 좇을 것이니, 어찌 정첨윤에게 점을 치게 하리오"라고 했다.

劉禹錫詩, 世道劇頹波, 我心如砥柱. 詳見上注. 詩意謂蘇李介持自信也. 按楚辭屈原卜居曰, 往見太卜鄭詹尹曰, 余有所疑, 願因先生決之. 寧昂昂若千里之駒乎, 將泛泛若水中之鳧乎, 與波上下, 偸以全吾軀乎. 詹尹謝曰, 用君之意, 龜策誠不能知事. 此詩用其意. 左傳鬪廉云, 卜以決疑, 不疑何卜. 此詩用其語. 王維歸山歌亦云, 聊解印兮相從, 何詹尹兮可卜.

但觀草木秋 葉落根自復 : '초목추草木秋'[17]는 앞의 주注에 보인다. 『노자』에서 "만물이 함께 일어났다가 그것들이 돌아가는 것을 나는 본다. 사물이 끊임없이 바뀌지만 저마다 제 뿌리로 돌아간다. 뿌리로 돌아감을 일컬어 고요함[靜]이라 하고 고요함을 일컬어 명으로 돌아감[復命]이라 한다"라고 했다. ○ 당唐나라 사람의 시 중에 "오동나무 진 잎이 뜰 그늘에 가득해라"라는 구절이 있다. 고시古詩에서 "낙엽 하나로 천하에 가을 옴을 안다오"라고 했다.

---

17   초목추(草木秋) : 『예기』에서 "계추(季秋)의 달이 되면 초목이 누렇게 떨어진다[季秋之月, 草木黃落]"라고 했다.

草木秋見上注. 老子曰, 萬物竝行, 吾以觀其復. 夫物芸芸, 各歸其根. 歸根曰靜, 靜曰復命. ○ 唐人詩, 梧桐葉落滿庭陰. 古詩, 一葉落知天下秋.

我病二十年 大斗久不覆 : 산곡 황정견이 발원문發願文을 지어 술과 고기를 경계했는데, 원풍元豐 갑자년甲子年부터 숭녕崇寧 임오년壬午年까지 거의 이십 년이었다. 『시경·행위行葦』에서 "증손曾孫이 주인主人이니, 술과 단술의 맛이 후厚하도다. 큰 말에 술을 가득 부어서, 집안 어른께 장수를 빌도다"라고 했는데, 그 주注에서 "대두大斗는 자루의 길이가 3척이다"라고 했고 『모시정의』에서는 "큰 그릇을 술동이에 넣어 뜰 때에 이 국자를 사용한다"라고 했다. 『수서·천문지天文志』에서 "천시원天市垣은 북두칠성의 다섯 번째 별로, 벼슬자리에 있는 사람은 남쪽으로 가서 평량平量을 주관한다. 위로 우러러 보이면 천하의 두곡斗斛이 평평하지 못하게 되고 뒤집혀 보이면 풍년이 든다"라고 했는데, 이것을 차용借用하여 술을 떠서 부으면 국자가 마땅히 뒤집혀지는데, 국자로 오래도록 술을 마시지 않았기에 국자가 뒤집혀지지 않았다는 것을 말했다.

山谷作發願文, 戒酒肉, 蓋元豐甲子歲至崇寧壬午, 幾二十年. 行葦詩曰, 曾孫維主, 酒醴維醹. 酌以大斗, 以祈黃耈. 注云, 大斗長三尺. 正義謂從大器, 挹之於樽, 用此勺. 隋書天文志曰, 天市垣, 斗五星, 在宦者南, 仰則天下斗斛不平, 覆則歲穰. 此借用, 以言挹酒而注之則當覆, 斗久不飮, 故斗不覆也.

因之酌蘇李 蟹肥社醅熟 : 별본別本의 주注에서 "내가 젊은 시절 병이 들

어 먹지 못했지만, 잠시 술과 고기를 차려놓았다"라고 했다. ○『문선』에 실린 문통 강엄의 「의휴상인擬休上人」에서 "계수桂水는 하루에 천리를 간다 하니, 여기에 내 평생의 마음 실어 보낼까"라고 했다. 임포林逋의 「추일호서만귀주중서사」에서 "물 조금 빠지니 게는 살쪄있도다"라고 했다. 이상은李商隱의 「귀서歸墅」에서 "깃발[18] 높고 가을 술[19] 향기롭네"라고 했다. 살펴보건대, 『세설신어』에서 필무세畢茂世가 "한 손에는 게 다리를 들고, 한 손에는 술잔을 쥔 채, 주지酒池 속에 빠져, 생애를 바치면 좋겠다"라고 했다. ○ 산곡 황정견의 이 작품에는 본래 발문跋文이 있었는데, 다음과 같다. "자첨 소식의 시에서 호도사胡道士를 기록하면서 '옥지玉芝'의 다른 이름은 '경전초瓊田草'라고 했는데 세상 사람들은 그 잎을 당파경唐婆鏡이라 불렀으며, 잎 아래에서 꽃이 피기에 때문에 '수천화羞天花'라고도 불렀다. 내가 이를 상고해 보니, 그 열매를 『본초강목』에서는 귀구鬼臼라고 했다. 한 해마다 하나의 덩어리가 생겨나는데, 마치 황정黃精[20]처럼 단단하고 작은데, 12년이 되면 약으로 쓸만하다. 땅 속 살아 있는 뿌리의 하나의 덩어리를 가지고서 그 줄기를 알 수 있다고 하지 말라. 만두의 피처럼 밀가루를 삶아 한 덩어리를 싸서 먹으면 며칠 동안 허기가 돌지 않으며, 세 덩어리를 먹으면 밥을 먹

---

18 깃발 : 이때의 깃발은 술집의 깃발을 말한다.
19 가을 술 : '사주(社酒)'는 가을 사일(社日)에 빚은 술을 말한다. 입추(立秋) 후 다섯 번째 무일(戊日)이 가을 사일이다.
20 황정(黃精) : 땅의 정기를 받아서 사람의 수명을 연장시킨다는 다년생 초본(草本)의 약초 이름이다.

지 않아도 될 정도이다. 황룡산黃龍山의 노승이 이것을 많이 캐어 먹고
밥 먹는 것을 끊었는데, 몸은 야위었지만 정신은 왕성旺盛했었다. 지금
방술가들이 사용하는 귀구鬼臼는 바로 귀등경鬼燈檠으로, 마치 촉나라
사람들이 귀전鬼箭을 복용하면서 단지 한 풀의 뿌리만 복용할 뿐, 어떤
물건인지 모르는 경우와 같다. 진앙鎭陽과 조주趙州 사이의 도로 주변에
총생하는 삼우크羽가 진짜 귀전이다. 속세의 의원들은 이처럼 약으로
쓰면서 옛 방법으로는 병을 치료할 수 없다고 질책하는데, 탄식할 만
하다. 인하여 옥지玉芝를 논하여 일부러 함께 기록해 호도사에게 준 것
이다. 도사 호동미 군은 탁기의 제자이다. 탁기가 살았던 시절에는 궁
관宮觀을 받들어 꾸며 속세와의 인연을 없애고자 했는데, 규모가 너무
나 원대하여 이루지를 못했었다. 호동미 때에 이르러, 궁전을 완성하
여 편재便齋와 곡방曲房에는 소나무와 대나무가 울창했고 그 집의 창문
을 열고 닫을 수 있게 하여 겨울에는 따뜻하게 하고 여름에는 시원하
게 하였으니, 지혜로 사물을 관통한 자였다. 또한 글을 좋아하고 재주
가 많아 손님들을 잘 접대했으니, 이곳에 오는 사람들은 돌아가는 것
을 잊을 정도였다. 이것이 동파 소식 선생이 늘 이르러 머물며 놀던 이
유가 아니겠는가"

別本注云, 予少[21]病, 不能食, 暫開酒肉, 故云. ○ 文選江文通擬休上人云,
桂水日千里, 因之平生懷. 林逋詩, 水痕初落蟹螯肥. 李商隱詩, 旗高社酒香.
按世說, 畢茂世云, 一手持蟹螯, 一手持酒杯, 拍浮酒池中, 便足了一生. ○

---

21 [교감기] '少'가 전본·건륭본에는 '以'로 되어 있다.

山谷此詩元有跋云, 子瞻詩所記胡道士, 玉芝一名瓊田草者, 俗號其葉爲唐婆鏡, 葉底開花, 故號羞天花. 以予考之, 其實本草之鬼臼也. 歲生一臼, 如黃精, 而堅瘐, 滿十二歲可爲藥. 就土中生根, 取一臼, 勿令大本知也. 煮胹如餛飩皮, 裹一臼吞之, 數日不飢, 啗三臼, 可辟穀也. 黃龍山老僧多采而斷食, 令人體臞而神王. 今方家所用鬼臼, 乃鬼燈檠耳, 如蜀人用鬼箭, 但用一草根, 不知何物也. 鎭陽趙州間, 道旁叢生三羽者, 眞鬼箭. 俗醫用藥如此, 而責古方不治病, 可勝歎哉. 因論玉芝, 故幷記之以遺胡道士. 道士胡君洞微, 卓君玘之弟子. 卓君之時, 欲崇飾宮觀, 而俗綠薄, 規摹甚遠而不成就. 及胡君而官殿崇成, 便齋曲房, 松竹薈蔚, 觀其軒窗開塞, 宜冬而愜夏, 智慮通物者也. 又好文多藝, 能治賓客具, 至者忘歸. 此東坡先生所以每至而留連者歟.[22]

22 [교감기] '○ 山谷 (…중략…) 者歟'에 대해 부교에서는 "이 부분은 본래 「경지헌
(瓊芝軒)」이라는 작품 뒤에 있다"라고 했다. 살펴보건대, 문집·고본의 『산곡집
(山谷集)』 권7에도 이 발문이 「경지헌(瓊芝軒)」이라는 작품 뒤에 놓여 있다.

5. 경지헌

瓊芝軒

卓偄在時養瓊芝	탁기卓偄 있을 때 경지 심었는데
深根固蔕活人命	뿌리 깊고 꼭지 단단해 사람 목숨 살리네.
憧憧來問此何草	끊임없어 와서 이것이 무슨 풀이냐 묻지만
但告渠是唐婆鏡[23]	다만 이것이 당파경이라고 알려준다오.

【주석】

卓偄在時養瓊芝 深根固蔕活人命 憧憧來問此何草 但告渠是唐婆鏡:『주역·함괘咸卦』의 구사九四에서 "왕래하기를 자주하면, 벗들이 너의 생각을 따를 것이다"라고 했는데, 왕필王弼은 "'동동憧憧'은 오가는 것이 끊이지 않는 모양이다"라고 했다. 시의 의미는 속인들이 이 풀이 능히 사람을 오래 살게 한다는 것을 듣고서 반드시 이를 믿지 않기에, 다만 보통의 풀로 알려주어도 괜찮다는 것이다. ○『노자』에서 "뿌리가 깊고 꼭지가 단단하여, 길게 살고 오래 보는 도이다"라고 했다.

易咸卦之九四曰, 憧憧往來, 朋從爾思. 王弼云, 憧憧, 往來不絶貌. 詩意謂俗人聞此草能使人長生, 未必信之, 但以凡草告之可也. ○ 老子云, 深根固蔕,

---

23 [교감기] 문집·고본의 이 작품 뒤에는 긴 원주(原注)가 있는데, '子瞻詩所記胡道士'로 시작하는 대목이다. 이것은 앞 작품의 뒤에 붙은 산곡 황정견의 발문에 보인다.

長生久視之道.

6. 귀각헌

龜殼軒

紫極宮中三百楹	자극궁 가운데 삼백 그루 있는데
道人獨藏一神屋	도인이 다만 한 신옥을 숨겨두었구나.
開軒納息星月明	헌창 열어 별과 일월의 기운 들이 마시며
時有白雲來伴宿	때론 흰 구름 와 벗 삼아 잠을 자네.

【주석】

紫極宮中三百楹 道人獨藏一神屋 開軒納息星月明 時有白雲來伴宿 : 도가
道家에서는 육신을 집으로 여기니, 정신이 사는 곳이다. 해와 달의 정기
를 마시는 것은 마치 거북이가 호흡을 하는 것과 같다. 『황정경』에서
"뒤쪽에는 밀호密戶²⁴가 있고 앞쪽에는 생문生門²⁵이 있다. 양에서 나와
음으로 들어가는 호흡이 존재한다"라고 했다. 『사기·귀책전龜策傳』에
서 "거북이는 숨을 제대로 토하고 삼키는 등 도인導引하는 양생법을 행
할 수 있다"라고 했다. 태백 이백의 「자극궁紫極官」에서 "흰 구름 남산
에서 와서, 내 처마에 들어 잠을 자네"라고 했다. 퇴지 한유의 「도원도
桃源圖」에서 "텅 빈 옥당에서 달빛 벗 삼아 잠을 잤네"라고 했다. ○ 살
펴보건대, 『본초강목』에서는 "'귀각龜殼'의 다른 이름은 '신옥神屋'이다"

---

24 밀호(密戶) : 신장(腎臟)을 지칭하는 도교 용어이다.
25 생문(生門) : 배꼽[臍]를 말하는 도교 용어이다.

라고 했다. 구주舊注에서 도가道家의 일을 인용하였는데, 잘못된 것이다.

　道家以形骸爲屋宅, 神之所舍也, 呑嚥日月華, 如龜之納息. 黃庭經曰, 後有密戶前生門, 出日入月呼吸存. 史記龜策傳曰, 龜能行氣導引. 太白紫極官詩曰, 白雲南山來, 就我簷下宿. 退之詩, 月明伴宿玉堂空. ○ 按本草, 龜殼一名神屋. 舊注引道家事, 誤矣.

7. 추성헌
秋聲軒

誰居空閑扇橐籥	누가 텅 빈 곳에 풀무바람 불게 했나
情與無情竝時作	정과 무정이 더불어 때론 일어나누나.
是聲皆自根極來	이 소리는 모두 뿌리 깊은 곳에서 오니
更莫辛勤問南郭	다시 수고스럽게 남곽자기에게 묻지 마라.

【주석】

誰居空閑扇橐籥 情與無情竝時作 :『장자』에서 "바람이 북쪽에서 일어나 혹은 서쪽 혹은 동쪽으로 불며, 혹은 돌개바람이 되어 곧장 위로 올라가니, 누가 이를 불고 들이쉬는 것일까, 누가 일이 없어서 이를 떨쳐 일으켰던 가"라고 했다.『노자』에서 "천지는 풀무[26]와 같구나"라고 했다. 또한 "만 물이 함께 일어났다가 그것들이 돌아가는 것을 나는 본다"라고 했다.『법 계관송』에서 "정情과 무정無情은 모두 한 몸이라네"라고 했다.

莊子曰, 風起北方, 一西一東, 有上傍偟, 就噓吸是, 孰居無事, 而披拂是. 老子曰, 天地之間, 其猶橐籥乎. 又曰, 萬物竝作, 吾以觀其復. 法界觀頌曰, 情與無情共一體.[27]

---

26 풀무 : '탁(橐)'은 풀무의 바깥쪽 몸체이고, '약(籥)'은 안쪽에 있는 관(管)으로 움직이면서 바람을 일으키는 작용을 한다.
27 [교감기] '一體'가 송소정본에는 '一本'으로 되어 있다.

聲皆自根極來 更莫辛勤問南郭 : 『전등록』에서 "경청鏡淸이 스님에게 "문 밖에서 나는 소리는 무슨 소리인가"라고 물었다. 스님이 "빗방울 떨어지는 소리입니다"라 대답했다. 이에 경청이 "중생이 전도하여 자기를 잃고 사물을 좇는구나"라 했다"라고 했다. 이 시에서는 이 의미를 사용했다. 『장자 · 선성繕性』에서 "시대와 운명이 들어맞지 않아 천하에서 큰 어려움을 당하게 된다면, 본성을 깊숙이 간직하고 자신의 한계를 편안하게 받아들이면서 때를 기다려라"라고 했다. 『장자 · 대종사大宗師』에서 "진인眞人은 호흡을 발꿈치로 한다"라고 했는데, 곽상의 주注에서 "근본 가운데에서 오는 것이 있다"라고 했다. 『장자 · 제물론齊物論』에서 "남곽자기南郭子綦가 안석에 기대어 앉아 있고 안성자유顔成子游가 그 앞에 서서 시종을 들고 있었다. 남곽자기가 "그대가 인뢰人籟[28]는 들었지만 아직 지뢰地籟[29]는 못 들었을 것이고, 그대가 지뢰地籟는 들었지만 아직 천뢰天籟[30]는 못 들었을 것이다"라고 했다. 이에 안성자유가 "감히 그 방법을 묻습니다"라 했다"라고 했다.

傳燈錄, 鏡淸問僧, 門外什麽聲. 曰, 雨滴聲. 師曰, 衆生顚倒, 迷己逐物. 此詩用其意. 莊子繕性篇曰, 不當時命而大窮乎天下, 則深根寧極而待. 大宗師篇, 眞人之息以踵. 郭象注曰, 乃在根本中來. 齊物論曰, 南郭子綦隱几而坐, 顔成子游立侍乎前. 子綦曰, 汝聞人籟而未聞地籟, 汝聞地籟而未聞天籟夫. 子游曰, 敢問其方云云.

---

28 인뢰(人籟) : 사람이 울리는 소리로 악기의 소리이다.
29 지뢰(地籟) : 대지가 일으키는 소리로 바람 소리이다.
30 천뢰(天籟) : 인뢰(人籟)와 지뢰(地籟)의 근본이 되는 대자연의 소리이다.

8. 설월이 지은 원공을 읊조린 작품을 장난스레 흉내 내다
【서문을 덧붙이다】
戱效禪月作遠公詠【幷序】

원법사遠法師가 여산廬山 아래 살면서, 규율을 가지고 고생스럽게 수양했다. 그곳을 지나가는 사람에서 밀탕蜜湯을 받지 않고 시를 지어 술과 바꾸어 마실 뿐이었다. 팽택彭澤 도잠陶潛은 손님을 전송할 때, 귀천貴賤을 가지지 않고 호계虎溪를 넘지는 않았었다. 그러나 육도사陸道士와 걷다 호계를 넘어 수백 걸음을 갔다가 크게 웃으면서 헤어졌다. 그래서 선월禪月이 "사랑스런 도잠은 얼큰하게 취하여, 목도사를 전송하면서 걸음걸이 더디었지. 술 사고 호계 넘는 것 모두 규율 어긴 것이니, 이 사람 어떤 사람이고 선사는 어떤 사람인가"라는 시를 지었었다. 그래서 이를 흉내 내었다【선월禪月은 선사의 이름이다. 관휴貫休의 그 작품은 문집 속에 보인다. 진순유의 『여산기』에서 "원사遠師가 원량元亮 도잠과 육수정을 전송하면서 호계를 넘는 것도 깨닫지 못하고서는 서로 크게 웃었다"라고 했다. 지금 세상에 전하는 『삼소도』는 모두 여기에서 비롯된 것이다】.

遠法師居廬山下, 持律精苦, 過中不受蜜湯, 而作詩換酒飮. 陶彭澤送客, 無貴賤, 不過虎溪, 而與陸道士行, 過虎溪數百[31]步, 大笑而別. 故禪月作[32]詩云, 愛陶長官[33]醉兀兀, 送陸道士行遲遲. 買酒過溪皆破戒, 斯何人斯師如斯.

---

31 [교감기] 원본·장지본에는 '百'이 없다.
32 [교감기] 원본에는 '作'이 없다.

故效之【禪月, 師名. 貫休其詩見於集中. 陳舜俞廬山記曰, 遠師送陶元亮陸修靜, 不覺
過虎溪, 因相與大笑. 今世傳三笑圖, 蓋起於此】.[34]

邀陶淵明把酒椀	연명 도잠을 맞아 술잔을 들었고
送陸修靜過虎溪	육수정 전송하며 호계를 지났다네.
胸次九流淸似鏡	흉중의 구류가 거울처럼 맑지만
人間萬事醉如泥	인간세상 온갖 일에 진흙처럼 취했네.

【주석】

邀陶淵明把酒椀 送陸修靜過虎溪 胸次九流淸似鏡 人間萬事醉如泥 : 진순
유의 『여산기』에서 "간적관簡寂觀은 송宋나라 육선생陸先生의 은거지이
다. 은거하면서 이름을 수정修靜으로 바뀌었으며 명제明帝가 불러 대궐
에 이르자, 숭허관崇虛館과 통선당通仙堂을 지어 육수정을 맞이했고 이에
유자와 불자의 선비들을 모아 장엄불사莊嚴佛寺에서 도를 강했다"라고
했다. '구류九流'[35]는 위의 주注에 보인다. 동파 소식의 「차운승잠견증次

33 [교감기] '長官'이 원본·부교·장지본에는 '官長'으로 되어 있다.
34 [교감기] '禪月 (…중략…) 於此' 구절을 장지본에서도 또한 서문(序文)에 넣었다.
     또한 명대전본에는 시서(詩序)가 없다.
35 구류(九流) : 『후한서·반고전(班固傳)』에서 "서적을 두루 꿰뚫어 구류(九流)와
     백가(百家)의 말에 대해 궁극하지 않음이 없었다[博貫載籍, 九流百家之言, 無不
     窮究]"라고 했다. 『한서·예문지(藝文志)』에서 "제자(諸子) 십가(十家) 중에 볼
     만 한 것은 구가(九家)뿐이다[子十家, 其可觀者, 九家而已]"라고 했다. 대개 소설
     가(小說家)는 세지 않았다. 유(儒)·도(道)·음양(陰陽)·법(法)·명(名)·묵(墨)
     ·종횡(縱橫)·잡(雜)·농(農)이 구가이다. 『곡량전』의 서문(序文)에서 "구류가

」에서 "도인의 흉중은 수경처럼 맑구나"라고 했다. 『후한서 ·
주택전周澤傳』에서 "당시 사람들이 "하루라도 재齋를 올리지 않으면 술
취해 엉망진창이었다"라 했다"라고 했다.

陳舜俞廬山記曰, 簡寂觀, 宋陸先生之隱居也, 隱居名修靜, 明帝召至闕,
設崇虛館通仙堂以待之, 仍會儒釋之士, 講道於莊嚴佛寺. 九流見上注. 東坡
詩曰, 道人胸中水鏡淸. 後漢周澤, 時人語曰, 一日不齋醉如泥.[36]

나누어져 은미한 말이 사라졌다[九流分而微言隱]"라고 했다.
36 **[교감기]** '一日不齋醉如泥'라는 구절을 살펴보건대, 금본(今本) 『후한서 · 주택전
(周澤傳)』의 주(注)에서 인용한 『한관의(漢官儀)』에 보인다.

9. 자첨 소식이 도잠의 시에 화운한 것에 발문을 달다

【동파 소식이 연명 도잠의 시에 화운한 것은 109수이다. 옛사람의
작품을 회억하며 화운한 것은 동파 소식에게서 시작되었다】

跋子瞻和陶詩【東坡和陶淵明詩, 凡一百有九篇. 追和古人, 自東坡始】

子瞻謫嶺南	자첨이 영남으로 유배 간 것은
時宰欲殺之	당시 재상이 죽이려고 그런 것이네.
飽喫惠州飯	혜주의 밥을 배불리 먹고
細和淵明詩	도연명의 시에 세세하게 화운했네.
彭澤千載人	도연명은 천 년에 한 번 나올 인물이요
東坡百世士	동파는 백대 위에서 떨쳐 일어난 인사라오.
出處雖不同	출처가 비록 같지는 않지만
風味[37]乃相似	풍미는 서로 비슷하다오.

【주석】

子瞻謫嶺南 時宰欲殺之 飽喫惠州飯 細和淵明詩 : 동파 소식이 양주揚州
를 다스리면서 비로소 연명 도잠의 「음주飮酒」 20수에 화운하였고 「귀
전원거歸田園居」 이하의 작품은 모두 혜주惠州 유배 이후에 지은 것이다.

---

37 [교감기] '風味'가 건륭본에는 '氣味'로 되어 있다. 또한 문집에는 이 작품 뒤에
소철(蘇轍)의 「자첨화도연명시집인(子瞻和陶淵明詩集引)」이라는 작품이 부기
되어 있는데, 그 전문은 『난성후집(欒城後集)』 권21에 보인다. 글이 길어 기록하
지 않는다.

동파 소식은 소성紹聖 원년元年 혜주에 유배되었는데, 이때 장돈章惇이 재상이었다. 두보의 「병후과왕의음증기病後過王倚飮贈歌」에서 "다만 남은 인생 배불리 먹여주시고, 탈 없이 오래 만났으면 소원이 없겠네요"라고 했다.

東坡知揚州, 初和淵明飮酒詩二十首, 歸田園居以下, 皆謫惠州後所作. 東坡以紹聖元年安置惠州, 時章惇爲宰相. 老杜歌曰, 但使殘年飽喫飯, 只願無事長相見.

彭澤千載人 東坡百世士 出處雖不同 風味乃相似 : 당唐나라 사람 장욱張旭의 첩帖에서 "하지장賀知章[38]의 맑은 풍류는 천 년 전의 사람이로다"라고 했다. 『맹자』에서 "백이伯夷와 유하혜柳下惠는 백세 위에서 떨쳐 일어남에 백세 아래에서 이를 듣고 흥기하지 않는 자가 없었다"라고 했다. 산곡 황정견이 지은 「왕지자설王持字說」에서 "세상에 천세 이전의 사람이 없으니, 어떻게 천세 이전의 선비를 얻으리오"라고 했다. 대개 그 덕이 성쇠를 겪었다고 말한 것이다. 『주역』에서 "군자의 도는 어떤 경우에는 출사하고 어떤 경우에는 은거하며, 어떤 경우에는 침묵하고 어떤 경우에는 말을 한다. 두 사람이 마음을 하나로 하면 그 날카로움이 쇠도 끊는다. 마음을 하나로 한 말은 그 향기가 난초와 같다"라고 했다. 자유 소철이 지은 「화도집서和陶集序」에서 또한 "구구한 자취로는

---

38 하지장(賀知章) : '하팔(賀八)'은 하지장을 가리킨다. 하지장의 항렬이 여덟 번째였기에 '하팔'이라고 한 것이다.

선비라고 논하기에 충분치 않다"라고 했다.

　唐人張旭有帖云, 賀八淸鑒風流, 千載人也. 孟子曰, 伯夷柳下惠, 奮乎百世之上. 百世之下, 聞者莫不興起. 山谷作王持字說曰, 世無千歲之人, 安得千歲之士. 蓋其德可以經盛衰云耳. 易曰, 君子之道, 或出或處, 或黙或語. 二人同心, 其利斷金. 同心之言, 其臭如蘭. 子由作和陶集序亦曰, 區區之迹, 蓋未足以論士也.

10. 이량공의 『대숭우도』에 쓰다

題李亮功戴嵩牛圖[39]

장언원張彦遠의 『명화기名畫記』에 대숭戴嵩의 일이 다음과 같이 실려 있다. "진공晉公 한황韓滉이 절우서浙右署의 순관巡官이 되었을 때, 대숭이 진공의 그림을 스승으로 삼아 다른 그림은 거들떠보지도 않았는데, 오직 물소 그림을 잘 그렸을 뿐이다. 전가田家와 천원川原에 또한 뜻이 있었을 뿐이다." 이량공李亮功의 이름은 공인公寅이다.

張彦遠名畫記載戴嵩事曰, 韓晉公滉之鎭浙右署, 爲巡官, 師晉公之畫, 不及他物, 惟善水牛而已. 田家川原亦有意思. 李亮功, 名公寅.

韓生畫肥馬	한생은 살찐 말을 그렸는데
立仗有輝光	의장마로 서 있어 광채가 있구나.
戴老作瘦牛	대노는 파리한 소를 그렸으니
平田[40]千頃荒	너른 들판 천 이랑이 황폐했었지.
觳觫告主人	곡속함을 주인에게 알려주지만
實已盡筋力	진실로 이미 기력이 다했다오.
乞我一牧童	내게 한 명의 목동을 준다면

---

39 [교감기] 문집에는 작품의 제목 아래 '公寅'이라는 원주(原注)가 있다.
40 [교감기] '平田'이 문집·고본·전본·건륭본에는 '平生'으로 되어 있다. 문집·고본의 원교(原校)에서 "다른 판본에는 '平田'으로 되어 있다"라고 했다.

林間聽橫笛　　　숲에서 젓대를 비껴 불게 하리라.

【주석】

韓生畫肥馬 立仗有輝光 : 두보의 「단청인丹青引」에서 "제자인 한간도 일찍 높은 경지를 보였으니, 말 그림 잘 그려 빼어난 모습 세세히 표현하였네. 한간은 겉모습 그렸으나 뼈는 그리지 못하여, 화류마의 넘치는 기상을 표현하지 못하였네"라고 했다. '입장마立仗馬'[41]는 위의 주注에 보인다. 『문선』에 실린 사종 완적의 「영회시詠懷詩」에서 "환하게 빛나는 빛 있어라"라고 했다.

老杜丹青引云, 弟子韓幹早入室, 亦能畫馬窮殊相. 幹惟畫肉不畫骨, 忍使驊騮氣彫喪. 立仗馬見上注. 文選阮嗣宗詩, 灼灼有輝光.

戴老作瘦牛 平田千頃荒 : 한생韓生은 부귀의 자태를 그렸지만, 대노戴老는 들판에서의 모습을 그렸다. 흉중에 품은 기상이 다름을 말한 것이다.

韓生作富貴想, 戴老作田野觀. 言胸懷異趣也.

觳觫告主人 實已盡筋力 : 『맹자』의 주注에서 "'곡속觳觫'은 소가 사지死地로 가면서 두려워하는 모양이다"라고 했다. 두보의 「병마病馬」에서

41　입장마(立仗馬)『당서·이임보전(李林甫傳)』에서 "입장마(立仗馬)를 보지 못했는가, 종일 아무 소리도 없이 3품의 사료를 먹인다[不見立仗馬乎, 終日無聲, 而飫三品芻豆]"라고 했다.

"풍진 속에서 늙어 힘이 다했네"라고 했다. 대개 전자방田子方의 일[42]을 이용한 것이다. '근력筋力'[43]은 『예기·곡례曲禮』에 보인다.

孟子注曰, 轂觫, 牛當到死地處恐貌. 老杜病馬詩, 塵中老盡力. 蓋用田子方事. 筋力見曲禮.

乞我一牧童　林間聽橫笛 : 『남사·도홍경전陶弘景傳』에서 "양무제梁武帝가 여러 차례 예를 갖추어 도홍경을 초빙했지만, 도홍경은 벼슬에 나오지 않은 채, 오직 두 마리의 소 그림을 그렸다. 한 마리는 물풀 사이에 풀어져 있었고 다른 한 마리는 황금으로 만든 굴레가 머리에 매어져 있었는데, 어떤 사람이 지팡이로 몰고 있었다. 이에 무제는 웃으며, "이 사람을 이르게 할 이치가 어찌 있겠는가"라 했다"라고 했다. 이 작품은 이 의미를 자못 취했다. 산곡 황정견은 이때 정사에서 높은 벼슬하는 것을 구차하게 여겼다.

南史陶弘景傳, 梁武帝屢加禮聘, 竝不出, 唯畫作兩牛. 一牛散放水草之間, 一牛著金籠頭, 有人以杖驅之. 武帝笑曰, 此人豈有可致之理. 此詩頗採其意,

---

42　전자방(田子方)의 일 : 전자방은 전국 시대 때 위 문후(魏文侯)의 스승이었던 현인(賢人)이다. 일찍이 들판에 버려지려고 하는 늙은 말을 보고는 말하기를 "힘 있을 때 마구 부려먹고는 늙고 병들자 내팽개치는 것은 인자(仁者)가 차마 할 수 없는 일이다"라고 하고, 속백(束帛)을 주고 데려왔는데, 이에 궁사(窮士)들이 심복하며 귀의했다고 한다.

43　근력(筋力) : 『예기·곡례(曲禮)』에 "가난한 사람은 재물을 가지고 예를 행하지 않고, 늙은 사람은 근력을 가지고 예를 행하지 않는다[貧者不以貨財爲禮, 老者不以筋力爲禮]"라는 구절이 보인다.

山谷於時政以軒冕爲累也.

11. 동파 소식이 이량공의 『귀래도』에 쓴 작품에 뒤미쳐 화운하다

追和東坡⁴⁴題李亮功歸來圖

今人常恨古人少	고인 드문 것 지금 사람 늘 한스러워하나
今得見之誰謂無	지금 보게 되었으니 뉘 없다 하리오.
欲學淵明歸作賦	연명의 귀거래사를 배우고자 하여
先煩摩詰畫成圖	먼저 마힐을 번거롭게 해 그림 그렸네.
小池已築魚千里	작은 못 만들어 이미 물고기 천 리 노닐고
隙地仍栽芋百區	좁은 땅에는 토란 백 개를 심었다네.
朝市山林俱有累	조시와 산림 모두 누가 됨이 있노니
不居京洛不江湖	경락에도 강호에도 거처하지 않았다네.

【주석】

今人常恨古人少 今得見之誰謂無 : 『남사·장융전張融傳』에서 "장융이 늘 탄식하며 "내가 고인을 보지 못하는 것은 한스럽지 않지만, 고인에게 한스러운 바는 또한 나를 보지 못한 것이라"라 했다"라고 했다. 『진서·오연전王衍傳』에서 "왕융王戎이 "마땅히 옛사람 중에서 구해야 할 것입니다"라 했다"라고 했다. ○『한서·유평전劉平傳』에서 "일찍이 열사에 내해 들었는데, 이에 지금 열사를 보게 되었네"라고 했다.

44　[교감기] 문집·고본에는 '東坡' 아래 '先生' 2글자가 있다.

南史張融傳, 常歎云, 不恨我不見古人, 所恨古人又不見我. 晉書王衍傳, 王戎曰, 當從古人中求耳. ○ 漢書劉平傳, 嘗聞烈士, 乃今見之.

欲學淵明歸作賦 先煩摩詰畫成圖 : 『도연명집』에 실린 「귀거래사서歸去來辭序」에서 "평택彭澤에 집에서 백 리 거리에 있는데, 공전公田에서 나오는 수익으로 술 먹기에 충분하다고 여겨 이곳으로 가기를 구했다. 며칠 지나지 않아, 문득 "돌아가야 하지 않나"라는 생각이 들었다"라고 했다. 『당서·왕유전王維傳』에서 "왕유의 자는 마힐摩詰으로 별서別墅는 망천輞川에 있는데, 그곳은 대단한 경치였다"라고 했다. 『화단』에서 "왕유가 『망천도輞川圖』를 그렸는데, 산과 계곡은 울창하고 구름 낀 산은 날 듯 했다"라고 했다.

陶淵明集有歸去來辭序云, 彭澤去家百里, 公田之利, 足爲酒, 故便求之. 及少日, 眷然有歸歟之情. 唐書王維傳, 維字摩詰, 別墅在輞川, 地奇勝. 畫斷曰, 王維畫輞川圖, 山谷盤鬱, 雲山飛動.

小池已築魚千里 隙地仍栽芋百區 : 『제민요술』에 실린 두주공陶朱公 범려范蠡의 『양어경』에서 "육묘六畝의 땅으로 못을 만들면 못 가운데 구주九洲가 있게 된다. 임신한 잉어 12마리와 수컷 잉어 4마리를 구하여 못 가운데 넣는다. 못 가운데 물고기가 두루 구주를 끝없이 돌아다니면서 스스로 강호江湖라고 여기게 된다"라고 했다. 자세한 것은 이미 위의 주注에 보인다. 좌사左思의 「촉도부蜀都賦」에서 "오이밭과 토란밭"이라고

했다. 범승氾勝의 편지에서 "토란밭 사방의 깊이는 모두 삼 척이다"라
고 했다.

齊民要術載陶朱公養魚經曰, 以六畝地爲池, 池中有九洲. 求懷子鯉魚二十
頭, 牡鯉魚四頭, 內池中. 魚在池中, 周遶九洲無窮, 自謂江湖也. 其詳已見上
注. 左思蜀都賦曰, 瓜疇芋區. 氾勝之書曰, 種芋區方深皆三尺.

朝市山林俱有累 不居京洛不江湖 : 세상에 전해지는 퇴지 한유의 「여대
전서與大顚書」에서 "산림에 붙어 있는 것이나 성곽에 붙어 있는 것이나
다름이 없다"라고 했다.

世傳退之與大顚書云, 著山林與著城郭, 無異.

12. 서중거가 동원달의 방문을 기뻐하며 지은 남곽편 사운에 차운하다【서적의 자는 중거로 위의 주에 보인다. 원달의 이름은 규이다】

次韻徐仲車喜董元達訪之作南郭篇四韻45【徐積字仲車, 見上注. 元達名逵】

董侯從軍來	동후는 군대 따라 왔지만
意望名不朽	생각건대, 명성은 썩지 않았으리.
款門拜徐公	문 두드려 서공에게 절을 하니
在德不在酒	덕 때문이지 술 때문이 아니라오.
徐公雖避俗	서공이 비록 세상 피해 살지만
對客輒粲然	손님 대접할 땐 문득 빛이 난다오.
耳不聞世事	귀로 세상 일 듣지 않은 채
時誦陶令篇	때로 도잠의 시편을 읊조린다오.

【주석】

董侯從軍來 意望名不朽 : 왕찬의 「종군從軍」에서 "종군에는 고달픔과 즐거움이 있다네"라고 했다. '불휴不朽'[46]는 위의 주注에 보인다.

王粲詩, 從軍有苦樂. 不朽見上注.

---

45 [교감기] 문집에서는 시 제목 아래 '逵'라는 원주(原注)가 있다.
46 불후(不朽) : 『좌전』에서 "숙손표(叔孫豹)가 "그 다음은 입언이니 비록 오래되어도 없어지지 않으니, 이것을 불후라고 한다[其次立言, 雖久而不廢, 此之謂不朽]"라 했다"라고 했다.

款門拜徐公 在德不在酒 :『위지·서막전徐邈傳』에서 "노흠盧欽이 책을 저술하여 서막을 칭송하면서 "세상 사람들은 떳떳함이 없지만 서공만은 떳떳함이 있구나"라 했다"라고 했다. 퇴지 한유의 「유청룡사증최대보궐遊靑龍寺贈崔大補闕」에서 "누가 술 있으면서 일이 없는가, 뉘 집에 두드릴 만한 대나무 문이 많은가"라고 했다. 『좌전』에서 왕손만王孫滿이 "덕에 있지 솥에 있는 것 아니네"라고 했는데, 여기에서는 그 말의 리듬을 이용했다.

魏志徐邈傳, 盧欽著書稱邈曰, 世人無常, 而徐公有常. 退之詩, 何人有酒身無事, 誰家多竹門可款. 左傳, 王孫滿曰, 在德不在鼎. 此用其語律.

徐公雖避俗 對客輒粲然 耳不聞世事 時誦陶令篇 : 두보의 「견흥오수遣興五首」에서 "도잠을 세상 피한 늙은이라오"라고 했다. 『시경·모구旄丘』에 대한 정씨鄭氏의 주注에서 "사람이 귀가 먹으면 늘 비웃음 받는 것이 많다"라고 했다. 중거仲車에게도 이러한 병이 있었기에, 이로써 장난친 것이다. '찬연粲然'[47]은 위의 주注에 보인다.

老杜詩, 陶潛避俗翁. 鄭氏注詩旄丘篇曰, 人之耳聾, 常多笑而已. 仲車有此疾, 故以爲戲. 粲然見上注.

---

47 찬연(粲然) :『곡량전』에서 "군인들이 이를 드러내며 환하게 모두 웃었다[軍人粲然皆笑]"라고 했는데, 주에서 "찬연(粲然)은 크게 웃는 모양이다[粲然, 盛笑貌]"라고 했다. 송경문(宋景文)의 『필기(筆記)』에서 "찬(粲)은 밝음이다. 많은 대중이 모두 이를 드러냈는데, 이는 이미 희니 밝은 뜻을 포함하고 있다[粲, 明也. 知萬衆皆啟齒, 齒既白, 以粲義包之]"라고 했다.

13. 중거가 원달을 위해 술을 마련하면서 지은 사운에 차운하다
次韻仲車爲元達置酒四韻

射陽三萬家	사양 삼만 집 중에
莫貴徐公門	서공보다 귀한 집 없다오.
誰能拜床前	누가 능히 책상 앞에서 절을 하랴
況乃共酒尊	하물며 서로 술 마시는 사이인데.
惟此酒⁴⁸中趣	오직 이 술 속의 흥취는
難爲醒者論	술 깬 자와는 논하기 어려워라.
盜臥月皎皎	환한 달빛 속에 도적은 누웠고
雞鳴雨昏昏	어두운 빗속에 닭은 우는구나.

【주석】

射陽三萬家 莫貴徐公門 : 초주楚州 산양현山陽縣은 본래 한漢나라 사양
현射陽縣이었다. 중거仲車의 집이 초주楚州에 있기에 이렇게 말한 것이다.

楚州山陽縣, 本漢射陽縣地. 仲車家於楚, 故云.

誰能拜床前 況乃共酒尊 : 『양양기』에서 "제갈공명諸葛孔明이 늘 방덕공
龐德公의 집에 이르면 홀로 책상 아래에서 절을 올렸다"라고 했다.

---

48 [교감기] '酒'가 문집·고본·장지본에는 '醉'로 되어 있다.

襄陽記曰, 諸葛孔明每至龐德公家, 獨拜床下.

惟此酒中趣 難爲醒者論 : 『진서·맹가전孟嘉傳』에서 "환온桓溫이 "술이 무엇이 좋기에 그대는 좋아하는가"라 물었다. 이에 맹가는 "공께서는 아직 술 속의 흥취興趣를 얻지 못했습니다"라 했다"라고 했다. 『한서·사마천전司馬遷傳』에서 "세상 사람들에게 사정을 일일이 설명하기가 쉽지 않다"라고 했다. ○ 연명 도잠의 「독작獨酌」에서 "다만 술 취해 얻은 흥취이니, 술 깬 사람에게는 전하지 마시게"라고 했다. 산곡 황정견은 아마도 이 시구를 본받은 것 같다.

晉書孟嘉傳, 桓溫問, 酒有何好, 而卿嗜之. 嘉曰, 公未得酒中趣耳. 漢書司馬遷傳曰, 事未易一二爲俗人言也. ○ 陶淵明詩, 但得醉中趣, 勿與醒者傳. 山谷豈體此耶.[49]

盜臥月皎皎 雞鳴雨昏昏 : 환한 달을 도적은 싫어하기에, 이것이 옛사람이 자신을 술에 숨긴 이유이다. 세상의 온갖 일을 한 번 술 취한 것에 부치면 마음이 또렷해져서 절로 상도常度가 있게 되는 것이 마치 닭 울음소리가 비바람에 들리지 않는 것과 같다. 그러나 빗속에서 닭이 울면 그 소리를 종종 구분하기 힘들다. 또한 이로써 중거의 귀 먹은 것을 희롱한 것이다. 동파 소식의 「중화기和仲車」에서 대략 "파리가 먼 닭 울음소리를 어지럽히지 못 하노니, 세상사람 누가 공처럼 일찍 깨달을

---

49 [교감기] '陶淵 (…중략…) 此耶'가 원본·부교에는 없다.

까"라고 했다. 『문선』에 실린 안인 반악의 「도망悼亡」에서 "창에 비친 달빛은 환하구나"라고 했다. 『시경・풍우風雨』에서 "비바람에 칠흑처럼 어둡지만, 닭 울음소리 그치지 않네"라고 했다. 퇴지 한유의 「제임롱 사題臨瀧寺」에서 "바다 기운 어둑어둑 물결은 하늘까지 솟네"라고 했다.

明月皎然, 盗所畏忌, 此古人所以自晦於酒. 世間萬事, 付之一醉, 而胸中了了, 自有常度, 如雞鳴之不爲風雨所廢也. 然鷄鳴雨中, 其聲往往難辨. 亦因以戲仲車之聾. 東坡和仲車詩蓋云, 蒼蠅莫亂遠雞聲, 世上誰如公覺早. 文選潘安仁詩, 皎皎窓中月. 齊詩云, 風雨如晦, 雞鳴不已. 退之詩, 海氣昏昏水拍天.

14. 중거가 누행보가 보내온 작품에 차운한 작품에 차운하다

次韻仲車因婁行父見寄之詩

前朝老諸生	전조의 늙은 제생들
大半正丘首	태반은 저세상으로 갔다네.
投荒萬里歸	황무지에서 만 리 길 돌아와
煩公問健否	번거롭게 공의 안부를 묻네.
往時望江宰	지난 날 망강의 수령이
今爲夏津吏	지금은 하진의 벼슬아치 되었네.
他日可敎之	훗날 가르칠 만하니
玉音尙無棄	옥음을 버리지 마시게나.

【주석】

前朝老諸生 大半正丘首 : 중거仲車와 산곡 황정견은 평치治平 4년에 함께 과거에 급제했는데, 당시에 동갑이었던 이들은 태반이 영락한 상태였다. 『예기·단궁檀弓』에서 "여우가 죽을 때 머리를 제가 살던 굴이 있는 언덕을 바로 향하고 죽은 것은 인仁이다"라고 했다.

仲車與山谷同登治平四年第, 於時同年生零落大半矣. 檀弓曰, 狐死正丘首, 仁也.

投荒萬里歸 煩公問健否 : 자후 유종원의 「별사제종일別舍弟宗一」에서

"이 한 몸 나라 떠나 삼천 리 가서, 만 번 죽을 황무지에 버려진 지 12년"이라고 했다.

柳子厚詩, 一身去國三千里, 萬死投荒十二年.

往時望江宰 今爲夏津吏 : '망강望江'은 서주舒州에 속해 있고 '하진夏津'은 북경北京에 속해 있다. 낙천 백거이의 「입비立碑」에서 "내 들으니 망강현의 수령은, 외로운 백성들을 위로하였다네. 관리로 있을 때 어진 정사 베풀었지만, 명성이 경사까진 들리지 않았지"라고 했다. 당시에 이 일을 차용하여 누군婁君이 순량循良으로 일찍이 이 고을을 다스렸다고 말한 것이다.

望江屬舒州, 夏津屬北京. 樂天有立碑詩曰, 我聞望江縣, 麹令撫惸嫠, 在官有仁政, 名不聞京師. 當是借用此事, 以言婁君之循良, 或嘗爲此縣也.

他日可敎之 玉音尙無棄 : 누군婁君에게는 도를 받아들일 자질이 있어 중거仲車를 가르치고자 했음을 말한 것이다. 사마상여의 「장문부長門賦」에서 "바라건대 문의하려 절로 나아가, 그대의 옥음을 받들고 싶어라"라고 했는데, 주注에서 『시경·백구白駒』의 "당신의 음성을 아름답게 하여, 나를 멀리 하는 마음 갖지 마소서"라는 구절을 인용했다. 『노자』에서 "성인聖人은 항상 사람을 잘 구제하기 때문에 버려지는 사람이 없게 한다"라고 했다.

謂婁君有受道之質, 欲仲車敎之也. 司馬相如長門賦曰, 願賜問而自進兮, 得尙君之玉音. 注引詩曰, 無金玉爾音, 而有遐心. 老子曰, 常善救人, 故無棄人.

15. 무창의 송풍각【무창은 지금의 악주현이다】

武昌松風閣【武昌, 今鄂州縣】

依山築閣見平川	산 기대 누각 지으니 평천이 보이고
夜闌箕斗插屋椽	밤 깊자 기성과 두성이 서까래에 꽂이니
我來名之意適然	내가 와서 이름 지으니 뜻이 적당하네.
老松魁梧數百年	늙은 소나무 우뚝한 오동나무 수백 년 동안
斧斤所赦今參天	도끼 잘 피해 지금 하늘 높이 솟아 있고
風鳴媧皇五十絃	바람 소리는 여황의 오십현 같아
洗耳不須菩薩泉	보살천 샘물로 귀 씻을 필요 없다네.
嘉二三子甚好賢	그대들이 대단히 어진 것 좋아함이 가상하고
力貧買酒醉此筵	가난 속에서도 술을 사 이 자리에서 취하네.
夜雨鳴廊到曉懸	밤비는 행랑에서 울리며 새벽까지 이어지고
相看不歸臥僧氈	서로 보며 돌아가지 않고 스님 이불에 눕네.
泉枯石燥復潺湲	샘물 마르고 돌 말랐다가 다시 졸졸 흐르니
山川光輝爲我妍	산천의 빛은 나를 위해 곱구나.
野僧早飢不能饘	들 중은 죽도 못 먹은 채 아침부터 굶주렸는지
曉見寒谿有炊煙	새벽에 찬 계곡에서 연기 오르는 것 보이네.
東坡道人已沈泉	동파도인은 이미 세상을 떠났으며
張侯何時到眼前	장후는 어느 때나 볼 수 있으려나.
釣臺驚濤可[50]晝眠	조대는 물결 쳐도 낮잠 잘만하고

怡亭看篆蛟龍纏　　　　　이정에는 교룡이 얽힌 글자 새겨져 있네.

安得此身脫拘攣　　　　　언제나 이 몸 벼슬살이 구속에서 벗어나

舟載諸友長周旋　　　　　배에 벗들 태우고 오래도록 노닐어 볼까.

【주석】

老松魁梧數百年　斧斤所赦今參天　風鳴媧皇五十絃　洗耳不須菩薩泉 : '괴오魁梧'[51]와 '참천參天'[52]은 모두 앞의 주注에 보인다. 『예도』에서 "포희씨庖犧氏가 오십현의 거문고를 만들었다"라고 했는데, 여기에서 말한 '여황媧皇'에 대해서는 상세하지 않다. 동파 소식의 「청금聽琴」에서 "집에 돌아가면 우선 천 섬의 물을 찾아서, 지금까지 쟁적만 들어오던 귀를 깨끗이 씻고 싶네"라고 했다. 동파 소식의 「보살천명서菩薩泉銘序」에서 "한계寒溪의 조금 서편 수백 걸음의 거리에 따로 서산사西山寺를 지었는데, 암굴에서 솟아나는 샘물이 있다. 그 샘물의 색은 하얗고 맛이 달콤하기에 보살천菩薩泉이라 부른다. 건창建昌 이상李常이 나에게 "아마도 옛날 아육왕阿育王[53]이 주조한 문수금상文殊金像이 있는 곳이 아닌가"라

50　[교감기] '可'가 건륭본에는 '眂'로 되어 있다.

51　괴오(魁梧) : 태충 좌사의 「삼도부(三都賦)」 서(序)에서 "풍요와 가무는 각각 그 풍속을 따르고, 뛰어난 어른은 옛날 사람이 아님이 없다[風謠歌舞, 各附其俗. 魁梧長者, 莫非其舊]"라고 했는데, '괴오(魁梧)'는 뛰어남이란 의미이다. 『사기·장량세가(張良世家)』에서 "태사공이 "나는 그 사람의 계책이 위대하고 뛰어나다고 생각한다[予以爲其人計魁梧奇偉]"라 했다"라고 했다.

52　참천(參天) : 『문선』에 실린 자건 조식의 「송응씨(送應氏)」에서 "가시나무가 하늘까지 닿았다[荊棘上參天]"라고 했다.

53　아육왕(阿育王) : 아수(阿輸)라고도 번역하는데, 근심이 없다는 뜻이다. 석가여

했다"라고 했다. '금상金像'의 일은 진순유의 『여산기』에 보인다.

魁梧參天竝見上注. 禮圖曰, 庖犧氏作瑟五十絃. 此云媧皇, 未詳. 東坡聽琴詩曰, 歸家且覓千斛水, 浄洗從前箏笛耳. 東坡菩薩泉銘序曰, 寒溪少西數百步, 別爲西山寺, 有泉出於嵌竇間. 色白而甘, 號菩薩泉. 建昌李常謂余, 豈昔阿育王所鑄文殊金像之所在乎. 金像事見陳舜俞廬山記.

嘉二三子甚好賢 力貧買酒醉此筵 夜雨鳴廊到曉懸 相看不歸臥僧氈 泉枯石燥復潺湲 山川光輝爲我妍 野僧早飢不能饘 曉見寒谿有炊煙 : '이삼자二三子'[54]는『노론』에 보인다. 동파 소식의 「유혜산遊惠山」에서 "내 그대들을 가상히 여기네"라고 했다. 『초사』에서 "흐르는 물은 보니 잔잔하여라"라고 했다. 『환우기』에서 "번산樊山은 악주鄂州 무창현武昌縣 서편에 있는데, 산 동쪽으로 열 걸음의 거리에 산등성이가 있고 산등성이 가운데 한계寒溪가 있다"라고 했다. 장순민의 『남천록』에서 "한계寒溪는 차산 원결[55]의 옛 거처이다"라고 했다. 개보 왕안석의 「강녕협구江寧夾口」에서 "저녁 밥 짓는 연기 숲 저편에서 올라오네"라고 했다.

래(釋迦如來) 후 1백 년에 중인도(中印度)에 군림했는데, 처음에는 파라문교(婆羅門敎)를 신봉하면서 형제를 살육하는 등 갖은 폭행을 하다가 나중에 불교를 믿으면서 어진 정사를 베풀었으며, 그의 힘으로 불교가 내외에 크게 전파되었다.

54 이삼자(二三子) : 그대들이란 의미이다. 『논어 · 술이(述而)』에 공자가 제자들에게 "너희들은 내가 숨기는 것이 있다고 생각하느냐, 나는 너희들에게 숨기는 것이 없다[二三子, 以我爲隱乎, 吾無隱乎爾]"라는 구절에도 보인다.

55 원결 : 당(唐)나라 때의 인물로 자가 차산이다. 한유(韓愈) 이전에 고문(古文)을 부흥한 선구자로 일컬어진다.

二三子見魯論. 東坡詩, 嘉我二三子. 楚辭曰, 觀流水兮潺湲. 寰宇記曰, 樊山在鄂州武昌縣西, 山東十步有岡, 岡中有寒溪. 張舜民南遷錄曰, 寒溪卽元次山故居. 王介甫詩, 暝烟孤起隔林炊.

東坡道人已沈泉 張侯何時到眼前 : 동파 소식이 황주黃州에 귀양 갔을 때, 무창현武昌縣의 산과 계곡을 왕래한 것이 대단히 많았다. 건중정국建中靖國 원년元年 해외에서 돌아와 7월에 상주常州에서 세상을 떠났다. 반고의 「동도부東都賦」에서 "샘물 속에 구슬이 잠겨 있네"라고 했는데, 이것을 차용했다. '장후張侯'는 문잠 장뢰를 말한다. 숭녕崇寧 원년元年 7월, 문잠이 영주潁州를 다스리고 있을 때 소식이 죽었다는 것을 듣고 조촐한 음식[56]을 차려놓고 흰 상복을 입고서 곡을 했다. 마침내 박주亳州 명도궁明道宮의 벼슬아치로 있다가, 문책을 받아 방주房州 별가別駕로 좌천되었고 황주黃州에 안치되었다. 두보의 「시질左示侄佐」에서 "가을바람 약해지자 병은 많은데, 조카가 눈앞에 찾아오자 위로가 되는구나"라고 했다.

東坡謫黃州時, 多往來武昌溪山間. 建中靖國元年還自海外, 七月歿于常州. 東都賦曰, 沈珠於泉, 此借用. 張侯謂文潛. 崇寧元年七月, 言者謂文潛知潁州日, 聞蘇軾卒, 飯僧縞素而哭. 遂自管勾亳州明道宮, 責授房州別駕黃州安置. 老杜詩, 多病秋風落, 君來慰眼前.

---

56 조촐한 음식 : '반승(飯僧)'은 스님이 먹는 밥으로, 여기에서는 조촐한 음식을 말한다.

釣臺驚濤可畫眠 怡亭看篆蛟龍纏 : 차산 원결의 「번상만기樊上漫歌」에서 "총석이 큰 강물 가로지르니, 사람들 조대釣臺라고 하네"라고 했다. 『수경지』를 살펴보건대, 번산樊山 북쪽 뒤편에 큰 강이 있고 그 강가에 조대釣臺가 있는데, 손권孫權이 일찍이 그 위에서 실컷 술을 마셨다고 한다. 구양수의 『집고록발集古錄跋』에서 "이정怡亭의 명銘은 이양빙李陽氷이 전서篆書로 쓰고 배규裴虬가 찬撰한 것이다. 무창武昌의 강물 가운데 작은 섬이 있고 그 섬 위에 정자가 있다. 명銘은 그 섬의 돌에 새겼다"라고 했다. 두보의 「관설직서화벽觀薛稷書畫壁」에서 "기운 어린 세 개의 큰 글자, 교룡이 위태롭게 서로 얽혀 있는 듯"이라 했다.

元次山樊上漫歌曰, 叢石橫大江, 人言是釣臺. 按水經, 樊山北背大江, 江上有釣臺, 孫權嘗極飲其上. 歐公集古錄跋曰, 怡亭銘, 李陽氷篆, 裴虬撰. 亭[57]在武昌江水中有小島亭在其上, 銘刻于島石. 老杜觀薛稷書畫壁詩曰, 鬱鬱三大字, 蛟龍岌相纏.

安得此身脫拘攣 舟載諸友長周旋 : 『한서』에 실린 추양鄒陽이 올린 글에서 "능히 속박되는 견해를 뛰어넘고 국한되지 않는 의견을 드러냈다"라고 했다. 진위魏晉 사이에서 교유로 주선함이 많았다. 또한 『촉지·후주전後主傳』의 주注에서 "제갈량이 "나는 진원방陳元方과 정강성鄭康成 사이에서 주선했다"라 했다"라고 했다. 또한 『세설신어』에서 "치가빈郗嘉賓이 창고를 열고 돈을 가져다가, 하루 만에 그 벗들에 주고 교유하며 거

---

57 亭 : 중화서국본에는 '銘'으로 되어 있으나, '亭'의 오자로 보인다.

의 다 써버렸다"라고 했다. ○ 퇴지 한유의 「송문창사送文暢師」에서 "인
사人事의 예월輗軏[58]을 대략 알고, 속박되어 내 몸을 굽히네"라고 했다.

　漢書鄒陽上書曰, 能越攣拘之語,[59] 超域外之議. 魏晉間多以交遊爲周旋.
又蜀志後主傳注, 諸葛亮曰, 吾周旋陳元方鄭康成間. 又世說曰, 郗嘉賓開庫
得錢, 一日乞與親友, 周旋略盡. ○ 韓退之送文暢師詩云, 粗識[60]事輗軏, 攣
拘屈吾身.

58　예월(輗軏) : '예'는 멍에 끝에 가로지른 나무이고 '월'은 멍에 끝에 위로 구부러
　　진 부분으로, 신실(信實)을 비유한 말이다. 『논어·위정(爲政)』에서 "사람으로
　　서 신실함이 없으면 그 가함을 알지 못하겠다. 큰 수레에 수레채마구리가 없고
　　작은 수레에 멍에막이가 없으면, 어떻게 길을 갈 수 있겠는가[人而無信, 不知其可
　　也. 大車無輗, 小車無軏, 其何以行之哉]"라고 했다.
59　語 : 중화서국본에는 '見'으로 되어 있지만, 『한서』에는 '語'로 되어 있다.
60　識 : 중화서국본에는 '淺'으로 되어 있지만, 한유의 『창려문집(昌黎文集)』에는
　　'識'으로 되어 있다.

16. 문잠의 작품에 차운하다

次韻文潛

武昌赤壁弔周郎	무창의 적벽에서 주랑을 조문하며
寒溪西山尋漫浪	한계의 서산에서 만랑을 찾노라.
忽聞天上故人來	갑자기 천상의 고인이 와서는
呼船凌江不待餉	배를 불러 잠깐 사이 강물 뛰어넘네.
我瞻高明少吐氣	고명한 그대 바라보니 조금씩 기운 토해내고
君亦歡喜失微恙	그대 또한 기뻐하며 아픔을 잊었다오.
年來鬼崇覆三豪	최근에 삼호가 죽어 귀신이 되었기에
詞林根柢頗搖蕩	사림의 근본이 자못 흔들렸다오.
天生大材竟何用	하늘이 큰 재목 낳았으니 어디에 쓸까
只與千古拜圖像[61]	다만 천고토록 도상에 절을 할 뿐이네.
張侯文章殊不病	장후의 문장은 자못 병통이 없노니
歷險心膽元自壯	험함 두루 겪어 마음이 본래 장건하다오.
汀洲鴻雁未安集	물가의 기러기가 편히 모이지 못하고
風雪牖戶當塞向	북쪽의 창문에는 눈보라가 몰아치네.
有人出手辦玆事	손을 꺼내어 이 일을 판별해 보면
政可隱几窮諸妄	정말로 궤안에 기대 모든 망상 사라지리.

---

61 **[교감기]** '圖像'이 문집·고본에는 '閣像'으로 되어 있고 작품 끝의 원교(原校)에
서 "'閣像'이 다른 판본에는 '遺像'으로 되어 있다"라고 했다.

經行東坡眠食地	동파가 잠 자고 밥 먹던 곳을 거닐며
拂拭寶墨生楚愴	보배로운 글씨 찾아보니 서글픔 이네.
水淸石見君所知	'수청석현'은 그대도 아는 바이니
此是吾家秘密藏	이것은 우리네의 비밀스런 창고라네.

【주석】

武昌赤壁弔周郎 寒溪西山尋漫浪 :『오지·주유전周瑜傳』에서 "오吳나라에서는 모두 주랑周郎이라고 부른다. 건안建安 13년 9월에 조조曹操가 형주荊州로 들어갔다. 손권孫權이 주유 등을 보내어 유비劉備와 힘을 합쳐 조조와 싸우게 했는데, 적벽赤壁에서 만났다. 이에 주유의 막하장幕下將이었던 황개黃蓋가 여러 배에 섶[薪]을 싣고 동시에 불을 질렀다. 이에 조조의 군사와 말 중에 불에 타거나 물에 빠져 죽은 것이 대단히 많았다. 마침내 조조의 군대는 크게 패했다"라고 했다. 살펴보건대, 적벽산赤壁山은 지금의 악주鄂州 포기현蒲圻縣에 있는데, 산곡 황정견이 인용한 적벽은 황주黃州의 적벽赤壁으로 무창武昌과 산등성이를 마주하고 있는 곳을 가리키는 듯하다. 동파 소식이 「적벽부赤壁賦」의 뒤에서 "황주黃州의 약간 서쪽에 있는 산기슭이 강 가운데로 쑥 들어가 있는데 돌빛이 단사丹砂와 같다"라고 한 곳이 바로 이곳이다. 차산 원결의 「자석自釋」에서 "뒤에 양수瀼水의 물가로 이사를 하게 되자 낭사浪士로 불리게 되었고, 관리가 되자 사람들은 낭사浪士가 또한 제멋대로 관리가 되었다고 하여 마침내 만랑漫郎이라고 불렀다. 번상樊上으로 이사를 하자 만랑

이라는 이름이 마침내 드러나게 되었다"라고 했다. 또한 "요즘의 글에서 만랑이라고 칭한 것이 많기에, 「자석自釋」을 지었다"라고 했다.

吳志周瑜傳, 吳中皆呼爲周郞. 建安十三年九月, 曹公入荊州. 孫權遣瑜等與劉備幷力逆曹公, 遇於赤壁, 黃蓋放諸船, 同時發火. 曹公軍馬燒溺死者甚衆, 軍遂大敗. 按赤壁山在今鄂州蒲圻縣, 而山谷所引, 蓋指黃州赤壁, 與武昌對岸者. 東坡題赤壁賦後, 所謂黃州少西山麓, 斗入江, 石色如丹, 卽此地也. 元次山自釋曰, 後[62]家瀼濱, 乃自稱浪士. 及有官時, 人以爲浪者亦漫爲官乎. 遂呼爲漫郞, 及家樊上, 漫遂顯焉. 又曰, 以近文多漫浪之稱, 故設之以自釋.

忽聞天上故人來 呼船凌江不待餉 : 두보의 「증한림장사학사기贈翰林張四學士垍」에서 "하늘의 장공자이며, 궁중의 한나라 사위[63]라네"라고 했다. 퇴지 한유의 「유생劉生」에서 "마침내 큰 강 뛰어넘어 동쪽 모퉁이에 이르렀네"라고 했다. 살펴보건대, 공치규孔稚圭의 「대뢰거범大雷擧帆」에서 "용솟음치는 강물 뛰어넘노니, 돛은 바람 따라 나부끼네"라고 했다.

老杜詩, 天上張公子, 宮中漢客星. 退之詩, 遂凌大江極東陬. 按孔稚圭大雷擧帆詩云, 凌江及濤涌, 挂帆追風翻.

---

62 後 : 중화서국본에는 '將'으로 되어 있으나, 원결의 「자석(自釋)」에는 '後'로 되어 있다.
63 사위 : '객성(客星)'은 여기에서 사위라는 의미로 쓰였다. 『구당서』에서 "장기는 영친공주(寧親公主)와 결혼했다. 현종이 특별이 총애하여 궁궐 안에 있는 저택에서 살게 하고, 옆에서 모시면서 문장을 짓게 하였다"라고 했다.

我瞻高明少吐氣 君亦歡喜失微恙 : 반고의 「동도부東都賦」에서 "모두 조화로움 품고서 기운을 토해내네"라고 했다. 두보의 「용릉행서春陵行序」에서 "만백성이 기운을 토해낸다"라고 했고 또한 「우과소단雨過蘇端」에서 "소단蘇端 자주 찾아가도, 매번 기쁜 얼굴로 정성껏 대해 주었지"라고 했다. 문잠 장뢰가 이때에 말질末疾이 있었기에 '미고微恙'라고 한 것이다. ○『후한서·공융전孔融傳』에서 "이응李膺이 "그대 집안의 조부와 부친께서 우리 집안 어른들과 교유를 하셨다고 했는가"라 했다"라고 했다.

東都賦曰, 咸含和而吐氣. 老杜春陵行序曰, 萬姓吐氣. 又詩, 蘇侯得數過, 觀喜每傾倒. 文潛時有末疾, 故云微恙. ○ 後漢孔融傳, 李膺曰, 高明祖父與僕有恩舊乎.[64]

年來鬼崇覆三豪 詞林根柢頗搖蕩 : '삼호三豪'는 동파 소식 선생과 순부淳夫 범조우范祖禹 및 소유 진관을 가리키는 것으로, 이때 세 사람은 모두 죽었었다. 소식과 진관은 산곡 황정견의 사우師友이고 범조우는 황정견이 개수사范蓋修로 있을 때 동료였다. 두보의 「팔애시八哀詩」에서 "옛날 이공이 살아있을 때, 문장은 근본이 있었네"라고 했다. 『장자』에서 "사람의 마음을 뒤흔든다"라고 했다.

三豪當是東坡先生及范淳夫秦少游, 於時皆死矣. 蘇與秦, 山谷之師友, 范蓋修史時同僚. 老杜八哀詩曰, 憶昔李公存, 詞林有根柢. 莊子曰, 搖蕩人心.

---

64 [교감기] '後漢 (…중략…) 舊乎'라는 대목이 부교에는 없다.

天生大材竟何用 只與千古拜圖像 : 태백 이백의 「장진주將進酒」에서 "하늘이 나를 낳음 반드시 쓸 데가 있어서이네"라고 했는데, 이것을 뒤집어서 말한 것이다. 두보의 「고백행古柏行」에서 "예로부터 재목 크면 쓰이기 어렵다네"라고 했다. 『문선』에 실린 왕원장王元長의 「책수재문策秀才文」에서 "교화 펼침은 한 때이지만, 남은 공은 천 년을 간다오"라고 했다. 퇴지 한유의 「공자묘비孔子廟碑」에서 "그림 모습이 대단히 닮았다"라고 했다.

太白詩, 天生我材必有用. 此反而言之. 老杜詩, 古來材大難爲用. 文選王元長策秀才文曰, 敷化一時, 餘烈千古. 退之孔子廟碑曰, 像圖孔肖.

張侯文章殊不病 歷險心膽元自壯 : 문장에 쇠잔한 기운이 없다는 말이다. 『공자가어』에서 "험함 다 겪고 멀리 이르니, 말도 힘을 다했다"라고 했다. 위무제魏武帝의 「악부가樂府歌」에서 "열사는 늘그막에도 장대한 마음 그치지 않네"라고 했다. 두보의 「강변성월江邊星月」에서 "하늘 은하수 본래 절로 하얗다네"라고 했다.

言其文章無衰苶之氣. 家語曰, 歷險致遠, 馬力盡矣. 魏武帝樂府歌曰, 烈士暮年, 壯心不已. 老杜詩, 天河元自白.

汀洲鴻雁未安集 風雪牖戶當塞向 有人出手辦玆事 政可隱几窮諸妄 : 『시경·홍안鴻雁』의 서序에서 "모든 백성들이 흩어져 그 거처를 편안하게 여기지 않았으나, 위로하고 돌아오게 해서 안정시켜 정착시킬 수 있었

다"라고 했다.『맹자』에서 "나라가 한가로울 때에 그 정사와 형벌을 밝힌다면, 비록 큰 나라라도 이를 두려워할 것이다"라고 했다.『시경·치효鴟鴞』에서 "하늘이 흐려 비오기 전에, 저 뽕나무 뿌리를 가져다, 얼기설기 통풍구와 출입구를 만들어야지. 지금 너희 아래에 있는 사람들, 감히 나를 모욕할 자가 있으랴"라고 했는데, 공자가 이 시를 찬미하여 "이 시를 지은 자는 아마 도道를 알 것이다. 나라와 집안을 잘 다스린다면, 누가 감히 모욕하겠는가"라고 했다. 이 구절의 의미는 휘종徽宗이 몸소 황제에 오른 초기에, 백성이 안정되고 다스림이 닦아져 절로 묘당의 여러 사람들이 이 임무를 자임했기에, 우리들은 산림에서 도道를 배우는 것이 마땅하다라는 것이다.『시경·칠월七月』에서 "북쪽 들창을 막고 사립문에 흙을 바르네"라고 했다.『전등록』에서 "운암雲巖이 약산藥山에게 답하면서 "화상和尙과 더불어 함께 한 짝 손을 낼 것이다"라 했다"라고 했다.『원각경』에서 "모든 망령된 마음이 또한 사라지지 않는다"라고 했다.

鴻雁詩序曰, 萬民離散, 不安其居, 而能勞來還定安集之. 孟子曰, 國家閑暇, 明其政刑. 雖大國, 必畏之矣. 詩云, 迨天之未陰雨, 徹彼桑土, 綢繆牖戶. 今此下民, 或敢侮予. 孔子曰, 爲此詩者, 其知道乎. 能治其國家, 誰敢侮之. 詩意謂徽廟躬攬之初, 安民修政, 自有廟堂諸人身任此責, 吾曹但當學道山林爾. 七月詩云, 塞向墐戶. 傳燈錄, 雲巖答藥山曰, 與和尙共出隻手. 圓覺經曰, 於諸妄心, 亦不息滅.

經行東坡眠食地 拂拭寶墨生楚愴：『법화경』에서 "숲 속을 거닐면서 힘겹게 불도佛道를 구하네"라고 했다. 『진서·치초전郗超傳』에서 "먹고 자는 것을 크게 손상시켰다"라고 했다. 『문선』에 실린 사령운의 「의업중시서擬鄴中詩序」에서 "글을 지어 사람을 그리노니, 마음이 더욱 서글퍼지네"라고 했다. 『세설신어』의 주注에서 "『부인집婦人集』에 완씨阮氏가 허윤許允에게 준 편지가 실려 있는데, 그 말이 대단히 서글프다"라고 했다. ○ 원풍元豐 3년, 동파 소식이 황주黃州에 유배 가 있으면서 산과 계곡 사이를 방랑했다. 유람하며 본 것이 작품 속에 보이는데, 사람들이 이를 모두 돌에 새기었다. 『동파집』 가운데 모두 실려 있기에 지금 다시 기록하지 않는다. 산곡 황정견이 이 작품을 지을 때, 문잠 장뢰 또한 이곳에 유배되어 있었기에, "경행동파면식지經行東坡眠食地"라는 구절이 있게 된 것이다. 문잠 장뢰는 동파 소식이 죽었다는 소식을 듣고 흰 소복을 입고 곡을 하면서 소식이 남겨 놓은 보배로운 글씨를 어루만졌으니, 어찌 서글픈 마음이 일지 않았겠는가. 이 두 구절은 문잠 장뢰의 마음을 다 한 것일 뿐만 아니라, 또한 사우師友를 그리워하여 토막말이나 한 글자를 잠시라도 감히 잊을 수 없었음을 보여주었다.

法華經曰, 經行林中, 勤求佛道. 晉郗超傳曰, 大損眠食. 文選謝靈運擬鄴中詩序曰, 撰文懷人, 感往增愴. 世說注, 婦人集載阮氏與許允書, 辭甚酸楚. ○ 元豐三[65]年, 東坡謫居黃州, 放浪溪山間. 凡所遊覽, 見於賦詠, 人皆刻之石. 東坡集中俱載之, 今不復錄出. 山谷作是詩時, 文潛亦謫於此, 故有經行東

65　[교감기] '三'이 전본에는 '二'로 되어 있다.

坡眠食地之句. 文潛聞東坡之喪, 縞素而哭, 拂拭寶墨, 得毋[66]生楚愴耶. 此兩句, 非獨盡文潛之方寸, 又見其師友戀慕, 片言隻字, 不敢頃刻忘也.[67]

水淸石見君所知 此是吾家秘密藏 : '수청석현水淸石見'[68]은 위의 주注에 보인다. 『원각경』에서 "모든 보살들을 위하여 비밀장秘密藏을 열어주십시오"라고 했다. 이 구절의 의미는 어질고 어리석음 그리고 사악하고 바름이 오래되면 절로 드러나는데, 예로부터 모두 그러했지만 세상 사람들은 알지 못한다는 것이다. 『열반경』에서 "어리석은 사람은 알지 못하기에 '비장秘藏'이라 부른다. 지혜로운 사람은 통달하기에 '장藏'이라 부르지 않는다"라고 했다. ○ 『서청시화』에서 소릉 두보의 「각야閣夜」라는 작품을 소개하면서 "두보가 "시를 지을 때 고사를 사용할 경우 모름지기 선가禪家의 말처럼 해야 하니, 물에 소금을 타면 물을 마셔보아야 비로소 소금물인지 알게 된다"라고 했는데, 이 말이 시인들의 비법이다"라고 했다.

水淸石見具上注. 圓覺經曰, 爲諸菩薩, 開秘密藏. 詩意謂, 賢愚邪正, 久而自明. 自古皆然, 非世俗所知也. 涅槃經曰, 愚人不解, 謂之秘藏. 智者了達, 則不名藏. ○ 西淸詩話載杜少陵詩云, 作詩用事, 要如釋語, 水中著鹽, 飮水乃知鹽味. 此說詩家秘密藏也.[69]

---

66 [교감기] '毋'가 송소정본·전본에는 '無'로 되어 있다.
67 [교감기] '元豐 (…중략…) 忘也'라는 구절이 부교에는 없다.
68 수청석현(水淸石見) : 『고악부·염가행(艶歌行)』에서 "남편이 문에 들어오며, 서북쪽으로 몸을 기울여 흘겨보네. "신랑이여 흘겨보지 마시오, 물이 맑으면 돌은 절로 보이는 법[語卿且勿眄, 水淸石自見]"이라고 했다"라고 했다.
69 [교감기] '西淸 (…중략…) 藏也'라는 구절이 부교에는 없다.

17. 문잠이 배 가운데서 지은 작품에 화운하다
和文潛舟中所題

구본舊本의 제목에서는 "무창武昌의 작은 배를 타고 황강黃岡과 목문木門 사이를 지나다가 문잠 장뢰가 지은 「차운화이문거次韻和李文擧」를 보았다. 이날 큰바람을 무릅쓰고 배를 지어가면서 적비기赤鼻磯를 마주하고 강물을 건너면서 또한 문거文擧의 작품에 차운했다"라고 했다.

舊本題云, 乘武昌小舟, 過黃岡木門間, 觀張文潛次韻和李文擧詩. 是日冒大風刺舟, 對赤鼻磯而渡江, 亦次文擧韻.

雲橫疑有路	구름 비낀 곳에 길이 있는 듯하나
天遠欲無門	하늘 멀어 문이 없구나.
信矣江山美	참말이로다, 강산의 아름다움이여
懷哉譴逐魂	그립도다, 내쳐진 혼백이여.
長波空浩記	긴 물결에 공연히 애도문 보내며
佳句洗眵昏	좋은 구절로 흐린 눈 씻노라.
誰奈離愁得	이별 근심을 누가 어찌 하리오
村醪或[70]可尊	촌 막걸리 때로 마실 만하다네.

70　[교감기] '或'이 장지본에는 '聊'로 되어 있다.

【주석】

雲橫疑有路 天遠欲無門 : 문잠이 처음 조정의 벼슬에 있을 때에는 마치 청운靑雲의 꿈을 이룬 듯 했다. 그러나 마침내 떠돌게 되면서 군문君門을 바라만 볼 뿐 들어갈 수 없었다. 두보의 「희문관군이임적경이십운喜聞官軍已臨賊境二十韻」에서 "구름 비낀 곳에 의장儀仗[71] 드높네"라고 했다. 『문선』에 실린 휴문 심약의 「유심도사관游沈道士館」에서 "오직 구름길만이 통하네"라고 했다. 『초사·구가九歌』에서 "천상天上의 궁문을 활짝 열고, 나는 자욱한 먹구름 타고 가네"라고 했다. 『초사·초혼招魂』에서 "상제上帝의 문에 버티고 선 호랑이와 표범, 올라오는 사람들 물어 죽이네"라고 했고 그 주注에서 "하늘 문은 아홉 겹으로 호랑이와 표범이 하늘 아래에서 올라오고자 하는 사람을 물어 죽인다"라고 했다.

謂文潛初在朝路, 疑若自致靑雲, 然竟流落, 望君門而不可入也. 老杜詩, 雲橫雉尾高. 文選沈休文詩, 唯使雲路通. 楚辭九歌曰, 廣開兮天門, 紛吾乘兮玄雲. 招魂曰, 虎豹九關, 啄害下人. 注謂, 天門九重, 虎豹啄齧天下欲上之人, 而殺之也.

信矣江山美 懷哉譴逐魂 : 왕찬의 「등루부登樓賦」에서 "비록 진실로 아름답지만, 내 땅이 아니라오"라고 했다. '견축혼譴逐魂'은 굴원屈原의 일[72]을 차용하여, 동파 소식이 예전이 황주黃州로 유배 간 것을 말했다.

71 　의장(儀仗) : '치미(雉尾)'는 꿩의 깃털로 꾸민 천자의 수레를 말한다. 『당서』에서 "천자의 수레가 초라하여 꿩의 꼬리 깃털로 장선(障扇)을 만들었다"라고 했다.

왕일王逸의 『초사장구楚辭章句』에서 "송옥은 굴원屈原이 충신이면서도 내쳐져 혼백이 헤매는 것을 가련하게 여겨 「초혼招魂」을 지었다"라고 했다. 『시경·양지수揚之水』에서 "그립고 그리워라, 어느 달에나 내 집에 돌아갈꼬"라고 했다.

王粲登樓賦曰, 雖信美而非吾土. 譴逐魂借用屈原事, 以言東坡舊謫黃州. 王逸楚辭章句曰, 宋玉憐屈原, 忠而斥棄, 魂魄放佚, 故作招魂. 詩曰, 懷哉懷哉, 曷月予旋歸哉.

長波空泩記 佳句洗眵昏 誰奈離愁得 村醪或可尊:『한서·양웅전揚雄傳』에 실린 「반이소反離騷」에서 "민강泯江 가를 따라 이 애도문을 보냄이여, 삼가 상강湘江에서 억울하게 죽은 굴원을 애도하노라"라고 했는데, 그 주注에서 "'왕泩'은 간다[往]라는 의미로 '우于'와 '방放'의 반절법이다"라고 했다. 퇴지 한유의 「육혼산화화황보식용기운陸渾山火和皇甫湜用其韻」에서 "황보皇甫가 시를 짓자 졸음 달아나네"라고 했다. 또한 「단등경가短燈檠歌」에서 "두 눈은 눈곱 끼어 침침하고 머리털은 하얗네"라고 했다. 『옥편玉篇』에서 "'치眵'의 음은 '충充'과 '지支'의 반절법으로, 눈곱 낀 것을 말한다"라고 했다.

漢書揚雄傳, 反離騷曰, 因江潭而泩記兮, 欽弔楚之湘纍. 注云, 泩, 往也,

---

72 굴원(屈原)의 일 : 삼려대부(三閭大夫)로 있다가 조정에서 쫓겨난 초(楚)나라 굴원(屈原)의 일을 말한다. 그의 「어부사(漁父辭)」에서 "세상은 모두 혼탁한데 나만 홀로 맑고, 사람들 모두가 취했는데 나만 혼자 깨었는지라, 그래서 조정에서 쫓겨났다[擧世皆濁我獨淸, 衆人皆醉我獨醒, 是以見放]"라고 했다.

音于放反. 退之詩, 皇甫作詩止睡昏. 又詩, 兩目眵昏頭雪白. 玉篇, 眵音充支切, 目傷眥也.

18. 군자천에 쓰다

題君子泉

雲夢澤南君子泉	운몽택 남쪽의 군자천
水無名字託人賢	물 이름 없어 현인이 이름 지었네.
兩蘇翰墨相爲重	소식 소철의 한묵으로 서로 중하게 되었기에
未刻他山世已傳	산에 새기지 못했어도 세상에 이미 전하네.

【주석】

雲夢澤南君子泉　水無名字託人賢　兩蘇翰墨相爲重　未刻他山世已傳 : '운
몽택남雲夢澤南'은 황주黃州를 말한다. 목지 두목杜牧의 「억제안군憶齊安郡」
에서 "평생에 잠이 넉넉했던 곳은, 운몽택의 남쪽 고을이었네"라고 했
다. 황주 판관黃州通判은 형지亨之 맹진孟震이었는데 조정에서는 맹군자孟
君子라 불렀다. 관청 가운데 샘물이 솟아나는데 매우 맑았기에 동파 소
식이 이로 인해 샘물의 이름을 붙였고 자유 소철이 이를 위해 기문記文
을 썼다. 동파 소식이 상주常州에 있으면서 지은 「여맹진동유상주승사
與孟震同遊常州僧舍」에서 "갑자기 동평의 맹군자 보이니, 꿈속에서 마주하
고 황주 얘기했네"라고 했다. 『시경·학명鶴鳴』에서 "다른 산의 돌로,
옥을 갈 수 있다"라고 했다.

雲夢澤南謂黃州. 杜牧之詩曰, 平生睡足處, 雲夢澤南州. 黃州通判孟震亨
之, 朝中謂爲孟君子. 公宇中有泉出, 甚清, 東坡因以名泉, 子由爲之記. 東坡

在常州有詩曰, 忽見東平孟君子, 夢中相對說黃州. 詩曰, 他山之石, 可以攻玉.

19. 황주 관음원 종루 위에서 자다

宿黃州觀音院鐘樓上

鐘鳴山川曉	산천의 새벽에 종이 울리니
露下星斗濕	이슬 아래 별들도 축축해라.
老夫梳白頭	늙은이는 흰머리 빗는데
潘何塤篪集	반대림과 하힐지는 훈지를 부는구나.

【주석】

老夫梳白頭 潘何塤篪集 : 두보의 「제이존사송수장자가題李尊師松樹障子歌」
에서 "늙은이 맑은 새벽에 흰머리 빗는데, 현도관의 도사가 찾아왔다네"
라고 했다. 문잠 장뢰의 문집 중에 「동반하소작同潘何小酌」이라는 작품이
있다.[73] '반潘'은 빈로邠老로 이름은 대림大臨, 본민本閩 사람이다. 뒤에 황
주로 이사했는데, 문잠 장뢰가 그를 위해 문집의 서문을 쓴 바 있다.
'하何'는 사거斯擧로, 사거斯擧의 이름은 힐지頡之로, 황강黃岡 사람이다.
산곡 황정견이 하힐지何頡之에게 편지를 보내자, 하힐지가 황정견에게
'색의거의色矣擧矣'라는 글자를 보내온 일이 있는데, 그 일이 증조曾慥의
『시선詩選』에 보인다. 『시경·하인사何人斯』에서 "맏형은 훈塤을 불고,

---

73 문잠 (…중략…) 있다 : 장뢰의 「동반하소작(同潘何小酌)」은 다음과 같다. "今辰
一盃酒, 相屬送歸春. 明年東風至, 何憂復迎新. 懸知柯山下, 猶作未歸人. 來事如宵
夢, 未至難預論. 且復飮此酒, 陶然付大鈞"

둘째 형은 지簾를 부네"라고 했다.

老杜詩, 老夫淸晨梳白頭, 玄都道士來相訪. 張文潛集中, 有同潘何小酌詩. 潘當是邠老, 名大臨, 本閩人, 後家于黃, 文潛嘗爲集序. 何當是斯擧, 斯擧名頡之, 黃岡人, 山谷嘗與書, 取色矣擧矣爲之字, 事見曾慥詩選. 詩曰, 伯氏吹塤, 仲氏吹簾.

20. 하십삼이 게를 보내왔기에 사례하다【산곡이 협주를 나온 후에 병 때문에 자못 고기와 술을 삼가 했었다】

謝何十三送蟹74【山谷出峽後, 以病故, 頗開葷酒之戒】

形模雖入婦女笑	생김새는 비록 부녀자의 웃음거리이지만
風味可解壯士顔	풍미는 장사의 얼굴 웃게 한다오.
寒蒲束縛十六輩	새끼로 묶은 열여섯 묶음
己覺酒興生江山	벌써 술 생각이 강산에 일어나누나.

【주석】

形模雖入婦女笑 風味可解壯士顔 : 미명彌明의 『석정연구石鼎聯句』에서 "생김새는 부녀자의 웃음 유발하네"라고 했다. 『열자』에서 "늙은 장사치가 비로소 한 번 얼굴 펴고 웃는다"라고 했다.

彌明石鼎聯句曰, 形模婦女笑. 列子曰, 老商始一解顔而笑.

寒蒲束縛十六輩 己覺酒興生江山 : 퇴지 한유의 「모영전毛穎傳」에서 "그의 족속들도 모아서 그와 함께 묶었었다"라고 했다. 두보의 「배이북해연력하정陪李北海宴歷下亭」에서 "구름 낀 산에 이미 흥취 이는데, 옥 패물 찬 기생은 때 맞춰 노래하네"라고 했다. ○ 나연羅硏이 논하기를 "촉蜀나라가 어지러워지자 속박된 관리가 열에 두세이었다"라고 했다.

74　[교감기] 문집·고본에는 시 제목 아래 '顗'라는 원주(原注)가 있다.

退之毛穎傳曰, 聚其族而加束縛焉. 老杜詩, 雲山已發興, 玉佩仍當歌. ○
羅玕論, 蜀亂, 束縛之使, 旬有二三.[75]

---

21. 또한 「답송해」의 운자를 빌려서 더불어 소하를 희롱하다

【세 수는 모두 『수수집』에 보이는데, 지금 이곳에 덧붙인다】

又借答[76]送蟹韻, 并戲小何【三首皆見修水集, 今附于此】

草泥本自行郭索	진흙 수렁에서 본디 좌우로 다니기에
玉人爲開桃李顔	옥인의 얼굴 도리처럼 환해진다네.
恐似曹瞞說雞肋	조만이 계륵을 말한 것과 비슷하지만
不比東阿擧肉山	동아가 말한 고기산과는 다르다오.

【주석】

草泥本自行郭索 玉人爲開桃李顔 : 임포林逋는 "진흙 수렁엔 게가 기어가고, 높은 나무엔 자고새[77] 우는구나"라고 했다.[78] 살펴보건대, 『태현경』에서 "예수銳首가 "게가 기어서 간 후에 지렁이가 흙탕샘으로 들어온다"라고 했다. 이에 양웅揚雄이 "기어다니는 게는 마음이 한결같지 않다"라 했다"라고 했는데, 범망范望의 주注에서 "'곽색郭索'은 다리가 많은 모양이다"라고 했다. 태백 이백의 「고풍古風」에서 "소나무 잣나무는 본디 고고하고 곧아서, 복사꽃 오얏꽃 모양을 짓기 어렵다네"라고 했다.

林逋詩, 草泥行郭索, 雲木叫鉤輈. 按太玄, 銳首曰, 蟹之郭索, 復後蚓黃泉.

---

76 [교감기] '答'이 원본·부교·장지본에는 없다.
77 자고새 : '구주(鉤輈)'는 자고(鷓鴣)의 울음소리를 표현한 것이다.
78 임포(林逋)는 (…중략…) 했다 : 이 구절만이 전한다.

測曰, 蟹之郭索, 心不一也. 范望注云, 郭索, 多足貌. 李太白詩, 松柏本孤直, 難爲桃李顔.

恐似曹瞞說雞肋 不比東阿擧肉山:『위지·무제기武帝紀』에서 "조조曹操의 어릴 적 자字는 아만阿瞞이다"라고 했다.『후한서·양수전楊修傳』에서 "조조曹操가 한중漢中을 평정하려고 하면서, 전령傳令을 냈는데 오직 '계륵雞肋'이라는 말 뿐이었다. 그러나 조조 이외에는 그 의미를 알지 못했다. 양수만이 홀로 "무릇 닭의 갈비는 먹자니 먹을 것이 없고 버리자니 아깝다. 그러니 공이 돌아갈 것을 결정한 것이다"라 했다"라고 했다.『문선』에 실린 자건 조식의 「여오계중서與吳季重書」에서 "바라건대 태산을 들어 고기로 삼고 동해를 기우려 술을 삼고자 합니다"라고 했다. 살펴보건대,『위지·조식전曹植傳』에서 "조식曹植을 옮겨 동아왕東阿王으로 봉했다"라고 했다.

魏志武帝紀云, 帝小字阿瞞. 後漢楊修傳, 曹操平漢中, 出敎, 惟曰, 雞肋而已. 外曹莫能曉, 修獨曰, 夫雞肋, 食之則無所得, 棄之則如可惜. 公歸計決矣. 文選曹植子建與吳季重書曰, 願擧太山以爲肉, 傾東海以爲酒. 按魏志曹[79]植傳, 徙封東阿王.

---

79 曹: 중화서국본에는 '曹'가 빠져 있다.

22. 두 집게발을 대신하여 조롱을 해명하다

代二螯解嘲

仙儒[80]昔日卷龜殼　　선유는 옛날에 귀각에 걸터앉아

蛤蜊自可[81]洗愁顔　　대합조개 먹으며 절로 근심 씻어냈었지.

不比二螯風味好　　두 집게발 풍미 좋은 건 견줄 수 없노니

那堪把酒對西山　　어찌 술잔 들고 서산 마주할 수 있으리.

【주석】

仙儒昔日卷龜殼 蛤蜊自可洗愁顔 : 『회남자淮南子』에서 "노오盧敖가 북해北海에서 노닐다가 몽곡蒙穀 위에 이르러 한 처사處士를 보았는데, 거북의 껍데기에 걸터앉아서 대합조개를 먹고 있었다. 노오가 그와 더불어 말을 나누었다. 그러자 처사가 깜짝 놀라 웃으며, "그대는 중원의 백성인데, 어찌 이토록 먼 지방까지 기꺼이 오려고 하였는가"라 했다"라고 했다. 『한서』에서 "사마상여가 "산택山澤 사이에 거주하는 열선列仙의 유자들은 모습이 매우 야위었다"라 했다"라고 했다.

淮南子曰, 盧敖遊乎北海, 至蒙穀之上, 見處士者, 方卷龜殼而食蛤蜊. 敖與之語, 處士囂然笑曰, 子中州之人, 不宜而遠至此. 漢書, 司馬相如曰, 列仙之儒, 居山澤之間, 形容甚臞.

80　[교감기] '儒'가 장지본에는 '襦'로 되어 있다.
81　[교감기] '可'가 장지본에는 '外'로 되어 있다.

不比二螯風味好　那堪把酒對西山 :『순자』에서 "게는 여섯 개의 발과
두 개의 집게발을 가지고 있다"라고 했다. 퇴지 한유의「유성남游城南」
에서 "내게 찾아오는 사람 아무도 없어, 술잔 들고 남산을 마주하네"라
고 했다. 여기에서 말한 '서산西山'은 무창武昌을 말한다.

荀子曰, 蟹六跪而二螯. 退之詩, 我來無一事, 把酒對南山. 此言西山, 謂武昌.

23. 또한 앞 작품의 운자를 빌려 마음을 드러내다
又借前韻見意[82]

招潮瘦惡無永味	초조자는 너무 작아 맛이 없지만
海鏡纖毫只强顔	바다 거울 가늘어 다만 억지로 얼굴 펴네.
想見霜臍當大嚼	서리 철 게를 크게 씹을 것 생각했는데
夢回雪壓摩圍山	꿈 깨면 눈이 산을 온통 덮고 있었다네.

【주석】

招潮瘦惡無永味 海鏡纖毫只强顔 想見霜臍當大嚼 夢回雪壓摩圍山 : 『해물이명기海物異名記』에서 "게의 작은 것은 늘 물결이 밀려오려고 하면 구멍에서 나와 집게발을 들고 물결을 맞이하기에 '초조자招潮子'라고 한다"라고 했다. 『문선』에 실린 경순景純 곽박의 「강부江賦」에서 "옥요玉珧[83]와 해월海月, 토육土肉[84]과 석화石華"[85]라고 했고 그 주注에서는 『해수토물지海水土物志』의 내용을 인용하여 "해월海月은 큰 것은 거울만 하고 흰색이며 모양은 둥글다. 늘 바닷가에서 죽는데 그 관자가 머리빗만큼 크고 먹기에 적당하다"라고 했다. 자건 조식의 「여오계중서與吳季重書」에서 "고깃집 문을 지나면서 크게 씹는 흉내를 내면, 비록 고기를 못

---

82 [교감기] '意'가 원본·부교본·명대전본에는 '志'로 되어 있다.
83 옥요(玉珧) : 바다조개로, 그 관자가 맛이 좋다고 한다.
84 토육(土肉) : 대합 조개류의 바다 조개이다.
85 석화(石華) : 바닷가 바위에 붙어사는 굴을 말한다.

먹었지만 귀하고 또한 통쾌하다"라고 했다. 이 작품의 마지막 구는 예전 건남黔南에 있을 때 흰 눈 속에서 깨어나면 상해霜蠏[86]를 먹는 생각을 하니 마치 옛사람이 순챗국[蒪羹]과 농어회[鱸膾][87]를 생각한 것과 같았다.

海物異名記曰, 蟹之小者, 每潮欲來, 出穴擧螯迎之, 名招潮子. 文選郭景純江賦曰, 玉珧[88]海月, 土肉石華. 注引海水土物志曰, 海月, 大如鏡, 白色, 正圓, 常死海邊, 其柱如搔頭大, 中食. 曹子建書曰, 過屠門而大嚼, 雖不得肉, 貴且快意. 此詩末句謂, 往在黔南, 雪中睡起時, 嘗作霜蠏之想, 如昔人思蒪鱸也.

---

86 상해(霜蠏) : 서리 내리는 철에 잡은 게를 말한다.
87 순챗국[蒪羹]과 농어회[鱸膾] : 진(晉)나라 장한(張翰)이 가을바람이 불어오는 것을 보고는 고향인 오(吳)땅의 순챗국과 농어회가 생각나서 벼슬을 그만두고 바로 돌아갔다는 고사가 있다.
88 [교감기] '珧'가 원래 '洮'로 되어 있는데, 지금 전본 및 『문선』 권12의 「강부(江賦)」에 따라 고쳤다.

24. 문잠의 「입춘일삼절구」에 차운하다

次韻文潛立春日三絶句

첫 번째 수其一

眇然今日望歐梅	묘연히 오늘 구양수와 매요신 바라보며
已發黃州首更回	이미 황주를 떠나면서 고개 또 돌려보네.
試問淮南風月主	회남의 풍월주인에게 묻노니
新年桃李爲誰開	새봄의 도리 오얏은 뉘 위해 피었나.

【주석】

眇然今日望歐梅 已發黃州首更回 試問淮南風月主 新年桃李爲誰開：『왕희지법첩王羲之法帖』에서 "오늘날 인물이 아주 드문 때를 당했네"라고 했다. 산곡의 이 작품은 황주黃州에 있을 때 지은 것으로, 이곳은 동파 소식이 예전 유배 갔던 곳이다. 동파 소식이 진사進士로 있을 때, 문충공文忠公 구양수와 성유 매요신은 소식은 글을 좋아하여 특별한 등급에 두었었다. 뒷날 황주에 있으면서 소식은 법첩에서 "강산과 풍월은 본래 일정한 주인이 없나니, 한가로이 즐길 수 있는 그 사람이 바로 주인이라 할 것이다"라고 했다. 이것을 인용하여 문잠 장뢰에게 준 것이다. 두보의 「구일九日」에서 "강서를 홀로 고개 돌려보네"라고 했다. 낙천 백거이의 「과영녕過永寧」에서 "마을 살구꽃 들판 복사꽃 눈처럼 화려한데, 길손은 취하지 않으니 뉘 위해 피었나"라고 했다.

王羲之帖云, 當今人物眇然. 山谷此詩, 在黃州所作, 蓋東坡舊謫之地. 東坡擧進士時, 歐陽文忠公梅聖俞愛其文, 置之異等. 後在黃州, 嘗有帖云, 江山風月本無常主, 閑者便是主人. 此引用, 以屬文潛. 老杜詩, 西江首獨回. 樂天詩, 村杏野桃繁似雪, 行人不醉爲誰開.

두 번째 수其二

誰憐舊日靑錢選	누가 그 옛날 청전선을 불쌍타 하리오
不立春風玉笋班	봄바람에 옥순의 반열에 서지 못했다네.
傳得黃州新句法	황주의 새 구법을 전해 얻는다면
老夫端欲把[89]降幡	늙은이는 바로 항복의 깃발 잡으리라.

【주석】

誰憐舊日靑錢選 不立春風玉笋班 : 『당서·장천전張薦傳』에서 "장천張薦의 조부 장작張鷟은 글을 잘 지었기에, 원반천員半千이 "장작의 문장은 청동전靑銅錢 같아서 만 번 시험을 보더라도 만 번 급제할 것이다"라고 칭송하여, 당시 청전학사靑錢學士라 불리었다"라고 했다. 문장 장뢰가 예전에 기거사인起居舍人으로 있었다. 정곡의 「구일기장기거九日寄張起居」에서 "술에 금빛 국화꽃을 띄우는 일 도무지 없고, 관직에서 옥순의 반

---

89 [교감기] '把'에 대해 문집의 원교(原校)에서는 "다른 판본에는 '竪'로 되어 있다"라고 했다.

열[90]에 나아간다 속절없이 말한다"라고 했다. 살펴보건대, 『북몽쇄언』에서 "당唐나라 말기에 조종의 선비 중에 인물이 있으면, 당시에 이를 옥순반玉笋班이라고 불렀고 또한 외랑반外郎班에 있으면서 청렴하고 잡스럽지 않는 사람을 또한 옥순반이라고 불렀다"라고 했다.

唐書張薦傳, 祖鷟能文, 員半千稱, 鷟文詞猶靑銅錢, 萬選萬中, 時號靑錢學士. 文潛舊爲起居舍人. 鄭谷九日寄張起居詩曰, 渾無酒泛金英菊, 謾道官居玉笋班. 按北夢瑣言曰, 唐末朝士中有人物者, 時號玉笋班, 又外郎班, 淸繁不雜, 亦號玉笋班者也.

傳得黃州新句法 老夫端欲把降幡 : '황주구법黃州句法'은 동파 소식을 말한다. 두보의 「기고삼십오서기寄高三十五書記」에서 "좋은 시구 짓는 법은 무엇인가요"라고 했다. 장안長安의 설씨薛氏가 황보식皇甫湜의 수첩手帖을 갖고 있었는데, 그 수첩에서 "운당郾塘은 고풍古風에 매우 뛰어났으니, 감히 항복하는 깃발 세우지 않겠는가"라고 했다. '운당郾塘'은 퇴지 한유의 「운주계당시郾州谿堂詩」를 말한다. 또한 손초孫樵의 「여왕상서與王霜書」에서 "참으로 생각건대, 그대는 문장이 대단하니, 항복하는 깃발을 들고 또한 붕우들 사이에 크게 자랑하리오"라고 했다. 퇴지 한유의 「원화성덕송元和聖德頌」에서 "항복하는 깃발 밤에 세웠네"라고 했다. 목지 두목의 「등낙유원登樂游原」에서 "한 기를 가지고 강해에 갔다"라고 했다.

---

90   옥순(玉笋)의 반열 : 인재를 옥순에 비긴 것으로, 인재들이 많은 조정을 말한다.

黃州句法亦謂東坡. 老杜詩, 佳句法如何. 長安薛氏有皇甫湜手帖云, 郾塘特[91]高古風, 敢樹降旗. 謂退之谿堂詩也. 又孫樵與王霜書曰, 誠謂足下怪於文, 方擧降旗, 且大誇朋從間. 退之元和聖德頌曰, 降幡夜竪. 杜牧之詩, 擬把一麾江海去.

세 번째 수其三

江山也似隨春動	강산이 마치 봄 따라 움직이는 듯
花柳眞成觸眼新	꽃과 버들 진실로 눈에 새로워라.
淸濁盡須歸甕蟻	청탁의 술 다 마셔 술독으로 돌아가리니
吉凶更莫問波臣	길흉을 또한 파신에게 묻지 마시게.

【주석】

江山也似隨春動 花柳眞成觸眼新 淸濁盡須歸甕蟻 吉凶更莫問波臣 : 두보의 「태세일太歲日」에서 "하늘가 매화와 버들이여, 서로 본 것이 몇 번이나 새로웠나"라고 했다. '청탁주淸濁酒'[92]는 서막徐邈의 일을 이용한 것

---

91 [교감기] '特'이 부교에는 '詩'로 되어 있다.
92 청탁주(淸濁酒) : 『위지 · 서막전(徐邈傳)』에서 "조달(趙達)이 관청 일을 물으니, 서막이 "성인이 되었다"라고 하였다. 조달이 이것을 태조(太祖)에게 알리자, 태조가 크게 노하였다. 선우보(鮮于輔)가 나아가 말하기를, "평소에 취객은, 맑은 것을 성인이라 하고, 탁한 것을 현인이라 합니다. 서막의 본성은 몸과 마음을 수양하고 행동을 삼가는 사람이니, 본의 아니게 나온 취중의 말일 뿐입니다[平日醉客, 謂淸者爲聖人, 濁者爲賢人. 邈性修愼, 偶醉言耳]"라 했다. 뒤에 문제(文帝)가

으로 앞의 주注에 보인다. 굴원屈原의 「복거卜居」에서 "태복太卜 첨윤詹尹을 가서 보니, 첨윤은 이에 톱풀을 바로잡고 거북의 껍질을 닦고 있었다. 이에 굴원이 "어느 것이 길하고 어느 것이 흉하며, 어느 쪽을 버리고 어느 쪽을 따르리까"라 했다"라고 했다. 『장자』에서 "장주가 돌아보았더니 수레바퀴 자국 물 고인 곳에 붕어가 한 마리 있었습니다. 그래서 장주가 붕어에게 어디서 왔느냐고 묻자, 붕어가 대답하길 "나는 동해의 파신波臣[93]이다"라 했다"라고 했다. 이것을 차용하여 거북이[龜][94]를 말했다. 『장자』에는 또한 송원군宋元君이 거북이 꿈을 꾸어 청강사淸江使가 되었다[95]는 내용이 실려 있기에 이렇게 말한 것이다.

老杜詩, 天邊梅柳樹, 相見幾回新. 淸濁酒, 用徐邈事, 見上注. 屈原卜居曰, 往見太卜詹尹, 詹尹乃端策拂龜, 屈原曰, 此孰吉孰凶, 何去何從. 莊子曰, 周顧視車轍中, 有鮒魚焉. 周問之, 對曰, 我東海之波臣也. 此借用, 以言龜. 蓋莊子又載宋元君夢龜爲淸江使, 故爾.

또 서막에게 묻기를, "경은 다시 성인에게 맞는가"라고 하니, 서막이 말하기를 "때로 다시 맞곤 합니다"라고 하자, 임금이 크게 웃었다"라고 하였다.

93 파신(波臣) : 파도에서 튕겨져 나온 신하라는 뜻이다.
94 거북이[龜] : 이 구절에서 '파신(波臣)'은 점칠 때 쓰는 거북이를 말한다.
95 송원군(宋元君)이 (…중략…) 되었다 : 『장자·외물편(外物篇)』에 보인다.

25. 재차 앞 작품의 운자에 차운하다

再次前韻

첫 번째 수其一

春工調物似鹽梅	춘공은 염매처럼 사물 다스려
一一根中生意回	뿌리마다 생기가 돌아오누나.
風日安排催歲換	풍광이 변하여 세월 바뀜 재촉하며
丹靑次第與花開	단청이 차례대로 꽃과 함께 피어나네.

【주석】

春工調物似鹽梅 一一根中生意回 風日安排催歲換 丹靑次第與花開 : '염매 鹽梅'[96]는 『서경·열명說命』에 보인다. 『진서·은중문전殷仲文傳』에서 "이 나무가 무성하기는 하지만, 살려는 기운은 다했구나"라고 했다. 낙천 백거이의 「여거항십육년이부래予去杭十六年而復來」에서 "온갖 열매 맺는 것들을 섞어 심었더니, 가지마다 차례대로 꽃을 피우네"라고 했다.

鹽梅見書說命. 晉書殷仲文傳曰, 此樹婆娑, 生意盡矣. 樂天詩曰, 百果參雜種, 千枝次第開.

---

96 염매(鹽梅) : 『서경·열명 하(說命下)』에 무정(武丁)이 재상인 부열(傅說)에게 "여러 가지 양념을 넣고 국을 끓일 때면, 그대가 간을 맞출 소금과 매실이 되어 주오[若作和羹, 爾惟鹽梅]"라고 부탁하는 내용이 실려 있다.

두 번째 수其二

久狎漁樵作往還　　오랫동안 어초와 노닐다 돌아오니

曉風宮殿夢催班　　새벽바람에 꿈에서도 궁전 조회 재촉하네.

鄰娃似與春爭道　　이웃 여인은 봄과 길을 다툰 듯

酥滴花枝綵剪幡　　연유 바른 꽃가지와 비단 자른 춘자첩.

【주석】

久狎漁樵作往還 曉風宮殿夢催班 鄰娃似與春爭道 酥滴花枝綵剪幡 : 두보의 「천지天池」에서 "만 리 타향에서 나무꾼 어부와 희롱하네"라고 했다. 또한 「왕십오사마제출곽상방겸유영초당자王十五司馬弟出郭相訪兼遺營草堂資」에서 "타향에 오직 외사촌 동생뿐이니, 오가는 길 멀다고 사양하지 말게나"라고 했다. 『문선』에 실린 안연년顏延年의 「시안군환도여장상주등파릉성루작시始安郡還都與張湘州登巴陵城樓作詩」에서 "만고 세월 이미 지난 일"이라고 했다. 『사기·형가전荊軻傳』에서 "노구천魯勾踐이 형가荊軻와 바둑을 두면서 길을 다투었다"라고 했다. 또한 『한서·오왕비전吳王濞傳』에서 "오태자吳太子가 황태자皇太子를 모시고 술을 마시면서 바둑을 두었는데, 길을 다투며 공손하지 않았다"라고 했다. 이것을 차용하여, 오히려 승리를 다툰다고 말한 것이다. 원강元絳의 「춘첩자사春帖子詞」에서 "춘첩의 글자는 영롱한[97] 옥화방玉花房[98]이요, 연유를 찍어 발라[99] 한림지翰林志[100]

97　춘첩의 글자 영롱한 : '번자영롱(幡字玲瓏)'은 춘첩 위에 오려 붙인 글자가 정교하고 세밀하다는 의미이다.

이었네"라고 했다. 입춘에 누은鏤銀으로 꾸민 춘첩을 하사했다.

老杜詩, 萬里狎樵漁. 又詩, 他鄕惟表弟, 還往莫辭遙. 文選顔延年詩, 萬古陳往還. 史記荊軻傳曰, 魯勾踐與荊軻博, 爭道. 又漢書吳王濞傳, 吳太子侍皇太子飮博, 爭道不恭. 此借用, 猶言爭勝也. 元絳春帖子詞曰, 幡字玲瓏玉花房, 點滴酥續翰林志. 立春賜鏤銀飾彩勝之物.

세 번째 수其三

酒有全功筆有神	술엔 온전한 공 있고 붓은 신 들린 듯
可將心付白頭新	이에 마음 붙이면 흰머리 새로우리.
春盤一任人爭席	춘반에서 마음껏 자리를 다투니
莫道前銜是近臣	이전 관함이 근신이라 말 마시게.

【주석】

酒有全功筆有神 可將心付白頭新 春盤一任人爭席 莫道前銜是近臣 : 낙천 백거이의 「효도잠체시效陶潛體詩」에서 "술통 속 술 잘도 익었는데, 공이

98　옥화방(玉花房) : 흰꽃으로 당시에 춘첩에 수놓은 꽃을 가리킨다.
99　연유를 찍어 발라 : '점적수(點滴酥)'는 연유를 찍어 시를 지은 것을 말한다. '수
　　(酥)'는 응수(凝酥) 즉 버터처럼 우유를 응고(凝固)시켜 만든 식품을 말한다.
100　한림지(翰林志) : 당(唐)나라 이조(李肇)의 『한림지(翰林志)』가 있고 송(宋)나
　　라 소이간(蘇易簡)이 지은『속한림지(續翰林志)』가 있는데, 모두 한림학사의 고
　　사(故事)가 실려 있다. 이 구절의 의미는 한림학사가 춘첩자사(春帖子詞)를 써서
　　만들었던 고사를 이었다는 말이다.

있으나 스스로 자랑하지 않네"라고 했다. 『문선』에 실린 원유元瑜 완우
阮瑀의 「위조공작서여손권爲曹公作書與孫權」에서 "기쁘게도 온전한 공을
세웠네"라고 했다. 두보의 「봉증위좌승장이십이운奉贈韋左丞丈二十二韻」에
서 "신이 들린 듯 글을 지었지요"라고 했다. 또한 「입춘立春」에서 "입춘
춘반의 생채가 부드럽네"라고 했다. '쟁석爭席'[101]은 위의 주注에 보인
다. 낙천 백거이의 「장십팔張十八」에서 "십 년 동안 옛 관함을 벗어나지
못했구나"라고 했다. 두보의 「봉증선우경조이십운奉贈鮮于京兆二十韻」에
서 "한나라 근신이 될 만하네"라고 했다.

樂天詩曰, 湛湛樽中酒, 有功不自伐. 文選阮元瑜書曰, 喜得全功. 老杜詩,
下筆如有神. 又詩, 春日春盤細生菜. 爭席見上注. 樂天詩, 十年不改舊官銜.
老杜詩, 宜居漢近臣.

---

101 쟁석(爭席) : 『후한서·대빙전(戴憑傳)』에서, "광무제(光武帝)가 정단(正旦)에
조회를 마치고, 신하들 중 경서에 능한 자로 하여금 바꿔가며 서로 논박하게 했
는데, 뜻이 통하지 않으면, 곧 그 자리를 빼앗아[輒奪其席], 더 잘 해석한 자에게
주었다. 대빙은 마침내 50여 자리를 겹쳐 앉게 되었다"라고 했다. 『장자』에서,
"함께 묵은 나그네들이 그와 자리를 다툴 정도가 되었다[舍者與之爭席矣]"라고
하였다.

산곡시집주권제십팔山谷詩集注卷第十八

1. 꿈속에서 '상'자 운에 화운하다【서문을 덧붙이다】
夢中和觴字韻【幷序】[1]

숭녕崇寧 2년 정월 기축己丑에 한계寒溪와 서산西山 사이에서 동파 소식 선생을 꿈에 뵙고서, 내가 「기원명상자운寄元明觴字韻」 등의 시 몇 편을 읊조렸다. 그러자 동파 소식은 웃으며 "그대 시가 이전보다 더 나아졌네"라 했다. 그리고는 내 한 편의 작품에 화운했는데, 시어와 의미가 맑고도 기이했다. 이에 내가 무릎을 치며 감탄해 마지않았다. 동파 소식 또한 절로 기뻐했다. 구곡령九曲嶺의 길을 가면서 계속에서 몇 차례나 읊조려 마침내 기억할 수 있었다.

崇寧二年正月己丑, 夢東坡先生於寒溪西山之間, 予誦寄元明觴字韻詩數篇. 東坡笑曰, 公詩更進於曩時. 因和予一篇, 語意淸奇. 予擊節賞歎. 東坡亦自喜. 於九曲嶺道中, 連誦數過, 遂得之.[2]

天敎兄弟各異方	하늘이 형제들을 각각 다른 지방에 보내

1 　[교감기] 문집·고본에는 이와 같은 시 제목이 없고 곧바로 서문(序文)을 시의 제목으로 삼았다. 장지본·명대전본에는 '幷序' 2글자가 없다.

2 　[교감기] '崇寧 (…중략…) 得之'라는 구절이 장지본·명대전본에는 없다.

不使新年對舉觴	새해에도 마주한 채 술잔 들지 못하게 하네.
作雲作雨手翻覆	손을 펴면 구름 되고 뒤집으면 비가 되며
得馬失馬心淸涼	말 얻고 잃으면서도 마음 맑고 시원했네.
何處胡椒八百斛	어느 곳에 호초 팔백 섬이 있으며
誰家金釵十二行	뉘 집에 금비녀 열 두 줄 있나.
一丘一壑可曳尾	산과 골짜기에서 꼬리 끌 수 있지만
三沐三釁³取刻腸	세 번 목욕과 향 바르면 내장 찢어진다오.

【주석】

天敎兄弟各異方 不使新年對舉觴 : 퇴지 한유의 「송이정자서送李正字序」
에서 "잔치에서 한 잔 술을 마신 것은 하늘이 그렇게 한 것이지 사람의
힘은 아니다"라고 했다. 『문선』에 실린 이릉李陵의 「답소무서答蘇武書」에
서 "다른 지방의 음악은 다만 사람을 비통하게 한다"라고 했다. 또한
『문선』에 실린 유곤劉琨의 「답노심答盧諶」에서 "때로 다시 서로 무릎 맞
대고 술잔 드네"라고 했다.

退之送李正字序曰, 得燕而舉一觴, 此天也, 非人力也. 文選李陵答蘇武書
曰, 異方之樂, 祗令人悲. 又劉琨書云, 時復相與舉觴對膝.

作雲作雨手翻覆 得馬失馬心淸涼 : 두보의 「빈교행貧交行」에서 "손을 펴
면 구름이요 뒤집으면 비인가, 가벼운 세상 사귐 말해 무엇하리"라고

---

3 '釁': 중화서국본에는 '䢅'으로 되어 있는데, '釁'의 오자이다.

했다. 『회남자淮南子』에서 "변방 가까이에 사는 사람 가운데 점을 잘 치는 자가 있었다. 그의 말이 까닭 없이 도망가서 오랑캐 땅에 들어가 버리니, 사람들이 모두 그를 위로했다. 그러자 그 노인이 "이것이 어째서 복이 될 수 없겠는가"라 했다. 여러 달이 지나서, 그 말이 오랑캐의 준마를 거느리고 돌아와, 사람들이 모두 그를 축하했다. 그러자 그 노인이 "이것이 어째서 화가 될 수 없겠는가"라 했다. 집에 좋은 말이 많아지자, 그 아들이 말 타기를 좋아하다 떨어져 다리가 부러지자, 사람들이 모두 그를 위로했다. 그러자 그 노인이 "이것이 어째서 복이 될 수 없겠는가"라 했다. 1년이 지나자, 오랑캐들이 변방에 쳐들어와, 건장한 청년들 중에 죽은 이들이 열에 아홉이나 되었는데, 이 사람은 홀로 절름발이라는 이유 때문에 부자父子가 서로 보존할 수 있었다"라고 했다. 선인仙人 갈말遏末[4]의 노래에서 "어떤 일을 당해도 서로 다투지 말아라, 그 일만 지나면 마음이 맑고 시원해질 것이다"라고 했다.

老杜詩, 翻手作雲覆手雨, 紛紛輕薄何須數. 淮南子曰, 近塞上之人, 有善術者. 馬無故亡而入胡, 人皆弔之. 其父曰, 此何遽不爲福乎. 居數月, 其馬將胡駿馬而歸, 人皆賀之. 其父曰, 何遽不能爲禍乎. 家富良馬, 其子好騎, 墮而折其髀, 人皆弔之, 其父曰, 何遽不爲福乎. 居一年, 胡人入塞, 丁壯死者十九, 此獨以跛之故, 父子相保. 仙人遏末曲曰, 觸來勿與競, 事過心淸涼.

何處胡椒八百斛　誰家金釵十二行 : 『당서·원재전元載傳』에서 "원재의

4　갈말(遏末) : 진(晉)나라 사연(謝淵)의 어린 시절 자가 '갈말'이다

집에 있는 재물을 적몰하니, 호초胡椒가 800석에 이르렀다"라고 했다. 『악부樂府』에 실린 양무제梁武帝의 「하중지수가河中之水歌」에서 "하수河水 는 동쪽으로 흐르는데, 낙양洛陽 소녀의 이름 막수莫愁였네. 머리에는 금비녀가 열두 줄이고, 발밑에선 비단 신발 오색 광채"라고 했다. 대개 그 치장한 것이 성대함을 말했고 낙천 백거이의 「우사암회증시牛思黯戱 贈詩」에 "종유鍾乳를 삼천 냥 복용하더니, 금비녀가 열두 줄이로구나."[5] 라는 구절이 있는데, 그 주注에서 "사암에게 기녀가 자못 많았다"라고 했으니, 『악부』와는 그 의미가 다르다.

唐書元載傳, 籍其家, 胡椒至八百石. 樂府梁武帝河中之水歌曰, 河中之水 向東流, 洛陽女兒名莫愁. 頭上金釵十二行, 足下絲履五文章. 蓋言其首餙之 盛爾, 而白樂天酬牛思黯戱贈詩, 有鍾乳三千兩, 金釵十二行之句, 注言, 思黯 之妓頗多, 與樂府意異云.

一丘一壑可曳尾 三沐三釁取刳腸 : 『진서・사곤전謝鯤傳』에서 "진 명제晉 明帝가 사곤에게 "자신을 유량庾亮과 비교하면 어떻다고 생각하는가"라 고 물었다. 이에 사곤이 "묘당廟堂에 단정히 앉아서 백관百官의 모범이 되게 하는 점에서는 그보다 못하지만, 산과 골짜기를 즐기는 면에 있

---

5 종유(鍾乳)를 (…중략…) 줄이로구나 : '종유(鍾乳)'는 당(唐)나라 때 귀중품으로, 황제 역시 좋은 종유를 가까운 중신들에게 하사하곤 했다. 이 때문에 당시 관리들은 종유의 소유량과 복용량으로 자신의 재력과 지위를 과시했는데, 우승유가 자신은 이미 종유 3천 냥을 복용하여 기생이 많아도 감당할 수 있다고 자랑하자, 백거이가 이런 시를 지은 것이다.

어서는 그보다는 낫다고 생각합니다"라 대답했다"라고 했다. '예미曳
尾'[6]는 앞의 주注에 보인다. 『국어·제어齊語』에서 "장공莊公이 관중管仲을
묶어 제齊나라 사신에게 주었다. 제나라 사신은 이를 받고 물러났다.
관중이 이를 무렵에 세 번 몸에 향을 바르고 세 번 목욕하고서는 환공
桓公이 친히 교외에서 관중을 맞이했다"라고 했으며, 그 주注에서 "향료
香料를 몸에 바르는 것을 '흔釁'이라 하고 또한 어떤 경우에는 '훈薰'이
라 한다"라고 했다. 이것을 차용하여 세상의 그물에 떨어졌다는 것을
말했다. 살펴보건대, 『사기·귀책전龜策傳』에서 "송원왕宋元王 2년에, 장
강長江의 신이 신귀神龜를 황하黃河의 신에게 사신으로 보냈다. 그런데
어부 예저豫且가 그물로 이를 잡았다. 이를 원왕에게 마치자 원왕은 흰
꿩과 검은 양을 잡아 그 피를 거북의 몸통에 뿌리고 제단 가운데 놓고
칼로 거북이의 등딱지를 잘라내고 그 배를 갈랐다"라고 했다. 『장
자』에서 "신통한 거북이의 지혜는 72번 점을 쳐도 한 번도 틀린 적이
없었지만, 내장이 갈라지는 근심을 피할 수는 없었다"라고 했다.

---

6   예미(曳尾) :『장자』에서 "장자가 복수(濮水)에서 낚시를 하고 있는데, 초왕(楚
    王)이 보낸 두 대부가 찾아와 왕의 뜻을 전달하기를 "부디 나라 안의 정치를 맡기
    고 싶습니다"라 했다. 이에 장자가 "초나라에 신령스런 거북이 있다는데, 죽은
    지 이미 삼천 년이나 되었다고 합니다. 왕이 수건을 싸서 함속에 넣어 보관한다
    고 하는데, 이 거북은 차라리 죽어서 뼈를 남긴 채 소중하게 받들어지기를 바랐
    을까요, 아니면 오히려 살아서 진흙 속을 꼬리를 끌며 다니기를 바랐을까요[楚有
    神龜, 死已三千歲矣. 王巾笥而藏之廟堂之上, 此龜者, 寧其死爲留骨而貴乎, 寧其生
    而曳尾於塗中]"라 하자, 두 대부가 대답하기를 "그야 오히려 살아서 진흙 속에
    꼬리를 끌며 다니기를 바랐을 테죠"라 했다. 그러자 장자가 "어서 돌아가시오.
    나도 진흙 속에서 꼬리를 끌며 다닐 테니까[往矣, 吾將曳尾於塗中]"라고 했다.

晉書謝鯤傳, 或問, 論者以君方庾亮, 何如. 答曰, 端委廟堂, 使百僚準則, 鯤不如亮. 一丘一壑, 自謂過之. 曳尾見上注. 齊語曰, 莊公束縛管仲, 以予齊使. 齊使受之而退. 比至, 三釁[7]三浴之, 桓公親迎之于郊. 注云, 以香塗身曰釁,[8] 亦或爲薰. 此借用, 以言墮於世網也. 按史記龜策傳, 宋元王二年, 江使神龜使於河. 漁者豫且得之. 元王刑白雉驪羊, 以血灌龜, 於壇中央.[9] 以刀剝之, 橫其腹. 莊子曰, 神龜知能七十二鑽, 而無遺策, 而不能避刳腸之患.

---

7 '釁': 중화서국본에는 '釁'으로 되어 있는데, '釁'의 오자이다.
8 '釁': 중화서국본에는 '釁'으로 되어 있는데, '釁'의 오자이다.
9 [교감기] '央'이 본래 '史'로 되어 있는데, 모든 판본이 잘못되었다. 지금『사기·귀책열전(龜策列傳)』에 따라 바로잡는다.

2. 오가권이 여간현 백운정에 쓴 작품에 차운하다

【여간은 지금의 예요주이다】

次韻吳可權題餘干縣白雲亭【餘干今隷饒州】

曩誰10築孤亭	예전 누가 외론 정자 지었나
勝日有感遇	좋은 날에 감우함이 있어라.
永懷劉隨州	수주자사 유장경을 길이 생각하여
因榜白雲句	'백운'의 구절로 이름 붙였네.
遺老不能談	유로와 능히 대화 나누지 못한 채
歲月11忽成屢	세월은 어느새 빨리도 지나갔네.
綠陰斤斧盡	녹음은 도끼로 다 사라져버렸고
華屋風雨仆	화려한 거처는 비바람에 넘어졌구나.
吳侯七閩英	오후는 칠민의 영웅이요
宰縣有眞趣	고을 수령으로 참다운 지취 있다오.
絃歌解民慍	현가로 백성의 근심을 풀어주었고
根節去吏蠹	뿌리 가지에서 아전의 해독 제거했지.
材收佛宮餘	사찰 짓고 남은 재목을 가져다가
工有子來助	누대 지으니 자식처럼 와 도왔다네.

---

10 [교감기] '誰'가 건륭본에는 '時'로 되어 있다.

11 [교감기] '歲月'이 문집·고본에는 '新陳'으로 되어 있다. 고본의 원교(原校)에서 "'新陳'이 다른 판본에는 '歲月'로 되어 있다"라고 했다.

廈成燕雀賀	누대 완성하자 제비 참새 축하를 하고
水滿鳧雁翥	물에선 물오리 기러기 날갯짓 하누나.
四海名士來	사해에서 이름난 선비들이 오노니
一笑佳[12]客聚	멋진 손님 모이어 한 차례 웃노라.
雲興[13]碧山留	구름 일어 푸른 산에 머물고
雲散[14]清江去	구름 흩어져 맑은 강물 따라 흘러가네.
斯須成蒼狗	잠깐 사이에 푸른 개가 되었으니
皆道不如故	모두 예전과 같지 않다고 말들 하누나.
至人觀萬物	지인이 만물을 관조하노니
誰有安立處	뉘가 편히 설 자리 있겠는가.
寄語吳令君	오령군에게 말을 전하면서
但遣糟床注	다문 익은 술 따라 보내네.

【주석】

曩誰築孤亭 勝日有感遇 永懷劉隨州 因榜白雲句 遺老不能談 歲月忽成屢 綠陰斤斧盡 華屋風雨仆 : '승일勝日'[15]은 『진서·위개전衛玠傳』에 보이는

---

12 [교감기] '佳'가 장지본에는 '嘉'로 되어 있다.

13 [교감기] '雲興'이 문집에는 '雲興'로 되어 있다. 고본의 원교(原校)에서는 "'雲興'이 다른 판본에는 '雲興'로 되어 있다"라고 했다.

14 [교감기] '雲散'이 문집·고본에는 '雲隨'로 되어 있고 고본의 원교(原校)에서는 "'雲散'이 '雲隨'로 된 판본도 있다"라고 했다.

15 승일(勝日):『진서·위개전(衛玠傳)』에서 "우연히 좋은 날에 친한 벗들이 한 마디 말을 청하였다[遇有勝日, 親友時請一言]"라고 했다.

데, 위의 주注에 보인다.『문선』에 실린 강엄의「의노심시擬盧諶詩」에서 "나그네로 옛 고향 지나가니, 감우가 더욱 서글퍼라"라고 했다.『당서 · 진자앙전陳子昂傳』에서 "진자앙은「감우시感遇詩」38장을 지었다"라고 했다.『문선』에 실린 육기의「변망론辨亡論」에서 "유노遺老를 불러들인다"라고 했다. 당唐나라 사람 유장경劉長卿의 자는 문방文房으로 일찍이 수주자사隨州刺史가 되었고 그 문집 가운데「동강준제배식미여간동제정시同姜濬題裴式微餘干東齊亭詩」8수가 있는데, 그 첫 번째 작품의 4구절에서 "세상일 마침내 꿈이 되어버렸고, 생애도 절반이 지나려 하네. 흰 구름 마음은 이미 사라졌으니, 푸른 바다의 뜻은 어떠한가"라고 했다. 자건 조식의「공후인箜篌引」에서 "살아서는 화려한 집에 거처하더니, 죽어서는 산언덕으로 돌아가네"라고 했다.

勝日見衛玠傳, 具上注, 文選江淹擬盧諶詩曰, 羈旅去舊鄉, 感遇喩琴瑟. 唐書陳子昂傳, 爲感遇詩三十八章. 文選陸機辨亡論曰, 招攬遺老. 唐人劉長卿字文房, 嘗爲隨州刺史, 其集有同姜濬題裴式微餘干東齊亭詩八韻, 其首章四句云, 世事終成夢, 生涯欲半過. 白雲心已矣, 滄海意如何. 曹子建詩, 生存華屋處, 零落歸山丘.

吳侯七閩英 宰縣有眞趣 : '칠민七閩'[16]은 앞의 주注에 보이는데, 복건福建을 말한다. 퇴지 한유의「현재독서縣齋讀書」에서 "산수의 고을에 수령

---

16   칠민(七閩) :『주례 · 직방씨(職方氏)』에서 "칠민의 백성을 맡았다[掌七閩之人民]"라고 했다.

으로 나왔네"라고 했다. 『문선』에 실린 강엄의 「은동양殷東陽」에서 "아
득히 참다운 지취 쌓았네"라고 했다.

七閩見上注, 謂福建也. 退之詩, 出宰山水縣. 選詩, 悠悠蘊眞趣.

絃歌解民慍 根節去吏蠹：『노론』에서 "공자가 무성武城에 가서 현가絃歌
의 소리를 들었다"라고 했는데, 그 주注에서 "자유子游가 무성武城의 수
령이 되었다"라고 했다. 『제왕세기帝王世紀』에서 "순舜 임금이 오현금五絃
琴을 연주하면서 「남풍가南風詩」를 불렀는데, 「남풍가」에서 "훈훈한 남
쪽 바람이여, 우리 백성의 수심을 풀어 주기를"이라 했다"라고 했다.
퇴지 한유의 「운주계당鄆州溪堂」에서 "누가 나라의 해충이고 뿌리 줄기
갉아먹는 벌레인가"라고 했다. 또한 「제마총문祭馬總文」에서 "해충의 독
을 제거했다"라고 했다.

魯論曰, 子之武城, 聞絃歌之聲. 注云, 子游爲武城宰. 帝王世紀曰, 舜彈五
絃琴, 歌南風詩曰, 南風之薰兮, 可以解吾民之慍兮. 退之鄆州溪堂詩曰, 孰爲
邦蜇, 節根之螟. 又祭馬總文曰, 去其螟蠹.

材收佛宮餘 工有子來助：『시경·영대靈臺』에서 "일을 시작할 때 빨리
하지 말라 하셨으나, 서민들이 자식처럼 와서 일하였도다"라고 했다.

靈臺詩曰, 經始勿亟, 庶民子來.

厦成燕雀賀 水滿鳧雁鶩：『회남자淮南子』에서 "큰 건물 이루어지자 제

비와 참새가 와서 축하했다"라고 했다. 『문선』에 실린 휴문 심약의 「영호중안시詠湖中雁詩」에서 "흰 물이 봄 못에 가득하니, 날아가는 기러기 매양 날갯짓하며 돈다오"라고 했다. 공간 유정의 「잡시雜詩」에서 "네모란 못에 흰 물 가득하고, 그 가운데 물오리 기러기 있어라"라고 했다. 자건 조식의 「칠계七啓」에서 "기러기는 빙빙 날아오르고, 물오리 편안히 물질을 하네"라고 했다.

淮南子曰, 大厦成而燕雀相賀. 文選沈休文詩曰, 白水滿春塘, 旅雁每回翔. 劉公幹詩曰, 方塘含白水, 中有鳧與雁. 曹子建七啓曰, 翔爾鴻翥, 漇然鳧沒.

四海名士來 一笑佳客聚 : 두보의 「연력하정宴歷下亭」에서 "해우海右에서 이 정자가 유서 깊고, 제남濟南에는 이름난 선비 많구나"라고 했다.

老杜宴歷下亭詩曰, 海右此亭古, 濟南名士多.

雲興碧山留 雲散淸江去 斯須成蒼狗 皆道不如故 : 구름이 머물기도 하고 떠가기도 하는 모습이 마치 산과 강 같다는 것이다. 두보의 「가탄可歎」에서 "하늘에 뜬 구름은 흰옷 같더니만, 어느새 변해 푸른 개 같아라"라고 했다. 『고악부』에서 "비단을 명주와 견주어도, 새 사람은 옛 사람만 같진 못하오"라고 했다.

雲之或留或去, 其狀如山與江也. 老杜詩, 天上浮雲似白衣, 斯須改變如蒼狗. 古樂府曰, 持縑來比素, 新人不如故.

至人觀萬物 誰有安立處 : 만물이 헛되이 변하는 것이 모두 뜬 구름에 뿌리가 없는 것과 같다는 말이다. 『전등록』에서 "천태天台가 "지인至人이 이로써 홀로 비추면, 능히 만물의 주인이 된다"라 했다"라고 했다. 『원각경』에서 "보고 듣고 깨닫고 아는 것이 설 자리가 없게 된다"라고 했다.

萬物虛幻, 皆如浮雲之無根也. 傳燈錄, 天台語曰, 至人以是獨照, 能爲萬物之主. 圓覺經曰, 見聞覺知, 無處安立.

寄語吳令君 但遣糟床注 : 두보의 「강촌羌村」에서 "다행히 곡식도 거둬들였고, 집집마다 술도 익는구나"[17]라고 했다.

老杜詩, 賴知禾黍收, 已覺糟床注.

17　술도 익는구나 : '조상(糟床)'은 곧 술을 빚는 것을 말한다.

3. 요명략이 오명부와 백운정에 모여 잔치하며 지은 작품에 차운하다

次韻廖明略同18吳明府白雲亭19宴集

요정廖正의 다른 자는 명략明略으로 안륭安陸 사람이다. 원우元祐 중에 시관직試館職으로 부름을 받자 동파 소식이 대단히 기특하게 여겼다. 얼마 있다가 정자正字에 제수되었다. 소성紹聖 초에 신주信州의 옥산염세玉山監稅로 폄직되었다. 그의 시문이 있는데, 『백운집』이다. 백운정은 요주饒州 여간현餘于縣에 있다.

廖正一字明略, 安陸人. 元祐中召試館職, 東坡大奇之. 俄除正字. 紹聖初, 貶信州玉山監稅. 有詩文, 號曰白雲集. 白雲亭在饒州餘于縣.

江淨20明花竹	강 깨끗하고 꽃 대나무 빛나며
山空響管絃	산은 비어 관현소리 울려 퍼지네.
風生學士塵	학사의 먼지떨이에선 바람 일어나고
雲繞令君筵	영군의 자리를 구름이 휘감았네.
百越餘生聚	백월에서 남은 생에 살아가리니
三吳遠接連	삼오와는 멀리 이어져 있다오.

---

18 [교감기] '同'이 문집·고본·원본·건륭본에는 '陪'로 되어 있다.
19 [교감기] '亭'이 고본에는 없다.
20 [교감기] '淨'이 전본에는 '靜'으로 되어 있다.

庖霜刀落繪	가늘게 회는 칼날 아래 떨어지고
執玉酒明船	옥 모양의 술잔을 집어 들었네.
葉縣飛來舃	섭현의 날아오는 신발이요
壺公謫處天	호공의 유배지의 세상이라네.
酌多時²¹暴謔	술 많이 마시면 농담 잘하고
舞短更成妍	짧은 옷깃으로도 춤 잘 추네.
唯我孤登²²覽	내가 홀로 올라 유람하며
觀詩未究宣	시를 봐도 그 의미 다 알지 못했네.
空餘五字賞	부질없이 다섯 글자 시만 감상하니
文²³似兩京然	글이 마치 양경兩京의 글 같구나.
醫是肱三折	의원은 팔뚝이 세 번 부러져야 하고
官當歲九遷	관직은 한 해에 아홉 번 옮겨야 하네.
老夫看鏡罷	늙은이 거울 보기 그만 두노니
衰白敢爭先	노쇠한 흰 머리털과 어찌 감히 다투랴.

【주석】

江淨明花竹 山空響管絃 : 현휘 사조의 「만등삼산晚登三山」에서 "맑은 강
물은 명주처럼 깨끗하네"라고 했다. 두보의 「유수각사遊修覺寺」에서 "산

---

21 [교감기] '多時'가 전본에는 '時多'로 되어 있다.
22 [교감기] '登'이 건륭본에는 '燈'으로 되어 있다.
23 [교감기] '文'이 문집의 작품 끝의 원교(原校)에서 "다른 판본에는 '大'로 되어 있
    다"라고 했다.

사립문에 꽃과 대가 그윽하네"라고 했다. 『후한서 · 황보규등찬皇甫規等贊』에서 "골짜기 고요하고 산은 텅 비었네"라고 했다. 『고악부』에 실린 공치규孔稚圭의 「백저가白紵歌」에서 "산은 비어 활 소리 잘 울려 퍼지네"라고 했다. 『한서』에서 "종과 북, 관현악기의 소리 시들지 않았다"라고 했다.

謝玄暉詩, 澄江靜如練. 老杜詩, 山扉花竹幽. 後漢書皇甫規等贊曰, 谷靜山空. 古樂府孔稚圭白紵歌曰, 山虛弓響徹. 漢書曰, 鐘鼓管絃之音未衰.

風生學士麈 雲繞令君筵 : '학사學士'는 요명략廖明畧을 말하고, '영군令君'은 오명부吳明府를 말한다. 태백 이백의 「여가사인어용흥사전락오동지망옹호與賈舍人於龍興寺剪落梧桐枝望滄湖」에서 "산 한가로워 맑은 거울 돌고, 구름 쌓여 그림 병풍 옮겨가네"라고 했다. 또한 「취후답정십팔이시기여추쇄황학루醉後答丁十八以詩譏余搥碎黃鶴樓」에서 "시 지어 날 흔들어 뛰어난 흥취 놀라게 하니, 흰 구름 붓 감돌며 창문 앞을 나네"라고 했다.

學士謂廖明畧, 令君謂吳明府. 太白詩, 山閑明鏡轉, 雲繞畫屛移. 又云, 作詩掉我驚逸興, 白雲遶筆牕前飛.

百越餘生聚 三吳遠接連 : 『여지기』에서 "요주饒州 여간현餘干縣은 간월干越 지역이다"라고 했다. 『한서』에 실린 가의의 「과진론過秦論」에서 "남쪽으로 백월百越[24]의 땅을 취했다"라고 했다. 『한서 · 지리지地理志』의 신

---

24 백월(百越): 중국 남방의 월인(越人)들이 거주하는 곳의 총칭으로, 부락이 매우

찬臣瓚의 주注에서 "교지交趾에서 회계會稽가지 칠팔천 리인데, 백월百越 곳곳에 거처하고 있으며 각각 자신들의 성씨를 가지고 있다"라고 했다. 『통전』에서 "오군吳郡과 오흥吳興 그리고 단양丹陽이 삼오三吳이다"라고 했다. 『좌전』에서 "오원伍員이 "월越나라가 10년 동안 인구를 늘리고 물자를 비축하여 10년 동안 백성을 잘 가르치면"이라 했다"라고 했다. 퇴지 한유의 「동이이십팔야차양성同李二十八夜次襄城」에서 "주나라와 초나라가 이에 연접해 있네"라고 했다. 두보의 「우문조상서지생최욱사업지손상서지자중범정감전호宇文晁尚書之甥崔或司業之孫尚書之子重汎鄭監前湖」에서 "들판 물이 봄 오자 다시 이어졌네"라고 했다.

興地記曰, 饒州餘干縣, 卽干越之地. 漢書賈誼過秦論, 南取百越之地. 地理志臣瓚注曰, 自交趾至會稽, 七八千里, 百越²⁵雜處, 各有種姓. 通典曰, 吳郡與吳興²⁶丹陽爲三吳.²⁷ 左傳, 伍員曰, 越十年生聚, 而十年敎訓. 退之詩, 周楚仍連接. 老杜詩, 野水春來更接連.

庖霜刀落繪 執玉酒明船 : 위 구가 예전에는 '회방도락설鱠魴刀落雪'로 되어 있었다. 한유와 맹교의 「성남연구城南聯句」에서 "가늘게²⁸ 현즉玄鰂을

    많았기 때문에 일컬은 말이다.
25 越 : 중화서국본에는 '粤'로 되어 있는데, 『한서·지리지(地理志)』에 따라 바로잡는다.
26 [교감기] '吳興'이 본래 '長興'으로 되어 있는데, 전본 및 『통전·주군십이(州郡十二)』에 따라 고친다.
27 [교감기] 살펴보건대, 『통전』에서 "蘇州 (…중략…) 三吳"라고 했는데, 소주(蘇州)를 당(唐)나라 때는 혹 오군(吳郡)이라 불렀던 것 같다.
28 가늘게 : '포상(庖霜)'은 물고기 등을 가늘게 회 뜨는 것으로, 그 빛이 서리처럼 하얗다고 해서 '포상'이라 한다.

회 뜨네"라고 했다. 『예기·곡례曲禮』에서 "옥을 잡고 있을 때는 종종걸음으로 걷지 않는다"라고 했다. '선船'은 옥주선玉酒船[29]을 말한다. ○ 두보의 「주월대역근사舟月對驛近寺」에서 "달 환해 절로 술도 밝아라"라고 했는데, 이것을 차용했다.

上句舊作鱠魴刀落雪. 韓孟城南聯句曰, 庖霜鱠玄鯽. 曲禮曰, 執玉不趨. 船謂玉酒船. ○ 老杜詩, 月朗自明船. 此借用.

葉縣飛來舃 壺公謫處天 : 위 구는 오명부를 말한 것이고 아래 구는 요명략을 말한 것이다. 『문선』에 실린 휴문 심약의 「화사선성和謝宣城」에서 "왕교王喬의 나는 들오리 신발"이라고 했다. 살펴보건대, 『후한서·왕교전王喬傳』에서 "왕교가 현종顯宗의 때에 섭현 영葉縣令이 되었다. 매달 초하루에 섭현에서 도성에 왔는데, 황제가 태사에게 비밀리에 명령하여 그를 살피게 했다. 이에 태사가 "그가 올 때에는 문득 곧 두 마리 들오리가 있어 동남쪽으로부터 날아옵니다"라 했다. 이에 들오리가 오는 것을 기다렸다가 그물을 들어 펼쳤더니 다만 한 짝의 신발이 있을 뿐이었다. 그 신발은 상서성尚書省에 있을 적에 하사받은 것이었다"라고 했다. 『후한서·비장방전費長房傳』에서 "시장에 늙은이가 있어 약을 팔았는데, 호리병 하나를 가게 앞에 걸어두었다. 늙은이가 이에 비장방과 함께 호리병 속으로 들어갔다. 오직 옥딩玉堂의 엄숙하고 화려

함만을 보았고 맛 좋은 술과 감미로운 안주가 그 가운데 가득 넘쳤다"
라고 했다. 태백 이백의 「하도귀석문구거下途歸石門舊居」에서 "호리병 속
에 일월의 천지가 있네"라고 했다.

上句以屬吳, 下句以屬廖. 選詩, 王喬飛鳧舃. 按後漢王喬傳, 顯宗世爲葉
令. 每月朔, 嘗自縣詣臺, 帝令太史伺望之, 言其臨至, 輒有雙鳧從東南飛來,
於是候鳧至, 擧羅張之, 但得一隻履焉, 則所賜尙書官屬履也. 又費長房傳曰,
市中有老翁賣藥, 懸一壺於肆, 翁乃與長房俱入壺中. 惟見玉堂嚴麗, 旨酒甘
肴, 盈衍其中. 太白詩, 壺中別有日月天.

酌多時暴謔 舞短更成姸 :『한서』에서 "개관요蓋寬饒가 "나에게 술을 많
이 주지 말라"라 했다"라고 했다. 태충太沖 좌사左思의 「오도부吳都賦」에
서 "파양鄱陽의 지나친 장난"이라고 했다. 대개『시경·기욱淇奧』의 "희
학을 잘하니, 지나침이 되지 않도다"라는 구절의 의미를 취한 것이다.
'파양鄱陽'은 지금의 요주饒州이다. 도악의『영릉기』에서 "장사왕長沙王
유발劉發이 황제 앞에서 짧은 소매로 춤 추기를 청하자, 사람들이 그 춤
의 졸렬함을 비웃었다"라고 했다.『문선』에 실린 명원 포조의 「학유공
간체學劉公幹體」에서 "밝고 깨끗한 이는 사랑 받지 못하네"라고 했다.

漢書, 蓋寬饒曰, 毋多酌我. 左太冲吳都賦云, 鄱陽暴謔. 蓋取詩所謂善戲
謔兮, 不爲虐兮之意. 鄱陽, 今饒州. 陶岳零陵記曰, 長沙王發, 於上前自請短
舞, 人笑其拙. 選詩曰, 皎潔不成姸.

唯我孤登覽 觀詩未究宣 空餘五字賞 文似兩京然 : 요명략의 시를 보니, 그가 상세하게 읊어 놓은 경물을 다 궁구하지 못했지만, 그의 오자五字의 시는 마치 한漢나라 소무蘇武와 이릉李陵, 조식과 유정의 작품과 비슷한 점이 있어 감탄했다는 말이다. 『한서·유림전儒林傳』의 서序에서 "소리小吏는 학문에 천근하여 상세하게 궁구하지 못했다"라고 했다. 『후한서·장형전張衡傳』에서 "장형이 반고의 양도부兩都賦를 모방하여 이경부二京賦를 지었다"라고 했다. 『맹자』에서 "도道는 큰 길과 같은 것이다"라고 했다.

謂觀明畧詩, 未能究景物之詳, 然歎賞其五字律, 如兩漢蘇李曹劉之作也. 漢書儒林傳序曰, 小吏淺聞, 未能究宣. 後漢書張衡傳, 擬班固兩都作二京賦. 孟子曰, 道若大路然.

醫是肱三折 官當歲九遷 : '굉삼절肱三折'[30]은 앞의 주注에 보이는데, 근심 걱정을 많이 겪었다는 말이다. 퇴지 한유의 「상장복야서上張僕射書」에서 "일 년에 아홉 번 관직을 옮겼네"라고 했다.

肱三折見上注, 言經憂患之多. 退之上張僕射書曰, 一歲九遷其官.

老夫看鏡罷 衰白敢爭先 : 두보의 「강상江上」에서 "공적 없어 자주 거울 보니 부끄럽네"라고 했다. 또한 「범이원외막오십시어욱특왕가료기차

---

30 굉삼절(肱三折) : 『좌전』에서 "팔이 세 번 부러지면 좋은 의사가 된다[三折肱, 爲良醫]"라고 했다.

작范二員外邀吳十侍御郁特枉駕聊寄此作」에서 "노쇠한 몸이 이미 빛이 나네"라

고 했다.

老杜詩, 功業頻看鏡. 又詩, 衰白已光輝.

4. 병들어 열흘 동안 술을 마시지 못했다. 2수

病來十日不擧酒. 二首

첫 번째 수其一

病來十日不擧酒	병들어 열흘 동안 술 마시지 않노니
回施靑春與後生	이를 돌려 젊은이와 후생에게 주노라.
滿袖東風愜人意	소매 가득 봄바람은 내 마음에 쏙 들고
見君詩與字俱淸[31]	그대가 보내준 시와 글자 모두 맑구나.

【주석】

病來十日不擧酒 回施靑春與後生 滿袖東風愜人意 見君詩與字俱淸 : 왕희
지의 첩帖에서 "관노官奴의 어린 아이 옥윤玉潤이 병든 지 10일이나 되었
지만 백성들이 알지 못하게 했다"라고 했다. '회시回施'[32]는 불가佛家의
말을 사용한 것이다. 양응식楊凝式의 「낙양시첩洛陽詩帖에서 "끝없는 즐
거움과 영락한 일을, 한 때의 젊은이들에게 돌려주노라"라고 했다. 유
우석의 「답장시어가희재등과후자낙부상도증별答張侍御賈喜再登科後自洛赴上
都贈別」에서 "앵화를 후생에게 나누어 주네"라고 했다. 두보의 「배정광
문유하장군산림陪鄭廣文游何將軍山林」에서 "그윽한 정취 갑자기 깨져버렸
네"라고 했다.

31　[교감기] '淸'이 원본·부교본·장지본에는 '新'으로 되어 있다.
32　회시(回施) : 은혜에 보답하려고 정성을 다한다는 말이다.

王羲之帖云, 官奴小女玉潤, 病來十餘日, 了不令民知. 回施蓋用佛家語. 楊凝式詩, 無限歡娛榮樂事, 一時回施少年人. 劉禹錫詩, 分付鶯花與後生. 老杜詩, 幽意忽不惬.

두 번째 수 其二

病來十日不擧酒	병들어 열흘 동안 술 마시지 않은 채
獨臥南床春草生	홀로 남쪽 침상에 누우니 봄풀 돋아나네.
承君折送袁家紫	그대가 꺾어 보내준 원가자를 받으니
令我興發[33]郎官淸[34]	나로 하여금 낭관청의 기운 일으키네.

【주석】

病來十日不擧酒 獨臥南床春草生 承君折送袁家紫 令我興發郎官淸 : 『남사』에서 "사혜련謝惠連의 족형族兄 사령운이 일찍이 일찍 영가永嘉가 서당西堂에서 시를 생각하다가 홀연 꿈에 사혜련을 보고 곧바로 '지당생춘초池塘生春草'라는 시구를 얻었다"라고 했다. '원가자袁家紫'는 목단의 이름이다. '낭관청郎官淸'은 술 이름이다. 『국사보』에서 "술은 경성京城의 낭관청郎官淸이다"라고 했다.

---

33 [교감기] '興發'이 문집·고본에는 '發興'으로 되어 있고 고본의 원교(原校)에서는 "다른 판본에는 '興發'로 되어 있다"라고 했다.
34 [교감기] 문집·고본에는 이 작품을 첫 번째 수로 두었고, 앞 시를 두 번째 수로 배열했다.

南史, 謝惠連族兄靈運, 嘗於永嘉西堂思詩. 忽夢見惠連, 卽得池塘生春草. 袁家紫當是牡丹名. 郞官淸蓋酒名. 國史補云, 酒則京城之郞官淸.

5. 소경의 부채에 쓰다

題小景扇

草色靑靑柳色黃	풀빛은 푸르고 푸르며 버들빛은 누렇고
桃花零落杏花香	복사꽃은 떨어지고 살구꽃은 향기롭네.
春風不解吹愁却	봄바람도 근심을 씻어내지 못하노니
春日偏能惹恨長	봄날은 긴 한만을 끌어당기는구나.

【주석】

草色靑靑柳色黃　桃花零落杏花香　春風不解吹愁却　春日偏能惹恨長 :『문선』에 실린 「고시古詩에서 "푸르고 푸른 물가의 풀"이라고 했다. 태백 이백의 「궁중행락사宮中行樂詞」에서 "버들빛은 황금처럼 곱구나"라고 했다.

文選古詩, 靑靑河畔草. 太白詩, 柳色黃金嫩.

6. 악주 남루에서 쓰다. 4수

鄂州南樓書事. 四首

첫 번째 수 其一

四顧山光接水光	사방 돌아보니 산빛은 물빛과 접하였고
凭欄十里芰荷香	난간 기대니 십리의 연꽃 향기 밀려오네.
淸風明月無人管	청풍명월은 사람이 주관하지 않지만
併作南樓³⁵一味涼	더불어 남루 지으니 청량한 기운 감도네.

【주석】

四顧山光接水光 凭欄十里芰荷香 淸風明月無人管 併作南樓一味涼 : 『장

자』에서 "사방을 돌아보며 머뭇거리다"³⁶라고 했다. 상건常建의 「제파

산사후선원題破山寺後禪院」에서 "산 빛은 새의 본성 기쁘게 하네"라고 했

다. 구양수의 「초허주객招許主客」에서 "오직 맑은 가을의 청량한 운치만

남아 있네"라고 했다. ○ 퇴지 한유의 「수사문노사형운부원장망추작酬

35　[교감기] '南樓'가 원본·부교본·건륭본에는 '南來'로 되어 있다. 건륭본의 옹 씨
　　(翁氏)의 원교(原校)에서 "'南來'가 『정화록(精華錄)』에는 '南樓'로 되어 있다"
　　라고 했다.

36　사방을 돌아보며 머뭇거리다 : 대상물(對象物)인 소와 일체가 된 망아(忘我)의
　　상태에서 사방을 돌아보며 머뭇거린다는 뜻이다. 사고(四顧)는 사방을 돌아보
　　는 모습으로, 현실 세계에 아직 익숙하지 못해 어리둥절하며 돌아보는 동작을
　　나타내고, 주저(躊躇)는 머뭇거리며 어찌할지를 모르는 모습으로, 역시 현실의
　　세계에 익숙하지 않기 때문에 머뭇거리는 동작을 나타낸다.

에서 "곡강의 연꽃이 십 리를 덮었네"라고 했다.

또한 『태평광기』에 실린 「귀鬼」에서 "밝은 달과 맑은 바람 부는, 좋은

밤에 함께 모이었네"라고 했다.

莊子曰, 爲之四顧, 爲之躊躇. 常建³⁷詩, 山光悅鳥性. 歐公詩, 惟有淸秋一

味凉. ○ 退之詩, 曲江荷花蓋十里. 又太平廣記鬼詩, 明月淸風, 良宵會同.³⁸

두 번째 수其二

畵閣傳觴容十客	화각에는 술 마시는 열 명의 객 앉을 수 있고
透風透月兩明軒	바람과 달빛 스미니 둘 다 밝은 누대로다.
南樓槃礴三百尺	남루는 삼백 척이나 높고도 크니
天上雲居不足言	하늘 위의 운거라는 말도 충분치 않네.

【주석】

畵閣傳觴容十客 透風透月兩明軒 南樓槃礴三百尺 天上雲居不足言 : 『문

선』에 실린 곽박의 「강부江賦」에서 "형문은 우뚝 솟아 넓고도 크네"라

고 했으며, 이선李善의 주注에서 "넓고 큰 모습이다"라고 했다. 퇴지 한

유의 「송승징관送僧澄觀」에서 "불에 타고 물에 휩쓸려 아무것도 없는 터

에, 우뚝이 삼백 척이나 높게 솟았도다"라고 했다. 강남의 속담에 "하

---

37 常建 : 중화서국본에서는 '老杜'라고 했는데, '常建'의 오류이다.

38 [교감기] '退之 (…중략…) 會同'이라는 구절이 부교본에는 없다.

늘 위는 운거雲居요, 땅 위는 귀종歸宗이네"라고 했다. 대개 '운거'는 산의 꼭대기에 있는데, 옛날에는 홍주洪州에 속해 있었지만 지금은 남강군南康軍에 속해 있다. ○『삼국지』에서 "진등陳登의 자는 원룡元龍이다. 유비劉備가 "나 같았으면 나는 백 척의 누대 위로 올라가 눕겠다"라 했다"라고 했다. 이 작품에서 '삼백척三百尺'이라 한 것은 더 덧붙여 말한 것이다.

文選郭璞江賦曰, 荊門闕[39]竦而槃礴. 李善注曰, 廣大貌. 退之詩, 火燒水轉掃地空, 突兀便高三百尺. 江南諺曰, 天上雲居, 地上歸宗. 蓋雲居在山之絶頂, 舊屬洪州, 今屬南康軍. ○ 三國志, 陳登字元龍. 劉備曰, 如小人欲臥百尺樓上. 今云三百尺, 蓋增言之耳.

세 번째 수其三

勢壓湖南可長雄	형세 호남 압도해 우두머리 될 수 있고
胸吞雲夢略從容	흉중에 운몽 삼켰지만 흡족지는 못하네.
北船未嘗睹巨麗	북쪽 배로 일찍이 크고 화려함 못 보았는데
複閣重樓天際逢	겹겹이 누각을 하늘 끝에서 만나보노라.

---

39 闕 : 중화서국본에는 '閣'로 되어 있으나, 『문선』에 실린 곽박의 「강부(江賦)」에는 '闕'로 되어 있다.

勢壓湖南可長雄 胸呑雲夢略從容 北船未嘗睹巨麗 複閣重樓天際逢 : 『전한서·포선전鮑宣傳』에서 "상당上黨에는 호걸이 적어 장수長帥와 웅호雄豪가 쉽게 될 수 있다"라고 했다. 퇴지 한유의 「제악어문祭鱷魚文」에서 또한 "다투어 장웅長雄이 되다"라고 했다. '흉탄운몽胸呑雲夢'[40]은 위의 주注에 보인다. 사마상여의 「자허부子虛賦」에서 "그대들은 아직 저 거대하고 화려한 것을 보지 못한 듯하네"라고 했다. 『문선·경복전부景福殿賦』에서 "중첩된 누각과 겹겹이 궁궐"이라고 했다. 현휘 사조의 「지선성출신림포향판교之宣城出新林浦向板橋」에서 "하늘 가에 돌아오는 배 있어라"라고 했다.

前漢鮑宣傳曰, 上黨少豪俊, 易長雄. 退之祭鱷魚文亦曰, 爭爲長雄. 胸呑雲夢見上注. 子虛賦曰, 君未睹夫巨麗也. 文選景福殿賦曰, 複閣重闈. 謝玄暉詩, 天際識歸舟.

네 번째 수其四

武昌參佐幕中畵	무창 부하들의 군막 가운데 그림
我亦來追六月涼	나 또한 와서 유월의 시원함 쐬네.

40　흉탄운몽(胸呑雲夢) : 『한서·사마상여전(司馬相如傳)』에서 "운몽과 같은 것 여덟 개나 아홉 개쯤 삼켜도, 그 가슴 속에서는 결코 겨자씨만큼도 걸릴 것이 없습니다[呑若雲夢者八九, 於其胸中曾不蔕芥]"라고 했다.

老子平生殊不淺　　늙은이의 평생 자못 흥 얕지 않노니

諸君少住對胡床　　제군들 조금만 더 머물러 호상 마주하세.

【주석】

武昌參佐幕中畵 我亦來追六月凉 老子平生殊不淺 諸君少住對胡床 : '무창武昌'은 유량庾亮의 고사[41]를 이용한 것으로, 그 일이 아래 주注에 보인다. 『세설신어』 주注에서 "유홍劉弘이 도간陶侃에게 "예전에 내가 양태부羊太傅의 부하[參佐]가 되었었다"라 했다"라고 했다. 『문선』에 실린 선원 사첨의 「장자방張子房」에서 "조화로운 군막 가운데 그림"이라고 했다. 『후한서·중장통전仲長統傳』에서 "맑은 물에 씻고, 시원한 바람 쐬네"라고 했다. 두보의 「강촌羌村」에서 "예전 여름 시원한 바람 쐬러, 연못가 숲을 노닐었었네"라고 했다.

武昌蓋用庾亮, 事見下注. 世說注, 劉弘謂陶侃曰, 昔吾爲羊太傅參佐. 文選謝宣遠詩曰, 婉婉幕中畵. 後漢仲長統傳曰, 濯淸水, 追凉風. 老杜詩, 憶昔好追凉, 故遶池邊樹.

41　유량(庾亮)의 고사 : 진(晉)나라 유량(庾亮)이 태위(太尉)로 무창(武昌)에 있을 때 하속(下屬)인 은호(殷浩), 왕호지(王胡之) 등이 달밤에 남루(南樓)에 올라 막 시를 읊고 있는데, 그가 왔다. 이에 하속들이 일어나 자리를 피하려 하자 그가 "제군들은 잠시 더 머물라. 이 늙은이도 이러한 일에 흥이 얕지 않다"라고 하고는, 그 자리에 함께 어울려 시를 읊으며 놀았다.

7. 남루 화각에서 방공열의 두 편의 짧은 시를 보고 장난스레 차운하다

南樓畵閣觀方公悅二小詩戱次韻

첫 번째 수其一

十年華屋網蛛塵	십 년 동안 멋진 집에 거미줄 걸렸는데
大斾重來一日新	큰 깃발 거듭 오니 날로 새로워지네.
五鳳樓中[42]修造手	오봉루 가운데 글을 짓는 솜씨로
箇中餘刃亦精神	하나하나 여유 있고 또한 정신 담겼어라.

【주석】

十年華屋網蛛塵 大斾重來一日新 五鳳樓中修造手 箇中餘刃亦精神 : 『문선』에 실린 안원顏遠 조터曹攄의 시에서 "살아서는 화려한 집에 살았네"라고 했다. 경양 장협의 「잡시雜詩」에서 "집 사방에 거미줄 걸렸네"라고 했다. 문공文公 양억楊億의 『담원談苑』에서 "한보韓浦와 한계韓洎는 모두 문장으로 이름이 있었다. 아우인 한계는 스스로 형인 한보의 문장을 가볍게 여기면서 사람들에게 "우리 형의 문장은 허름한 초가집 같고 나의 문장은 오봉루五鳳樓를 짓는 솜씨이다"라 했다"라고 했다. 『장자』에서 "그 공간이 넓고 넓어서 칼을 놀릴 때 절로 여유가 있게 마련이다"라고 했다.

---

42 [교감기] '樓中'이 전본에는 '樓前'으로 되어 있다.

文選曹顔遠詩, 生存華屋處. 張景陽雜詩曰, 蜘蛛網四屋. 楊文公談苑曰, 韓浦, 韓洎咸有詞學. 洎意嘗輕浦, 謂人曰, 吾兄爲文, 譬繩樞草舍, 予之爲文, 是造五鳳樓手. 莊子曰, 恢恢然, 其於游刃必有餘地者矣.

두 번째 수其二

重山複水繞深幽[43]　　겹겹이 산과 물이 그윽한 곳 감싸고
不見高賢獨倚樓　　고현 보지 못해 홀로 누대에 기대이네.
手拂壁間留恨句　　손으로 벽 사이 한 서린 구절을 쓰다듬노니
凌波微步有人愁　　파도 탄 가벼운 걸음에 사람은 수심겹네.

【주석】

重山複水繞深幽 不見高賢獨倚樓 手拂壁間留恨句 凌波微步有人愁 : 두보의 「해민解悶」에서 "고고한 사람인 왕우승은 보이지 않네"라고 했다. 또한 「강상江上」에서 "진퇴를 고민하며 홀로 누대에 기대네"라고 했다. 조식의 「낙신부洛神賦」에서 "파도를 타고 가볍게 걷는데, 비단 버선에 먼지가 이네"라고 했다. 태백 이백의 「악부樂府」에서 "누대에 올라 근심하는 사람"이라고 했다.

老杜詩, 不見高人王右丞. 又詩, 行藏獨倚樓. 洛神賦曰, 凌波微步, 羅襪生塵. 李太白樂府云, 有人樓上愁.

43　[교감기] '幽'가 문집·장지본·명대전본에는 '秋'로 되어 있다.

8. 내가 지난 해 9월 악주에 이르러 남루에 올라갔다가 지어 놓은 것이 아름다워 탄복했다. 이에 장구를 지어 오래도록 멀리까지 전하고자 했다. 지금에서야 장구를 써서 공열에게 드린다

庭堅以去歲九月至鄂, 登南樓, 歎其制作之美, 成長句, 久欲寄遠, 因循至今,

書呈公悅[44]

江東湖北行畵圖	강동과 호북의 그림 속을 걷노니
鄂州南樓天下無	악주의 남주 같은 곳 천하에 없다오.
高明廣深勢抱合	고명하고 광심한 기세 모두 모였고
表裏江山來畵閣[45]	안팎의 산하가 멋진 누대로 밀려드네.
雪筵披襟夏簟寒	설연에 옷깃 열고 여름 대자리도 시원하여
胸吞雲夢何足言	흉중에 운몽 삼켜도 어찌 족하다 하리.
庾公風流冷似鐵	유공의 풍류는 쇠처럼 차가워졌지만
誰其繼之方公悅	누가 이었는가, 바로 공열이라네.

【주석】

江東湖北行畵圖 鄂州南樓天下無 : 두보의 「낭수가閬水歌」에서 "낭주성

---

44 [교감기] '書呈公悅'에 대해 문집에서는 시 제목 아래 원주(原注)에서 '澤'이라고 했고 고본의 주(注)에서는 '懌'이라고 했다.
45 [교감기] '閣'이 문집·고본에는 '閣'으로 되어 있고 원교(原校)에서 "다른 판본에는 '閣'으로 되어 있다"라고 했다.

남쪽 경치는 천하에 드물다네"라고 했다.

老杜詩, 閬州城南天下稀.

高明廣深勢抱合 表裏江山來畵閣 : 『좌전』에서 "밖과 안으로 산과 강물이 막고 있으니 반드시 해 될 것은 없다"라고 했다. 『필담筆談』에 실린 노종회盧宗回의 「자은탑시慈恩塔詩」에서 "백둘의 산과 강물이 밖과 안으로 바라다보이네"라고 했다.

左傳曰, 表裏山河必無害也. 筆談載盧宗回慈恩塔詩曰, 百二山河表裏觀.

雪筵披襟夏簟寒 胸吞雲夢何足言 : 겨울에는 따뜻하고 여름에는 시원하다는 말이다. '설연雪筵'[46]은 『문선』에 실린 사혜련의 「설부雪賦」의 의미를 이용한 것이다. 송옥의 「풍부風賦」에서 "바람이 시원스럽게 불어오니, 왕이 옷깃을 열고 바람을 맞으면서 "시원하구나, 이 바람이여"라 했다"라고 했다. 문통 강엄의 「별주別賦」에서 "여름 대자리 시원하고 낮은 길기만 하네"라고 했다. 『한서·사마상여전司馬相如傳』에서 "운몽[47]과 같은 것 여덟 개나 아홉 개쯤 삼켜도, 그 가슴 속에서는 결코 겨자씨만큼도 걸릴 것이 없습니다"라고 했다.

言冬暖而夏涼也. 雪筵用文選謝惠連雪賦意. 宋玉風賦曰, 有風颯然而至,

---

46 설연(雪筵) : 『문선』에 실린 사혜련의 「설부(雪賦)」에 의하면, 양 혜왕이 세모
    (歲暮)에 눈이 내리자 문사(文士)들을 초청하여 주연(酒宴)을 베풀고 사마상여
    에게 눈을 노래하게 했다.
47 운몽 : 초(楚)나라 대택(大澤)의 이름으로 사방이 9백 리나 된다고 한다.

王乃披襟而當之曰, 快哉此風. 江文通別賦曰, 夏簟淸兮晝不暮. 漢書司馬相如傳曰, 呑若雲夢者八九, 於其胸中曾不蔕芥.

庾公風流冷似鐵　誰其繼之方公悅 : 『진서·유량전庾亮傳』에서 "유량이 무창武昌에 있을 때, 여러 부하들이 가을밤에 함께 남루에 올랐었다. 여기에 유량이 오자, 사람들이 모두 일어나 피하려고 하자, 유량이 "제군들은 잠시 더 머물라. 이 늙은이도 이러한 일에 흥이 얕지 않다"라고 했다. 이에 다시 호상 앞에서 대화를 나누고 시를 읊조렸다"라고 했다. 두보의 「모옥위추풍소파가茅屋爲秋風所破歌」에서 "무명 이불 여러 해 되어 쇠처럼 차갑네"라고 했다. 『좌전』에서 "자산子産이 죽는다면, 누가 그를 계승하겠는가"라고 했다. '공열公悅'의 이름은 '택澤'이다.

晉書庾亮傳, 在武昌, 諸佐史乘秋夜共登南樓. 亮至, 諸人將起避之, 亮曰, 諸君少住, 老子於在此處興復不淺. 更據胡床談詠. 老杜詩, 布衾多年冷似鐵. 左傳曰, 子産而死, 誰其嗣之. 公悅名澤.

9. 싸움닭을 키우다

養鬪雞

峥嶸已介季氏甲	우뚝하게 이미 계 씨는 투구를 입혔고
更以黃金飾兩戈	다시 황금으로 두 다리 창 매달았지.
雖有英心甘鬪死	비록 웅장한 마음으로 싸우며 죽는 것
	달게 여기나
其如紀渻木雞何	어찌 기성자가 말한 나무로 만든 닭만 하랴.

【주석】

峥嶸已介季氏甲 更以黃金飾兩戈 : 『좌전』에서 "노魯나라 계 씨季氏와 후씨郈氏의 닭이 서로 싸울 적에, 계 씨는 자기 닭에 갑옷을 입혔고 후씨는 닭의 발톱에 쇠붙이를 끼웠다"라고 했고 그 주注에서 "계 씨는 겨자를 찧어 자기 닭은 깃털에 뿌렸다. 혹자는 "아교를 모래에 뿌려서 닭은 갑옷을 만들었다"라 했다"라고 했다. 한유와 맹교의 「투계연구鬪雞聯句」에서 "우뚝히 성대한 기운 가득하고,[48] 엉켰던 고운 깃털 깨끗이 정돈했네. 이미 머리에는 투구를 썼고, 다시 발에는 쇠붙이 끼웠네"라고 했다.

---

48 가득하고 : '전(顓)'은 기운이 성대하다는 의미이다. 『예기·옥조(玉藻)』에서 "군자의 선 모양은 (…중략…) 머리와 목은 반드시 반듯하게 하며, 산처럼 의연하게 서며, 가야 할 때에 가며, 성덕의 기운이 몸 안에 꽉 차서 양기가 만물을 따뜻하게 품어주듯 하며, 얼굴은 옥빛이 나는 것이다[立容 (…중략…) 頭頸必中, 山立, 時行, 盛氣顓實, 揚休, 玉色]"라고 했다.

左傳曰, 季郈之雞鬪. 季氏介其雞, 郈氏爲之金距. 注云, 擣芥子播其羽也.
或曰, 以膠沙播之爲介雞. 韓孟鬪雞聯句曰, 崢嶸顛盛氣, 洗刷凝鮮彩. 既取冠
爲胄, 復以距爲鐬.

雖有英心甘鬪死 其如紀渻木雞何 : 한유와 맹교의 「투계연구鬪雞聯句」에
서 "웅장한 마음은 싸우다 죽는 것 달게 여기고, 의로운 살이라 고기반
찬 되는 걸 수치스럽게 여겼네"라고 했다. 『열자』에서 "기성자紀渻子가
왕을 위해 싸움닭을 키웠다. 10일이 지나서 왕이 "닭은 싸울만한가"라
물었다. 이에 기성자는 '아직 아닙니다. 지금은 공연히 허세 부리며 자
기 기력만 믿고 있습니다"라 대답했다. 10일이 또 지나서 왕이 묻자,
기성자는 "아직 아닙니다. 아직도 다른 닭을 노려보며 혈기를 드러내
고 있습니다"라 대답했다. 10일이 또 지나서 왕이 묻자, 기성자가 "거
의 완성되었습니다. 다른 닭이 우는 소리를 내도 이에 대응함이 없고,
바라보면 마치 나무로 조각하여 만든 닭 같습니다. 다른 닭들이 감히
대응하는 것이 없고, 도리어 달아나 버립니다"라 대답했다"라고 했다.
韓孟鬪雞聯句曰, 英心甘鬪死, 義肉恥庖宰. 列子曰, 紀渻子爲周宣王養鬪
雞, 十日而問, 雞可鬪乎. 曰, 未也, 方虛驕而恃氣. 十日又問之, 曰, 未也, 猶
疾視其盛氣. 十日又問之, 曰, 幾矣. 雞雖有鳴者, 已無變矣, 望之似木雞矣.
異雞無敢應者, 反走耳.[49]

49　[교감기] '列子 (…중략…) 走耳'라는 구절은 『열자·황제편(黃帝篇)』에 보이고 또
한 『장자·달생편(達生篇)』에도 보인다. '恃氣' 아래에 '十日又問, 曰, 未也, 猶應

影響'이 빠져 있다.

10. 안도의 빈락재. 2수

【안도의 성은 황이고 이름은 우안으로 시어사 황조의 셋째 아들이다.

산곡 황정견이 수첩을 쓰면서 종맹의 우호를 서술했었다】

顔徒貧樂齋.⁵⁰ 二首【顔徒姓黃, 名友顔, 侍御史照之第三子. 山谷有手帖, 敍宗盟之好】

첫 번째 수其一

衡門低首過	형문을 고개 숙이고 지나가니
環堵容膝坐	빙 두른 담장 안에 앉을 만하네.
四旁無給侍	사방에서는 시중드는 이 없고
百衲自纏裹	백납으로 된 옷을 스스로 입었다오.
論事直如絃	일 논할 때 줄처럼 곧았으며
觀書曲肱臥	책을 보며 팔 괴고 누웠다네.
飢來或乞食	배고프면 혹 먹을 것을 구하노니
有道無不可	도가 있어 불가할 것이 없다네.

【주석】

衡門低首過 環堵容膝坐 : 『시경·형문衡門』에서 "형문의 아래에서 한 가히 지낼 만하네"라고 했는데, 그 주注에서 "형문은 나무를 가로 걸어 만든 문으로, 미천하고 비루함을 말한다"라고 했다. 『예기』에서 "선비 는 가로 세로 각각 10보步 이내의 담장 안에서 거주한다. 좁은 방 안에

---

50 [교감기] '齋'가 문집에는 없고 고본에도 빠져 있다.

는 사방에 벽만 서 있을 뿐이다"라고 했다. 『한시외전』에서 "북곽선생北郭先生의 처妻가 "지금 사마駟馬를 타고 기마騎馬를 늘어놓아도 편안한 곳은 무릎이나 놀릴 만한 방에 지나지 않는다"라 했다"라고 했다. ○ 연명 도잠의 「귀거래사歸去來詞」에서 "무릎만 겨우 들여놓을 작은 집도 편안한 줄을 알겠네"라고 했다.

詩云, 衡門之下, 可以棲遲. 注云, 衡門, 橫木爲門, 言淺陋也. 禮記曰, 儒有一畝之宮, 環堵之室. 韓詩外傳, 北郭先生妻曰, 結駟列騎, 所安不過容膝. ○ 淵明歸去來詞, 矧[51]容膝之易安.[52]

四旁無給侍　百衲自纏裹 : 『고공기』에서 "하후씨夏后氏의 세실世室[53]은 사방 양쪽에 창문이 있다"라고 했다. 『유마경』에서 "문수사리보살文殊師利菩薩이 "그대의 집은 어찌하여 가족이 없이 텅 비었는가"라 했다. 이에 유마힐이 "모든 불국토佛國土는 또한 모두 비어 있습니다"라 했다"라고 했다. 『열반경』에서 "부처가 문수사리보살에게 고하길 "너는 이미 늙어서 심부름할 사람이 필요할 터인데, 어떻게 나의 시중을 들겠느냐"라 했다"라고 했다. 낙천 백거이의 「희증소처사청선사戲贈蕭處士淸禪師」에서 "백납百衲[54]으로 수도하는[55] 자유로운 스님"이라고 했다.

51　[교감기] '矧'이 전본·건륭본 및 통용되는 『도연명집(陶淵明集)』에는 '審'으로 되어 있다.
52　[교감기] '淵明 (…중략…) 易安'이라는 구절이 부교에는 없다.
53　세실(世室) : 종묘(宗廟)를 말한다. 하(夏)나라에서는 세실(世室)이라, 은(殷)나라에서는 중옥(重屋)이라했으며, 주(周)나라에서는 명당(明堂)이라고 했다.
54　백납(百衲) : 중생이 쓰다 버린 옷가지를 주워 백 번 꿰맨 누더기 장삼이라는 뜻

考工記曰, 夏后氏世室, 四旁兩夾窻. 維摩經曰, 文殊師利言, 居士此室, 何以空無侍者. 維摩詰言, 諸佛國土, 亦復皆空. 涅槃經, 佛告文殊, 汝已朽邁, 當須使人, 云何方欲爲我給侍. 樂天詩, 百衲頭陀任運僧.

論事直如絃 觀書曲肱臥 : 『후한서·오행지五行志』에서 "순제順帝 말엽에 경도京都의 동요童謠에 "활줄처럼 곧았지만 길가에서 죽었고, 갈고리처럼 굽었지만 오히려 제후에 봉해졌네"라 했다"라고 했다. '곡굉曲肱'[56]은 『노론』에 보인다.

後漢五行志, 順帝之末, 京都童謠曰, 直如弦, 死道邊. 曲如鉤, 反封侯. 曲肱見魯論.

飢來或乞食 有道無不可 : 굶주려 먹을 것을 구하는 것이 연명 도잠의 무리가 그 참됨을 해치지 않은 것과 같다. 연명 도잠의 「걸식乞食」에서 "잔뜩 굶주리매 누군가 나를 몰아가는데, 끝내 어디로 가는지 나도 몰랐네"라고 했다. 『열자』에서 "열자가 몹시 가난하여 용모에도 주린 기색이 드러났다. 그때 마침 정鄭나라에 유세하러 왔던 어떤 객이 정나라

이다.

55 수도하는 : '두타(頭陀)'는 속세의 번뇌를 끊고 청정하게 불도를 수행하는 것을 말한다.

56 곡굉(曲肱) : 『논어·술이(述而)』에서 "나물밥에 물을 마시고 팔 베고 눕더라도 즐거움이 또한 그 속에 있나니, 떳떳하지 못한 부귀는 나에게 뜬구름과 같다[飯疏食飮水, 曲肱而枕之, 樂亦在其中矣, 不義而富且貴, 於我如浮雲]"라는 공자(孔子)의 말이 나온다. 안빈낙도(安貧樂道)의 의미이다.

의 재상 자양子陽에게 열자의 궁상窮狀을 말하면서 "열어구列禦寇는 아마도 도道가 있는 선비일 것이다"라 했다. 이에 자양이 그에게 곡식을 보냈는데, 열자는 두 번 절하고 그 곡식을 사양했다. 그러자 공자가 "나는 이와는 다르다, 가可함도 불가不可함도 없다"라 했다"라고 했다.

飢而乞食, 如陶淵明之徒, 不害其眞也. 淵明有乞食詩曰, 飢來驅我去, 不知竟何之. 列子曰, 子列子窮, 容貌有飢色, 客有言之鄭子陽者曰, 列禦寇蓋有道之士也. 子陽遺之粟, 子列子再拜而辭. 孔子曰, 我則異於是, 無可無不可.

두 번째 수其二

小山作友朋[57]	작은 산과 벗이 되었노니
義重子輿桑	자여와 자상처럼 의리 중하다오.
香草當姬妾	향기로운 풀은 고운 여인에 해당하니
不須珠翠粧	화려하게 꾸밀 필요가 없다네.
鳥烏窺凍硯	새와 까마귀 언 벼루를 엿보고
星月入幽房	별빛 달빛은 그윽한 방으로 비쳐드네.
兒報無炊米	아이가 밥할 쌀이 없다고 하지만
浩歌繞屋梁	호탕한 노래는 집안에 울려 퍼지네.

57　[교감기] '友朋'이 원본·장지본·명대전본에는 '朋友'로 되어 있다.

【주석】

小山作友朋 義重子輿桑 : 노동의 「자영自詠」에서 "풀과 돌에 친한 마음 있다오"라고 했는데, 이 구절의 의미를 취한 것이다. 『장자』에서 "자여 子輿와 자상子桑의 벗인데, 열흘 동안 연이어 장맛비가 내리자, 자여가 말하기를 "자상이 굶어서 병이 났겠구나"라 하고 밥을 싸 가지고 가서 먹였다"라고 했다.

盧仝詩, 草石是親情. 此句頗采其意. 莊子曰, 子輿與子桑友, 而淋雨十日. 子輿曰, 子桑殆病矣. 裹飯而往食之.

香草當姬妾 不須珠翠粧 : 왕일王逸의 『이소서離騷序』에서 "잘 우는 새와 향기로운 풀은 충정忠貞에 짝이 된다"라고 했다. 낙천 백거이의 「동정 한망東亭閑望」에서 "푸른 계수는 멋진 손님에 해당하고, 붉은 파노는 미인에 해당하네"라고 했다. 자건 조식의 「칠계七啓」에서 "산탈山鷸과 척안斥鷃, 주취珠翠[58]의 진미珍味"라고 했다.

王逸離騷序曰, 善鳥香草, 以配忠貞. 樂天詩, 綠桂爲佳客, 紅蕉當美人. 曹子建七啓曰, 山鷸斥鷃, 珠翠之珍.

鳥烏窺凍硯 星月入幽房 : 『좌전』에서 "새와 까마귀가 즐겁게 우짖고 있다"라고 했다. 정곡의 「연시燕詩」에서 "한가한 책상의 벼루 가운데 얕은 물 엿보고, 꽃 진 길에서 향기로운 진흙 얻네"라고 했다. 『문

---

58 주취(珠翠) : 조개와 물총새의 고기를 말하는데, 맛이 좋다고 한다.

선』에 실린 육기의 「의명월하교교擬明月何皎皎」에서 "북당 아래에서 편히 잠을 자니, 밝은 달이 창문으로 들어오네"라고 했다. 안인 반악의 「애영서문哀永逝文」에서 "널 어루만지며 무덤으로 보낸다"라고 했다. 퇴지 한유의 「송구홍남귀送區弘南歸」에서 "황폐한 방에는 사람 없어 쥐며 느리만 있어라"라고 했는데, 이것을 차용했다.

左傳曰, 鳥鳥之聲樂. 鄭谷燕詩曰, 閑机硯中窺水淺, 落花徑裏得泥香. 文選陸機詩, 安寢北堂下, 明月入我牖. 潘安仁哀永逝文曰, 撫靈櫬兮訣幽房. 退之詩, 幽房無人感蚍蜉. 此借用.

兒報無炊米 浩歌繞屋梁 : 『구당서 · 한유전韓愈傳』에서 "비록 아침에 불 땔 수 없었지만, 편안히 여기며 개의치 않았다"라고 했다. 두보의 「백수최소부십구옹고재삼십운白水崔少府十九翁高齋三十韻」에서 "긴 노래 들보를 울리네"라고 했다. 살펴보건대, 『열자』에서 "한韓나라의 창가唱歌 잘하던 기녀 한아韓娥가 동으로 제齊나라에 갔을 때, 양식이 떨어지자, 옹문雍門에 들러 창가를 팔아 밥을 얻어먹었는데, 그가 떠난 뒤까지 창가 소리의 여운이 들보 사이에 감돌아 3일 동안 끊이지 않았다"라고 했는데, 이것을 차용하여 빈천함을 신경 쓰지 않았다고 말한 것이다. 『초사 · 구가九歌』에서 "바람 맞으며 크게 노래를 부르도다"라고 했다. 송옥의 「신녀부神女賦」에서 "빛을 발하는 것이 마치 태양이 집의 들보에 비추는 것 같았다"라고 했다.

舊唐書韓愈傳, 雖晨炊不給, 怡然不介意. 老杜詩, 長歌激屋梁. 按列子曰,韓娥東之齊, 匱糧, 過雍門, 鬻歌假食. 既去, 而餘音繞梁欐, 三日不絶. 此借用, 以言能傲貧賤也. 楚辭九歌曰, 臨風怳兮浩歌. 宋玉神女賦曰, 耀乎若白日初出屋梁.

11. 화량헌. 2수

和涼軒. 二首

첫 번째 수其一

打荷看急雨	소낙비가 연잎 두드리는 걸 보고
呑月任行雲	달 삼킨 채 구름은 멋대로 흘러가네.
夜半蚊雷起	밤중의 모기는 천둥소리 일으키지만
西風爲解紛	가을바람이 이를 해결해 준다오.

【주석】

打荷看急雨 呑月任行雲 夜半蚊雷起 西風爲解紛 : '문뢰蚊雷'[59]는 위의 주注에 보인다. 『사기·골계전滑稽傳』에서 "얘기하는 말이 은연중에 맞으면, 분란을 풀 수 있다"라고 했다. ○ 양원제梁元帝의 「여무릉서與武陵書」에서 "심히 괴롭구나 대지大智여, 늦여름의 무더위는 쇠를 녹이고 돌을 태우며, 모기가 모여서 울면 뇌성이 되고 큰 여우[60]는 천리를 뛰어다닌다"라고 했다.

蚊雷見上注. 史記滑稽傳曰, 談言微中, 可以解紛. ○ 梁元帝與武陵書曰, 大智, 季月煩暑, 流金爍石, 聚蚊成雷, 封狐千里.

---

59 문뢰(蚊雷) : 『한서·중신정왕전(中山靖土傳)』에서 "모기가 모여 우레처럼 윙윙 댄다[聚蟲成雷]"라고 했다.

60 큰 여우 : '봉호(封狐)'는 큰 여우를 말한다. 『초사·초혼(招魂)』에서 "독뱀은 쌓여 있고 큰 여우가 천리에 우글거린다[蝮蛇蓁蓁, 封狐千里]"라고 했다.

두 번째 수其二

茗椀夢中覺　　　　좋은 차 한 잔 꿈속에서도 생각나고
荷花鏡裏香　　　　연꽃은 거울 속에서도 향기롭다네.
涼生只當處　　　　서늘함 이는 것 다만 마땅함 따름이니
暑退亦無方[61]　　여름 물러가니 또한 일정한 장소 없어라.

【주석】

茗椀夢中覺 荷花鏡裏香 涼生只當處 暑退亦無方 : 퇴지 한유의 「봉수노급사운부사형운운奉酬盧給事雲夫四兄云云」에서 "평보의 붉은 연꽃이 수면을 덮었구나"라고 했다. 『능엄경』에서 "인연되면 태어나고, 인연 따라 사라진다"라고 했다. 『유마경』에서 "온다는 것도 어디로부터 온 것이 없고, 간다는 것도 어디로든 가는 곳이 없다"라고 했다. 『주역』에서 "신神은 일정한 방소方所가 없고, 역易은 일정한 체體가 없다"라고 했다.

退之詩, 平鋪紅蕖蓋明鏡. 楞嚴經曰, 當處出生, 隨處滅盡. 維摩經曰, 來者無所從來, 去者無所至. 易曰, 神無方, 易無體.

61　[교감기] '方'이 장지본에는 '妨'으로 되어 있다.

12. 묵헌 화준 노인에 대해 쓰다

題黙軒和遵老

平生三業淨	평생 삼업에 깨끗했었고
在俗亦超然	속세에 살지만 또한 초연했네.
佛事一盂飯	불사의 한 발우 밥을 먹으면서
橫眠不學禪	멋대로 자며 선을 배우지 않았지.
松風佳客共	솔바람을 가객과 함께 즐기고
茶夢小僧圓	차 마시는 꿈을 소승이 풀이했네.
漫續山家頌	제멋대로 산가의 송을 잇는데
非詩莫浪傳	시가 아니면 함부로 퍼트리지 않네.

【주석】

平生三業淨 在俗亦超然 佛事一盂飯 橫眠不學禪 : 『섭론』에서 "보살계
는 신업身業과 구업口業 그리고 심업心業으로써 체體를 삼는다"라고 했다.
『노자』에서 "아무리 굉장한 구경거리가 있다 하더라도, 동요되지 않고
편안히 거하면서 외물外物을 초월한다"라고 했다. 『전등록·대안선사
전大安禪師傳』에서 "대안선사가 위산潙山에 있는 30년 동안 위산의 밥을
먹으면서 위산의 선禪을 공부하지 않았다. 이에 자명화상慈明和尙이 그
일로 인해 송頌을 지어 "때때로 와서 발우를 열고 건단巾單62을 펴나니,

---

62   건단(巾單) : 발우(鉢盂)의 수건과 깔개인 발단(鉢單)을 말한다.

밥 먹은 다음 발우를 거두고 피곤하면 곧 자도다"라 했다"라고 했다.

攝論云, 菩薩戒以身口意三業爲體. 老子曰, 雖有榮觀, 燕處超然. 傳燈錄大安禪師傳曰, 安在潙山三十年, 喫潙山飯, 不學潙山禪, 慈明和尚因事頌曰, 時來開鉢展巾單, 飯了收盂困卽眠.

松風佳客共 茶夢小僧圓 : 『전등록』에서 "위산潙山이 앙산仰山에게 "내가 마침 꿈을 꾸었는데, 그대가 날 위해 풀이해 달라"라 했다. 이에 앙산이 물 한 대아를 떠다가 위산에게 주어 얼굴을 씻게 했다. 잠시 후에, 향엄香嚴이 조용히 차 한 잔을 드리니, 위산이 "두 사람의 지혜와 안목이 추자鶖子[63]를 능가하는구나"라 했다"라고 한다. '원몽原夢'이 다른 판본에는 '원몽圓夢'으로 되어 있다. 살펴보건대, 『남당근사』에서 "풍선馮譔이 진사進士로 천거되었는데, 그 때에 서문유徐文幼라는 사람이 꿈을 잘 풀이했다"라고 했다.

傳燈錄, 潙山謂仰山曰, 我適來得一夢, 汝試爲我原看. 仰山取一盆水, 與師洗面. 少頃, 香嚴乃點一椀茶來. 師云, 二子見解, 過於鶖子. 原夢或作圓夢. 按南唐近事, 馮譔擧進士, 時有徐文幼能圓夢云云.

漫續山家頌 非詩莫浪傳 : 두보의 「범주송위십팔창조환경泛舟送魏十八倉曹還京」에서 "시를 함부로 퍼트리지 마시라"[64]라고 했다.

---

63 추자(鶖子) : 석가(釋迦)의 제자 가운데 한 사람인 사리불(舍利弗)의 음역(音譯)으로, 전하여 승려(僧侶)를 의미한다.

老杜詩, 將詩莫浪傳.

64　시를 (…중략…) 마시라 : 두보의 시는 시절에 저촉되는 시어가 많다. 그러므로
　　함부로 전하여 기휘(忌諱)를 취하지 말라고 한 것이다.

산곡시집주권제십팔(山谷詩集注卷第十八)　**273**

13. 문안국의 「기몽」이란 작품에 차운하다【자유 소철의 『난성후집』 권1에도 또한 이 작품이 수록되어 있는데, 다만 작품의 제목을 고쳐 「증요도인」이라고 했다. 마땅히 자세히 살펴보아야 한다】

次韻文安國紀夢【蘇子由欒城後集第一卷亦載此詩, 更其題云贈姚道人,[65] 當細考之】

道人偶許俗人知	도인이 속인과 서로 알고 지냈는데
法喜非妻解養兒	법희로 아내 삼지 않았지만 아이 기를 준 알았네.
夜久金莖添沆瀣	밤 깊자 구리기둥에는 이슬 더해지고
室虛璧[66]月映琉璃	빈 방에 유리처럼 밝은 달빛 비추네.
遠來醉俠忽忽去[67]	멀리에서 취한 채 와 홀연히 떠나가나
近出詩仙句句奇	근래에 지은 작품은 구절마다 기이하네.
獨怪區區踐繩墨	다만 구구하게 법도 지키는 것 괴이하니
相逢未省角巾欹	서로 만나 각건 기우뚱한 것 신경 쓰지 않네.

【주석】

道人偶許俗人知 法喜非妻解養兒 : '법희法喜'[68]는 위의 주注에 보인다.

---

65 [교감기] '贈姚道人'이 통용되는 『난성후집(欒城後集)』 권1에는 '次韻姚道人'으로 되어 있다.

66 [교감기] '璧'이 원본·부교·건륭본에는 '壁'으로 되어 있다. 『난성후집(欒城後集)』에는 '實'로 되어 있다.

67 [교감기] '去'가 『난성후집(欒城後集)』에는 '返'으로 되어 있다.

68 법희(法喜) : 『유마경』에서 "보살이 유마힐에게 묻기를 "거사여, 부모와 처자, 친

法喜見上注.

夜久金莖添沆瀣 室虛璧月映琉璃 : 반고의 「서도부西都賦」에서 "선인장 세워 이로써 이슬을 받고, 구리기둥[金莖] 쌍으로 세웠다네"라고 했다. 『초사』에서 "육기六氣[69]를 먹고 항해沆瀣[70]를 마시며, 정양正陽[71]으로 양 치하고 아침놀을 머금는다"라고 했다. 사마상여의 「대인부大人賦」의 주注에서 "항해에 대해 북방에 있는 한 밤중의 기운이다"라고 했다. '실허 室虛'[72]와 '벽월璧月'[73]은 모두 위의 주注에 보인다. 『능엄경』에서 "육근六 根[74]이 흐름을 돌이켜 본래의 진실성으로 돌아가서 여섯 가지 조작을 행하지 않는다. 이렇게 되면 시방국토가 밝고 맑아서, 유리 안에 밝은

척과 권속은 모두 누구누구입니까"라 하자, 유마힐이 게송으로 답하기를 "지혜 는 보살의 어머니요, 방편은 아버지라네. 일체 모든 부처는, 다 이로 말미암아 태어났다네. 법희선열은 아내가 되고, 자비는 딸이 된다네. 선심과 성실은 아들 이요, 마침내 공적함은 나의 집이네[智度菩薩母, 方便以爲父. 一切衆導師, 無不由 是生. 法喜以爲妻, 慈悲心爲女. 善心成實男, 畢竟空寂舍]'"라고 했다. 조법사(肇法 師)가 주(注)에서 "법희(法喜)는 법이 안에서 생기는 것을 보고 기뻐함을 이른 다. 세상 사람들은 아내로 기쁨을 삼지만 보살은 법희로 기쁨을 삼는다[謂見法生 內喜也, 世人以妻色爲悅, 菩薩以法喜爲悅]"라고 했다.

69 육기(六氣) : 천지간의 여섯 가지 기운으로서, 음(陰) · 양(陽) · 풍(風) · 우(雨) · 회(晦) · 명(明)을 말한다.
70 항해(沆瀣) : 야간의 수기(水氣)가 엉긴 맑은 이슬을 말한다.
71 정양(正陽) : 한여름 남쪽 하늘에 걸린 해의 기운을 말한다.
72 실허(室虛) : 『장자』에서 "방을 비우면 빛이 그 틈새로 들어와 환해진다[虛室生 白]"라고 했다.
73 벽월(璧月) : 『진서 · 후비전(后妃傳)』에서 그 곡조에서 "구슬 같은 달은 밤마다 가득하네[璧月夜夜滿]"라고 했다.
74 육근(六根) : 불교어로, 여섯 개의 뿌리 즉 안(眼) · 이(耳) · 비(鼻) · 설(舌) · 신(身) · 의(意)를 말한다.

달이 달린 것과 같게 된다. 그러면 몸과 마음이 시원하고 미묘하며 원만하고 평등한 경지에 든다"라고 했다.

班固西都賦曰, 抗仙掌以承露, 擢雙立之金莖. 楚辭曰, 餐六氣而飮沆瀣兮, 嗽正陽而食明霞. 大人賦注云, 北方夜半氣也. 室虛及璧月竝見上注. 楞嚴經曰, 反流全一, 六用不行. 十方國土, 皎然淸淨. 譬如琉璃, 內懸明月, 身心快然, 妙圓平等.

遠來醉俠忽忽去 近出詩仙句句奇 獨怪區區踐繩墨 相逢未省角巾攲 : '취협醉俠'과 '시선詩仙'은 여동빈呂洞賓[75]의 일을 가리키는 것 같다. 『후한서·곽태전郭泰傳』에서 "일찍이 길을 가는데 비를 만나 두건 한 쪽이 찌그러졌다"라고 했다. 두보의 「하야이상서연송우문석수부현연구夏夜李尙書筵送宇文石首赴縣聯句」에서 "몇 마디 말에 사모 기우뚱하네"라고 했다.

醉俠詩仙似指呂洞賓. 後漢郭泰傳, 嘗行遇雨, 巾一角墊. 老杜詩, 數語攲紗帽.

---

75 여동빈(呂洞賓) : 당(唐)나라 때의 팔선(八仙) 가운데 한 사람이다. 여동빈은 선인(仙人)이 되어 인간 세상에 다니면서 기이한 전설을 많이 남겼는데, 그 가운데 선검(仙劍)을 날려 그 검을 타고 동정호(洞庭湖)를 지나갔다는 전설이 있다. 그의 시에 "세 번 악양루에 올라도 사람이 알지 못하니, 낭랑하게 시를 읊으며 동정호를 날아 지났네[三上岳陽樓人不識, 朗吟飛過洞庭湖]"라는 시구가 있다.

14. 하방회에게 부치다

寄賀方回

하주賀鑄의 자는 방회方回로, 젊어서는 무리武吏였지만 문직文職으로 바꿨는데 장단구長短句를 잘 지었다.

賀鑄字方回, 少爲武吏, 換文資, 善長短句.

少游醉臥古藤下	소유는 늙은 등나무 아래 취해 누웠으니
誰與愁眉唱一盃	누가 근심 속에 한 잔 술로 수창하였나.
解作江南斷腸句	강남의 단장구를 이해하고 시 짓는 이는
只今惟有賀方回	다만 지금의 하방회가 있을 뿐이라오.

【주석】

少游醉臥古藤下 誰與愁眉唱一盃 解作江南斷腸句 只今惟有賀方回 : 소유 진관의 「호사근곡好事近曲」에서 "늙은 등나무 아래 취해 누운 채, 남북을 알지 못하네"라고 했다. 방회方回 하주賀鑄의 「청옥안곡靑玉案曲」에서 "붓으로 새로 단장의 구절 쓰네"라고 했다. 두 노래는 모두 세상에 이름이 났었는데, 이때 소유 진관은 이미 죽은 뒤였다.

秦少游好事近曲曰, 醉臥古藤陰下, 了不知南北. 賀方回靑玉案曲曰, 彩筆新題斷腸句. 兩曲皆知名於世, 時少游已死矣.

15. 문안국에 대한 만사. 2수【문훈의 자는 안국이다】

文安國挽詞. 二首【文勛字安國】

첫 번째 수其一

七閩家擧子	칠민의 집안에서 자식을 키우게 되었고
百粵[76]海還珠	백월의 바다에는 진주가 돌아왔다네.
往日推忠厚	지난 날 충후함으로 발탁이 되어
窮年領轉輸	죽도록 전수의 일 맡았었네.
一床遺杖屨	책상에는 지팡이와 신만 남았으니
萬事委錙銖	모든 일이 하찮게 되었구나.
豈有蒼茫恨	어찌 푸른 하늘을 원망하랴
歸巢未拮据	돌아올 보금자리 만들지 못했다네.

【주석】

閩家擧子 百粵海還珠 : '칠민七閩'[77]과 '백월百粵'[78]은 모두 위의 주注에

76　[교감기] '百粵'이 건륭본에는 '百越'로 되어 있다.

77　칠민(七閩) :『주례·직방씨(職方氏)』에서 "칠민의 백성을 맡았다[掌七閩之人民]"라고 했다.

78　백월(百粵) :『여지기(輿地記)』에서 "요주(饒州) 여간현(餘干縣)은 간월(干越) 지역이다[饒州餘干縣, 卽干越之地]"라고 했다.『한서』에 실린 가의의 「과진론(過秦論)」에서 "남쪽으로 백월(百越)의 땅을 취했다[南取百越之地]"라고 했다.『한서·지리지(地理志)』의 신찬(臣瓚)의 주(注)에서 "교지(交趾)에서 회계(會稽)까지 칠팔천 리인데, 백월(百越) 곳곳에 거처하고 있으며 각각 자신들의 성씨를 가지고 있다[自交趾至會稽, 七八千里, 百越雜處, 各有種姓]"라고 했다.

보인다. 『위지·정혼전鄭渾傳』에서 "정혼이 소릉邵陵의 영令으로 좌천되었다. 소릉에서는 백성이 자식을 낳으면 대부분 기르지 않고 버렸다. 이에 정혼이 거자去子의 법을 엄중히 다스리자, 백성들은 그 죄가 두려워 자식을 키우지 않음이 없었다. 그들이 기른 남녀는 대부분 '정'으로 자字를 삼았다"라고 했다. 『후한서·맹상전孟嘗傳』에서 "맹상이 합포合浦 태수太守로 좌천되었다. 합포의 바다에서는 좋은 진주가 나왔는데, 앞서 재수된 수령들이 탐욕스러워, 진주가 마침내 교지군交趾郡으로 몰래 옮겨갔다. 맹상이 관청에 도착하고서는 이전의 폐단을 혁파했다. 이에 1년이 지나지도 않았는데, 사라졌던 진주가 다시 돌아왔는데, 이를 신화神化라고 칭송했다"라고 했다.

七閩百粵皆見上注. 魏志鄭渾傳, 遷邵陵令. 民生子, 率皆不擧. 渾重去子之法. 民畏罪, 無不擧贍. 所育男女, 多以鄭爲字. 後漢書孟嘗傳, 遷合浦太守. 海出珠寶, 先時宰守貪穢, 珠遂潛徙交趾. 嘗到官, 革易前弊, 曾未踰歲, 去珠復還, 稱爲神化.

往日推忠厚 窮年領轉輸 : 『장자』에서 "이것이 하늘로부터 받은 수명을 다하는 방법이다"[79]라고 했는데, 이것을 차용했다. 『한서·주보언전主父偃傳』에서 "천하의 꼴과 곡식을 빨리 운반하여 북하로 옮기었다"라고 했다.

---

79 이것이 (…중략…) 방법이다 : '궁(窮)'은 다한다[盡]는 뜻이고 '년(年)'은 천년(天年), 곧 천수(天壽)와 같은 뜻이다.

莊子曰, 所以窮年也. 此借用. 漢書主父偃傳曰, 天下飛芻輓粟, 轉輸北河.

一床遺杖屨 萬事委錙銖 : '유장구遺杖屨'는 다만 텅 빈 자리만 있다는 말이다. 『예기·곡례曲禮』에서 "군자가 하품과 기지개를 하면서 지팡이와 신발을 쥔다"라고 했다. '위치수委錙銖'는 가볍게 여긴다는 말이다. 『예기·유행儒行』에서 "비록 나라를 나누어주어도 하찮게 여기었다"라고 했는데, 그 주注에서 "임금이 나라를 나누어 주어도, 치수처럼 이를 하찮게 바라보았다는 말이다. 팔량八兩이 치錙이고 십류十絫가 수銖이다"라고 했다.

遺杖屨言其但有虛座. 曲禮曰, 君子欠伸, 撰杖屨. 委錙銖言輕視之也. 禮記儒行曰, 雖分國, 如錙銖. 注曰, 言君分國以祿之, 視之輕如錙銖矣. 八兩曰錙, 十絫曰銖.[80]

豈有蒼茫恨 歸巢未拮据 : 퇴지 한유의 「고독신숙애사孤獨申叔哀辭」에서 "만물의 삶에 있어, 그 무엇이 하늘의 조화가 아니리오. 어찌 박대할 사람은 후하게 대하고 어진 사람에게는 늘 부족하게 하는가, 아니면 아득히 끝도 없는 천지에 잠시 머물다 가기 때문인가"라고 했는데, 이 것을 인용하여 안국이 천명을 즐기면서 받아들인 채, 다시 조물주의 허망함을 한스러워하지 않았고 다만 한스러운 것은 집에서 생을 마감

---

80 [교감기] '十絫曰銖'에 대해 전본의 보주(補注)에서 "살펴보건대, 『설문해자』에서 '錙, 六銖也'라고 했는데, 마땅히 이것으로 바로잡아야 한다"라고 했다.

하고자하는 계획이 있지 않았다는 것을 말한 것이다. 『시경·치효鴟鴞』에서 "내 두 손을 바삐 놀려, 내 갈대 가져오고, 내 쌓아 놓았노라. 내 입 모두 병든 것은, 내 아직 집이 없어서라"라고 했는데, 그 주注에서 "'길거拮据'는 가진다는 것이다. 둥지를 짓느라 죽도록 고생하고 공들여 견고하게 하였다는 것을 말했다"라고 했다.

退之孤獨申叔哀辭曰, 衆萬之生, 誰非天耶. 胡喜厚其所薄, 而常不足於賢耶. 抑蒼茫無端, 而暫寓於其間耶. 此引用, 以言安國, 樂天委命, 不復恨造物之渺茫. 所遺憾者, 獨未有家爲終焉之計爾. 鴟鴞詩曰, 予手拮据, 予所捋荼. 予所蓄租, 予口卒瘏, 曰予未有室家. 注云, 拮据, 撠挶也. 言作之至苦, 故能攻堅.

두 번째 수其二

平生翰墨學	평생 동안 한묵의 학자였는데
空走使臣車	헛되이 사신의 수레를 탔다오.
瞿令能蒼史	구령은 능히 창힐의 일을 이었고
歸公好古書	귀공은 옛 책을 좋아했다네.
秦山刊日月	진나라 산에는 일월을 새기었고
周鼓頌畋漁	주나라 석고에선 사냥과 고기잡이 송축했지.
不見龍蛇筆	용사의 필적을 보지 못했는데
新乾硏滴蜍	이제 연적의 두꺼비 말랐구나.

【주석】

平生翰墨學 空走使臣車 : 안국安國의 소전小篆을 잘 썼다. 『시경·황황
자화皇皇者華』의 모서毛序에서 "「황황자화皇皇者華」는 임금이 사신으로 파
견할 때의 일을 말한다"라고 했다.

安國善小篆. 詩序[81]曰, 皇皇者華, 君遣使臣也.

瞿令能蒼史 歸公好古書 : 차산 원결의 「양화엄명서陽華嚴銘序」에서 "강
화현대부江華縣大夫 구령瞿令이 물으니, "기예에 전지篆籀를 겸했으니 석
경石經에 의지하여 돌에 새겼습니다"라 했다"라고 했다. 『법서원』에서
"옛 글 중의 전자篆字는 황제黃帝 때의 사관 창힐蒼頡이 만든 것이다"라고
했다. 퇴지 한유의 「과두서후기科斗書後記」에서 "내가 사문박사四門博士가
되어서야 귀공歸公을 알았는데, 귀공은 옛 책을 좋아했고 이에 통달했
었다"라고 했다. 살펴보건대, '귀공歸公'의 이름은 등登으로 『당서』에
그에 대한 전傳이 있다.

元次山陽華嚴銘序曰, 江華縣大夫瞿令問, 藝兼篆籀, 併依石經刊之. 法書
苑曰, 古文篆者, 黃帝史蒼頡所作. 退之科斗書後記曰, 愈爲四門博士, 識歸
公, 歸公好古書, 能通之. 按歸公名登, 唐書有傳.

---

81 [교감기] '序'자가 본래 빠져 있는데, 『모시정의(毛詩正義)』에 의거하여 보충한
다. 살펴보건대, 인용문은 『시경·소아·황황자화(皇皇者華)』의 모서(毛序)에
보인다.

秦山刊日月　周鼓頌畋漁 : 살펴보건대, 『사기·진시황기秦始皇紀』에서 "28년에 태산泰山과 낭야대琅邪臺의 돌에 새기었고 29년에 지부之罘의 돌에 새기었으며, 37년에 회계會稽의 돌에 새기었다"라고 했는데, 모두 이사李斯의 전서篆書였다. 석고石鼓는 옛날 봉상부鳳翔府 공자묘孔子廟에 있는데 세상에서는 주周나라 선왕宣王이 만든 석고石鼓라고 한다. 그 사詞에서 "내 수레 탄탄하고, 내 말도 이미 갖추어져 있다. 잡히는 물고기 무엇인가, 서어와 잉어라네. 무엇으로 꿰었던가, 버들가지라네"라고 했다. 『주역·계사繫辭』에서 "사냥과 고기잡이를 하게 했다"라고 했다.

按史記秦始皇紀, 二十八年, 刻石泰山及琅邪臺. 二十九年, 刻石之罘. 三十七年, 刻石會稽, 皆李斯篆. 石鼓舊在鳳翔府孔子廟, 世傳以爲周宣王鼓, 其詞曰, 我車旣攻, 我馬旣同. 其魚爲何, 維鱮與鯉, 何以貫之, 維楊與柳. 易繫辭曰, 以佃以漁.

不見龍蛇筆　新乾硏滴蜍 : '용사필龍蛇筆'[82]은 위의 주注에 보인다. 『서경잡기』에서 "광천왕廣川王 유거질劉去疾이 원앙爰盎의 무덤을 도굴하여, 옥두꺼비 하나는 얻었는데 배는 텅 비어서 5홉의 물을 담을 수 있었다. 광천왕이 이것을 가져다가 연적硯滴으로 사용하였다"라고 했다.

龍蛇筆見上注. 西京雜記, 廣川王去疾, 發爰盎冢, 得玉蟾蜍一枚, 腹空, 容五合水. 王取以盛書滴.

82　용사필(龍蛇筆) : 두보의 「기배시주(寄裵施州)」에서 "용과 뱀이 상자 흔들고 은빛 갈고리 서렸구나[龍蛇動篋蟠銀鉤]"라고 했다.

16. 악주의 절도추관 진영서가 은혜롭게 「수양도중」이라는 6편의 작품을 격문에 딸려 보내왔는데, 내가 늙고 게을러 곧바로 차운하지 못하다가 문득 절로 그 운자를 취하여 화답하여 드리다

鄂州節推陳榮緒惠示淞檄崇陽道中六詩, 老懶不能追韻, 輒自取韻奉和[83]

16-1. 두타사頭陀寺

頭陀全盛時	두타사 전성 시절에는
宮殿梯空級	사찰에서 허공에 사다리 놓았다지.
城中望金碧	성 안에서 단청이 멀리 보이고
雲外僧(角+戢)(角+戢)	구름 밖에는 스님 많기도 해라.
人亡經禪盡	사람 죽으니 경과 선 다 사라지고
屋破龍象泣	허물어진 집에 용상이 우는구나.
惟有簡棲碑	오직 간서의 비만이 남아 있는데
文字[84]歸然立	문자가 우뚝이 서 있구나.

【주석】

頭陀全盛時 宮殿梯空級 : '두타頭陀'[85]의 의미는 위의 주注에 보인다. 퇴

---

83 [교감기] 장지본에는 작품이 제목이 '和陳榮緒崇陽道中六詩, 自頭陀寺至晚發咸寧'으로 되어 있다.

84 [교감기] '文字'가 문집·고본에는 '文章'으로 되어 있다.

85 두타(頭陀) : 『문선』에 왕건(王巾)의 「두타사비(頭陀寺碑)」가 있는데, 이선의 주

지 한유의 「송혜사送惠師」에서 "허공에 사다리 놓고 가을 하늘에 오르네"라고 했다.

頭陀義見上注. 退之詩梯空上秋旻.

城中望金碧 雲外僧(角+戢)(角+戢) : 전인前人의 시詩에서 "구름 너머 두타사에는 스님도 많아라"라고 했다. '즙즙(角+戢)(角+戢)'[86]은 위의 주注에 보인다. ○ 노종도魯宗道의 시詩에서 "절 오래되어 찬 화로 텅 비었고, 날리는 먼지에 단청[金碧]은 어둑해라"라고 했다.

前人詩云, 頭陀雲外僧氣多. (角+戢)(角+戢)見上注. ○ 魯宗道詩, 殿古寒爐空, 流塵暗金碧.

人亡經禪盡 屋破龍象泣 : 『순자』에서 "그 물건은 있지만, 그 사람을 없구나"라고 했다. 『문선』에 실린 육기의 「연련주演連珠」에서 "도는 정신에 맺어 있으니, 사람이 죽으면 사라진다"라고 했다. 규봉선사圭峯禪師의 『선원집서禪源集序』에서 "경經은 부처의 말씀이고, 선禪은 부처의 뜻이다"라고 했다. 퇴지 한유의 「기노동寄盧仝」에서 "허물어진 집 두어 칸이 있을 뿐이다"라고 했다. 『지도론』에서 "용상龍象은 그 힘이 대단한

에서 "두타는 털어낸다는 뜻이니, 즉 번뇌를 털어낸다는 말이다[頭陁, 斗藪也. 言斗藪煩惱也]"라고 했다.

86 즙즙((角+戢)(角+戢)) : 『시경·무양(無羊)』에서 "너의 양이 오니 그 뿔이 온순하네[爾羊來思, 其角(角+戢)(角+戢)]"라고 했는데, '즙(角+戢)'의 음은 '조(阻)'와 '립(立)'의 반절법이다. 뿔이 우뚝 선 모양으로 또한 '즙(濈)'으로 쓰기도 한다.

것을 말한다. 용은 물속에서 행하는 힘이 대단하며, 코끼리는 뭍에서 행하는 힘이 대단하다"라고 했다. 『유마경』에서 "용상이 차고 밟음엔 나귀가 감당할 바가 아니네. 지금 대법大法을 지고 있기 때문에 용상에 견준 것이다"라고 했다. 『전등록·달마전達磨傳』에서 "바라제波羅提는 불법佛法 가운데 용상이다"라고 했다. 두보의 「산사山寺」에서 "용과 코끼리 우는 걸 듣는 것 같으니, 믿는 자를 충분히 슬프게 하네"라고 했다.

荀子曰, 其器存, 其人亡. 文選陸機演連珠云, 道繫於神, 人亡則滅. 圭峯禪師禪源集序曰, 經是佛語, 禪是佛意. 退之詩, 破屋數間而已矣. 智度論云, 龍象言其力大. 龍, 水行中力大, 象, 陸行中力大. 維摩經曰, 龍象蹴踏, 非驢所堪. 今以負荷大法者, 比之龍象. 傳燈錄達磨傳曰, 波羅提法中龍象. 老杜山寺詩, 如聞龍象泣, 足今信者哀.

惟有簡棲碑 文字巋然立 : 『문선』에 앙간서王簡棲의 「두타사비頭陀寺碑」가 있는데, 그 주注에서 『성씨영현록姓氏英賢錄』을 인용하여 "왕건王巾의 자는 간서簡棲이다. 비碑는 악주鄂州에 있는데, 그 비碑에는 "제록사참군낭야왕건제齊錄事參軍琅琊王巾製"라고 쓰여 있다"라고 했다. 『문선』에 실린 왕문고王文考의 「노영광전부서魯靈光殿賦序」에서 "서경西京의 미앙전未央殿과 건장전建章殿이 모두 허물어졌는데, 오직 영광전만이 우뚝이 홀로 남았다"라고 했는데, 이선李善의 주注에서 "'귀연巋然'은 높고 크며 견고한 모양이다. 음音은 '구丘'와 '궤軌'의 반절법이다"라고 했다.

文選有王簡棲頭陀寺碑, 注引姓氏英賢錄曰, 王巾, 字簡棲, 碑在鄂州. 題云, 齊錄事參軍琅邪王巾製. 文選王文考靈光殿賦序曰, 自西京未央建章之殿, 皆見隳壞, 而靈光巋然獨存. 李善注云, 巋然, 高大堅固貌. 音丘軌切.

16-2. 길 가는 도중에 솔바람 소리를 듣다 道中聞松聲

蟠空作風雨	허공에 서리면 비바람 소리 만들고
發地鳴鼓吹	땅에서 일어나면 음악 소리 울려 퍼지네.
日晴四無人	날 개였는데도 사방이 사람 없노니
聲在高林際	소리는 높은 숲 사이에 있어라.
伊優兒女語	애교 떠는 계집애의 말
蹇淺市井議	천박한 시정의 논의들.
我欲抱七絃	나는 칠현금 들고서
寫此以卒歲	송풍 묘사하며 생을 마치고자 하네.

【주석】

蟠空作風雨 發地鳴鼓吹 : 두보의 「사송四松」에서 "부러워하지 않으리 천년 뒤에, 시푸르게 하늘에 서려 있더라도"라고 했다. 『후한서·공손 찬전公孫瓚傳』에서 "제충梯衝[87]은 누대 위에서 춤을 추고, 고각은 땅 속에 서 울린다"라고 했다. ○ 동파 소식의 「잔랍독출殘臘獨出」에서 "솔바람 홀로 고요하지 않아, 나에게 음악소리 보내주노라"라고 했는데, 솔바

---

87   제충(梯衝) : 운제(雲梯)와 충거(衝車)로, 모두 성(城)을 공격하는 무기이다.

람 소리를 '고취鼓吹'라고 표현했는데, 그윽한 은자의 정취를 얻은 자가
아니라면 과연 이렇게 말할 수 있을까.

老杜四松詩曰, 勿矜千載後, 慘澹蝴穹蒼. 後漢公孫瓚傳曰, 梯衝舞于樓上,
鼓角鳴於地中. ○ 東坡殘臘獨出詩云, 風松獨不靜, 送我作鼓吹. 以松聲作鼓
吹, 非得幽隱之趣者, 果能道此耶.

日晴四無人 聲在高林際 : 퇴지 한유의 「이상조履霜操」에서 "사방에 사
람 소리 없노니, 뉘가 더불어 어릴 적 말을 할까"라고 했다. ○ 구양수
의 「추성부秋聲賦」에서 "사방에 사람 소리 없고, 소리는 나무 사이에 있
네"라고 있는데, 의미가 이와 비슷하다.

退之履霜操曰, 四無人聲, 誰與兒語. ○ 歐公秋聲賦, 四無人聲, 聲在樹間.
意蓋類此.

伊優兒女語 蹇淺市井議 : 이 두 가지는 들을 것이 못 된다는 말이다.
'이우伊優'[88]는 위의 주注에 보인다. 퇴지 한유의 「청영사탄금聽穎師彈琴」
에서 "아녀자의 말은 어찌 그리도 자질구레한지"라고 했다. 『장자』에
서 "천박한 일에 정신을 소모시킨다"라고 했다. 『양자』에서 "시정市井

---

88 이우(伊優) : 『후한서』에서 조일(趙壹)이 "이우는 북당 위에서 뻐기는데, 항장은
    문간에서 시름겨워 하누나[伊優北堂上, 抗髒倚門邊]"라고 노래했다. 그 주(注)
    에서 "'이우(伊優)'는 굴신거리며 아첨하는 모습이다. '항장(抗髒)'은 강직하고
    곧은 모습이다. 아첨하는 자들이 친근함을 받고 강직함을 좋아하는 이들이 버려
    짐을 말한 것이다"라고 했다.

에서 서로 이야기하는 것은 재물과 이로움뿐이다"라고 했다. 평자 장형의 「서경부西京賦」에서 "항간의 논의들"이라고 했다.

言二者皆不足聽. 伊優見上注. 退之詩, 昵昵兒女語. 莊子曰, 弊精神於蹇淺. 揚子曰, 市井相與言, 則以財與利. 張平子西京賦曰, 街談巷議.

我欲抱七絃 寫此以卒歲 : 거문고 곡조 중에 「풍입송風入松」이라는 곡조가 있다. 『문선』에 실린 혜강의 「여산거원절교서與山巨源絶交書」에서 "거문고 끼고 다니며 읊조리거나 들판에 나가 새나 물고기 잡네"라고 했다. 구양수의 「유낭야산遊瑯琊山」에서 "거문고 끼고 그윽한 샘물 그려내네"라고 했다. 『시경』에서 "한가롭게 노닐면서, 애오라지 인생을 마치리라"라고 했다.[89]

琴有風入松曲. 文選嵇康書, 抱琴行吟, 弋釣草野. 歐公詩, 携琴寫幽泉. 詩曰, 優哉游哉, 聊以卒歲.

16-3. 중추에 산길을 가다 절판 자흥이 생각나서中秋山行, 懷子興節判[90]

| 俗物常填[91]塞 | 속물은 항상 막혀 있어서 |

---

89 『시경』에서 (…중략…) 했다 : 이 작품은 『시경』의 일시(逸詩)로, 『춘추좌씨전(春秋左氏傳)』양공(襄公) 21년조에 실려 있다.

90 [교감기] '節判'이 고본에는 '節推'로 되어 있다.

91 [교감기] '塡'이 문집·고본에는 '偪'으로 되어 있다. 명대전본에는 '偪'으로 되어 있고 원교(原校)에서 "다른 판본에는 '塡'로 되어 있다"라고 했다.

令人眼生白[92]	사람으로 백안시하게 하네.
永懷洛陽人	길이 낙양인 그리워하노니
談詩論畵壁	시와 그림에 대해 논했었지.
靑山吐秋月	청산이 가을 달 토해 내니
阻作南樓客	남루객 되는 걸 마다하랴.
但歌靡鹽詩	다만 미고의 작품 읊조리며
賞此無瑕璧	흠 없는 벽옥을 감상한다네.

【주석】

俗物常堛塞 令人眼生白 : '속물俗物'[93]은 위의 주注에 보인다. 퇴지 한유의 「남산南山」에서 "흙덩이가 가득 막힌 듯 우매함만 낼 뿐이네"라고 했다. 『진서·완적전阮籍傳』에서 "완적은 자기 눈을 청안靑眼과 백안白眼으로 곧잘 만들면서 예속禮俗에 물든 선비를 보면 백안으로 대했다"라고 했다. 『장자』에서 "텅 빈 방에서 백색의 빛 일어나네"라고 했는데, 이것을 차용했다.

俗物見上注, 退之南山詩曰, 堛塞生恂惄. 晉書阮籍傳, 能爲靑白眼, 見禮俗之士, 以白眼對之. 莊子曰, 虛室生白. 此借用.

---

92 [교감기] '眼生白'에 대해 문집·고본의 작품 끝의 원교(原校)에서 "다른 판본에는 '眼生角'으로 되어 있다"라고 했다.

93 속물(俗物) : 『진서·왕융전(王戎傳)』에서 완적(阮籍)이 "속물(俗物)이 이미 다시 와서 사람의 흥치 깨뜨린다[俗物已復來敗人意]"라고 했다.

永懷洛陽人 談詩論畫壁 : '낙양洛陽'은 영서榮緒의 고향이다. 『한서·가의전賈誼傳』에서 "낙양에서 온 나이 어린 초학자"라고 했다.

洛陽當是榮緒鄕里. 賈誼傳曰, 洛陽之人, 年少初學.

靑山吐秋月 阻作南樓客 : 두보의 「월月」에서 "사경에 산에 달이 나오니, 남은 밤 물가의 누대가 밝네"라고 했다. 악주鄂州에 남루南樓가 있는데, 대개 유량庾亮의 고사故事[94] 때문이다.

老杜詩, 四更山吐月, 殘夜水明樓. 鄂州有南樓, 蓋因庾亮故事.

但歌靡鹽詩 賞此無瑕璧 : 『시경·북산北山』의 서序에서 "이미 종사從事에 수고로워 부모를 봉양하지 못했다"라고 했다. 『시경·북산北山』에서 "왕사를 소홀히 할 수 없는지라, 부모님을 근심케 하네"라고 했다. 『남사·진후주심후부전陳後主沈后附傳』에서 "그 노래에 「옥수후정화玉樹後庭花」 등이 있는데, 그 중 한 구절은 "밝은 달은 밤마다 가득하고, 아름다운 나무가 아침마다 새롭네"라 했다"라고 했다. 『사기·인상여전藺相如傳』에서 "이 화씨벽에는 흠이 있는데, 왕께 그것을 가르쳐드리겠습니다"라고 했는데, 이것을 반대로 이용하여 달을 표현했다.

---

94 유량(庾亮)의 고사(故事) : 진(晉)나라 유량(庾亮)이 태위(太尉)로 무창(武昌)에 있을 때 하속(下屬)인 은호(殷浩), 왕호지(王胡之) 등이 달밤에 남루(南樓)에 올라 막 시를 읊고 있는데, 그가 왔다. 이에 하속들이 일어나 자리를 피하려 하자 그가 "제군들은 잠시 더 머물라. 이 늙은이도 이러한 일에 흥이 얕지 않다"라고 하고는, 그 자리에 함께 어울려 시를 읊으며 놀았다.

北山詩序曰, 已勞於從事, 不得養其父母. 詩曰, 王事靡鹽, 憂我父母. 南史陳後主沈后附傳曰, 其玉樹後庭花等, 其畧云, 璧月夜夜滿, 瓊枝朝朝新. 史記藺相如傳曰, 璧有瑕, 請指示王. 此反而用之, 以言月也.

16-4. 거듭 연락령에 오르니 지록 군택이 그리워서再登蓮落[95]嶺, 懷君澤知錄

邑下羹不和	읍하에선 고깃국 맛이 없었지만
幕中往調護	막중에 가서 조리를 잘 했다오.
紛爭非士則	다투는 것은 선비 본받을 바 아니요
各使捐細故	각자 자잘한 일을 버리게 하였지.
頗憶郗[96]參軍	자목 치초 참군이 생각나노니
能令公喜怒	공을 기쁘게도 화내게도 했다지.
應知軼掌車	응당 알겠어라, 수레를 타고
歷盡崔嵬路	험난한 길 두루 지나고 있음을.

【주석】

邑下羹不和 幕中往調護 : 『좌전』에서 "마음을 맞춘다[和]는 것은 마치 고깃국을 끓이는 것과 같습니다. 요리사가 맛을 보아 간이 부족하면 더하고 지나치면 물을 더해 맛을 조절합니다"라고 했다. 『한서 · 장량

---

95 [교감기] '落'이 문집에는 '荷'로 되어 있다.
96 [교감기] '郗'가 장지본에는 '郄'으로 되어 있다.

전張良傳』에서 "공들에게 번거롭게 당부하노니, 부디 끝까지 태자를 잘 가르치고 보좌하라"라고 했다.

左傳曰, 和如羹焉, 宰夫和之, 齊之以味, 濟其不及, 以洩其過. 漢書張良傳曰, 煩公幸卒調護太子.

紛爭非士則 各使捐細故 : 퇴지 한유의 「취객醉客」에서 "처음에는 소리 지르며 싸우더니, 조금 후에는 혀 꼬부라지는 말을 하네"라고 했다. 유도有道 곽태郭泰가 지은 「진태구비陳太丘碑」에서 "말은 세상의 모범이 되었고 행동은 선비의 법칙이 되었다"라고 했다. 두보의 「송로십사제시어호위상서영친귀상도이십사운送盧十四弟侍御護韋尙書靈櫬歸上都二十四韻」에서 "깊은 충정은 선비의 법칙이 되었네"라고 했다. 또한 「적소행赤霄行」에서 "작은 일에 연연함은 고현이 아니니라"라고 했다. 살펴보건대, 『한서·흉노전匈奴傳』에서 "문제文帝가 조칙을 내려 "모두 지난 사소한 일을 버리고 함께 천지의 대도를 따르겠다"라 했다"라고 했다.

退之詩, 初喧或紛爭, 中靜雜嘲戲. 郭有道作陳太丘碑曰, 言爲世範, 行爲士則. 老杜詩, 深衷見士則. 又云, 記憶細故非高賢. 按漢書匈奴傳, 文帝詔曰, 皆捐細故, 俱蹈大道.

頗憶郗參軍 能令公喜怒 :『진서·치초전郗超傳』에서 "환온桓溫이 왕순王珣을 주부主簿으로 삼고 치초를 참군參軍에 기용했다. 이에 형주荊州 사람들이 "수염 많은 참군, 키 작은 주부, 공을 기쁘게도 하고 화내게도 한

다네"라 했다"라고 했다. 이것을 인용하여 이로써 군택을 가리켰다.

晉書郗超傳, 桓溫辟王珣爲主簿, 超爲參軍. 荊人語曰, 髥參軍, 短主簿, 能令公喜, 能令公怒. 此引用, 以指君澤.

應知軮掌車 歷盡崔嵬路 : 『시경 · 북산北山』에서 "누구는 편안히 있으면서 누웠다 일어났다, 누구는 왕사 때문에 몰골이 말이 아니네"라고 했는데, 집전集傳에서 "'앙장軮掌'은 용모가 흐트러진 것이다"라고 했고 전箋에서 "'잉軮'은 '하荷'와 같다. '장掌'은 손으로 드는 것이다. 짐을 지고 손에 들고서 황급히 달리니 급함을 말한 것이다"라고 했다. 『시경 · 권이卷耳』에서 "저 우뚝한 산에라도 오르려 하나, 내 말이 병들었네"라고 했다.

北山詩曰, 或棲遲偃仰, 或王事軮掌. 傳云, 軮掌, 失容也. 箋云, 軮猶荷也, 掌謂捧之也. 負荷捧持以趨走, 言促遽也. 卷耳詩曰, 陟彼崔嵬, 我馬虺隤.

16-5. 숭양 가는 길에【숭양현은 악주에 속해 있다】崇陽道中【崇陽縣隷鄂州】

張公少爲令	장공은 젊어서 현령이 되어
愍俗有遺書	풍속 근심 속에 글을 남기었지.
左販洞庭橘	왼쪽에선 동정호의 귤을 팔았고
右擔⁹⁷彭蠡魚	오른쪽에 팽려의 물고기 짊어졌지.

97　[교감기] '擔'이 본래 '檐'으로 잘못 되어 있는데, 문집 · 장지본 · 전본 · 건륭본에

歌奔中夜女	한밤중 딸아이에게 노래하며 달려가
歸抱十年雛	돌아와 열 살 된 아이 끌어안았네.
近歲多儒學	요즘 유학을 배운 이들 많노니
仁風似有初	어진 풍속이 그에게서 시작된 듯.

【주석】

張公少爲令 恧俗有遺書 : 장영張詠의 자는 복지復之로 일찍이 숭양현령이 되었었다. 『한서 · 사마상여전司馬相如傳』에서 "집에는 남긴 책이 없었다"라고 했다.

張詠字復之, 嘗爲崇陽縣令. 漢書司馬相如傳, 家無遺書.

左販洞庭橘 右擔彭蠡魚 : 『좌전』에서 "삼묘씨三苗氏의 나라는 왼쪽으로 동정호洞庭湖를 끼고 있고 오른쪽으로는 팽려彭蠡를 끼고 있다"라고 했다.

左傳曰, 三苗氏之國, 左洞庭, 右彭蠡.

歌奔中夜女 歸抱十年雛 : 원주元注에서 "하나의 운자를 빌렸다"[98]라고 했다.

따른다.

98 하나의 운자를 빌렸다 : 이 작품은 오언율시이기에 2구, 4구, 6구, 8구의 끝 글자를 압운해야 한다. 그러나 2구의 '書'와 4구의 '魚' 그리고 8구의 '初'는 모두 '魚'의 운목(韻目)에 속하는 글자이지만, 6구의 '雛'는 '虞'의 운목(韻目)에 속하는 글자이기에 이렇게 말한 것이다.

元注云, 借一韻.

近歲多儒學 仁風似有初 : 풍속의 아름다움이 장공張公에게서 시작되었다
는 말이다. 『예기·단궁檀弓』에서 "노나라에 그 시작이 있다"라고 했다.

言風俗之美, 自張公始也. 檀弓曰, 夫魯有初.

16-6. 저물녘 함녕을 출발하여 송경을 지나 노자에 이르렀다晚發咸寧行松徑至蘆子

咸寧走蘆子	함녕에서 노자로 달려가노니
終日喬木陰	종일 큰 나무 그늘 길이네.
太丘心灑[99]落	태구에서의 마음은 깨끗했었고
古松韻淸深	고송의 운치는 맑고도 깊었네.
聊持不俗耳	애오라지 세속에 귀 기울이지 않고
靜聽無絃琴	조용히 무현금 소리 듣는다네.
非今胡部律	지금 호부의 음률은 아니지만
而獨可人心	홀로 사람 마음에 꼭 든다네.

【주석】

咸寧走蘆子 終日喬木陰 太丘心灑落 古松韻淸深 聊持不俗耳 靜聽無絃琴 :

---

99 [교감기] '灑'가 고본에는 '歷'으로 되어 있다.

『후한서』에서 "진식陳寔이 태구장太丘長이 되었다"라고 했는데, 이것을 인용하여 영서榮緒에게 견주었다. 『문선』에 실린 문통 강엄의 「잡체시雜體詩」에서 "오난五難[100]이 이미 깨끗해졌고, 초월한 자취는 먼지 그물 끊었네"라고 했다. '무현금無絃琴'[101]은 위의 주注에 보인다.

後漢, 陳寔爲太丘長. 此引用, 以比榮緒. 文選江文通雜體詩曰, 五難旣灑落, 超跡絶塵網. 無絃琴見上注.

非今胡部律 而獨可人心 : 『당서·악지樂志』에서 "개원開元 24년, 호부胡部[102]를 당상堂上에 올렸다"라고 했다. 또한 "도조道調와 법곡法曲 및 호부胡部에게 신성新聲을 합작合作하도록 조서를 내렸다"라고 했다. 『대방편보은경大方便報恩經』에서 "선우태자善友太子는 교묘히 거문고를 잘 연주했다. 그 음이 조화롭고 아정하여 사람들의 마음을 기쁘게 해 모두 충족됨을 얻었다"라고 했다. 퇴지 한유의 「왕적묘지王適墓誌」에서 "오직 이 늙은이 사람의 마음에 꼭 드네"라고 했다.

---

100 오난(五難) : 양생(養生)하는데 있어 끊기 어려운 다섯 가지 어려움을 말한다. 명리(利不)가 사라지지 않는 것, 희노(喜怒)를 제거하지 못하는 것, 성색(聲色)을 버리지 못하는 것, 자미(滋味)를 끊지 못하는 것, 신려(神慮)가 소산(消散)하는 것이다.
101 무현금(無絃琴) : 『진서·도연명전(陶淵明傳)』에서 "음률을 알지 못하였는데 줄 없는 거문고를 지니고 있다가 매번 술이 거나하게 취하면 곧 거문고를 어루만지면서 자신의 뜻을 부쳤다[不解音律, 常蓄無絃素琴一張, 每酒酣, 即撫弄以寄意]"라고 했다.
102 호부(胡部) : 당나라 때 호악(胡樂)을 관장하던 기구인데, 호악을 지칭하기도 한다. 호악은 서량(西涼) 일대에서 유입된 것으로 당시에 호부신성(胡部新聲)이라고 일컬어졌다.

唐書樂志, 開元二十四年, 升胡部於堂上. 又詔道調法曲與胡部新聲合作. 大方便報恩經曰, 善友太子, 善巧彈琴, 其音和雅, 悅可衆心, 悉得充足. 退之 王適墓誌曰, 惟此翁可人意.

17. 진영서가 '지'자 운으로 지은 시를 은혜롭게 보여주면서 이에 화답하기를 요청했으나 나의 실력이 이에 미치지 못해 감당할 수 있는 바가 아니었다. 문득 멋진 운자에 차운한다. 3수

陳榮緒惠示之字韻詩推獎, 過實非所敢當, 輒次高韻. 三首

첫 번째 수其一

紛紛不可耐	어지러운 참을 수가 없노니
君子有憂之	군자는 이를 근심한다오.
鞅掌誠莊語	앙장은 진실로 엄정한 말이요
賢勞似怨詩	현노는 원시와 같구나.
頽波閱砥柱	무너지는 물결 속에 지주를 보고
濁水得摩尼	흐린 물에서 마니주를 얻었다네.
知我無枝葉	내게 가지와 잎 없는 것 아노니
刳心只有皮	마음 도려내어 다만 껍질 남았네.

【주석】

紛紛不可耐 君子有憂之 : 두보의 「빈교행貧交行」에서 "어지럽고 경박한 것 어찌 다 세랴"라고 했다. 양梁나라 무제武帝가 글자를 평하면서 "왕자경王子敬[103]의 글자는 하삭河朔이 소년 같아, 붓을 들어 유창하게 끌면

---

103 왕자경(王子敬) : 왕헌지(王獻之)로 자경은 자(字)이다.

서 참지 못했다"라고 했다. 『맹자』에서 "성인이 이를 근심한다"라고
했다. 살펴보건대, 산곡 황정견의 앞의 작품인 「화영서和榮緒」에서 "읍
하에선 고깃국 맛이 없었지만, 막중에 가서 조리를 잘 했다오. 다투는
것은 선비 본받을 바 아니요, 각자 자잘한 일을 버리게 하였지"라고 했
는데, 이 작품 역시 그 일을 가리킨다.

　老杜詩, 紛紛輕薄何須數. 梁武帝評書曰, 王子敬書, 如河朔少年, 擧體杳
拖而不可耐. 孟子曰, 聖人有憂之. 按山谷前和榮緒詩有, 云邑下羹不和, 幕中
往調護, 紛爭非士則, 各使捐細故. 此詩亦指其事.

　鞅掌誠莊語 賢勞似怨詩 :『시경·북산北山』에서 "누구는 왕사 때문에
몰골이 말이 아니네"라고 했는데, 그 자세한 것은 위의 주注에 보인다.
또한『시경·북산北山』에서 "대부들을 공평하게 쓰지 않고서, 나만 부
려먹으며 홀로 힘들구나"라고 했는데, 그 주注에서 "'현賢'은 수고로움
이다"라고 했다. 『장자』에서 "천하 사람들이 혼탁함에 빠져, 함께 바른
이야기를 할 수 없다"라고 했다. 『노론』에서 "시로 원망할 수도 있다"
라고 했다. 『진서·환이전桓伊傳』에서 "거문고 어루만지며 원시怨詩 부
르네"라고 했다.

　北山詩曰, 或王事鞅掌. 其詳見上注. 又曰, 大夫不均, 我從事獨賢. 注云,
賢, 勞也. 莊子曰, 以天下爲沉濁, 不可與莊語. 魯論曰, 詩可以怨. 晉書桓伊
傳, 撫箏而歌怨詩.

頹波閱砥柱 濁水得摩尼 : 원주元注에서 "자미 두보의 「증촉승여구사형
贈蜀僧閭邱師兄」에서 "오직 마니주摩尼珠[104]가 있어, 흐린 물의 근원 비춰볼
수 있네"라 했다"라고 했다. ○ '지주砥柱'[105]는 위의 주注에 보인다. 위
구는 홀로 서서 변하지 않는다는 말이고 아래 구는 마음이 원만하고
밝다는 말이다.

元注曰, 杜子美云, 唯有摩尼珠, 可照濁水源. ○ 砥柱見上注. 上句言獨立
不改, 下句言心地圓明.

知我無枝葉 刳心只有皮 : '과심刳心'[106]은 앞에 있는 「차운양명숙고시次
韻楊明叔古詩」의 주注에 보이는데 다만 그 의미가 조금은 다르다. 퇴지 한
유의 「고수枯樹」에서 "늙은 나무 가지와 잎이 없어, 바람서리가 다시 침
범하지 못하네. 몸뚱이 구멍 나 사람 지날 만하고, 껍질 벗겨져 개미가
몰려드네"라고 했다.

見上次韻楊明叔古詩注, 但其意微異. 退之枯樹詩曰, 老樹無枝葉, 風霜不
復侵. 腹穿人可過, 皮剝蟻還尋.

---

104 마니주(摩尼珠) : 범어(梵語) maṇi의 음역(音譯)으로, 보주(寶珠)·여의주(如意
珠) 등으로 의역(意譯)된다. 불교에서 불성(佛性)을 뜻하는 말로, 일반적으로 사
람의 본성을 가리킨다. 마니(摩尼)라고도 한다.
105 지주(砥柱) : 『서경·우공(禹貢)』의 주(注)에서 "'지주(砥柱)'는 산 이름으로 황
하가 나누어져 흐르다가 산을 휘감고 지나가니, 그 산이 물 가운데 있어 마치 기
둥과도 같다"라고 했다.
106 과심(刳心) : 『장자』에서 "무릇 도는 만물을 덮어주고 실어주는 것이다. 얼마나
넓고 큰가, 군자가 마음을 도려내지 않아서는 안 된다[夫道, 覆載萬物者也, 洋洋
乎大哉, 君子不可以不刳心焉]"라고 했다.

두 번째 수其二

太丘胸量濶	태구는 흉중이 드넓어
一葦莫杭之	갈대 하나로는 건널 수 없다네.
萬事不掛眼	모든 일 눈에 담지 않고
四愁猶有詩	네 근심에 오히려 시 지었지.
狀閑聊闒茸	책상에서 한가로이 바보처럼 지내지만
心潔似毗尼	깨끗한 마음은 비니와 같다오.
早晚同舟去	조만간 함께 배 타고 떠나가
煙波學子皮	연파에서 자피를 배우려네.

【주석】

太丘胸量濶 一葦莫杭之 : 『후한서·진식전陳寔傳』에서 "천하가 그 덕에 감복했고 뒤에 태구장太丘長에 제수되었다"라고 했다. 『후한서·허소전許劭傳』에서 "태구太丘는 도道가 넓다. 넓으면 두루하기 어렵다"라고 했다. 『시경·하광河廣』에서 "누가 하수가 넓다고 하는가, 갈대 하나라도 건널 수 있다네"라고 했는데, 이것을 차용했으니, 숙도叔度 황헌黃憲의 "황헌은 드넓어 마치 천 이랑의 물결과 같다"[107]라는 의미를 취한 것이다.

後漢陳寔傳曰, 天下服其德, 後除太丘長. 許劭傳曰, 太丘道廣, 廣則難周. 詩曰, 誰謂河廣, 一葦杭之. 此借用, 蓋取黃叔度汪汪如千頃陂之意.

---

107 황헌은 (…중략…) 같다 : 이 내용은 『후한서·황헌전(黃憲傳)』에 보인다.

萬事不掛眼 四愁猶有詩 : 퇴지 한유의 「증장적贈張籍」에서 "나는 늙어 책 읽는 것 좋아하니, 나머지 일은 눈에 들지 않네"라고 했다. 『문선』에 실린 장형의 「사수시四愁詩」서序에서 "양희陽嘉 연간에 하간효왕河間孝王의 재상이 되어 나갔을 때, 세상이 점차 쇠폐해져 울적한 마음에 뜻을 펼칠 수 없었기에 「사수시」를 지었다"라고 했다.

退之詩, 吾老嗜讀書, 餘事不掛眼. 文選張衡四愁詩序曰, 陽嘉中, 出爲河間相, 天下漸弊, 鬱鬱不得志, 爲四愁詩.

狀閑聊闒茸 心潔似毗尼 : 원주元注에서 "'비니毗尼'[108]는 승률僧律이다"라고 했다. ○ 『문선』에 실린 사마천의 「보임소경서報任少卿書」에서 "탑즙闒茸 가운데 있다"라고 했는데, 그 주注에서 "'탑闒'은 아래이고 '즙茸'은 가는 털로, 영웅호걸이 아님을 의미한다"라고 했다. 불가佛家에서는 수다라修多羅를 경經으로 삼고 비니毗尼를 율律로 삼으며, 아비담阿比曇을 논論으로 삼으니 모두 범어梵語이다.

元注云, 僧律也. ○ 司馬遷書曰, 在闒茸之中. 注云, 闒, 下也. 茸, 細毛也. 言非豪楚也. 佛氏以修多羅爲經, 毗尼爲律, 阿比曇爲論, 皆梵語也.

早晚同舟去 煙波學子皮 : 『사기·화식전貨殖傳』에서 "범려范蠡가 조각배를 타고 강호를 떠다니면서 자신의 이름과 성을 바꾸었는데, 제齊나라에 가서는 치이자피鴟夷子皮라고 했고 도陶 땅에 가서는 주공朱公이라

---

108 비니(毗尼) : 부처가 제자들을 위하여 마련한 계율의 총칭이다.

고 했다"라고 했다. ○『당사』에서 "장지화張志和가 스스로를 연파조도
煙波釣徒라고 불렀다"라고 했다.

史記貨殖傳曰, 范蠡乘扁舟, 浮於江湖, 變名易姓, 適齊爲鴟夷子皮, 之陶
爲朱公. ○ 唐史, 張志和自號爲煙波釣徒.

세 번째 수其三

十家有忠信	열 집에도 충신한 이 있노니
江夏可無之	강하에 어찌 충신한 이 없으랴.
政苦寄賣友	다스림 고달파 역기는 친구 팔았지만
忽聞衡說詩	홀연 광형이 시 이야기하는 걸 들었네.
飢蒙青秫飯	배고프면 청신반을 복용하고
寒贈紫陁尼	추우면 자타니를 입는다오.
酬報矜難巧	화답하는 것은 공교롭게 하기 어려우니
深慙陸與皮	육구몽 피일휴에게 대단히 부끄럽구나.

【주석】

十家有忠信 江夏可無之 : 『노론』에서 "열 가구의 고을에 반드시 나와
같이 충신忠信한 사람은 있을 것이다"라고 했다. '강하江夏'는 곧 악주鄂
州로, 영서榮緒가 이때에 막관幕官으로 있었다.

魯論曰, 十室之邑, 必有忠信如丘者焉. 江夏卽鄂州, 榮緒時爲幕官.

政苦寄賣友 忽聞衡說詩 : 『한서·번괴역상등전樊噲酈商等傳』의 찬贊에서 "천하에서는 역기酈寄가 친구를 팔았다"라고 했다. 또한 『한서·광형전 匡衡傳』에서 "모든 유자들이 말하길 "광형이 시에 대해 말하기만 하면 사람의 턱을 빠지게 했다"[109]라 했다"라고 했다.

漢書贊曰, 天下以酈寄爲賣友. 又匡衡傳, 諸儒語曰, 匡說詩, 解人頤.

飢蒙靑粎飯 寒贈紫陁尼 : 원주元注에서 "'자타니紫陁尼'[110]는 두터운 털 옷이다. '신粎'은 '기飢'가 되어야 마땅하다"라고 했다. ○ 살펴보건대, 『도장道藏·청허진인왕군전靑虛眞人王君傳』에서 "태극진인太極眞人이 청정건 석기반靑精乾石飢飯을 선령방仙靈方에게 올리면서 "이것을 복용하면 사람 이 동안童顔이 되고 총명해지며 병 없이 장수할 수 있습니다"라 했다"라 고 했다. 살펴보건대, 『도장경음의道藏經音義』에서 "'신粎'의 음은 '신信' 이고 다른 음은 '산峻'으로, 또한 '신餕'자로 쓰기도 한다"라고 했다.

元注曰, 蓄褐. 粎當作飢. ○ 按道藏靑虛眞人王君傳載, 太極眞人靑精乾石 飢飯上仙靈方云, 服之使人顔童聰明, 延年無病. 按道藏經音義云, 粎音信, 又 音峻, 亦作餕[111]字.

---

109 광형이 (…중략…) 했다 : 광형(匡衡)은 『시경』에 조예가 깊어서 『시경』에 대해 해설을 하면 사람들의 턱이 빠지게 되었다는 것으로, 턱을 빠지게 한다는 것은 고민하던 사람들의 안색이 펴지면서 "아, 그렇구나"하고 통쾌하게 웃도록 만든 다는 말이다.
110 자타니(紫陁尼) : 자타니(紫駝尼)와 같은 말로, 낙타의 털을 이용하여 만든 옷을 말한다.
111 [교감기] '餕'이 전본에는 '飢'로 되어 있다.

酬報矜難巧 深慙陸與皮 : 원주元注에서 "거듭 '지之'자 운에 화답하니, 화답하는 것이 어려운 것이 아니라 공교롭게 하는 것을 공으로 여기니 또한 무궁한 뜻을 드러내고자 한 것이다"라고 했다. ○ 퇴지 한유의 「변사교류증장복사汴泗交流贈張僕射」에서 "어려움에 공교로움을 얻어도 의기는 거칠어지네"라고 했다. 『북몽쇄언』에서 "피일휴와 육구몽陸龜蒙은 문우文友가 되었다"라고 했다. 살펴보건대, 피일휴와 육구몽 두 사람은 모두 시에 능했고 『송릉창화집』을 저술한 바 있다.

元注云, 再和之字, 非以作難, 得巧爲工, 亦欲見意之無窮爾.[112] ○ 退之詩, 發難得巧意氣麤. 北夢瑣言, 皮日休與陸龜蒙爲文友. 按二人皆能詩, 有松陵唱和集.

---

112 [교감기] '元注 (…중략…) 窮爾'라는 구절이 문집·고본에서는 두 번째 시의 작품 아래 있다. 또한 '之字' 아래에 '韻'자가 있고 '見意'가 '見詩'로 되어 있다.

1. 덕유 오장이 '지'자에 화운하였는데, 시의 운자가 어려울수록 더욱 공교로웠다. 이에 다시 화운하여 작품을 지으니 한 번 웃을 만하다【범덕유[1]에 대해서는 위의 주에 보인다】

德孺五丈和之字, 詩韻難而愈工, 輒復和成, 可發一笑【范德孺見上注】

且然聊爾耳	또한 애오라지 흥을 붙일 뿐이니
得也自知之	만족함은 스스로 아는 거지.
獨笑眞成夢	진실로 꿈이 되었기에 홀로 웃노니
狂歌或似詩	미친 노래가 간혹 시 같기도 하네.
照灘禽郭索	여울 비쳐 곽삭을 잡고
燒野得伊尼	불탄 들판에서 이니 얻었네.
早晚來同醉	조만간 만나 함께 술 취해
僧窓臥虎皮	사찰에서 범 가죽 깔고 자리라.

【주석】

然聊爾耳 得也自知之 : 이 작품의 의미는 수창하는 작품은 애오라지 또한 흥을 붙일 뿐 대단히 공교로울 필요는 없으니, 지득自得의 오묘한 부분에 대해서는 대개 속인과 더불어 쉽게 말할 수 없다는 것이다. 두

---

1 범덕유 : 이름은 순수(純粹)이다.

보가 「우제偶題」에서 "문장은 천고의 일이라, 득실은 마음만이 아네"라
고 했고 또한 「증필사요贈畢四曜」에서 "나와 같은 재주인데 아껴주는 이
없으니, 글을 지으며 힘없이 웃을 뿐"이라고 했는데, 산곡 황정견은 대
개 이 의미를 이용한 것이다. 『장자』에서 "또한 그러나 간격이 없는 것
을 명命이라 한다"라고 했다. 『진서·완함전』에서 "속된 습속을 버리지
못하여, 이렇게라도 하는 것이라오"라고 했다. 『노자』에서 "스스로 아
는 것을 명明이라 한다"라고 했다. 이것을 더불어 차용한 것이다.

詩意謂唱酬之作, 聊且遣興, 不必甚工. 至其自得之妙, 蓋未易與俗人言也.
老杜所謂文章千古事, 得失寸心知. 又云, 同調嗟誰惜, 論文笑自知. 山谷蓋用
此意. 莊子曰, 且然無間, 謂之命. 晉書阮咸曰, 未能免俗, 聊復爾耳. 老子曰,
自知之謂明. 此竝借用.

獨笑眞成夢 狂歌或似詩 : '광기狂歌'는 초楚 나라 접여接輿[2]의 무리처럼
말이 지나치고 잘못됨이 있는데 마치 시와 같기에 다른 사람 위해 기
록하여 경계하지 않을 수 없으니, 또한 이것으로 위 구절의 의미를 매
듭지었다. 살펴보건대, 『실록實錄』에서 "원우元祐 4년 4월, 오처후吳處厚
가 "채확蔡確이 저번에 안주安州에 유배 갔을 때, 「거개정십절구車蓋亭十絶

---

2 접여(接輿) : 초(楚)나라 은자(隱者)로, 거짓 미쳐 노래를 하며 공자(孔子) 곁을
지나면서 "봉(鳳)이여, 봉(鳳)이여. 어찌 덕(德)이 쇠하였는가. 지나간 일은 말
해도 소용없지만 앞으로의 일은 따를 수 있으니, 그만둘지어다, 그만둘지어다.
오늘날 정사(政事)에 종사하는 자들은 위태롭기만 하다[鳳兮鳳兮, 何德之衰. 往
者不可諫, 來者猶可追, 已而已而, 今之從政者殆而]"라고 한 바 있다. 『논어·미자
(微子)』에 보인다.

句」를 지었는데 모두 원망하고 헐뜯는 내용이 넘쳐났습니다. 그 시에서 "종이 병풍 아래 돌베개 대나무 침상에 누워, 손이 피곤해 책 놓으니 낮 꿈이 길기만 해라. 잠에서 깨어나 빙그레 혼자 웃음 짓노니, 어부의 피리소리 창랑에서 들려오네"라고 했습니다. 지금 조정의 정사政事가 청명하고 상하가 화락하는데, 채확이 홀로 웃을 만한 일이 무슨 일인지 알지 못하겠습니다"라 했다. 이에 황제는 조서를 내려 채확을 꾸짖고 영주별가英州別駕를 제수하고 신주新州에 안치安置시켰다. 충선공忠宣公 범순인范純仁이 이때에 우상右相으로 있으면서 채확의 죄를 경감시켜 달라고 요청해도 들어주지 않자, 마침내 외직을 얻어 영창부潁昌府를 다스렸다"라고 했다. 충선忠宣 범순인이 덕유德孺의 형이었기에, 이 시에게 이것을 언급한 것이다. 이 일이 지금부터 10여 년 전의 일이기에, "꿈이 되었다[成夢]"라고 말한 것이다. 당唐나라 사람 유장경劉長卿의 「동강준제배식미여간동재同姜濬題裵式微餘干東齋」에서 "세상 일 끝내 꿈이 되었네"라고 했다. 두보의 「관정후희증官定後戲贈」에서 "미친 듯 노래 부르며 성조에 의탁하네"라고 했다.

狂歌謂如楚接輿之流, 語言過差, 恐其似詩, 爲人据拾, 不可不戒, 亦終上句之意. 按實錄, 元祐四年四月, 吳處厚言, 蔡確昨謫安州, 作車蓋亭十絶句, 皆涉譏訕, 其詩有云, 紙屛石枕竹方床, 手倦抛書午夢長. 睡起莞然成獨笑, 數聲漁唱在滄浪. 今朝廷政事淸明, 上下和樂, 不知蔡確獨笑何事. 詔確責授英州別駕, 新州安置. 范忠宣公純仁, 時爲右相, 乞薄確之罪, 不從, 遂出知潁昌府. 忠宣卽德孺之兄也, 故此詩及之. 其事逮今已十餘年, 故云成夢. 唐人劉長卿詩, 世事終成夢. 老杜詩, 狂歌託聖朝.

照灘禽郭索 燒野得伊尼 : 원주元注에서 "'이니伊尼'는 사슴의 이름으로, 불서佛書에 나온다"라고 했다. ○ '곽삭郭索'[3]은 게[蟹]를 말하는데, 『태현경』에 보이니, 위의 주注에도 보인다. 『반야경』에서 "세존世尊은 서른둘의 상相이 있는데, 그 여덟 번째 상이 '쌍천雙腨'으로, 가늘고 둥근 것이 마치 이니연록왕伊尼延鹿王과 같다"라고 했다.

元注云, 鹿名, 出佛書. ○ 郭索謂蟹, 見太玄, 見上注. 般若經曰, 世尊三十二相, 第八相名雙腨, 纖圓如伊尼延鹿王.

早晚來同醉 僧窻臥虎皮 : 두보의 「성상城上」에서 "멀리서 듣나니 금상今上이 순수하여, 조만간 변방 황량한 곳 두루 다닌다고"라고 했다. 『예기』에서 "범과 표범의 껍질을 진열하는 것은 사나운 것이 복종함을 보임이다"라고 했다. 『좌전』에서 "노포별盧蒲嫳이 "비유하자면 저들은 금수와 같으니 우리가 그 가죽을 벗겨 깔고 잘 수 있습니다"라 했다"라고 했고 그 주注에서 "그들을 죽이고서 가죽을 벗겨 깔 수 있다는 말이다"라고 했다.

---

3 곽삭(郭索) : 임포(林逋)는 "진흙 수렁엔 게가 기어가고, 높은 나무엔 자고새 우는구나[草泥行郭索, 雲木叫鉤輈]"라고 했다. 살펴보건대, 『태현경』에서 "예수(銳首)가 "게가 기어서 간 후에 지렁이가 흙탕샘으로 들어온다[蟹之郭索, 復後蚓黃泉]"라고 했다. 이에 양웅(揚雄)이 "기어다니는 게는 마음이 한결같지 않다[蟹之郭索, 心不一也]"라 했다"라고 했는데, 범망(范望)의 주(注)에서 "'곽색(郭索)'은 다리가 많은 모양이다[郭索, 多足貌]"라고 했다.

老杜詩, 遙聞出巡守, 早晚遍遐荒. 禮曰, 虎豹之皮, 示服猛也. 左傳, 盧蒲

嫳曰, 譬之如禽獸, 吾寢處之矣. 注云, 能殺而席其皮.

2. 덕유의 「신거병기」라는 작품에 차운하다

次韻德孺4新居病起

潭潭經略府	깊고 깊은 책략 경영하는 관청에서
寂寂閉門居	적적하게 닫힌 문 속에 거처하네.
京洛聖賢宅	경락의 선현의 집
江湖魚鱉瀦	강호의 물고기 자라의 물가.
官5如一夢覺	관리 생활 마치 한바탕 꿈이니
話勝十年書	대화가 십 년 독서 보다 나으리.
稍喜過從近	점차 오가는 일이 많아져 좋으니
扶筇不駕車	수레 탈 필요 없어 지팡이 짚네.

【주석】

潭潭經略府 寂寂閉門居 : 퇴지 한유의 「부독서성남符讀書城南」에서 "한 사람은 공이나 재상이 되어, 깊고 그윽한 부중에 거처하네"라고 했다. 『남사·왕융전王融傳』에서 "이와 같이 적적하니, 등우鄧禹가 비웃겠다"라고 했다. 덕유德孺가 일찍이 서수西帥가 되었었는데, 지금은 좌천되었기에 궁달窮達을 다르게 보지 않는다는 것을 말했다.

退之詩, 一爲公與相, 潭潭府中居. 南史王融傳曰, 爲爾寂寂, 鄧禹笑人. 德

4　[교감기] 문집·고본·장지본에는 '次韻德孺' 아래 '五丈' 2글자가 있다.
5　[교감기] '官'이 부교·장지본에는 '宦'으로 되어 있다.

312　산곡시집주(山谷詩集注)

孺嘗爲西帥, 今乃遷謫, 言無窮達之異觀.

京洛聖賢宅 江湖魚鼈潴：『문선』에 실린 육기의 「위고언선증부爲顧彦先贈婦」에서 "서울인 낙양에는 먼지가 많네"라고 했는데, '경락京洛'은 대개 옛 제황의 도읍이다. 『서경·낙고洛誥』에서 "소공召公이 이미 살 곳을 보았었다"라고 했다. 덕유의 집은 영창穎昌에 있었는데, 영창은 본래 서낙西洛의 왕기王畿 지역이다. 지금은 어별魚鼈과 함께 살고 있기에, 멀고 가까운 것을 다르게 보지 않는다는 것을 말한 것이다. 『국어·월어越語』에서 "범여范蠡가 "예전의 우리 선군先君은 동쪽 바닷가에 자리를 잡아 자라·악어·물고기들과 함께 어울려 살고 개구리·맹꽁이 따위와 물가에서 함께 지냈었다"라 했다"라고 했다. 『서경·우공禹貢』에서 "대야大野가 이미 다스려졌다"라고 했다.

選詩, 京洛多風塵. 京洛蓋古帝都. 書洛誥曰, 召公旣相宅. 德孺家在潁昌, 本西洛王畿之地, 今與魚鼈同居, 言無遐邇之異觀也. 越語, 范蠡曰, 吾先君故[6]濱於東海之陂, 黿鼉魚鼈之與處, 而鼃黽之與同渚. 書禹貢曰, 大野旣潴云.

官如一夢覺 話勝十年書：위 구는 한단지몽邯鄲之夢[7]의 고사를 이용했

6　故：중화서국본에는 '改'로 되어 있는데, 『국어·월어(越語)』에는 '故'로 되어 있다.
7　한단지몽(邯鄲之夢)：허망한 꿈에서 깨어나듯 부질없는 인간사가 끝났음을 뜻한다. 당(唐)나라 심기제(沈旣濟)의 「침중기(枕中記)」에 "노생(盧生)이 한단(邯鄲) 객사(客舍)에서 도인(道人) 여옹(呂翁)을 만나 자기의 곤궁한 신세를 한탄하자 여옹은 그에게 목침을 주고 잠을 자게 했는데, 노생은 꿈속에서 온갖 부귀영화를 다 누리다가 죽는 꿈을 꾸고 깨어 보니 아까 잠들기 전에 집주인이 짓던

다. 퇴지 한유의 「제유자후문祭柳子厚文」에서 "사람이 세상에 살아 있는 동안에는 마치 한 바탕 꿈을 꾸는 것과 같다"라고 했다. 아래 구는 전배前輩의 시인 "그대와 함께 하룻밤 이야기를 나누는 것이, 십 년 동안 독서한 것보다도 낫다"라는 구절의 의미를 이용했다.

上句用邯鄲夢事. 退之祭柳子厚文云, 人之生世, 如夢一覺. 下句用前輩詩, 共君一夜話, 勝讀十年書之意.

稍喜過從近 扶節不駕車 : 유우석의 「화복야우상공견시장구和僕射牛相公見示長句」에서 "관직이 높아지면 오는 사람 적다오"라고 했다.

劉禹錫詩, 官班高後少過從.

누른 기장밥이 아직 익지 않았다"라는 내용이 있다.

3. 덕유의 「감흥」이란 작품에 차운하다. 2수

次韻德孺8感興. 二首

첫 번째 수其一

於此吾忘我	이에 내가 날 잃어버렸으니
從誰尺直尋	누굴 좇아 왕척직심하리오.
事來千萬種	일은 천만 가지 종류가 있고
人有兩三心	사람 마음은 두세 가지 있다네.
自守藩籬小	절로 변방의 작은 곳 지킬 수 있었지만
猶能井臼任	오히려 물 긷고 절구질 맡아 했다오.
過時雖不采	때 지나도록 비록 따지 않는다 해도
吾與菊花斟	나는 국화에 더불어 술잔 기우리리.

【주석】

於此吾忘我　從誰尺直尋 : 『장자·제물편齊物篇』에서 "남곽자기南郭子綦가 "지금 나는 내 자신을 잃어버리고 있었는데, 자네가 그것을 알았구려"라 했다"라고 했는데, 그 주注에서 "내가 나를 잃어버렸으니, 천하의 어떤 사람인들 족히 알랴"라고 했다. 『맹자』에서 "한 자를 굽혀서 여덟 자를 편다는 것은 이利로써 말한 것이다"라고 했고 그 주注에서 "진대陳代가 맹자로 하여금 자신을 굽히고 도를 펴게 하고자 한 것이

8　[교감기] 문집·고본·장지본에는 '德孺' 아래 '五丈' 2글자가 있다.

다"라고 했다. ○ 동파 소식의 「객위가침客位假寢」에서 "지금 나 또한 나를 잃었네"라고 했다.

莊子齊物篇, 南郭子綦曰, 今者吾喪我, 汝知之乎. 注云, 我自忘矣, 天下有何物足識哉. 孟子曰, 枉尺而直尋者, 以利言也. 注謂, 陳代欲使孟子屈己伸道. ○ 東坡客位假寢詩, 今我亦忘吾.

事來千萬種 人有兩三心 : 세상의 변화는 일정하지 않고 사람 마음 또한 그에 따라 달라진다는 것이다. 원우元祐·소성紹聖·숭녕崇寧 연간에 선비로 그 지조를 온전히 한 사람은 드물었다. 『문선』에 실린 장형의 「남도부南都賦」에서 "백 가지 종류에 천 가지 이름이네"라고 했다. 『법화경』에서 "게게偈에서 "부처와 스님께 보시하는 것이 천만억의 종류이다"라 했다"라고 했다. 『사기·전숙전田叔傳』에서 "저선생褚先生이 "무제武帝는 임안任安이 가만히 앉아 성패成敗를 지켜보니, 두 마음을 품은 것이다"라 했다"라고 했다. 공총자孔叢子는 공자가 안자晏子를 보지 않으려 했다. 이에 그 이유를 묻자, 공자가 "안자는 세 임금을 섬기면서 모두 순탄했습니다. 이것은 세 마음이 있는 것이니, 이 때문에 만나보지 않은 것입니다"라고 했다.

世變無常, 而人心亦異. 當元祐紹聖崇寧之間, 士全其守者, 鮮矣. 文選南都賦曰, 百種千名. 法華經, 偈曰, 施佛及僧, 千萬億種. 史記田叔傳, 褚先生曰, 武帝以任安坐觀成敗, 有兩心. 孔叢子謂孔子不見晏子曰, 晏子事三君, 而得順焉. 是有三心, 所以不見也.

自守藩籬小 猶能井臼任 : 가의의 「과진론過秦論」에서 "몽괄蒙恬로 하여금 북쪽에 장성을 쌓게 하여 변방을 지켰다"라고 했는데, 이것을 차용한 것이다. 『문선』에 실린 송옥의 「대초왕문對楚王問」에서 "새장에 갇힌 메추라기가 어찌 능히 천지의 높은 것을 헤아릴 수 있겠습니까"라고 했다. 또한 『문선』에 실린 안연년顔延年의 「도연명뢰陶淵明誄」에서 "어려서는 가난하고 병들어 거처하는 곳에 시종이나 첩이 없었다. 물 긷고 절구질을 맡길 사람이 없었고 변변치 않은 먹을거리도 공급하지 못했다"라고 했는데, 이선李善이 그 주注에서 『열녀전』을 인용하여 "주남대부周南大夫의 처가 그 지아비에 대해 "부모가 물을 긷고 절구질을 할 형편에 이르면, 아내를 가리지 않고 장가들었습니다"라 했다"라고 했다.

賈誼過秦論曰, 使蒙恬北築長城, 而守藩籬. 此借用. 文選宋玉對楚王問曰, 夫藩籬之鷃, 豈能與之料天地之高哉. 又顔延年作陶淵明誄曰, 少而貧病, 居無僕妾. 井臼弗任, 藜菽不給. 李善注引列女傳, 周南大夫之妻謂其夫曰, 親操井臼, 不擇妻而娶.

過時雖不采 吾與菊花斟 : 이 말은 대개 기댈 바가 있다는 말이다. 『문선』에 실린 「고시古詩」에서 "애처롭다 저 혜란꽃이여, 꽃봉오리 아름답게 광채를 내지만, 때가 지나도 따는 이 없으니, 장차 가을 풀 따라 시들어버리리"라고 했는데, 이것을 차용했다. 연명 도잠의 「구일한거九日閑居」에서 "술은 백 가지 근심걱정 몰아낼 수 있고 국화는 노쇠한 나이 억제시키네"라고 했다. 두보의 「구일양봉선회백수최명부九日楊奉先會白水

崔明府」에서 "앉아 상락주桑落酒[9] 따르니, 국화 가지 꺾어 오네"라고 했다.

此語蓋有所寄. 文選古詩曰, 傷彼蕙蘭花, 含英揚光輝. 過時而不采, 將隨秋草萎. 此借用. 淵明詩, 酒能驅百慮, 菊爲制頹齡. 老杜詩, 坐開桑落酒, 來把菊花枝.

두 번째 수其二

眼前嘗廢忘	눈앞의 일은 일찍이 잊어버렸으니
事往更追尋	지난 일 다시 좇고 찾으랴.
愛酒陶元亮	술을 사랑했던 도원량
著書王仲任	책 저술했던 왕중임.
寒蒲雖有節	추위에 청포는 비록 마디 있지만
枯木已無心	고목은 이미 무심의 경지라오.
客至還須飮	손님 오면 도리어 술을 마시고
逢歡起自斟	즐거움 일면 홀로 잔 기울인다네.

【주석】

眼前嘗廢忘 事往更追尋 : "바로 전날의 일도 오히려 기억하지 못하는

---

9 상락주(桑落酒) : 하동군(河東郡) 백성인 유백타(劉白墮)가 황하 강물을 떠다가 향내가 나는 술을 빚었는데, 그 술이 뽕나무가 떨어지는 시절에 익었다고 하여 '상락주'라 이름 지은 것이다.

데, 지난 일을 어찌 다시 찾아 기억할 수 있으랴"라는 말이다. '왕시往
事'는 소성紹聖 연간의 당화黨禍[10]를 말한다. 『법화경』에서 "얼마 지나지
않아 까마득히 잊어버리고, 알지도 깨닫지도 못했다"라고 했다. 낙천
백거이의 「위촌퇴거기기예부최시랑한림전사인시일백운渭村退居寄禮部崔侍郎
翰林錢舍人詩一百韻」에서 "옛 놀던 일 거의 잊어버렸네"라고 했다. 『문
선』에 실린 사종 완적의 「영회시詠懷詩」에서 "고채高蔡에서 서로 좇고
찾네"라고 했다. 왕희지의 첩帖에서 "상처와 슬픔 좇고 찾으면 다만 마
음 아플 뿐이네"라고 했다.

言目前事猶不記憶, 往事可復尋繹耶. 往事謂紹聖黨禍. 法華經曰, 而尋廢
忘, 不知不覺. 樂天詩, 舊遊多廢忘. 文選阮嗣宗詩曰, 高蔡相追尋. 王羲之帖
曰, 追尋傷悼, 但有痛心.

愛酒陶元亮 著書王仲任 : 소명태자가 지은 「연명전淵明傳」에서 "연명의
성품이 술을 좋아하여, 혹시라도 술을 마련해 놓고 그를 초대하면 가
서 곧 그 술을 다 마셨다"라고 했다. 『후한서』에서 "왕충王充의 자는 중

---

10 소성(紹聖) 연간의 당화(黨禍) : 송(宋)나라 철종(哲宗)이 어린 나이로 즉위하여
태황태후(太皇太后) 고씨(高氏)가 청정(聽政)하면서 사마광(司馬光), 여공저
(呂公著) 등을 탁용하여 왕안석(王安石)이 행하던 신법(新法)을 모두 혁파했는
데, 이 시기가 원우(元祐) 연간이다. 그 뒤 고 황후가 죽고 철종이 친정(親政)하
면서 장돈(章惇), 채경(蔡京), 여혜경(呂惠卿) 등이 기용되었는데, 이 시기가 소
성 연간이다. 이들은 철종에게 고 황후가 임금의 폐위를 은밀히 도모했다고 참소
하여 임금의 재위를 자신들이 옹립한 공으로 돌렸으며, 원우 연간의 유현들을
모두 내쫓고 이미 폐해진 왕안석의 신법을 복구시켜 갖은 폐정(弊政)을 행했다.

임仲任으로, 문을 닫아걸고 차분히 생각하며 『논형』을 저술했다"라고
했다.

昭明太子作淵明傳曰, 性嗜酒, 或置酒招之, 造飮輒盡. 後漢書, 王充字仲
任, 閉門潛思, 著論衡.

寒蒲雖有節 枯木已無心 : 스스로 지키는 절개는 있고 영화로움을 향
하는 마음이 없다는 말이다. 두보의 「건도십이운建都十二韻」에서 "바람
은 청포의 마디를 부러트리네"라고 했다. 『문선』에 실린 육기의 「연주
連珠」에서 "엄동설한[11]이 마디를 죽이지만, 시들지 않는 찬 나무의 마음
있네"라고 했는데, 여기에서는 이 의미를 반대로 사용했다.

言有自守之節, 而無向榮之心. 老杜詩, 風斷靑蒲節. 文選陸機連珠曰, 勁
陰殺節, 不凋[12]寒木之心. 此反其意.

客至還須飮 逢歡起自斟 : 연명 도잠의 「화곽주부和郭主簿」에서 "술 익으
면 나 혼자 따라 마시네"라고 했다.

淵明詩, 酒熟吾自斟.

---

11 엄동설한 : '경음(勁陰)'은 추운 겨울을 말한다.
12 凋 : 중화서국본에는 '彫'로 되어 있는데, 육기의 「연주(連珠)」에는 '凋'로 되어
    있다.

4. 덕유가 은혜롭게 보내준 '추'자 운의 구절에 차운하다

次韻德儒13惠貺秋字之句

少日才華接貴游	젊은 시절 재화로 귀족들과 어울렸고
老來忠義氣橫秋	늘그막에는 충의 가을하늘에 가득했네.
未應白髮如霜草	서리 같은 백발이 되지 않았지만
不見丹砂似箭頭	어찌 화살촉 같은 단사를 보지 않으랴.
顧我今成喪家狗	지금 나는 상갓집의 개가 되었으니
期君早作濟川舟	그대가 배로 냇물 건너게 해 주길 바라네.
漢家宗廟14英靈在	한가의 종묘에는 영령이 있는데도
定是寒儒浪自愁	초라한 선비가 함부로 근심한다오.

【주석】

少日才華接貴游 老來忠義氣橫秋 : 『주례·사씨師氏』에서 "무릇 나라의 귀족들의 자제들이 배우는 곳이다"라고 했다. 『문선』에 실린 공치규의 「북산이문北山移文」에서 "서리 기운은 가을 하늘에 꽉 찼었다"라고 했다.

周禮師氏曰, 凡國之貴游子弟學焉. 文選北山移文云, 霜氣橫秋.

未應白髮如霜草 不見丹砂似箭頭 : "머리가 백발이 되지도 않았지만,

---

13 [교감기] 문집·고본·장지본에는 '德儒' 아래 '五丈' 2글자가 있다.
14 [교감기] '廟'가 문집·고본에는 '社'로 되어 있다.

어찌 늙음을 물리치는 단사를 보지 않겠는가"라고 말한 것이다. 『본초도경』에서 "단사丹砂는 돌 위에서 자라는데, 그 생김새가 연꽃의 꽃송이 같다. 화살촉 같이 나란히 이어진 것은 짙은 자줏빛으로 쇠의 색깔과 같으며, 찬란하게 빛이 나는데 이것이 바로 진사辰砂이다"라고 했다. 두보의 「배장유후시어연남루득풍자陪章留後侍御宴南樓得風字」에서 "본래 단약 만드는 기술 없으니, 어찌 흰머리 노인을 면하랴"라고 했는데, 이것을 반대로 사용한 것이다.

　言未應鬢髮遽白, 豈不見有却老之丹砂耶. 本草圖經曰, 丹砂生石上, 狀若芙蓉頭. 箭鏃連床者, 紫黶若鐵色. 而光明瑩徹, 眞辰砂也. 老杜詩, 本無丹竈術, 那免白頭翁. 此反而用之.

　顧我今成喪家狗 期君早作濟川舟 : 『사기·공자세가孔子世家』에서 "공자가 정鄭나라에 갔을 때, 제자들과 서로 떨어지게 되어 홀로 곽문郭門에 서 있었다. 이에 정나라 사람이 자공子貢에게 "동문에 어떤 사람이 있는데, 누추한 모습이 마치 상갓집의 개와 같다"라 했다"라고 했다. 『서경·열명說命』에서 "내가 만약 큰 냇물을 건널 때면, 네가 배와 노가 되어라"라고 했다.

　史記孔子世家曰, 孔子適鄭, 與弟子相失, 獨立郭門. 鄭人謂子貢曰, 東門有人, 纍纍然若喪家之狗. 書說命曰, 若濟巨川, 用汝作舟楫.

　漢家宗廟英靈在 定是寒儒浪自愁 : "간절한 나라 위한 근심이 한갓 잘

못된 계책이다"라고 말한 것이다.

言區區憂國之心, 徒過計耳.

5. 범자묵에게 물들인 아청지[15]를 구하다. 2수

求范子黙染鴉靑紙. 二首

첫 번째 수其一

學似貧家老[16]破除	학문은 가난한 집 같아 늙어 파하였고
古今迷忘[17]失三餘	고금토록 혼미하여 삼여를 잃었어라.
極知鵠白非新得	고니 흰 게 씻어서가 아닌 줄 알지만
謾[18]染鴉靑襲舊書	부질없이 물들인 아청지로 옛 책 싸리라.

【주석】

學似貧家老破除 古今迷忘失三餘 極知鵠白非新得 謾染鴉靑襲舊書 : 『위지·문제기文帝紀』의 평주評注에서 "사람은 어릴 적에 학문을 좋아하면 생각이 학문을 오로지하나, 늙으면 잘 잊게 된다"라고 했다. 퇴지 한유의 「증정병曹贈鄭兵曹」에서 "온갖 시름 없애는데 술만한 것이 없네"라고 했다. '삼여三餘'[19]는 위의 주注에 보인다. 『장자』에서 "고니는 날마다

---

15 아청지(鴉靑紙) : 청지(靑紙)로, 고려의 특산품인데, 주로 책의(冊衣)나 화지(畫紙)로 쓰인 종이이다.

16 [교감기] '老'에 대해 문집·고본의 작품 끝의 원교(原校)에서 "다른 판본에는 '免'으로 되어 있다"라고 했다.

17 [교감기] '忘'이 장지본에는 '忽'로 되어 있다.

18 [교감기] '謾'이 장지본에는 '漫'으로 되어 있다.

19 삼여(三餘) : 『위략(魏畧)』에서 "동우(董遇)의 자는 계진(季眞)으로『좌씨전(左氏傳)』에 뛰어났다. 그에게 배우는 자가 "책 읽을 겨를이 없습니다"라고 하자, 동우가 "마땅히 삼여(三餘)를 이용하면 된다"라고 했다. 이에 "삼여가 무엇입니

목욕하지 않아도 희고, 까마귀는 날마다 검게 칠하지 않아도 검다"라고 했는데, 이것을 인용하여 하늘로부터 타고난 본성은 배워서 얻을 수 있는 것은 아니지만 옛 책 또한 버려서는 안 된다는 것을 말했다. 『태평어람』에서 감자闞子가 "화려한 궤짝 열 겹으로 싸고 주황색 보자기로 열 겹을 싼다"라고 했다.

魏志文帝紀評注曰, 人少好學則思專, 長則善忘. 退之詩, 破除萬事無過酒. 三餘見上注. 莊子曰, 鵠不日浴而白, 烏不日黔而黑. 此引用, 言天眞本性, 非因學而有得, 然舊書亦不可棄也. 闞子曰, 華匱[20]十重, 緹巾十襲.

두 번째 수其二

深如女髮蘭膏罷	짙푸르긴 머릿기름 금방 바른 머리 같고
明似山光夜月餘	밝기는 달빛 비친 산 빛과 비슷하네.
爲染溪藤[21]三百箇	섬계의 등 삼백 개에 물을 흠뻑 들여서
待渠涮拂一床書	맑게 씻겨지거들랑 책상의 책 베껴 쓰리.

까"라고 묻자, 장우가 "겨울은 한 해의 여가이고, 밤은 하루의 여가이고, 장맛비는 또한 한 때의 여가이다[冬者歲之餘, 夜者日之餘, 陰雨者又月之餘]"라 했다"라고 했다.

20　華匱 : 중화서국본에는 '革簣'로 되어 있는데, 『태평어람』에는 '華匱'로 되어 있다.

21　[교감기] '溪藤'이 문집·고본·장지본에는 '藤溪'로 되어 있다.

【주석】

深如女髮蘭膏罷 明似山光夜月餘 : '여발女髮'과 '산광山光'은 모두 푸른색을 취한 것이다. 『초사』에서 "난초 향기 기름불은 아주 밝네"라고 했다.

女髮山光皆取其靑色. 楚辭曰, 蘭膏明燭.

爲染剡溪藤三百箇 待渠湔拂一床書 : 당唐나라 서원여舒元興이 지은 「조섬등문弔剡藤文」에서 "섬계剡溪에서는 등나무로 종이를 만든다"라고 했다. 『어림語林』에서 "우군 왕희지가 회계령會稽令이 되었을 때, 창고 가운데 종이 구만 매가 있었다"라고 했다. '매枚'는 '개箇'이다. 『문선·광절교론廣絶交論』의 이선李善의 주注에서 "'전불剪拂'은 '전발湔袚'과 같다"라고 했다.

唐舒元興有弔剡藤文, 謂剡溪以藤爲紙. 語林云, 王右軍爲會稽, 庫中有牋紙九萬枚. 枚卽箇也. 李善注文選廣絶交論云, 翦拂與湔袚同.

6. 영서가 은혜롭게 선즉을 보내주었기에 사례하다

謝榮緒惠貺鮮鯽

偶思煨老庖玄鯽	우연히 노인 다습게 할 현즉 요리 생각났는데
公遣霜鱗貫柳來	공이 버들가지에 꿰어 생선을 보내왔구나.
薑臼方看金作屑	부추절구에 바야흐로 유자를 뿌려 놓아
鱠盤已見雪成堆	회 쟁반에 이미 흰 회가 눈처럼 쌓였네.

【주석】

偶思煨老庖玄鯽 公遣霜鱗貫柳來 : 두보의 「독좌獨坐」에서 "노인을 다습 게 하자니 연옥燕玉[22]이 생각나네"라고 했다. 퇴지 한유의 「성남연구城 南聯句」에서 "가늘게[23] 현즉玄鯽을 회 뜨네"라고 했다. 『석고문石鼓文』에 서 "잡히는 물고기 무엇인가, 서어와 잉어라네. 무엇으로 꿰었던가, 버 들가지라네"라고 했다.

老杜詩, 煨老思燕玉. 退之城南聯句云, 庖霜鱠玄鯽. 石鼓文曰, 其魚維何, 維鱮維鯉. 何以貫之, 維揚與柳.

薑臼方看金作屑 鱠盤已見雪成堆 : 채옹의 「제한단순소작조아비후題邯

---

22 연옥(燕玉) : 옥과 같은 연나라 지방의 여인을 가리키는 말로, 보통 미인을 의미 한다.

23 가늘게 : '포상(庖霜)'은 물고기 등을 가늘게 회 뜨는 것으로, 그 빛이 서리처럼 하얗다고 해서 '포상'이라 한다.

邯鄲淳所作曹娥碑後」에서 "누런 비단과 어린 부인 및 딸의 자식과 부추 절구 [黃絹幼婦外孫薑臼]"라고 했는데, '절묘한 좋은 글[絶妙好辭]'임을 말한다. '황견黃絹은 색이 있는 실[色絲]이므로 '절絶'자가 되고 '유부幼婦'는 소녀少女이므로 '묘妙'자가 되고 '외손外孫'은 딸의 아들[女子]이므로 '호好'자가 되고[24] '제구薑臼'는 매운 것을 받아들이는 것[受辛]이고 매운 것을 받아들이면 '사辭'자가 된다. '금설金屑'은 유자로 양념한 것을 말한다. 『수당가화』에서 "유자를 가미한 옥 같은 농어회"[25]라고 했는데, 이것을 차용했다. 두보의 「설회기設鱠歌」에서 "소리 없이 잘게 써니 부서진 눈 날리는 듯"이라고 했고 또한 「설회기設鱠歌」에서 "젓가락으로 마음껏 먹어도 금쟁반은 비지 않네"라고 했다. 퇴지 한유의 「설雪」에서 "볼록한 부분 이미 언덕 되었네"라고 했다.

蔡邕題邯鄲淳所作曹娥碑後曰, 黃絹幼婦, 外孫薑臼, 謂絶妙好辭也. 薑臼受辛, 受辛卽辭字. 金屑謂以橙爲薑也. 隋唐嘉話有金薑玉鱠, 此借用. 老杜設鱠歌曰, 無聲細下飛碎雪. 又云, 放筯未覺金盤空. 退之雪詩, 凸處已成堆

---

24 황견(黃絹)은 (…중략…) 되고 : 문맥의 의미를 파악하기 위해 추가 보충했다.
25 유자를 (…중략…) 농어회 : '금제옥회(金薺玉膾)'는 정미(精美)한 음식의 대명사로 쓰인다. 『태평광기』에서 "3척자 이하의 농어를 잡아 건회(乾鱠)를 만들어 물에 담갔다가, 헝겊 주머니에 넣고 물기를 빼서 쟁반에 펼쳐 놓는다. 향기롭고 부드러운 꽃잎을 취해 사이사이에 놓고 가늘게 채를 썰어 농어회에 골고루 섞어 준다. 서리가 내린 후 농어회는 눈처럼 희고 비리지 않아 소위 금구옥회(金薺玉膾)라고 한다. 동남쪽 지방의 맛 좋은 음식이다"라고 했다. 소식(蘇軾)의 「과자홀출신의운운(過子忽出新意云云)」에서 "향내는 용연 같은데 흰빛은 더욱 진하고, 맛은 우유 같은데 우유보다 한층 더 맑구려. 저 남쪽 바다의 금제회를 가지고, 함부로 동파의 옥삼갱에 비유하지 말지어다[香似龍涎仍釅白, 味如牛乳更全淸. 莫將南海金薺膾, 輕比東坡玉糝羹]"라고 한 구절도 보인다.

7. 영서가 노루 고기를 잘라 보내주었기에 사례하다. 2수

謝榮緒割麞見貽. 二首

첫 번째 수其一

何處驚麞觸禍機	어느 곳서 놀란 노루 그물에 걸려들어
煩君²⁶遣騎割鮮肥	그대 살 찐 고기 잘라 보내주었구나.
秋來多病新開肉	가을 들어 병 많은데 고기를 보내오니
糲飯寒葅得解圍	거친 밥과 찬 김치에서 벗어날 수 있네.

【주석】

何處驚麞觸禍機 煩君遣騎割鮮肥 : 『문선』에 실린 휴문 심약의 「숙동원시宿東園詩」에서 "놀란 노루 쉬지 않고 달리네"라고 했는데, 이선李善의 주注에서 "강동 사람들은 노루를 '균麕'이라고 부른다"라고 했다. 반표班彪의 「왕명론王命論」에서 "화복의 기미를 살핀다"라고 했다. 『문선』에 실린 진림陳琳의 「격예주檄豫州」에서 "발을 움직이면 덫과 함정에 빠집니다"라고 했다. 두보의 「초당草堂」에서 "높은 벼슬아치도 내가 옴을 반겨, 말 탄 심부름꾼 보내 필요한 것 물어보네"라고 했다. 반고의 「서도부西都賦」에서 "물고기 썰어서 들에서 먹는다"라고 했다. 맹교의 「조원노산弔元魯山」에서 "호방한 이 살 찐 생선 먹네"라 했다.

文選沈休文詩曰, 驚麞去不息. 李善注云, 江東人呼鹿曰麕. 班彪王命論曰,

26　[교감기] '君'이 문집에는 '公'으로 되어 있다.

探禍福之機. 文選陳琳檄豫州曰, 動足觸機陷. 老杜詩, 大官喜我來, 遣騎問所須. 班固西都賦曰, 割鮮野食. 孟郊詩, 豪人飫鮮肥.

秋來多病新開肉 糲飯寒葅得解圍 : 낙천 백거이의 「희증몽득겸정사암戱贈夢得兼呈思黯」에서 "월말月末 재개 끝나니 누가 개소開素하나"[27]라고 했다. 두보의 「빈지賓至」에서 "오래 묵은 거친 밥으로 식사 대접하네"라고 했다. '한저寒葅'[28]는 위의 주注에 보인다. '해위解圍'는 도와주는 바가 있다는 말이다. 『진서·사도온전謝道韞傳』에서 "소랑을 위해 포위를 풀어주었다"라고 했다.

樂天詩, 月終齋滿誰開素. 老杜詩, 百年粗糲腐儒餐. 寒葅見上注. 解圍言有所救助也. 晉書謝道韞傳曰, 爲小郎解圍.

두 번째 수其二

【구본舊本에서 "영서榮緒가 「할선割鮮」이란 작품에 수창하여 보내 준 작품 중에 "구애받지 마시길 바랍니다[要見無拘礙]"라는 구절이 있었기에 장난스레 답하다"라고 했다】.

【舊本云榮緒見酬割鮮詩, 有要見無拘礙之句, 戱答】.[29]

27　개소(開素) : 개재(開齋), 즉 금식(禁食)하는 대재(大齋)와 금육(禁肉)하는 소재(小齋) 기간이 모두 끝나는 것을 가리킨다. 이때부터 고기를 먹을 수 있기에 '개훈(開葷)'이라고도 한다.
28　한저(寒葅) : 『신서(新序)』에서 "초 혜왕이 날채소를 먹다가 거머리가 나오자 아랫사람이 처형될까 걱정하여 그것을 삼켰다[楚惠王食寒葅而得蛭, 因吞之]"라고 했다.

二十餘年枯淡過　　이십여 년 고담 속에 보내면서

病來筯下割[30]甘肥　병들이 맛 좋은 음식 젓가락 아래 없었네.

果然口腹爲災怪　　과연 먹는 것이 재앙이 되었는데

夢去呼鷹雪打圍　　꿈에 매 부르며 눈 속에 사냥 갔었지.

【주석】

二十餘年枯淡過　病來筯下割甘肥　果然口腹爲災怪　夢去呼鷹雪打圍 : '고 담枯淡'[31]은 위의 주注에 보인다. 『맹자』에서 "살찌고 달콤한 음식이 입 에 부족합니까"라고 했다. 습착치習鑿齒의 『양양기구전襄陽耆舊傳』에서 "유표劉表가 형주자사荆州刺史에 부임하여 대를 쌓고 이를 '호응呼鷹'이라 불렀다"라고 했다. '타위打圍'[32]는 위의 주注에 보인다.

枯淡見上注. 孟子曰, 肥甘不足於口歟. 襄陽耆舊傳, 劉表任荆州刺史, 築 臺名呼鷹. 打圍見上注.

29　[교감기] '舊本 (…중략…) 戲答'이라는 주(注)가 전본에는 「謝榮緒割鼍見貽. 二 首」라는 제목 아래에 있다.

30　[교감기] '割'이 문집·고본·전본에는 '劇'으로 되어 있다.

31　고담(枯淡) : 약산선사(藥山禪師)가 "일체에 처하는 것이 고담해야 한다[一切處, 放敎枯淡去]"라고 했다.

32　타위(打圍) : 『오대사(五代史)·사이부록(四夷附錄)』에서 "야율광덕(耶律德光) 이 "내가 거란[上國]에 있을 때 사나운 짐승[食肉]을 둘러매고 사방에서 공격하 는[打圍] 것을 즐거움으로 삼았다[我在上國, 以打圍食肉爲樂]"라 했다"라고 했 다. 살펴보건대, 오랑캐 사람들은 사냥하는 것[游獵]을 타위(打圍)라고 한다.

8. 오집중에게 두 마리 거위가 있었는데, 나를 위해 삶아 주었다. 이에 장난스레 써서 보내주다

吳執中有兩鵝, 爲余烹之, 戲贈

學書池上一雙鵝	글씨 썼던 못 주변의 한 쌍의 거위
宛頸相追筆意多	목 숙이고 서로 따르니 필의가 많도다.
皆爲涪翁赴湯鼎	모두 부옹을 위해 끓은 솥으로 들어가니
主人言汝不能歌	주인이 '너는 노래하지 못하기 때문'이라네.

【주석】

學書池上一雙鵝 宛頸相追筆意多 皆爲涪翁赴湯鼎 主人言汝不能歌 : 위 구
는 왕희지의 고사를 이용했다. 자고子固 증공曾鞏이 지은 「묵지기墨池記」에
서 "임천臨川의 신성新城 가에 못이 움푹 패어 있는데 네모랗고 길다. 이곳
을 "왕희지의 먹 못"이라 했는데, 순백자荀伯子의 「임천기臨川記」에서 말했
다. 왕희지가 일찍이 장지張芝[33]를 사모하여, 못에 임하여 글씨를 배우는
데 못의 물이 완전히 검게 되었다고 하니, 이것이 그 자취이다"라고 했다.
'환아換鵝'[34]는 『진서 · 왕희지전王羲之傳』에 보인다. 『서경잡기』에 실린

---

33 장지(張芝) : 초서(草書)를 잘 써서 사람들이 초성(草聖)으로 일컬었다.
34 환아(換鵝) : 거위와 바뀌었다는 말이다. 왕희지는 거위[鵝]를 좋아했는데, 산음
(山陰)의 도사(道士)가 여러 마리를 가졌으므로, 왕희지가 요구하니 도사가 "『황
정경(黃庭經)』 한 벌을 써 주면 바꾸겠소"하므로 가서 『황정경(黃庭經)』을 써 주
고는 거위를 농에 넣어 돌아왔다.

「학부鶴賦」에서 "긴 목 숙이고 천천히 걷네"라고 했다. 아래 구는 『장자』에 보이는 '팽안烹雁'[35]의 의미를 이용하여 장난친 것이다. 세상에서 '비자婢子'를 '압鴨'이라 부르는데, 오吳 땅에서는 오리를 귀하게 여기고 거위를 천하게 여긴다는 의미이다. 산곡 황정견이 일찍이 「자고천鷓鴣天」이란 악부樂府를 지었는데, 그 작품에서 "듣건대 그대 집에 미인 있다는데, 붉은 단장한 미인들 많아 힘들다고 하네. 그대 위해 『황정경』을 써서 줄 뿐이니, 산음 도사의 거위를 바라지 않는다오"라고 했다. 산곡 황정견의 또 다른 호는 '부옹涪翁'이다.

上兩句用王羲之事. 曾子固作墨池記曰, 臨川新城之上, 有池窪然, 而方以長, 曰王羲之之墨池者, 荀伯子臨川記云也. 羲之嘗慕張芝, 臨池學書, 池水盡黑, 此爲其故跡. 換鵝見晉書本傳. 西京雜記鶴賦曰, 宛修頸而顧步. 下句用莊子烹雁意, 以戲之. 世以婢子爲鴨, 謂吳貴鴨而賤鵝也. 山谷嘗有樂府, 其畧云, 聞道君家有翠娥, 施朱施粉總嫌多. 爲君寫就黃庭了, 不要山陰道士鵝. 山谷亦號涪翁.

---

35   팽안(烹雁) : 『장자·산목(山木)』에서 "부자가 산에서 나와 친구 집에 묵었는데 주인이 기뻐하여 거위를 잡아 삶으라고 명하였다. 동자가 "한 마리는 잘 울고 한 마리는 울지 못하는데 어떤 것을 잡을까요"라고 하자, 주인이 "울지 못하는 것을 잡으라"라고 하였다[夫子出於山, 舍于故人之家, 故人喜, 命豎子殺雁而烹之. 豎子請曰, 其一能鳴, 其一不能鳴, 請奚殺. 主人曰, 殺不能鳴者]"라고 했다.

9. 가을과 겨울 사이 악주 물가의 시장에서 게가 사라졌다. 그러나 오늘 우연히 몇 마리 보았는데 거품을 토하면서 서로를 적셔주고 있었는데 불쌍했다. 이에 웃으며 장난스레 칠언 절구를 짓는다. 3수

秋冬之間, 鄂渚絶市無蟹, 今日偶得數枚, 吐沫相濡, 乃可憫. 笑戲成小詩. 三首

첫 번째 수其一

怒目橫行與虎爭	성난 눈으로 옆으로 걸으면서 호랑이와 다투고
寒沙奔火禍胎成	찬 모래에서 불빛에 도망가 재앙의 뿌리 되었네.
雖爲天上三辰次	비록 천상에서 삼진의 반열에 들었지만
未免人間五鼎烹	인간세상에서 다섯 솥에 삶아지는 건 못 면하리.

【주석】

怒目橫行與虎爭 寒沙奔火禍胎成 : 『진서』에 실린 유령劉伶의 「주덕송酒德頌」에서 "성난 눈과 날카로운 이빨"이라고 했다. 『문선』에 실린 구희범丘希範의 「단발어포담旦發漁浦潭」에서 "부는 바람에 찬 모래는 넘쳐나네"라고 했다. '분화奔火'는 퇴계 한유의 「차어叉魚」에서 말한 "희미한 불빛 멀어졌다 가까워지네"라고 한 것과 같은 것이 이것이다. 『한서·매승전枚乘傳』에서 "복을 받는 것도 바탕이 있고, 화가 생기는 것도 뿌

리가 있는 법이다"라고 했다.

晉書劉伶酒德頌曰, 怒目切齒. 文選丘希範詩, 析析寒沙漲. 奔火如退之叉

魚詩所謂迷火逃翻近, 是也. 漢書枚乘傳曰, 福生有基, 禍生有胎.

雖爲天上三辰次 未免人間五鼎烹 : 음양가陰陽家에서는 정귀井鬼[36]의 분

야分野를 큰 게의 집으로 여겼다. 『좌전』에서 "삼진三辰의 정기旌旗는 광

명을 드러내기 위함입니다"[37]라고 했다. '차次'는 해와 달의 만나는 곳

을 말한다. 『한서·율력지律歷志』에서 "다섯별이 그 처음에 일어나면,

해와 달이 그 가운데 일어나니 또한 무릇 십이차十二次이다"라고 했다.

또한 『한서·주보언전主父偃傳』에서 "죽으면 다섯 솥에서 삶아지리"라

고 했다.

陰陽家以井鬼之分爲巨蟹宮. 左傳曰, 三辰旗旂, 昭其明也. 次謂日月之會.

漢書律歷志曰, 五星起其初, 日月起其中,[38] 又凡十二次. 又主父偃傳曰, 死則

五鼎烹.

---

36 정귀(井鬼) : 이십팔수(二十八宿) 중의 두 별인데, 지역으로는 진(秦)나라 땅인
    옹주(雍州)에 해당한다.
37 삼진(三辰)의 (…중략…) 위함입니다 : '삼진(三辰)'은 일월성(日月星)이고 이를
    깃발에 그려서 하늘의 밝음을 본뜬 것이라는 의미이다.
38 [교감기] '五星 (…중략…) 其中' 10글자가 원본(原本)에는 빠져 있어, 문장의 의미
    가 분명하지 않았다. 지금 『한서』 권21 「율력지(律曆志)」에 의거하여 보충한다.

두 번째 수其二

勃窣[39]媻珊丞涉波 　 옆으로 기며 무리지어 물결 건너고
草泥[40]出沒尙橫戈 　 진흙더미에서 출몰하며 창 비껴 잡았네.
也知觳觫元無罪 　 알겠어라, 두려워하니 본래 죄가 없지만
奈此尊前風味何 　 이 술잔 앞의 풍미로는 어떠한가.

【주석】

勃窣媻珊丞涉波 草泥出沒尙橫戈 也知觳觫元無罪 奈此尊前風味何 :『한서』에 실린 사마상여의 「자허부子虛賦」에서 "두려움에 기어가는 듯 금제에 오르네"라고 했는데, 그 주注에서 "'발솔勃窣'은 기어오른다는 것이다. '반媻'의 음은 '반盤'이고 '산珊'의 음은 '선先'과 '안安'의 반절법이며 '솔窣'의 음은 '선先'과 '홀忽'의 반절법이다"라고 했다.『시경·점점지석漸漸之石』에서 "돼지가 발이 흰데, 여러 마리가 물결을 건너네"라고 했다. '횡과橫戈'[41]는 위의 주注에 보인다.『맹자』에서 "나는 벌벌 떠는

39　[교감기] '窣'이 원본(原本)에는 '(艹/卒)'로 잘못 되어 있는데, 문집·고본·전본·건륭본에 따라 고친다.

40　[교감기] '草泥'가 장지본·건륭본에는 '黃泥'로 되어 있다.

41　횡과(橫戈) :『남사·영원조전(榮垣祖傳)』에서 "조조(曹操)와 조비(曹丕)가 말 위에 오르면 창을 비껴들었고 말에서 내리면 담론을 나누었다[曹操曹丕, 上馬橫槊, 下馬談論]"라고 했다. 원진이 지은 「노두묘명서(老杜墓銘敍)」에서 "조 씨(曹氏) 부자는 종종 창을 비껴들고 시를 읊조렸다[曹氏父子, 往往橫槊賦詩]"라고 했다.『전국책』에서 "위(衛)나라의 행인(行人)인 촉과(燭過)가 투구를 벗고 창을 옆에 두고 나아왔다[衛行人燭過, 免胄橫戈而進]"라고 했다. 두보의 「송위십육평사충동곡군방어판관(送韋十六評事充同谷郡防禦判官)」에서 "지금 창과 방패 늘어섰네[今代橫戈矛]"라고 했다.

것을 차마 보지 못하겠다"라고 했고 또한 "죄가 없는데 죽을 땅으로 나아
간다"라고 했는데, 이것을 차용했다. '풍미風味'[42]는 위의 주注에 보인다.

漢書司馬相如子虛賦曰, 轂觫勃窣而上金隄. 注云, 匍匐上也. 媻音盤, 珊[43]
音先安切, 窣音先忽切. 詩曰, 有豕白蹢, 烝涉波矣. 橫戈見上注. 孟子曰, 吾
不忍其轂觫. 又曰, 無罪而就死地. 此借用, 風味見上注.

세 번째 수其三

解縛華堂一座傾	맨 것 푸니 화당의 모든 사람 구경하며
忍堪支解見薑橙	이리저리 생강과 귤에 오르는 걸 본다네.
東歸却爲[44]鱸魚鱠[45]	동쪽으로 돌아가면 농어회처럼 그립겠지만
未敢知言許季鷹	의미는 아나 계응을 이해하지는 못하겠네.

【주석】

解縛華堂一座傾 忍堪支解見薑橙 東歸却爲鱸魚鱠 未敢知言許季鷹 : 두보
의 「박계행縛雞行」에서 "나는 종을 꾸짖어 결박을 풀어주라 하였네"라
고 했다. 『문선』에 실린 혜강의 「금부琴賦」에서 "멋진 집에서 잔치를 여

---

42   풍미(風味) : 『개원전신기(開元傳信記)』에서 "누룩에서 풍미(風味)가 나니 잊을
    수가 없다[麴生風味, 不可忘也]"라고 했다.
43   珊 : 중화서국본에는 '姍'으로 되어 있는데, '珊'의 오자이다.
44   [교감기] '爲'가 부교·장지본·명대전본에는 '憶'으로 되어 있다.
45   [교감기] '鱠'가 문집에는 '膾'로 되어 있다.

네"라고 했다. 『한서·사마상여전司馬相如傳』에서 "좌중의 모든 사람이 경도되었다"라고 했다. 『한서·조충국전趙充國傳』에서 "이는 가만히 앉아서 강족羌族의 오랑캐들을 분열시키고 와해시킬 수 있는 도구입니다"라고 했다. 『진서』에서 "장한張翰의 자는 계응季鷹이다. 가을바람이 불어오자 고향인 오중吳中의 고채菰菜와 순챗국 및 농어회가 생각이 나서 마침내 가마를 타고 돌아왔다"라고 했다. 『맹자』에서 "나는 말을 안다"라고 했다.

老杜縛雞行曰, 吾叱奴人解其縛. 文選嵇康琴賦曰, 華堂曲宴. 漢書司馬相如傳曰, 一座盡傾. 趙充國傳曰, 此坐支解羌虜之具. 晉書, 張翰字季鷹, 見秋風起, 思吳中菰菜蓴羹鱸魚鱠, 遂命駕而歸. 孟子曰, 我知言.

10. 영자여가 내가 지은 「악양루」라는 작품에 뒤미쳐 화운하였기에, 다시 그 운자에 차운하다. 2수

甯子與46追和予岳陽樓詩, 復次韻. 二首

첫 번째 수其一

去年新霽獨憑欄	지난 해 갓 비 개자 홀로 누대에 기대니
山似樊姬擁髻鬟	산은 번희가 쪽진 머리 올린 것 같았지.
箇裏宛然多事在	하나하나 완연히 사연도 많은데
世間遙望但雲山	세상에선 멀리서 보면 구름과 산뿐이네.

【주석】

去年新霽獨憑欄 山似樊姬擁髻鬟 箇裏宛然多事在 世間遙望但雲山 : 『문선』에 실린 송옥의 「고당부高唐賦」에서 "하늘 비가 막 개이는 것을 만났네"라고 했다. 『조비연외전趙飛燕外傳』 서序에서 "영현伶玄이 산 첩인 번통덕樊通德은 재색才色이 있었는데, 자못 조비연趙飛燕 자매의 옛 일을 말하면서 외로운 그림자를 돌아보며 손으로 쪽진 머리 움켜지면서 서글피 눈물을 흘렸다"라고 했다. 이 작품의 마지막 구절에서는 스스로 망상妄想을 제거했으니, 세상의 무지한 사람들은 다만 산이 산이고 물이 물인 것만 볼뿐, 도리어 마음 밖의 생각으로 자못 일에 대해 자세히 일

46 [교감기] '甯子與'가 문집 · 고본에는 '甯子輿'으로 되었다. 바로 뒤 작품의 제목에도 '甯子輿'으로 되어 있다.

지 못한다고 말한 것이다. 대개 산곡 황정견이 앞의 「우중등악양루망
군산雨中登岳陽樓望君山」에서 "상아가 열두 갈래로 머리 쪽진 것 같아라"라
고 한 말이다. 채염蔡琰의 「호가胡笳」에서 "구름 낀 산은 만 겹으로 돌아
갈 길은 아득하구나"라고 했다.

文選高唐賦曰, 遇天雨之新霽. 趙飛燕外傳序曰, 伶玄買妾樊通德, 有才色,
頗能言趙飛燕姊弟故事. 顧視獨影, 以手撫髻, 悽然泣下. 此詩末句, 自掃除幻
妄之想, 言世之無知者, 但見山是山水是水, 反無心外之念, 殊覺省事也. 蓋山
谷前詩有綰結湘娥十二鬟之語. 蔡琰胡笳曰, 雲山萬重兮歸路遐.

두 번째 수其二

軒皇樂罷拱朝班	헌원 황제 음악 마치니 조정 신하 공손하고
天地爲家不閉關	천지를 집처럼 여기면 문을 닫지도 않았네.
惟有金爐紫煙起	오직 황금빛 향로에서 자줏빛 연기 오르니
至今留作御前山	지금까지도 어전산은 남아 있다오.

【주석】

軒皇樂罷拱朝班 天地爲家不閉關 惟有金爐紫煙起 至今留作御前山 : 『장
자』에서 "황제黃帝가 함지咸池의 음악을 동정洞庭 벌판에서 연주하셨다"
라고 했다. '군산君山'이 동정호 가운데 있기에 이 일을 인용했다. 『예
기』에서 "성인은 능히 천하를 한 집으로 여긴다"라고 했다. 이 작품의

마지막 구절에서는 '군산君山'을 향로香爐에 견주었다. 가지賈至의 「조조대명궁정양성료우早朝大明宮呈兩省僚友」에서 "의관 갖춘 몸에 어전의 향로 향기 스민다"라고 했다. 『문선』에 실린 곽경순의 「유선시遊仙詩」에서 "큰 기러기 멍에 매고 자줏빛 안개 타네"라고 했다. 촉도蜀道에 어애산御愛山이 있다.

莊子曰, 黃帝張樂於洞庭之野. 君山在洞庭中, 故引用此事. 禮記曰, 聖人能以天下爲一家. 此詩末句以君山比薰鑪. 賈至詩, 衣冠身惹[47]御爐香. 選詩, 駕鴻乘紫煙. 蜀道有御愛山.

47　惹 : 중화서국본에는 '染'으로 되어 있으나, '惹'자의 오자이다.

11. 영자여의 「백록사」라는 작품에 화운하다
【백록사는 담주에 있다】

和甯子與白鹿寺【寺在潭州】

谷朗巖開見佛燈　　　계곡 암석 환히 열린 곳에 불등이 보이니
雲遮霧掩碧層層　　　구름 이내에 가렸지만 푸르름 층층이구나.
靑山得意看流水　　　청산에서 득의하여 흐르는 물 보노니
白鹿歸來失[48]舊僧　　백록 돌아왔으나 옛 스님은 없구나.

【주석】

谷朗巖開見佛燈　雲遮霧掩碧層層　靑山得意看流水　白鹿歸來失舊僧 : '백록白鹿'은 아마도 백록사와 관련된 옛 일일 테지만 자세하지 않다.

白鹿蓋寺中故事, 未詳.

48　[교감기] '失'이 장지본에는 '笑'로 되어 있다.

12. 어떤 이가 은혜롭게 묘두순을 보내왔기에 사례하다

謝人惠貓[49]頭笋[50]

長沙一月[51]煨鞭[52]笋	장사 한 달 만에 죽순 불에 굽는데
鸚鵡洲前人未知	앵무주의 전인은 알지도 못했다오.
走送煩公助湯餅	수고롭게 보내와 탕병에 함께 끓이니
貓頭[53]突兀想[54]穿籬	묘두가 갑자기 울타리 뚫은 것 생각나네.

【주석】

長沙一月煨鞭笋 鸚鵡洲前人未知 走送煩公助湯餅 貓頭突兀想穿籬 : '장
사長沙'는 담주潭州이다. '앵무주鸚鵡洲'는 무창武昌에 있다. 퇴지 한유의
「제우빈객장題于賓客莊」에서 "장미는 떨어져 물에 젖고 죽순은 울타리를
뚫고 나왔네"라고 했다.

長沙卽潭州. 鸚鵡洲在武昌. 退之詩, 薔薇蘸水笋穿籬.

---

49 [교감기] 문집·고본에는 '貓'자 뒤에 '兒'가 있다.
50 [교감기] 이 작품은 또한 『동파속집(東坡續集)』 권2에 「사혜묘아두순(謝惠貓兒
    頭笋)」이라는 제목으로 실려 있다.
51 [교감기] 『동파속집(東坡續集)』에는 '月'이 '日'로 되어 있다.
52 [교감기] 『동파속집(東坡續集)』에는 '鞭'이 '邊'로 되어 있다.
53 [교감기] 『동파속집(東坡續集)』에는 '頭'가 '亞'로 되어 있다.
54 [교감기] 『동파속집(東坡續集)』에는 '想'이 '鼠'로 되어 있다.

13. 짧은 시로 납매를 삼가 구하다

短韻奉乞臘梅55

臥雲莊上殘花笑	와운장에서 지는 꽃에 웃노니
香似早梅開不遲	향기는 조매 같으나 핌은 더디네.
淺色春衫弄風日	옅은 빛 봄 적삼은 풍광 희롱하니
遣來當爲作新詩	보내주면 마땅히 새 시 지으리라.

【주석】

臥雲莊上殘花笑 香似早梅開不遲 淺色春衫弄風日 遣來當爲作新詩 : 두보의 「답정십칠랑일절答鄭十七郞一絕」에서 "꽃이 져서 발걸음이 더디네"라고 했다. 퇴지 한유의 「송정교리送鄭校理」에서 "돌아가는 말에 봄 적삼 얇다네"라고 했다.

老杜詩, 花殘步屧遲. 退之送鄭校理詩云, 歸騎春衫薄.

---

55 [교감기] 장지본에서는 이 작품을 권3의 「臘梅」라는 작품 뒤에 두었으니, 원우(元祐) 원년(元年) 겨울에 지은 것으로 보았다.

14. 두보의 '줄갈애강청'이란 구절로 다섯 수를 지를 요명략 학사에게 보내고 더불어 초화보 주부에게 편지로 보내다

【두보의 「군주우치가기심팔유수」에서 "술 마셔 갈증 나면 강물 맑음 사랑했고, 실컷 취하면 저물녘 강물로 이 닦았네"라고 했다】

以酒渴愛江淸作五小詩, 寄廖明略學士兼簡初和父主簿56【老杜詩, 酒渴愛江淸, 餘酣漱晩汀】

첫 번째 수其一

將發沔鄂間	면구와 악주 사이를 떠나와서
盡醉竹林酒	죽림 사이에서 맘껏 취했네.
二三石57友輩	두세의 석우 같은 벗들
未肯棄老朽	늙었다고 버리지 않았네.
借問坐客誰	묻노니, 자리에 있는 이 누구인가
盧溪紫髥叟	노계의 붉은 수염의 늙은이라네.
此翁今惜醉	이 늙은이 지금은 술 마시지 않지만
舊不論升斗	예전에는 주량 논할 수가 없었다네.

---

56 [교감기] 문집·고본에서는 작품 아래 원주(原注)에서 "요명략(廖明略)은 정일(正一)이고 초화보(初和父)는 우세(虞世)이다"라고 했다.

57 [교감기] '石'이 고본·장지본에는 '名'으로 되어 있다.

【주석】

將發沔鄂間 盡醉竹林酒 : 한수漢水가 강으로 들어가는 곳이 면구沔口인데 지금의 한양군漢陽軍에 있다. 한양漢陽과 악주鄂州는 강을 사이에 두고 바라보고 있다. 요명략은 안릉安陸 사람으로 스스로를 죽림거사竹林居士라고 불렀다. 초우세初虞世의 자가 화보和父이다.

漢水入江處, 謂之沔口, 在今漢陽軍. 漢陽與鄂, 隔江相望. 廖明略, 安陸人, 自號竹林居士. 初虞世, 字和父.

二三石友輩 未肯棄老朽 : 『문선』에 실린 안인 반악의 「금곡집작시金谷集作詩」에서 "의기투합[58]하여 석우石友[59]에게 주노니, 흰머리 되어 함께 돌아가리라"라고 했다. 『남사』에 실린 심경지沈慶之이 「시연시侍宴詩」에서 "늙어 젓가락 들 힘도 없는 채, 걸어서 남쪽 언덕으로 돌아왔네"라고 했다.

文選潘安仁詩曰, 投分寄石友, 白[60]首同所歸. 南史沈慶之詩曰, 朽老筋力盡, 徒步還南岡.

借問坐客誰 盧溪紫髯叟 : 『문선』에 실린 곽경순의 「유선시遊仙詩」에서 "묻노니 이 사람은 누군인가, 귀곡자라고 하네"라고 했다. '노계盧溪'는

58　의기투합 : '투분(投分)'은 의기(意氣)가 서로 합해지는 것을 말한다.
59　석우(石友) : 반악의 벗인 석숭(石崇)을 말한다.
60　**[교감기]** '白'이 원본(原本)에는 '日'로 잘못 되어 있는데, 전본에 의거하여 고친다.

대개 초화보가 사는 곳으로, 산곡 황정견의 작품 중에 「노천盧泉」이 있다. 『오지·손권전孫權傳』의 주注에서 "『헌제춘추獻帝春秋』에서 "장료張遼가 오강吳降 사람에게 묻길 "저번 붉은 수염을 한 장군은 누구인가"라 하니 "손회계孫會稽입니다"라고 대답했다"고 했다"라고 했다.

文選郭景純詩曰, 借問此何誰, 云是鬼谷子. 盧溪蓋初和父所居, 山谷有盧泉詩. 吳志孫權傳注, 獻帝春秋曰, 張遼問吳降人, 向有紫髯將軍是誰. 答曰, 是孫會稽.

此翁今惜醉 舊不論升斗 : 두보의 「조전보니음가遭田父泥飮歌」에서 "달이 나오자 나를 잡아끌며, 아직 취했는지[61] 물어보네"라고 했다.

老杜遭田父泥飮歌曰, 月出遮我留, 仍嗔問升斗.

두 번째 수其二

平生思故人	평생 옛 벗을 그리워하노니
江漢不解渴	강수 한수도 그 갈증 해결하지 못했네.
誰言[62]放[63]逐地	누가 쫓겨난 곳의 땅이라고 하는가
燒燭飮至跋	촛불이 다 타도록 마신다네.

---

61 취했는지 : '승두(升斗)'는 주량을 말한다.
62 [교감기] '言'이 장지본에는 '家'로 되어 있다.
63 [교감기] '放'이 고본에는 '故'로 되어 있다.

憂予先狗馬	나는 개나 말보다 먼저 죽을까 걱정하며
勸以愛膚髮	그대 몸을 아끼라고 권하누나.
有罪當竄流	죄 있어 마땅히 유배 온 것이지만
但懼不得活	다만 살지 못할까 두렵다오.

【주석】

平生思故人 江漢不解渴 : 『촉지 · 제갈량전諸葛亮傳』에서 "목마른 듯 현인을 생각했다"라고 했다. 두보의 「칠월삼일운운七月三日云云」에서 "눈을 감고 백 일을 넘겼는데, 큰 강도 바짝 말랐구나"라고 했다.

蜀志諸葛亮傳曰, 思賢如渴, 老杜詩, 閉目踰十旬, 大江不止渴.

誰言放逐地 燒燭飲至跋 : 퇴지 한유의 「부강릉도중운운赴江陵途中云云」에서 "고신이 예전에 쫓겨났었지"라고 했다. 『예기 · 곡례曲禮』에서 "촛불은 타고 남은 밑 부분을 보여주지 않는다"라고 했는데, 그 주注에서 "'발跋'은 밑 부분[本]을 말한다. 촛불이 다 타게 되면 손님이 떠나버리니, 만약 다 타게 되면 주인이 피곤해할까 하는 걱정이 많아 밑 부분을 보여주지 않은 것이다"라고 했다.

退之詩, 孤臣昔放逐. 曲禮曰, 燭不見跋. 注云, 跋, 本也. 燭盡則去之, 嫌若爐, 多有厭倦.

憂予先狗馬 勸以愛膚髮 : 양웅揚雄의 「미신문美新文」에서 "신은 항상 어

지러운 병이 있어 하루아침에 개나 말보다 먼저 구렁텅이에 빠질까 두렵습니다"라고 했다. '발부髮膚'[64]는 『효경孝經』에 보인다.

揚雄美新文曰, 臣常有顚眴病, 恐一旦先狗馬塡溝壑. 髮膚見孝經.

有罪當竄流 但懼不得活 : 퇴지 한유의 「농리瀧吏」에서 "조주의 처소에 이르니, 죄가 있어 유배 온 것이라네"라고 했다. 또한 「황릉묘비黃陵廟碑」에서 "죽음에서 벗어나지 못할까 두렵다"라고 했다. 『장자』에서 "선생 자신도 배부를 수가 없는데, 제자들은 비록 배가 고플지라도 천하를 잊지 않고 밤낮으로 쉬지 않으면서 "나는 기어코 민생을 살리고야 말 것이다"라 했다"라고 했다. 산곡 황정견이 이때에 의주宜州에 가 있었기에 한 말이다.

退之詩, 潮州底處所, 有罪乃竄流. 又黃陵廟碑曰, 懼不得脫死. 莊子曰, 先生不得飽, 弟子雖飢, 不忘天下日夜不休, 曰, 我必得活哉. 山谷時有宜州之行, 故云.

---

64 발부(髮膚) : 『효경(孝經)·개종명의장(開宗明義章)』에서 "신체의 머리털과 살은 부모에게서 받아 나온 것이니 감히 훼상하지 않는 것이 효도의 시작이 되고, 입신출세하여 도를 행해서 후세에 명성을 드날려 부모를 현양하는 것이 효도의 끝이 된다[身體髮膚, 受之父母, 不敢毁傷, 孝之始也. 立身行道, 揚名於後世, 以顯父母, 孝之終也]"라고 했다.

세 번째 수其三

廖侯勸我酒	요후가 나에게 술을 권하노니
此亦雅所愛	이 또한 평소 날 사랑해서라네.
中年剛制之	중년 이후로 힘써 술을 절제하니
常懼作災怪	항상 재앙이 될까 두려워서라네.
連臺盤拗倒	연이어 술잔을 뒤집으면서
故人不相貸	옛 벗은 날 봐주지 않는구나.
誰能知許事	누가 속사정 있는 줄 알아주리오
痛飮且一快	맘껏 마시면 또한 통쾌하리라.

【주석】

廖侯勸我酒 此亦雅所愛 : 퇴지 한유의 「취증장비서醉贈張秘書」에서 "사람들 모두 내게 술을 권하지만, 나는 귀가 들리지 않은 척 했네"라고 했다.

退之詩, 人皆勸我酒, 我若耳不聞.

中年剛制之 常懼作災怪 : 『서경·주고酒誥』에서 "하물며 네가 술을 과감한 태도로 절제함에 있어서랴"라고 했다. 『북사·제문선제기齊文宣帝紀』에서 "오직 몇 잔 술 마셔도, 그 술이 재앙을 일으켜 죽음에 이르게 한다"라고 했다.

酒誥曰, 矧汝剛制于酒. 北史齊文宣帝紀曰, 惟數飮酒, 麴糵成災, 因而致斃.

連臺盤拗倒 故人不相貸 : 『당서·오행지五行志』에서 "용삭龍朔 연간에, 당시 사람들이 주령酒令에서 "아들 어미가 서로 떨어져, 연이은 술잔이 넘어진다네"라고 했는데, 세상에서는 술잔[盃盤]을 자모子母로 여겼고 또한 '반盤'을 '대臺'라고 불렀다"라고 했다. 두보의 「취위마추제공휴주상간醉爲馬墜諸公携酒相看」에서 "조금도 쉬지 않는 서쪽 해를 가리키네"라고 했다.

唐書五行志, 龍朔中, 時人酒令曰, 子母相去離, 連臺拗倒. 俗爲盃盤爲子母, 又名盤爲臺. 老杜詩, 共指西日不相貸.

誰能知許事 痛飲且一快 : 『남사·왕융전王融傳』에서 "심소략沈昭略이 "나는 이런 것을 모른다. 조개나 먹자"라 했다"라고 했다. 『세설신어』에서 "왕효백王孝伯이 "실컷 마시면서 『이소경』을 읽노니 명사名士라 칭하기에 충분하네"라 했다"라고 했다. 또한 유빙庾冰이 죽으면서 "늘 마음껏 술을 마시지 못할까 염려했다"라고 했다. 자건 조식의 「여오계중서與吳季重書」에서 "비록 고기를 얻지 못하더라도, 귀하고 또 마음에 통쾌해서다"라고 했다. 동파 소식이 바다 밖에서 지은 「독각獨覺」에서 "땔감 구해 불 지피니 애오라지 통쾌해라"라고 했다.

南史王融傳, 沈昭略云, 不知許事, 且食蛤蜊. 世說, 王孝伯曰, 痛飲讀離騷, 便足稱名士. 又庾冰卒曰, 常患不得快飲酒. 曹子建書曰, 雖不得肉貴且快意. 東坡海外詩, 熠火生薪聊一快.

네 번째 수其四

竹林文章伯	죽림에서 문장의 우두머리로
國士無與雙	나라 선비 중 겨룰 사람 없었네.
比來少制作	최근에 지은 작품은 적지만
非以弱故降	쇠했다고 볼품없는 것은 아니네.
景陽機中錦	경양이 베틀 가운데 비단을
猶衣被丘江	오히려 구지와 강엄에게 주었다지.
時時能度曲	때때로 능히 새로운 곡을 짓노니
秀句入新腔	뛰어난 구절이 새 곡조에 들어오네.

【주석】

竹林文章伯 國士無與雙 比來少制作 非以弱故降 : 두보의 「희증문향진소부단가戲贈閿鄉秦少府短歌」에서 "말할 때마다 나의 문장 뛰어나다 인정해줬지"라고 했다. 살펴보건대, 『오지·장굉전張紘傳』에서 "이 사이에는 문장을 잘하는 이가 없으니, 웅백이 되기 쉽구나"라고 했다.

老杜詩, 每語見許文章伯. 按吳志張紘傳曰, 此間率少文章, 易爲雄伯.

景陽機中錦 猶衣被丘江 : 『남사·강엄전江淹傳』에서 "강엄이 꿈에 한 사람을 보았는데, 스스로 장경양張景陽이라고 하면서 말하길 "전에 비단 한 필을 주었으니, 지금 돌려 달라"라고 했다. 이에 강엄이 주머니 속을 더듬어 두어 척의 비단을 얻어 장경양에게 주었다. 그러자 이 사

람이 크게 화를 내며 "어찌하여 모두 잘라 버렸는가"라 했다. 그리고는 구지丘遲를 돌아보고 "이 두어 척의 비단은 이미 쓸모가 없으니 그대에게 주겠네"라 했다. 이로부터 강엄의 문장이 쇠해졌다"라고 했다. 살펴보건대, 『진서』에서 "장재張載의 자는 경양이다"라고 했다.

南史江淹傳, 淹夢一人, 自稱張景陽, 謂曰, 前以一匹錦相寄, 今可見還. 淹探懷中, 得數尺, 與之. 此人大恚曰, 那得割截都盡. 顧見丘遲曰, 餘此數尺, 旣無所用, 以遺君. 自爾淹文章躓矣. 按晉書, 張載字景陽.

時時能度曲 秀句入新腔: 『한서·원제기元帝紀』에서 "스스로 곡조를 만들어 노래를 불렀다"라고 했는데, 그 주注에서 "스스로 가만히 헤아려 새 곡조를 만들고, 이어 새 곡조를 가지고 시가詩歌의 소리를 만든 것이다. '탁음대각반度音大各反'에 대해 일설一說에서는 "노래가 끝나고 다시 그 다음을 주는 것을 일러 탁곡度曲이라 한다"라 했다"라고 했다. 두보의 「해민解悶」에서 "전해진 뛰어난 시구는 천하에 가득하네"라고 했다.

漢書元帝紀曰, 自度曲, 被歌聲. 注謂, 自隱度作新曲, 以爲歌詩聲也. 度音大各反一說, 謂歌終更授其次, 謂之度曲. 老杜詩, 最傳秀句寰區滿.

다섯 번째 수其五

| 斯人絶少可 | 이런 사람 인정하는 이도 드물지만 |
| 白眼視公聊 | 흰 눈동자로 공경을 보았다네. |

每與俗物逢	늘 속물과 만날 때면
三沐取潔清	세 번 목욕해 깨끗함 취했다네.
我亦漫浪者	나 또한 만랑한 사람이니
君何許同盟	그대가 어찌 동맹을 허여하겠나.
試問盧溪叟	묻노니, 어찌해 노계의 늙은 이는
猶得多可名	오히려 더 허여했단 말인가.

【주석】

斯人絶少可 白眼視公聊 每與俗物逢 三沐取潔清 : '사인斯人'은 요명략을 말한다. '백안白眼'[65]과 '속물俗物'[66]은 모두 위의 주注에 보인다. '삼목취결청三沐取潔清'은 나를 더럽힌 것을 깨끗하게 씻는다는 말이다. ○ 퇴지 한유의 「답여의산인서答呂醫山人書」에서 "세 번 목욕하고 세 번 향을 태웠다"라고 했다.

斯人謂明畧. 白眼俗物竝見上注. 三沐取潔清, 謂其洗我也. ○ 韓文, 三沐而三薰之.[67]

我亦漫浪者 君何許同盟 : '만랑漫浪'[68]은 차산 원결의 일을 이용한 것으

---

65 백안(白眼) : 『진서·완적전(阮籍傳)』에서 "완적은 자기 눈을 청안(靑眼)과 백안 (白眼)으로 곧잘 만들면서 예속(禮俗)에 물든 선비를 보면 백안으로 대했다[能 爲靑白眼, 見禮俗之士, 以白眼對之]"라고 했다.
66 속물(俗物) : 『진서·왕융전(王戎傳)』에서 완적(阮籍)이 "속물(俗物)이 이미 다 시 와서 사람의 흥치 깨뜨린다[俗物已復來敗人意]"라고 했다.
67 [교감기] '韓文 (…중략…) 薰之'란 구절이 부교에는 없다.

로, 위의 주注에 보인다. 『맹자』에서 "환공桓公이 규구葵丘의 회맹會盟에서 희생을 묶어 그 위에 맹약하는 글을 올려놓고 희생을 마시는 의식을 하지 않았다. 그리고는 "무릇 나와 동맹한 이들은 동맹한 이후에는 약속한 내용을 잘 지키도록 하자"라 했다"라고 했다.

漫浪用元次山事, 見上注. 孟子曰, 桓公葵丘之會, 束牲載書, 而不歃血. 曰, 凡我同盟之人, 旣盟之後, 言歸于好.

試問盧溪叟 猶得多可名 : 화보和父가 더욱 경개耿介했는데, 오히려 명략明略를 더 허여했다는 것을 말한다. 혜강의 「여산도절교서與山濤絶交書」에서 "두루 달통하신 당신께서는 좋게 봐 주는 것은 많은 반면 괴이쩍게 여기는 경우는 드물기만 하다"라고 했다.

言和父尤耿介, 尚以明略爲多可也. 嵇康與山濤絶交書曰, 足下旁通, 多可而少怪.[69]

---

68   만랑(漫浪) : 차산 원결의 「자석(自釋)」에서 "뒤에 양수(瀼水)의 물가로 이사를 하게 되자 낭사(浪士)로 불리게 되었고, 관리가 되자 사람들은 낭사(浪士)가 또한 제멋대로 관리가 되었다고 하여 마침내 만랑(漫郞)이라고 불렀다. 번상(樊上)으로 이사를 하자 만랑이라는 이름이 마침내 드러나게 되었다[後家瀼濱, 乃自稱浪士. 及有官時, 人以爲浪者亦漫爲官乎. 遂呼爲漫郞, 及家樊上, 漫遂顯焉]"라고 했다. 또한 "요즘의 글에서 만랑이라고 칭한 것이 많기에, 「자석(自釋)」을 지었다[以近文多漫浪之稱, 故設之以自釋]"라고 했다.
69   [교감기] '怪'가 원본(原本)에는 '不'로 되어 있지만, 전본과 『문선』 권43에 의거하여 고친다.

15. 사휴거사시【서문을 덧붙이다】

四休居士詩【幷序】[70]

태의太醫를 지낸 손군방孫君昉의 자는 경초景初이다. 사대부들을 위해
약을 처방했는데, 대부분 감사 인사를 받지 않았다. 그리고는 스스로
를 사휴거사四休居士라고 불렀다. 산곡 황정견이 그 자호自號의 내력에
대해 물었다. 이에 사휴는 웃으면서 "거친 차와 싱거운 밥에 배부르면
곧 쉬고, 해진 옷 기워서 추위 가려 다스우면 곧 쉬고, 평평하고 온온
하게[71] 지낼 만하면 곧 쉬고, 탐하지 않으며 시기 않고 늙으면 곧 쉬는
것이다"라고 했다. 산곡 황정견은 "이것이야말로 편안하고 즐겁게 살
아가는 방법이다. 무릇 욕심이 적다는 것은 자랑하지 않는 집이 되고,
만족함을 아는 것은 극락세계가 되는 것이다"라고 했다. 사휴의 집에
는 삼무三畝 정도의 나무와 꽃이 울창한 정원이 있었는데, 손님이 오면
차를 끓이고 술을 건네며, 지위와 명성이 높은 존귀한 이들과 담론을

---

70 [교감기] 장지본에는 '幷序'가 없다. 명대전본에는 작품 제목 아래 '序文'이 없다.
전본에는 '詩' 아래 '三首' 2글자가 있다.

71 평평하고 온온하게 : '삼평이만(三平二滿)'은 그럭저럭 평온하게 생계를 꾸린다
는 말이다. 고대 천문역법에 '건제십이신(建除十二神)'이란 것이 있어서 하늘에
있는 별자리의 형상을 보고 인간세상의 열두 가지 정황을 예측했는데, 건(建),
제(除), 만(滿), 평(平), 정(定), 집(執), 파(破), 위(危), 성(成), 수(收), 개(開),
폐(閉)를 12신(神)으로 하고, 여기에 간지(干支)를 배치하여 당일의 길흉을 점
쳤다. 그리하여 하루 12개의 시진(時辰) 중 세 개의 평(平)과 두 개의 만(滿)이
나오면 평온한 날로 간주한 데서 유래한 말이다. 의(衣)·식(食)·주(住) 세 가지
가 그럭저럭 유지되고 명예와 자리 두 가지가 맘에 흡족한 것을 가리킨다고 보는
해석도 있다.

나누는 것을 인간세의 즐거운 일로 여겨, 간혹 차가 차가워지고 술이 식는 것을 주인과 손님이 함께 잊을 정도였다. 그의 처소와 내가 머무르는 곳은 서로 바라다 보였는데, 한가할 때면 풀이 무성한 좁은 길을 걸어서 서로 찾아 다녔다. 그런 까닭으로 짧은 시를 지어 가동家僮에게 주어 노래하게 하고 술과 차를 권하였다. 그 시는 다음과 같다.

太醫孫君昉, 字景初. 爲士大夫發藥, 多不受謝. 自號四休居士. 山谷問其說, 四休笑曰, 麤茶淡飯飽卽休, 補破遮寒煖卽休, 三平二滿過卽休, 不貪不妬老卽休. 山谷曰, 此安樂法也. 夫少欲者, 不伐之家也. 知足者, 極樂之國也. 四休家有三畝園, 花木鬱鬱. 客來覔茗傳酒, 談上都[72]貴遊人間可喜事, 或茗寒酒冷, 賓主皆忘.[73] 其居與予相望, 暇則步草徑相尋. 故作小詩, 遺家僮歌之, 以侑酒茗, 其詩曰.

첫 번째 수其一

富貴何時潤髑髏	부귀하다고 언제 해골에 윤기 나겠는가
守錢奴與抱[74]官囚	돈 지키는 하인이나 벼슬에 메인 죄인 될 뿐.
太醫診得人間病	태의가 진단한 인간세의 병도

---

72 [교감기] '都'가 건륭본에는 '郡'으로 되어 있다.
73 [교감기] 분집에는 '忘' 뒤에 '倦'이 있다. 고본의 원교(原校)에서 "다른 판본에는 '倦'자가 있다"라고 했다. 건륭본의 원교(原校)에서 "다른 판본에는 '忘' 뒤에 '倦'이 있다"라고 했다.
74 [교감기] '抱'가 전본에는 '拘'로 되어 있다.

安樂延年萬事休　　　안락하여 장수하면 만사가 그만이네.

【주석】

富貴何時潤髑髏 守錢奴與抱官囚: 『열자』에서 "죽은 이후의 영예로운
명성이 어찌 마른 뼈를 윤택하게 하리오"라고 했고 또한 "열자가 위衛
나라에 가면서 길에서 밥을 먹었는데, 따르는 자들이 마치 백 년 된 듯
한 해골을 보았다"라고 했다. 『후한서・마원전馬援傳』에서 "무릇 재물
이 많으면 널리 베풀어 주는 것이 귀한 것이지, 그렇지 않다면 돈을 지
키는 노비일 따름이다"라고 했다. 또한 『고금오행기古今五行記』에서 "장
사꾼이 등표鄧彪에게 "끝내 임저臨沮의 등생鄧生만 같지 못하니, 평생 쓰
지 않는다면 돈을 지키는 노비가 될 뿐이다"라 했다"라 했다. 퇴지 한
유의 「답장철答張徹」에서 "관직을 지키는 것이 죄인을 구속하는 것과
같다네"라고 했다.

列子曰, 死後榮名, 豈足潤枯骨. 又曰, 子列子適衛, 食於道, 從者見百歲髑
髏. 後漢馬援傳曰, 凡殖財, 貴能賑施, 否則守錢虜耳. 又古今五行記, 估客謂
鄧彪曰, 終不如臨沮鄧生, 平生不用, 爲守錢奴耳. 退之詩, 守官類拘囚.

太醫診得人間病 安樂延年萬事休: 『예기・문왕세자文王世子』의 주注에서
"문왕은 근심하고 수고로워 수명을 단축시켰고 무왕은 편안하게 즐겼
기에 수명이 연장되었다"라고 했는데, 이것을 차용한 것이다. ○ 노동
의 「해민解悶」에서 "다만 술동이에 술 있으니, 다른 모든 일은 그만두리

라"라고 했다.

禮記文王世子注曰, 文王以憂勤損壽, 武王以安樂延年. 此借用. ○ 盧仝
詩, 但有樽中物, 從他萬事休.

두 번째 수其二

無求不着看人面	구함 없으니 남의 얼굴빛 살피는데 집착 않고
有酒可以留人嬉	술이 있으니 손님을 즐거이 머물게 하네.
欲知四休安樂法	사휴거사의 편하고 즐겁게 사는 법 알고 싶거든
聽取山谷老人詩	산곡노인이 지은 시를 들어보게나.

【주석】

無求不着看人面 有酒可以留人嬉 欲知四休安樂法 聽取山谷老人詩 : 낙천
백거이의 「자문차심정제노반自問此心呈諸老伴」에서 "남 눈치 볼일 없으니
고개 숙일 일 없네"라고 했다. 『전등록』에서 "흥화興化가 위부대각선사
魏府大覺禪師를 보고 "바라건대, 제게 편안하고 즐거운 법문法門을 내려주
십시오"라 했다"라고 했다.

樂天詩曰, 不看人面免低眉. 傳燈錄, 興化見魏府大覺禪師曰, 願與存獎箇
安樂法門.

세 번째 수其三

一病能惱安樂性	한 가지 병도 안락한 성정 괴롭힐 수 있으니
四病長作一生愁	네 가지 병은 한 평생을 근심으로 살게 하네.
借問四休何所好	묻노니, 사휴거사가 좋아하는 바 무엇인가
不令一點上眉頭	조금의 근심도 이마에 두지 말라 하네.

【주석】

一病能惱安樂性 四病長作一生愁 : '일병一病'은 질고疾苦를 말하고 '사병四病'은 일병과는 반대로 위에서 말한 네 가지 것을 말한다. 『법화경』에서 "세존께 문안드리면서 "병도 적고 고뇌도 적어 편안하고 즐겁게 행하십니까"라 했다"라고 했다. 『열반경』에서 "출가한 사람에게는 네 종류의 병이 있다"라고 했는데, 그 말을 본뜬 것이다. 사마지司馬池의 「행색行色」에서 "그림 완성하니 응당 하나의 근심 일겠지"라고 했다.

一病謂疾苦, 四病謂反上所陳. 法華經, 問訊言世尊少病少惱, 安樂行不. 涅槃經, 出家之人, 有四種病. 此效其語. 司馬池詩, 畫成應遣一生愁.

借問四休何所好 不令一點上眉頭 : 『문선』에 실린 악부樂府에서 "묻노니, 너의 거처는 어디인가"라고 했다. 『진서·맹가전孟嘉傳』에서 "환온桓溫이 맹가에게 "술이 무엇이 좋길래, 그대를 이를 즐기는가"라고 물었다"라고 했다. 유신庾信의 「수부愁賦」에서 "잠자며 눈을 붙여도 슬프지 않고, 억지로 웃는다한들 눈썹이 펴지랴"라고 했다. 또한 『서정집抒情

集』에 실린 이연벽李延璧의 「수시愁詩」에서 "반악은 근심 속에 흰머리 생겨났고, 첩여의 슬픈 모습이 눈썹에까지 올랐네"라고 했다.

文選樂府云, 借問汝安居. 晉書孟嘉傳, 桓溫問嘉, 酒有何好, 而卿嗜之. 庾信愁賦云, 欹眠眼睫未嘗慘,[75] 强戲眉頭那得伸. 又抒情集李延璧愁詩曰, 潘岳愁絲生鬢裏, 婕好悲色上眉頭.

---

75 [교감기] '慘'이 전본에는 '摻'으로 되어 있다. 살펴보건대, 『유자산집(庾子山集)』에는 「수부(愁賦)」라는 작품이 없다.

16. 12월 19일 밤에 악저를 출발하여 새벽에 한양에 도착했다. 벗들이 술을 가지고 송별해 준 것에 뒤미쳐 애오라지 단구를 지었다

十二月十九日, 夜中發鄂渚, 曉泊漢陽, 親舊携酒追送, 聊爲短句

진역陳繹의 『한양군봉서산장경기漢陽軍鳳棲山藏經記』에서 "한수는 동남쪽으로 큰 강과 합해지며, 강을 끼고 성이 있는데 좌측은 무창武昌이고 우측은 한양漢陽이다"라고 했다. 살펴보건대, 무창은 악저鄂渚이다.

陳繹漢陽軍鳳棲山藏經記曰, 漢水東南合大江, 夾江而城, 左武昌, 右漢陽. 按武昌卽鄂渚.

接淅報官府	쌀 씻으며 관부에 보고하니
敢違王事程	왕사의 일정 감히 어길 수 없었네.
宵征江夏縣	밤중에 강하현을 떠나서는
睡起漢陽城	한양성에서 잠 깨었다오.
鄰[76]里煩追送	고을 사람 날 번거롭게 송별해 주며
杯盤瀉濁淸	술잔에 청주 탁주 따라주었네.
祇應瘴鄕老[77]	다만 장향에서 응당 늙어갈테니
難答故人情	옛 벗의 마음에 답하기 어렵겠도다.

76 [교감기] '鄰'이 장지본에는 '鄕'으로 되어 있다.
77 [교감기] '祇應瘴鄕老'가 명대전본에는 '祇因瘴鄕遠'으로 되어 있다.

【주석】

接淅報官府 敢違王事程 宵征江夏縣 睡起漢陽城：『맹자』에서 "공자가 제齊나라로 갈 때에, 물에 담가둔 쌀을 건져 가지고 급히 길을 갔다"라고 했는데, 그 주注에서 "'석淅'은 물에 담가둔 쌀이다. 불을 피워 밥을 짓지 않은 것은 악을 빨리 피하려고 한 것이다"라고 했다. 『시경·사모四牡』에서 "왕사를 견고하게 하지 않을 수 없네"라고 했다. 유우석의 「입협차파동入峽次巴東」에서 "왕사의 일로 삼협을 벗어나는 만 리 길"이라고 했다. 또한 「춘일한좌春日閑坐」에서 "동산의 벌은 해야 할 일을 어기지 않을까 두려워 빨리 가네"라고 했다. 『시경·소성小星』에서 "엄숙히 밤에 간다오"라고 했다. 사령운의 「부춘저富春渚」에서 "밤에 어포담을 건너 아침에 부춘 성곽에 도착했네"라고 했다. '강하현江夏縣'은 곧 악주鄂州의 치소治所이다. 노륜盧綸의 「만차악주晚次鄂州」에서 "구름 걷히니 멀리 한양성 보이네"라고 했다.

孟子曰, 孔子之去齊, 接淅而行. 注云, 淅, 漬米也, 不及炊, 避惡亟也. 詩曰, 王事靡盬. 劉禹錫詩, 萬里王程三峽外. 又詩, 園蜂速去恐違程. 小星詩曰, 肅肅宵征. 謝靈運詩, 宵濟漁浦潭, 旦及富春郭. 江夏縣卽鄂州治所. 盧綸晚次鄂州詩, 雲開遠見漢陽城.

鄰里煩追送 杯盤瀉濁淸 祇應瘴鄕老 難答故人情：사령운이 지은 「인리상송지방산鄰里相送至方山」이라는 작품이 있다.[78] 『문선』에 실린 자형子荊

78　사령운이 (…중략…) 있다 : 사령운이 지은 「인리상송지방산(鄰里相送至方山)」

손초孫楚의「정서관속송어척양후작시征西官屬送於陟陽候作詩」에서 "온 성 사람 멀리까지 다 나와, 천 리 가는 날 전송하네"라고 했다. '청탁淸濁'[79]은 술을 말하는데, 『위지·서막전徐邈傳』에 보인다. 두보의「강촌羌村」에서 "술통 기울이니 탁주와 청주"라고 했다. '장향瘴鄕'은 의주宜州를 말한다.

　謝靈運有鄰里相送至方山詩. 文選孫子荊詩, 傾城遠追送, 餞我千里道. 清濁謂酒, 見魏志徐邈傳. 老杜詩, 傾榼濁復清. 瘴鄉謂宜州.

은 다음과 같다. "祇役出皇邑, 相期憩甌越. 解纜及流潮, 懷舊不能發. 析析就衰林, 皎皎明秋月. 含情易爲盈, 遇物難可歇. 積痾謝生慮, 寡慾罕所闕. 資此永幽棲, 豈伊年歲別. 各勉日新志, 音塵慰寂蔑"

79   청탁(淸濁) : 한말(漢末)에 기근이 심해서 조조(曹操)가 금주령(禁酒令)을 내리자 주객(酒客)들이 술이라는 말을 피하기 위하여 '청주(淸酒)'를 '성인(聖人)'이라 하고 '탁주(濁酒)'를 '현인(賢人)'이라고 불렀던 청성탁현(淸聖濁賢)'의 고사가 『위지·서막전(徐邈傳)』에 보인다.

17. 진영서와 함께 종루에 기대 석양을 바라보았는데, 헤어진 다음날 보내온 작품에 차운하다

次韻陳榮緒同倚鐘樓晚望, 別後明日, 見寄之作

天外僧伽塔	하늘 밖에 있는 사찰에서
斜輝極照臨	석양빛 끝까지 다 보았었지.
凭欄隨處好	난간 기대며 멋진 곳 찾아가니
殘雪向來深	잔설이 여전히 깊기만 했다오.
靑草無風浪	청초에는 바람 일지 않았고
枯松半死心	마른 소나무 절반은 죽었다네.
衡陽有回雁	형양에 돌아가는 기러기 편에
他日更傳音	훗날 다시 소식 전해주시게나.

【주석】

天外僧伽塔 斜輝極照臨 凭欄隨處好 殘雪向來深 : 사주승가대사泗州僧伽大師는 『전등록』에 보인다. 장순민의 『남천록』에서 "동정호洞庭湖 가운데 편산扁山이 있고 그 꼭대기에 작은 탑이 있으니, 멀리서 바라보면 우뚝하여 '아녀탑啞女塔'이라고 부른다. 옛날 어떤 선비가 딸을 낳았는데, 두세 살이 되도록 말을 하지 못했다. 하루는 호수를 건너다가 그 탑을 보고서는 딸이 갑자기 말을 했다. 그래서 그 부모가 "마치 해와 달이 임하여 비쳐주는 것 같았다"라 썼다"라고 했다.

泗州僧伽大師, 見傳燈錄. 張舜民南遷錄曰, 洞庭湖中有扁山, 上有小塔, 望之巋然, 曰啞女塔. 昔有士人, 女生數歲, 不能言. 一日涉湖, 見塔輒語. 其父母書曰, 若日月之照臨.

靑草無風浪 枯松半死心 : 원주元注에서 "이른바 성남城南의 노수정老樹精을 말한다"라고 했다. ○ 장순민의 『남천록』에서 "동정호 서쪽 언덕에 모래톱이 있는데, 언덕이 높이 솟아 있다. 이곳은 청초묘靑草廟 아래의 한 호수 가운데 있는데, 그 가운데에 이 모래톱이 있다. 남쪽에서는 '청초靑草'라고 부르고 북쪽에서는 '동정洞庭'이라 부르니 이른바 중호重湖이다"라고 했다. 또한 장순민의 『남천록』에서 "악양루에 비석이 하나 있는데 대단히 크다. 그 비석은 전지주前知州 이관李觀이 여동빈呂洞賓의 사적事迹을 기록한 것이다. 그 기록에서 "여동빈이 악주岳州 백학사白鶴寺 앞의 소나무 아래에서 쉬고 있었는데, 어떤 늙은이가 소나무 가지에서 천천히 내려와 여동빈에게 공경을 표했다. 여동빈이 무슨 일인가라 묻자, 이에 "저는 소나무의 정기로, 선생이 지나가는 것을 보고 예에 있어 마땅히 뵙고 문안을 드리고자 한 것입니다'"라 했다. 여동빈이 이 일로 인해 백학사 절문의 벽 사이에 오언절구 2수를 썼다. 그 첫 번째 수首에서 "홀로 가서 홀로 앉아 있었더니, 그 많은 이들이 나를 알아보지 못하였네. 오직 성남의 늙은 나무 하나만이 신선이 지나갔음을 분명히 알더라"라고 했다. 이에 고을 사람들이 소나무 아래에 정자를 세우고 그 정자를 '여선呂仙'이라고 했다"라고 했다. 낙천 백거이의 「초

입협유감初入峽有感」에서 "밤도 아닌데 골짜기는 어둡고, 바람도 없는데 흰 물결 일어나네"라고 했다. 『문선』에 실린 매승枚乘의 「칠발七發」에서 "용문의 오동나무는 그 뿌리가 절반은 죽고 절반은 살았네"라고 했다.

元注云, 所謂城南老樹精. ○ 張舜民南遷錄曰, 洞庭湖西岸有沙洲, 堆阜隆起, 卽靑草廟下一湖之內, 中有此洲. 南名靑草, 北名洞庭, 所謂重湖也. 又曰, 岳陽樓有碑, 極大, 乃前知州李觀所紀呂洞賓事迹. 言呂憩於岳州白鶴寺前松下, 有老人自松梢冉冉而下, 致恭於呂. 問之, 爲何. 乃曰, 某松之精也, 見先生過, 禮當候見. 呂因書二絶句於寺門壁間. 其一云, 獨自行兮獨自坐, 無限世人不識我. 惟有城南老樹精, 分明知道神仙過. 郡人於松下創亭, 亭名曰呂仙. 樂天詩, 未夜黑巖昏, 無風白浪起. 文選枚乘七發曰, 龍門之桐, 其根半死半生.

衡陽有回雁 他日更傳音 : 형산衡山에 회안봉回雁峰이 있다. ○ 고시古詩에서 "기러기는 가을빛 끌어와 형양으로 들어오네"라고 했다.

衡山有回雁峰. ○ 古詩, 雁拖秋色入衡陽.

18. 동정 청초호를 지나다

過洞庭靑草湖

乙丑越洞庭	을축년 동정호를 건너갔고
丙寅度靑草	병인년에 청초를 건너네.
似爲神所憐	신령이 어여쁘게 여기었나
雪上日杲杲	눈 위로 해가 쨍쨍하게 비추네.
我雖貧至骨	내 비록 가난함 뼈에 사무치니
猶勝杜陵老	오히려 두릉 노인보다 낫다오.
憶昔上岳陽	생각나네, 예전 악양루에 올라
一飯從人討	밥 한 그릇 다른 이와 함께 먹었지.
行矣勿⁸⁰遲留	가는 것 더디게 하지 말라
蕉林追獦獠	파초 숲에서 갈료 따라오리니.

【주석】

乙丑越洞庭 丙寅度靑草 似爲神所憐 雪上日杲杲 : 청초호靑草湖의 다른 이름은 동정호이다. 『형주기』에서 "청초산靑草山으로 인해 청초호라 불린다"라고 했다. 『시경·백혜伯兮』에서 "비 오려나 비 오려나 하였더니, 쨍쨍 해만 뜨는구나"라고 했다. ○ 낙천 백거이의 「부동일負冬日」에서 "높다랗게 겨울 해가 솟아, 내 집 남쪽 모퉁이 비쳐주네"라고 했다.

---

80 [교감기] '勿'이 장지본에는 '忽'로 되어 있다.

靑草湖一名洞庭湖. 荊州記云, 因靑草山爲名. 詩曰, 其雨其雨, 杲杲出日.
○ 樂天詩, 杲杲冬日出, 照我屋南隅.[81]

我雖貧至骨 猶勝杜陵老 憶昔上岳陽 一飯從人討 : '두릉로杜陵老'는 자미
두보를 말한다. 일찍이 두보가 지은 「자경부봉선현영회오백자自京赴奉先
縣詠懷五百字」에서 "두릉의 베옷 입은 나는, 늙을수록 마음이 옹졸해지는
구나"라고 했고 또한 「애강두哀江頭」에서 "소릉의 늙은이 소리 죽여 우
네"라고 했다. 대력大歷 4년 자미 두보가 공안公安으로부터 악양루에 올
라 「박악양루하泊岳陽樓下」 등의 작품을 지었는데, 그 중의 「상수견회上水
遣懷」에서 "사해 가운데로 몰려 들어가, 아이들은 호구지책을 하는구
나. 새로운 젊은이만 만날 뿐, 옛 벗 만나는 건 드무네"라고 했다. ○
『사기・범수전范睢傳』에서 "한 그릇의 밥에 대한 은혜도 반드시 갚았다"
라고 했다.

杜陵老謂子美也, 嘗有詩云, 杜陵有布衣, 老大意轉拙. 又云, 少陵野老吞
聲哭. 大歷四年, 子美自公安上岳陽, 有泊岳陽樓下等詩, 其上水遣懷詩云, 驅
馳四海內, 童稚入餬口. 但遇新少年, 少逢舊知友. ○ 史記范睢傳, 一飯之恩
必報.[82]

行矣勿遲留 蕉林追獳獠 : 산곡 황정견이 이때 의주宜州의 유배지에 이

---

81 [교감기] '樂天 (…중략…) 南隅'라는 구절이 부교에는 없다.
82 [교감기] '史記 (…중략…) 必報'라는 구절이 부교에는 없다.

르렀다. 영남嶺南에는 파초 숲이 많고 그 지역은 이료夷獠와 접해 있다. 『전한서·외척전外戚傳』에서 "가서 억지로라도 먹고 힘을 내라"고 했다. 『문선』에 실린 언용彦龍 범운范雲의 「효고倣古」에서 "늦으면 법이 어찌 가볍겠는가"라고 했다. 오조선사五祖禪師가 육조선사六祖禪師에게 "너는 광남廣南의 갈료獦獠[83]보다 불성佛性이 더 있는가"라고 했다. 근래의 본 화상本和尙이 지은 「백운단진찬白雲端眞贊」에서 "친히 양기방회楊岐方會[84]를 볼 수 있는 것은, 호남의 갈료獦獠뿐이다"라고 했다.

時山谷赴宜州貶所, 嶺南多蕉林, 其地與夷獠相接. 前漢外戚傳曰, 行矣强飯勉之. 選詩, 暹留法豈輕. 五祖謂六祖曰, 汝廣南獦獠, 有甚佛性. 近世本和尙作白雲端眞贊云, 假饒親見楊岐, 也是湖南獦獠.

---

83 갈료(獦獠) : 고대 남방에 사는 소수민족이다. 보통 남방 사람을 가리킨다.
84 양기방회(楊岐方會) : 중국의 스님이다.

19. 토산채를 지나다

過土山寨[85]

南風日日縱篙撑	남풍에 날마다 배를 타고 가는데
時喜北風將我行	때로 북풍이 내 행차 도와주어 즐겁네.
湯餅一杯銀線亂	탕병 한 그릇에 은 같은 실 어지럽고
蔞蒿數[86]筯玉簪橫	누호채 몇 젓가락에 옥비녀로 끌쩍끌쩍.

【주석】

南風日日縱篙撑 時喜北風將我行 : 장적의 「제퇴지祭退之」에서 "배 옮겨 남계로 들어가고, 동서를 배타고 오고갔지"라고 했다. 채염蔡琰의 「호가胡笳」에서 "장차 나 떠나가리니 하늘 끝이라오"라고 했다.

張籍祭退之詩曰, 移船入南溪, 東西縱篙根. 蔡琰胡笳曰, 將我行兮向天涯.

湯餅一杯銀線亂 蔞蒿數筯玉簪橫 : '탕병湯餅'[87]은 위의 주注에 보인다. 『한서・항적전項籍傳』에서 "나에게 국 한 그릇 나누어주면 다행이겠다"라고 했다. 두보의 「배정광문유하장군산림陪鄭廣文游何將軍山林」에서 "은 실 같은 신선한 붕어 회"라고 했는데, 이 말을 본뜬 것이다. '누고채蔞蒿

---

85 [교감기] 이 작품은 『동파속집(東坡續集)』권2에도 보인다.
86 [교감기] '數'가 『동파속집(東坡續集)』에는 '如'로 되어 있다.
87 탕병(湯餅) : 속철(束哲)의 「병부(餠賦)」에서 "허기를 채우고 추위를 풀어주는 것으로 떡국이 제일이다[充虛解戰, 湯餅爲最]"라고 했다.

菜'는 그 모습이 옥비녀 같다. 낙천 백거이의 「기양육시랑寄楊六侍郞」에
서 "가을바람에 농어 회 한 젓가락"이라고 했다. 『서경잡기』에서 "무
제武帝가 이부인李夫人을 지나면서 옥비녀를 취해 머리를 끌었다"라고
했다.

湯餅見上注. 漢書項籍傳曰, 幸分我一杯羹. 老杜詩, 鮮鯽銀絲鱠. 此效其
語. 蔞蒿菜狀如玉簪. 樂天詩, 秋風一筯鱸魚鱠. 西京雜記曰, 武帝過李夫, 人
就取玉簪搔頭.

20. 저물녘 장사에 이르러, 처도 진담과 원실 범온에게 명략과 화보에게 보내준 작품의 운자에 차운하여 보여주다. 5수

晩泊長沙, 示秦處度【湛】范元實【溫】用寄明略和父韻. 五首

처도處度는 소유 진관의 아들이다. 당시에 아버지 진관의 상喪으로 인해 장사長沙에 머물러 있었고 원실元實이 와서 이곳에서 모였다. 산곡 황정견이 의주宜州에 있으면서 「답장사평로첩答長沙平老帖」을 지었는데, 거기에서 "처도 진담이 마침내 돌아오지 못하니, 회남에서 편안히 지내고 계시는지"라고 했다.

處度, 少游之子也. 當時護少游喪留長沙, 而元實來會於此. 山谷在宜州, 有答長沙平老帖云, 秦處度遂不成歸, 淮南得安居否.

첫 번째 수其一

昔在秦少游	예전 소유 진관은
許我同門友	나를 동문 벗으로 허여했지.
掘獄無張雷	감옥 터 팠던 장화 뇌환은 없지만
劒氣在牛斗	검의 기운은 두우에 있어라.
今來見令子	지금 와서 훌륭한 그대 보니
文似前哲有	문장이 마치 아버지와 같구나.
何用相澆潑	무엇으로 서로 마음껏 마시랴

清江渌^{88}如酒　　　　　맑은 강물 술처럼 걸렀다네.

【주석】

　昔在秦少游 許我同門友 掘獄無張雷 劍氣在牛斗 :『문선』에 실린 「고시古詩」에서 "예전 내 동문인 벗이, 고답한 행동거지로 큰 날개 떨쳤네"라고 했다. 살펴보건대, 강성康成 정현鄭玄의 『노론』의 주注에서 "동문同門을 '붕朋'이라 한다"라고 했다. 『진서·장화전張華傳』에서 "북두와 견우성 사이에 항상 자줏빛 기운이 있었다. 이에 뇌환雷煥이 "이것은 보검의 정기가 하늘 위로 솟은 것으로 예장豫章의 풍성豐城입니다"라고 했다. 장화가 즉시 뇌환을 풍성령豐城令에 보임했다. 뇌환이 풍성현에 도착하여 감옥의 터를 파서 하나의 돌 상자를 얻었는데, 그 속에 두 개의 검이 있었다. 하나는 용천검龍泉劍이고 다른 하나는 태아검太阿劍이었다"라고 했다.

　文選古詩曰, 昔我同門友, 高擧振六翮. 按鄭康成注魯論曰, 同門曰朋. 晉書張華傳曰, 斗牛之間, 常有紫氣. 雷煥曰, 此實劍之精, 上徹於天, 當在豫章豐城. 華卽補煥爲豐城令. 煥到縣, 掘獄屋基, 得一石函, 中有雙劍, 一曰龍泉, 一曰太阿.

　今來見令子 文似前哲有 何用相澆潑 清江渌如酒 : 퇴지 한유의 「제좌사

---

88 [교감기] '渌'이 전본에는 '綠'으로 되어 있고 주(注)에서는 왕안석 및 소식(蘇軾)의 시를 인용했는데, 글자가 또한 '綠'이다.

이원외태부인문祭左司李員外太夫人文」에서 "다행히 훌륭한 그대를 따르네" 라고 했다. 『시경·상상자회裳裳者華』에서 "그 모두를 가지고 있는지라, 이 때문에 이와 같도다"라고 했다. '요발澆潑'[89]은 완적의 고사를 인용한 것으로 앞의 주注에 보인다. 개보 왕안석의 「백구白鷗」에서 "흰머리로 동남을 바라다보니, 봄물이 술처럼 걸려있구나"라고 했다. 살펴보건대, 태백 이백의 「양양가襄陽歌」에서 "멀리 한강 물은 청둥오리 머리의 푸른색, 흡사 이제 막 발효하는 포도주 빛이로세"라고 했다. ○ 동파 소식의 「무창서산武昌西山」에서 "맑은 강물 넘실대니 포도주 익은 거네"라고 했다.

退之祭文曰, 幸隨令子. 詩曰, 維其有之, 是以似之. 澆潑用阮籍事, 見上注. 王介甫詩, 白髮望東南, 春江淥如酒. 按太白詩, 遙看漢水鴨頭綠, 恰似蒲桃新撥醅. ○ 坡詩, 淸江淥漲蒲萄醅.[90]

두 번째 수其二

| 范公太史僚 | 범공은 태사의 동료로 |

---

89 요발(澆潑):『세설신어』에서 "왕손(王遜)이 왕침(王忱)에게 묻기를 "완적(阮籍)의 주량은 사마상여(司馬相如)와 비교하여 어떤가"라 묻자 왕침이 "완적의 가슴에는 커다란 돌무더기가 있기 때문에 모름지기 술로 씻어내야 한다[阮籍胷中壘塊, 故須以酒澆之]"라 했다"라고 했는데, 주(注)에서 "말하자면 완적은 대부분 사마상여와 같았는데 다만 술에서는 다른 점이 있었다[言同相如, 唯有酒異]"라고 했다.
90 [교감기] '坡詩 (…중략…) 萄醅'라는 구절이 부교에는 없다.

山立乃先達	산처럼 우뚝 선 선달이라네.
發揮百代史	백대 역사 편찬에 역량 드러내면서
管以六經轄	육경의 핵심으로 관장했다네.
投身轉嶺海	몸 던져 영해를 떠돌다가
就木乃京洛	죽어서야 경락으로 돌아왔네.
仲子見長沙	둘째 아들을 장사에서 만나
且用慰飢渴	또한 굶주림 목마름 위로하였네.

【주석】

范公太史像 山立乃先達 : 범조우范祖禹의 자는 순부淳夫이다. 원우元祐 초에 저작좌랑著作佐郎이 되어 『신종실록神宗實錄』 검토관檢討官으로 충원되었다. 수찬修撰과 지국사원知國史院을 겸하고 있을 때 산곡 황정견과 동료였다. 범조우가 죄를 받은 일에 대해서는 이미 앞의 주注에 있다.[91] 『예기·옥조玉藻』에서 "산처럼 우뚝 서고 가야할 때는 간다"라고 했는데, 그 주注에서 "'산립山立'은 흔들리지 않는다는 것이다"라고 했다. 이것을 차용하여 범조우가 얼굴빛을 바로 하고 조정에 선 것이 우뚝하여 마치 산과 같았다는 것을 말했다. '선달先達'은 『세설신어』에 보인다.

范祖禹, 字淳夫, 元祐初爲著作佐郎, 充神宗實錄檢討官, 兼修撰, 知國史

---

91 범조우가 (…중략…) 있다 : 소성(紹聖) 2년 순부 범조우는 좌어사(坐史事)가 되어 영주(永州)에 안치(安置)되었다. 3년 하주(賀州)로 옮겨졌고 4년에는 빈주(賓州)로 옮겨졌다. 원부(元符) 원년(元年) 9월에 다시 화주(化州)로 옮겨졌는데, 10월에 병으로 죽었다.

院, 與山谷同僚. 得罪本末, 已具前注. 禮記玉藻曰, 山立時行. 注云, 不動搖
也. 此借用, 以言其正色立朝, 屹然如山. 先達見世說.[92]

發揮百代史 管以六經轄 : 순부 범조우가 과거에 급제한 후, 사마온공司
馬溫公을 따라『통감通鑑』을 수찬했는데, 15년이 지난 원우元祐 초에『당
감唐鑑』을 올렸다.『주역』에서 "육효六爻가 발휘發揮한 것은 겉으로 만물
의 정실을 밝힘이다"라고 했다. 조기趙岐의『맹자제사孟子題辭』에서 "『논
어』는 오경五經의 관할錧轄이다"라고 했다.『음의音義』에서 "'관錧'의 음
은 '관管'으로 수레의 바퀴통 쇠이다. '할轄'의 음은 '힐黠'로 수레의 비
녀장이다"라고 했다. 이것을 인용하여 경전經典의 뜻에 따라 시비포폄륜
非褒貶했다는 것을 말했다.

淳夫登第後, 從司馬溫公修通鑑, 凡十五年, 元祐初進唐鑑. 易曰, 六爻發
揮, 旁通情也. 趙岐孟子題辭曰, 論語者, 五經之錧轄. 音義曰, 錧音管, 車釭
也. 轄音黠, 車轄也. 此引用, 言以經義是非褒貶.

投身轉嶺海 就木乃京洛 : 소성紹聖 2년 순부 범조우는 좌어사坐史事가
되어 영주永州에 안치安置되었다. 3년 하주賀州로 옮겨졌고 4년에는 빈주

---

92 [교감기] '世說'이 부교에는 '魯論'으로 되어 있다. 살펴보건대,『세설신어·덕행
(德行)』에서 환이(桓彝)가 심공(深公)을 논하면서 "선달에다가 고승(高僧)이다
[先達知稱]"라고 했다. 또한『세설신어·배조(排調)』에서 장오흥(張吳興)에게
이르기를 "선달들은 그가 평범하지 않은 것을 안다[先達知其不常]"라고 했다.
『논어(論語)』에 '先進'이란 말은 있지만 '先達'이란 말은 없다.

賓州로 옮겨졌다. 원부元符 원년元年 9월에 다시 화주化州로 옮겨졌는데,
10월에 병으로 죽었다. 원부 3년에 휘고徽考가 황제의 자리에 올라, 돌
아와 서경西京에서 장사지내는 것을 허락한다는 교지를 내렸다. 퇴지
한유의 「조주사표潮州謝表」에서 "고개와 바다 넘으니, 바다와 뭍으로 만
리 길이었습니다"라고 했다. 『좌전』에서 "계외季隗가 "내가 25년 후이
면, 또한 재기再嫁를 하고 싶다고 해도 나무에 들어갈 때입니다"라 했
다"라고 했는데, 그 주注에서 "장차 죽어 관에 들어간다는 말이다"라고
했다. '경락京洛'[93]은 위의 주注에 보인다.

紹聖二年, 淳夫坐史事, 安置永州. 三年, 移賀州. 四年, 移賓州. 元符元年
九月, 再移化州, 十月病卒. 三年, 徽考卽位, 有旨許歸葬西京. 退之潮州謝表
曰, 經涉嶺海, 水陸萬里. 左傳, 季隗曰, 我二十五年矣, 又如是而嫁, 則就木
焉. 注, 言將死入木. 京洛見上注.

仲子見長沙 且用慰飢渴 : 원실元實은 범조우의 둘째 아들이다. '장사長
沙'는 지금은 담주潭州이다. 『문선』에 실린 반정숙潘正叔의 「증육기贈陸機」
에서 "맑은 술 마실 일 없노니, 누가 굶주림 목마름 위로해주려나"라고
했는데, 이선李善의 주注에서 『공총자孔叢子』에서 "자사子思가 목공穆公에
게 "그대는 마치 굶주리고 목마른 듯 현인을 대우하십시오"라 했다"라

---

93 경락(京洛):『문선』에 실린 육기(陸機)의 「위고언선증부(爲顧彦先贈婦)」에서
  "서울인 낙양에는 먼지가 많네[京洛多風塵]"라고 했는데, '경락(京洛)'은 대개
  옛 제황의 도읍이다.

는 구절을 인용했다.

元實蓋范公仲子. 長沙, 今潭州. 文選潘正叔贈陸機詩云, 醪澄莫饗, 孰慰飢渴. 李善注引孔叢子, 子思謂穆公曰, 君若飢渴待賢.

세 번째 수其三

秦郎水江漢	진랑은 물로 말하자면 강수 한수요
范郎器鼎鼐	범랑의 그릇은 큰 솥과 같다네.
逝者不可尋	흐르는 세월은 좇을 수가 없지만
猶喜二子在	오히려 두 사람 있어 기쁘다오.
相逢唾珠玉	서로 만나 구슬과 옥을 뱉는데
貧病問薪菜	가난 질병에 땔감과 채소를 묻네.
豫愁帆風船	미리 근심하는 것은, 바람 품은 돛의 배로
目極別所愛	멀리 바라보며 사랑하는 이와 헤어지는 것.

【주석】

秦郎水江漢 范郎器鼎鼐 逝者不可尋 猶喜二子在 相逢唾珠玉 貧病問薪菜 : 개보 왕안석의 「증증자고贈曾子固」에서 "증자의 문장은 세상에 있지 않으니, 물로는 강수 한수요 별로는 북두성이라네"라고 했다. 『시경·사의絲衣』에서 "큰 솥과 작은 솥을 보도다"라고 했다. '타진옥唾珠玉'94는

---

94 타진옥(唾珠玉) : 태백 이백의 「첩박명(妾薄命)」에서 "공중 떨어진 침방울이, 바

위의 주注에 보인다. '빈병貧病'은 산곡 황정견 자신을 말한다. 두보의 「추야秋野」에서 "나는 늙어 가난하고 병든 것 달게 여기네"라고 했다. 『열자』에서 "백락伯樂이 "저와 함께 땔감과 채소를 져다 나르는 사람이 있습니다"라 했다"라고 했다. 『한서·회남여왕전淮南厲王傳』에서 "땔감과 채소 및 소금과 밥 지을 불을 제공한다"라고 했다.

王介甫贈曾子固詩曰, 曾子文章世無有, 水之江漢星之斗. 詩曰, 鼎鼎及甂. 唾珠玉見上注. 貧病, 山谷自道. 老杜詩, 吾老甘[95]貧病. 列子, 伯樂曰, 臣有所與共擔纏薪菜者. 漢書淮南厲王傳曰, 給薪菜鹽炊.

豫愁帆風船 目極別所愛 : 퇴지 한유의 「악양루별두사직岳陽樓別竇司直」에서 "엄정한 일정에 바람품은 돛 재촉하네"라고 했다. 『초사』에서 "천 리 먼 곳을 바라다보니 봄마저 가슴 아파라"라고 했다. 『열반경』에서 "사랑하는 사람과 헤어지고 난 후의 아픔"이라고 했다. 연명 도잠의 「안신축세정절년삼십칠시운운按辛丑歲靖節年三十七詩云云」에서 "늙은이가 좋아하는 바는, 그대와 더불어 이웃하는 것이라네"라고 했다.

退之詩, 嚴程迫風帆. 楚辭曰, 目極千里兮傷春心. 涅槃經曰, 愛別離苦. 淵明詩曰, 老夫有所愛, 思與爾爲鄰.

람 따라 구슬로 변했네[咳唾落九天, 隨風生珠玉]"라고 했다.

95 甘 : 중화서국본에는 '日'로 되어 있는데, '甘'의 오자이다.

네 번째 수其四

往時高交友	지난날 높이 사귄 벗의
宰木已樅樅[96]	무덤 가 나무 이미 우거졌구나.
今我[97]二三子	지금 우리 그대들이여
事業在燈窓	사업은 촛불과 창문에 달려 있다네.
秦范波瀾濶	진랑 범랑이 파란을 일으키며
笑陸海潘江	바다인 육기와 강인 반악 비웃누나.
願玆秉經術	바라건대, 이에 경술을 잡아
出仕榮家邦	벼슬하여 집과 나라 영광스럽게 하시게.

【주석】

往時高交友 宰木已樅樅 : '고교우高交友'는 자신보다 못한 사람과는 사귀지 않는다는 말이다. 두보의 「봉송이십삼구록사지섭침주奉送二十三舅錄事之攝郴州」에서 "서서徐庶는 높이 사귄 벗"이라고 했다. '재목宰木'[98]의 위의 주注에 보인다. 퇴지 한유의 「병중증장십팔病中贈張十八」에서 "방석을 당기면서 말을 하노니, 곡절이 처음에는 너무도 많았다오"라고 했

---

96 [교감기] '樅樅'이 문집에는 '摐摐'으로 되어 있다. 『집운(集韻)』을 살펴보니, 2글자의 음과 의미가 서로 같다. 다음에 다시 나오더라도 재차 교정하지 않겠다.

97 [교감기] '今我'가 부교·장지본에는 '我今'으로 되어 있다.

98 재목(宰木) : 『공양전』에서 "진백(秦伯)이 정나라를 습격하려 하자, 백리사와 건숙자가 간(諫)했다. 진백이 노하여 "그대들과 나이가 같은 자들은 모두 죽어 묘위의 나무가 이미 한 아름이나 되었다[若爾之年者, 宰上之木拱矣]"라 했다'라고 했는데, 주(注)에서 "재(宰)는 무덤이다[宰, 冢也]"라고 했다.

다. 『동파악부東坡樂府』에서 "주룩주룩 성긴 비가 내리자, 바람 맞은 수풀은 우수수 떨어지고, 수레 덮개와 깃발에 안개구름이 배어드네"라고 했다.

高交友言其不下交也. 老杜詩, 徐庶高交友. 宰木見上注. 退之詩, 扶几[99]導之言, 曲節初樅樅. 東坡樂府曰, 樅樅疏雨過, 風林舞破, 煙蓋雲幢.

今我二三子 事業在燈窓 : '이삼자二三子'[100]는 『노론』에 보인다. 손초孫樵의 『손초집孫樵集』에서 "새벽 창과 밤 등불"이라고 했다.

二三子見魯論. 孫樵集曰, 曉[101]窓夜燈.

秦范波瀾闊 笑陸海潘江 : 두보의 「추수고고촉주인일견기追酬故高蜀州人日見寄」에서 "문장 좋은 조식은 온 세상을 흔들었네"라고 했다. 『진서 · 반악전潘岳傳』의 찬贊에서 "육기의 문장은 바다에 비유하면, 반악의 문장은 강이다. '기機'는 육기를 말한다"라고 했다. 살펴보건대, 종영의 『시품』에서 "내가 일찍이 "육기의 재주는 바다와 같고 반악의 재주는 강과 같다"라 말을 했다"라고 했다.

杜詩, 文章曹植波瀾闊. 晉書潘岳傳贊曰, 機文喩海, 岳藻如江. 機謂陸機

---

99 几 : 중화서국본에는 '機'로 되어 있는데, '几'의 오자이다.
100 이삼자(二三子) : 그대들이란 의미이다. 『논어 · 술이(述而)』에 공자가 제자들에게 "너희들은 내가 숨기는 것이 있다고 생각하느냐, 나는 너희들에게 숨기는 것이 없다[二三子, 以我爲隱乎, 吾無隱乎爾]"라는 구절에도 보인다.
101 [교감기] '曉'가 부교에는 '晩'으로 되어 있다.

也. 按鍾嶸詩品云, 予嘗言陸才如海, 潘才如江.

　　願茲秉經術 出仕榮家邦 : 퇴지 한유의 「연하남부수재燕河南府秀才」에서 "말 몰 때 주의할 것에 힘써라, 집과 국가가 자네의 영광스러움 기다린다네"라고 했다. 『서경·진서秦誓』에서 "나라가 영화롭고 편안함"이라고 했다. 『시경·사제思齊』에서 "집과 나라를 다스렸다"라고 했다.

　　退之詩, 勉哉戒徒御, 家國遲子榮. 書曰, 邦之榮懷. 詩曰, 以御于家邦.

다섯 번째 수其五

少游五十策	소유는 오십 책을 올리었는데
其言明且清	그 말이 분명하고도 맑았지.
筆墨深關鍵	필묵은 대단히 관건을 지녔고
開闔見日星	열고 닫으며 해와 별을 드러냈지.
陳友評斯文	진우가 사문을 평론하는 것이
如鐘磬鼓笙	종과 경쇠, 북과 생황 연주 같았네.
誰能續鳳鳴	누가 봉황의 울음소리 잇을 것인가
洗耳聽兩甥	귀 씻고 두 생질의 음악 듣노라.

【주석】

　　少游五十策 其言明且清 筆墨深關鍵 開闔見日星 : 소유 진관이 처음 응

제과應制科에 권 50편을 제출했었다. 『예기·치의緇衣』에서 "『시경』에서 "옛날에 우리 선정先正은, 그 말씀이 분명하고 또 맑았네"라 했다"라고 했다. 『문선』에 실린 무선茂先 장화張華의 「답하소答何邵」에서 "주임周任이 남긴 법 있노니, 그 말은 분명하고도 맑았네"라고 했다. 퇴지 한유의 「증원십팔협률贈元十八協律」에서 "금석과 같은 음성으로, 궁궐의 빗장을 열었네"라고 했다. 『예기』에서 "하늘은 양陽을 잡아서 해와 별을 드리운다"라고 했다. 산곡 황정견의 「답홍구보서答洪駒父書」에서 "무릇 한 편의 글을 지으면, 모두 본받을 바가 있고 정취가 있어 처음부터 끝까지 중요한 것을 열고 닫음이 있었다"라고 했다.

少游初應制科, 有進卷五十篇. 禮記緇衣篇, 詩云, 昔吾有先正, 其言明且淸. 文選張茂先詩, 周任[102]有遺規, 其言明且淸. 退之詩, 金石出聲音, 宮室發關鍵. 禮記曰, 天秉陽, 垂日星. 山谷答洪駒父書有曰, 凡作一文, 皆須有宗有趣, 終始關鍵, 有開有闔.

陳友評斯文 如鐘磬鼓笙 : '진우陳友'는 무기無己를 말한다. 아래 구절은 팔음八音이 모두 잘 조화를 이루어 서로의 음을 빼앗지 않았다는 말이다.

陳友謂無己. 下句謂八音克諧, 無相奪倫.

誰能續鳳鳴 洗耳聽兩甥 : 원주元注에서 "처도處度 진담秦湛과 원실元實 범온范溫이 서로를 사위라고 불렀다"라고 했다. ○ 『한서·율력지律歷

---

102 任 : 중화서국본에는 '仲'으로 되어 있으나, '任'의 오자이다.

志』에서 "황제黃帝가 영륜伶倫으로 하여금 열두 구멍을 만들어 불게 했는데, 봉황의 울음소리가 들렸다. 수컷 봉황의 울음소리가 여섯 개였고 암컷 봉황의 울음소리가 여섯 개로, 황종黃鍾 십이률十二律에 비교하여 모두가 생겨났으니, 이것으로 율律의 근본을 삼았다"라고 했다. 자건 조식의 「칠계七啓」에서 "삼가 귀를 씻고 옥 같은 음악을 듣노라"라고 했다. 황보밀의 『고사전』에서 "소보巢父가 못가에 가서 귀를 씻었다"라고 했는데, 이것을 차용한 것이다. 원실元實 범온范溫은 소유 진관의 사위이다. 『이아』에서 "처妻의 형제가 생甥이다"라고 했고 또한 그 주注에서 "나를 구舅라고 일컫는 자를 나는 생甥이라 한다. 그렇다면 역시 서婿를 생甥이라고 불러야 한다"라고 했다.

元注云, 秦范相謂爲甥. ○ 漢書律歷志曰, 黃帝使伶倫制十二篇, 以聽鳳之鳴, 其雄鳴爲六, 雌鳴亦六, 比黃鍾之宮, 而皆可以生之, 是爲律本. 曹子建七啓曰, 敬滌耳以聽玉音. 皇甫謐高士傳曰, 巢父臨池而洗耳. 此借用. 元實蓋少游之婿. 爾雅曰, 妻之晜弟爲甥. 又注云, 謂我舅者, 吾謂之甥. 然則亦宜呼婿爲甥.

21. 원실이 지은 「병목」이란 작품에 차운하다

韻元實病目

道人嘗恨未灰心	도인은 재가 되지 못한 마음 한스러워하고
儒士苦愛讀書眼	선비는 책 읽는 눈을 애써 아끼는 법.
要須玄覽照鏡空	현묘하게 살펴 텅 빈 거울을 비추어야지
莫作白魚鑽蠹簡	책벌레가 책을 파고드는 건 하지 말아야지.
閱人朦朧似有味	사람 보는데도 몽롱해 마치 운치 있는 듯
看字昏澁尤宜懶	글자 보는데 어두워 더욱 게을러지네.
范侯年少百夫雄	범후는 온갖 영웅보다 나이는 어리지만
言行一一無可揀¹⁰³	언행 하나하나 가릴 것이 없다오.
看君眸子當瞭然	그대 눈동자 보니 선명하노니
乃稱胸次常坦坦	흉중이 항상 탄탄한 것과 걸맞구나.
如何有物食明月	어떤 것이 밝은 달을 먹으니 어찌할까
淚睫隕珠衣袖滿	눈 속에 떨어지는 구슬 옷깃에 가득하리.
金箆刮膜會有時	금비로 눈꺼풀 제거하는 것은 때가 있지만
湯熨取快術誠短	더운 물로 찜질 하는 것은 작은 기술이네.
君不見	그대는 보지 못 했나
岳頭懶瓚一生禪	남악 꼭대기의 나찬은 한평생 선 닦으며

---

103 [교감기] '揀'이 문집·고본·전본에는 '柬'으로 되어 있다. 살펴보건대, 글자를 선택하고 의미를 취한 것이니, 2글자의 의미가 서로 통한다.

鼻涕垂頤渠不管　　　콧물 흘러 턱까지 내려와도 신경 쓰지 않았네.

【주석】

道人嘗恨未灰心 儒士苦愛讀書眼 : 배움을 위하는 자와 도道를 위하는
자가 다름을 말한 것이다. 『장자』에서 "형체를 진실로 말라 죽은 나무
처럼 할 수 있으며, 마음을 진실로 식은 재처럼 할 수 있겠는가"라고
했다. 동파 소식의 「조이대경弔李臺卿」에서 "책을 읽는 눈은 달과 같아,
조금의 틈도 비추지 않음 없었네"라고 했다.

言爲學者與爲道者異. 莊子曰, 形固可使如槁木, 而心固可使如死灰乎. 東
坡詩, 讀書眼如月, 鑄隙靡不照.

要須玄覽照鏡空 莫作白魚鑽蠹簡 : 『노자』에서 "마음을 씻고 현모하게
살펴, 하나의 오류도 없게끔 한다"라고 했다. 『운서』에서 "'담蟫'은 책
벌레[衣白魚]이다"라고 했다. 퇴지 한유의 「잡시雜詩」에서 "어찌 책벌레
와 다르랴, 문자 가운데서 죽고 사네"라고 했다. 『전등록·고령선사전
古靈禪師傳』에서 "고령선사가 하루는 창문 아래에서 불경佛經을 읽고 있
었는데, 벌이 창문의 종이를 찢고 밖으로 나가려고 했다. 고령선사는
이것을 보고 "세계가 저렇게 넓은데, 나가지 못하고 창호지만 두드리
니, 나귀의 해[104]에나 나가려나"라 했다"라고 했다.

---

104 나귀의 해 : '여년(驢年)'은 나귀의 해라는 말인데, 십이간지(十二干支)에 나귀
　　는 들어있지 않음으로, 영원히 돌아오지 않는 해이다. 즉 영원히 깨달을 수 없다

老子曰, 滌除玄覽, 能無疵乎. 韻書曰, 蟫, 衣白魚也. 退之詩, 豈殊書蠹蟲, 生死文字間. 傳燈錄古靈禪師傳云, 其師一日在窓下看經, 蜂子投窓紙求出, 師睹之曰, 世界如許廣闊, 不肯出. 鑽他故紙驢年去.

閱人朦朧似有味 看字昏澀尤宜懶 : 사형 육기의 「탄서부歎逝賦」에서 "세상은 온갖 사람들을 겪으면서 한 세대씩을 이루네"라고 했다. '몽롱朦朧'은 뚜렷하지 않다는 것을 말하는데, 만나는 사람이 속된 이들이 많아 차라리 보지 않는 것이 더 낫다는 것이다. 살펴보건대, 『운서』에서 "'몽롱朦朧'은 달이 장차 들어가려는 것이다"라고 했다.

陸士衡歎逝賦曰, 世閱人而爲世. 朦朧謂不甚了了, 所見多俗人, 不若不見之愈也. 按韻書, 朦朧, 月將入.

范侯年少百夫雄 言行一一無可揀 : 『문선』에 실린 중선 왕찬의 「영사시詠史詩」에서 "살아서는 온갖 사람의 영웅이 되고, 죽어서는 장사의 본보기가 되었네"라고 했다. 살펴보건대, 『시경·황조黃鳥』의 주注에서 "백 사람 중에서 가장 뛰어나다"라고 했다. '무가간無可揀'은 『효경孝經』에서 말한 "입에는 가릴 말이 없고, 몸에는 가릴 행실이 없다"라고 한 것이다. 퇴지 한유의 「증장적贈張籍」에서 "내가 그 사람의 풍골을 아끼노니, 순수하고 아름다워 가릴 것이 없다네"라고 했다.

文選王仲宣詠史詩曰, 生爲百夫雄, 死作壯士規. 按黃鳥詩注曰, 百夫之中,

_____

는 의미이다.

最雄俊也. 無可揀, 孝經所謂口無擇言, 身無擇行. 退之詩云, 吾愛其風骨, 粹美無可揀.

看君眸子當瞭然 乃稱胸次常坦坦 : 『맹자』에서 "마음속이 올바르면 눈동자가 선명하다"라고 했다. 『주역』에서 "바른 길을 밟으니 탄탄하다"라고 했다. 『노론』에서 "군자는 마음이 평탄하여 넓디넓다"라고 했다.

孟子曰, 胸中正, 則眸子瞭焉. 易曰, 履道坦坦. 魯論曰, 君子坦蕩蕩.

如何有物食明月 淚睫隕珠衣袖滿 : 노동의 「월식月蝕」에서 "이때에 괴이한 일이 발생하니, 어떤 것이 와서 삼키며 먹는구나"라고 했다. '누주淚珠'[105]는 앞의 주注에 보인다.

盧仝月蝕詩曰, 此時怪事發, 有物吞食來. 淚珠見上注.

金篦刮膜會有時 湯熨取快術誠短 : 두보의 「알문공상방謁文公上方」에서 "금비金篦[106]로 눈의 꺼풀 긁어내니, 값이 거거車渠[107] 보석의 백배보다

---

105 누주(淚珠) : 『박물지(博物志)』에서 "인어가 울면 눈물이 구슬이 된다[鮫人泣而成珠]"라고 했다.
106 금비(金篦) : 금으로 만든 빗으로, 고대 인도(印度)에서 의사가 맹인의 안막(眼膜)을 제거해 줄 때 사용하던 도구였다. 후세에는 불가(佛家)에서 중생들의 눈을 가리고 있는 무지(無智)의 막(膜)을 제거해 준다는 뜻으로 이 단어를 사용한다.
107 거거(車渠) 보식 : 진귀한 보석을 말한다. 『법화경』에서 "어떤 사람이 금은, 산호, 진주, 거거(車璩), 마노 등을 시주하는 사람이 있다"라고 했으며, 『광지(廣志)』에서 "거거(車渠)는 대진(大秦)과 서역의 여러 나라에서 생산된다. 이것은 돌 가운데 옥이 들어있는 것이다"라고 했다.

비싸네"라고 했다. 살펴보건대, 『열반경』에서 "어떤 맹인이 있어 눈을 치료하려면 양의良醫에게 찾아가야 한다. 이에 양의는 금비로 그 눈의 꺼풀을 긁어낸다"라고 했다. 또한 살펴보건대, 『법원주림』에서 "후조後周 장원張元의 아버지가 실명失明했는데, 장원이 불경佛經을 읽고 등불을 매달아 두었다. 꿈속에 한 늙은이가 하나의 금비로 치료를 해주었는데, 삼일이 지난 뒤 과연 나았다"라고 했다. 『사기·편작전扁鵲傳』에서 "병이 살결에 있을 때는 더운 물로 찜질만 하면 치유할 수 있다"라고 했다. 눈은 아픈 곳을 씻어내야 한다. 그래서 상대적으로 '술단術短'이라고 한 것이다.

老杜詩, 金箆刮眼膜, 價重百車渠. 按涅槃經曰, 有盲人爲治目, 故造詣良醫, 是時良醫卽以金鎞刮其眼膜. 又按法苑珠林曰, 後周張元, 其祖失明, 元讀經然燈, 夢一翁一金箆療之, 後三日果差. 史記扁鵲傳曰, 疾之在腠理也, 湯熨之所及也. 目惡點濯, 故云術短矣.

君不見 岳頭懶瓚一生禪 鼻涕垂頤渠不管 : 담주潭州 남악南岳의 복암사福巖寺에 나잔암懶殘巖이 있다. 살펴보건대, 당唐나라 고승高僧 중에 나찬懶瓚이란 자가 형산衡山의 꼭대기 돌 굴 속에서 은거하고 있었다. 덕종德宗이 사신을 보내어 그를 불렀는데, 찬 콧물을 가슴까지 흘리면서 대답하지 않았다. 이에 사신이 비웃으며 콧물을 닦으라고 했다. 나찬이 "내가 어찌 속인을 위해 콧물을 닦는 공부가 있으랴"라고 하고서는 마침내 자리에 앉아 있는 채 떠나지 않았다. 산곡 황정견이 이때에 담주潭州

에 있었기에 형산衡山의 고사를 활용하여, 마땅히 육신에서 벗어나야 하니 눈병으로 근심해서는 안 된다고 말한 것이다. 또한 수구首句의 뜻을 마무리했다.

潭州南岳福巖寺, 有懶殘巖. 按唐高僧號懶瓚, 隱居衡山之頂石窟中, 德宗遣使詔之, 寒涕垂膺, 未嘗答. 使者笑之, 且勸拭涕. 瓚曰, 我豈有功夫爲俗人拭涕耶. 竟不能致而去. 山谷時在潭州, 故引用衡山事, 言當遺外形骸, 不必以病目戚戚, 且終首句之意.

22. 승업사의 열정에서

勝業寺悅亭[108]

苦雨已[109]解嚴	장맛비의 위엄이 이미 그치니
諸峯來獻狀	여러 봉우리 와서 모습 드러내네.
不見白頭禪	흰머리의 스님이 보이지 않아
空倚紫藤杖	공연히 자줏빛 등나무 지팡이에 기대네.

【주석】

苦雨已解嚴 諸峯來獻狀 不見白頭禪 空倚紫藤杖 : 『좌전』에서 "가을에는 장맛비가 없다"라고 했다. '해엄解嚴'은 사람들이 비가 그치는 것을 좋아하기를 마치 병사들이 흩어지는 것과 같다는 말이다. 『위지·조엄전趙儼傳』에서 "조인이 병사를 해체시켰다"라고 했다. 『좌전』에서 "진후晉侯가 조曹나라에 쳐들어가, 희부기僖負羈를 등용하지 않고 무능한 인물들이 자리에 앉아 대부의 수레를 타고 다니는 자를 꾸짖었다. 그리고는 또 "내 모습을 보여주겠다"라 했다"라고 했는데, 그 주注에서 "'헌상獻狀'은 그 공을 쌓은 실상이다"라고 했다. 이것을 차용했다. 개보 왕안석의 「청량백운암淸涼白雲庵」에서 "나무 지니 산등성이 절로 모습 드

---

108 [교감기] 문집·고본에서는 작품 제목 아래 원주(原注)에서 "다른 판본에는 '阻雨福嚴'이라고 되어 있다"라고 했다.
109 [교감기] '已'가 장지본에는 '未'로 되어 있다.

러내네"라고 했다. '백두선白頭禪'은 문정선사文政禪師를 말한다. 문정선
사는 설두중현雪竇重顯의 법사法嗣인데, 「제열정題悅亭」이란 작품을 지었
고, 그 작품에서 "산새에게는 속세의 소리 없고, 산 구름은 속세의 모
습이 없네. 흰머리 늙은이가, 때때로 와서 지팡이에 기대이네"라고 했
다. 산곡 황정견의 이 작품은 그 작품에 화운한 것이다. 퇴지 한유가
지은 「적등장가赤藤杖歌」가 있다.

左傳曰, 秋無苦雨. 解嚴言人喜雨止, 如罷兵也. 魏志趙儼傳曰, 曹仁解嚴.
左傳, 晉侯入曹, 數之以其不用僖負羈, 而乘軒者三百人也. 且曰獻狀. 注云,
積其功狀. 此借用. 王介甫詩, 木落岡巒因自獻. 白頭禪, 謂文政禪師. 師蓋雪
竇法嗣也, 有題悅亭詩云, 山鳥無俗聲, 山雲無俗狀. 引得白頭翁, 時時來倚
杖. 山谷此詩乃和其韻. 退之有赤藤杖歌.

23. 복암을 떠나면서

離福嚴

사찰은 형산衡山에 있다. 장순민의 『남천록』에서 "예전 이름은 반야사般若寺이다. 진陳나라 태건太建 연간에는 사공도장思公道場이었고 당唐나라 회공懷公이 벽돌을 깔았던 곳이다"라고 했다.

寺在衡山. 張舜民南遷錄云, 舊名般若寺. 陳太建中思公道場, 唐懷公磨磚之地.

山下三日晴	산 내려오니 삼일 동안 맑았는데
山上三日雨	산 오르니 삼일 동안 비 내렸네.
不見祝融峯	축융봉은 보지도 못한 채
還泝瀟湘去	도리어 소상강 거슬러 떠나간다네.

【주석】

山下三日晴 山上三日雨 不見祝融峯 還泝瀟湘去 : 남악南嶽에는 72개의 봉우리가 있는데, 축융봉이 그 가운데 하나이다. 『남악기』 및 『형주기』에서 "남악南嶽의 형산衡山은 적제赤帝가 그 봉우리에 거처하고 있고 축융祝融이 그 남쪽을 맡고 있다"라고 했다. 퇴지 한유의 「알형악묘謁衡嶽廟」에서 "잠깐 사이에 조용히 쓸어낸 듯이 여러 산봉우리 나타나, 쳐다보니 우뚝하게 푸른 하늘을 바치고 있네. 자색 봉우리는 이어져 천

주봉에 붙어있고, 석름봉은 우뚝 솟아 던져져 축융봉에 쌓여있네"라고
했는데, 이것은 퇴지 한유가 귀양 갔던 남쪽에서 돌아오는 상서로움이
었다. 산곡 황정견의 의도는 축융봉을 보지 못했으니, 돌아갈 기약을
점칠 필요 없다는 것이다.

南嶽有七十二峯, 祝融其一也. 南嶽記及荊州記云, 南嶽衡山, 赤帝館其嶺,
祝融託其陽. 退之謁衡嶽廟詩, 須臾靜掃衆峯出, 仰見突兀撑靑空. 紫蓋連延
接天柱, 石廩騰擲堆祝融. 此退之南遷得歸之祥也. 山谷意謂, 不見祝融峯, 歸
期未可卜耳.

24. 화광중인이 진관과 소식의 시권을 꺼냈는데, 두 국사를 다시 볼 수 없다는 생각에 책을 열면서 탄식했다. 인하여 하광이 나를 위해 매화 두세 가지를 만들고 안개 밖에 있는 먼 산을 그림으로 그렸다. 이에 뒤미쳐 소유 진관의 운자에 차운하여 시권 끝에 기록한다【중인은 형주 화광산의 장로인데, 산곡 황정견이 그를 위해 「천보송명」을 지은 바 있다】

花光仲仁出秦蘇詩卷, 思兩[110]國士不可復[111]見, 開卷絶歎, 因花光爲我作梅數枝及畫煙外遠山, 追少游韻, 記卷末仲仁蓋衡州花光山長老, 山谷爲作天保松銘云】

夢蝶眞人貌黃槁	몽접진인은 누렇고 마른 모습으로
籬落逢花須醉倒	울타리 아래 꽃 따며 흠뻑 취했다네.
雅聞花光能畫梅	평소 화광이 매화 잘 그린다고 들었기에
更乞一枝洗煩惱	다시 한 가지 구해 번뇌를 씻는다오.
扶持愛梅說道理	매화 아끼는 마음으로 도리를 말하노니
自許牛頭參已早	우두산에서 참선한 지 이미 오래여라.
長眠橘洲風雨寒	귤주의 찬 비바람 속에 죽노니
今日梅開向誰好	오늘 핀 매화는 누구 향해 예쁜가.
何況東坡成古丘	하물며 동파는 이미 무덤이 되어
不復龍蛇看揮掃	용사 같은 붓 다시 휘날리지 못한다오.

---

110 [교감기] '兩'이 전본에는 '二'로 되어 있다.
111 [교감기] '復'이 명대전본에는 없다.

寫¹¹²盡南枝與北枝　　　남쪽 가지 북쪽 가지를 모두 그렸고

更作千峯倚晴昊　　　다시 맑은 하늘 아래 천 봉우리 그렸네.

【주석】

夢蝶眞人貌黃槁 籬落逢花須醉倒 : '몽접진인夢蝶眞人'은 장자를 말하는데, 여기에서는 소유 진관을 가리키며 꽃 사이에서 노닌다는 뜻을 취했다. '몽접夢蝶'¹¹³은 위의 주注에 보인다. 『장자・열어구列禦寇』에서 "조상曹商이 "대저 누추하고 외진 마을에서 곤궁하여, 비쩍 마른 목에 누런 얼굴을 하고 사는 것이 내게는 부족한 점이다"라 했다"라고 했다. '이락봉화籬落逢花'¹¹⁴는 도잠陶潛이 국화 딴 일을 인용한 것으로 위의 주注에 보인다.

夢蝶眞人謂莊子, 今以屬秦少游, 取游戱花間之意. 夢蝶見上注. 莊子列禦寇篇, 曹商曰, 夫處窮閭巷, 槁項黃馘者, 商之所短者也. 籬落逢花用陶潛把菊事, 見上注.

---

112 [교감기] '寫'가 장지본에는 '畫'로 되어 있다.
113 몽접(夢蝶) :『장자』에서 "옛날 장주가 꿈에 나비가 되어 훨훨 날아다녔다. 갑자기 꿈을 깨고 보니, 자신이 분명 장주였다. 장주의 꿈속에서 장주가 나비가 된 것인지, 나비의 꿈속에서 나비가 장주가 된 것인지 알지 못했다[昔者, 莊周夢爲蝴蝶, 栩栩然蝴蝶也. 俄然覺, 則蘧蘧然周也. 不知周之夢爲蝴蝶歟, 蝴蝶之夢爲周歟]"라고 했다.
114 이락봉화(籬落逢花) : 연명 도잠의 「음주(飮酒)」에서 "동쪽 울타리 아래에서 국화를 따네[采菊東籬下]"라고 했다.

雅聞花光能畫梅 更乞一枝洗煩惱 扶持愛梅說道理 自許牛頭參已早 : 노동의 「객허석許石」에서 "석공石公이 도리를 말하는데, 구구절절 평범함에서 벗어났네"라고 했다. 『전등록』에서 "법융선사法融禪師가 우두산牛頭山에서 들어가 절 북쪽 암벽의 석실에 그윽이 거쳐하니, 온갖 새들이 꽃을 물어오는 기이함이 있었다"라고 했다.

盧仝詩, 石公說道理, 句句出凡格. 傳燈錄, 法融禪師入牛頭山, 幽棲寺北巖之石室, 有百鳥銜花之異.

長眠橘洲風雨寒 今日梅開向誰好 : 소유 진관이 북쪽으로 돌아가면서 등주藤州에 이르러 강가에서 죽었다. 그 아들 처도處度가 상喪을 치르면서 담주潭洲에서 임시로 매장했다. 그래서 '장면귤주長眠橘洲'라는 말이 있게 된 것이다. 장순민의 『남천록』에서 담주潭洲를 기록하면서 "귤주橘洲는 상강湘江 가운데 있는데, 남북으로 주성州城 등과 접해 있다. 두보의 「악록산도림이사행岳麓山道林二寺行」에서 "귤주의 땅은 기름지다네"라 했다"라고 했다. 『화엄경』에서 "일체중생이 업業에 얽매여서 생사生死에 길이 자고 있다"라고 했다. ○『태평광기』에 실린 무덤 가운데 있는 사람이 정생鄭生을 대하고 쓴 시에서 "길이 자느라 새벽 온줄 몰랐네"라고 했다.

少游北歸, 至藤州, 卒於江上. 其子處度護喪, 藁殯于潭, 故有長眠橘洲之語. 張舜民南遷錄記潭洲事云, 橘洲在湘江中, 南北與州城等. 老杜詩所謂橘洲田土能蒙腹者也. 華嚴經曰, 一切衆生, 隨業所繫, 長眠生死. ○ 太平廣記

載冢中人對鄭生詩云, 長眠不知曉.[115]

何況東坡成古丘 不復龍蛇看揮掃 : 태백 이백의 「등금릉봉황대登金陵鳳凰臺」에서 "오나라 궁궐의 꽃나무들은 그윽한 길에 묻히었고, 진나라 때의 의관은 옛 무덤이 되었구나"라고 했다. 두보의 「기배시주寄裴施州」에서 "용과 뱀이 상자 흔들고 은빛 갈고리[116] 서렸구나"라고 했다.

太白詩, 吳宮花木埋幽徑, 晉代衣冠成古丘. 老杜詩, 龍蛇動篋蟠銀鉤.

我向湖南更嶺南 繫船來近花光老 歎息斯人不可見 喜我未學霜前草 : 산곡 황정견이 자신은 아직 죽지 않았다고 말한 것이다. 『문선』에 실린 사종 완적의 「영회시詠懷詩」에서 "엉긴 서리 들풀에 내리고, 한 해도 또한 저물어가는구나"라고 했다.

山谷自言其未死. 文選阮嗣宗詩, 凝霜被野草, 歲暮亦云已.

寫盡南枝與北枝 更作千峯倚晴昊 : 『백씨육첩白氏六帖』에서 "대유령大庾嶺 꼭대기에 매화가 있는데, 남쪽 가지의 꽃이 떨어지면 북쪽 가지에서는 꽃이 핀다"라고 했다. 두보의 「즉사卽事」에서 "우레 소리는 급하게 천

115 [교감기] '太平 (…중략…) 知曉'라는 구절이 부교에는 없다.

116 은빛 갈고리 : '은구(銀鉤)'는 자획(字劃)이 매끄럽고 꼿꼿함을 형용하는 말로, 서법(書法)에 뛰어남을 뜻한다. 진(晉)나라 색정(索靖)이 서법(書法)을 논하면서 "멋지게 휘돈 것이 흡사 은 갈고리와 같다[婉若銀鉤]"라고 초서(草書)를 평한 말에서 유래한 것이다. 『진서·삭정전(索靖傳)』에 보인다.

봉우리에 비를 보내네"라고 했으며, 또한 「설단설복연간설화취기薛端薛
復筵簡薛華醉歌」에서 "흐드러진 꽃이 개인 하늘 향해 어지럽게 꽂혀 있네"
라고 했다.

白氏六帖云, 大庾嶺上梅, 南枝落, 北枝開. 老杜詩, 雷聲急送千峯雨. 又詩,
亂揷繁花向晴昊.

25. 화광의 그림에 쓰다

題花光畫

湖北山無地	호북에는 산 아닌 땅 없고
湖南水徹天	호남은 물이 하늘에 닿을 듯.
雲沙眞富貴	구름 모래가 참 부귀이며
翰墨小神仙	한묵은 작은 신선이라오.

【주석】

湖北山無地 湖南水徹天 雲沙眞富貴 翰墨小神仙 : 원주元注에서 "평사원수平沙遠水의 그림은 필의筆意가 범속함을 뛰어넘어 성법聖法의 경지에 들어갔다. 늘 이러한 의미를 담아 그림을 그렸기에 사해四海에서 으뜸이었고 후세에 이름을 전한 것은 마땅하다"라고 했다. ○『초사』에서 "아래로는 우뚝하여 땅이 없고, 위로는 아득하여 하늘이 없네"라고 했다. 『진서·장화전張華傳』에서 "뇌환雷煥이 "보검의 정기가 위로 하늘에 닿았습니다"라 했다"라고 했다. 당唐나라 장위張謂의 「장사토풍비長沙土風碑」에서 "『둔갑경』에서 "장사長沙의 땅과 운양雲陽의 옛터는 오래 살만하고 은거할 만한 곳이다"라 했다"라고 했다. 두보의 「상부인사남석망湘夫人祠南夕望」에서 "흥이 일면 오히려 지팡이 짚고 신 신으니, 시야가 끊어진 곳엔 또 구름과 모래로다"라고 했다. '진부귀眞富貴'[117]는 위의

---

117 진부귀(眞富貴) : 낙천 백거이의 「군중즉사(郡中卽事)」에서 "귀인 되어 높은 수

주注에 보인다. 위야魏野의 「서우인옥벽書友人屋壁」에서 "명예가 있으면 부귀에 가리고, 일이 없으니 작은 신선이네"라고 했다.

元注云, 平[118]沙[119]遠水, 筆意超凡, 入聖法也. 每率此意而[120]爲之, 當冠四海而名後世. ○ 楚辭曰, 下崢嶸而無地, 上寥廓而無天. 晉書張華傳, 雷煥曰, 寶劍之精, 上徹於天. 唐張謂長沙土風碑曰, 遁甲所謂沙土之地, 雲陽之墟, 可以長往, 可以隱居者焉. 老杜湘夫人祠南夕望詩云, 興來猶杖履, 目斷更雲沙. 眞富貴見上注. 魏野詩, 有名閉[121]富貴, 無事小神仙.

레 으스대는 건, 아마도 진짜 부귀는 아닌 듯하네[爲報高蓋車, 恐非眞富貴]"라고 했다.

118 [교감기] 문집·고본·건륭본에는 '平' 위에 '此'자가 있다.
119 [교감기] 고본에는 '沙' 아래 '起'자가 있다.
120 [교감기] 문집·고본에는 '意而' 2글자가 없다.
121 閉: 중화서국본에는 '閑'으로 되어 있는데, '閉'의 오자이다.

26. 화광이 그린 산수에 쓰다

題花光畫山水

花光寺下對雲沙	화광사 아래에서 구름 모래 대하니
欲把輕舟小釣車	가벼운 배에서 작은 낚싯줄 잡고 싶어라.
更看道人煙雨筆	다시 도인이 그린 연우의 그림 보니
亂峯深處是吾家	어지런 봉우리 깊은 곳이 내 집이네.

【주석】

花光寺下對雲沙 欲把輕舟小釣車 更看道人煙雨筆 亂峯深處是吾家 : '운사雲沙'¹²²는 위의 주注에 보인다. 차산 원결의 「숙단애옹택宿丹崖翁宅」에서 "취해 길게 노래하며 낚싯줄¹²³을 휘두르네"라고 했다.

雲沙見上注. 元次山詩, 醉裏長歌揮釣車.

---

122 운사(雲沙) : 당(唐)나라 장위(張謂)의 「장사토풍비(長沙土風碑)」에서 "『둔갑경』에서 "장사(長沙)의 땅과 운양(雲陽)의 옛터는 오래 살만 하고 은거할 만한 곳이다[沙土之地, 雲陽之墟, 可以長往, 可以隱居者焉]"라 했다"라고 했다. 두보의 「상부인사남석망(湘夫人祠南夕望)」에서 "흥이 일면 오히려 지팡이 짚고 신 신으니, 시야가 끊어진 곳엔 또 구름과 모래로다[興來猶杖履, 目斷更雲沙]"라고 했다.

123 낚싯줄 : '조거(釣車)'는 조어거(釣魚車)로, 일종의 낚시 도구이다. 낚싯줄을 멀리 던지고 신속하게 당기기 위하여 낚싯대에 설치한 도구이다.

27. 소주당

所住堂

此山[124]花光佛所住	이 산은 화광스님 머무를 곳
今日花光還放光	오늘 화광스님 다시 빛을 쏘네.
天女來修散花供	천녀가 와서 꽃을 뿌리는데
道人自有本來香	도인에겐 절로 본래 향기 있다네.

【주석】

此山花光佛所住 今日花光還放光 天女來修散花供 道人自有本來香 : 『법화경』에서 "부처가 사리불舍利弗에게 "너는 미래세未來世에서는 마땅히 성불成佛하리라. 그래서 화광여래華光如來라고 부르리라"라 했다"라고 했다. 『전등록·고령선사전古靈禪師傳』에서 "업業을 받았던 스승이 목욕을 하다가 선사에게 때를 밀어 달라고 하니, 선사가 이에 등을 문지르면서 "좋은 불전佛殿인데 부처가 성스럽지 못하구나"라 했다. 그의 스승이 고개를 돌려 보자, 선사가 "부처가 성스럽지 못하니, 능히 빛을 쏘는구나"[125]라 했다"라고 했다. 제2구의 '화광花光'은 중인仲仁 노인을 말한다. 살펴보건대, 『유마경』에서 "한 명의 천녀天女가 있어 하늘의 꽃

---

124 [교감기] '此山'에 대해 문집의 원교(原校)에서 "다른 판본에는 '昔日'로 되어 있다"라고 했다.
125 빛을 쏘는구나 : '방광(放光)'은 부처의 두 눈썹 사이에서 나오는 빛을 말한다.

을 여러 보살들과 대제자大弟子 위에 뿌렸다. 그런데 스님들이 꽃을 떼려고 하자, 천녀가 사리불舍利弗에게 "무슨 이유로 꽃을 떼려고 합니까"라고 물었다"라고 했다. 『유마경』에서 "만약 이 방에 들어오게 되면, 다만 부처님 공덕功德의 향기만 맡게 되고 성문聲聞 벽지불辟支佛의 공덕 향기는 맡길 즐기지 않을 것입니다"라고 했다. 『능엄경』에서 "대세지법왕자大勢至法王子가 "이것의 이름은 향광장엄香光莊嚴으로, 제가 본래 그로부터 나왔습니다"라 했다"라고 했다.[126] 자세한 것은 위의 주注에 보인다.

華經曰, 佛告舍利弗, 汝於未來世, 當得作佛, 號曰華光. 傳燈錄古靈禪師傳, 受業師因澡身, 命師去垢, 師乃拊背曰, 好所佛堂, 而佛不聖. 其師回首視之, 師曰, 佛雖不聖, 且能放光. 第二句花光謂仲仁老. 按維摩經曰, 有一天女, 以天華散諸菩薩大弟子上. 天問舍利弗, 何故去華云云. 又曰, 若入此室, 但聞佛功德之香, 不樂聞聲聞辟支佛功德香也. 楞嚴經, 大勢至法王子云, 此則名曰香光莊嚴, 我本因地. 其祥見上注.

---

126 『능엄경』에서 (…중략…) 했다: 『능엄경』에서 "대세지법왕자(大勢至法王子)가 "저절로 마음이 열리는 것이 마치 향기를 물들이는 사람이 몸에 향기가 배는 것과 같다. 이것을 향광장엄이라 이름 합니다[如染香人身有香氣, 此則名曰香光莊嚴]"라 했다"라고 했다.

28. 고절정 옆 산반화를 장난스레 읊조리다. 2수
【서문을 덧붙이다】

戲詠高節亭邊山礬花. 二首【幷序】127

　　강호江湖의 남쪽 들판에 일종의 소백화小白花가 있는데, 나무는 높이가 두어 척이 되며, 봄에 꽃을 피우는데 향기가 대단하다. 그 지방 사람들은 이를 '정화鄭花'라고 부른다. 형공荊公 왕안석이 일찍이 이 꽃을 구해 심어 두고자 했다. 또한 시를 짓고자 했는데, 그 이름이 너무 비루하다고 여겼기에, 내가 그 이름을 '산반山礬'이라고 하면 어떨까 하고 요청했다. 그 지방 사람들은 정화의 잎을 따서 누런색의 염료로 사용했는데, 명반明礬을 이용하지 않아도 색을 내기 때문에 이름을 '산반'이라고 한 것이다. 바닷가 언덕의 외진 곳에 보타낙가산補陁落伽山이 있는데, 풀이하는 자들은 이 산을 소백화산小白花山이라고 부른다. 내 생각에 이 산의 반화 때문에 "보타낙가산'이라고 부르는 것 같다. 그렇지 않다면, 어찌하여 관음노인觀音老人이 굳건히 앉아서 떠나지 않겠는가.

　　江湖南野中, 有一種小白花, 木高數尺, 春開極香, 野人號爲128鄭花. 王荊公嘗欲求此花栽,129 欲作詩, 而陋其名. 予請名曰山礬. 野人采鄭花葉以染黃,

---

127 **[교감기]** 본래 '幷序' 2글자가 없는데, 전본에 따라 보충한다. 문집·고본에는 '戲詠'이 '題'로 되어 있고 '幷序'가 '幷引'으로 되어 있다. 장지본·명대전본에는 작품의 제목만 있을 뿐 서문은 없다. 건륭본에서는 방강(方綱)이 "『정화록(精華錄)』에 실린 이 작품의 제목에는 '邊'자가 없다"라고 했다. 문집·고본에는 2수 작품의 순서가 뒤집혀 있다.
128 **[교감기]** '號爲'가 문집·고본에는 '謂之'로 되어 있다.

不借礬而成色，故名山礬．海岸孤絶處，補陁落伽山．[130] 譯者以謂小白花山，[131] 予疑卽此山礬[132]花爾．不然，何以觀音老人堅坐[133]不去耶．

【주석】

이 작품과 서문은 모두 산곡 황정견이 손수 교정을 한 것이다. 근세의 단백端伯 증조曾慥가 지은『고재시화』에서 "당唐나라 왕건王建이 지은「제당창관옥예화題唐昌觀玉蘂花」라는 작품에서 "나무 한 그루 푸른빛이 옥 깎아 만든 듯, 회랑에 나부끼고 땅에 떨어진 빛이 하늘하늘"이라 했다"라고 했다. 지금 '창화場花'는 곧 '옥예화玉蘂花'이다. 개보 왕안석이 이를 '창瑒'에 견주었으니 이 '창'자를 쓰는 것이 마땅하다. 대개 '창'은 옥의 이름으로 그 빛이 하얗기 때문에 붙여진 이름이다. 산곡 황정견 또한 그 이름을 고쳐 '산반'이라고 했으니, 이것은 물을 들일 수 있기 때문이었다. 여릉廬陵 단겸숙段謙叔의 집에 양녀사楊汝士가 지은「여백이십삼與白二十三」이 있는데, 그 첫 번째 첩帖에서 "당창관唐昌觀의 옥예화는 많지 않기 때문에 귀한 대접을 받는다. 강남으로 와 보니 산마다 이 꽃이 있고 사인士人들이 이것을 따서 물을 들이면서 아까워할 줄 모른다"라고 했다. 그러니 '창화'가 '옥예화'임을 결코 의심할 수 없다.

---

129 [교감기] '欲求此花栽'라는 구절이 문집·고본에는 없다.
130 [교감기] '落伽'가 문집·고본에는 없다.
131 [교감기] '山'이 문집·고본에는 없다.
132 [교감기] '山礬'이 문집·고본에는 없다.
133 [교감기] '堅坐'가 문집·고본에는 '端坐'로 되어 있고 서문(序文) 뒤의 원주(原注)에서 "세상에서는 '瑒花'라고 하는데, 산곡 황정견은 '鄭'자로 썼다"라고 했다.

此詩及序皆以山谷手跡校過. 近世曾愷端伯作高齋詩話云, 唐人有題唐昌觀

玉蘂花詩云, 一樹瓏璁玉刻成, 飄颻黏地色輕輕. 今瑒花卽玉蘂花也. 介甫以比

瑒, 謂當用此瑒字. 蓋瑒, 玉名, 取其白耳. 山谷又更其名爲山礬, 謂可以染也.

廬陵段謙叔家, 有楊汝士與白二十三一帖云, 唐昌玉蘂, 以少故見貴耳. 自來江

南, 山山有之, 士人取以供染事, 不甚惜也. 則知瑒花之爲玉蘂, 斷無疑矣.[134]

첫 번째 수其一

北嶺山礬取意[135]開	북령의 산반이 맘껏 피어났는데
輕[136]風正用此時來	가벼운 바람이 바로 이때 불어오네.
平生習氣難料理	평생 습관과 기질은 어찌하기 어려우니
愛着幽香未擬回	그윽한 향기 너무 좋아 돌아갈 줄 모르네.

【주석】

北嶺山礬取意開 輕風正用此時來 平生習氣難料理 愛着幽香未擬回 : '취

의개取意開'는 왕주王胄가 말한 "뜨락 풀은 사람 없으니 맘껏 푸르네"라

고 한 것과[137] 같다. '취의取意'가 다른 판본에는 '취차取次'로 되어 있는

---

134 此詩 (…중략…) 疑矣 : 이 부분은 두연(杜淵)이 이 작품에 대해 언급한 대목이다.

135 [교감기] '意'가 문집·고본에는 '次'로 되어 있다.

136 [교감기] '輕'이 문집·고본에는 '淸'으로 되어 있다. 건륭본의 원교(原校)에서 "『정
화록(精華錄)』에는 '取意'가 '取次'로 되어 있고 '輕風'이 '淸風'으로 되어 있다"
라고 했다.

137 왕주(王胄)가 (…중략…) 것과 : 수 양제(隋煬帝)가 「연가행(燕歌行)」이라는 시

데, 옳지 않다. 『후한서·정현전劉玄傳』에서 "한부인韓夫人이 "황제께서 바야흐로 나를 마주하고 술을 마시고 있는데, 바로 이때에 일을 가지고 오다니"라 했다"라고 했다. 『진서·왕휘지전王徽之傳』에서 "환충桓沖이 일찍이 "그대가 부府에 있은 지 오래되었으니, 요즘에는 의당 사무를 잘 알아서 처리하겠지"라 했다"라고 했다.

取意開猶王胄所謂庭草無人隨意綠. 取意或作取次, 非是. 後漢書劉玄傳, 韓夫人曰, 帝方對我飮, 正用此時持事來乎. 晉書王徽之傳, 桓沖嘗謂曰, 卿在府日久, 此當相料理.

두 번째 수其二

高節亭邊竹已空	고절정 옆 대나무 이미 사라졌고
山礬獨自倚春風	산반화만이 절로 봄바람에 기대있네.
二三名士開顔笑	두세의 명사들은 얼굴에 웃음꽃 피지만
把斷花光水不通	화광은 물 샐 틈조차 끊어버렸구나.

【주석】

高節亭邊竹已空 山礬獨自倚春風 二三名士開顔笑 把斷花光水不通 : 화광

를 짓자 다른 신하들이 모두 그 솜씨에 미치지 못할 것이라고 탄복했다. 이때 왕주가 시를 시었는데, 그 시 속에 '뜨락의 풀은 사람 없으니 맘껏 푸르네[庭草無人隨意綠]'라는 명구가 들어 있었다. 결국 그는 이 시구로 인해 시샘을 받아 피살되었다. 『유설(類說)』에 보인다.

花光 노인만이 수양을 통해 기른 힘이 견고하였기에 홀로 꽃 때문에 번뇌하지 않았음을 말한 것이다. 『전등록』에서 "악보樂普에서 "최후의 한 구절로 모두 통하고 꿰뚫어, 비로소 견고한 관문에 이르렀으니, 출입하는 요충지를 단단히 막고 지키면서, 범부도 성인도 통과하지 못하게 하라"라 했다"라고 했다. 선문禪門에서 "덕산德山의 문 아래는 물이 샐 틈이 없다"라고 했다. ○ 퇴지 한유의 「기몽記夢」에서 "신관神官이 나를 보며 환한 얼굴로 웃고 있네"라고 했다.

言花光老定力堅固, 獨不爲花所惱也. 傳燈錄, 樂普云, 末後一句, 始到牢關, 把斷要津, 不通凡聖. 禪門語曰, 德山門下, 水洩不通. ○ 退之記夢詩, 神官見我開顔笑.

1. 혜홍에게 주다

【혜홍의 자는 각범으로 균주 팽씨의 아들인데, 머리를 깎고 중이 되었다】

贈惠洪【惠洪字覺範, 筠州彭氏子, 祝髮爲僧】

數面欣羊胛	양 어깨 익듯 자주 만나 기쁘고
論詩喜雉膏	시를 논하매 꿩고기처럼 맛이 좋네.
眼橫[1]湘水暮	저물녘 상수를 흘깃 바라다보니
雲獻楚天[2]高	구름 걷히어 하늘이 높이 드러나네.
墮我玉塵尾	내 옥으로 만든 주미를 떨어뜨렸나니
乞君宮錦袍	그대 비단 도포를 빌리고 싶구나.
月淸放舟舫	달 밝아 배를 띄어 놓으니
萬里渺雲濤	만 리 아득히 구름 파도라네.

【주석】

數面欣羊胛 論詩喜雉膏 : 위 구절은 늘 만나 시간을 보내니, 오래될수록 더욱 친하게 되었다는 말이다. 아래 구는 좋은 시를 얻었다는 말이

---

1   [교감기] '眼橫'이 부교에는 '橫眼'으로 되어 있다.
2   [교감기] '天'이 고본에는 '山'으로 되어 있다.

다. 연명 도잠의 「답방참군시서答龐參軍詩序」에서 "속담에 "자주 만나면 친구가 된다"라고 했는데, 정이 이보다 더한 것은 말해 무엇 하겠는가" 라고 했다. 『당서 · 이적전夷狄傳』에서 "골리간骨利幹에서는 해가 넘어갈 때에 양의 어깨를 삶기 시작하여 양의 어깨가 다 익을 때쯤이면 동방이 벌써 밝아오니 대개 해 뜨는 곳과 가깝다"라고 했다. 구양수의 「사관문왕상서운운謝觀文王尙書云云」에서 "세월이 겨우 양 어깨 한 번 익힌 동안만 같구려"라고 했다. 『옥편玉篇』에서 "'갑胛'의 음은 '고古'와 '압狎' 의 반절법으로, 등뼈를 말한다"라고 했다. 『주역 · 정괘鼎卦』의 구삼九三에서 "꿩의 기름진 고기 먹지 못한다"라고 했는데, 이것을 차용한 것이다. 『남사 · 사약전謝瀹傳』에서 "무제武帝가 왕검王儉에게 누가 오언시五言詩에 능하냐고 묻자, 왕검이 "사비謝朏는 그 아비의 기름진 것을 얻었고 강엄江淹도 여기에 뜻이 있습니다"라 했다"라고 했다.

上句言每見輒移頃, 久而益親. 下句言得詩之膏腴. 陶淵明答龐參軍詩序曰, 諺云, 數面成親舊. 況情過此者乎. 唐書夷狄傳曰, 骨利幹日入烹羊胛熟, 東方已明. 蓋近日出處也. 歐公詩云, 歲月纔如熟羊胛. 玉篇, 胛音古狎切, 背胛也. 易鼎卦之九三曰, 雉膏不食. 此借用. 南史謝瀹傳, 武帝問王儉, 誰能五言. 儉曰, 謝朏得父膏腴, 江淹有意.

眼橫湘水暮 雲獻楚天高 : 상수湘水의 물결이 마치 눈이 맑고 깨끗한 것과 같다는 말이다. 『문선』에 실린 부의傅毅의 「무부舞賦」에서 "흘깃 바라보면서 눈길 옆으로 전하네"라고 했다. 살펴보건대, 송옥의 「신녀부

神女賦」에서 "오래도록 나의 휘장을 보았는데, 마치 흐르는 파도가 물결을 일으키는 것만 같았네"라고 했는데, 이선李善의 주注에서 "'유파流波'는 눈으로 보는 모습이다"라고 했다. 개보 왕안석의 「가원풍가歌元豐」에서 "저물녘 숲에 잎 지니 남산이 드러나누나"라고 했다. 아래 구는 자못 그 의미를 취하여, 어지러운 구름이 사라져 별이 하늘에 높고 맑게 드러났음을 말했다. 『초사·구변九辯』에서 "쓸쓸하여라, 하늘은 높고 기운을 맑아라"라고 했다. 두보의 「관작교성월야주중유술觀作橋成月夜舟中有述」에서 "하늘 높아 구름 다 흩어지네"라고 했다.

言湘波如眼之明澈. 文選傅毅舞賦曰, 目流睇而橫波. 按宋玉神女賦曰, 望余帷而延視兮, 若流波之將瀾. 李善注云, 流波, 目視貌. 王介甫云, 暮林搖落獻南山. 下句頗采其意, 言亂雲脫壞, 星露天宇之高明. 楚辭九辯曰, 沉寥兮天高而氣清. 老杜詩, 天高雲去盡.

墮我玉塵尾 乞君宮錦袍 : 『진서·손성전孫盛傳』에서 "은호殷浩가 이르러 담론을 하면서 밥을 먹는데, 손성이 주미塵尾[3]를 던지자 그 털이 밥 가운데 모두 떨어졌다"라고 했다. 또한 『진서·왕연전王衍傳』에서 "손으로 주미를 움켜쥐었다"라고 했다. 『당서·이태백전李太白傳』에서 "일찍이 달이 떠오르면, 채석采石으로부터 금릉金陵에 이르러, 궁중에서 하사한

---

3   주미(塵尾) : 고라니의 꼬리털을 매단 불자(拂子)를 가리킨다. 위진(魏晉)시대에 사람들이 항상 손에 쥐고서 청담(清談)을 논하였으며, 나중에는 불교의 승려들도 설법할 때에 많이 애용했다.

비단 도포를 입고 배 가운데 앉아 주변에 아무도 없는 듯 행동했다"라
고 했다. 동파 소식의 「이옥대시원장로以玉帶施元長老」에서 "비단 도포 위
에 서로 어울리더니, 거짓 미치광이 만회萬回에게 빌려 주노라"라고 했
는데, 이 구절은 이 일을 인용한 것이다. '걸乞'의 음은 기氣이다. ○ 동
파 소식의 「중산송료부中山松醪賦」에서 "화려한[4] 궁궐에서 하사한 도포"
라고 했다.

晉書孫盛傳, 詣殷浩, 談論對食, 奮擲麈尾, 毛悉落飯中. 又王衍傳, 手捉玉
麈尾. 唐書李太白傳, 嘗乘月, 自采石至金陵, 著宮錦袍, 坐舟中, 旁若無人.
東坡以玉帶施元長老詩曰, 錦袍錯落知相稱, 乞與佯狂老萬回. 此句參用其事.
乞音氣. ○ 東坡中山松醪賦曰, 淋漓宮錦袍.[5]

月淸放舟舫 萬里渺雲濤 : 두보의 「배제귀공자장팔구휴기납량陪諸貴公子
丈八溝携妓納涼」에서 "지는 해에 배 띄우기 좋네"라고 했다. 퇴지 한유의
「정녀협貞女峽」에서 "쏟아지면 백리 안 구름을 덮을 듯 큰 파도라네"라
고 했다. 동파 소식의 「중산송료부中山松醪賦」에서 "아득히 하늘을 뒤덮
은 구름 파도네"라고 했다.

老杜詩, 落日放船好. 退之詩, 一瀉百里翻雲濤. 東坡中山松醪賦曰, 渺翻
天之雲濤.

---

4   화려한: '임리(淋漓)'는 긴 칼처럼 멋있게 보이는 모습을 표현한 것인데, 『초사·
     애시명(哀時命)』에서 "우뚝하게 쓴 관은 구름을 뚫을 듯, 길고 긴 칼은 또 종횡무
     진이라[冠崔嵬而切雲兮, 劍淋漓而縱橫]"라고 했다.
5   [교감기] '東坡 (…중략…) 錦袍'라는 구절이 부교에는 없다.

2. 영릉 이종고 거사의 집에서 자고새를 기르고 있기에 장난스레 읊조리다. 2수【원주에서 "이종고는 한 명의 처와 한 명의 딸아이와 살고 있었는데, 늘그막에 다리에 병이 생겨 자고새와 앵무새를 기르면서 남은 생애를 즐기고 있었다"라고 했다. ○ '영릉'은 지금의 호남 영주이다】

戲詠零陵李宗古居士家馴鷓鴣. 二首【元注云, 李唯一妻一女, 病足, 養鷓鴣鸚鵡以樂餘年. ○ 零陵, 今湖南永州】

첫 번째 수其一

山雌之弟竹雞兄	산 꿩의 동생이요 죽계의 형인데
乍入雕籠便不驚	잠깐 사이 새장에 들어갔는데도 놀라지 않네.
此鳥爲公行不得	이 새가 그대 위해 가지 말라고 하면서
報晴報雨總同聲	맑아도 비가 와도 같은 소리로 우는구나.

【주석】

山雌之弟竹雞兄 乍入雕籠便不驚 此鳥爲公行不得 報晴報雨總同聲 : 『법언』에서 "산 꿩에 살찐 것은 뜻을 얻은 것인가"라고 했다. 『북몽쇄언』에서 "의공醫工 양신梁新이 '죽계竹雞'6는 한여름에 먹는다"라고 했다. 도악의 『영릉기』에서 "죽계는 그 모습이 메추라기와 같지만 꼬리가 조

---

6   죽계(竹雞) : 새 이름으로, 자고(鷓鴣) 비슷하면서 그보다 조금 작다. 대나무 숲에서 대부분 살고 있기에 '죽계'라고 불린다.

금 길다"라고 했다. 장적의 「사배진공유마謝裴晉公遺馬」에서 "좋은 마구
간에서 거친 곳으로 말발굽 옮겨, 처음 가난한 집에 이르자 두 눈이 놀
랐네"라고 있다. 이것을 반대 의미로 이용하여, 잘 길들여지고 있다고
말한 것이다. 예형의 「앵무부鸚鵡賦」에서 "새장 속에 갇히었네"라고 했
고 또한 "가까이 가도 두려워하지 않고, 어루만져도 놀라지 않네"라고
했다. 자고새의 울음소리가 마치 "더 이상 가서는 안 되네"[7]라고 하는
것과 같기에 마지막 구절에서 언급한 것이다. 두보의 「원중만청회서
곽모사院中晚晴懷西郭茅舍」에서 "종과 북 울리지 않아도 날씨가 맑음을 알
겠다"라고 했다.

法言曰, 山雌之肥, 其意得乎. 北夢瑣言, 醫工梁新曰, 竹雞食半夏. 陶岳零陵
記曰, 竹雞狀如鶉, 尾少長. 張籍謝裴晉公遺馬詩曰, 午離華廐移蹄澁, 初到貧家
擧目驚. 此反而用之, 言其馴也. 禰衡鸚鵡賦曰, 閉以雕籠. 又曰, 逼之不懼, 撫
之不驚. 鷓鴣之聲若云行不得哥哥, 故末句及之. 老杜詩, 不勞鐘鼓報新晴.

두 번째 수其二

| 眞人夢出大槐宮 | 진인이 꿈에서 대괴궁을 나와 |
| 萬里蒼梧一洗空 | 만 리 밖 창오에서 한 번 씻어 없앴네. |

7　더 이상 가서는 안 되네[行不得哥哥] : 자고새의 울음소리를 흉내 내는 말이다.
　　뜻은 두 가지 있다. 하나는 "제 곁을 떠나서는 안 된다"라는 것이고 다른 하나는
　　"길이 험난하니 더 이상 나아가서는 안 된다"라는 것이다. 여기서 험난한 노정을
　　비유하는 말로 다시는 앞으로 나아가지 말라고 권한 것이다.

| 終日憂兄行不得 | 종일 형 걱정에 가지 말라 하니 |
| 鷓鴣應是鼻亭公 | 자고새는 응당 비정공이라오. |

【주석】

眞人夢出大槐宮 萬里蒼梧一洗空 : '진인眞人'은 순舜 임금을 말한다. 『사기』에서 "순 임금이 남쪽으로 순수巡狩를 갔다가 창오蒼梧의 들판에서 죽어 강남江南의 구의산九疑山에 묻혔는데, 이것이 영릉零陵이다"라고 했다. 『장자』에서 "양고기는 개미를 사모하지 않는데 개미는 양고기를 사모하니, 이는 양고기가 누린내를 풍기기 때문이다. 순 임금은 노린 내 나는 행동을 했기 때문에 백성들이 그것을 기뻐했다. 요 임금이 순이 어질다는 소문을 듣고 불모지에서 등용했는데, 나이가 많았고 총명이 쇠퇴했는데도 돌아가서 쉬지를 못했다"라고 했다. 또한 "진인眞人은 개미에게서는 지혜를 버리고, 물고기에게서는 계책을 얻으며, 양에게서는 의지를 버리지요"라고 했다. 이 시에서 '대괴의혈大槐蟻穴'[8]의 고사를 이용한 것은 그 의미가 모두 여기에서 나온 것이다. 의미는 순 임금이 천하 다스리는 것을 싫어한 것이 개밋둑의 누추한 것과 달리 보지 않았기에, 초연히 세상을 벗어나 구름 산에서 한 번 씻어 없애는 것을 좋아했다는 것이다. 두보의 「단청인증조장군패丹靑引贈曹將軍霸」에서 "만

---

8 대괴의혈(大槐蟻穴) : 개미 구멍속의 이른바 대괴안국(大槐安國) 속에 들어가 온 갖 부귀영화를 누리다가 꿈에서 깨었다는 남가일몽(南柯一夢)의 고사를 인용한 것이다.

고의 평범한 말 모습 다 씻어 없앴네”라고 했다.

眞人謂舜. 史記曰, 舜南巡狩, 崩於蒼梧之野, 葬於江南九疑, 是爲零陵. 莊子曰, 羊肉不慕蟻, 蟻慕羊肉, 羊肉羶也. 舜有羶行, 百姓悅之. 堯聞舜之賢, 擧乎童土之地, 年齒長矣, 聰明衰矣, 而不得休歸. 又曰, 眞人於蟻棄智, 於魚得計, 於羊棄意. 此詩用大槐蟻穴事, 意蓋出於此. 謂舜厭天下, 不異蟻垤之陋, 故超然方外, 喜於雲山之一洗也. 老杜詩, 一洗萬古凡馬空.

終日憂兄行不得 鷓鴣應是鼻亭公 : 『한서·창읍왕전昌邑王傳』에서 “순 임금이 상象을 유비有鼻에 봉했다”라고 했는데, 안사고顏師古의 주注에서 “유비有鼻는 영릉零陵에 있는데, 지금의 지정鼻亭이 이것이다”라고 했다. 또한 살펴보건대, 자후 유종원이 「척비정신기斥鼻亭神記」를 지었는데, 거기에서 “도주道州에 있는데, 도주는 영실永實과 서로 잇닿아 있다”라고 했다. 순 임금이 창오에 이르러 다시 순수를 하지 못했고 『맹자』에서 “상象이 형을 사랑하는 도리로써 왔다”라고 했기에, 이 작품에서는 자고새의 울음소리에 그 의미를 기탁한 것이다. 도악의 『영릉기』에서 “왕신王伸이 지은 「문사귀악聞思歸樂」에서 “소리소리 서로 권하며 돌아가라 하니, 도잠이 변하여 그대가 된 것 아니라오”라 했다”라고 했다. 산곡 황정견이 이 체제를 장난삼아 모방한 것이다.

漢書昌邑王傳曰, 舜封象於有鼻. 顏師古注曰, 有鼻在零陵, 今鼻亭是也. 又按柳子厚有斥鼻亭神記, 蓋在道州, 道與永實相接云. 舜至蒼梧, 不復能巡狩. 而孟子謂象以愛兄之道來, 故此詩因鷓鴣之聲以寄意. 陶岳零陵記, 王伸聞思歸樂詩云, 聲聲相勸敎歸去, 莫是陶潛化作君. 山谷當是戲效其體.

3. 이종고가 사도인과 이도인 두 사람의 초추장을 꺼내어 보여주었고 따라왔던 장언회가 장지 두 곳을 부탁했었다. 이에 칭송하는 두 편의 시를 지어 삼가 드린다

李宗古出示謝李道人苕蒂杖, 從蔣彦回乞葬地二, 頌作二詩, 奉呈9

첫 번째 수其一

提携禪客扶衰杖	선객이 늙어 가지고 다니던 지팡이
斷當姻家葬骨山	마땅히 인척 집의 산에 뼈 묻어야 하네.
因病廢棋仍廢酒	병으로 인해 바둑 두고 이어 술 끊은 채
鷓鴣鸚鵡伴清閑	자고새와 앵무새 짝하여 청한하게 지냈네.

【주석】

提携禪客扶衰杖 斷當姻家葬骨山 因病廢棋仍廢酒 鷓鴣鸚鵡伴清閑 : '부쇠扶衰'10는 앞의 주注에 보인다. 『순화법첩』 중에 왕희지의 첩帖이 있는데 "생각을 반복하여 이치로 마땅함을 판단해야 한다"라고 했다. '단斷'의 음은 '단短'이다. 지금 세상에서도 오히려 이 말을 쓰는데, 의미는 그 일을 판단한다는 것이다. 동파 소식의 「옥중기자유獄中寄子由」에서 "이곳 청산에 뼈를 묻을 만하네"라고 했다. 살펴보건대, 반첩여의 「자

---

9 [교감기] '從蔣 (…중략…) 奉呈'이라는 구절이 고본에는 제목 아래 두 줄의 소주 (小注)로 되어 있다.

10 부쇠(扶衰) : 『한서·화식지(食貨志)』에서 "술은 노쇠한 부지하고 질병 낫게 하네[酒所以扶衰養疾]"라고 했다.

상부自傷賦」에서 "바라건대, 산 밑자락에 뼈를 묻고 싶네"라고 했다.

扶衰見上注. 淳化法帖中有王羲之帖云. 想反理斷當. 斷音短, 今俗間猶作
此語, 意謂剖判其事也. 東坡嘗有詩云, 是處靑山可[11]埋骨. 按班婕妤自傷賦
曰, 願歸骨於山足.

두 번째 수其二

詩書傳女似中郎	시서를 전한 딸 중랑의 딸과 같고
杞菊同盤有孟光	구기자 국화 쟁반에 올린 맹광 있었지.
今日鷓鴣鳴蹇蹇	오늘 자고새는 절뚝거리며 울어대니
他年鸚鵡恨堂堂	훗날 앵무새 당당하게 떠나 한스러우리.

【주석】

詩書傳女似中郎 杞菊同盤有孟光 : 퇴지 한유의 「제서림사운운題西林寺云
云」에서 "중랑中郎의 딸이 있어 능히 업을 전하네"라고 했는데, 채옹의
딸인 문희文姬[12]를 말한다. 문희의 이름은 염琰으로 맹광孟光[13]과 더불어

---

11 可 : 중화서국본에는 '堪'으로 되어 있는데, '可'의 오자이다.
12 문희(文姬) : 후한(後漢) 때 중랑장(中郎將)을 지낸 채옹의 딸 문희가 선친으로
    부터 4천여 권의 책을 물려받고 상란(喪亂)의 시대에 온갖 풍상을 겪으면서 서적
    을 모두 망실했으나 그래도 40여 편을 암송하여 다시 복구시켰다는 고사가 전해
    온다. 『후한서·열녀전(列女傳)』에 보인다.
13 맹광(孟光) : 동한(東漢)의 은사(隱士) 양홍(梁鴻) 처의 이름으로, 어진 아내를
    비유할 때 쓰는 말이다. 거안제미(擧案齊眉)의 고사로 유명하다. 『후한서·일민

『후한서』에 보인다. 육구몽이 지은 「기국부杞菊賦」가 있다. '동반同盤'[14]은 위의 주注에 보인다.

退之詩, 中郞有女能傳業. 謂蔡邕之女文姬也. 文姬名琰, 與孟光竝見後漢書. 陸龜蒙有杞菊賦. 同盤見上注.

今日鷦鴣鳴蹇蹇 他年鸚鵡恨堂堂 : 위 구에서는 지팡이를 준 의미를 마쳤고 아래 구에서는 장지를 구걸하는 의미를 마쳤다. 『주역』에서 "왕의 신하가 충성을 다 바치려고 하는 것은 자신의 몸을 위해서가 아니다"라고 했다. 이 글자를 차용하여, 다리를 절고 있다고 말한 것이다. 『문선』에 실린 선원 사첨의 「장자방張子房」에서 "절뚝걸음에 좋지 못해 부끄럽네"라고 했는데, 이선李善의 주注에서 『설문해자』를 인용하며 "'건蹇'은 절뚝거리는 것이다"라고 했다. 당唐나라 설능의 「춘일사부우회春日使府寓懷」에서 "청춘은 나를 등지고 당당히 가 버리고, 백발은 사람을 속여 자주자주 나는구나"라고 했다. 여기에서 또한 차용하여, 세상을 버리고 떠나갔다고 말한 것이다.

上句終扶杖意, 下句終乞葬地意. 易曰, 王臣蹇蹇, 匪躬之故. 此借用其字, 以言足蹇. 文選謝宣遠詩, 蹇步愧無良. 李善注引說文曰, 蹇, 跛也. 薛能詩曰, 靑春背我堂堂去, 白髮欺人故故生. 此亦借用, 言其棄世而去也.

전(逸民傳)』에 보인다.

14 동반(同盤): 『북사·양춘전(楊椿傳)』에서 "우리 형제는 같은 밥상에서 식사하였다[吾兄弟同盤而食]"라고 했다.

4. 마애비 뒤에 쓰다

書磨崖碑後

春風吹船著【音斫】[15]浯溪	봄바람 배에 불어 오계에 도착해
扶藜上讀中興碑	청려장 짚고 올라 중흥비를 읽노라.
平生半世看墨本	한평생의 절반 묵본을 보았는데
摩挲石刻鬢成絲	비석 만지면서 귀밑머리 실이 되었다네.
明皇不作包[16]桑計	명황은 포상의 계책 마련하지 않아
顚倒四海由祿兒	천지가 뒤집히니 안녹산 놈 때문이었네.
九廟不守乘輿西	아홉 사당 못 지키고 수레 서쪽으로 떠나니
萬官已作鳥[17]擇栖	많은 관원들 까마귀가 둥지 찾듯 했지.
撫軍監國太子事	군사 어루고 나라 지키는 것 태자의 일인데
何乃趣取大物爲	어찌하여 이에 황제의 자리만 취했는가.
事有至難天幸爾[18]	지극히 어려운 일 했으나 천행일 따름이니
上皇踽踽還京師	상황은 조심스럽게 경사로 돌아왔네.
內間張后色可否	안에선 장후가 얼굴빛으로 가부 결정했고
外間李父頤指揮	밖에선 이보국이 턱으로 지휘했다오.

---

15 [교감기] 부교·장지본에는 '音斫'이 없다.
16 [교감기] '包'가 문집·전본에는 '苞'로 되어 있다.
17 [교감기] '鳥'가 분집에는 '鳥'로 되어 있는데, 임연(任淵)의 주(注)에서 "옳지 않다"라고 했다.
18 [교감기] '爾'에 대해 건륭본의 원교(原校)에서 "『정화록(精華錄)』에는 '耳'로 되어 있다"라고 했다. 살펴보건대, 두 글자를 가차(假借)로 통용된다.

南內淒涼幾苟活	남내가 처량해 거의 구차히 살아갔으며
高將軍去事尤危	고장군 떠나자 일이 더욱 위급해졌네.
臣結春陵[19]二三策	신 원결은 용릉행에서 두세 계책 올렸고
臣甫杜鵑再拜詩	신 두보는 두견시에서 재배한다고 했네.
安知忠臣痛至骨	어찌 충신의 애통함 뼈에 사무침 알리오
世上但賞瓊琚詞	세상에선 다만 옥 같은 문장 감상하네.
同來野僧【舊作殘僧】六七輩	함께 온 야승野僧은 여섯일곱이요
亦有文士相追隨	또한 서로 따라온 문사들도 있다네.
斷崖蒼鮮對立久[20]	절벽의 푸른 이끼 서서 오래 대하니
涷雨爲洗前朝悲	소낙비 내려 전조의 슬픔 씻어주네.

【주석】

春風吹船著【音斫】浯溪 扶藜上讀中興碑 : '오계浯溪'는 지금 영주永州에 있다. 「중흥송中興頌」은 차산 원결이 지었고 노공魯公 안진경이 글씨를 써서, 벼랑의 돌을 갈아 새겼다. 대개 안녹산의 난과 숙종肅宗이 양경兩京에 돌아온 일을 말하고 있다.

浯溪在今永州. 中興頌, 元結次山所作, 顏魯公書, 磨崖鐫刻. 蓋言安祿山亂, 肅宗復兩京事.

---

19 [교감기] '春陵'이 문집에는 '春秋'로 되어 있는데, 임연(任淵)의 주(注)에서 "옳지 않다"라고 했다.
20 [교감기] '立久'가 고본에는 '久立'으로 되어 있다.

平生半世看墨本 摩挲石刻鬢成絲. : 늘그막에 바야흐로 진짜 석각石刻을 보았다는 말이다. 퇴지 한유의 「석고가石鼓歌」에서 "누가 다시 손을 대어 소중히 어루만질까"라고 했다. 두보의 「송정십팔건폄태주사호운운送鄭十八虔貶台州司戶云云」에서 "정공은 버림받아 귀밑머리 실이 되었네"라고 했다.

言垂老方見眞刻. 退之石鼓歌曰, 誰復着手爲摩挲. 老杜詩, 鄭公樗散鬢成絲.

明皇不作包桑計 顚倒四海由祿兒 : 『주역·비괘否卦』의 구오九五에서 "망하지나 않을까 망하지나 않을까 하고 노심초사하는 생각이 있어야 무더기로 난 뽕나무에 매어 놓은 것처럼 안정될 것이다"라고 했는데, 그 주注에서 "마음이 장차 위급해지면 더욱 견고해진다"라고 했다. 원진의 「연창궁사連昌宮詞」에서 "조정의 정책이 무너지니 전국이 흔들렸네"라고 했다. 『당서·안녹산전安祿山傳』에서 "현종이 안녹산을 범양절도范陽節度로 삼자, 안녹산은 양귀비의 수양아들이 되기를 청했다"라고 했다.

易否卦之九五曰, 其亡其亡, 繫于苞桑. 注云, 心存將危, 乃得固也. 元稹連昌宮詞曰, 廟謨顚倒四海搖. 唐書安祿山傳, 玄宗以祿山爲范陽節度, 祿山請爲貴妃養兒.

九廟不守乘輿西 萬官已作鳥擇栖 : '오조烏鳥'자가 다른 판본에는 '조鳥'로 되어 있는데 오류이다. ○『당서·현종기玄宗紀』에서 "천보天寶 4년 11월 안녹산이 반란을 일으켰다. 15년 6월 현종이 망현궁望賢宮으로 행차

했고 7월에 촉군蜀郡에 머물렀다"라고 했다. 살펴보건대,『당서・예악지禮樂志』에서 "개원開元 10년, 태묘太廟를 아홉으로 만들었다"라고 했다. 채옹의 「독단獨斷」에서 "천자는 지극한 존귀한 존재이니, 감히 함부로 쉽게 말을 할 수 없기에 '승여乘輿'라고 표현한 것이다"라고 했다.『국어・초어楚語』에서 "천지인天地人과 신령 및 만물萬物 다섯 가지를 맡은 관직은, 만 가지 업무에 소속 되어 있으니 이것이 '만관萬官'이다"라고 했다.『고악부』에 「오서곡烏栖曲」이란 작품이 있다.『사기・세가世家』에서 "새는 능히 나무를 선택할 수 있지만, 나무가 어찌 새를 선택할 수 있겠는가"라고 했다. 안녹산이 반란을 일으켰는데, 재상 진희열陳希烈 등이 모두 신하로써 도적이 되었다.

烏字或作鳥, 非. ○ 唐書玄宗紀, 天寶十四載十一月, 祿山反. 十五載六月, 行在望賢宮, 七月次蜀郡. 又按禮樂志, 開元十年, 太廟爲九室. 蔡邕獨斷曰, 天子至尊, 不敢褻瀆言之, 故託於乘輿也. 楚語曰, 五物之官,[21] 陪屬萬爲萬官. 古樂府有烏栖曲. 史記世家曰, 鳥能擇木, 木豈能擇鳥乎. 祿山之反, 宰相陳希烈等皆臣賊.

撫軍監國太子事 何乃趣取大物爲 :『좌전』에서 "태자太子가 따라 나가는 것을 무군撫軍이라 하고, 남아서 지키는 일을 감국監國이라 한다"라고 했다.『당서・숙종기肅宗紀』에서 "안녹산이 반란을 일으켰다. 천보天寶 15년, 현종이 도적을 피해 행차하면서 마외馬嵬에 이르렀다. 이에 부노

---

21 官 : 중화서국본에는 '屬'으로 되어 있으나, '官'의 오자이다.

父老들이 태자太子를 남겨두어 적을 토벌하자고 요청했고 현종이 이를 허락했다. 태자가 삭방朔方에서 병사들을 지휘했고 7월에 이미 영무靈武에서 제위에 올라 황제皇帝, 玄宗를 높여 '상황천제上皇天帝'라고 했다"라고 했다. 『당서 · 본기本紀』의 찬贊에서 "숙종이 비록 곧바로 즉위하지 않았어도 또한 적을 격파할 수 있었을 것이다"라고 했다. 『장자』에서 "무릇 토지를 소유한 사람은 천하를 소유하고 있는 것과 같다"라고 했다. '취趣'의 음은 '착捉'이다. ○『장자』에서 "천하가 대물大物이다"라고 했다.

左傳, 太子從曰撫軍, 守曰監國. 唐書肅宗紀, 祿山反. 天寶十五載, 玄宗避賊, 行至馬嵬. 父老請留太子討賊, 玄宗許之. 太子治兵于朔方, 七月卽帝位于靈武, 尊皇帝曰, 上皇天帝. 本紀贊曰, 肅宗雖不卽尊位, 亦可以破賊. 莊子曰, 夫有土者, 有大物也. 趣音捉. ○ 莊子, 天下, 大物也.

事有至難天幸爾 上皇踽踽還京師:「중흥송中興頌」에서 "지극히 어려운 일을 하였으니, 종묘宗廟가 다시 편안하고 현종과 숙종肅宗 두 황제가 거듭 기뻐하였다"라고 했다. 『한서 · 곽거병전霍去病傳』에서 "군사에도 천행天幸이라는 것이 있어 한 번도 곤절困絕을 겪지 않았다"라고 했다. 『문선』에 실린 현휘 사조의 「경로야발京路夜發」에서 "몸을 삼가며 늘 구부렸네"라고 했다. 『시경 · 정월正月』에서 "하늘이 높다 하지만 감히 몸을 굽히지 않을 수 없으며, 땅이 두텁다 하지만 감히 조심스럽게 걷지 않을 수 없네"라고 했는데, 그 주注에서 "'국局'은 구부리는 것이고, '척

踦'은 다리를 묶은 것이다. 위아래가 모두 두려워할 만하다는 말이다"라고 했다. 『당서·숙종기肅宗紀』에서 "지덕至德 2년 12월에 상황천제인 현종이 촉도蜀都로부터 이르렀다"라고 했다.

中興頌曰, 事有至難, 宗廟再安, 二聖重歡. 漢書霍去病傳曰, 軍亦有天幸, 未嘗困絶也. 文選謝玄暉詩, 救躬每踽踦. 正月詩云, 謂天蓋高, 不敢不局. 謂地蓋厚, 不敢不踦. 注云, 局, 曲也. 踦, 累足也. 上下皆可畏怖之言也. 肅宗紀, 至德二載十二月, 上皇天帝至自蜀都.

內間張后色可否 外間李父頤指揮 : 『당서·숙종폐후장씨전肅宗廢后張氏傳』에서 "后后와 이보국李輔國이 도모하여 상황을 서내西內로 옮겨놓았는데, 숙종이 후에게 억압받아 감히 서궁西宮을 배알하지 못했다"라고 했다. 『당서·환자이보국전宦者李輔國傳』에서 "이규李揆가 국정을 맡자, 그의 자손들에게 이보국을 섬기면서, 이보국을 '오부五父'라고 했다. 이에 이보국이 망언을 하면서 "태상황제의 거처가 저자와 가까워 외부인과 교통할 수 있습니다. 그러니 태상황제를 궁궐로 들어오게 하는 것이 좋겠습니다"라고 했다. 태상황제가 "내 자식이 이보국의 계책을 쓴다면, 효를 마치지 못할 것이다"라 하고서는 원망하며 기뻐하지 않았고 마침내 천하를 버리게 되었다"라고 했다. 퇴지 한유의 「탄곡추炭谷湫」에서 "모든 이 괴이하게 여겨 조심스레 살피니, 은혜와 위엄이 그 얼굴에 있어라"라고 했다. 『한서·가의전賈誼傳』에서 "힘이 천하를 통제하여 턱과 손가락으로 마음대로 제후들을 부릴 수가 있습니다"라고 했다.

唐書肅宗廢后張氏傳曰, 后與李輔國謀徒上皇西內, 肅宗內制於后, 不敢謁西宮. 又宦者李輔國傳曰, 李揆以子姓事之, 號五父. 輔國妄言, 太上皇居近市, 交通外人. 願徒太上皇入禁中. 太上皇曰, 吾兒用輔國謀, 不得終孝矣. 怏怏不豫, 至棄天下. 退之炭谷湫詩曰, 群怪儼伺候, 恩威在其顏. 漢書賈誼傳曰, 力制天下, 頤指如意.

南內淒涼幾苟活 高將軍去事尤危 : 『당서·현종기玄宗紀』에서 "촉군蜀郡에 도착하여 흥경궁興慶宮에 거처했다. 상원上元 원년元年에 서내西內로 옮겨 거주했다"라고 했다. '경흥興慶'이 바로 '남내南內'이다. 『당서·환자고력사전宦者高力士傳』에서 "고력사는 선천先天 초에 우감문위장군右監門衛將軍이 되었고 승진하여 표기대장군驃騎大將軍이 되었다. 현종이 촉군으로 행행할 때 따라갔었다. 상황이 다시 돌아왔다가 서내西內로 옮긴 지 열흘 만에 이보국의 무함을 받아 무주巫州로 유배를 갔다"라고 했다. 살펴보건대, 『당서·환자이보국전宦者李輔國傳』에서 "이보국이 상황을 속여 궁중을 순시하게 했는데, 사생관射生官²²이 길을 막아서자, 성황이 놀라 거의 말에서 떨어질 뻔했다. 이에 고력사가 성난 목소리로 "50년 태평성대를 이끌 천자이다. 이보국은 무슨 일을 하려 하는가"라 하고서는 질타하며 말에서 내리게 했다. 상황이 고력사의 손을 잡으면서

---

22 사생관(射生官) : 현종이 말 타고 활쏘기를 잘 하는 자 천 명을 선발히여 내사생수(內射生手)라 하고 영무군(英武軍)이라 이름 한 다음 궁중에 들어오게 해서 내란을 소탕하고 또다시 보응군(寶應軍)이라 이름 하여 환관(宦官)으로 하여금 통솔하게 했었다.

"장군이 없었다면 나를 또 군사들에 의해 죽을 뻔 했네"라 했다"라고
했다.

唐書玄宗紀, 至自蜀郡, 居于興慶宮. 上元元年, 徙居西內. 興慶卽南內也.
宦者高力士傳曰, 先天初爲右監門衛將軍, 加累驃騎大將軍. 從玄宗幸蜀. 上
皇還, 徙西內, 居十日, 爲李輔國所誣, 長流巫州. 按李輔國傳曰, 輔國詐請上
皇, 按行宮中, 射生官遮道, 上皇驚, 幾墜馬. 力士厲聲曰, 五十年太平天子,
輔國欲何事. 叱使下馬. 上皇執力士手曰, 微將軍, 朕且爲兵死鬼.

臣結春陵二三策 臣甫杜鵑再拜詩 : '용릉春陵'이 다른 판본에는 '춘추春
秋'로 되어 있는데 옳지 않다. ○ 원결의 「용릉행서春陵行序」에서 "만수漫
叟 원결이 도주자사道州刺史를 제수 받았다. 도주道州는 예전 사만 여 가
구가 있었는데, 도적이 지나고 난 후에 사천 가구도 되지 않는다. 부임
한 지 50일도 되지 않았는데, 여러 사신들이 가져온 세금을 징수하라
는 장부 이백여 통을 받았다. 내가 장차 임무를 실행하면서 차분하게
사람들을 안정시키고 죄를 기다렸다. 이 고을은 용릉의 옛 지역이므로
「용릉행」을 지어 아래 사람의 마음을 드러내본다"라고 했다. 『맹자』에
서 "나는 「무성武成」에서 한두 계책을 취할 뿐이다"라고 했는데, 이것
을 차용한 것이다. 두보의 「두견행杜鵑行」에서 "나는 보면 마땅히 재배
올렸으니, 거듭 옛 망제望帝의 넋이라오"라고 했다. 또한 「북정北征」에
서 "소신 두보는 머리끝까지 분개하노라"라고 했다.

春陵或作春秋, 非是. ○ 元結春陵行序曰, 漫叟授道州刺史. 道州舊四萬餘

戶, 經賊已來, 不滿四千. 到官未五十日, 承諸使徵求符牒二百餘封. 吾將守官, 靜以安人, 待罪而已. 此州是春陵故地, 故作春陵行, 以達下情. 孟子曰, 吾於武成取二三策. 此借用. 杜甫杜鵑行曰, 我見當再拜, 重是古帝魂. 北征詩曰, 臣甫憤所切.

安知忠臣痛至骨 世上但賞瓊琚詞 : 이전에는 이 구절이 "어찌 충신의 마음 찢어지는 걸 알리오, 후세에는 다만 옥 같은 문장 감상하누나[豈知忠臣心憤切, 後世但賞瓊琚詞]"로 되어 있었다. ○『사기・형가전荊軻傳』에서 "늘 생각해 보니 원통함이 뼈에 사무친다"라고 했다. 『한서・두주전杜周傳』의 주注에서 "깊이 파고들어 뼈에까지 이른다"라고 했다. 두보의 「취가행醉歌行」에서 "세상 젊은이들 어지럽게 달려오네"라고 했다. 『시경・목과木瓜』에서 "경거瓊琚로 보답하네"라고 했다.

舊作豈知忠臣心憤切, 後世但賞瓊琚詞. ○ 史記荊軻傳曰, 每念之, 痛於骨髓. 漢書杜周傳注曰, 深刻至骨. 老杜詩, 世上兒子徒紛紛. 木瓜詩曰, 報之以瓊琚.

同來野僧【舊作殘僧】六七輩 亦有文士相追隨 : 자건 조식의 「공연公讌」에서 "맑은 밤 서쪽 동산에서 놀자니, 일산 받친 수레 서로 좇아 따르네"라고 했다.

曹子建詩曰, 淸夜遊西園, 冠蓋相追隨.

斷崖蒼蘚對立久 凍雨爲洗前朝悲 : 두보의 「입택入宅」에서 "벼랑 끊어진 백염산白鹽山을 마주하고 있네"라고 했다. 『초사·구가九歌』에서 "소나기 내리게 해 먼지를 씻어주네"라고 했다. '동凍'의 음은 '동東'으로 갑작스럽게 내리는 비이다.

老杜詩, 斷崖當白鹽. 楚辭九歌曰, 使凍雨兮灑塵. 凍音東, 暴雨也.

5. 오계도

悟溪圖

    도악의 『영릉기』에서 "오계悟溪는 영주永州 북쪽에 있는데, 물길이 백여 리 정도이고 흘러 상강湘江으로 들어간다. 이 계곡의 입구에는 물과 돌이 기이하여 당唐나라 상원上元 중에 용관경략사容管經畧使였던 원결이 파직되어 거처했던 곳이다"라고 했다.

    陶岳零陵記曰, 悟溪在永州北, 水路一百餘里, 流入湘江. 此溪口水石奇絶,
唐上元中, 容管經畧使元結罷任居焉.

成子寫悟溪	성자가 오계를 그리며
下筆便造極	붓을 대니 곧 극락세계로다.
空濛得眞趣	아득히 흐릿해 참된 정취 얻었고
膚寸已千尺	조금씩 모여 들어 이미 천 척이라네.
只今中宮寺	다만 지금은 중궁의 사찰이지만
在昔漫郎宅	예전에는 만랑의 집이 있었다네.
更作老夫船	다시 늙은이는 배를 만들어
檣竿揷蒼石	장대와 낚싯대 푸른 돌에 꽂누나.

【주석】

    成子寫悟溪 下筆便造極 空濛得眞趣 膚寸已千尺 : 『세설신어』에서 "불

경佛經에서는 악을 제거하고 훈련하여 신명神明하게 되면 성인에 이를 수 있다고 했다. 이에 간문제簡文帝가 "즉시 봉우리에 올라 극락세계에 이를 수 있는지는 모르겠다"라 했다"라고 했다. 『문선』에 실린 현휘 사조의 「관우觀雨」에서 "아득히 흐릿한 것은 엷은 안개와 같네"라고 했다. 『문선』에 실린 강엄의 「은동양殷東陽」에서 "아득히 참된 정취를 담고 있네"라고 했다. '부촌膚寸'[23]은 위의 주注에 보인다.

世說, 佛經以爲祛練神明, 則聖人可致. 簡文云, 不知得登峯造極不. 文選謝玄暉觀雨詩曰, 空濛如薄霧. 江淹詩, 悠悠蘊眞趣. 膚寸見上注.

只今中宮寺 在昔漫郎宅 更作老夫船 檣竿揷蒼石 : '만랑漫郎'[24]은 원결을 말하는데, 위의 주注에 보인다. 원결이 「오계명서浯溪銘序」에서 "오계는 상수湘水의 남쪽에 있는데, 북쪽으로 상수로 흘러 들어간다. 내가 그 멋지고 기이한 것을 좋아하여 마침내 계곡 가에 집을 마련했다. 세상에서 붙여준 계곡의 이름이 없었는데, 내가 절로 이것을 좋아했기 때문

---

23 부촌(膚寸) : 『공양전』에서 "바위에 부딪쳐 구름이 나와, 조금씩 모여들어 아침이 끝나기도 전에 천하에 두루 비를 내리는 것은 오직 태산(泰山)뿐이다[觸石而出, 膚寸而合, 不崇朝而徧雨乎天下者, 唯泰山耳]"라고 했다. 그 주(注)에서 "한 손이 부(膚)가 되고 손가락이 촌(寸)이 된다[側手爲膚, 按指爲寸]"라고 했다.

24 만랑(漫郎) : 차산 원결의 「자석(自釋)」에서 "뒤에 양수(瀁水)의 물가로 이사를 하게 되자 낭사(浪士)로 불리게 되었고, 관리가 되자 사람들은 낭사(浪士)가 또한 제멋대로 관리가 되었다고 하여 마침내 만랑(漫郎)이라고 불렀다. 번상(樊上)으로 이사를 하자 만랑이라는 이름이 마침내 드러나게 되었다[後家瀁濱, 乃自稱浪士. 及有官時, 人以爲浪者亦漫爲官乎. 遂呼爲漫郎, 及家樊上, 漫遂顯焉]"라고 했다. 또한 "요즘의 글에서 만랑이라고 칭한 것이 많기에, 「자석(自釋)」을 지었다[以近文多漫浪之稱, 故設之以自釋]"라고 했다.

에 '오계'로 이름을 붙였다"라고 했다. 『비창埤蒼』에서 "돛의 기둥을
'장檣'이라 한다"라고 했다. 당唐나라 고독급獨孤及의 「초북객문招北客文」
에서 "돛대와 장대 꺾이었다"라고 했다. 두보의 「만장담萬丈潭」에서 "앞
으로 나아가면 큰 파도가 드넓고, 물러나서면 푸른 바위가 거대하네"
라고 했다.

漫郎謂元結, 見上注. 結有浯溪銘序曰, 浯溪在湘水南, 北匯于湘. 愛其勝
異, 遂家溪畔. 溪世無名稱者也, 爲自愛之, 故名曰浯溪. 埤蒼曰, 帆柱曰檣.
唐獨孤及招北客文曰, 摧檣折竿. 老杜詩, 前臨洪濤寬, 却立蒼石大.

6. 태평사의 자씨각

【원주에서 "저물녘에 증곤 공과 함께 올랐다"라고 했다】

太平寺慈氏閣【元注云, 晚與曾公袞同登】

靑玻瓈盆揷千岑	푸른 유리그릇에 천 봉우리 꽂혀 있고
湘江水淸無古今	상강의 맑은 물은 고금에 다름없어라.
何處拭目窮表裏	어느 곳서 눈 비비며 겉과 속 다 볼까
太平飛閣暫登臨	태평사의 자씨각에 잠시 올라 보노라.
朝陽不聞皁蓋下	조양에서 검은 일산 내렸다는 건 못 들었지만
愚溪但見古木陰	우계에서 다만 고목의 그늘을 보노라.
誰與洗滌懷古恨	뉘와 더불어 회고의 한을 씻어볼거나
坐有佳客非孤斟	자리에 멋진 길손 있으니 홀로 마시지 않네.

【주석】

靑玻瓈盆揷千岑 湘江水淸無古今 何處拭目窮表裏 太平飛閣暫登臨 : 퇴지 한유의 「육혼산화화황보식용기운陸渾山火和皇甫湜用其韻」에서 "큰 계곡과 골짜기가 자못 유리 그릇 같아라"라고 했다. 『문선』에 실린 양덕조楊德祖의 「답임치후전答臨淄侯牋」에서 "보는 자가 놀라 보며 눈을 비비네"라고 했다. '표리산하表裏山河'[25]는 위의 주注에 보인다. 『문선』에 사령운의

---

25 표리산하(表裏山河) : 『좌전』에서 "밖과 안으로 산과 강물이 막고 있으니 반드시 해 될 것은 없다[表裏山河必無害也]"라고 했다. 『필담(筆談)』에 실린 노종회(盧

「등임해교여종제혜련登臨海嶠與從弟惠連」이란 작품이 실려 있다. 살펴보건대, 『초사』에 실린 송옥의 「구변九辯」에서 "산에 오르고 물에 임하여 보내고 돌아오네"라고 했다.

退之詩, 谿呀巨壑頗黎盆. 文選楊德祖牋曰, 觀者駭視而拭目. 表裏山河見上注. 文選謝靈運有登臨海嶠與從弟惠連詩. 按楚辭宋玉九辯曰, 登山臨水送將歸.

朝陽不聞皂蓋下　愚溪但見古木陰 : 원결의 「조양암명서朝陽巖銘序」에서 "영태永泰 병오년에 용릉春陵에서 영릉零陵으로 돌아왔다. 그 성곽 가운데에 기이한 물과 돌이 많은 것을 좋아하여, 배를 대고 찾아 나서서 암벽과 골짜기를 만났다. 이곳은 나라에서도 대단한 풍경인데, 동쪽으로 향하고 있었기에 마침내 '조양朝陽'이라고 명명했다"라고 했다. 『속한지續漢志』에서 "그 가운데 이천 개의 돌이 있었는데 검정 일산[26]에다 붉은 휘장의 모습이었다"라고 했다. 원결이 이때에 용릉군자사春陵郡刺史로 있었다. 자후 유종원의 「우계시서愚溪詩序」에서 "관수灌水의 북쪽에 시내가 있는데 이 시내가 동쪽으로 흘러 소수瀟水로 들어간다. 어떤 사람은 "염씨冉氏가 일찍이 이곳에 거주했기에, 이 시내에 그 성姓을 붙여 염계冉溪라 한다"라 한다. 나는 어리석음으로 인해 죄를 범하여 소수瀟

宗回)의 「자은탑시(慈恩塔詩)」에서 "백둘의 산과 강물이 밖과 안으로 바라다보이네[百二山河表裏觀]"라고 했다.

26　검은 일산 : '조개(皂蓋)'는 검정 비단으로 만든 수레 위에 치는 일산(日傘)이다. 보통 지방 관원의 행차를 의미하기도 한다.

水 가로 폄적貶謫되었다. 나는 이 시내를 사랑하여 2, 3리를 더 들어가 경치가 특별히 좋은 곳을 찾아서 거주하게 되었다. 그래서 그 이름을 다시 '우계愚溪'라고 했다. 이곳에는 아름다운 수목樹木과 기이한 돌이 여기저기 배치되어 있어 모두 산수의 기이한 풍경인데, 나로 인해 모두 '우愚'라는 이름자로 모욕을 당하게 되었다"라고 했다. 살펴보건대, 우계는 영주永州에 있는데, 자후 유종원이 일찍이 폄적되어 사마司馬가 되었었다.

元結朝陽巖銘序曰, 永泰丙午中, 自春陵至零陵, 愛其郭中有水石之異, 泊舟尋之, 得巖與洞. 此邦之形勝也, 以其東向, 遂以朝陽命之. 續漢志曰, 中二千石, 皁蓋朱轓. 元結時爲春陵郡刺史. 柳子厚愚溪詩序曰, 灌水之陽有溪焉, 東流入于瀟水. 或曰, 冉氏嘗居也, 故姓是溪爲冉溪. 余以愚觸罪, 謫瀟水上, 愛是溪, 入二三里, 得其尤絶者家焉. 更之爲愚溪. 嘉木異石錯置, 皆山水之奇者, 以余故, 咸以愚辱焉. 按愚溪在永州, 子厚嘗謫爲司馬.

誰與洗滌懷古恨 坐有佳客非孤斟 : 장형의 「동경부東京賦」에서 "슬퍼하며 길이 생각하고 옛날 그리네"라고 했다. 퇴지 한유의 「한유閒遊」에서 "홀로 술 마시니 어찌 능히 깨랴"라고 했다.

東京賦曰, 慨長思而懷古. 退之詩, 孤斟詎能醒.

7. 담산암에 쓰다. 2수

題淡27山巖. 二首

　도악의 『영릉기』에서 "담산암澹山巖은 영주永州 서남쪽에 있는데, 그 모습이 엎어 놓은 동이 같다. 그 땅에서는 담죽澹竹이 잘 자라기에 '담산澹山'이라고 한다. 담산 가운데 암벽이 있는데, 공간이 넓어 수천 명이 들어갈 수 있다. 동남쪽 모퉁이에 뚫린 곳이 있는데, 올려다보면 마치 창문 같아 계곡을 환하게 비치고 있다"라고 했다.

　陶岳零陵記云, 澹山巖, 在永州西南, 狀如覆盂, 其地宜澹竹, 故云澹山. 中有巖, 空闊可容數千人. 東南角有缺處, 仰望之如窓戶, 洞照甚明.

첫 번째 수其一

去城二十五里近	도성에서 이십오 리 가까운 곳에
天與隔盡俗子塵	세속 먼지 멀리한 곳 있다네.
春蛙秋蠅不到耳	봄 개구리 가을 파리 이르지 못하고
夏涼冬煖總宜人	여름 시원하고 겨울 따듯해 사람 살기 좋네.
巖中淸磬僧定起	암벽의 맑은 경쇠에 스님은 선정에서 일어나고

27　[교감기] '淡'이 임연(任淵)이 주(注)에서 인용한 『영릉기』와 『수경주(水經注)』 등에는 '澹'으로 되어 있다. 그러나 모든 판본에는 '淡'으로 되어 있다. 의아한 점이 있지만 고치지 않고 그대로 둔다.

洞口綠樹仙家春 계곡 입구 푸른 나무에 선가는 봄이로세.

惜哉次山世未顯 아쉽다, 차산 원결은 세상에 드러나지 못했고

不得雄文鑱翠珉 웅건한 문장도 푸른 옥에 새기지 못했어라.

【주석】

去城二十五里近 天與隔盡俗子塵 : 개보 왕안석의 「전주潭州」에서 "도성과 이백사십 리 떨어진 곳, 강물 흐르는 가운데 두 성 우뚝 솟았네"라고 했다. 『문선』에 실린 현휘 사조의 「지선성출신림포향판교之宣城出新林浦向版橋」에서 "시끄런 세속 먼지 이로부터 격했다오"라고 했다. 『초사』에 실린 굴원屈原의 「어부사漁父辭」에서 "어찌 능히 희고 흰 것으로 세속의 먼지를 뒤집어 쓸 수 있으랴"라고 했다.

王介甫潭州詩曰, 去都二百四十里, 河流中間兩城峙. 文選謝玄暉詩曰, 囂塵自玆隔. 楚辭屈原漁父曰, 安能以皓皓之白, 蒙世俗之塵埃乎.

春蛙秋蠅不到耳 夏涼冬煖總宜人 : 자건 조식의 「칠계七啓」에서 "따뜻한 방이면 겨울에도 갈포옷 입고 시원한 방이면 한여름에도 서리 품고 있는 듯"이라고 했다. 두보의 「유객有客」에서 "상쾌하여 자못 사람에게 좋구나"라고 했다.

曹子建七啓曰, 溫房則冬服絺綌, 清室則中夏含霜. 老杜詩, 疎快頗宜人.

巖中清磬僧定起 洞口綠樹仙家春 : 도악의 『영릉기』에서 "담산암澹山巖

에 당唐나라 함통咸通 연간에 승僧 원창元暢이 살았는데, 지금까지도 향불이 끊어지지 않는다"라고 했다. 살펴보건대, 지금 암자의 옆에 사찰이 있고 계곡 입구에는 도관道觀이 있기 때문에, 이 작품에서 '승정기僧定起'·'선가춘仙家春'이라고 한 것이다. 두보의 「배장유후혜의사전가주최도독부주陪章留後惠義寺餞嘉州崔都督赴州」에서 "나뭇가지 끝에 풍경소리 맑게 들리고, 멀리 구름 끝의 스님에게 인사하네"라고 했다. 『북산록』에서 "여래如來가 사라진 후, 대가섭大迦葉이 수미산須彌山의 정상에 올라 동으로 된 경쇠를 치자, 오백 나한五百羅漢이 선정禪定에서 일어났다. 서천西天에서는 소리 내는 물건으로 건추犍椎를 삼는데, 바로 이것이 종경鐘磬이다"라고 했다. 두보의 「협중람물峽中覽物」에서 "골짜기 입구에서 봄을 지내니 벽라는 자라네"라고 했다. 『옥대신영』에 실린 오매원吳邁遠의 「의악부擬樂府」에서 "푸른 나무에 구름 빛 흔들리네"라고 했다.

陶岳零陵記曰, 澹山巖, 唐咸通中, 僧元暢居於是, 至今香燈不絶. 按今巖側有佛寺, 洞口有道觀, 故此詩云僧定起仙家春. 老杜詩, 淸聞樹杪磬, 遠謁雲端僧. 北山錄云, 如來滅後, 大迦葉昇須彌山頂, 擊銅犍椎, 起五百羅漢定. 西天以有聲之物爲犍椎, 卽此方鐘磬也. 老杜詩, 洞口經春長薜蘿. 玉臺新詠吳邁遠擬樂府曰, 綠樹搖雲光.

惜哉次山世未顯 不得雄文鑱翠珉 : 살펴보건대, 차산 원결이 영주永州에서 「오계浯溪」와 「조양암명朝陽巖銘」만을 지었을 뿐, 담암淡巖에 대한 작품이 없으니, 아마도 그때에는 그 이름을 알지 못했던 것 같다. 도악의

『영릉기』에 실린 왕신王伸의 「오계浯溪」에서 "상수의 물이 이르는 곳에 오계가 있는데, 원결의 뛰어만 문장 이곳에서 지어졌다네"라고 했다. 『문선』에 실린 중선 왕찬의 「영사詠史」에서 "아쉽다, 텅 비게 되었으니"라고 했는데, '석재惜哉'라는 글자가 본래 『사기・복불제전宓不齊傳』에서 나왔다.[28] 자후 유종원의 「한군지명韓君誌銘」에서 "이에 이 옥에 새긴다"라고 했다.

按元次山於永州有浯溪及朝陽巖銘, 獨淡巖無有. 蓋是時未知名也. 陶岳零陵記載王伸浯溪詩云, 湘川嘉致有浯溪, 元結雄文向此題. 文選王仲宣詩, 惜哉空爾爲. 其字本出史記宓不齊傳. 柳子厚作韓君誌銘曰, 載刻茲珉.

두 번째 수其二

淡山淡姓人安在	담산과 담성의 사람 어디에 있는가
徵君避秦亦不歸	징군은 진나라 피한 채 또한 돌아오지 않네.
石門竹徑幾[29]時有	석문의 대나무 길 언제부터 있었나
瓊臺瑤室至今疑	옥 같은 누대는 지금도 의아해라.
回[30]中明潔坐十客	회중은 환하고 맑아 열 명이 앉아

---

28 '석재(惜哉)'라는 (…중략…) 나왔다 : 『사기・복불제전(宓不齊傳)』에서 "공자가 "아쉽다, 부제가 다스리는 곳이 너무 작구나. 다스리는 곳이 컸더라면 잘 다스릴 수 있었을 것이다[孔子曰, 惜哉, 不齊所治者小. 所治者大, 則庶幾矣]'"라고 한 구절에 보인다.

29 [교감기] '幾'가 고본에는 '何'로 되어 있다.

30 [교감기] '回'에 대해 문집의 작품 끝의 원교(原校)에서 "'回'가 다른 판본에는

亦可呼樂醉舞衣　　또한 노래하고 취해 춤출 만하네.

閬州城南果何似　　낭주성 남쪽과 과연 비슷할런지

永州淡巖天下稀　　영주의 담암은 천하에 드물다네.

【주석】

淡山淡姓人安在　徵君避秦亦不歸：영릉零陵의 사람들은 담죽淡竹 때문에 담산淡山이라고 불리게 되었다고 한다. 혹은 일찍이 담씨 성을 가진 사람이 거주했다고 한다. '징군徵君'은 주정실周貞實을 말한다. 도악의 『영릉기』에서 "주정실은 영릉 사람으로 담산의 석실에서 살았다. 진시황이 조서를 내려 불렀다. 세 번 불렀으나 모두 나가지 않고 마침도 변하여 돌이 되었다"라고 했다. 『후한서·황헌전黃憲傳』에서 "천하에서 황헌을 '징군徵君'이라 불렀다"라고 했는데, 그 글자를 이용한 것이다. 개보 왕안석의 「양왕취대梁王吹臺」에서 "번대繁臺와 번성繁姓의 사람, 죽어 사라져 쑥대 따르는구나"라고 했다.

零陵土人謂淡山以淡竹得名, 或云, 嘗有淡姓居之. 徵君謂周貞實. 零陵記曰, 周貞實, 零陵人, 居淡山石室. 秦始皇下詔徵之, 三徵皆不起, 遂化爲石. 後漢黃憲傳, 天下號曰徵君. 此用其字. 王介甫梁王吹臺詩, 繁臺繁姓人, 埋滅隨蒿蓬.

石門竹徑幾時有　瓊臺瑤室至今疑：위 구절은 퇴지 한유의 「죽동竹洞」[31]

'凹'로 되어 있다"라고 했다.

이란 작품의 의미를 사용했다.

上句用退之竹洞詩意.

回中明潔坐十客 亦可呼樂醉舞衣 : 차산 원결에 지은 「대회중大回中」[32]과
「소회중小回中」[33]이란 작품에서 번수樊水가 돌아드는 것을 말했다. 이것
을 차용하여 암벽이 골짜기를 빙 둘러 있어 그 가운데가 빈 채 환하여
하늘의 해를 올려다보면서 술자리를 열 만한 곳이라고 말한 것이다.

元次山有大回中小回中詩, 言樊水之回洑也. 此借用, 以言巖洞回環, 其中
虛明, 仰見天日, 可爲張飲之地.

閬州城南果何似 永州淡巖天下稀 : 두보의 「낭수가閬水歌」에서 "낭주閬州
의 아름다운 경치는 사람을 들뜨게 하니, 낭주성 남쪽 경치는 천하에
드물다네"라고 했다.

老杜閬水歌曰, 閬州勝事可腸斷, 閬州城南天下稀.

---

31 한유의 「죽동(竹洞)」: 한유의 「죽동」이란 작품은 다음과 같다. "죽동은 언제부
    터 있었나, 공이 처음 대나무 꺾어 만들었다네. 계곡 문은 닫히지 않는데, 속객
    은 일찍이 오지 않았다오[竹洞何年有, 公初斫竹開. 洞門無鎖鑰, 俗客不曾來]."
32 「대회중(大回中)」: 원결의 「대회중(大回中)」은 다음과 같다. "樊水欲東流, 大江
    又北來. 樊山當其南, 此中爲大回. 回中魚好遊, 回中多釣舟. 漫欲作漁人, 終焉無所求"
33 「소회중(小回中)」: 원결의 「소회중(小回中)」은 다음과 같다. "叢石橫大江, 人言
    是釣臺. 水石相衝激, 此中爲小回. 回中浪不惡, 復在武昌郭. 來客去客船, 皆向此中泊"

8. 명원암

明遠庵

遠公引得陶潛住	원공이 도잠의 거처를 얻어서
美酒沽來飲無數	좋은 술 사 와 수없이 마시네.
我醉欲[34]眠卿且去	나는 취해 자고자 하니 그대 또한 가시게
只有空瓶同此趣	다만 빈 병이 있어 이 흥취 함께 하네.
誰知明遠似遠公	누가 알랴, 명원이 원공과 비슷한 것을
亦欲我行庵上路	또한 나를 암자 위로 오르게 하는구나.
多方挈取甕頭春	여러 번 옹두의 봄날 술에 취하여
大白梨花十分注	배꽃 모양의 큰 술잔에 가득 쏟았지.
與君深入逍遙遊	그대와 소요의 노닒에 깊이 들어가
了無一物當情素	평소마음에 딱 맞는 일 하나도 없음 깨달았네.
道卿道卿歸去來	도경 도경은 돌아가시었으며
明遠主人今進步	명원주인은 지금 진일보 하누나.

【주석】

遠公引得陶潛住 美酒沽來飲無數 我醉欲眠卿且去 只有空瓶同此趣 : 산곡 황정견이 지은 「희효선월작원공동림영서戲效禪月作遠公東林詠序」에서 "처 음 원법사遠法師가 여산廬山 아래 살면서, 규율을 가지고 고생스럽게 수

34 　[교감기] '醉欲'이 문집·고본·장지본에는 '欲醉'로 되어 있다.

양했다. 그곳을 지나가는 사람에서 밀탕蜜湯을 받지 않고 시를 지어 술과 바꾸어 마실 뿐이었다"라고 했다. 도잠이 팽택彭澤에서 '취면醉眠'[35]한 것은 위의 주注에 보인다. '공병동취空瓶同趣'는 술병이 비면 또한 옆으로 눕는다는 것을 말한 것으로 대개 장적의 「증요합소부贈姚合少府」에서 "술이 다 비면 빈 병도 눕는다네"라는 구절의 의미이다. 『진서・맹가전孟嘉傳』에서 "그대는 아직도 술 속의 홍취를 모르는구나"라고 했다. 자후 유종원의 「서산연유기西山宴遊記」에서 "마음속의 뜻이 지극한 바가 있으면, 꿈 또한 그런 것이 있다"라고 했다.

　山谷有戲效禪月作遠公東林詠序云, 初遠法師居廬山下, 持律精苦過中, 不受蜜湯, 而作詩換酒飲. 陶彭澤醉眠見上注. 空瓶同趣謂瓶空而亦卧也, 蓋張籍詩有酒盡卧空瓶之句. 晉書孟嘉傳曰, 公未知酒中趣耳. 柳子厚西山宴遊記曰, 意有所極, 夢亦同趣.

　誰知明遠似遠公 亦欲我行庵上路 多方挈取甕頭春 大白梨花十分注 : 낙천 백거이의 「구이유지句以諭之」에서 "술동이 흔들어 맛볼 때라네"라고 했다. 『법서요록』에서 "산동山東에서는 '항면缸面'이라 하는데, 하북河北에서 '옹두甕頭'라고 하는 것과 같으니, 술이 막 익는 것을 말한다"라고 했다. 『설원』에서 "위魏나라 문후文侯가 대부大夫들과 주연酒宴을 하는 자리

35　취면(醉眠) : 『남사』에서 "도연명이 "내가 취하거든 경은 가도 좋소"라 했다[淵明曰, 我醉欲眠, 卿可去]"라고 했다. 동파 소식 지은 「취면정(醉眠亭)」에서 "취중에 손님이 있더라도 조는 게 무슨 잘못인가, 모름지기 연명을 믿는다면 참으로 어질지 못하네[醉中有客眠何害, 須信淵明苦未賢]"라고 했다.

에서, 공승불인公乘不仁으로 하여금 상정觴政[36]을 맡게 하자, 공승불인이 "술을 마시되 잔을 다 비우지 않는 자는, 그 벌로 큰 잔으로 한 잔 더 마셔야 한다"라 했다"라고 했다. '이화梨花'는 술잔의 모양이 배꽃과 같다는 말이다.

樂天詩, 甕頭正是撥嘗時. 法書要錄曰, 山東云缸面, 猶河北稱甕頭, 謂初熟酒也. 說苑曰, 魏文侯與大夫飮酒, 使公乘不仁爲觴政曰, 飮不釂者, 浮以大白. 梨花謂酒杯樣製如此.

與君深入逍遙遊 了無一物當情素 : 『고승전』에서 "지둔支遁과 유계지劉系之 등이 『장자·소요편逍遙篇』에 대해 이야기를 나누었는데, 유계지가 "각기 본성에 맞는 것을 소요라 여기네"라 했다. 이에 지둔이 "그렇지 않네. 무릇 걸傑과 도척盜跖은 잔인하게 해치는 것을 본성에 맞다고 여겼네. 그러니 만약 본성에 맞는 것을 소요라고 한다면 저들 또한 소요한 것이네"라 했다. 이에 물러나서 『장자·소요편』에 주注를 달았다"라고 했다. 『전등록·앙산전仰山傳』에서 "앙산선사가 쌍봉雙峯에게 "사제師弟가 요즘 터득한 견해는 어떤 것인가"라 물었다. 이에 쌍봉이 대답하길 "저의 견해에 의하면, 진실로 마음에 딱 맞는 법은 하나도 없습니다"라 했다. 앙산선사가 "그대의 견해는 여전히 경계에 묶여 있구나. 그대는 어찌 마음에 딱 맞는 법이 하나도 없다는 것을 능히 알지 못하는가"라 했다"라고 했다. 『전등록·분주무업전汾州無業傳』에서 "모든 것

36 상정(觴政) : 술자리에서 홍을 돋우기 위하여 정하는 음주에 관한 규칙을 의미한다.

이 공空임을 알면 집착할 것이 하나도 없다. 이것이 여러 부처님의 마음 씀씀이다"라고 했다. 『전국책』에서 "채택蔡澤이 응후應侯에게 유세하며 "공손앙公孫鞅이 효왕孝王을 섬기면서, 자신의 지혜와 능력을 다하여 평소의 마음을 펴 보였습니다"라고 했다.

高僧傳, 支遁與劉系之等談莊子逍遙篇云, 各適性以爲逍遙. 遁曰, 不然, 夫傑跖以殘害爲適性, 若適性爲得者, 彼亦逍遙矣. 於是退而注逍遙篇. 傳燈錄仰山傳曰, 師問雙峯, 師弟近日見處如何. 對曰, 據某甲見處, 實無一法可當情. 師曰, 汝解猶在境, 汝豈無能知無一法可當情者. 又汾州無業傳曰, 常了一切空, 無一物當情, 是諸佛用心處. 戰國策, 蔡澤說應侯曰, 公孫鞅事孝王, 竭心謀, 示情素.

道卿道卿歸去來 明遠主人今進步 : 원주元注에서 "'도경道卿'은 오계浯溪의 스님이다"라고 했다. ○『전등록』에 실린 장사잠선사長沙岑禪師의 게偈에서 "백 척이나 되는 장대 끝에서 모름지기 한 걸음 더 나아갈 수 있어야 시방세계의 이치가 이 몸에 온전해질 것이라네"라고 했다. 연명 도잠이 지은 「귀거래사歸去來辭」가 있다.

元注云, 道卿, 浯[37]溪僧.[38] ○ 傳燈錄長沙岑禪師偈曰, 百尺竿頭須進步, 十方世界現全身. 淵明有歸去來辭.[39]

37　[교감기] '浯'가 고본에는 '涪'로 되어 있다.
38　[교감기] '元注 (…중략…) 溪僧'이라는 구절이 부교본·장지본에는 없다.
39　[교감기] '淵明有歸去來辭'라는 구절이 부교본에는 없다.

9. 옥지원【서문을 덧붙이다】

玉芝園【幷序】40

　지난해 3월 청명절에, 장언회蔣彦回가 태수감군太守監郡을 좋아하여 그 옥지원玉芝園을 지나다가 십육운十六韻의 시를 지었고 이후二侯가 모두 그에 답하는 작품을 지었다. 올해 3월 내가 옥지원에 이르러, 그때의 일을 기록하고 옛 운자에 차운한다.

　去年三月淸明, 蔣彦回喜太守監郡, 過其玉芝園, 作詩十六韻. 二侯皆有報章. 今年三月, 余到玉芝園, 記錄一時, 次其舊韻.41

春生瀟湘水	봄 되자 소상강에 물결 일고
風鳴澗谷泉	바람은 계곡의 샘물을 울리누나.
過雨花漠漠	비 지나자 꽃은 활짝 피었고
弄晴絮翩翩	개인 날 노니니 버들 솜 날리누나.
名園上朱閣	이름난 정원의 붉은 누대에 올라
觀後復觀前	앞뒤를 두루 바라다본다오.
借問昔居人	묻노니, 예전 거주하던 사람 누구인가
岑絶無炊煙	봉우리엔 밥하는 연기 끊어졌어라.

40　[교감기] 문집·고본에는 이 제목이 없고 곧바로 시서(詩序)를 작품의 제목으로 삼았다.

41　[교감기] '去年 (…중략…) 舊韻'이라는 시서(詩序)가 장지본·명대전본에는 없다.

人生須富貴	사람 태어나 언제나 부귀해지려나
河水清且漣	하수는 맑고도 잔잔하여라.
百年共如此	백 년 인생 모두 이와 같노니
安用涕潺湲	어찌 눈물을 흘리리오.
蔣侯眞好事	장후는 진실로 호사가이니
杖屨喜接連	지팡이 신에 함께 노니는 것 좋아하네.
車載溪中骨	수레는 계곡의 돌을 지나면서
推⁴²排若差肩	차례대로 줄 지어 가누나.
厭看孔壬面	공임의 낯빛 물리도록 보았노니
醜石反成妍	못 생긴 돌이 오히려 사랑 받네.
感君勸我醉	그대가 술 권하여 내 취하노니
吾亦無間然	나 또한 그렇게 술을 권한다오.
亂我朱碧眼	내 붉고 푸른 눈이 어지러운데
空花墜便翾	부질없이 꽃잎은 곱게 떨어지누나.
行動須人扶	움직일 때 다른 사람 부축 받아야 하니
那能金石堅	어찌 쇠와 돌처럼 굳건하리오.
愛君雷氏⁴³琴	그대는 뇌씨의 거문고 좋아하여
湯湯發朱絃	넘실거리듯 거문고를 탄다오.

---

42 [교감기] '推'가 문집·고본에는 '堆'로 되어 있다. 건륭본의 옹 씨(翁氏)의 원교
(原校)에서 "『정화록(精華錄)』에는 '堆'로 되어 있다"라고 했다.
43 [교감기] '氏'가 문집에는 '式'으로 되어 있다.

但恨賞音人	다만 한스러운 것은, 음을 알아주던 이
大半隨逝川	태반이 흐르는 물 따라 가버린 것.
平生有詩病⁴⁴	평생 시병詩病이 있어
如痼不可痊	고질병처럼 낫지 못했다오.
今當痛自改	지금 마땅히 통렬하게 스스로 고치면서
三釁復三湔	세 번 향 바르고 다시 세 번 씻노라.

【주석】

春生瀟湘水 風鳴澗谷泉 過雨花漠漠 弄晴絮翩翩 名園上朱閣 觀後復觀前 借問昔居人 岑絶無炊煙 人生須富貴 河水淸且漣 百年共如此 安用涕潺潺 : 퇴지 한유의 「송이육률협귀형남送李六協律歸荊南」에서 "버들 꽃 오히려 아득하여라"라고 했다. 『문선』에 실린 경양 장협의 「잡시雜詩」에서 "마을에는 땔나무⁴⁵의 연기 없네"라고 했다. 『한서·양운전楊惲傳』에서 "사람은 태어나면 즐길 뿐이니, 모름지기 부귀는 어느 때인가"라고 했다. 『좌전』에서 "하수가 맑아지길 기다리랴, 사람의 목숨이 얼마이던가"라고 했다. 『시경·벌단伐檀』에서 "하수는 맑고도 잔잔하여라"라고 했다. 『초사』에서 "눈물이 줄줄 흐르네"라고 했다.

---

44 [교감기] '病'이 문집·고본·장지본·명대전본·전본에는 '罪'로 되어 있다.
45 땔나무 : '곡돌(曲突)'은 곡돌사신(曲突徙薪)의 준말로, 선견지명을 발휘하여 화를 미연에 방시하는 것을 말한다. 전국 시대 제(齊)나라 순우곤(淳于髡)이, 옆집의 굴뚝이 곧게 뻗어 장작더미 옆으로 나 있는 것을 보고는, 화재의 위험이 있다고 경고하며 굴뚝을 구부리고 장작을 옮기도록[曲突徙薪] 충고했는데, 그 말을 듣지 않다가 과연 집을 태웠던 고사가 있다. 『한서·곽광전(霍光傳)』에 보인다.

退之詩, 柳花還漠漠. 選詩, 里無曲突煙. 漢書楊惲傳曰, 人生行樂耳, 須富貴何時. 左傳曰, 俟河之淸, 人壽幾何. 伐檀詩曰, 河水淸且漣猗. 楚辭曰, 橫流涕兮潺湲.

蔣侯眞好事 杖屨喜接連 車載溪中骨 推排若差肩 厭看孔壬面 醜石反成妍: '계중골溪中骨'은 바위를 말한다. 『한서·주매신전朱買臣傳』에서 "서로 밀며 뜰 가운데 늘어서 배알했다"라고 했다. 『예기·곡례曲禮』의 주注에서 "연장자年長者와 더불어 나란히 걸을 때는 조금 뒤쳐져 걷는다"라고 했다. 원진이 지은 「노두묘명老杜墓銘」에서 "이백의 악부樂府와 시가歌詩는 진실로 또한 자미子美 두보에게 조금 뒤진다"라고 했다. 『서경』에서 "말을 좋게 하고 얼굴빛을 잘 꾸미되 크게 간악한 마음을 품은 자"라고 했다. 『문선』에 실린 명원 포조의 「학유공간체일수學劉公幹體一首」에서 "밝고 깨끗한 이는 사랑 받지 못하네"라고 했다.

溪中骨謂石也. 漢書朱買臣傳曰, 相推排陳列中庭拜謁. 曲禮注曰, 肩隨者與之竝行差退. 元稹作老杜墓銘曰, 李白樂府歌詩, 誠亦差肩於子美矣. 書曰, 巧言令色孔壬. 選詩曰, 皎潔不成妍.

感君勸我醉 吾亦無間然 亂我朱碧眼 空花墜便翾 行動須人扶 那能金石堅: 『노론』에서 "우공에 대해 나는 이간할 수 없다"라고 했다. 태백 이백의 「전유준주행前有樽酒行」에서 "풍악을 재촉하며 그대와 술 마시니, 붉은 듯 푸른 듯 취하여 얼굴이 붉어지네"라고 했다. 『운서』에서 "'편현翩

翩'은 작게 날리는 것이다"라고 했고 또한 "'편현便翩'은 가볍고 고운 것
이다"라고 했다. 이것을 차용했다. 두보의 「모추왕배도주수찰솔이견
흥운운暮秋枉裴道州手札率爾遣興云云」에서 "이 생애 이미 부끄럽게 다른 사람
에게 부축 받네"라고 했다. 『문선』에 실린 「고시古詩」에서 "사람이 쇠
나 돌이 아닌데, 어찌 장수할 수 있으랴"라고 했다. 『한서·가의전賈誼
傳』에서 "쇠와 돌처럼 견고하다"라고 했다.

　魯論曰, 禹吾無間然矣. 太白詩曰, 催絃拂柱與君飮, 看朱成碧顔始紅. 韻
書曰, 翩翾, 小飛也. 又曰, 便翩, 輕麗也. 此借用. 老杜詩, 此生已愧須人扶.
文選古詩曰, 人生非金石, 豈能長壽考. 漢書賈誼傳曰, 堅若金石.

　愛君雷氏琴 湯湯發朱絃 但恨賞音人 大半隨逝川 : '뇌씨雷氏'는 촉蜀나라
사람으로 거문고를 잘 만들었는데, 그가 만든 거문고는 세상에서 보물
이 되었다. 『공자가어』에서 "백아伯牙가 높은 산에 뜻을 두고 거문고를
타면, 그의 친구인 종자기鍾子期가 "좋구나, 마치 높은 산처럼 우뚝하구
나"라 했다. 잠시 후에, 백아가 흐르는 물에 뜻을 두고 거문고를 타면,
종자기가 "좋구나, 흐르는 물처럼 넘실거리는구나"라 했다. 그런데 종
자기가 죽자, 백아는 타던 거문고 줄을 끊어버리고 죽을 때까지 다시
거문고를 타지 않았다고 한다"라고 했다. '상음賞音'[46]과 '서천逝川'[47]은

46　상음(賞音) : 『오지·주유전(周瑜傳)』의 주(注)에 실린 「강표전(江表傳)」에서
　　"주유가 장간(蔣幹)에게 "내가 비록 기광(蘷曠)에게 미치지 못하지만, 거문고 소
　　리를 듣고 그 음을 즐기면서 아정한 곡조임을 충분히 알 수 있다[吾雖不及蘷曠,
　　聞絃賞音, 足知雅曲]"라 했다"라고 했다.

모두 위의 주注에 보인다.

雷氏, 蜀人, 善製琴, 爲世所寶. 家語曰, 伯牙志在高山, 子期曰, 善哉, 巍巍乎若在高山. 少選之間, 志在流水. 子期曰, 善哉, 湯湯乎若在流水. 子期死, 伯牙鼓琴絶絃, 終身不復鼓. 賞音逝川竝見上注.

平生有詩病 如痼不可痊 今當痛自改 三釁復三湔 : 자후 유종원의 「답최암서答崔黯書」에서 "무릇 시를 잘 짓고 글씨를 잘 쓰는 사람은 모두 고질병이 있다. 나는 불행하게 일찍 이 두 가지 고질병을 얻어 마음을 얽어맨 것이 대단히 심하여, 잠시라도 잊고 싶었지만 그렇게 되지 못했다"라고 했다. 『문선』에 실린 공간 유정의 「증오관중랑장贈五官中郞將」에서 "나는 고질병에 매어 있었네"라고 했는데, 이선李善의 주注에서 『예기』의 "몸에 고질병이 있다"라는 구절을 인용했었다. 『설문해자』에서 "'고痼'는 오래된 것이다"라고 했다. '삼혼삼욕三釁三浴'[48]은 위의 주注에 보인다. 퇴지 한유의 「시상示爽」에서 "끝내 씻어내지 못할까 두렵네"라

---

47 서천(逝川) : 『논어·자한(子罕)』에서 "공자가 시냇가에서 말하기를 "가는 것이 이와 같구나. 밤이고 낮이고 멈추는 법이 없도다" 고 했다[子在川上曰, 逝者如斯夫, 不舍晝夜]"라고 했다.

48 삼혼삼욕(三釁三浴) : 『국어·제어(齊語)』에서 "장공(莊公)이 관중(管仲)을 묶어 제(齊)나라 사신에게 주었다. 제나라 사신은 이를 받고 물러났다. 관중이 이를 무렵에 세 번 몸에 향을 바르고 세 번 목욕하고서는 환공(桓公)이 친히 교외에서 관중을 맞이했다[莊公束縛管仲, 以予齊使. 齊使受之而退. 比至, 三釁三浴之, 桓公親迎之于郊]"라고 했으며, 그 주(注)에서 "향료(香料)를 몸에 바르는 것을 '혼(釁)'이라 하고 또한 어떤 경우에는 '훈(薰)'이라 한다[以香塗身曰釁, 亦或爲薰]"라고 했다.

고 했다.

柳子厚答崔黯書曰, 凡人好辭工書者, 皆病癖也. 吾不幸早得二病, 纏結心腑牢甚, 願斯須忘之而不克. 文選劉公幹詩, 余嬰沈痼疾. 而李善注引禮記曰, 身有痼疾. 說文曰, 痼, 久也. 三釁三浴見上注. 退之詩, 懼終莫洗湔.

10. 우계에서 노닐다【서문을 덧붙이다】

遊愚溪【幷序】[49]

　3월 신축일辛丑日에 나는 서정국徐靖國과 함께 우계에 이르러, 나 씨羅氏의 수죽원修竹園을 지나 조양동朝陽洞으로 들어갔다. 장언회蔣彥回와 도개석陶介石, 승僧 숭경崇慶 및 내 자식 상보相步 그리고 나는 조양암朝陽巖의 물가에서 노닐었다. 오래 지나자, 흰 구름이 계곡에서 피어올라 계곡 입구에 질펀하게 깔려, 지척에서도 서로를 볼 수 없을 정도였다. 도개석이 나에게 오언五言의 작품으로 기록해 달라고 청했다.

　三月辛丑, 同徐靖國到愚溪, 過羅氏修竹園, 入朝陽洞. 蔣彥回陶介石僧崇慶[50]及余子相步[51]及余, 於朝陽巖裵[52]回水濱. 久之, 有白雲出洞中, 散漫洞口, 咫尺欲不相見. 介石請作五字記之.[53]

意行到愚溪	마음대로 가며 우계에 이르니
竹輿鳴擔肩	대로 만든 가마 어깨 매어 삐거덕.

49　[교감기] 문집·고본에는 작품의 제목이 없이 곧바로 시서(詩序)로 작품의 제목을 삼았다. 장지본에는 '幷序' 2글자가 없다.

50　[교감기] '慶'이 문집·고본·장지본에는 '廣'으로 되어 있다.

51　[교감기] '及余子相步' 5글자가 원래 빠져있었는데, 지금 문집·장지본·전본·건륭본에 의거해 보충한다.

52　[교감기] '裵'에 대해 고본의 원교(原校)에서 "다른 판본에는 '徘'로 되어 있다"라고 했다. 또한 전본에는 '裵回'가 '徘徊'로 되어 있는데 사의(詞義)가 서로 통한다.

53　[교감기] '三月 (…중략…) 記之'라는 구절이 명대전본에는 없다. 문집·장지본·전본·건륭본에 의거해 보충한다.

冉溪昔居人	염계는 예전 사람이 거주했는데
埋沒不知年	매몰되어 언제인지 모르겠네.
偶託文字工	우연히 문자의 공교로움에 의탁해
遂以愚溪傳	마침내 우계라고 전해진다오.
柳侯不可見	유후를 볼 수는 없는데
古木蔭濺濺	고목의 그늘만은 짙다네.
羅氏家瀟東	나 씨의 집은 소상강의 동쪽이요
瀟西⁵⁴讀書園	소상강 서편에는 독서 정원 있네.
笋茁不避道	죽순은 길에도 솟아 있고
檀欒搖春煙	대나무는 봄 이내 흔드누나.
下入朝陽巖	아래로 조양암에 들어가니
次山有銘鑴	차산 원결이 새긴 글 있어라.
蘚石破篆文	이끼 긴 돌에 글자는 깨져 있어
不辨瞿李袁	구인지 이인지 원인지 분별 안 되네.
嵌竇響笙磬	바위틈에서 생황 경쇠 소리 들리고
洞中出寒泉	계곡 가운데서 찬 샘물 솟는구나.
同遊三⁵⁵五客	함께 노니는 네다섯의 나그네
拂石弄潺湲	돌 만지며 잔잔한 물 희롱하네.
俄頃生白雲	잠깐 사이에 흰 구름 피어나더니

---

54 [교감기] '瀟東瀟西'가 장지본에는 '瀟瀟東西'로 되어 있다.
55 [교감기] '三'이 문집·고본에는 '四'로 되어 있다.

似欲駕我仙　　　마치 신선세계로 나를 데리고 가려는 듯.

吾將從此逝　　　내 장차 이 흐름을 따를 것인데

挽牽遂回船　　　만류하여 마침내 배를 돌렸네.

【주석】

意行到愚溪 竹輿鳴擔肩 : 한유와 맹교의 「성남연구城南聯句」에서 "익은

것 베어 어깨에 붉은 것 매었네"라고 했다.

韓孟城南聯句曰, 刈熟擔肩頳.

冉溪昔居人 埋没不知年 偶託文字工 遂以愚溪傳 柳侯不可見 古木陰濺濺 :

'염계冉溪'[56]는 위의 주注에 보인다. 유우석의 「호주최랑중조장기삼벽

시운운湖州崔郞中曹長寄三癖詩云云」에서 "둥근 부채 위에 쓴 것 보니, 그대

문자 공교로움 알겠어라"라고 했다. 자후 유종원의 「석간기石澗記」에서

"얼기설기 비단을 짜는 것처럼 흐르는 물과 맑은 물소리가 모두 의자

아래에 있고, 물총새의 날개처럼 푸른 나뭇잎과 용의 비늘처럼 아롱진

56　염계(冉溪) : 자후 유종원의 「우계시서(愚溪詩序)」에서 "관수(灌水)의 북쪽에
　　시내가 있는데 이 시내가 동쪽으로 흘러 소수(瀟水)로 들어간다. 어떤 사람은
　　"염 씨(冉氏)가 일찍이 이곳에 거주했기에, 이 시내에 그 성(姓)을 붙여 염계(冉
　　溪)라 한다"라 한다. 나는 어리석음으로 인해 죄를 범하여 소수(瀟水) 가로 폄적
　　(貶謫)되었다. 나는 이 시내를 사랑하여 2, 3리를 더 들어가 경치가 특별히 좋은
　　곳을 찾아서 거주하게 되었다. 그래서 그 이름을 다시 '우계(愚溪)'라고 했다. 이
　　곳에는 아름다운 수목(樹木)과 기이한 돌이 여기저기 배치되어 있어 모두 산수
　　의 기이한 풍경인데, 나로 인해 모두 '우(愚)'라는 이름자로 모욕을 당하게 되었
　　다"라고 했다.

바위들이 모두 머리 위로 그늘을 만들었다"라고 했다. '유후柳侯'[57]라는 글자는 퇴지 한유의 「나지묘비羅池廟碑」에 보인다. 『초사』에서 "돌 여울에서 물 빨리 흐르네"라고 했다. 살펴보건대, '천淺'은 '천賤'과 같으니, '천천濺濺'은 물이 빨리 흐르는 모습으로 음은 '전箋'이다.

冉溪見上注. 劉禹錫詩, 會書團扇上, 知君文字工. 柳子厚石澗記曰, 交絡之流, 觸激之音, 皆在床下. 翠羽之木, 龍鱗之石, 均蔭其上. 柳侯字見退之羅池廟碑. 楚辭曰, 石瀨兮淺淺. 按淺與賤同, 濺濺, 水疾流貌, 音箋.

羅氏家瀟東 瀟西讀書園 笋苗不避道 檀欒搖春煙 : 양왕梁王의 「토원부兎園賦」에서 "긴 대나무 우거져[58] 못 물을 끼고 있네"라고 했다.

梁王兎園賦曰, 修竹團欒夾池水.

下入朝陽巖 次山有銘鐫 蘚石破篆文 不辨瞿李袁 : '차산명次山銘'[59]은 위의 주注에 보인다. 차산 원결의 「양화암명陽華巖銘」에서 "강화현江華縣 대부大夫인 구령문瞿令問은 재예와 전주篆籒를 겸했기에 돌에 이것을 새기게 했다"라고 했다. 『법서원』에서 "조양빙李陽氷은 조군趙郡 사람으로 소전小篆을 잘 썼다"라고 했다. '원 씨袁氏'는 누구인지 모르겠다.

---

57 유후(柳侯) : 한유의 「나지묘비(羅池廟碑)」에 "나지묘(羅池廟)는 예전 자사 유후(柳侯)의 묘이다[羅池廟者, 故刺史柳侯廟也]"라는 구절에 보인다.

58 우거져 : '단란(檀欒)'은 대나무가 모여 아름다운 모양으로, 보통 대나무를 말하기도 한다.

59 차산명(次山銘) : 차산 원결이 쓴 명문(銘文)을 말한다.

次山銘見上注. 次山陽華巖銘曰, 江華縣大夫瞿令問, 藝兼篆籀, 俾依石經刻之. 法書苑云, 李陽氷, 趙郡人, 善小篆. 袁氏未詳.

嵌竇響笙磬 洞中出寒泉 同遊三五客 拂石弄潺湲 : 두보의 「만장담萬丈潭」에서 "멀리까지 냇물은 구불구불 흐르고, 바위 구멍으로 새어나와 여울 이루었네"라고 했다. 『시경·고종鼓鍾』에서 "생황과 경쇠는 같은 음이네"라고 했고 또한 『시경·개풍凱風』에서 "맑고 시원한 샘물이 준읍浚邑 아래 있다네"라고 했다. 사령운의 「입화자강시마원제삼곡일수入華子崗是麻源第三谷一首」에서 "달 떠올라 잔잔한 물 희롱하네"라고 했다.

老杜詩, 遠川曲通流, 嵌竇潛洩瀨. 詩曰, 笙磬同音. 又曰, 爰有寒泉, 在浚之下. 謝靈運詩, 乘月弄潺湲.

俄頃生白雲 似欲駕我仙 吾將從此逝 挽牽遂回船 : 『문선』에 실린 경순景純 곽박의 「강부江賦」에서 "천 리 길도 잠깐 사이라네"라고 했다. 『장자』에서 "구름 기운 타고 나는 용 끌면서 사해의 밖에서 노닌다"라고 했다. 『한서·고제기高帝紀』에서 "나 또한 이것 따라 가리라"라고 했다. '만견挽牽'은 그 자식이 만류하는 것을 말한다. 태백 이백의 「별내부징別內赴徵」에서 "문 나서니 처자식이 옷깃을 부여잡네"라고 했으며, 또한 「중억일수重憶一首」에서 "회계산에는 하지장賀知章 노인이 없노니, 헛되이 술 배를 돌리누나"라고 했다. 퇴지 한유의 「남계시범南溪始泛」에서 "파도 사나워 부여잡음 싫다네"라고 했다.

文選江賦曰, 千里俄頃. 莊子曰, 乘雲氣, 御飛龍, 而遊乎四海之外. 漢書高帝紀曰, 吾亦從此逝矣. 挽牽言爲其子所挽留也. 太白詩, 出門妻子強牽衣. 又曰, 稽山無賀老, 空棹酒船回. 退之詩, 波惡厭[60]牽挽.

---

60 厭 : 중화서국본에는 '强'으로 되어 있는데, '厭'의 오자이다.

11. 취암의 신선사에게 대신 써서 보내다

代書寄翠巖新禪師

황룡黃龍의 사심오신화상死心悟新和尙은 회당노인晦堂老人의 맏아들로,
총림叢林에서는 신맹팔新孟八이라고 부른다. 처음에는 홍주洪州 분녕分寧
의 운암雲巖에 거처했고 그 다음에는 서산西山의 취암翠巖에 거처했으며
마지막에는 황룡산黃龍山에 거처했었다. 산곡 황정견이 일찍이 회당노
인을 찾아뵈었었는데, 신新과 청淸 두 늙은이는 도반道伴이었다.

黃龍死心悟新和尙, 晦堂老人之嫡子, 叢林謂之新孟八. 初住洪州分寧之雲
巖, 次住西山翠巖, 後住黃龍山. 谷嘗參晦堂, 新淸二老, 蓋其道伴.

山谷靑石牛	산곡이 푸른 석우에서
自負萬鈞重	스스로 만 균의 무게 짊어졌지.
八風吹得行	팔풍이 불어 이것을 행하면서
處處是日用	곳곳마다 이것을 나날이 쓰네.
又將十六口	또한 열여섯의 식구들
去作宜州夢	떠나가 의주의 꿈을 꾸었었지.
苦憶新老人	신노인이 너무도 생각나니
是我法梁棟	이분이 내 법의 동량이라네.
信手斫方圓	손가는 대로 네모 원 그리니
規矩一一中	하나하나 모두 법도에 맞았다네.

遙思靈源叟	아득히 영원의 늙은이 생각하니
分坐法席共	자리 나눠 법석에서 함께 했었지.
聊持楚狂句	애오라지 초광의 말을 지키면서
往作天女供	지난날 천녀의 공양 이루었지.
嶺上早梅春	고개 위 조매의 봄소식에
參軍慙獨弄	참군은 독롱에게 부끄럽구나.

【주석】

山谷靑石牛 自負萬鈞重 : 서주舒州 환공산皖公山의 삼조승三祖僧 찬대사璨大師의 도장道場이 있는데, 이곳이 산곡사山谷寺이다. 서북쪽에 석우동石牛洞이 있는데, 그 돌 모양이 마치 소가 누워 있는 듯하다고 하여 붙여진 이름이다. 전신錢紳의 『동안지同安志』에서 "처음에 이백시李伯時가 노직 황정견이 석우의 돌 위에 앉아 있는 것을 그림으로 그렸다. 그래서 황정견이 이 일로 인해 스스로 산곡도인山谷道人이라 했다"라고 했다.

舒州皖公山三祖僧璨大師道場, 是爲山谷寺. 西北有石牛洞, 其石狀如伏牛, 因以爲名. 錢紳同安志云, 初, 李伯時畫魯直坐於石牛上, 魯直因自號山谷道人.

風吹得行 處處是日用 又將十六口 去作宜州夢 : 『한산자시寒山子詩』에서 "한산의 이 번뇌 없는 바위여, 생사生死 나루 건너는 나룻배일세. 여덟 바람 불어도 움쩍 않나니, 만고에 모든 사람 그 묘妙를 전해오네"라고

했는데, 이것을 반대로 이용했다. 살펴보건대, 『보적경』과 『대비파사론』에서 "'이利'·'쇠衰'·'훼毁'·'예'·'칭稱'·'기譏'·'고苦'·'낙樂'이 팔풍八風[61]이다"라고 했다. 『대비파사론』에서 또한 ""부처 또한 일찍이 이 세상에서 팔법八法을 만났는데, 어떻게 불법을 듣고 해탈할 수 있었습니까"라고 물었다. 이에 "비록 이러한 일을 만났지만 여기에 물들지 않았기에 불법을 듣고 해탈할 수 있었다"라 대답했다"라고 했다. 『전등록·방거사전龐居士傳』에서 "석두石頭가 "자네가 노승을 만나 이후로 하루하루 하는 일을 무엇인가"라 물었다. 이에 방거사는 게송 하나를 올리면서 "나날이 하는 일은 다른 것이 없고 오직 제가 스스로 만나는 대로 어울릴 뿐입니다. 만나는 하나하나마다 버리거나 취하지 않고 처하는 곳마다 어긋남이 없습니다. 붉은 색 옷과 자줏빛 옷이라고 누가 이름 했습니까. 구산에는 티끌 한 점 없습니다. 신통神通과 묘용妙用이 물 긷고 나무하는 것입니다"라 대답했다"라고 했다. 두보의 「득사제소식得舍弟消息」에서 "두 서울의 서른 식구, 비록 산다 해도 실낱같은 목숨"이라고 했다. 성유 매요신의 「증구양벌贈歐陽閥」에서 "또 지는 꽃잎 따라 휘날리니, 돌아가 강남을 꿈꾸네"라고 했다. 목지 두목의 「견회遣懷」에서 "십 년 만에 양주몽揚州夢 한 번 깨네"라고 했다. 이때 산곡 황정견

---

61 팔풍(八風) : 불교어로, 세상에서 사람을 마음을 요동치게 하는 여덟 가지 일이다. 마음에 맞는 일을 얻는 것을 이(利)라 하고 마음에 맞는 일을 잃어버리는 것을 쇠(衰)라하며 등 뒤에서 비방하는 것을 훼(毁)라 하고 등 뒤에서 칭송하는 것을 예(譽)라 하며, 면전에서 칭송하는 것을 칭(稱)이라 하고 면전에서 비방하는 것을 기(譏)라 하며, 몸이 고달픈 것을 고(苦)라 하고 마음이 즐거운 것을 낙(樂)이라 한다. 『서씨오람하·조정(躁靜)』에 보인다.

이 아들 사舍와 죽은 동생 지명知命을 데리고 골육骨肉이 함께 갔었다.

寒山子詩曰, 寒山無漏巖, 其巖甚濟要, 八風吹不動, 萬古人傳妙. 此反而用之. 按寶積經及大毗婆沙論, 以利衰毀譽稱譏苦樂爲八風. 大毗婆沙論又曰, 佛亦曾遇此世八法, 如何說佛解脫. 答曰, 雖遇此事, 而不生染, 故說解脫. 傳燈錄龐居士傳, 石頭問曰, 子自見老僧已來, 日用事作麼生. 呈一偈云, 日用事無別, 唯吾自偶諧. 頭頭非取捨, 處處勿張乖. 朱紫誰爲號, 丘山絶點埃. 神通幷妙用, 運水及搬柴. 老杜詩, 兩京三十口, 雖在命如絲. 梅聖俞贈歐陽閥詩曰, 又隨落花飛, 去作江西夢. 杜牧之詩云, 十年一覺揚州夢. 時山谷携其子舍, 幷亡弟知命, 骨肉俱往.

苦憶新老人 是我法梁棟 信手斫方圓 規矩一一中 : 『고승전·나십전羅什傳』에서 "스님 혜원慧遠은 여러 불경을 배워 관통하여 남긴 법문法文이 동량이 되었다"라고 했다. 『고승전』에 실린 위산선사潙山禪師의 경책警策에서 또한 "마음에 불법의 동량을 기약하며, 써서 후래의 귀경龜鏡이 되다"라고 했고 『고승전』에 실린 낙보선사樂普禪師의 송頌에서 "무성한 밭에 들어가 가리지 않고, 손가는 대로 풀을 뽑아 왔다"라고 했다. 『장자』에서 "네모진 모양으로 꺾어질 때에는 곱자에 맞고, 둥근 모양으로 돌 때에는 그림쇠에 들어맞는다"라고 했다.

高僧羅什傳曰, 釋慧遠, 學貫群經, 棟梁遺法. 潙山禪師警策亦云, 心期佛法棟梁, 用作後來龜鏡. 樂普禪師頌曰, 入荒田不揀, 信手拈來草. 莊子曰, 方者中矩, 圓者中規.

遙思靈源叟 分坐法席共 : '영원靈源' 노인의 이름은 유청唯淸으로 또한 회당노인의 자식이고 신新의 법제法弟이다. 뒤에 황룡산黃龍山에 거처했다.『법화경』에서 "그때 다보불多寶佛께서 보배탑寶塔中 가운데 있으면서 자리를 반으로 나누어 석가모니불釋迦牟尼佛께 드리고 "석가모니불께서는 이 자리에 앉으소서"라 했다"라고 했다. 또한 살펴보건대,『잡아함경雜阿含經』에서 "존자尊者 가섭迦葉이 해진 납의衲衣을 입고 부처가 있는 곳으로 찾아갔다. 그때 여러 비구比丘는 가섭을 업신여기는 마음이 있었다. 세존世尊이 마하가섭摩訶迦葉에게 "이 반 비워둔 자리에 앉아라. 나는 이제야 마침내 누가 먼저 출가하였는지를 알았다. 네가 먼지인지, 내가 먼지인지"라고 했다. 그곳에 있던 모든 비구들은 마음에 두려움이 생겨 온 몸의 털이 곤두섰다"라고 했다.

靈源叟名唯淸, 亦嗣晦堂, 新之法弟也. 後住黃龍. 法華經曰, 爾時多寶佛, 於寶塔中, 分半座與釋迦牟尼佛, 而作是言, 釋迦牟尼佛, 可就此座. 又按雜阿含經云, 尊者迦葉, 着弊衲衣, 來詣佛所, 時諸比丘心生輕慢, 世尊告摩訶迦葉, 於此半坐, 我今竟知誰先出家, 汝耶, 我耶. 彼諸比丘, 心生恐怖, 身毛皆豎.

聊持楚狂句 往作天女供 : '초광楚狂'[62]은 위의 주注에 보인다. 『유마경』에서 "이때 유마힐의 방에 한 천녀天女가 있었는데, 여러 보살들이

---

62 초광(楚狂) :『논어』에서 "초나라 광인 접여가 노래하기를 "지나간 잘못은 탓할 수 없거니와, 앞으로의 일은 바로잡을 수 있다"라 했다[楚狂接輿歌曰, 往者不可諫, 來者猶可追]"라고 했다.

설법하는 것을 듣고서는 그녀는 곧바로 그 몸을 드러내어 하늘 꽃을 여러 보살들과 대제자大弟子의 위에 뿌렸다"라고 했다.

楚狂見上注, 維摩經曰, 時維摩詰室, 有一天女, 見諸天人, 聞所說法, 便現其身, 卽以天花散諸菩薩大弟子上.

嶺上早梅春 參軍慙獨弄 : 의주宜州는 영남嶺南에 있는데, 이 구절은 도반道伴을 버리고 떠나 함께 불법에 기뻐하며 노닐 사람이 없다는 말이다. '독롱獨弄'은 배우俳優라는 말인데, 그 말이 본래 속언俗諺에서 나왔다. 살펴보건대, 『인화록因話錄』에서 "숙종肅宗이 궁중에서 연회를 베풀 때, 한 여자 배우가 가관희假官戲를 연출했다. 그 가운데 녹색 옷을 입고 죽간竹簡을 들고 있는 자가 있었는데, 이를 '참군장參軍椿'이라고 했다"라고 했다.

宜州在嶺南, 此句謂違去道伴, 無與共禪悅游戲爾. 獨弄, 俳優, 本出俗諺. 按因話錄曰, 肅宗宴宮中, 女優有弄假官戲, 其綠衣秉簡者, 謂之參軍椿.[63]

---

63 [교감기] '椿'이 원래 '椿'으로 되어 있는데, 전본에 따르고 요형중(廖瑩中)의 『강행잡록(江行雜錄)』을 참고하여 고친다.

12. 구양성발이 봉의에서 내가 보내준 「다가」에 사례한 작품에 장난스레 답하다

戲答歐陽誠發奉議謝余送茶歌

歐陽子	구양자는
出陽山	양산에서 나왔네.
山奇水怪有異氣	산과 물 기이해 특별한 기 있는데
生此突兀能豹顏	이곳에서 태어나 우뚝하게 표범 얼굴 있도다.
飮如江入洞庭野	술 마시는 것 강물이 동정호 들판으로 흘러가는 듯
詩成十手不供寫	시 짓는데 열 손가락이 모두 필요하지 않다오.
老來抱璞向涪翁	늘그막에 박옥 안고 부옹에게 가노니
東坡元是知音者	동파는 본래 음을 알아주는 사람이었네.
蒼龍璧[64]	창룡벽蒼龍璧
官焙香	관배향官焙香[65]
涪翁投贈非世味	부옹이 준 것으로 세상엔 없는 맛이니
自許詩情合得嘗	시정이 있어 맛볼 만 하리라.
却思翰林來餽光祿酒	도리어 한림이 보내준 광록주 생각나니
兩家水鑑共寒光	두 집에서 술잔 들고 찬 달빛 함께 했지.

---

64 [교감기] '璧'이 고본에는 '璧'으로 되어 있다.
65 창룡벽(蒼龍璧) 관배향(官焙香) : 모두의 차 일종이다.

予乃安敢比東坡	내가 어찌 감히 동파에게 견주리오
有如玉槃金叵羅	옥반과 금파라 같은 것이 있노니
直相千萬不[66]啻過	그 값어치 천 배 만 배 뿐이랴.
愛公好詩又能多	공은 시도 좋고 또한 재능도 많으니
老夫何有更橫戈	늙은이가 어찌 다시 창을 비껴들고
奈此于思百戰何	이 털보와 맘껏 싸워보겠는가.

【주석】

歐陽子 出陽山 山奇水怪有異氣 生此突兀能豹顔 : 퇴지 한유의 「송구책서送區冊序」에서 "양산陽山의 천하의 궁벽한 곳으로, 땅에는 구릉의 험함이 있고 물은 강물 흐름이 사납고 빠르며 물결을 가로막는 암석이 있다"라고 했다. 또한 「송뇨도사서送廖道士序」에서 "침주郴州는 중주中州의 맑은 기운이 있는데, 꿈틀대며 땅을 타고 흐르며 하나로 뒤섞이고 모여 쌓이었다. 그 수토水土가 생겨나는 바이고 신령스러운 기운이 감응하는 곳이니, 반드시 그 사이에서 괴기魁奇하고 충신忠信하며 재덕才德의 인물이 태어날 것이다"라고 했다. 또한 「송장도사送張道士」에서 "장후는 숭산嵩山 높은 곳에서 왔는데, 얼굴에 곰과 표범의 모습 있다네"라고 했다. 살펴보건대, '양산陽山'은 연주連州에 속해 있다.

退之送區冊序曰, 陽山, 天下之窮處也, 陸有丘陵之險, 水有江流悍急橫波之石. 又送廖道士序曰, 郴之爲州, 當中州淸淑之氣, 蜿蟺扶輿, 磅礡而鬱積,

---

66　[교감기] '不'이 고본에는 '奚'로 되어 있다.

其水土之所生, 神氣之所感, 必有魁奇忠信才德之民生於其間. 又送張道士詩曰, 張侯嵩高來, 面有熊豹姿. 按陽山隸連州.

飲如江入洞庭野 詩成十手不供寫 : 당唐나라 장계張繼의 「중경파구추감重經巴丘追感」에서 "술 배가 모두 동정호의 넓이만큼 되네"라고 했다. 『장자』에서 "황제가 동정호의 들판에서 음악을 연주했다"라고 했다. 두보의 「석연가石硯歌」에서 "몇 사람이 글을 쓸 먹물 담고 있으며, 열 손이 마주하여 이용할 수 있네"라고 했다.

唐人詩, 酒腸俱逐洞庭寬. 莊子曰, 帝張樂於洞庭之野. 老杜有石硯歌曰, 揮灑容數人, 十手可對面.

老來抱璞向涪翁 東坡元是知音者 : '포박抱璞'67은 변화卞和의 고사를 이용한 것으로 위의 주注에 보인다. 『후한서 · 방술곽옥전方術郭玉傳』에서 "부수涪水에서 낚시하는 노인이 있었는데, 그것으로 인해 부옹涪翁이라고 했다"라고 했다. 산곡 황정견이 부주별가涪州別駕로 폄직되어 또한

67　포박(抱璞) : 『한비자』에서 "초(楚)나라 사람 변화(卞和)가 초산에서 옥박(玉璞)을 얻어 여왕(厲王)에게 바쳤다. 여왕은 옥 다듬는 사람에게 시켜 살펴보게 했는데 "돌이다"라고 했다. 이에 여왕은 변화가 자신을 속였다고 생각하고서 변화의 오른쪽 발꿈치를 베어버렸다. 무왕(武王)이 즉위함에 미쳐 또 옥박을 받쳤다. 무왕이 다시 옥을 다듬는 사람에게 살펴보게 했는데 "돌이다"라고 했다. 이에 무왕은 변화의 왼쪽 발꿈치를 베어버렸다. 문왕(文王)이 즉위함에 미쳐, 변화는 그 옥박을 안고 초산에서 곡을 하며 사흘 낮밤을 울었는데, 눈물이 다하고 이어 피가 흘렀다. 이에 문왕이 옥 다듬는 사람을 시켜 그 옥박을 다듬게 하여 보옥(寶玉)을 얻었는데, 그 이름이 '화씨벽(和氏璧)'이다"라고 했다.

일찍이 '부옹'이라 부른 바 있다. 혹은 '부파涪皤'라고도 한다.

抱璞用卞和事, 見上注. 後漢方術郭玉傳, 有老父漁釣涪水, 因號涪翁. 山谷謫涪州別駕, 亦嘗以自稱. 或云涪皤.

蒼龍璧 官焙香 涪翁投贈非世味 自許詩情合得嘗 : 퇴지 한유의 「시상示爽」에서 "내 늙으니 세상 살맛 적구나"라고 했다. 동파 소식의 「다가茶歌」에서 또한 "내 쇠하여 늙어가 세상 살맛 적지만, 좋아하는 것은 쇠하니 않노니 차 마시는 것이네"라고 했다. 설능의 「사왕언위기다謝王彦威寄茶」에서 "추관麤官에게 부쳐준 것 아무 쓸데없지만, 시정詩情이 있는지라 맛보기에 합당하네"라고 했다.

退之詩, 吾老世味薄. 東坡詩亦云, 吾衰向老世味薄, 所好未衰唯飲茶. 薛能謝王彦威寄茶詩云, 麤官乞與眞拋却, 賴有詩情合得嘗.

却思翰林來餽光祿酒 兩家水鑑共寒光 : '한림翰林'은 동파 소식을 말한다. 살펴보건대, 『당서·지지』에서 "광록경光祿卿에 양온서良醞署가 있다"라고 했다. '수경水鏡'[68]은 위의 주注에 보인다.

翰林謂東坡. 按唐志光祿卿有良醞署. 水鏡見上注.

---

68 수경(水鏡) : 동파 소식의 「차운승잠견증(次韻僧潛見贈)」에서 "도인은 흉중이 물거울처럼 맑구나[道人胷中水鏡淸]"라고 했다. 실펴보건대, 『촉지·방통전(龐統傳)』의 주(注)에서 "사마덕조가 수경선생(水鏡先生)이라 불리었다[司馬德操爲水鏡]"라고 했다. 『진서·악광전(樂廣傳)』에서 위관(衛瓘)이 "이 사람은 물거울이니 보면 맑아진다[此人之水鏡也, 見之瑩然]"라고 했다.

予乃安敢比東坡　有如玉槃金叵羅　直相千萬不啻過 : 『한서・조참전曹參傳』에서 "혜제惠帝가 "짐이 어찌 감히 선제先帝를 바라리오"라 했다"라고 했는데, 그 말의 어감語感을 이용했다. 응소應劭의 『한관의漢官儀』에서 "봉선단封禪壇의 남쪽에 옥반玉盤69이 있다"라고 했다. 『북사北史』에서 "조정祖珽이 금파라金叵羅70를 훔쳐, 상투 속에 감추었다"라고 했다. 태백 이백의 「대주對酒」에서 "포도주 넘치는 자그마한 황금 술잔"이라고 했다. 『맹자』에서 "혹은 서로 천 배가 되고 만 배가 되다"라고 했다. 두보의 「봉기고상시奉寄高常侍」에서 "조식과 유정보다 한참이나 문장이 뛰어나네"라고 했다.

漢書曹參傳, 惠帝曰, 朕乃安敢望先帝. 此用其語律. 應劭漢官儀曰, 封禪壇南有玉盤. 北史, 祖珽竊金叵羅, 藏髻中. 李太白詩, 蒲萄酒, 金叵羅. 孟子曰, 或相千萬. 老杜詩, 方駕曹劉不啻過.

愛公好詩又能多　老夫何有更橫戈　奈此于思百戰何 : 퇴지 한유의 「수마시랑기주酬馬侍郎寄酒」에서 "네 구에 담긴 뜻 능히 많아라"라고 했고 또한 「송영사送靈師」에서 "글로 싸우면 누가 대적할까, 창검이 드넓게 비껴있네"라고 했다. 『좌전』에서 "화원華元이 공정工程을 순시巡視하니, 성城을 쌓는 역부役夫들이 노래하기를, "턱에 수염 가득히 난 놈이 갑옷 버리고 도망쳐 왔다네"라 했다. 이 노래를 들은 화원은 그 참승驂乘을 보

69　옥반(玉盤) : 옥쟁반을 말한다.
70　금파라(金叵羅) : 황금으로 칠한 술잔을 말한다.

내어 역부들에게 "소에는 가죽이 있고, 물소도 아직 많으니 갑옷을 버린들 무슨 관계있는가"라고 했다"라고 했는데 그 주注에서 "'우사于思'는 귀밑머리털이 많은 모양이다"라고 했다. 구양歐陽 군이 틀림없이 귀밑머리가 많았기에, 이 고사를 이용한 것이다.

退之詩云, 四句意能多. 又詩, 文戰誰與敵, 浩汗橫戈鋋. 左傳, 華元巡功, 城者謳曰, 于思于思, 棄甲復來. 使其驂乘謂之曰, 牛則有皮, 犀兕尙多, 棄甲則那. 注云, 于思, 多鬚之貌. 歐陽君必多髥, 故用此事.

13. 계주에 이르다

到桂州

桂嶺環城如雁蕩	계주 고개 성 빙 둘러 안탕산과 같고
平地蒼玉忽嶒峨	평지에서 푸른 옥이 갑자기 솟아 난 듯.
李成不在[71]郭熙死	이성도 없고 곽희마저 죽었는데
奈此百嶂千峰何	이 수백의 봉우리를 어찌할거나.

【주석】

桂嶺環城如雁蕩 平地蒼玉忽嶒峨 : 안탕산雁蕩山은 지금의 온주溫州에 있다.

雁蕩山在今溫州.

李成不在郭熙死 奈此百嶂千峰何 : 『명화평名畫評』에서 "이성李成은 영구營丘
사람으로 산수와 숲을 잘 그려 당시 최고로 칭송받았다"라고 했다. 문의공
文懿公 장사손張士遜이 허도녕許道寧에게 준 시에서 "이성은 세상 떠났고 범관
도 죽었으니, 오직 고양의 허도녕만이 남았구나"라고 했다. 퇴지 한유의
「석고가石鼓歌」에서 "소릉 두보도 없고 적선 이백도 죽었으니, 재주 없는 내
가 석고를 어찌할거나"라고 했다.

名畫評曰, 李成, 營丘人, 能畫山水林木, 當時稱爲第一. 張文懿公詩曰, 李成謝
世范寬死, 唯有高陽許道寧. 退之石鼓歌曰, 少陵無人謫仙死, 才薄其奈石鼓何.

---

71 [교감기] '在'가 문집·장지본·건륭본에는 '生'으로 되어 있다.

14. 허각지가 은혜롭게 계화와 야자로 만든 찻그릇을 보내주었기에 답하다. 2수【허각지의 이름은 언선이다】

答許覺之惠桂花椰子茶盂. 二首【彦先】

첫 번째 수其一

萬事相尋榮與衰	영화롭고 쇠하도록 모든 일에 서로 찾았는데
故人別來鬢成絲	옛 벗과 헤어지고 귀밑머리 실이 되었네.
欲知歲晚在何許	늘그막에 어찌해야 하는 지 알고 싶다면
唯說山中有桂枝	오직 산중의 계수나무 있다고 말해 주리.

【주석】

萬事相尋榮與衰 故人別來鬢成絲 : 『문선』에 실린 사형 육기의 「증상서랑고언선贈尚書郎顧彦先」에서 "비단 싸서 절로 찾아왔네"라고 했다. 두보의 「송정십팔건폄태주사호운운送鄭十八虔貶台州司戶云云」에서 "정공은 버림받아 귀밑머리 실이 되었네"라고 했다.

選詩, 纏綿自相尋. 老杜詩, 鄭公樗散鬢成絲.

欲知歲晚在何許 唯說山中有桂枝 : 『문선』에 실린 사종 완적의 「영회시詠懷詩」에서 "이 좋은 날을 어찌할거나"라고 했다. 유안劉安의 「초은사招隱士」에서 "계수나무 총생 하고 암벽은 그윽하구나"라고 했으며, 또한 "계수나무 가지 부여잡고 애로라지 오래 머무르네"라고 했다.

文選阮嗣宗詩, 良辰在何許. 劉安招隱士曰, 桂樹叢生兮巖之幽. 又曰, 攀
援桂枝兮聊淹留.

두 번째 수其二

碩果不食寒林梢	찬 숲 끝의 석과는 먹지 않고
剖⁷²而器之如懸匏	쪼개어 현포처럼 그릇 만들었네.
故人相見各貧病	옛 벗 찾아보니 모두 가난하고 병들었지만
且⁷³可烹茶當酒肴	또한 차 끓이고 술안주 삼을 수 있네.

【주석】

碩果不食寒林梢 剖而器之如懸匏 故人相見各貧病 且可烹茶當酒肴 :『주
역·박괘剝卦』의 상구上九에서 "석과碩果는 먹지 않는다"라고 했다. 『문
선』에 실린 사형 육기의 「탄서부歎逝賦」에서 "찬 숲을 거니니 서글퍼지
네"라고 했다. 경양 장협의 「칠명七命」에서 "야자나무의 껍데기를 가르
네"라고 했다. 살펴보건대, 연림淵林 유규劉逵의 「오도부吳都賦」 주注에서
"야자나무는 빈랑나무와 비슷한데, 그 열매가 박만큼 커서, 마실 때 쓰
는 그릇을 만들 수 있다"라고 했다. 『공자가어』에서 "갈라 먹으면 꿀처
럼 달콤하다"라고 했다. 『노론』에서 "그 사람을 부림에 그릇이 되기를

---

72 [교감기] '剖'가 문집·고본·건륭본에는 '割'로 되어 있다.
73 [교감기] '且'가 문집·고본에는 '猶'로 되어 있고 장지본에는 '㽅'로 되어 있다.

바란다"라고 했다. 반악의 「생부笙賦」에서 "하수와 분수의 보물로는 곡옥曲沃에서 생산되는 현포懸匏[74]가 있다"라고 했다. 『시경·규변頍弁』에서 "너의 술이 이미 맛있고, 너의 안주는 이미 훌륭하도다"라고 했다.

易剝卦之上九曰, 碩果不食. 文選陸士衡歎逝賦, 步寒林而悽惻. 張景陽七命曰, 剖椰子之殼. 按劉淵林吳都賦注云, 椰樹似檳榔, 實大如匏核, 可作飮器. 家語曰, 剖而食之, 甛如蜜. 魯論曰, 其使人也器之. 潘岳笙賦, 河汾之寶, 有曲沃之懸匏焉. 頍弁詩, 爾酒旣旨, 爾肴旣嘉.

---

74 현포(懸匏) : 움직이지 않고 매달려 있는 뒤웅박을 말한다. 『논어·양화(陽貨)』에서 "내가 어찌 뒤웅박처럼 한곳에 매달린 채 먹지도 못하는 그런 사람이 되어야 하겠는가[吾豈匏瓜也哉, 焉能繫而不食]"라고 했다.

15. 야자나무로 만든 차 단지를 덕유에게 보내다. 2수

以椰子茶瓶寄德孺. 二首

첫 번째 수其一

碩果霣林梢	숲 끝에서 석과가 떨어지니
可以代懸匏	현포를 대신할 수 있다네.
携持二十年	이십 년 동안 가지고서
煑茗當酒肴	차 끓이고 술안주로 삼았지.
我今禦魑魅	나는 지금 도깨비 재앙 막고 있으면서
學打衲僧包	스님의 타포를 배우노라.
聊持堅重器	애오라지 단단한 물건을
遺我金石交	내게 보내어 금석의 교유하네.

【주석】

碩果霣林梢 可以代懸匏 携持二十年 煑茗當酒肴 我今禦魑魅 學打衲僧包 聊持堅重器 遺我金石交 : 『조정사원』에 실린 '타포打包'[75]에 대한 설說에서 "『비나야잡사』에서 "불가에서는 필추苾芻[76]는 응당 자루에 옷을 담는다라 했다. 지금 스님들의 허리에 찬 주머니는 또한 불가의 제도를

---

75 타포(打包) : 타포(打袍)와 같은 말로, 행각승(行脚僧)이 등에 지고 다니는 주머니 모양의 바랑을 뜻한다.
76 필추(苾芻) : 범어(梵語) bhikṣu의 음역(音譯)으로 비구(比丘)와 같은 말이다. 필추(苾蒭)라고도 한다.

이어 받은 것이다"라 했다"라고 했다. 작품 가운데의 '어이매禦魑魅'[77]에 대해서는 위의 주注에 보인다. 『좌전』에서 "기초祈招[78]의 시에서 "옥과 같이 여기고 금과 같이 여긴다"라 했다"라고 했는데, 그 주注에서 "그 견고함을 취한 것이다"라고 했다. 유사복劉師服의 「석정연구石鼎聯句」에서 "한갓 너의 견고한 성품"이라고 했다.

祖庭事苑載打包說曰, 毗奈耶雜事云, 佛言芯蒭, 應以袋盛衣. 今禪人腰囊, 亦承佛之制也. 詩中所用字, 竝見上注. 左傳 祈招之詩曰, 式如玉, 式如金. 注云, 取其堅重. 劉師服石鼎聯句云, 徒爾堅重性.

두 번째 수其二

炎丘椰木實	염구에 있는 야자나무 열매
入用隨茗椀	가져다 찻잔으로 쓴다오.
譬如楛矢[79]砮	비유하면 싸리나무 활과 화살촉이니

77　어이매(禦魑魅) : 퇴지 한유의 「초남식이원십팔협률(初南食貽元十八協律)」에서 "내가 귀양을 왔으니, 남방의 음식을 먹는 게 당연하지[我來禦魑魅, 自宜味南烹]"라고 했다. 살펴보건대, 『좌전』에서 태사극(太史克)이 "소호씨(少皞氏)에게 불초(不肖)한 자식이 있었는데, 궁기(窮奇)이다. 순(舜)이 요(堯)의 신하로 있을 적에, 사흉(四凶)인 혼돈(渾敦)과 궁기(窮奇)와 도올(檮杌)과 도철(饕餮) 등을 사방 변두리에 귀양 보내어, 도깨비의 재앙을 막게 했다[少皞氏有不才子, 謂之窮奇. 舜臣堯, 流四凶族, 渾敦窮奇檮杌饕餮, 投諸四裔, 以禦魑魅]"라고 했다.

78　기초(祈招) : 기초(祈招)의 기(祈)는 주나라 때의 사마관(司馬官)을 말하고, 초(招)는 그 당시 사마관의 이름이다.

79　[교감기] '矢'가 문집・고본에는 '石'으로 되어 있다.

但貴從來遠	다만 멀리서 왔기에 귀하다오.
往時萬里物	예전에는 만 리의 물건도 얻었지만
今在籬落間	지금은 울타리 사이의 물건뿐이라오.
知公一拂拭	지공이 한 번 닦으면서
想我瘴霧顔	내 아픈 얼굴 상상했으리.

【주석】

炎丘椰木實 入用隨茗椀 譬如楛矢砮 但貴從來遠 : 『공자가어』에서 "공자가 진陳나라에 있을 때, 매 한 마리가 진나라 궁정에 떨어져 죽었는데, 싸리나무로 만든 화살이 몸에 꽂혀 있었고 돌로 만든 화살촉에 화살의 길이는 1자 8치였다. 진나라 혜공惠公이 사람을 시켜 매를 가지고 가서 공자에게 물었다. 이에 공자는 "매가 멀리서 왔다. 이는 숙신肅愼의 화살이다"라 했다"라고 했는데, 주注에서 "'호楛'는 나무이름이고 '노砮'는 화살촉이다"라고 했다. 『한시외전』에서 "황곡黃鵠은 오덕五德이 없는데, 그대가 오히려 이를 귀하게 여기니 이는 멀리서 왔기 때문이다"라고 했다.

家語曰, 孔子在陳, 有隼集陳侯之庭而死, 楛矢貫之, 石砮, 其長尺有咫. 惠公使人持隼如孔子館而問焉. 孔子曰, 隼之來遠矣. 此肅愼氏之矢. 注云, 楛, 木名. 砮, 箭鏃. 韓詩外傳曰, 黃鵠無五德, 君猶貴之, 以其所從來者遠矣.

往時萬里物 今在籬落間 知公一拂拭 想我瘴霧顔 : 위 두 구절은 산곡 황

정견 자신을 비유한 것이다. 『세설신어』에서 "환현桓玄이 환해桓崖 집에 가서 복숭아를 구하려고 했지만 끝내 좋은 복숭아를 얻지 못했다. 이에 환현은 은중문殷仲文에게 편지를 보내어 "덕德이 아름다우면, 숙신씨肅慎 氏가 싸리나무 활을 공물로 바치는 경우와 같게 될 것이다. 만약 덕이 아름답지 못하다면, 울타리 안의 물건도 또한 얻을 수가 없다"라 했다" 라고 했다. 이것을 차용한 것이다. '이락籬落'[80]은 위의 주注에 보인다.

上兩句山谷自況. 世說, 桓玄就桓崖求桃, 不得佳者. 玄與殷仲文書曰, 德之休明, 則肅慎氏貢其楛矢, 如其不爾, 籬壁間[81]物亦不可得. 此借用. 籬落見上注.

---

80 이락(籬落) : 연명 도잠의 「음주(飮酒)」에서 "동쪽 울타리 아래에서 국화를 따네 [采菊東籬下]"라고 했다.
81 間 : 중화서국본에는 '閒'으로 되어 있으나, '間'의 오자이다.

16. 황룡산의 청로에게 부치다. 3수

寄黃龍淸老. 三首82

첫 번째 수其一

萬山不隔中秋月	온 산에는 중추의 달빛 내리고
一雁能傳寄遠書	한 마리 기러기 먼 곳 편지 전해주네.
深密伽陁枯戰筆	마음 담긴 편지의 멋진 필체는
眞成83相見問何如	진정 서로 만나 어떠한지 묻고 있는 듯.

【주석】

萬山不隔中秋月 一雁能傳寄遠書 : 퇴지 한유의 「감춘感春」에서 "동서남북으로 모두 가고 싶지만, 천 개의 강과 만 개의 산이 가로막았네"라고 했다. 사장謝莊의 「월부月賦」에서 "천 리 떨어져 있지만 밝은 달 함께하네"라고 했다. 두보의 「월야억사제月夜憶舍弟」에서 "변방 가을에 외기러기 울음소리뿐"이라고 했다.

退之詩, 東西南北皆欲往, 千江隔兮萬山阻. 謝莊月賦曰, 隔千里兮共明月. 老杜詩, 邊秋一雁聲.

---

82 [교감기] 이 3수의 작품은 또한 명성화본『동파속집(東坡續集)』권2에도 보이는데, 작품의 제목인 '寄'가 '和'로 되어 있다. 사신행(査愼行)은 "이 작품은 산곡의 작품이 확실하다"라고 했다.

83 [교감기] '成'이『동파속집(東坡續集)』에는 '誠'으로 되어 있다.

深密伽陁枯戰筆 眞成相見問何如 : 불서佛書에 『해심밀경解深密經』이 있다. 『열반경』에서 "본경本經으로 인하여 게송偈頌하는 것을 지야祇夜라 하고 나머지 네 구의 게偈에 대해 말한 것을 가타伽陁라고 한다"라고 했다. 『조정사원』에서 "가타伽陀를 여기에서는 풍송諷頌이라고 했고 혹은 직송直頌이라고 했으니, 곧바로 게偈로 설법說法을 한다는 말이다"라고 했다. 『법서원法書苑』에서 "평책법平磔法의 구결口訣에서 "느리지도 빠르지도 않으며, 전필戰筆[84]로 옆으로 써내려간다"라고 했는데, 이것을 차용한 것이다. 말구末句는 그의 글을 보니 천 리 떨어져 있지만 마치 서로 얼굴을 맞대고 있는 것과 같다는 말이다. 두보의 「송공소보사병귀유강동겸정이백送孔巢父謝病歸游江東兼呈李白」에서 "두보가 "지금은 어떤가"라고 묻더라고 전해주세요"라고 했다.

佛書有解深密經. 涅槃經曰, 因本經, 以偈頌, 名祇夜. 餘有說四句偈, 名伽陁. 祖庭事苑曰, 伽陁, 此云諷頌, 或名直頌, 謂直以偈說法. 法書苑曰, 平磔法口訣云, 不遲不疾, 戰筆側去. 此借用. 末句謂見其翰墨, 千里如對面也. 老杜詩, 道甫問訊今何如.

두 번째 수其二

| 風前橄欖星宿落 | 감람에는 바람 들고, 별들은 떨어지며 |

---

84 전필(戰筆) : 필치에 힘을 가해 마치 손을 떨 듯이 쓰는 서체, 혹은 그와 같이 그리는 옷주름 묘사기법을 말한다.

日[85]下栬榔羽扇開　　해 아래 광랑나무는 깃 부채 열었구나.

昭[86]黙堂中有相憶　　소묵당에서 그대를 그리워하노니

淸秋忽[87]遣化人來　　맑은 가을에 홀연히 편지를 보내 왔구나.

【주석】

風前橄欖星宿落　日下栬榔羽扇開：『이물지』에서 "감람나무는 남해의 포구나 섬 사이에서 자라는데, 8월이면 익는다. 나무가 높아 열매를 따기 힘든데, 소금을 그 나무에 문지르면 그 열매가 절로 떨어진다"라고 했다. 『영표록』에서 "광랑나무의 몸뚱이와 껍질 및 잎은 번조나무나 빈랑나무 등과는 조금 다르다"라고 했다. '우선羽扇'은 앞의 '치미雉尾'[88]의 주注에 보인다.

異物志曰, 橄欖生南海浦嶼間, 八月乃熟. 木高大難採, 以鹽擦木身, 其實自落. 嶺表錄云, 栬榔樹身皮葉, 與蕃棗檳榔等小異. 羽扇見上雉尾注.

昭黙堂中有相憶　淸秋忽遣化人來：『승보전』에서 "청로淸老는 황룡산에 거처했는데, 얼마 지나지 않아 보각寶覺이 죽자 재빨리 소묵당昭黙堂으

85　[교감기] '日'이 『동파속집(東坡續集)』에는 '月'로 되어 있다.

86　[교감기] '昭'가 『동파속집(東坡續集)』에는 '靜'으로 되어 있다.

87　[교감기] '秋忽'이 『동파속집(東坡續集)』에는 '江或'으로 되어 있다.

88　치미(雉尾): 퇴지 한유의 「원일회조시(元日朝回詩)」에서 "금로의 향이 피어오르니 용의 머리가 어두워지고, 옥패 소리가 다가오니 치미선은 높아지네[金爐香動螭頭暗, 玉珮聲來雉尾高]"라고 했다. 『고금주(古今注)』에서 "은 고종은 꿩이 우는 일로 인해 중흥하였으므로 복식에 꿩을 많이 사용하였기에 치미선이 있게 되었다[殷高宗有雉雊之徵, 服飾多用翟尾, 故有雉尾扇]"라고 했다.

로 옮겨 거주하면서 퇴연히 방 안에 앉아 있었다"라고 했다. 「고시古詩」
에서 "편지의 앞부분에선 길이 그리워한다고 했으며, 편지의 뒷부분에
서는 밥 잘 먹으라고 했네"라고 했다. 『유마경』에서 "유마힐이 자리에
서 일어나지 않은 채, 모든 대중들 앞에서 보살의 모습으로 변하여 말
하길 "너희들이 상방세계上方世界로 가면 나라가 있는데 그 이름이 중향
衆香이고 부처가 있는데 그 이름이 향적香積이다"라 했다. 저 모든 대중
들이 유마힐이 보살로 변화한 것을 보고 곧바로 부처에게 물으니, 부
처가 "유마힐이 여러 보살들을 위해 설법을 하고 있기에 변화시켜서
보낸 것이다"라 했다"라고 했다. 『열자』에서 "주周나라 목왕穆王의 때
에, 서역西域의 나라에서 화인化人[89]이 왔다"라고 했다.

僧寶傳曰, 清老居黃龍, 未幾寶覺歿, 卽移疾居昭黙堂, 頹然坐一室. 古詩,
上有長相憶, 下有加餐食. 維摩經云, 維摩詰不起於座, 居衆會前, 化作菩薩而
告之曰, 汝往上方界分, 有國名衆香, 佛號香積. 彼諸大士見化菩薩, 卽以問
佛, 佛告之曰, 維摩詰爲諸菩薩說法, 故遣化來. 列子曰, 周穆王時, 西域之國
有化人來.

세 번째 수其三

騎驢覓驢但[90]可笑   니귀 타고 나귀 찾으니 가소롭고

---

89 화인(化人) : 도술을 부리는 선인(仙人)을 가리킨다.
90 [교감기] '但'이 『동파속집(東坡續集)』에는 '眞'으로 되어 있다.

非[91]馬喩馬亦成癡　　　　말이 아닌데 말에 비유함도 어리석음이네.

一天月色爲誰好　　　　하늘의 달빛은 누굴 위해 고운가

二老風流只[92]自知　　　　두 늙은이의 풍류는 다만 절로 알뿐.

【주석】

騎驢覓驢但可笑 非馬喩馬亦成癡 : 『전등록』에서 "지공대승誌公大乘의 찬讚에서 "마음이 바로 부처라는 것을 깨닫지 못하는 것은 진실로 나귀를 타고 나귀를 구하는 것과 같다"라 했다"라고 했다. 『장자』에서 "말을 가지고 말이 말이 아님을 설명하는 것은, 말이 아닌 것을 가지고 말이 말이 아님을 설명하는 것만 같지 않다"라고 했다. 두 구절에서는 모두 도道를 아는 사람이 적다는 것을 말했다.

傳燈錄, 誌公大乘讚曰, 不解卽心卽佛, 眞似騎驢覓驢. 莊子曰, 以馬喩馬之非馬, 不若以非馬喩馬之非馬也. 兩句皆言知道者少.

一天月色爲誰好　二老風流只自知 : 두보老杜의 「숙찬공방宿讚公房」에서 "서로 만나 오늘밤 자니, 농 땅의 달은 사람 향해 둥글구나"라고 했다. 또한 「추풍秋風」에서 "밝은 달 누굴 위해 고운지 모르겠네"라고 했다. 또한 「기찬상인寄讚上人」에서 "그대와 두 늙은이 되어, 왕래하면 또한 풍류가 되리"라고 했다. ○『맹자』에서 "백이伯夷와 태공太公 두 노인은

91　[교감기] '非'가 『동파속집(東坡續集)』에는 '以'로 되어 있다.
92　[교감기] '只'가 『동파속집(東坡續集)』에는 '各'으로 되어 있다.

천하의 대로大老이다"라고 했는데, 여기에서는 그 글자를 차용했다.

老杜宿讚公房詩云, 相逢今夜宿, 隴月向人圓. 又詩, 不知明月爲誰好. 又寄贊上人詩云, 與子成二老, 來往亦風流. ○ 孟子, 二老者, 天下之大老也. 此借用其字.

17. 의양에서 원명과 헤어지며 '상'자의 운으로 짓다

宜陽別元明, 用觴字韻

霜鬚八十期同老	흰머리 여든에 함께 늙어가길 기약하며
酌我仙人九醞觴	내게 선인이 마시는 구온의 술 따라주네.
明月灣頭松老大	명월만 가에는 늙고도 큰 소나무
永思堂下草荒涼	영사당 아래 풀은 황량하여라.
千林風雨鶯求友	온 숲의 비바람에 꾀꼬리는 벗 구하는데
萬里雲天雁斷行	만 리 구름 낀 하늘에 기러기 홀로 가네.
別夜不眠聽鼠囓	헤어진 밤 잠 못 들고
	쥐 갉아먹는 소리 들으니
非關春茗攪枯腸	봄 차로 메마른 창자 흔들어서가 아니라네.

【주석】

霜鬚八十期同老 酌我仙人九醞觴 : 원주元注에서 "이 말의 의도는 "우리 형제가 모두 여든이 되어, 근래 중온법重醞法[93]을 알았는데, 대단히 오묘했다"라는 것을 말하고자 한 것이다"라고 했다. ○『서경잡기』에서 "한漢나라 제도에, 종묘宗廟에서는 8월에 술을 마시는데, 구온주九醞酒[94]

93　중온법(重醞法) : 술을 거듭 거르는 것을 말하는 듯하다.
94　구온주(九醞酒) : 두 가지 설이 있다. 하나는 한제(漢制)에 종묘에 쓰는 술로서 아홉 번을 거듭 빚은 미주(美酒)를 말하는데, 일명 순주(醇酒)라고도 한다. 다른 하나는 한무제(漢武帝)가 정월 초하루에 술을 빚어 8월에 익으므로 구온이라 칭

를 쓴다"라고 했다.

元注云, 術者言吾兄弟皆壽八十, 近得重醞法, 甚妙. ○ 西京雜記, 漢制, 宗廟八月飮酎, 用九醞.

明月灣頭松老大 永思堂下草荒涼 : '명월만明月灣'과 '영사당永思堂'은 모두 쌍정당雙井堂에 있는데, 선조의 무덤 옆에 있기 때문에 영사永思라고 이름붙인 것이다. 두보의 「서지촌심치초당지야숙찬공토실西枝村尋置草堂地夜宿贊公土室」에서 "서글프구나, 늙고 큰 등나무, 구불구불 서린 아래서 낮게 읊조리네"라고 했다. 퇴지 한유의 「여위중행서與衛中行書」에서 "궁벽한 거처 황량하고 초목은 우거졌네"라고 했다. 살펴보건대, 『문선』에 실린 공치규의 「북산이문北山移文」에서 "돌길 황량하여 그저 우뚝이 서 있네"라고 했다.

明月灣永思堂皆在雙井堂, 在先墓之側, 故以永思爲名. 老杜詩, 惆悵老大藤, 沉吟屈蟠樹. 退之書曰, 窮居荒涼, 草樹茂密. 按文選北山移文曰, 石徑荒涼徒延佇.

千林風雨鴬求友 萬里雲天雁斷行 : 새도 오히려 벗을 구하는데, 나는 홀로 형과 헤어졌다는 것을 말했다. 낙천 백거이의 「춘지한범春池閒汎」에서 "나무엔 꾀꼬리 벗들 모이고, 구름 속에 기러기 형제 날아가누나"라고 했다. 유우석의 「복사래시유삼춘향만운운僕射來示有三春向晚云云」에

했다는 것이다.

서 "기러기 따라 떠나가는 형 보니, 꾀꼬리 벗 구하는 소리 들리네"라고 했고 또한 「추림즉사연구삼십운秋霖卽事聯句三十韻」에서 "헤어져 기러기 날개 따르면서, 어깨 움추린 채 홀로 읊조리네"라고 했다.

言鳥猶求友, 而我獨與兄別也. 樂天詩, 樹集鶯朋友, 雲行雁弟兄. 劉禹錫詩, 見雁隨兄去, 聽鶯求友聲. 又詩, 斷行隨雁翅, 孤嘯聳鳶肩.

別夜不眠聽鼠嚙 非關春茗攪枯腸 : 헤어져 마음을 다잡기 힘들어 절로 잠을 자지 못하니 차를 마셔 잠을 쫓은 것이 아니다. 노동의 「다가茶歌」에서 "셋째 잔은 메마른 창자 속을 더듬는다"라고 했다.

別緖難爲情, 自不能寐, 非以茗椀破睡也. 盧仝茶歌, 三椀搜枯腸.

18. 범신중의 「우거숭녕우우」라는 작품에 화운하다. 2수

和范信中寓居崇寧遇雨. 二首[95]

첫 번째 수其一

范侯來尋八桂路	범후가 와서 팔계의 길을 찾노니
走避俗人如脫兔	속인 피하는 것 토끼가 그물에서 벗어나는 듯.
衣囊夜雨寄禪家	의낭으로 비오는 밤에 선가에 들어가니
行潦升階漂兩屨	빗물이 계단까지 차서 두 신발 떠다니네.
遣悶悶不離眼前	근심 떨치려하나 근심 눈앞에서 떠나지 않고
避愁愁已知人處	걱정 피하려하나
	걱정 이미 사람 있는 곳 안다오.
慶公憂民苗未立	경공은 백성이 싹 세우지 못함 걱정했으며
旻公憂木水推去	민공은 나무가 물 물리칠까 근심한다오.
兩禪有意開壽域	두 선승은 뜻이 있어 수역壽域을 열었고
歲晚築室當百堵	늘그막에 지은 집은 백도百堵나 된다오.
他時無屋可藏身	훗날 몸을 숨길만한 집이 없다면
且作五里公超霧	또한 공초의 오 리의 안개 만드시게.

【주석】

范侯來尋八桂路 走避俗人如脫兔 : 『산해경』에서 "계림桂林에 여덟 그루

95　[교감기] 시집(詩集)·고본에는 작품의 제목 아래 주(注)에 '廖'라는 기록이 있다.

의 계수나무가 있는데, 번우番禺의 동쪽에 있다"라고 했다. 『손자병법』에서 "뒤에는 그물을 빠져나가는 토끼와 같이 신속히 행동하여 적이 미처 막지 못하게 한다"라고 했다.

山海經曰, 桂林有八樹, 在番禺東. 孫子曰, 後如脫兔, 敵不及距.

衣囊夜雨奇禪家　行潦升階漂兩屨 : 『한서·왕길전王吉傳』에서 "지니고 있는 것은 행낭行囊과 옷뿐이다"라고 했다. 『시경·형작洞酌』에서 "저 길가에 고인 빗물을 멀리 떠다가"라고 했다. 『예기·곡례曲禮』에서 "문밖에 두 사람의 신발이 놓여 있다"라고 했다.

漢書王吉傳曰, 所載不過囊衣. 詩曰, 洞酌彼行潦. 曲禮曰, 戶外有二屨.

遣悶悶不離眼前　避愁愁已知人處 : 두보가 지은 「견민遣悶」이란 작품이 있다. 유신庾信의 「수부愁賦」에서 "문 닫고 근심 쫓으려 하나, 근심 끝내 떠나지 않네. 깊이 숨어 근심 피하려 하나, 근심이 이미 사람 있는 곳 안다오"라고 했다.

老杜有遣悶詩. 庾信愁賦曰, 閉戶欲驅愁, 愁終不肯去. 深藏欲避愁, 愁已知人處.

慶公憂民苗未立　旻公憂木水推去 : '경경慶'과 '민旻'은 숭녕시崇寧寺의 두 선승禪僧이다. 『한서·유장전劉章傳』에서 "싹을 세우기를 듬성듬성 하고자 하네"라고 했다.

慶旻蓋崇寧兩禪僧. 漢書劉章傳曰, 立苗欲疏.

　兩禪有意開壽域 歲晚築室當百堵 : 휘종徽宗 숭녕崇寧 3년, 천하에 조서를 내려 숭령사관崇寧寺觀을 설치하게 하여, 황제를 위해 풍년을 기원하게 했다. 『한서・왕길전王吉傳』에서 "한 시대의 백성을 몰아 인수仁壽의 영역에 끌어올린다"라고 했다. 『시경・사간斯干』에서 "담장이 백도百堵나 되는 집을 지었네"라고 했다.

　徽宗崇寧三年, 詔天下置崇寧寺觀, 爲上祈年. 漢書王吉傳曰, 驅一世之民, 躋之仁壽之域. 斯干詩曰, 築室百堵.

　他時無屋可藏身 且作五里公超霧 : '무옥장신無屋藏身'은 대개 종문宗門에 있는 고사이다. 선자화상船子和尙이 협산夾山에게 "이제 떠나거든 줄곧, 몸을 숨기되 종적이 없게 하며, 종적이 사라지면 몸을 숨기지 말게"라고 했다. 사승謝承의 『후한서』에서 "장해張楷의 자는 공초公超로, 성품이 도술을 좋아하여 능히 5리의 안개를 만들 수 있었다"라고 했다.

　無屋藏身蓋宗門中事. 船子和尙謂夾山云, 汝向去直, 須藏身處, 沒蹤跡, 沒蹤跡處, 莫藏身. 謝承漢書曰, 張楷字公超, 性好道術, 能作五里霧.

두 번째 수其二

　當年游俠成都路　　　　예전엔 도성 거리에서 노닐며

黃犬蒼鷹代狐兔	누런 개와 푸른 매로 여우 토끼 대신했지.
二十始肯爲儒生	이십 년 만에 비로소 유생이 되어
行尋丈人奉巾屨	어른 찾아가 두건과 신 받들었지.
千江渺然萬山阻	천 강과 만 산이 아득히 막고 있지만
抱衣一囊遍處處	옷과 행랑 하나로 곳곳마다 돌아다녔네.
或持劍掛宰上回	간혹 무덤 가 나무에 검 걸어두고 돌아왔고
亦有酒罷壺中去	호리병 속으로 가서 술 다 마시었다네.
昨來⁹⁶禪榻寄曲肱	어제 선탑에서 팔 구부리고 잤는데
上雨傍風破環堵	비 내리고 바람 불어 담장이 무너졌네.
何時鯤化北溟波	어느 때 곤명이 북명 물속에서 변할까
好在豹隱南山霧	표범처럼 남산 안개에 숨는 것도 좋으리라.

【주석】

當年游俠成都路 黃犬蒼鷹代狐兔 : 범군范君은 서촉西蜀 사람이다. 『한서
·사마천전司馬遷傳』의 찬贊에서 "「유협열전遊俠列傳」을 지은 것을 보면
처사處士를 물리치고 간웅奸雄을 내세웠다"라고 했다. 『문선』에 실린 곽
경순의 「유선시遊仙詩」에서 "경화는 협객들의 소굴이네"라고 했다.

范君蓋西蜀人. 漢書司馬遷傳贊曰, 序遊俠, 則退處士而進姦雄. 選詩曰,
京華游俠窟.

96　[교감기] '來'가 고본에는 '夜'로 되어 있다.

二十始肯爲儒生 行尋丈人奉巾屨 : '건구巾屨'[97]는 위의 주注에 보인다. 巾屨見上注.

千江渺然萬山阻 抱衣一囊遍處處 或持劍掛宰上回 亦有酒罷壺中去 : 퇴지 한유의 「감춘感春」에서 "천 개의 강과 만 개의 산이 가로막았네"라고 했다. 또한 「감춘感春」에서 "마음 많으나 땅 멀어 곳곳마다 두루 다녔네"라고 했다. 『사기』에서 "오吳나라 계찰이 사신으로 가면서 북쪽의 서徐나라를 지났다. 서나라 왕은 계찰이 차고 있던 검을 좋아했으나 감히 달라고 말하지 못했다. 계찰이 이를 알았지만 상국上國으로 사신 가기 때문에 드릴 수가 없었다. 계찰이 돌아오면서 서나라에 이르자, 서나라 왕은 이미 죽었었다. 이에 자신의 보검을 풀어 서나라 왕의 무덤 주변 나무에 걸어두고 떠나면서 "처음에 내가 마음으로 허여했는데, 어찌 죽어 내 마음을 져버리는가"라 했다"라고 했다. 『공양전』에서 "무덤 가 나무가 한 아름이다"라고 했는데, 그 주注에서 "'재宰'는 무덤이다"라고 했다. 『후한서·비장방전費長房傳』에서 "시장 가운데 약을 파는 노인이 있었는데, 가게 앞에 호리병 하나를 걸어두었다. 시장이 파하며 곧 호리병 속으로 들어갔다. 장방이 이 노인에게 가자, 이 노인이 이에 장방을 데리고 함께 호리병 속으로 들어갔다. 호리병 속에서는

---

97 건구(巾屨) : 두보의 「제리존사송수장자가(題李尊師松樹障子歌)」에서 "소나무 아래 같은 두건과 신발의 어른들, 나란히 앉으니 마치 상산의 노인 같네[松下丈人巾屨同, 偶坐似是商山翁]"라고 했다.

오직 옥당玉堂의 엄숙하고 화려함만을 보았고 맛 좋은 술과 감미로운
안주가 그 가운데 가득 넘쳤다. 함께 다 마시고 나왔는데, 노인이 "나
는 신선神仙인데 과실 때문에 문책을 당했다. 그런데 지금 그 문책이 끝
났으니 마땅히 떠나갈 것이다. 그대는 나와 함께 가겠는가"라 했다"라
고 했다.

退之詩, 千江隔兮萬山阻. 又云, 情多地遐兮徧處處. 史記曰, 吳季札北過
徐, 徐君好季札劍, 口不敢言. 季札知之, 爲使上國, 未獻. 還至徐, 徐君已死.
乃解其寶劍, 繫徐君冢樹而去曰, 始吾以心許, 豈以死倍吾心哉. 公羊傳曰, 宰
上之木拱矣. 注云, 宰, 冢也. 後漢費長房傳, 市中有老翁賣藥, 懸一壺於肆頭.
及市罷, 輒跳入壺中. 長房詣翁, 翁乃與俱人壺中. 唯見玉堂嚴麗, 旨酒嘉肴盈
衍其中. 共飮畢而出, 翁曰, 我神仙之人, 以過見責, 今事畢, 當去, 子寧能相
隨乎.

昨來禪榻寄曲肱 上雨傍風破環堵 : 퇴지 한유의 「남해묘비南海廟碑」에서
"위에는 비가 새고 옆에서는 바람이 새어들어도, 막고 가릴 것이 없네"
라고 했다. 『예기』에서 "선비는 환도環堵[98]의 집이 있다"라고 했다.

退之南海廟碑曰, 上雨傍風, 無所蓋障. 禮記曰, 儒有環堵之室.

何時鯤化北溟波 好在豹隱南山霧 : '곤화북명파鯤化北溟波'[99]와 '표은남산

98　환도(環堵) : 사방 둘레가 한 장[一丈] 정도의 흙담을 말한다. 협소하고 누추한
　　집을 의미한다.

무^{豹隱南山霧}'100와 관련해서는 위의 주注에 보인다. 낙천 백거이의 「초도
충주증이육初到忠州贈李六」에서 "하늘 끝에 있는 이사군을 좋아하노라"라
고 했다.

見上注. 樂天詩, 好在天涯¹⁰¹李使君.

---

99 곤화북명파(鯤化北溟波) :『장자』에서 "곤(鯤)이 변해 붕(鵬)이 되었다[鯤化爲
    鵬之]"라고 했다.
100 표은남산무(豹隱南山霧) :『열녀전』에서 "도답자(陶答子)의 아내가 말하기를
    "남산(南山)에 붉은 표범이 있는데, 안개비 내리는 열흘 동안 사냥하러 내려오지
    않는 것은 그 털을 윤택하게 하여 표범의 무늬를 만들기 위함이다. 그러므로 몸
    을 숨겨 해를 멀리한 것이다"라 했다"라고 했다.
101 天涯 : 중화서국본에는 2글자가 없는데,『백씨장경집(白氏長慶集)』에 따라 보충
    한다.

19. 종유를 증공곤에게 구하다

乞鍾乳于曾公袞102

寄語曾公子	증공자에게 말을 전하노니
金丹幾時熟	금단은 어느 때나 익는가.
願持鍾乳粉	바라건대, 종유의 가루로
實此磬懸腹	이 텅 빈 배 채워주시게.
遙憐蟹眼湯	멀리서도 그립나니, 해안탕이
已化鵝管玉	이미 아관옥으로 변했으리.
刀圭勿妄傳	도규만 부질없이 전하지 마시게
此物非碌碌	이 물건 그리 녹록하지 않노니.

【주석】

　寄語曾公子 金丹幾時熟 願持鍾乳粉 實此磬懸腹 : 문통 강엄의 「별주別賦」에서 "금 솥을 단련하여 바야흐로 견고하네"라고 했는데, 이선李善의 주注에서 "금을 단련하여 금단을 만드는 솥을 만든다"라고 했다. 『포박자』에서 "정군鄭君이 오직 금단지경金丹之經을 받는 것을 보았다"라고 했

102　[교감기] 문집에는 제목 아래 원주(原注)에서 '紆'라고 했고 고본에서는 제목 아래 원주(原注)에서 '紏'라고 했다. 건륭본 옹 씨(翁氏)의 비교(批校)에서 "황정견 공의 「여공곤서(與公袞書)」에서 '鍾乳何時玉成'이라 했고 또한 '嶺南秋日者殊甚'이라 했으니, 이 작품은 반드시 가을에 지은 것으로 공의 뛰어난 필체이다"라고 했다.

다. '경현罄懸'은 비었다는 말이다. 좌씨左氏가 "집이 매달린 경쇠와 같다"라고 했다.

江文通別賦曰, 鍊金鼎而方堅. 李善注云, 鍊金爲丹之鼎也. 抱朴子曰, 鄭君唯見授金丹之經. 罄懸言其空也. 左氏曰, 室如懸罄.

遙憐蟹眼湯 已化鵝管玉 : '해안탕蟹眼湯'[103]은 위의 주注에 보인다. 뇌공雷公이 종유 만드는 법을 살펴보니, 두세 번 물로 삶은 이후에 절구에 넣고 가루가 될 때까지 찧고 체로 걸러 간다. 도은거陶隱居가 주注를 낸 『본초강목』의 '종유鍾乳'조에서 "가운데가 뚫려 있어 가볍기가 거위의 깃털로 만든 빨대와 같고 쪼개면 손톱과 같다. 그 가운데 기러기의 이빨처럼 가지런하지 않으며 밝은 빛이 나는 것이 좋다"라고 했다.

蟹眼湯見上注. 按雷公修事鍾乳法, 再三以水煮之, 然後入臼, 搗如粉, 篩過研之. 陶隱居注本草鍾乳條云, 唯性[104]通中, 輕薄如鵞翎管, 碎之如瓜甲, 中無雁齒, 光明者爲善.

圭勿妄傳 此物非碌碌 : 퇴지 한유의 「기수주주원외寄隨州周員外」에서 "헤어진 뒤 금단을 전해 받을 줄 알겠거니, 도규刀圭로 병든 몸 구하게 해주

---

103 해안탕(蟹眼湯) : 채군모(蔡君謨)의 『다록(茶錄)』에서 "차 끓이는 것을 살펴보는 것이 대단히 어렵다. 익지 않으면 거품이 뜨고, 지나치게 익어버리면 차가 가라앉는다. 이전에 '해안(蟹眼)'이라 한 것은 지나치게 끓인 것이나[候湯最難, 未熟則沫浮, 過熟則茶沈. 前世謂之蟹眼者, 過熟湯也]"라고 했다.
104 唯 : 중화서국본에는 '性'으로 되어 있는데, '唯'의 오자이다.

시계"라고 했다. 살펴보건대, 『본초강목』에서 "'도규刀圭'라는 것은 네 모 한 치 숟가락의 10분의 1에 해당한다"라고 했다. '차물'[105]은 위의 주注에 보인다. 『후한서』에서 "예형이 "나머지 사람들은 범상한 사람들이라 수를 셀 것도 없다"라 했다"라고 했다.

退之詩, 金丹別後知傳得, 乞取刀圭救病身. 按本草云, 刀圭者, 十分方寸 匕[106]之一. 此物見上注. 後漢書, 禰衡曰, 餘子碌碌, 莫足數也.

---

105 차물(此物) : 『문선·고시(古詩)』「정중유기수(庭中有奇樹)」에서 "이 물건이야 어 찌 귀하랴만, 다만 이별한 지난날 떠오르네[此物何足貴, 但感別經時]"라고 했다.
106 匕 : 중화서국본에는 '匕'로 되어 있는데, '匕'의 오자이다.